Royal: Eine Krone aus Alabaster

© privat

Valentina Fast wurde 1989 geboren und lebt heute im schönen Münsterland. Beruflich dreht sich bei ihr alles um Zahlen, weshalb sie sich in ihrer Freizeit zum Ausgleich dem Schreiben widmet. Ihre Leidenschaft dafür begann mit den Gruselgeschichten in einer Teenie-Zeitschrift und verrückten Ideen, die erst Ruhe gaben, wenn sie diese aufschrieb. Ihr Debüt, die »Royal«-Reihe, wurde innerhalb weniger Wochen zum E-Book-Bestseller.

VALENTINA FAST

Eine Krone aus Alabaster

Von Valentina Fast außerdem bei Carlsen erschienen:

Royal: Ein Königreich aus Glas (Band 1 und 2)

Von Valentina Fast außerdem als E-Book bei Impress erschienen:

Royal, Band 1 und 2: *Ein Königreich aus Glas*
Royal, Band 5: *Eine Hochzeit aus Brokat*
Royal, Band 6: *Eine Liebe aus Samt*
Royal: Princess. Der Tag der Entscheidung
Belle et la magie, Band 1: *Hexenherz*
Belle et la magie, Band 2: *Hexenzorn*
MeeresWeltenSaga, Band 1: *Unter dem ewigen Eis der Arktis*
MeeresWeltenSaga, Band 2: *Mitten im Herzen des Pazifiks*
MeeresWeltenSaga, Band 3: *In den endlosen Tiefen des Atlantiks*
MeeresWeltenSaga, Band 4: *Zwischen den Wellen des Indischen Ozeans*
MeeresWeltenSaga, Band 5: *Mit der reißenden Strömung der Antarktis*

Ein *Impress*-Titel im Carlsen Verlag
November 2017
Copyright © 2015 (»Royal, Band 3: Ein Schloss aus Alabaster«,
»Royal, Band 4: Eine Krone aus Stahl«),
2017 Carlsen Verlag GmbH, Hamburg
Text © Valentina Fast 2015
Umschlagbild: shutterstock.com © Eduard Derule/Artem Kovalenco/
Ileysen/Leigh Prather/Claire McAdams/mythja/Daria_Cherry/Arsgera
Umschlaggestaltung: formlabor
Corporate Design Taschenbuch: bell étage
Gesetzt von Dörlemann Satz, Lemförde
ISBN 978-3-551-31682-0

www.impress-books.de
CARLSEN-Newsletter: Tolle Lesetipps kostenlos per E-Mail!
Unsere Bücher gibt es überall im Buchhandel und auf carlsen.de.

TEIL 1

Ich erinnere mich noch daran, als wäre es gestern gewesen: dieses berauschende Gefühl, dort oben auf der Treppe zu stehen und zu Phillip hinabzusehen. Wie glücklich ich in diesem Moment gewesen bin, wie unglaublich glücklich. Und wie unglaublich naiv. Denn ich war tatsächlich felsenfest davon überzeugt, dass Phillip mich »einfach so« nach Hause schicken würde.

Rückblickend kann ich darüber nur den Kopf schütteln und mich fragen, wie ich auf diese absurde Idee gekommen war. Zweifellos wurde sie von der schmerzhaften Sehnsucht getragen, endlich nach Hause zu Katja und Markus zurückzukehren, eine Lehre zu beginnen und irgendwann glücklich zu werden. Glücklich. Ohne Phillip. Und ohne dieses ganze Gefühlschaos, das er immer wieder in mir hinterließ, wenn wir aufeinandertrafen.

Ja, ich wollte unbedingt nach Hause, weg von ihm und von diesem märchenhaften Palast, der mich in all seiner Pracht zu erdrücken schien. Ich wollte endlich frei sein, frei genug zumindest, um mich nicht länger verstellen zu müssen.

Und ich hatte wirklich gedacht, dass der Abstand zu Phillip heilsam wäre und ich so über ihn hinwegkommen würde. Heute bin ich klüger und weiß, dass ich das niemals geschafft hätte. Denn zu diesem Zeitpunkt gehörte mein Herz schon ihm. Unwiderruflich. Unabdingbar. Und das trotz des dunklen Gefühls, dass mit Phillip etwas nicht stimmte. Ich spürte es seit dem Abend, als ich vom Turm gefallen war. Da war dieser seltsame Ausdruck in seinen Augen, den ich nicht genau deuten konnte.

Tief in meinem Inneren fühlte ich, dass etwas ganz und gar falsch lief.

Doch ich möchte nicht zu viel verraten. Deshalb knüpfe ich nun bei der ausstehenden Entscheidung an. Welche Kandidatin würde als Letzte in die nächste Runde des Prinzessinnen-Wettbewerbs einziehen? Eine Entscheidung, die über den Rest meines Lebens bestimmen sollte ...

1. KAPITEL

DAS LEBEN IST
KEIN WUNSCHKONZERT

Die Kandidatinnen, die sich bereits am Fuß der Treppe versammelt hatten und damit im Wettbewerb bleiben durften, strahlten vor Glück. Hier oben versuchten sich die Verbliebenen ebenfalls an lächelnden Gesichtern, doch ihre Mienen hatten etwas Starres, Gequältes. Außer mir warteten noch Alissa und sieben weitere junge Damen auf die Entscheidung.

Phillip sah zu uns hoch. Er war derjenige, der auswählen musste, welche Kandidatin zu guter Letzt weiterkam. Mit einem Mal blickte er mich direkt an. Seine Augen funkelten mir im Scheinwerferlicht entgegen und sahen wunderschön aus.

Ich konnte gar nicht anders und lächelte ihm zu. Er lächelte ebenfalls und ich hatte das Gefühl, dass sein Lächeln in diesem Moment allein mir galt. Dann nickte er kaum merklich. Jetzt war es so weit.

Ganz leicht nickte ich zurück und atmete die angehaltene Luft aus. Auch Phillip schien noch einmal tief einzuatmen, bevor er anfing zu sprechen.

»Meine Damen. Jede von Ihnen war eine Bereicherung für diesen Wettbewerb. Und jede von Ihnen hätte es verdient, weiterzukommen. Doch leider mussten wir uns entscheiden, da in der nächsten Runde nur noch Platz für eine weitere Kandidatin ist.« Wieder atmete er tief ein. Kurz sah er hinunter auf das silbern glitzernde Diadem in seinen Händen und dann wieder hoch. Direkt in meine Augen. Eine düstere Vorahnung stieg in mir auf und ließ meine Brust eng werden.

»Es ist ... Tatyana Salislaw.« In seiner Stimme schwang eine Sicherheit mit, die ich ihm am liebsten um die Ohren gehauen hätte. Gleichzeitig verspürte ich eine paradoxe Zufriedenheit. Es war einfach lächerlich!

Ich verzog meine Lippen zu einem gequälten Lächeln, während ich das Treppengeländer fest umklammert hielt, damit niemand sehen konnte, wie sehr meine Hände zitterten. Den lauten Applaus aus den Zuschauerreihen nahm ich gar nicht wahr. Blut rauschte in atemberaubender Geschwindigkeit in meinen Ohren und versuchte mein wild pochendes Herz zu versorgen, das sich immer wieder schmerzhaft zusammenzog.

Während ich mechanisch einen kurzen Knicks machte und langsam hinunterging, versuchte ich zu verstehen, was genau schiefgelaufen war. Hatte ich mich etwa nicht klar genug ausgedrückt? Doch, da war ich mir sicher. Mehrere Male hatte ich Phillip gesagt, dass ich nach Hause wollte. Ich hatte es nicht nur angedeutet, nein, ich hatte es deutlich ausgesprochen. Was hatte dieser Sturkopf daran nicht verstanden? Oder wollte er mich einfach nur nicht gehen lassen?

Wie in Trance erreichte ich die letzte Treppenstufe, doch der Applaus war noch immer nicht abgeklungen. Langsam ging ich auf Phillip zu, der mich freudestrahlend anlächelte. Zwar lächelte ich zurück, doch innerlich kochte ich. So ein selbstgefälliger Schönling! Er hatte sogar noch den Mut, mich anzugrinsen, als ich direkt vor ihm stand.

»Miss Tatyana, Sie haben mit Miss Claire zusammen die

höchste Punktzahl erreicht und sind deshalb automatisch weiter im Wettbewerb zur Auswahl der Prinzessin. Wir alle freuen uns wirklich sehr darüber«, erklärte er dann laut und deutlich, damit alle ihn hören konnten.

Überrascht starrte ich ihn an, bevor ich mich vorbeugte, damit er mir das Diadem auf mein Haar setzen konnte. Als seine Hände sanft meine Wangen berührten, erzitterte mein ganzer Körper kaum merklich. Niemandem außer ihm konnte das auffallen. Als ich ihn wieder ansah, lächelte er noch breiter.

Höflich machte ich einen Knicks, schloss dabei jedoch kurz meine Augen, um mich zu sammeln. Dann drehte ich mich um und stellte mich zu Claire, die hinter unseren Rücken sofort meine Hand ergriff.

In diesem Moment trat Gabriela Peres in ihrem kurzen weißen Kleid wieder auf die Bühne und bedeutete den jungen Männern, sich auf das rote Sofa zu setzen, das nun am Rand stand.

»Meine Damen und Herren, das sind unsere letzten zwölf Kandidatinnen zur Auswahl der Prinzessin. Wahrscheinlich die schönsten jungen Damen des ganzen Landes. Ich bitte um einen kräftigen Applaus, bevor sie sich verdientermaßen ausruhen dürfen. Denn schon kommende Woche steht die nächste Entscheidung an.« Sie machte eine ausladende Handbewegung, die uns alle mit einschloss, bevor sie genauso wie das Publikum zu klatschen begann.

Hinter meinem Rücken umkrallte ich weiterhin fest Claires Hand, während ich krampfhaft versuchte, ein Zittern zu unterdrücken. Dazu lächelte ich so breit, dass es schon wehtat, und zwang mich, nicht zu Phillip hinüberzusehen. Ansonsten hätte ich mich wohl auf ihn gestürzt und ihm seine hübschen braunen Augen ausgekratzt.

Der Applaus wollte einfach nicht abebben, dabei sehnte ich mich nach nichts mehr, als endlich von hier wegzukommen. Dennoch strahlte ich weiterhin mit den anderen jungen Damen um die Wette. Ich lächelte, lächelte tapfer, weil ich sonst angefangen hätte zu weinen.

Er hatte mich nur gewählt, weil er es *musste*. Tief in mir hatte ich mich für einen kurzen Augenblick an die irrsinnige Hoffnung geklammert, dass ich weiterkam, weil er mich nicht gehen lassen *wollte*. Doch jetzt stand ich hier und wartete darauf, dass ich mich mit meiner schlechten Laune endlich in mein Bett verkriechen konnte. Doch das Publikum kannte kein Erbarmen.

Ich drückte meine Finger fest in die von Claire; sie erwiderte den Druck sogleich. Einen Moment lang empfand ich Glück, so eine Freundin wie sie an meiner Seite zu haben.

Doch dann stahlen sich Bilder in meinen Kopf, Bilder davon, wie meine Tante wild gestikulierend über den Marktplatz unseres kleinen Dorfes lief, wo die Live-Übertragung des Wettbewerbs stattfand, und meinen »Beinahe-Sieg« feierte. Und vor meinem inneren Auge konnte ich auch Katja sehen, wie sie sich an Markus schmiegte und mitleidig ihren Kopf schüttelte. Doch trotz aller Skepsis wusste ich, dass sie sich auch ein wenig für mich freute und hoffte, dass ich Spaß hatte. Und sie war ohne Frage stolz auf mich, dass ich bei der Auswahl zur Prinzessin dabei war. Ob wir es wollten oder nicht: Das war die perfekte Geschichte für ihre zukünftigen Kinder – meine Nichten und Neffen.

Auf einmal ging alles ganz schnell: die Hintergrundmusik verhallte, der Applaus brach ab. Wir wurden von einer Helferin des Wettbewerbs angewiesen, von der Bühne zu gehen, und verteilten uns in den beiden kleinen Räumen unter der Treppe. Dort warteten wir in angespanntem Schweigen. Die ausgeschiedenen Kandidatinnen waren nirgends zu sehen – ein Umstand, der die Weiterqualifizierten nicht zu beeindrucken schien. Sie strahlten sich gegenseitig an und schienen vor lauter Glück keine Worte zu finden. Ich hingegen knetete nervös meine Finger, versuchte mich auf diese neue Situation einzulassen und mich nicht so verrückt zu machen. Jetzt war es sowieso zu spät: Ich musste noch eine weitere Woche an dem Wettbewerb teilnehmen.

Es dauerte nicht lange, bis wir wieder hinausgerufen wurden und uns für Fotos aufstellen sollten. Zunächst wurden Gruppenbilder vor der breiten weißen Treppe geschossen, dann sahen wir zu, wie die jungen Männer fotografiert wurden. Zu guter Letzt mussten wir uns eine nach der anderen für Einzelbilder positionieren und auch Fotos mit unseren Zimmerkameradinnen wurden gemacht. Als es so weit war, legte ich Claire meinen Arm um die Taille, sie erwiderte diese freundschaftliche Geste nur zu gern. Tapfer versuchte ich zu lächeln, wollte es sogar und sei es nur für Claire.

Sie spürte mein Unbehagen und drückte mich leicht, während ein wahres Blitzlichtgewitter auf uns niederprasselte. »Ich freue mich, dass du noch bei mir bist«, flüsterte sie.

Ich lächelte, ehrlich, weil ihre Worte es waren. »Ich bin froh, dass *du* bei mir bist.«

Wir wurden durch ein Handzeichen wieder entlassen und schon stellten sich die nächsten Kandidatinnen auf.

Alle um mich herum wirkten so ausgelassen und glücklich,

dass ich mich automatisch wie eine Aussätzige fühlte. Wie eine Verräterin, die es nicht verdient hatte, hier zu sein. Aber nun war es so und ich musste das Beste aus der Situation machen.

Nur eine weitere Woche. Ich durfte nur nicht wieder auf einen Turm klettern.

2. KAPITEL
LIEBE, LÜGEN UND INTRIGEN – WAHRHAFT KEIN VERGNÜGEN

Als ich am nächsten Morgen aufwachte, fühlte ich mich einen Moment lang von dem Anblick des Turminneren erschlagen. Ich starrte hoch zum schneeweißen Baldachin meines Himmelbettes, während meine Finger sich verkrampft in meine Bettdecke krallten. Dabei dachte ich an den gestrigen Tag.

Noch immer konnte ich kaum fassen, dass ich eine Runde weitergekommen war. Wut stieg in mir auf. Jemand hätte uns sagen müssen, dass sich die Kandidatinnen mit der höchsten Punktzahl automatisch qualifizierten.

Meine Gedanken schweiften zurück zum vorherigen Abend. Claire war so glücklich gewesen, dass ich ihr zuliebe versucht hatte, meine schlechte Laune zu verbergen. Natürlich bemerkte sie es trotzdem. Doch sie strahlte mich immer wieder fröhlich an und beteuerte so oft sie konnte, wie unglaublich froh sie sei, dass ich ihr weiter zur Seite stände.

Nach dem Fotoshooting waren wir mit Erica zurück zu unserem Turm gegangen. Dabei war unsere Vertraute ungewohnt schweigsam gewesen und hatte mich immer wieder unauffällig von der Seite her gemustert. Sie half uns schnell aus unseren Kleidern, beglückwünschte uns und ging dann wieder. Was sie nur so beschäftigt hatte? Spürte sie meine innere Zerrissenheit, meine Enttäuschung und meine Wut?

Während Claire noch unbeschwert im Turm herumhüpfte, trat ich ans Fenster im Bad und beobachtete, wie die ausgeschiedenen Kandidatinnen ihre Sachen aus den Türmen brachten und mit gesenkten Häuptern in die Kutschen einstiegen, die bereits draußen auf sie warteten. Es war ein seltsames Gefühl für mich zu realisieren, dass ich keine von ihnen war. Wie gern hätten sie mit mir getauscht und ich mit ihnen.

Als ich irgendwann wieder in den Schlafbereich trat, hörte ich bereits Claires regelmäßigen Atem, der ihren ruhigen und zufriedenen Schlaf begleitete.

Ich kam weniger schnell zur Ruhe, sondern lag noch lange wach, da ich seltsamerweise weder müde noch erschöpft war. Meine Gefühle drehten sich im Kreis und ließen nicht zu, dass mein Herzschlag sich beruhigte. Für einen kurzen Augenblick überkam mich das Bedürfnis, hinauszugehen und mich im Schutz der verwitterten Hütte im Wald mit meinem Fernrohr abzulenken. Doch ich drehte mich auf die andere Seite und verwarf diesen Gedanken schnell wieder. Solange auch nur die geringste Chance bestand, dass ich dort auf Phillip treffen könnte, wollte ich den Ausguck vorerst meiden. So starrte ich stundenlang aus dem Fenster und die einzigen Male, in denen ich meine Augen schloss, waren, wenn ich blinzeln musste.

Irgendwann schien ich wohl doch eingeschlafen zu sein, allerdings konnte es nicht lange her sein, denn ich erinnerte mich noch daran, dass sich zuletzt der Himmel rosa färbte.

Ergeben atmete ich tief ein und drehte mich zu Claires Bett. Sie lag noch ruhig und friedlich da, schmatzte leise, schlief tief und fest. Der Schlaf der Gerechten. Claire war eine so herzliche Person, sie hatte es wahrlich verdient, einen Prinzen zu heiraten.

Mein Blick schweifte zu der kleinen Standuhr und ich realisierte, dass ich kaum mehr als zwei Stunden geschlafen hatte. Seufzend wandte ich meinen Kopf zum Fenster und sah mir den wolkenlosen Himmel an. Er strahlte nun in einem hellen Blau und deutete einen sonnigen Tag an. Bestimmt wären gestern Nacht die Sterne gut sichtbar gewesen.

Langsam und vorsichtig zog ich mir die Decke vom Körper und stand auf, sorgsam darauf bedacht, die friedlich schlummernde Claire nicht zu wecken. Im Bad putzte ich mir die Zähne, wusch mein Gesicht und tat so, als würde ich die dunklen Ringe unter meinen Augen nicht bemerken. Als ich wieder hinunterging, übersprang ich die eine Stufe, die quietschte, und zog mir eine meiner Hosen und einen Pullover an. Dann schlüpfte ich noch schnell in bequeme Schuhe. Bestimmt war zu dieser Zeit noch niemand wach und würde mich in meinem Aufzug sehen. Und wenn, konnte es mir eigentlich auch egal sein. Was würden sie schon machen? Mich aus dem Wettkampf werfen?

Ein Lächeln stahl sich auf meine Lippen, während ich so sachte wie möglich die Tür hinter mir schloss und vor dem Turm tief die frische Morgenluft einatmete. Einen Moment lang blieb ich stehen und schaute gen Himmel. Von hier unten sah man vage die Eisenstreben, die sich wie ein Spinnennetz über die Kuppel zogen. In ihnen befanden sich die Belüftungsanlagen und auf ihnen die Solaranlagen. Es versetzte mich immer wieder in Erstaunen, dass sie ein so großes Königreich mit genügend Frischluft und Sonnenenergie versorgen konnten. Unter der Kuppel herrschten tagsüber 22 Grad Celsius, nachts wurde die Temperatur auf 18 Grad Celsius heruntergeregelt. Die Temperaturen waren perfekt auf Viterras Bewohner eingestellt.

Mit einem Lächeln blickte ich zu den Bäumen. Sie alle waren spezielle Züchtungen, die den Gewächsen der Alten Welt sehr ähnelten, von ihrer Struktur her jedoch anders waren. Sie trotzten dem immer gleichen Klima und nahmen gleichzeitig nicht überhand. Die unterirdischen Bewässerungsanlagen führten den Pflanzen überdies spezielle Mittel zu, damit die welk gewordenen Blätter abfielen, wie früher im Herbst. Jedoch war dies in Viterra kein jahreszeitliches Prozedere. Jede Pflanze war so gezüchtet, dass sie auf einen bestimmten Wirkstoff in den Mitteln reagierte und sich somit immer nach ihrem eigenen Bedürfnis regenerieren konnte. Bei der Errichtung von Viterra hatten die Erbauer wirklich nichts dem Zufall überlassen.

Ich riss mich aus meinen Gedanken und ging dann schnell vom Turm weg. Zielstrebig trat ich auf den Wald zu und verlangsamte meine Schritte erst, als ich den bekannten Pfad zwischen den Bäumen entlangschritt. Vögel zwitscherten laut in verschiedenen Tönen und Blätter raschelten unter meinen Schuhen. Ich schlenderte über den steinernen Weg und vergrub meine Hände in den Hosentaschen. Beinahe fühlte ich mich wie zu Hause. Aber nur beinahe. Ich wusste nur zu gut, dass ich den Palast wiedersehen würde, wenn ich mich nur ein wenig weiter nach rechts wandte. Aber diesen Gedanken schob ich weit von mir und genoss die Ruhe an diesem bedrückend schönen Morgen, der so gar nichts von meiner inneren Anspannung zu wissen schien.

Meine Muskeln taten mir weh und ich spürte auch, dass der Sturz vom Turm noch ein paar Tage nachhallen würde. Aber es war bei Weitem nicht so schmerzhaft, wie ich es mir ausgemalt hatte. In meinem Kopf war noch immer diese seltsame Blockade, doch ansonsten fühlte ich mich gut.

Kurz blieb ich an der Abzweigung zur kleinen Hütte stehen und überlegte, einen kleinen Abstecher zu riskieren. Doch irgendwie brachte ich es nicht über mich, genau wie gestern Nacht. Noch nicht. Also ging ich weiter nach links auf den Trampelpfad und schlenderte an Bäumen vorbei, deren weißes Holz den Wald veredelte. Früher hatte man diese Art von Bäumen Birken genannt. Aber nun trugen sie einen ganz seltsamen lateinischen Namen, den sich nur die wenigsten merken konnten.

Sonnenstrahlen drängten sich durch die Baumkronen und verzauberten zum Klang der Vogelstimmen die Umgebung. Ich seufzte leise und spürte doch gleichzeitig eine innere Freude. Es war einfach zu schön hier. Und ob ich es wollte oder nicht: Auf wundersame Weise führten mich meine Füße immer wieder auf vertrautes Terrain. Meine Kreise um die kleine Waldhütte wurden zunehmend kleiner, ganz so, als würde sie eine magische Anziehungskraft auf mich ausüben, der ich mich zumindest in unmittelbarer räumlicher Nähe einfach nicht entziehen konnte.

Tatsächlich fand ich mich schließlich auf der Lichtung wieder. Heute Morgen strahlte sie eine angenehme Ruhe und Zuversicht aus, die ich mir auch für die Nacht wünschen würde. Fast schien es so, als würde sie mich zu sich rufen und mein Herz erwärmen.

Wie von einem unsichtbaren Band gezogen erreichte ich die Hütte, schob langsam die Tür auf und trat ein. Das goldene Licht der Sonne ließ Staubkörner vor meinen Augen tanzen. Unwillkürlich musste ich lächeln, als ich den Raum durchquerte, zwischen den Balken hindurchkletterte und die Treppe hochging. Wieder einmal hatte ich alle guten Vorsätze über Bord geworfen.

Da ließ mich ein leises Schnarchen auf der obersten Stufe anhalten. Ich kniff meine Augen zusammen und schluckte. So leise ich konnte trat ich weiter voran, bereit, sofort wieder hinauszurennen. Doch als ich zu dem behelfsmäßigen Balkon kam, entfuhr mir ein abschätziges Schnauben. Hatte ich es doch gewusst: Es war eine schlechte Idee gewesen, hierherzukommen, eine ganz schlechte!

Dort auf dem hölzernen Boden lag zusammengerollt und leise schnarchend Phillip. Sein Mund war leicht geöffnet und ließ ihn bezaubernd aussehen. Wie ein friedlich schlafendes Baby. Sofort schüttelte ich meinen Kopf angesichts dieses absurden Gedankens und ging auf ihn zu. Ich stand über ihm und verdunkelte die Sonne über seinem Gesicht. Leise begann er zu schmatzen, während seine Augenlider zuckten. Es sah so aus, als würde er gerade träumen.

Langsam schob ich meinen Fuß unter seinen Bauch, vor dem seine Arme verschränkt waren, und schob ihn so abrupt hoch, dass er sich einmal um sich selbst drehte.

Erschrocken sprang Phillip auf und war sofort kampfbereit. So gebückt wie er dastand, konnte man meinen, er hätte Angst, angegriffen zu werden. Dumm nur, dass ich mich hinter ihm befand und er mich zunächst überhaupt nicht bemerkte.

»Guten Morgen«, sagte ich ruhig und lehnte mich an das Geländer neben mir.

Phillip sog sogleich die Luft ein und drehte sich zu mir um. Es dauerte einige Sekunden, bis er seine Angriffsstellung aufgab und realisierte, dass ich es war, die vor ihm stand.

»Was machst du hier?«, fragte ich neugierig und betrachtete sein braunes Haar, das wild durcheinanderlag und dennoch so aussah, als würde er es genauso tragen wollen. Diesen Mann konnte einfach nichts entstellen.

Langsam ließ er seine angespannten Arme sinken, wobei er mich weiterhin aufmerksam anstarrte und schwieg.

»So überrascht, mich hier zu sehen?«, fragte ich betont unbekümmert und ignorierte seinen eindringlichen Blick.

Tatsächlich dauerte es noch einige Sekunden, bis er zu begreifen schien, dass er mich noch immer anstarrte. Langsam schüttelte er seinen Kopf und setzte ein schüchternes Lächeln auf, das meine Knie weich werden ließ. Ich hasste es, wie sehr ich auf ihn reagierte.

»Nein, eigentlich nicht. Ich habe auf dich gewartet, wusste einfach, dass du hierherkommen würdest.«

Nun war ich es, die vor Verblüffung die Augen aufriss. »Hast du etwa die ganze Nacht hier verbracht?«

Sein Mundwinkel hob sich zu einem angedeuteten Lächeln, seine Augen funkelten mir entgegen. Er sagte jedoch nichts. Doch das brauchte er auch gar nicht.

Ich seufzte, während ich meinen Blick in die Ferne schweifen ließ. »Dass ich herkam ... das war nur Glück.«

Da lachte er leise und entspannte sich vollends. Seine nunmehr gelassene Haltung stand im krassen Gegensatz zu dem Durcheinander in meinem Kopf.

Er lehnte sich nun neben mich ans Geländer. »Das war kein Glück und das weißt du auch.«

Ich zog eine Augenbraue hoch und sah ihn wieder an. »Wolltest du denn etwas Bestimmtes von mir?«

»Ich wollte wissen, wie es dir geht. Du hast mich gestern so angesehen, als würdest du mich jeden Moment umbringen wollen. So wütend, so traurig.« Wieder ließ er ein sanftes Lachen ertönen, das mir unter die Haut ging.

Ich presste meine Lippen aufeinander und sog zitternd Luft durch meine Nase ein. »Woher willst du wissen, was in mir vorgeht?«

Da legte er die Hand auf seine Brust, genau auf die Stelle, wo sein Herz lag, und ließ mich nicht aus den Augen. »Ich habe es *hier drin* gespürt.«

Ich schluckte. Tränen brannten in meinen Augen. Zaghaft machte ich einige Schritte auf ihn zu und stieß mit meinem Finger gegen seine Brust. »In deinem Herzen hast du gespürt, dass ich unglücklich war? Wie kannst du es nur wagen, so etwas zu behaupten? Hättest du mich dann nicht erst recht gehen lassen müssen?«, brachte ich zitternd hervor und schloss meine Lider.

Ich hörte, wie er sich aufrichtete, öffnete meine Augen abrupt und funkelte ihn an. Doch mit den Tränen, die nun aus meinen Augenwinkeln hervorquollen, sah es wahrscheinlich nur mitleiderregend aus.

»Ich wünschte, ich könnte dich glücklich machen.« Sein Blick schweifte von mir weg und obwohl er versuchte, es sich nicht anmerken zu lassen, hörte ich eine Verzweiflung in seiner Stimme, eine Verzweiflung, die mir den Hals zuschnürte.

Demonstrativ ging ich einen Schritt zurück. »Wenn dem so wäre, dann hätte ich nicht das Gefühl, dass das hier alles eine Lüge ist. Wenn du wirklich so empfindest, dann würdest du mir jetzt auf der Stelle sagen, was wirklich in der Nacht passiert ist, als ich von diesem blöden Turm gefallen bin.«

In seinem Gesicht zuckte es für einen Moment, während er sich kaum merklich versteifte, doch noch immer sah er mich nicht an.

»Oder ist das zu kompliziert? Gut, lass es, aber sag mir dann auch nicht, dass du in deinem Herzen spürst, wie ich mich fühle«, spottete ich erstickt und presste meine brennenden Augenlider erneut zusammen.

Ich vernahm, wie er sich umdrehte, doch dieses Mal ließ ich meine Augen geschlossen und massierte mir müde meinen Nasenrücken. Ich erwartete, dass er jetzt einfach ging. Doch stattdessen spürte ich seine Hände, die sachte meine Arme berührten. Keuchend riss ich die Augen auf und musterte ihn. Er sah mich eindringlich an. Traurig. Die Wärme seiner Hände ließ mich zittern, doch ich versuchte ruhig zu bleiben und wartete darauf, dass er sprach.

»Du bist vom Turm gefallen, weil du dir den Himmel ansehen wolltest. Genau das ist passiert.«

»Und waren am Himmel Meteoriten? Sag mir bloß nicht, dass der Himmel aussah, als hätte er gebrannt. Zu oft habe ich genau diese Worte gehört und mit jedem Mal kamen sie mir geheuchelter vor.«

Phillip atmete tief ein und strich mit seinen Daumen über meine Schultern. »Vertraust du mir?«

»Ich ... Ich weiß nicht«, stammelte ich nun hilflos. »Ich habe einfach Angst, dass du weißt, warum ich mich nicht mehr an diesen Abend erinnern kann.« Schnell senkte ich wieder meinen Blick, aus Furcht, ich könnte die Wahrheit in seinen Augen sehen. Doch sein Schweigen zwang mich aufzuschauen.

Für einen kurzen Augenblick erhaschte ich noch ein Flackern in seinen Augen, das mir die Antwort gab. Ein Zögern, ob er lügen sollte oder nicht. Ich wusste Bescheid.

Langsam löste ich mich von seinen Händen. »Ich glaube, ich will die Antwort nicht hören. Ich sollte jetzt besser gehen.«

Da ballten sich seine Hände, die gerade noch kraftlos zu seinen Seiten heruntergehangen hatten, auf einmal zu Fäusten. Mit einer plötzlichen Wut ging er an mir vorbei und schlug so fest er konnte gegen einen Balken. Dabei entwich ihm ein zorniger Schrei, der mich erschrocken zusammenzucken ließ. Der Balken ächzte laut, blieb jedoch aufrecht stehen und trotzte seinem Angreifer.

Entsetzt beobachtete ich, wie Phillip sich an das geschundene Holz lehnte und Blut aus seinen Fingerknöcheln quoll. Ich spürte seine Zerrissenheit und hielt die Luft an, um die aufkeimende Sehnsucht in mir zu unterdrücken. Doch sein leises, gequältes Ausatmen ließ alle Gefühle der letzten Woche hochkommen. Das konnte doch nicht alles gespielt sein.

Ohne weiter zu überlegen, ging ich auf ihn zu, drehte ihn so, dass er mich ansehen musste, und legte meine Hände an seine Wangen. »Wusstest du, dass ich dich hasse?«, wisperte ich leise und reckte mich dann zu ihm hoch, um ihn zu küssen. Ein kurzer Kuss, den er schon erwidern wollte, gerade als ich mich zurückzog.

»Ich hasse es, was du mit mir machst.« Wieder küsste ich ihn sanft und ging erneut auf Abstand, als er seine Hand in meinen Nacken legte.

»Ich hasse es, wie du meine Pläne durchkreuzt«, flüsterte ich atemlos. »Und ich hasse es, dass ich dir so gerne alles glauben möchte, obwohl ich es besser weiß.«

Seine Hände fuhren durch meine Haare und pressten mich an sich. Mein gesamter Körper bebte und kribbelte vor Aufregung, als er mich an seine harte Brust drückte. Leise stöhnte ich auf, als sich unsere Lippen voneinander lösten, und genoss es, wie er begann, erst sanft und dann intensiver meinen Hals zu küssen. Eine meiner Hände grub sich in seine Haare und die andere legte ich auf seine Hüfte, die sich fest an meine drückte. Hitze wallte in meinem Körper auf und ließ mich abermals keuchen. Erneut küsste er mich und verursachte damit ein Gefühl in meinem Bauch, das mich auf Wolken schweben ließ. Und ich wollte mehr, so viel mehr.

Plötzlich ließ er heftig atmend von mir ab und sah mich mit leicht geröteten Wangen an. Ein gieriger Glanz lag in seinen Augen, während sein Daumen über meine Unterlippe strich. »Wir sollten jetzt vielleicht aufhören.«

Ich zitterte und versuchte es nicht einmal zu verbergen. »Ja.«

Wieder beugte er sich zu mir herunter und küsste mich. Doch nur ganz kurz. In mir schienen lodernde Flammen zu pulsieren, so erhitzt war ich.

Phillip lächelte sanft. »Es ist nicht so, als würde ich nicht für immer hier mit dir bleiben wollen, aber ich kann es nicht. Ich meine, wir können nicht. Bald schon geht das Frühstück los und es wäre doch auffällig, wenn wir beide nicht dort auftauchen würden, oder«, flüsterte er und küsste dabei wieder meinen Hals.

Als Antwort seufzte ich leise, unfähig etwas anderes zu tun, als mich an ihn zu klammern.

Da löste er sich leicht von mir, legte jedoch meine Hand in seine und blickte mich liebevoll an. Ungewollt biss ich mir auf meine Unterlippe und genoss sogleich die Reaktion darauf in seiner Atmung.

»Hör auf damit, ansonsten kann ich für nichts mehr garantieren.«

Unwillkürlich öffnete ich meinen Mund, doch konnte die Worte, die dort hinauswollten, noch im letzten Moment aufhalten. Stattdessen presste ich schnell meine Lippen aufeinander und atmete durch meine Nase aus.

Seine Augenbrauen hoben sich. »Was wolltest du sagen?«

Ich lächelte verschämt und schüttelte meinen Kopf. »Das ist ein Geheimnis.«

Wie sollte ich ihm auch sagen können, was ich für ihn empfand? Ihm sagen, wie sehr er mein Herz berührte und wie viel mehr ich noch von ihm wollte?

»Was soll ich nur mit dir machen?«

»Warum?«, fragte ich abwesend und blinzelte mehrmals, um mir selbst klarzumachen, dass das hier *falsch* war.

Da nahm er mich wieder fest in seine Arme und atmete tief ein. »Weil du alles durcheinanderbringst«, flüsterte er in mein Haar. »Mich durcheinanderbringst.«

»Ist das nicht gerade der Sinn dieses Wettbewerbs?«, fragte ich leise in seine Halsbeuge, genoss seine Wärme, obwohl mein Kopf mir riet, mich endlich von ihm zu lösen.

Sein Körper versteifte sich. Er drückte mich ein wenig von sich, damit er mich ansehen konnte. »Würdest du mich tatsächlich auch nehmen, wenn nicht die geringste Chance bestünde, dass ich der Prinz bin?«

»Wie oft willst du mich das eigentlich noch fragen?«, platzte es aus mir heraus. »Wahrscheinlich würde ich dich sogar nehmen, wenn du ein Stalljunge wärst.« *Aber nur wenn du mir endlich die Wahrheit sagst*, ergänzte ich in Gedanken. Laut auszusprechen traute ich es mich nicht.

Ein Lächeln huschte über seine Lippen. »Wirklich?«

Ich nickte. »Müssen wir wirklich schon zurückgehen? Ist es dann vorbei?«

Das Leuchten in Phillips Augen verblasste. Er sah von mir weg und atmete tief ein. »Es ist nicht vorbei. Wir gehen doch nur zum Frühstück.« Dann versuchte er zu lächeln, doch er konnte mich nicht täuschen. Wir beide wussten, dass etwas zwischen uns stand, uns nicht vollends zusammenkommen ließ.

»Du hast recht. Wir sollten zum Frühstück gehen«, murmelte ich und konnte nur mit Mühe ein Seufzen unterdrücken.

Langsam hob er meine Hand und betrachtete das goldene Armband um mein Handgelenk, das ich vor dem Wettbewerb bekommen hatte.

»Das ist von deiner Schwester gewesen, oder?«

Erneut nickte ich und lächelte.

»Ein schöner Anhänger.« Er fuhr über die Inschrift. *In Liebe.* Darauf ließ er das Armband los und legte seine Hand unter mein Kinn, sodass ich ihn ansehen musste. Seine Augen waren so stark und doch so traurig, dass es mir den Atem nahm. Er beugte sich zu mir herunter und küsste mich erneut. Sanft und liebevoll.

»Ich …«, begann er, doch verstummte abrupt.

Eindringlich sah ich ihn an. »Was möchtest du sagen?«

Doch er schüttelte nur seinen Kopf und sah an mir vorbei.

»Bitte sag es«, flehte ich leise und spürte, wie sich meine Brust verengte.

Seine Lippen bebten, doch seine Augen blieben starr. »Wir sollten das nicht tun.«

»Warum nicht?« Ich hasste mich dafür, dass meine Stimme zitterte.

Phillip schüttelte seinen Kopf und atmete tief ein. »Ach, ich will einfach nicht, dass uns jemand sieht. Es wäre nicht gut, wenn wir den anderen Kandidatinnen ihre Hoffnungen nehmen würden.«

Es war wie ein Schlag ins Gesicht. Ich war wieder auf dem harten Boden der Tatsachen gelandet. »Du hast recht«, brachte ich betont gleichmütig heraus. »Wir sollten endlich gehen. Ich gehe als Erste. Schließlich muss ich mich noch umziehen.« Ich versuchte stark zu sein, während in meinem Inneren wieder einmal eine kleine, hoffnungsvolle Welt zusammenbrach. Hatte ich denn gar nichts gelernt?

Lügen. So viele Lügen.

»Ich wünschte, du könntest die Hose anbehalten. Dein Hintern sieht darin so gut aus.« Neckend zwinkerte er mir zu und spielte das traurige Schauspiel mit.

Er grinste mich an, nahm meine Hand und küsste liebevoll meinen Handrücken. Ich atmete tief durch und drehte mich dann von ihm weg.

»Kommst du heute Nacht?«, fragte er, als ich schon an der Treppe stand.

Langsam drehte ich mich zu ihm um. »Wir werden sehen.« Zu mehr war ich nicht in der Lage.

* * *

Wie in Trance ging ich zu den Türmen zurück. In meinem Innern herrschte das reinste Gefühlschaos. Wieder einmal. Einerseits freute es mich natürlich, dass er die ganze Nacht nur auf mich gewartet hatte. Andererseits konnte und wollte ich das Unbehagen in meinem Bauch nicht ignorieren, das mich immer befiel, wenn ich ihm zu nahe kam. Und wenn er es denn zuließ. Denn es war geradezu paradox: Phillip schien ständig meine Nähe zu suchen, erschrak dann aber über seine eigene Courage und machte einen Rückzieher.

Ich wusste nicht, was ich tun sollte, spürte jedoch, wie mein Herz nach und nach jegliche Vernunft zum Schweigen brachte.

Leise summend betrat ich unseren Turm und begrüßte Claire, die gerade erst aufzuwachen schien. Ich konnte kaum fassen, dass seit meinem Aufbruch nicht einmal eine Stunde vergangen war. Für mich hatte sich die Welt schneller gedreht und war doch gleichzeitig stehen geblieben.

»Morgen«, nuschelte sie und musterte mich misstrauisch, als ich mich an den Tisch setzte, meine Haare kämmte und mich schminkte. Ich spürte plötzlich neue Tatkraft in mir erwachen. Es musste einfach einen Sinn haben, dass ich hier war. Und ich würde auch noch herausfinden, was Phillip mit meinem fehlenden Gedächtnis zu tun hatte. Ich musste es einfach.

Doch anstatt noch etwas zu sagen, schüttelte Claire nur ungläubig ihren Kopf und schleppte sich müde gähnend die Treppe hoch. Schon bald kam sie zurück und schloss die Knöpfe meines fliederfarbenen Kleides, das ich mir kurz vorher übergestreift hatte.

»Was ist denn plötzlich in dich gefahren?«, fragte sie belustigt und beobachtete mich durch den Spiegel. »Du siehst so ... energiegeladen aus.«

Ich drehte mich zu ihr und schenkte ihr ein Lächeln, das nicht einmal ansatzweise die Gefühle widerspiegelte, die ich im Moment empfand. »Glaubst du, dass es verrückt ist, sich in einen Menschen zu verlieben, von dem man nicht einmal die Herkunft kennt? Geschweige denn, dass man weiß, ob man ihm überhaupt vertrauen kann?«

Verwirrt blickte mich Claire an. »Wie kommst du denn jetzt darauf?«

Ich biss mir auf die Unterlippe. »Ich war gerade spazieren und habe Phillip getroffen. Es ist seltsam: Wir haben uns geküsst und auf einmal habe ich alles so intensiv empfunden.«

Sie lächelte, zog mich zu sich hoch und sah mich an. Ihre Augen glitzerten. »Ach, Tanya ... dass ich das noch erleben darf. Heißt das etwa, dass du bleibst?«

»Habe ich eine andere Wahl?«, entgegnete ich leise und versuchte mir nicht anmerken zu lassen, wie viel Angst ich in diesem Moment empfand. Angst davor, dass aus meiner Verliebtheit richtige Gefühle werden konnten, denen ich nicht mehr entkam. Angst davor, dass ich niemals von ihm loskommen würde, egal, wie weit ich mich von ihm entfernte.

Claire lächelte den Rest der Zeit, die wir zum Herrichten benötigten, doch wir schwiegen einvernehmlich und folgten unseren eigenen Gedanken.

Schließlich hakten wir uns beieinander unter und verließen einvernehmlich den Turm. Auch die anderen Kandidatinnen machten sich gerade fröhlich plappernd auf den Weg. Ich schenkte ihnen jedoch keine Beachtung, sondern grübelte noch immer über den heutigen Morgen. Wir schlenderten zum Frühstück und gerade, als die Terrasse in unser Blickfeld rückte, traf mich die Erkenntnis wie ein Blitzschlag: All die Geschehnisse von heute Morgen waren doch der eindeutige Beweis dafür, wie weit ich schon zu gehen bereit war. Trotz des Wissens, dass Phillip etwas mit meinen verschwundenen Erinnerungen zu tun haben musste, hatte ich mich nicht gegen ihn stellen können. Selbst dann nicht, als er die anderen Mädchen ins Spiel brachte und wieder von mir abrückte.

Ich hätte ihn abweisen müssen. Niemals hätte ich mich so gehen lassen dürfen!

Von Weitem schon erkannte ich Phillip und klammerte mich an Claire, die das glücklicherweise nur als Aufregung auffasste. Wo waren sie nur? Meine Entschlossenheit und meine Tatkraft?

Als wir an der Terrasse ankamen, starrte ich ihn an, doch wich seinem Blick aus, als er sich zu uns umdrehte. Geradezu panisch senkte ich meinen Kopf und überlegte fieberhaft, was ich jetzt tun sollte.

Ich hatte mein Herz an einen Mann verloren, der etwas mit dem Verschwinden meiner Erinnerungen zu tun hatte. Jetzt kannte ich die Antwort auf seine Frage, ob ich ihm vertraute. Ich tat es *nicht*.

Was war, wenn das alles sein Plan gewesen war? Was, wenn er mir Gefühle vorgaukelte, damit ich das Ganze nicht weiter hinterfragte? Ich erzitterte und spürte, wie Tränen in meinen Augen brannten.

Claire und ich setzten uns an einen freien Tisch, wobei sie sich natürlich so positionierte, dass sie Fernand im Blick hatte. Ich hingegen drehte den jungen Männern den Rücken zu, damit Phillip nicht sehen konnte, wie ich mit mir kämpfte.

Es dauerte nicht lange, bis auch die restlichen Kandidatinnen ankamen. Erst jetzt fiel mir auf, dass – der geringeren Anzahl an Kandidatinnen geschuldet – weniger Tische und Stühle aufgestellt worden waren. Natürlich setzten sich prompt Charlotte und Emilia zu uns.

»Guten Morgen. Ist es nicht schön, dass wir alle zusammen weitergekommen sind?«, fragte Emilia süßlich.

»Ja, ganz toll«, presste ich hervor.

»Ganz schön bissig für den Liebling des Königreichs.« Charlotte sah mich mit hochgezogenen Augenbrauen an.

Doch ich schüttelte nur den Kopf. »Ich habe nicht sehr viel geschlafen und bin deshalb ein wenig gereizt.«

»Das sieht man«, erwiderte Emilia schnippisch und drehte sich zu den jungen Männern.

»Und, Emilia, welchen von ihnen hast du denn im Visier?« Claires Versuch, die Stimmung aufzulockern, wirkte verzweifelt.

Emilia lächelte und schüttelte ihre dunkelbraunen Haare in den Nacken. »Ich finde Charles toll und bin davon überzeugt, dass er der Prinz ist.«

»Ach, es ist sicher Phillip. Ich spüre das einfach«, erklärte Charlotte und lächelte verträumt, wobei ihr Blick zu besagtem Mann hinwanderte. Ich kannte diesen verliebten Blick. Er erinnerte mich stark an mich selbst. Innerlich schüttelte es mich.

»Wie kommst du darauf?« Ich krallte meine Finger in die Unterseite des Tisches, als rasende Eifersucht mich packte und meinen Mund wie von alleine die Frage aussprechen ließ.

Charlotte fuhr sich durch ihre langen blonden Haare und atmete tief ein. »Weil ich es einfach weiß. Und ich möchte mich nicht immer wiederholen ...« Sie beugte sich zu mir vor und ihre Augen wurden kalt. »Phillip gehört mir.«

»Wie kommst du eigentlich dazu, alleinigen Anspruch auf ihn zu erheben?« Nun war es Claire, die wütend klang.

Charlotte lachte. Kurz und künstlich. »Weil wir uns jeden Abend treffen. Wie könnte ich es dann nicht?«

»Ach, wirklich? Ich glaube dir kein Wort«, stachelte Claire sie mit hochgezogenen Augenbrauen an.

Doch Charlotte grinste nur gönnerhaft. »Das geht euch ja auch überhaupt nichts an.«

Wie versteinert blieb ich sitzen, als die anderen sich etwas zu essen holten, und starrte nur den Teller an, den mir Claire kurz darauf hingestellt hatte. Niemand sagte etwas dazu, dass ich nichts aß. Claire schaute mich immer wieder besorgt von der Seite an, schwieg jedoch. Emilia und Charlotte hingegen schien mein Unbehagen zu freuen. Ihr lautes Lachen schwoll in meinen Ohren zu einem ohrenbetäubenden Lärm an und bereitete mir Kopfschmerzen.

Alles in mir war wie leer gefegt. Ich konnte nicht einmal mehr sagen, ob ich noch wütend war. Oder eifersüchtig. Das Einzige, was ich spürte, war eine tiefe Verunsicherung, die ich nie zuvor derart erlebt hatte. Charlottes Worte hallten wie Donnerschläge in meinem Kopf wider und festigten meine Vermutung nur noch. Es war schon auffällig, wie sehr sich Phillip für sie interessierte. Und dann war da ich, die Kandidatin, die sich in ihn verliebt hatte und zusätzlich auch noch unangenehme Fragen stellte.

Doch bei einer Sache war ich mir zumindest sicher: Ich durfte meine Gefühle für Phillip nicht zulassen. Egal, ob er sich mit Charlotte traf oder nicht. Vielmehr ging es mir darum, dass er mich benutzte, mich belog und mich manipulierte, damit ich keine Fragen mehr stellte. Dass es so war, wusste ich einfach. Doch nun stellte sich eine viel wichtigere Frage: Wieso das alles? Was war sein Geheimnis?

Als meine Mitkandidatinnen zum Unterricht aufstanden, folgte ich ihnen schweigend und nahm mir etwas vor: Heute

Nacht konnte er so lange warten, wie er wollte. Ich würde nicht kommen. Nie wieder würde ich zu ihm gehen. Nie wieder würde ich mich von ihm belügen lassen. Nie wieder würde ich mich der Hoffnung hingeben, er könnte mehr für mich empfinden. Nie wieder!

Im selben Moment schaute ich auf und traf seinen Blick. Warm und sanft ruhte er auf mir, als würde er noch immer an den heutigen Morgen denken.

Ich spürte, wie mein Widerstand bröckelte, und hätte vor Verzweiflung am liebsten laut geschrien.

3. KAPITEL

DER UNAUSGESPROCHENE KUMMER NAGT AM HERZEN

Der Tag wollte und wollte nicht vergehen. Obwohl ich laut Madame Ritousi nicht am Geschichtsunterricht teilnehmen musste, blieb ich sitzen und hörte mir an, was ich längst wusste.

Beim Mittagessen schwieg ich weiter und kaute geistesabwesend auf dem Reis herum, während die anderen Kandidatinnen vor lauter Freude über ihr Weiterkommen und die Anwesenheit der jungen Männer fröhlich plauderten und lachten.

Im Nachmittagsunterricht wurde uns beigebracht, wie man mit Pfeil und Bogen umgeht. Ich imitierte zunächst ein wenig lustlos Herrn Bertus' Bewegungen, hielt den Pfeil an den Bogen, drückte ein Auge zu und atmete tief durch. Der erste Schuss traf direkt ins Ziel. Wie besessen begann ich von da an einen Pfeil nach dem anderen auf das runde Ziel abzufeuern. Ich traf stets die Mitte. Und mit jedem Mal war ich mir sicherer, dass ich hier wegmusste.

Herr Bertus lobte mich bei allen meinen Treffern und die Kandidatinnen warfen mir ehrfurchtsvolle Blicke zu, während Gabriela Peres auftauchte und uns filmte. Ich war mir bewusst, dass die Linse länger auf mich gerichtet war als auf die anderen. Doch die Kameras und die Moderatorin interessierten mich nicht. Vielmehr widerstand ich dem Drang, zu den jungen Männern hinüberzusehen und Phillip ins Bein zu schießen.

Ich wurde so verwirrt und traurig, dass ich so lange aufs Ziel schoss, bis meine Finger schmerzten und sich schon rote Schwielen an ihnen bildeten. Ich gab es erst auf, als meine wunden Hände wie Feuer brannten. Erschöpft ging ich zurück zu unserem Turm, während Claire sich noch kurz mit Fernand unterhielt.

In unserem kleinen Reich sprang ich sofort unter die Dusche und starrte die Fliesen an der Wand an. Den Schmerz in meinen Fingern ignorierend schrubbte und rubbelte ich meine Haut und wusch meine Haare.

Als ich wieder aus dem Bad kam, stand Fernand bereits unten und schien auf mich zu warten. Claire saß auf ihrem Bett und betrachtete mich besorgt.

»Hallo, Tanya. Ich bitte dich heute ganz offiziell um eine Verabredung. Und zwar jetzt sofort.« Betont fröhlich lächelte er mir zu, doch sein Tonfall ließ keine Widerworte zu.

Ich ging an ihm vorbei zum Schrank und warf meine Trainingskleidung daneben in den Wäschekorb. Noch immer war ich nur mit einem Handtuch bekleidet, doch das war mir in dem Moment egal. »Wieso?«, brachte ich bloß mürrisch hervor und versuchte nicht einmal, meine schlechte Laune zu verbergen.

»Weil ich es so will. Ich werde draußen auf dich warten«, entgegnete er immer noch fröhlich und verabschiedete sich von Claire mit einem liebevollen Kuss.

»Ist das nicht ein wenig dreist, kurz nachdem er mich um eine Verabredung bittet?«, fragte ich bitterer, als ich wollte.

»Tanya, ich wusste einfach nicht mehr weiter. Bitte rede mit ihm.« Sie holte mir ein Kleid aus dem Schrank, in das ich schicksalsergeben hineinschlüpfte, und machte mir die Haare.

»In Ordnung«, lenkte ich ein. »Es tut mir leid, dass ich heute so ungenießbar bin.« Mit einem Mal peinlich berührt starrte ich meine Schuhe an.

»Ich habe dich trotzdem lieb.« Claire zog mich zu einer langen Umarmung an sich. Die innige Geste ließ mich langsam ruhiger werden. »Sei nett zu ihm«, bat mich meine Freundin noch.

Da musste ich leise lachen und ging hinaus. Fernand saß auf der Bank neben unserem Turm und grinste mich schief an, als er mich sah. »Du bist heute besonders hübsch.«

»Du brauchst mir zwar nicht zu schmeicheln, aber trotzdem danke. Du siehst auch sehr gut aus.«

»Das war nicht geschmeichelt, sondern nichts als die Wahrheit. Vor allem auch nach deiner Meisterleistung im Training. Ich war begeistert!«

Unwillkürlich verzogen sich meine Lippen zu einem stolzen Lächeln. »Hat das jetzt dein Bild von mir verändert?«

Mein Gegenüber grinste und schüttelte seinen Kopf. »Ein wenig. Aber wir zwei Hübschen gehen jetzt etwas essen. Es ist einfach nicht gut, dass du den ganzen Tag nichts zu dir nimmst. Vor allem nach dem anstrengenden Unterricht.« Er klang ernst, als er mir seine Armbeuge entgegenstreckte, damit ich mich einhaken konnte. Langsam setzten wir uns in Bewegung.

Im Gehen sah ich zu ihm hoch. »Ich weiß. Aber heute hatte ich wirklich keinen Hunger. Und so anstrengend war es doch auch nicht«, antwortete ich kleinlaut und ballte meine Hände zu Fäusten, damit er meine rot gescheuerten Finger nicht sehen konnte.

Fernand musterte mich mit zusammengekniffenen Augen. »Ja, bei dir wirkt das alles so leicht. Wir anderen haben ganz schön alt ausgesehen. Hast du schon Erfahrung darin?«

Unweigerlich zuckte ich beim Klang des berüchtigten Namens zusammen, doch schüttelte schnell meinen Kopf, um es zu überspielen. »Nein, das war das erste Mal. Und es macht ziemlich Spaß.«

»Wirklich? Ich finde es anstrengend. Aber für das erste Mal war das wirklich eine grandiose Leistung. Vielleicht solltest du mehr daraus machen. Theoretisch musst du am Vormittagsunterricht nicht teilnehmen und könntest dann Privatstunden bei Herrn Bertus bekommen. Ich denke wirklich, das könnte etwas für dich sein. Du bist so anders als die meisten Kandidatinnen, die sich nur für ihr Aussehen zu interessieren scheinen.«

Meine Augenbrauen hoben sich überrascht. »Ja, das wäre vielleicht tatsächlich eine Idee. Ich denke in jedem Fall darüber nach. Aber du hast mich doch sicher nicht um eine Verabredung gebeten, damit ich mit dir über meine Stärken rede, oder?«

Sein Gesicht wurde dunkler und seine Augen wanderten hinüber zum Haupthaus, auf das wir gerade zuliefen. Aber er schwieg, schien zu überlegen, wie er anfangen sollte.

Sein ernster Gesichtsausdruck brachte mich zum Lachen. »Komm schon. Du warst doch sonst auch nicht so schweigsam.«

Aber er sagte noch immer nichts, sondern verzog nur seinen Mund. Sein Verhalten machte mich nervös.

Stumm ging ich mit ihm in das Haupthaus hinein, vorbei an den Gemälden der alten Könige und ihrer Familien, direkt auf eine große, geschwungene Treppe zu. Wir erklommen sie und traten in einen noch höheren Flur. Einige Meter weiter kam die nächste Treppe. So langsam begannen meine Füße, die in hohen Schuhen steckten, zu schmerzen. Aber ich schwieg genauso wie Fernand.

Gefühlte zehn Treppen später und ebenso viele Blasen mehr an meinem großen Zeh standen wir endlich vor einer hölzernen Tür, die mein Begleiter mit ein wenig Kraftaufwand aufstieß.

Mein Atem stockte, als ich erkannte, wo wir uns befanden. Mit großen Augen sah ich Fernand an, unfähig meine Faszination zu verbergen.

Fernands Gesicht zierte ein breites Lächeln, so voll von Stolz, dass ich laut aufgelacht hätte, wäre ich nicht so überwältigt gewesen.

»Das ist der höchste Turm des Palastes. Von hier aus kann man an guten Tagen beinahe das Ende des Königreichs sehen und auch an schlechten Tagen noch immer das Glas der Kuppel berühren«, erklärte er ehrfürchtig. Natürlich wusste ich, dass er übertrieb, doch als ich aus dem Fenster sah, hatte ich beinahe das Gefühl, er könnte vielleicht doch recht haben.

»Das ist wunderschön, Fernand«, hauchte ich leise, aus Angst, ich könnte diesen Moment zerstören.

Er brachte mich näher an die Fenster und legte meine Hände an das Fensterbrett. Kälte umspielte meine Finger und hielt mir vor Augen, dass ich *nicht* fliegen konnte, auch wenn ich mich gerade so fühlte.

Eine ganze Zeit lang sahen wir stumm hinaus. Ich interessierte mich vor allem für die Kuppel. Von hier oben konnte man noch viel besser die eisernen Streben erkennen, die das Glas der Kuppel stabilisierten. Es war atemberaubend.

Auf einmal begann mein Magen jämmerlich zu knurren. Ich schreckte auf und sah zu Fernand, der nicht mal Gentleman genug war, um sein Lachen zurückzuhalten. Es hätte mich nicht einmal gewundert, wenn er sich vor lauter Lachen gleich auf den Boden geworfen hätte.

»Entschuldige. Komm, wir essen. Ich habe uns extra etwas bringen lassen.« Er verwies auf den kleinen, runden Tisch hinter uns.

Gespielt schmollend setzte ich mich und betrachtete den Turm nun genauer. Dunkle Holzbalken trugen das Dach und verzierten gleichermaßen die Wände. Auch der Boden bestand aus dunklem Holz, in seiner Mitte lag ein runder, dunkelroter Teppich, auf dem das ebenfalls dunkle Mobiliar stand. Weinrote Vorhänge zierten die Fenster. Die Lichtöffnungen nahmen den halben Turm ein. Für einen Moment dachte ich mir, dass dieser Raum mein Lieblingszimmer in diesem Palast werden könnte und ich vielleicht später öfter hierherkommen würde. Sofort wischte ich diese abstruse und zugleich unverschämte Vorstellung beiseite und schluckte den aufkommenden Kloß in meinem Hals hinunter, den diese Gedankenbilder verursachten.

»Unser erster Gang besteht aus einer Suppe. Ich hoffe, es macht dir nichts aus, dass wir keine Bedienung haben. Schließlich wollen wir doch unter uns sein.« Zwinkernd schaffte Fernand es, das Unbehagen in mir zu lösen.

»Ich werde es schon überleben.« Ich ließ mir von ihm die Suppenkelle geben, woraufhin er den Deckel eines kleinen Topfes anhob. Ich befüllte erst seinen und dann meinen Teller. Dann schüttete uns Fernand einen golden schimmernden Wein in unsere Gläser.

»Danke für diesen Abend.« Ich stieß mit ihm an, nahm einen Schluck und seufzte vor Wonne.

»Der ist gut, oder?« Fernand lehnte sich vor und nahm seinen Löffel.

Ich nickte, obwohl ich in solchen Dingen ja kaum Erfahrung hatte, und kostete gleich noch einmal. »Der schmeckt wirklich gut. Was ist das für einer?«

Er zuckte mit seinen Schultern und nahm auch noch einen Schluck. »Ich weiß es nicht. Erica hat das alles für uns herrichten lassen. Sie hat sich wohl große Mühe gegeben.«

»Erica? Ich habe sie schon seit der Auswahl nicht mehr gesehen. Ich hoffe, sie ist mir nicht böse, weil ich so schlecht drauf war«, gab ich zu meiner Überraschung ziemlich offen zu. Der Wein machte mich anscheinend gesprächig.

»Nein, sicher nicht. Sie liebt dich wie ihr eigenes Kind. Immerzu redet sie davon, wie unglaublich begabt, schön und was du sonst noch alles bist. Man könnte meinen, sie würde dich adoptieren wollen«, lachte er und betrachtete mich dabei interessiert.

Mir fiel darauf nichts Passendes ein, also lächelte ich einfach.

»Aber ich denke, sie macht das alles aus einem ganz speziellen Grund«, sagte er plötzlich ernst und trank noch einmal aus seinem Glas, bevor er begann die Suppe zu essen.

Erstaunt hob ich meine Augenbrauen. »Was denn?«

Fernand schaute mich nicht an, als er antwortete. »Ich glaube, sie möchte Phillip und Henry vor Augen halten, dass du die beste Wahl bist.«

»Wenn sie selbst nicht wissen, wer die beste Wahl ist, dann möchte ich nicht mal zur Wahl stehen.« Entschieden wischte ich mir mit einer Serviette über meinen Mund.

Fernand legte seine Stirn in Falten. »Wenn es so einfach wäre, dann würde ich das auch sagen.«

Ich nahm noch einen kräftigen Schluck aus meinem Glas und leerte es damit in einem Zug. Fernand schüttete sofort nach und ich aß langsam meine Suppe auf, während ich über seine Worte nachdachte.

Warum musste das alles so kompliziert sein? Und wieso hatte ich die ganze Zeit das Gefühl, dass ich etwas ganz Grundlegendes nicht verstand?

»Darf ich dich etwas fragen?«, fragte ich zögernd, als ich Fernand half, unsere Teller auf einen kleinen Nebentisch zu stellen und gleichzeitig das Hauptgericht aufzutragen.

»Natürlich.«

»Warum dieser Wettbewerb? Warum diese ganze Show? Ich habe so langsam das Gefühl, dass hier etwas faul ist.«

Er schluckte und sein Kiefer verspannte sich, während er versuchte, mich nicht anzusehen. »Nun ja. Er ist dafür da, die Liebe zu finden, und außerdem ist es schon immer so gewesen, dass der Thronfolger seine zukünftige Frau in so einem Wettbewerb kennenlernt.«

Er log zwar nicht, doch er verschwieg mir etwas. Ich konnte es spüren. »Ja, ich weiß. Aber warum fällt es Phillip dann so schwer, sich zu entscheiden? Warum habe ich das Gefühl, dass ich niemals eine Chance bei ihm haben werde? Bei dir und Claire ist es doch auch so einfach.«

Jetzt atmete Fernand schwer ein, öffnete eine weitere Flasche des köstlichen Weins und befüllte unsere Gläser damit. Währenddessen drapierte ich das Hauptgericht, Pute, Salat und Kartoffeltaschen, auf unsere Teller.

»Weißt du, er empfindet wirklich etwas für dich. Da bin ich mir sicher. Auch wenn er es nicht ausspricht, kann ich es ihm ansehen. Aber es i-«

»Wenn du jetzt sagst, dass es kompliziert ist, dann haue ich dich«, unterbrach ich ihn möglichst ernst, doch spürte, wie sich meine Mundwinkel hoben. Alles, was in Verbindung mit Phillip stand, war offensichtlich *kompliziert*.

Fernand verzog entschuldigend seinen Mund. »Du wirst es verstehen, sobald das alles hier vorbei ist. Dann wird alles klarer sein.« Seine Stimme klang bitter, während er zum Fenster hinübersah.

Ich atmete tief ein, nickte, obwohl er es nicht sehen konnte, und begann zu essen. Es war köstlich. Doch trotzdem hatte das Ganze einen faden Beigeschmack. Erneut schwiegen wir. Aber es war nicht unangenehm. Wir hingen beide unseren Gedanken nach. Und gerade deswegen schaffte ich wahrscheinlich nicht mal die Hälfte unseres Hauptgerichtes. Mit der voranschreitenden Zeit verging mir der Appetit. Dafür trank ich umso mehr Wein und spürte, wie sich meine Wangen erhitzten. Trotz eines kleinen schlechten Gewissens genoss ich die damit verbundene Leichtigkeit.

»Sag mir mal ganz ehrlich: Treffen sich Phillip und Charlotte wirklich jeden Abend?«, fragte ich geradeheraus in die Stille hinein und stocherte in meinen zerpflückten Kartoffeltaschen herum.

»Nein, das tun sie nicht, glaub mir. Ich wüsste das zu verhindern. Diese Charlotte ist wirklich das Letzte. Ups. Sag das bloß niemandem!«

Ich schüttelte den Kopf. »Keine Angst. Ich finde sie auch

schrecklich. Eine eingebildete, blöde Kuh. Aber sie scheint Phillip wirklich zu mögen.«

»Auch wenn: Sie ist einfach nicht die Richtige. Du bist es. Du wärst die perfekte Frau für ihn. Das sage ich ihm auch immer wieder.«

Meine Augenbrauen schnellten in die Höhe. »Wirklich? Das ist sehr nett von dir. Trotzdem glaube ich nicht, dass ich eine Chance bei ihm habe. Und ich weiß noch nicht einmal, ob ich überhaupt eine will. Außerdem ist da noch etwas anderes ...«

Ich sah die Neugier in seinen Augen aufflammen. Gleichzeitig wusste ich, dass die Wahrheit zu sagen an dieser Stelle vermutlich ein Fehler war. Aber ich konnte nicht anders. Ich musste mich jemandem anvertrauen. Claire wollte ich damit nicht behelligen. Sie war ein so guter Mensch. Sie konnte sich bestimmt nicht vorstellen, dass Phillip tatsächlich so etwas Schlimmes getan haben könnte.

»Was ist denn da noch, Tanya?«, hakte mein Begleiter nach und nahm gespannt einen Schluck aus seinem Glas, das bereits wieder halb leer war.

Ich tat es ihm nach und starrte die restliche schimmernde Flüssigkeit an. »Ich glaube, Phillip weiß, warum ich mich an nichts mehr erinnern kann. Ich meine, an das, was in der Nacht passiert ist, als diese Meteoriten heruntergekommen sind.« Mein Blick glitt zu Fernands Gesicht.

Er sah mich erschrocken an und in diesem Moment wusste ich, dass ich recht hatte.

»Du musst mich nicht bestätigen«, fuhr ich unbeirrt fort. »Ich weiß, dass es so ist. Er ist ein ziemlich schlechter Lügner. Und ich will dich eigentlich nicht in die Situation bringen, mich anlügen zu müssen. Aber ich würde gerne wissen, warum. Ich verstehe es einfach nicht. Was ist in dieser Nacht passiert, das mir niemand erklären kann?« Meine Stimme wurde am Ende peinlich schrill und ich musste mich abermals mit einem großen Schluck Wein beruhigen, der mir meine Sinne umso mehr vernebelte.

Fernand senkte seinen Blick und biss sich so fest auf seine Unterlippe, dass selbst ich meinte, den Schmerz spüren zu können. Dann sah er zu mir hoch und betrachtete mich. Dann, mit einem Mal, erhellte sich sein Gesicht und er erhob sich langsam.

»Ich werde dir jetzt etwas zeigen. Es ist der Bericht über die Meteoriten. Aber du musst mir bei allem, was dir heilig ist, schwören, ihm nichts davon zu sagen. Vor allem nicht von mir. Egal, was dir wieder einfällt: Bitte halte dich bedeckt. Ich habe davon auch erst viel später erfahren.«

Noch nie zuvor hatte ich Fernand so ernst erlebt. Unwillkürlich legte ich mir die Hand aufs Herz, stand auf und stellte mich vor ihn hin. »Ich schwöre dir, dass ich dich mit keinem Wort erwähne.«

Da nickte er und nahm meine Hand. Dann zog er mich aus dem Turm hinaus. Wir gingen schnell. Zu schnell eigentlich. Doch durch den Wein beflügelt spürten meine Füße keine Schmerzen mehr, allerdings machte sich ganz langsam Schwindel in meinem Kopf breit.

Hastig folgte ich ihm, folgte ihm über unzählige Treppen und Flure. Selbst ohne Wein hätte ich niemals den Weg zurückgefunden.

Auf einmal wurde Fernand langsamer und sah sich in dem Flur um, auf den wir über eine schmale Treppe gelangt waren.

Wir waren alleine. Ich erkannte durch ein hohes Fenster, dass es draußen bereits dämmerte. Man konnte schon die ersten Sterne am Himmel leuchten sehen.

Fernand hielt vor einer hölzernen Tür, holte einen Schlüssel aus seiner Hosentasche und drehte ihn im Schloss um. Ein Klicken ertönte, woraufhin er wild mit seiner Hand fuchtelte, damit ich zu ihm hinüberkam. Eilig schob er mich in den Raum und schloss dann schnell wieder hinter uns die Tür. Es war so dunkel, dass ich nicht mal meine eigene Hand vor Augen sehen konnte.

Mein Begleiter drückte einen Schalter und die plötzliche Helligkeit ließ mich aufstöhnen. Ich hielt meine Hand über die Augen, bis sie sich an das Licht gewöhnt hatten. Dann sah ich mich überrascht um. Wir waren in einem kleinen Raum, der voll von Sesseln war, und an einer Wand befand sich eine riesige Leinwand.

»Was ist das hier?«, fragte ich tonlos und schaute zu Fernand, der gerade an das andere Ende des Raumes ging, um ein Gerät anzuschalten.

»Das hier ist unser Kommunikationszimmer. Hier können wir uns alle Sendungen und Berichte ansehen, die gezeigt wurden«, erklärte er stolz.

»Das ist wirklich beeindruckend. Unsere Nachbarn haben ein kleines Gerät, aber meine Tante hält nicht viel davon. Wenn wir uns eine Sendung ansehen wollen, dann gehen wir in unseren Gemeindesaal oder bei besonders wichtigen Sendungen auf den Marktplatz. Dort wird alles gezeigt«, erklärte ich beeindruckt und fuhr mit meinen Fingern über die Lehne eines weichen Sessels.

Fernand kramte derweil in einer Schublade herum, zog

schließlich ein längliches Gerät heraus und drückte darauf einen Knopf, woraufhin Bilder auf die Leinwand projiziert wurden. Dann schaltete er das Licht aus und wir setzten uns auf zwei Sessel weiter hinten, von denen aus man die beste Sicht hatte.

»Du hast es geschworen und ich vertraue auf dein Wort.« Feierlich drückte er meine Hand.

Ich schluckte. »Ja. Und mein Wort breche ich niemals.«

Da nickte Fernand zufrieden und wandte sich zur Leinwand hin. Ich tat es ihm nach und sah dabei, wie er irgendwelche Knöpfe drückte, bevor das Bild flackerte und die Berichterstattung begann. Jetzt war ein Moderator zu sehen, der aufgeregt die neuesten Meldungen verkündete. Tausende von roten Lichtkegeln explodierten auf der Kuppel hinter ihm. Doch die Kamera hatte nur den Moderator im Fokus. Die ganze Zeit. In jedem dritten Satz wiederholte er, dass es Meteoriten seien, die dort auf der Kuppel explodierten.

Ich presste meine Augen zusammen und konzentrierte mich ganz auf das Bild hinter ihm. Langsam legte ich meinen Kopf schief und sog die roten Blitze in mich ein. Ich spürte Unruhe in mir aufkommen. Angst. Mein Herz pochte schneller. Ruckartig schnappte ich nach Luft. Die Erinnerungen stürzten auf mich ein und rissen mich mit sich fort.

Ich stand wieder mit Fernand im Wald. Ein Knall ertönte und wir rannten zwischen den Bäumen zurück zu den Türmen. Am Waldrand blieben wir wie angewurzelt stehen und starrten hinauf zum Himmel. Es sah so aus, als würde die Welt untergehen. Tausende von winzigen Objekten flogen auf die Kuppel zu und explodierten mit rotblauen Funken auf dem Glas, das uns schützte. Das dumpfe Geräusch des Auftreffens erfüllte die gesamte Umgebung. Es sah tatsächlich so aus, als würde der Himmel brennen.

»Das sind Meteoriten«, hatte Fernand geschrien. Doch ich hatte ihm nicht geglaubt. Die Explosionen waren viel zu gleichmäßig, dessen war ich mir sicher gewesen.

In Windeseile war ich zu unserem Turm gerannt, an Claire vorbei. Dort hatte ich mein Fernrohr gegriffen. Dann war ich auf das Dach des Turms geklettert und hatte mich hingelegt.

Ich wusste wieder, was ich da gesehen hatte. Nein, es sind keine Meteoriten gewesen. Es waren *Raketen*. Sie kamen von Objekten, die weit über der Kuppel flogen und sie auf uns abfeuerten. Wieder, immer wieder hörte ich den dumpfen Knall der Explosionen über uns. Ich versuchte zu atmen, doch jähe Panik stieg in mir hoch. Noch jetzt spürte ich, wie jemand mich an meinem Fuß packte, ich dann vom Dach rutschte und fiel.

»Nein!«, schrie ich und sprang aus dem Sessel. Ich erinnerte mich. An alles. An Phillip, wie ich ihm sagte, dass wir angegriffen wurden. Daran, dass er es vehement und beinahe wütend abstritt. Und auch daran, wie jemand mir etwas in meine Venen gespritzt hatte. In diesem Moment konnte ich körperlich den Schmerz spüren, der mich damals durchzogen hatte.

Schweiß rann mir über meinen Rücken. Mein Herz drohte in meiner Brust zu explodieren. Ich starrte Fernand an, der wiederum mich anstarrte. Seine Augen waren vor Angst weit aufgerissen.

Auf einmal stiegen mir Tränen in die Augen. Ich ließ sie über meine Wangen laufen, spürte, wie sie auf meinen Hals fielen und dann meinen Ausschnitt befeuchteten. Mein Körper begann plötzlich unkontrolliert zu zittern, während ich meine Arme um mich legte und mir versuchte Trost zu spenden. Doch ich konnte nicht. Ich spürte ihn, spürte den tiefen Riss in meinem Herzen.

Meine Beine gaben nach. Langsam, wie in Zeitlupe, sackte ich in mich zusammen, landete auf meinen Knien, die zu brennen begannen. Doch der Schmerz in meiner Brust wog viel schwerer, weshalb ich es kaum wahrnahm.

Wie gelähmt saß ich da und starrte den Boden an. Im Augenwinkel sah ich noch immer, wie Bilder an die Wand gespielt wurden, doch die Stimmen dazu hörte ich nicht mehr.

Fernand tauchte neben mir auf. Er setzte sich zu mir. Ohne etwas zu sagen, legte er seine Arme um mich, zog mich auf seinen Schoß und wiegte mich vor und zurück. Sanft flüsterte er mir etwas ins Ohr. Doch ich hörte es nicht. Ich verstand es nicht. Alles rauschte. Es zog wie eine Reihe von Fotos an mir vorbei. Sogar, wenn ich es gewollt hätte, hätte ich ihn nicht hören können. Als würden meine neu erworbenen Erinnerungen ihren Platz in meinem Kopf behaupten wollen.

Mein Herz brannte laut pochend in meiner Brust. Mein Körper zitterte. Ich glaubte sogar, mich selbst schluchzen zu hören. Doch ich war mir nicht sicher. Meine Sinne wollten mir nicht mehr gehorchen. Sie hielten mich wie unter Wasser. Alles um mich herum war verschwommen und ein einziges leises Rauschen.

Phillip. Er ist es gewesen.

Vage konnte ich erkennen, wie sich die Tür öffnete. Jemand kam herein. Ich wollte aufschauen und hinsehen, doch Fernand hielt mich immer noch fest an sich gedrückt und verwehrte mir die Sicht. Jemand sagte etwas und ich glaubte, dass Fernand antwortete. Die Tränen in meinen Augen ließen alles verschwimmen, als das Licht angemacht wurde. Die Bilder verschwanden von der Wand und die Stimme des Moderators verstummte. Doch Fernand redete noch immer mit der anderen Person.

Auf einmal wurde ich hochgehoben. Jemand drückte mich an sich. Doch es war nicht Fernand. Er roch anders. Ich kannte den Geruch, doch konnte ihn in diesem Moment nicht zuordnen. Ich war wie betäubt. Noch immer weinte ich. Doch jetzt leiser, nach Luft ringend. Schmerz machte sich hinter meiner Stirn breit, ließ alles nur noch schlimmer werden. Realer.

Phillip hatte mir das angetan.

Die Person trug mich sachte aus dem Raum, die Schritte schnell und groß. Ich fühlte mich, als würden wir fliegen. Meine Augen wurden müde. Sie taten weh von den vielen Tränen. Meine Augenwinkel brannten wund. Mein Körper zitterte noch immer.

Ich nahm wahr, wie wir Treppen hochstiegen und Flure durchquerten. Fernand war noch irgendwo. Sie redeten. Ich glaubte, Wut herauszuhören. Aber vielleicht irrte ich mich auch. Mein Körper wurde ruhiger durch das stetige Auf und Ab der Schritte. Doch mein Kopf schien unter der Last des Wissens explodieren zu wollen. Wie die Raketen.

Auf einmal kamen wir in einem Zimmer an. Es war dunkel. Ich wurde auf ein Bett gelegt. Jemand zog eine Decke über meinen zitternden Körper, ich lag mit dem Rücken zu ihm, das Gesicht zu einem Fenster hingewandt. Vor meinen Augen explodierten noch immer die Raketen auf der Kuppel. Ich meinte sogar den Rauch riechen zu können. Ätzend breitete er sich auf meiner Zunge aus und verknotete meine Sinne.

4. KAPITEL

ALLES WAS ICH VERGASS, SCHREIT IM TRAUM UM HILFE

Ich renne. Meine Beine tun weh. Nein, eigentlich schmerzt alles an meinem Körper.

Feuer umzingelt mich. Weiße Bäume werden von den Flammen erfasst, entzünden sich sofort und brennen so wild, dass die Flammen mir gefährlich nahe kommen. Ich versuche ihnen auszuweichen, doch ihre Feuerkrallen sind zu lang. Sie haschen immer wieder nach mir. Versengen meine Haut.

Nebel kriecht dahin. Meine Schritte hallen wider. Wie auf Glas. Doch ich sehe den Boden nicht.

Ich renne. Ich renne, so schnell ich kann. Meine Lunge droht zu bersten. Husten dringt aus meinem Hals und klingt wie Krächzen. Brennende Vögel steigen aus den Flammen empor. Sie schwingen sich hinauf. In den Himmel. Weiter, als sie es können sollten. Keine Grenzen.

Ich bleibe stehen. Starre zu ihnen hoch. Ignoriere die Flammen auf meiner Haut.

Ich brenne.

Es ist so ruhig. So wundervoll ruhig.

Die Vögel sehen mich und wenden. Ihr Weg führt nun direkt auf mich zu.

Langsam breite ich meine Arme aus. Schließe meine Augen. Mache mich bereit für die Vereinigung.

Vögel zwitscherten leise, als ich erwachte. Nur ein kleines Licht erhellte den dunklen Raum. Noch immer saß mir der Traum im Nacken und ließ mich erzittern. Getrocknete Tränen klebten auf meinem Gesicht, doch mein Kissen war noch feucht, als hätte ich gerade erst aufgehört zu weinen.

Ich schaute aus dem Fenster, draußen ging gerade die Sonne auf. Die Nacht musste eben erst geendet haben. Alle anderen schliefen wahrscheinlich noch.

Langsam drehte ich mich um.

Mein Atem stockte vor Schreck. Ich sah Fernand in einem Sessel vor mir, dann waren da noch Phillip und Erica in zwei weiteren Sesseln. Zögerlich blickte ich mich um. Nein, diesen Raum kannte ich nicht. Das Krankenzimmer konnte es nicht sein. Hier gab es ein großes Himmelbett, einen Schrank und weiter hinten einen kleinen Tisch. Und nun saßen vor mir drei schlafende Menschen, die darauf zu warten schienen, dass *ich* endlich aufwachte.

Ich schluckte und sah zu Phillip hinüber. Beinahe hätte ich geschrien, als mir auffiel, dass seine Augen nun geöffnet waren. In ihnen lag eine Klarheit, die mich vermuten ließ, dass er schon länger wach war und gerade nur kurz seine Augen geschlossen hatte.

Langsam stand er auf und kam auf mich zu. Seine Lippen umspielte ein kleines Lächeln, während seine Augen verschlossen und voller Argwohn waren.

»Wie geht es dir?« Er setzte sich auf den Rand des Bettes und griff nach meiner Hand.

Vor Angst zuckte ich zusammen, doch ließ ihn gewähren. »Es geht. Wo bin ich?«

Er lächelte nun breiter. »In einem Gästezimmer. Was ist gestern passiert?« Er beugte sich zu mir herunter und schaffte damit eine Intimität, für die ich noch nicht bereit war.

Ich schluckte. »Ich habe Fernand …«, kurz hielt ich inne und biss mir auf die Lippen, da ich gerade dabei war, unseren Schwur zu brechen. Doch nun war es sowieso zu spät. Also begann ich noch einmal, in der Hoffnung, dass mein Freund keinen Ärger bekommen würde. »Ich habe Fernand gebeten, mir zu zeigen, was in der Nacht mit den Meteoriten passiert ist. Und als ich dann die Bilder sah, habe ich mich plötzlich ganz komisch gefühlt. Ich hatte so schreckliche Angst. Aber ich weiß nicht, warum. Ich kann mich wieder erinnern. Also an ein paar Sachen. Aber ich verstehe einfach nicht, warum ich so schreckliche Angst hatte«, erklärte ich erstickt und wieder liefen mir Tränen über meine Wangen. Eigentlich wäre jetzt der perfekte Moment gewesen, Phillip auf seine Beteiligung anzusprechen. Doch was hätte ich ihm sagen sollen? Dass ich mir jetzt seiner Schuld an meiner Gedächtnislücke sicher war? Mit welchem Beweis?

Ich konnte ihm ansehen, wie er sich entspannte. Es versetzte mir einen scharfen Stich in meiner Brust.

Langsam beugte er sich vor und strich mir meine Haare aus der Stirn. »Es ist schon gut«, hauchte er. »Es war beängstigend und mit deinem Sturz zusammen ist es wahrscheinlich noch traumatischer. Aber du brauchst keine Angst mehr zu haben. Jetzt bin ich ja bei dir.«

Mühsam rang ich mir ein Lächeln ab. Paradoxerweise empfand ich tatsächlich so etwas wie Freude. Er schien sich um mich zu sorgen. Oder war ich zu geblendet, um es richtig deuten zu können? Ging es um mich oder um das Königreich?

»Danke«, flüsterte ich und drückte seine Hand.

»Hast du schlecht geträumt? Du hast so gezittert gerade.«

Ich nickte. »Ja. Es war kein schöner Traum.«

»Darf ich fragen, worum es ging?«

»Ist nicht so wichtig«, erwiderte ich schnell. »Ich kann mich schon kaum mehr daran erinnern. Aber was machst du hier?«, versuchte ich ihn abzulenken.

»Ich habe euch gefunden. Na ja, um ehrlich zu sein, habe ich euch gesucht. Also, weil ich eigentlich ... Ich habe ...« Er verstummte und sah mich gequält an.

Meine Stirn legte sich in Falten. »Was hast du?«

Sein Blick wanderte aus dem Fenster. »Niemand wusste, wo ihr wart. Und da dachte ich irgendwie –«

»Warst du etwa eifersüchtig?«, fragte ich belustigt und verzog meinen Mund, als mein dummes Herz aufhüpfte.

Er imitierte meinen Gesichtsausdruck und sah mich wieder an, bevor er lachte. »Natürlich nicht. Ich war nur ...« Seine Lippen pressten sich zusammen, während eine sanfte Röte auf seinen Wangen erschien. Sogar Scham machte ihn attraktiv.

»Ja?« Ich unterdrückte ein Kichern, eingenommen von seiner Reaktion.

»Schon gut. Ich weiß, wie blöd ich klinge. Aber ich kann doch auch nichts für meine Gefühle«, brachte er heraus und drückte meine Hand ein wenig fester.

Ich seufzte. »Das kenne ich. Ich war eifersüchtig, weil Charlotte mir erzählt hat, dass ihr euch jeden Abend trefft«, sagte ich langsam und beobachtete, wie er überrascht seine Augenbrauen zusammenzog. Dieses Thema war so viel ungefährlicher. Einfacher.

»Das hat sie gesagt? Aber wir treffen uns nicht jeden Abend. Nur, wenn wir uns verabreden.«

Ich schluckte bei seinen Worten und schloss kurz meine Augen, damit ich ihn nicht ansehen musste. »Warum hast du mich noch nie gefragt?«

Er drückte weiter meine Hand. »Wir sehen uns doch andauernd.«

Empört riss ich die Augen auf. »Aber das ist nicht dasselbe!«

Dieses Mal war er derjenige, der meinem Blick auswich. »Ich weiß.« Mehr sagte er nicht. Ich hatte wenigstens gehofft, dass er sich rechtfertigen würde. Aber ein junger Mann, der im Palast aufgewachsen war, hatte das anscheinend nicht nötig.

Ergeben lehnte ich mich tiefer in mein Kissen. Plötzlich durchzuckte ein leichtes Ziehen meinen Arm. Ich runzelte meine Stirn und hob ihn vor mein Gesicht. Tatsächlich hatte ich eine Narbe direkt auf meinem inneren Handgelenk.

»Was ist da?«, fragte Phillip jetzt irritiert und griff nach meiner Hand. In dem Moment, als er die Narbe sah, entglitten ihm alle Gesichtszüge. Aber nur für einige Sekunden. Dann schluckte er und lächelte behutsam.

»Ich glaube, das ist eine Narbe. Sie sieht aus wie von einer Nadel. Aber ich wüsste nicht, wann das gewesen sein könnte«, sagte ich so überzeugend wie möglich.

Einen Moment lang hielt ich den Atem an, als er mich anlächelte und über die Narbe strich. »Das war sicher nach deinem Unfall. Es sieht so aus, als wäre es schon ein paar Tage her.«

Wenn ich nicht gewusst hätte, dass er log, ich hätte ihm geglaubt. Diese Erkenntnis brannte in meinen Augen, sammelte sich in Tränen, die nun vereinzelt aus meinen Augenwinkeln liefen.

»Du musst wirklich keine Angst mehr haben. Ich bin bei dir.

So etwas passiert dir nie wieder.« Er beugte sich zu mir herunter und schenkte mir einen sanften Kuss auf meine Stirn.

Ich lächelte zu ihm hoch, während ein schmerzhaftes Ziehen durch meinen ganzen Körper zuckte. »Ich weiß«, flüsterte ich erstickt und schaute zum Fenster hinaus. Die Sonne bahnte sich ihren Weg.

»Wer weiß alles von gestern?«, fragte ich dann leise, als ich merkte, dass er mich beobachtete.

Phillip lächelte. »Nur Claire. Aber sie weiß auch nur, dass es dir nicht gut ging. Wir haben ihr gesagt, dass du etwas Falsches gegessen hast.«

»Okay.« Ich nickte und nahm mir vor, diese Ausrede weiterzuverwenden. Sie sollte von all dem nichts wissen. Ich wusste ja selbst nicht, was ich davon halten sollte.

»Kann ich zurück? Ich will nicht, dass noch jemand davon erfährt. Es ist mir ein wenig peinlich«, flüsterte ich verlegen und wünschte mir tatsächlich nichts sehnlicher, als von hier wegzukommen. Doch gleichzeitig wollte mein geschundenes Herz Phillips Wahrheit hören, wollte eine Entschuldigung vernehmen und endlich glauben, dass er etwas für mich empfand. Stattdessen beobachtete ich, wie er nickte und sich erhob.

Leise ging er zu Erica hinüber und tippte sie vorsichtig an. Erst öffnete sie erschrocken ihre Augen, dann runzelte sie verwirrt ihre Stirn, bevor sie mich ansah und sofort aufsprang. Fernands Reaktion war fast die gleiche, wobei er mich im ersten Moment angstvoll anstarrte.

Ich nickte ihm zu. Ein Zeichen, dass er sich keine Sorgen machen musste. Die Erleichterung war ihm ins Gesicht geschrieben.

Phillip beobachtete seine Reaktion zunächst mit etwas Argwohn, doch schien sich dann keine weiteren Gedanken darüber zu machen. Indes trat Erica an mein Bett.

»Tatyana, ich habe mir solche Sorgen gemacht. Wieso musst du mich immer so erschrecken?« Fürsorglich strich sie mir über meine Haare.

Ich zuckte mit meinen Schultern. »Ich vermute, dass sich das Pech an meine Fersen geheftet hat.«

Sie schmunzelte und schüttelte ihren Kopf. Noch einmal strich sie mir sanft über den Kopf und atmete tief ein. »Weißt du noch, dass ich dir gesagt habe, dass die Kandidatinnen mit dem besten Schlüssel eine besondere Überraschung bekommen?«

Ich nickte, ein wenig überrascht, dass ihr das gerade jetzt einfiel.

»Du darfst dir deinen größten Traum erfüllen. Egal, was du dir wünschst, wir werden es dir ermöglichen. Natürlich nur, wenn es nicht mit dem Wettbewerb kollidiert.«

»Was hat sich denn Claire gewünscht?«, fragte ich zögernd.

Erica lächelte schief. »Sie hat sich ein Hochzeitskleid gewünscht, das so teuer ist wie ein Haus.«

»Wie geht denn das?«

Sie musste über meinen erschrockenen Tonfall lachen. »Wenn genug Edelsteine angebracht werden, dann geht das. Aber es war ihr Wunsch und dieser wird ihr natürlich erfüllt. Jetzt kannst du dir etwas wünschen.«

»Darf ich darüber nachdenken?« Langsam setzte ich mich im Bett auf. Gerade als meine Decke wegrutschen wollte, stieß Erica einen kleinen Schrei aus und zog sie sofort wieder hoch.

»Du hast mich doch umgezogen«, raunte ich ihr zu und blickte auf den Zipfel eines rosa Nachthemdes.

»Natürlich«, erwiderte sie und drehte sich dennoch erwartungsvoll zu den jungen Männern um.

»Wir warten draußen«, sagte Phillip und zog Fernand mit sich.

Fernand suchte meinen Blick und als er ihn fand, zwinkerte ich ihm zu. Erleichtert atmete er aus und folgte seinem Freund.

Als die beiden verschwunden waren, half mir Erica aus dem Bett und hielt mir mein Kleid von gestern Abend hin, damit ich mich anziehen konnte. »Wie fühlst du dich?«

Ich legte den Kopf in den Nacken und zog dabei das Nachthemd aus. »Gut so weit.«

»Nein. Wie fühlst du dich wirklich? Du siehst nicht so aus, als würde es dir so gut gehen, wie du uns allen weismachen möchtest. Ich will nur, dass du weißt, dass ich für dich da bin, wenn du Angst hast. Es dauert bestimmt nicht mehr lange und du wirst darüber lachen können. Es waren schließlich nur Meteoriten.« Sie zog mir mein Kleid über den Kopf und schloss die Knöpfe in meinem Rücken.

»Ich weiß. Wahrscheinlich war das nur die Aufregung«, stimmte ich zu und presste kurz meine Lippen aufeinander. Dann drehte ich mich zu ihr und versuchte so aufrichtig wie möglich zu lächeln.

Gemeinsam gingen wir hinaus, wo bereits Fernand und Phillip auf uns warteten. Auf dem Weg zurück zum Haupthaus schwiegen wir. Für mich war es jedoch ein angespanntes Schweigen, das sich in meinen Magen bohrte.

Als wir am Haupthaus ankamen, verabschiedete sich Erica von uns und Phillip schenkte mir einen kurzen Kuss auf die

Stirn. »Wir sehen uns später. Fernand bringt dich zum Turm. Du weißt schon, damit sich niemand benachteiligt fühlt«, erklärte er, was mich für einen kurzen Moment sprachlos machte. Und wütend. Anscheinend hatte ich mit allem recht gehabt: Er hielt mich nur hin, damit ich tat, was er wollte und über alles Schweigen bewahrte. Noch immer dachte er, ich wüsste nichts von den Angriffen, und wiegte sich anscheinend in Sicherheit. Er hatte mir meine Erinnerungen genommen und jetzt lächelte er mich so dreist an, dass mir beinahe übel wurde.

Aufs Äußerste angespannt presste ich meine Lippen aufeinander, damit er es nicht bemerkte. Dann drehte ich mich um und ging mit Fernand davon.

* * *

Die Luft war heute wieder besonders gut und ich atmete tief durch, um mich wieder zu beruhigen. Wir gingen so weit, dass ich mir sicher war, dass uns niemand mehr hören könnte.

»Fernand ...«, begann ich, doch da sah ich im Augenwinkel, wie er seinen Kopf schüttelte.

»Ich kann dir weder etwas erklären noch sagen. Wir können über dieses Thema niemals wieder sprechen. Und um ehrlich zu sein, tut es mir leid, dass ich dir geholfen habe, die Erinnerung zurückzubekommen.«

»Woher wusstest du, wie ich sie zurückbekomme?«, entgegnete ich. So einfach wollte ich mich nicht abspeisen lassen.

»Ich habe Henry und Phillip belauscht. Sie haben darüber geredet, dass du den Bericht nicht sehen darfst, weil das die Wahrscheinlichkeit erhöht, dass du dich wieder erinnerst.«

Dunkler Schmerz durchzuckte meinen Körper. »Was wurde mir gespritzt? Wie hat es mir denn die Erinnerung genommen?«

Fernand zuckte die Schultern. »Das weiß ich nicht. Aber du solltest dir bewusst sein, dass es eigentlich nur zu deinem Besten war. Es war niemals dazu gedacht, dir wehzutun oder sonst etwas. Es diente deinem Schutz. Wahrscheinlich habe ich wirklich einen Fehler begangen. Dieser verdammte Wein«, fluchte er bitter.

Ich hielt an und legte meine Hand auf seinen Arm. »Nein. Es war besser so. Mach dir keine Sorgen. Ich werde nichts sagen. Es würde mir doch sowieso niemand eine Antwort geben. Außerdem besteht doch auch die Wahrscheinlichkeit, dass ich mich ganz von alleine wieder erinnere.«

Er nahm meine Hand in seine. »Ich weiß. Aber es tut mir leid, dir eine so große Bürde auferlegt zu haben. Du weißt schon zu viel, als dass es dir guttun würde. Doch ich habe das Gefühl, dass du es schon bald verstehen wirst.« Er klang traurig und besorgt.

Dafür schenkte ich ihm ein Lächeln und nickte. »Es wird sicher alles gut.«

»Ja, bestimmt. Hast du dir eigentlich schon einen Wunsch überlegt?«, fragte er schwer ausatmend.

Ich grinste. »Vielleicht. Aber ich habe das ungute Gefühl, dass dieser Wunsch nicht in Erfüllung gehen wird. Aber wie ist das eigentlich: Findet das alles auch vor Kameras statt?«

»Ja. Du wirst gefilmt, während es dir übergeben wird. Aber damit wirst du doch sicher zurechtkommen.«

»Natürlich, ich werde mir etwas überlegen. Willst du noch mit reinkommen und Claire einen Guten-Morgen-Kuss geben?«, fragte ich neckend, als wir am Turm ankamen. Fernands Ehrlichkeit ließ meine Laune wieder etwas steigen. Nicht jeder in diesem Palast schien mein Feind sein zu wollen.

Aber er winkte ab. »Nein, lassen wir sie noch ein wenig schlafen. Sie hat sich bestimmt Sorgen gemacht und wird sich nur wundern. Aber danke. Ach, soll ich Herrn Bertus eigentlich fragen wegen dem Training? Dann könntest du heute schon anfangen, wenn du willst.«

Ich nickte müde. »Gerne. Ich denke, ein wenig körperliche Betätigung wird meine Gedanken wieder ordnen.«

»Das hört sich gut an.« Fernand lachte kopfschüttelnd, drückte meine Hand und drehte sich um.

Ich blickte ihm noch einen Moment lang nachdenklich hinterher, bevor ich mich zum Turm drehte und die Stufen zur Tür erklomm. Leise öffnete ich sie und schloss sie beinahe lautlos hinter mir, nachdem ich hindurchgeschlüpft war.

Claire schlief noch tief und fest, als ich zu meinem Bett schlich und meine Kleidung auf den Boden legte. Sie wirkte so friedlich, dass es mir einen Stich versetzte. Für einen Moment wünschte ich mir, mich nicht mehr erinnern zu können. Doch dann wurde mir klar, was ich da für einen Unsinn dachte, und ich legte mich in mein Bett. Schnell schielte ich zur Uhr, deren Zeiger genau auf sechs Uhr morgens deuteten. Ich drehte mich zum Fenster und dachte an einen schönen Moment mit meiner Schwester. Eine Erinnerung aus unserer Kindheit, in der wir Prinzessinnen spielten und von unserem Onkel als König durch den Garten geführt wurden. Wir tanzten Walzer und trugen dabei unsere schönsten Kleider.

Langsam glitt ich dabei in einen ruhigen Schlaf. Ohne jegliche Albträume oder Ängste.

5. KAPITEL
ICH HALTE WEDER DIE EINE NOCH DIE ANDERE WANGE HIN

»Tanya? Du bist hier? Bist du wach?«

Ich gähnte und drehte mich zu Claire, deren Gewicht ich auf meinem Bett spürte. »Jetzt schon.«

»Wie geht es dir?« Sie betrachtete mich mit gerunzelter Stirn und verzog dabei angespannt ihren Mund. Mit angewinkelten Beinen und gleichzeitig sittsam ausgebreitetem Nachthemd saß sie auf meinem Bett.

Ich schenkte ihr ein Lächeln. »Mir geht es besser. Du hättest mich aber gestern nicht sehen dürfen. Ich sah fürchterlich aus. Aber jetzt ist es schon viel besser.« Es war erschreckend, wie leicht mir die Gratwanderung zwischen Lüge und Wahrheit fiel.

Claire wirkte erleichtert und lächelte zurück. »Das ist schön. Kommst du mit zum Frühstück?«

»Natürlich. Die anderen sollten von der Geschichte aber besser nichts mitbekommen. Sie würden sich bestimmt nur über mich lustig machen«, erklärte ich, während ich die Decke wegzog und aufstand.

»Das kann ich verstehen. Von mir erfahren sie nichts.«

»Danke«, antwortete ich schnell und ging dann ins Badezimmer. Dort spritzte ich mir erst einmal Wasser ins Gesicht, um das miese Gefühl aus meinem Magen zu verscheuchen. Aber es blieb und ließ mich als Häufchen Elend zurück. Tränen rannen mir wieder über meine Wangen, während ich vor dem Waschbecken niedersank. Die Erinnerungen an die gestrige Nacht brachen über mich herein wie eine Sintflut.

Es dauerte eine gefühlte Ewigkeit, bis ich mich wieder beruhigen konnte. Nach dem bisschen Schlaf fühlten sich die Erkenntnisse des gestrigen Tages noch schlimmer an, als ich es für möglich gehalten hätte. Nicht nur, dass Phillip ganz offensichtlich nicht mit mir gesehen werden wollte. Nein, er schien auch etwas Wichtiges vor mir zu verbergen. Etwas, das die Sicherheit unseres Königreichs betraf. Natürlich konnte ich verstehen, dass es mich in gewisser Weise nichts anging. Schließlich war ich nur ein einfaches Mädchen vom Land. Aber wenn er echte Gefühle für mich entwickelt hätte, dann hätte er genauso handeln müssen, wie Fernand es getan hat. Vor allem hätte er mir nicht dieses Gift in die Venen spritzen lassen, das meine Erinnerungen auszulöschen versuchte.

Das bedeutete als einzig mögliche Konsequenz, dass seine Gefühle für mich nicht so intensiv waren, wie ich es mir erhofft hatte. Punkt.

Als mir irgendwann auffiel, wie lange ich schon auf dem Badezimmerboden kauerte, rappelte ich mich schnell auf, putzte mir die Zähne und wusch mir das Gesicht, um verräterische Tränenspuren zu eliminieren. Dann ging ich zurück zu Claire, die bereits fertig angezogen war.

Schnell legte ich dezente Schminke auf und kämmte meine Haare, die ich heute ausnahmsweise mal offen tragen wollte. Danach stieg ich in das Kleid, das Claire mir bereits rausgelegt hatte, und hielt ihr meinen Arm hin. »Meine Lady, wollen wir gehen?« Mit einem Lächeln überspielte ich meine innere Zerrissenheit und betrachtete meine beste Freundin.

Sie nickte. »Nichts lieber als das.«

Damit machten wir uns auf den Weg zum Frühstück. Rose trat im gleichen Moment wie wir aus ihrer Turmtür und klinkte sich bei uns ein. Gemeinsam gingen wir zum Haupthaus und setzten uns an einen freien Tisch. Mangels freier Plätze gesellte sich noch eine andere Kandidatin zu uns. Allerdings gab Emma sich – so lautete ihr Name – große Mühe, Claire und mich zu ignorieren. Dafür unterhielt sie sich angeregt mit Rose. Bisher hatten wir kaum etwas miteinander zu tun gehabt. Doch Emma war es auch gewesen, die mich nach meiner Verabredung mit Henry so abschätzig angesehen hatte, als ich ihr und Fernand begegnet war.

Als Claire etwas zu der Unterhaltung beisteuern wollte, rümpfte Emma nur ihre Nase. Claire sah mich erschrocken an und ich zog sie mit mir zum Büfett, wo wir uns etwas zu essen holten. Sie verzog mürrisch ihren Mund und murmelte Flüche über Emma vor sich hin, während ich mich auf der Hauptterrasse umsah.

Es versetzte mir einen Stich, als ich Phillip erblickte. Und schmerzhafter wurde es, als ich bemerkte, wie innig er sich mit Charlotte unterhielt. Sie lachten gemeinsam über etwas, was sie gesagt hatte, und lächelten sich an.

Ich wusste nicht, was verletzender war: die Tatsache, dass er nicht mit mir gesehen werden wollte, oder dass er kein Problem damit hatte, Charlotte zu hofieren.

»Komm, mach dir nichts draus. Er ist nur nett zu ihr«, versuchte mich Claire aufzumuntern, als ihr auffiel, wie entgeistert ich die beiden anstarrte.

Schnell drehte ich mich weg und goss mir Orangensaft in ein Glas. »Schon gut. Ich werde es überleben.«

Wir gingen zurück zu unserem Tisch und aßen schweigend, während Claire immer wieder sehnsüchtig zu Fernand hinübersah, der ihren Blick erwiderte. Die beiden waren wirklich süß zusammen. Doch obwohl ich mich für sie freute, konnte ich die Eifersucht nicht unterdrücken. Eifersucht auf das, was die beiden offensichtlich miteinander hatten. Etwas, das Phillip und mir wahrscheinlich auf ewig verwehrt bleiben würde. Sogleich schlug ich mir innerlich vor die Stirn und verbannte diese Vorstellung aus meinem Kopf. Ich musste endlich damit aufhören.

Plötzlich stellten sich meine Härchen im Nacken auf. Ich drehte mich um und traf Henrys Blick. Röte überzog meine Wangen, als er mich anlächelte. Ich erwiderte seine freundliche Geste, obwohl ich am liebsten in Tränen ausgebrochen wäre. Henry, der freundliche Gentleman, war ebenfalls ein Lügner. Es zerriss mir das Herz, als ich erkannte, dass ich auch ihm nicht trauen durfte. Schnell drehte ich mich wieder weg und rieb mir meinen Nasenrücken.

Ich seufzte und beobachtete, wie Madame Ritousi und Herr Bertus aus dem Haupthaus kamen und darauf warteten, dass Stille einkehren möge.

»Guten Morgen, meine Damen«, begrüßte uns die Madame schließlich. »Gleich beginnt für die meisten von Ihnen der gewohnte Unterricht. Leider haben sich Ihre Kenntnisse noch immer nicht ausreichend verbessert, weshalb wir weiter in der Geschichte Viterras machen müssen. Doch unsere liebe Miss Tatyana, deren Privatunterricht sich ausgezahlt hat, hat in dem kurzen Eingangstest, wie Sie bereits wissen, die Bestnote mit null Fehlerpunkten erzielt. Deshalb wird sie ab heute vormittags immer Unterricht bei Herrn Bertus erhalten. Aber machen Sie sich diesbezüglich keine Sorgen: Sie wird ganz einfache Meditationen mit ihm durchführen und somit keinen Vorteil Ihnen gegenüber erlangen«, ergänzte sie schnell, als schon einige der anderen Kandidatinnen zu murren begannen.

»Nun kommen Sie«, ermahnte Madame Ritousi die übrigen Mädchen. »Wenn Sie sich Mühe geben, können auch Sie irgendwann dort mitmachen. Miss Tatyana, wir sehen uns dann in zwei Stunden zum Tanzunterricht«, rief sie mir zu, woraufhin ich nickte.

»Ich finde es nicht gut, dass du mich mit all diesen schrecklichen Mädchen alleine lässt«, zischte Claire mir zu, als die Madame gegangen war, und kniff mir in den Arm.

»Es tut mir leid, aber ich bin doch bald wieder da. Es sind nur zwei Stunden.« Entschuldigend strich ich ihr über den Rücken.

Sie nickte nur leicht und eilte dann den anderen Kandidatinnen hinterher. Ich schaute ihr noch nach und ging dann zu Herrn Bertus, der mich bereits erwartungsvoll ansah.

»Sie sollten sich jetzt umziehen und dann beginnen wir mit dem Unterricht«, sagte er freundlich.

Ich nickte eifrig. »Ich freue mich schon.« Und das war nicht einmal gelogen.

* * *

Schnell lief ich zu unserem Turm und zog mir Sportkleidung an. Als ich wieder zurückkam, folgte ich Herrn Bertus neben das Haupthaus. »Ich hoffe, es ist in Ordnung, dass wir hier draußen bleiben. Im Palast gibt es nur wenige Räume, die sich für solch ein Training eignen. Außer, wir möchten zwischen den Bildern der alten Könige trainieren«, lachte mein Lehrer und positionierte sich auf der Rasenfläche zwischen dem Haupthaus und den Türmen. Hier konnte man uns tatsächlich nur sehen, wenn man sich vom Palast aus zu unseren Behausungen hinbewegte.

»Das ist völlig in Ordnung.« Ich stellte mich vor ihn.

»Am besten, Sie versuchen gleich einmal, meine Bewegungen nachzuahmen. Wir beginnen mit einigen Übungen, die den Geist in Fluss bringen sollen.«

Ich nickte, etwas verwirrt von diesem Ausdruck, tat jedoch, wie er mir geheißen hatte.

Herr Bertus vollführte langsame, wirklich sehr meditative Bewegungen. Am Anfang fühlte es sich komisch an, sie zu imitieren, und ich schaute mich verstohlen um, ob uns jemand beobachtete. Doch mein Lehrer ließ sich von nichts und niemandem beeindrucken, völlig in seinem Element und mit einem Ernst bei der Sache, der mich beeindruckte – und ansteckte.

Nach einiger Zeit fühlte ich mich schon viel besser. Es war, als könnte ich für einen Moment meine Sorgen vergessen.

Kurz besuchte uns Gabriela mit ihrem Kamerateam. Anscheinend waren wir jedoch keine sehr einnehmenden Motive, denn sie zogen schnell wieder ab.

Erleichtert atmete ich tief ein. »Herr Bertus, ich habe da eine Frage an Sie.«

»Kein Problem, was haben Sie auf dem Herzen?«

Ich schaute auf meine Schuhe, während ich seine Bewegungen imitierte. »Ich würde gern lernen, wie man sich selbst verteidigt.«

Seine Bewegungen wirkten einen kurzen Moment lang abgehackt. »Aber wieso sollten Sie das tun wollen? Haben Sie vor etwas Angst?«

»Nein, nein«, beeilte ich mich schnell zu sagen. »Aber ich bin manchmal ein wenig empfindlich und würde gern mein Selbstvertrauen aufwerten. Und sei es nur mit dem Wissen, dass ich mich wehren könnte, wenn ich wollte und müsste«, erklärte ich langsam und war froh, dass ich mich auf meine Beine konzentrieren musste und er mein Gesicht nicht sehen konnte.

Er machte ein zustimmendes Geräusch, während seine Arme so wirkten, als würden sie zur Seite hin wegfließen. Ich fragte mich, ob das bei mir wohl auch so beeindruckend aussah.

»Das ist natürlich etwas anderes. Wenn Sie wollen, können wir gleich morgen damit beginnen. Dann werde ich sehen, wo ich für Sie einen geeigneten Trainingspartner herbekomme. Aber ich denke, dass der junge Henry eine geeignete Wahl wäre.«

Ich schluckte. »Ja?«

»Ja, weil er ziemlich gut darin ist. Gut genug, damit er Sie nicht aus Versehen verletzt«, erklärte er ganz ruhig und hob nun ein Bein, das er dann kreisen ließ.

Ich tat es ihm nach. »Das hört sich gut an. Verletzen wollte ich mich nämlich nicht unbedingt.«

Damit war unser Gespräch beendet. Wir meditierten noch so lange, bis die Unterrichtszeit vorbei war. Ich musste mich beeilen, um noch schnell in ein Kleid zu schlüpfen und pünktlich zur nächsten Stunde zu kommen. Glücklicherweise wartete Claire am Eingang des Haupthauses auf mich und winkte schon von Weitem aufgeregt, als ich darauf zurannte.

»Komm, wir haben nicht mehr viel Zeit. Madame Ritousi ist

gerade ein wenig gereizt, weil Emilia ihr erklären wollte, dass unser Königreich doch viel zu altmodisch aussieht, um nur so jung zu sein. Da ist wieder diese dicke Ader auf Madame Ritousis Hals aufgetaucht. Ich hatte wirklich Angst, dass die platzt.« Kichernd machte sie eine Kopfbewegung, damit ich ihr folgte.

Gemeinsam rannten wir zum Unterrichtssaal, wo sich bereits die anderen Mädchen versammelt hatten. Wir kamen genau in dem Moment an, als Madame Ritousi um die Ecke bog. Erhitzt stellten wir uns in die letzte Reihe der wartenden Kandidatinnen.

»Nach diesen ernüchternden beiden Stunden hoffe ich doch sehr, dass Sie sich beim Tanzen des Walzers mehr Mühe geben. Wir werden Ihnen Tanzpartner zur Seite stellen. Es handelt sich dabei jedoch nicht um die jungen Männer.« Als sogleich ein leises Murren einsetzte, sorgte die Madame mit einer harschen Handbewegung für Ruhe und fuhr unbeirrt fort: »Doch auch denen sollten Sie nicht auf die Füße treten.«

Mit den letzten Worten kamen auf einmal zwölf sehr schick gekleidete junge Männer herein, die allesamt breit lächelten. Sie nickten uns zu und betrachteten uns voller Neugier. Aber nicht aufreizend, sondern eher so, als wäre ihnen bewusst, dass sich die zukünftige Prinzessin unter uns befand.

Schon bald stand ich einem kleinen jungen Mann gegenüber, der sich als Lukas vorstellte. Er war tatsächlich genauso »groß« wie ich, was ihn jedoch auch sehr sympathisch machte. Er brachte mich die ganze Zeit über mit seinen Witzen zum Lachen. Und er konnte wirklich sehr gut führen. Bei den ersten Schritten blickte ich noch sehr konzentriert zu Boden, doch schon bald drehten wir uns im Kreis, als hätten wir nie etwas anderes gemacht. Walzer tanzen war nicht so schwer, wie ich dachte. Aber schließlich hatte ich auch schon ein wenig mit Henry geübt.

Der Unterricht verlief ohne jegliche Zwischenfälle. Kurz schauten die vier jungen Männer sowie Gabriela mit ihrem Kamerateam vorbei, doch ich zwang mich, ihnen keine Beachtung zu schenken. Es funktionierte.

Bevor Madame Ritousi uns entließ, meldete sie sich noch einmal zu Wort: »Ich möchte Sie daran erinnern, dass Ihre nächste Aufgabe nun in Ihrem Zimmer bereitliegt. Aber das ist kein Grund dafür, dass Sie sich bei Herrn Bertus' Unterricht keine Mühe mehr geben.«

Alle Kandidatinnen nickten einvernehmlich, doch trotzdem rannten die meisten von ihnen sogleich zu den Türmen, sobald sie aus dem Blickfeld der Lehrerin waren. Ich konnte darüber nur den Kopf schütteln. Diese dumme Aufgabe war doch nur Show. Sofern der Prinz eine von uns favorisierte, wäre sie so oder so weiter. Aber das schien den meisten der Mädchen noch nicht bewusst zu sein.

Als Claire und ich schließlich den Turm betraten, lag ein Päckchen auf dem Schminktisch. Dieses Mal war es nicht golden verpackt, sondern silbern. Ein royalblaues Band umschlang es und bildete eine kunstvolle Schleife darauf. Einen Moment lang standen Claire und ich in der Tür, starrten das Päckchen an und verharrten ehrfurchtsvoll. Sogar ich ließ mich von der allgegenwärtigen Spannung mitreißen und spürte, wie eine leise Nervosität in mir aufstieg.

Claire blinzelte mich an und schluckte. »Willst du oder soll ich?«

»Mach du es auf. Ich hatte schon letztes Mal die Ehre.« Damit ging ich endlich in den Turm hinein, nahm das Päckchen an mich und hielt es Claire entgegen, die nicht so recht zu wissen schien, ob sie es wirklich öffnen wollte.

»Komm schon. Es wird dich nicht beißen. Und schlimmer als letztes Mal wird es schon nicht werden«, zog ich sie grinsend auf und drückte ihr das silberne Etwas auffordernd in die Hände.

Sofort blickte sie mich warnend an. »Sag das nicht. Das bringt Unglück. Am Ende müssen wir noch tatsächlich über eine Schlucht klettern.«

Ich lachte über ihren Aberglauben und schüttelte gleichzeitig meine Nervosität ab. »Nun mach es schon auf!«

Sie schüttelte ihren Kopf über mich und setzte sich auf ihr Bett, wo sie das Päckchen auf ihren Schoß legte. Sachte zog sie die Schleife auseinander und wickelte das Band ab, bevor sie ebenso vorsichtig das edle Papier löste. Wie schon beim letzten Mal kam eine Schachtel zum Vorschein.

Als müsste sich meine Freundin Mut machen, atmete sie tief durch und öffnete den Deckel erst dann. Ich beugte mich neugierig vor, aber als wir den Inhalt des Päckchens sahen, runzelten wir gleichzeitig unsere Stirn. Zwei Schlüssel lagen darin, die denen der letzten Aufgabe frappierend ähnelten. Unsere Kopie war jedoch nicht dabei, da sie bei Benutzung abgebrochen wäre.

Noch verwirrter setzte ich mich neben Claire. »Seltsam«, flüsterte ich leise.

»Sehr seltsam«, stimmte Claire mir zu und zog einen Zettel aus dem Deckel der Schachtel, der darin eingeklemmt war. Sie las stumm, bevor sie aufstand und mir beides reichte. Ich überflog die Zeilen mehrmals, doch ergaben sie keinen Sinn für mich.

Herzlichen Glückwunsch.
Die erste Aufgabe ist bewältigt. Doch nun müssen Sie für Ihren Schlüssel das passende Schloss finden. Lassen Sie sich nicht beirren und behalten Sie das Ziel im Auge.

»Was soll denn das bedeuten?«, fragte Claire überrascht. Doch ich zuckte nur mit den Schultern, legte das Päckchen und den Zettel auf den Schminktisch und zog mich um. »Wahrscheinlich wollen die uns nur ärgern. Aber es hört sich doch auch irgendwie ... geheimnisvoll an, findest du nicht?«

Sie schenkte mir einen wenig begeisterten Gesichtsausdruck. Genau wie bei der Verkündung der ersten Aufgabe.

»Ich finde immer noch, dass sie uns Blumen zusammenstecken lassen sollten oder Kleider entwerfen oder sonst etwas Schönes. Mich gruselt es bei dem Gedanken an das letzte Mal. Das alles ist doch nur –«

»Show für das Publikum?«, fiel ich ihr ins Wort.

Sie nickte zaghaft, als würde es ihr nicht gefallen, mir dieses Mal zuzustimmen.

Ich drehte mich zu ihr und zog meine schwarze Trainingshose hoch. »Ach Claire, das alles machen wir doch nur, damit das Königreich etwas zu sehen hat. Eigentlich könnten wir uns auch mit 20 Kandidatinnen hier hinstellen und der Prinz sucht sich eine aus. Aber das wäre zu langweilig. Wir sollten einfach unser Bestes versuchen und dem Königreich geben, was es will: Unterhaltung.« Ich zwinkerte ihr locker zu, selbst ein wenig überrascht über meine plötzliche Gelassenheit.

»Aber wenn man es so sieht, dann zerstört es den eigentlich romantischen Hintergedanken der Auswahl.«

Meine Augenbrauen zogen sich zusammen. »Es ist beides: Der Gedanke, dass der Prinz aus Liebe wählen kann, ist doch zutiefst romantisch. Das, was wir drum herum veranstalten, und die ganzen flimmernden Kameras sind die reinste Show.«

Wieder stimmte meine Freundin mir zu und tat dann etwas Seltsames: Sie zog sich gedankenverloren vor mir aus, bis sie nur noch in Unterwäsche vor mir stand.

Als sie meine Überraschung sah, lachte sie. »Ich habe dich verklemmt genannt und stelle mich beim Umziehen dann so an. Das ist doch Quatsch! Schließlich sind wir hier unter uns.«

Wir blickten uns an und prusteten los.

Immer noch lachend machten wir uns wenig später auf den Weg zum Pfeil-und-Bogen-Training. Wieder mussten wir einfach nur das Ziel treffen und für die Kameras gut aussehen. Ich blendete alles um mich herum aus und genoss die Leere in meinem Kopf, während ich die Zielscheibe fixierte und die Pfeile darauf abschoss.

Doch mehr und mehr spürte ich die Blicke der vier jungen Männer auf mir ruhen. Phillip, der wohl erleichtert war, mich hinters Licht geführt zu haben. Fernand, der mir die Wahrheit gesagt hatte. Charles, der wahrscheinlich einfach nur neugierig war. Und zu guter Letzt Henry, von dem ich ebenso enttäuscht war wie von Phillip. Sie alle waren anwesend und begutachteten uns, überlegten, welche von uns eine geeignete Wahl sein könnte als zukünftige Prinzessin von Viterra.

Ich dachte zurück an die Worte, die ich an Fernand gerichtet hatte. Nicht erst seit gestern kam mir dieser ganze Wettbewerb seltsam vor, doch verstärkte sich das Gefühl. Als läge etwas in der Luft, das ich noch nicht begriff.

Weiter schoss ich die Pfeile auf ihr Ziel und driftete mit den Gedanken zu meiner Schwester ab. Wir hatten zu Anfang noch gedacht, diese Auswahl wäre lächerlich und kindisch. Vielleicht *war* sie es auch. Doch nun hatte sich etwas geändert. Etwas Grundlegendes. Unser Königreich war angegriffen worden und wir befanden uns noch immer inmitten einer Show, während das gesamte Königreich glaubte, es wären nur Meteoriten vom Himmel gefallen.

Herr Bertus, der uns zum Abendessen entließ, riss mich aus meinen Überlegungen. Gemeinsam mit Claire ging ich zu unserem Turm, wo wir uns frisch machten und dann zum Palast zurückkehrten.

Beim Abendessen war die Stimmung wie immer sehr ausgelassen. Es wurde viel über die zweite Aufgabe diskutiert und natürlich versuchten die Kandidatinnen den jungen Männern Informationen darüber zu entlocken. Doch diese lachten nur und setzten betont geheimnisvolle Mienen auf.

Meine Finger brannten noch vom Training, als wir nach dem Essen unseren Turm ansteuerten. Es versprach ein ruhiger Abend zu werden. Keine von uns hatte eine Verabredung und so setzten wir uns auf unsere Betten und unterhielten uns. Wie immer lenkte Claire das Gespräch sehr schnell auf Fernand und Stunden später, als meine Stimme schon nicht mehr wollte, wünschten wir uns gegenseitig eine gute Nacht und legten uns schlafen.

Für einen kurzen Moment überkam mich der Drang, nach draußen zu gehen. Zu der Hütte. Vielleicht wartete Phillip dort auf mich. Doch ich konnte nicht. Alles, was ich gestern erfahren musste, war genug für ein ganzes Leben. Ich wollte und brauchte

Abstand, um für mich selbst entscheiden zu können, wie es weitergehen sollte.

Ich ärgerte mich darüber, dass ich mir ständig Gedanken über Phillip machte. So konnte das wirklich nicht weitergehen. Ich musste endlich einsehen, dass er mich nur benutzt hatte, dass er nur so getan hatte, als hegte er Gefühle für mich. Dabei war es doch so offensichtlich, dass er sich für Charlotte interessierte.

Was wollte er mit dem Schauspiel bezwecken? Dass ich keine unbequemen Fragen mehr stellte? Was es auch immer war: Ich würde es schon noch herausfinden.

6. KAPITEL

ES IST NOCH KEIN MEISTER VOM HIMMEL GEFALLEN

Beim gemeinsamen Frühstück am nächsten Morgen suchte Claire – wie sollte es anders sein – die Gesellschaft ihres Liebsten. Ich hielt mich möglichst bedeckt. Ganz im Gegensatz zu Charlotte. Sie klebte förmlich an Phillip und lachte immer besonders laut über seine Witze. Es machte mich krank und war gleichzeitig so peinlich! Doch Phillip machte keine Anstalten, sie abzuweisen oder sich zumindest ein wenig zurückzuhalten. Nein, er genoss ihre Gesellschaft ganz offensichtlich.

Am Büfett musste ich dann auch noch mit anhören, dass die beiden heute erneut eine Verabredung hatten. Emilia und eine andere Kandidatin hatten sich darüber unterhalten. Und meiner Meinung nach klang sie nicht sehr erfreut. Wenigstens war ich also nicht die Einzige, die sich auf irgendeine Art betrogen fühlte.

Nach dem Frühstück ging ich zurück zu meinem Turm und schlüpfte in meine Trainingskleidung. Als ich wieder beim Haupthaus ankam, unterhielten sich Henry und Herr Bertus bereits ganz angeregt. Henry trug genauso wie ich seine Sportkleidung, die eigentlich dem Nachmittagsunterricht vorbehalten war. Erst jetzt fiel mir auf, wie durchtrainiert sein Körper wirkte. Er sah gut aus.

»Hallo, Tanya«, begrüßte er mich fröhlich. »Ich habe gehört, du hast Lust, ein wenig härtere Geschütze aufzufahren?« Er zwinkerte mir zu und zog mich in eine freundschaftliche Umarmung, was mich kurz irritierte.

»Ja, ich dachte mir, dass ich mal etwas Neues lernen könnte. Wird sicher lustig«, antwortete ich betont freimütig und verdrängte die aufkommende Übelkeit. *Lügner!*

»Guten Morgen, Miss Tatyana. Ich hoffe, Sie sind bereit.« Herr Bertus strahlte solch eine Motivation aus, dass er mich damit ansteckte.

Ich nickte. »So bereit, wie es nur geht. Ich freue mich schon.«

»Gut. Dann sollten wir jetzt beginnen. Erst einmal fangen wir bei den Grundlagen an.« Herr Bertus klatschte in die Hände und ich folgte Henry einige Schritte weiter neben das Haupthaus, anscheinend unser neuer Stammübungsplatz. Wir begannen mit den fließenden Bewegungen, die ich gestern früh noch für Meditation gehalten hatte. Doch wie sich herausstellte, waren es konkrete Stellungen und Bewegungsprinzipien. Unser Lehrer hielt sich weitestgehend im Hintergrund und achtete darauf, dass ich die Bewegungen auch richtig ausführte, während Henry mir alles Wichtige erklärte. Es waren langsame Abfolgen, bei denen ich mir erst nicht sicher war, wie genau sie mir im Kampf nützlich schienen. Nicht, dass ich darauf erpicht war. Aber man konnte schließlich nie wissen. Schließlich hatte sich meine eigene Welt inzwischen so sehr verändert, dass für mich nichts mehr selbstverständlich war.

Henry nannte das, was wir da machten »Wushu«, eine Kampfsportart aus dem früheren China und eine Unterart von Kung-Fu. Es war aufregend für mich zu wissen, dass ich etwas erlernte, das wahrscheinlich nicht mehr viele Menschen beherrschten. Ein gutes Gefühl!

Zwei Stunden lang vollzogen wir diese Übungen. Ich fühlte mich schließlich wie in einer Trance. Mein Kopf war vollkommen leer und ich konzentrierte mich ganz auf meinen Körper.

Als das Training vorüber war und ich mich umziehen musste, spürte ich erst, wie sehr ich den Unterricht genossen hatte. Henry war ein guter Lehrer. Offen gesagt war er einfach großartig. Seine Art, mit mir zu sprechen, als befänden wir uns ganz allein in diesem Universum, hatte etwas überaus Beruhigendes. Fast hätte ich vergessen, dass auch er mich belogen hatte. Aber nur fast.

»Wie war dein Meditations-Unterricht?«, fragte Claire, die mich wieder am Haupthaus erwartete.

»Es war sehr entspannend.« Mehr verriet ich nicht. Meine Freundin blickte mich etwas enttäuscht an. Sicherlich hatte sie sich mehr Informationen erhofft. Doch auch wenn es mir schwerfiel, ich hielt mich zurück. Warum, wusste ich selbst nicht so genau.

Wir betraten einen Saal, in dem lange Tische aufgestellt waren. Sie waren üppig gedeckt, mit einer übertriebenen Anzahl an Besteck. Ich ahnte schon, was kommen würde.

»Heute üben wir uns darin, das Besteck ordentlich zu benutzen, damit Sie sich nicht blamieren, wenn Sie einmal die Ehre genießen, mit dem König und der Königin zu speisen«, ertönte Madame Ritousis strenge Stimme.

Ein Murmeln ging durch die Reihen, als wir uns alle einen Platz suchten und uns setzten. Bedienstete brachten uns kleine Torten mit rosa Häubchen, so wie Markus sie immer gebacken hatte. Am liebsten hätte ich direkt hineingebissen, doch so wie Madame Ritousi guckte, war das wohl nicht erlaubt.

So saßen wir geschlagene zwei Stunden lang vor unseren Tellern und schnitten die Küchlein in winzig kleine Teile, um zu lernen, wie man die verschiedenen Messer und Gabeln benutzte. Mein Magen knurrte heftig, als die Bediensteten die Teller wieder abräumten. Es war ein trauriges Beispiel von Verschwendung.

»So, meine Damen: Das haben Sie im Großen und Ganzen nicht schlecht gemacht, doch selbstverständlich gibt es noch Übungsbedarf. Wir wollen doch nicht, dass Sie der königlichen Familie Schande bringen. Deshalb werden wir das beim anschließenden Essen noch einmal üben.«

Gemeinsam gingen wir zurück zur Terrasse, wo bereits das Büfett aufgebaut war. Man sah förmlich, wie allen das Wasser im Munde zusammenlief, und ich musste unwillkürlich schmunzeln. Natürlich ging es mir selbst nicht besser.

Schnell setzten wir uns an einen gedeckten Tisch. Wie angekündigt funkelte uns eine Vielzahl an Besteck entgegen. Rose und Emma gesellten sich wieder zu uns. Emma ignorierte Claire und mich noch immer. Mir war das egal, ich hatte andere Sorgen. Sollte ein erneuter Angriff auf die Kuppel stattfinden, wollte ich gerüstet sein und nicht nur zusehen müssen, wie alles in Schutt und Asche zerlegt wurde.

Eine Invasion von Außerirdischen – das war tatsächlich eine meiner Mutmaßungen. Schon als Kind hatte ich die Fantasie, dass es tatsächlich so etwas geben könnte. Mit Feuereifer hatte ich mir alle möglichen Bücher darüber ausgeliehen und verschlungen. In früheren Zeiten, als die Welt noch weitestgehend stabil und friedlich gewesen war, hatten die Menschen darüber berichtet. Einiges davon hatte sich so beängstigend überzeugend angehört, dass ich wochenlang nicht richtig schlafen konnte.

Während des Essens ging unsere Lehrerin umher und betrachtete uns kritisch. Glücklicherweise fanden wir schnell das passende Besteck, bevor Madame Ritousi an unserem Tisch vorbeikam und überprüfte, ob wir auch alles richtig machten. Anscheinend war die Madame mit uns zufrieden, denn sie ließ nichts verlauten und schlenderte weiter. Ganz anders erging es den Kandidatinnen einen Tisch weiter. Sie bekamen eine Standpauke, die ihnen allen die Schamesröte ins Gesicht trieb.

Als es endlich vorbei war und wir unser Besteck zur Seite legen konnten, hörte man ein einvernehmliches Aufatmen quer über die Terrasse.

Ich drehte mich zu Claire und betrachtete ihr überaus zufriedenes Gesicht. »Ich weiß überhaupt nicht, was ihr alle habt. Das ist doch die einfachste Übung von allen«, verkündete sie fröhlich.

»Ich wünsche Ihnen allen noch einen schönen Tag. Wir sehen uns morgen wieder zum Unterricht«, verabschiedete sich Madame Ritousi im selben Moment von uns, als ich Claire etwas entgegnen wollte. Wir alle stimmten gleichzeitig ein höfliches »Auf Wiedersehen« an, woraufhin unsere Lehrerin im Haupthaus verschwand.

Wie aufs Stichwort erhob sich Claire und blickte mich auffordernd an. »Komm, wir müssen uns beeilen. Gleich geht der Nachmittagsunterricht los.«

»Du willst doch nur wieder Fernand in seiner Sportkleidung sehen«, zog ich sie auf.

»Möglich«, entgegnete sie keck. »Aber du musst zugeben, dass sie alle wirklich sehr gut in dieser Bekleidung anzusehen sind.«

»Wohl wahr«, lachte ich und genoss die Wärme der Sonne auf

meinem Gesicht. Gemeinsam gingen wir in Richtung unseres Turmes.

»Wie ist das Training eigentlich so mit Henry?«, fragte Claire irgendwann neugierig. »Ich habe bis jetzt noch nicht so viel mit ihm zu tun gehabt. Aber er wirkt sehr nett auf mich. Na ja, bis auf die Sache mit dem Kuss.« Meine Freundin tänzelte neben mir her und strahlte fröhlich, anscheinend mit ihren Gedanken schon wieder bei ihrem Liebsten.

»Ja, eigentlich ist er wirklich nett. Er erklärt mir alles ganz genau und zeigt mir, wie ich die Bewegungen richtig ausführen muss. Ein sehr guter Lehrer.«

Claire betrachtete mich von der Seite. »Das kann ich mir vorstellen. Rose tut mir leid.«

Ich runzelte meine Stirn und schaute hinüber zum Wald. »Warum?«

Claire räusperte sich unangenehm berührt. Jetzt konnte ich nicht anders, als sie anzusehen, während sie meinem Blick auswich. »Nun, sie ist ziemlich verliebt in ihn. Aber selbst ihr ist schon aufgefallen, wie er dich ansieht.«

»Wie sieht er mich denn an?«

»So wie Fernand zum Beispiel mich ansieht. Ich glaube, er mag dich sehr.«

Ich schluckte. »Das kann ich mir nicht vorstellen. Vielleicht versteht sie das falsch.«

Doch da schüttelte Claire ihren Kopf. »Das denke ich nicht. Sogar ich habe es schon bemerkt. Vielleicht solltest du noch mal mit ihm reden. Nicht, dass er sich durch euer gemeinsames Training Hoffnungen macht«, sagte sie vorsichtig und sah mich an.

Wir kamen an unserem Turm an und ich stieg die Stufen zur Tür hoch. Betont gleichmütig öffnete ich sie. »Ja. Das sollte ich wohl.«

Mein Gesicht brannte vor Scham, als ich daran dachte, wie sehr ich seine Nähe genoss. Doch das durfte nicht sein! Er war nur ein Freund, ein »Freund«, der mich belogen hatte. Also was war das schon wert?

Wir machten uns ein wenig frisch, zogen unsere schwarzen Trainingsanzüge an und gingen dann zum Unterricht von Herrn Bertus. Auch die jungen Männer hatten sich wieder eingefunden.

»Guten Tag, meine Damen und meine Herren«, begrüßte uns der rundliche Lehrer. »Heute werden wir uns im Schwertkampf üben. Natürlich werden wir nicht gegeneinander kämpfen, sondern nur einige Bewegungsabläufe trainieren.«

Charlottes Hand schoss hoch.

»Ja, Miss Charlotte?«, fragte Herr Bertus, überrascht von ihrer plötzlichen Meldung.

Sie räusperte sich selbstgefällig. Ein ätzender Würgereiz stellte sich bei mir ein, den ich nur mit viel Willenskraft unterdrücken konnte.

»Warum müssen wir eigentlich so etwas lernen? Immerhin leben wir in Frieden. Außerdem wird nur eine von uns Prinzessin und diese braucht das ganz sicher nicht. Dafür hat sie dann ihre Leibwächter.«

Da konnte ich einfach nicht anders, als zu lachen.

Charlotte drehte sich zu mir um und funkelte mich böse an. »Was ist denn so lustig?«

Ich wischte mir demonstrativ die Lachtränen aus den Augenwinkeln. »Weil wir das alles für die Show machen. Es wäre doch langweilig, wenn wir ständig nur tanzen oder mit Büchern auf unseren Köpfen herumlaufen würden.«

»Stimmt das, Phillip?«, fragte sie trotzig und schaute zu ihm hinüber, der nur mit viel Mühe, so schien es, seinen Blick von mir losriss.

Langsam nickte er. »Ja. Das stimmt. Natürlich ist das nicht offiziell. Aber dieses Jahr sollte es einen gewissen Unterhaltungswert für unser Volk geben. Das bedeutet nicht, dass diese Aufgaben ausschlaggebend für die Entscheidung sein müssen. Aber es vermittelt Durchhaltewillen und Engagement der zukünftigen Prinzessin. Die Menschen von Viterra wünschen sich eine starke Prinzessin und nicht nur eine hübsche.«

Charlotte starrte ihn erst mit verkniffenem Mund an, doch fasste sich relativ schnell wieder. »Das erklärt natürlich einiges. Dann ist es eine wirklich gute Idee.«

Genervt verdrehte ich die Augen und sah Claire vielsagend an, die hinter vorgehaltener Hand lautlos kicherte.

»Ich hoffe, es gibt nun keine offenen Fragen mehr und wir können uns endlich dem Unterricht zuwenden. Ich sehe nämlich schon Miss Gabriela, die Sie gerne dabei filmen möchte«, erklärte Herr Bertus hastig und schickte uns vom Haupthaus weg in Richtung des Geländes, wo wir bereits unsere Schießübungen mit Pfeil und Bogen durchgeführt hatten. Der Platz lag etwas weiter hinten im Palastgelände, ganz in der Nähe des Irrgartens und gut vor neugierigen Blicken geschützt. Es dauerte ein paar Minuten, bis wir den Platz erreichten, und alle Kandidatinnen waren gleichermaßen neugierig auf das, was uns nun erwartete.

Als wir das mit mannshohen Buchsbäumen umzäunte Gelände betraten, blieben wir erst überrascht stehen, bevor wir uns zaghaft näherten. Über zwei Dutzend Figuren aus Stroh und Stoff waren dort aufgebaut, vor denen jeweils ein langes Schwert lag. Sie sahen aus wie Vogelscheuchen, nur ohne den seltsamen Hut. Auch zwei Wächter standen bereit. Wahrscheinlich hatten sie die Schwerter gebracht und passten nun darauf auf, dass wir uns nicht gegenseitig damit verletzten.

Ratlos begaben wir uns vor je eine Puppe und schauten zu unserem Lehrer hinüber, der sich uns gegenüber aufstellte. Herr Bertus trug sein Schwert in der einen Hand und legte seine andere Hand darüber, sodass er es mit zwei Händen führen konnte. »Jetzt nehmt ihr alle das Schwert genauso wie ich hoch.« Er wartete, bis wir alle so weit waren, und nickte dann zufrieden.

Das Schwert war schwerer, als es aussah, und auch zu groß für mich. Ziemlich unhandlich also.

»Falls ich irgendwann in einen Kampf gerate, werde ich mir ganz sicher ein kürzeres Schwert beschaffen«, flüsterte ich Claire zu. Sie musste sich auf die Unterlippe beißen, um nicht loszuprusten, während sie über meine unwahrscheinliche Vermutung den Kopf schüttelte.

»Jetzt führen wir das Schwert von oben nach unten. Über Ihrer Schulter hinweg, vorbei an Ihrem Knie.« Herr Bertus vollführte die gewünschte Bewegung betont langsam. Man sah, dass er sich stark zurücknahm.

Es dauerte nicht lange, bis wir alle halbwegs gleichmäßig seine Bewegungen nachahmen konnten und es auch noch begann Spaß zu machen.

»Ich finde das toll. Noch nie hatte ich ein Schwert in der Hand, aber irgendwie ist das hier aufregend«, sagte ich zu Claire, die neben mir stand.

Sie nickte. »Es ist anders. Nichts im Vergleich dazu, einen Blumenkranz zu binden, natürlich. Aber nett.«

»*Nett*? Das hört sich ja fürchterlich an«, lachte ich und blickte auf, da Fernand gerade auftauchte. Er hielt lässig sein Schwert in der Hand und stellte sich neben Claire. Dabei nickte er mir zu. Zwischen uns war alles in Ordnung.

Ich betrachtete meine Freundin, deren Wangen sich röteten.

»Hallo«, hauchte sie Fernand leise zu.

»Hallo, Claire. Habe ich dir eigentlich schon gesagt, wie wunderschön du in dieser Kleidung aussiehst?«, säuselte Fernand darauf und begann Herrn Bertus zu imitieren.

Meine Freundin kicherte und wurde sogar noch röter. Bezaubernd einfach. »Ach Fernand, du bist immer so wundervoll zu mir.«

»Ihr seid schrecklich«, neckte ich die beiden und machte ein paar Schritte zur Seite, damit sie sich ein wenig ungestörter unterhalten konnten. So sehr ich ihnen ihr Glück gönnte: Ich wollte wahrlich keine Details aus nächster Nähe mitbekommen.

Fernand blieb länger, als es gut für Claires Status unter den anderen Kandidatinnen war, aber vermutlich interessierte sie das ohnehin nicht. Sie ignorierte die giftigen Blicke der jungen Damen einfach, als sich Fernand schließlich wieder von ihr losreißen konnte.

»Er ist so wundervoll«, seufzte sie verträumt und winkte mich wieder zu sich heran. Nun vollführte sie die Bewegungen mit dem Schwert eher halbherzig.

Aber auch ich hatte so meine Schwierigkeiten. Zwar machte es Spaß, aber wir trainierten nun schon sehr lange immer dem gleichen Rhythmus folgend. Langsam, aber sicher wurden meine Arme schwer und begannen vor Anstrengung zu brennen.

»Fernand ist wirklich toll, ja«, stimmte ich ihr zu und rammte stöhnend das Schwert in den Boden. Ich blickte mich um. Auch die meisten anderen Kandidatinnen begannen zu schwächeln. Nur die jungen Männer waren noch mit Feuereifer bei der Sache.

»Oh, ich fühle mich so gut«, lachte Claire und hob das Schwert mit einem Mal wieder hoch, als hätte sie neue Kraft gefunden.

»Pass auf, sonst tust du deinem strohigen Freund noch weh.«

»Ach, der kann damit sicher umgehen«, kicherte Claire und begann so zu tun, als würde sie jeden Moment die Strohpuppe aufspießen wollen. Ich lachte laut auf, während ich wieder die gewünschten Bewegungen vollführte und dafür meine letzten Kräfte sammelte. Gleich würde der Unterricht vorbei sein – und ich konnte es ausnahmsweise kaum erwarten.

Herr Bertus schaute zu uns herüber. Er wirkte belustigt, ließ sich das jedoch nur einen kurzen Moment lang anmerken, bevor er sich zu Charles hinwandte, der eine Frage an ihn stellte.

Wieder tat Claire so, als würde sie der Strohpuppe einen Arm abhacken, woraufhin ich vollends mein Schwert fallen ließ und mir vor Lachen den Bauch hielt.

»Ihr seid wirklich peinlich«, rief Charlotte mir über den Platz hinweg zu, woraufhin ich ihr die Zunge hinausstreckte.

»Absolut kindisch«, stimmte Emilia mit ein und schüttelte überlegen ihren Kopf.

Schnaubend drehte sich Claire von den beiden weg. »Den beiden sollte man mal eine Lektion erteilen.«

»Das sagt die wohlerzogene Tochter aus gutem Hause?«, fragte ich etwas überrascht.

Sie zuckte mit ihren Schultern und grinste schelmisch. »Ich bin verliebt. Vor lauter Freude könnte ich die Welt umarmen. Und wieso darf ich nicht auch einmal kindisch, verrückt oder gar völlig übermütig sein?«

Ich blickte meine Freundin an, die ihre Hände in die Hüfte stemmte und mich anstrahlte, als wäre sie die Sonne selbst. »Also willst du etwas Verrücktes tun?«

Sie grinste noch breiter und blickte zu Charlotte und Emilia, die mit angespannten Gesichtern dem Unterricht von Herrn Bertus folgten. Selbst wenn sie es versuchten, würde ihnen niemand abnehmen, dass sie diesen Unterricht guthießen.

Ich lachte und erspähte Gabriela, die gerade auf ihren Kameramann einredete. »Claire, ich habe das Gefühl, dass die beiden jungen Damen da drüben ein wenig verklemmt sind.«

»Total verklemmt«, stimmte sie mir nickend zu und drehte sich ebenfalls zu der Kamera, die gerade nicht eingeschaltet war, weil der Kameramann nun daran herumhantierte.

Schnell packte sie sich den angedeuteten Fuß ihrer Strohpuppe und ich riss den anderen Fuß ab.

»Eins«, begann Claire grinsend.

»Zwei«, stimmte ich mit ein.

»Drei!«, riefen wir gleichzeitig und schmissen die Strohfüße direkt auf Charlotte und Emilia, die laut zu kreischen begannen.

Sofort lief Herr Bertus zu ihnen hinüber, weil er nicht gesehen hatte, was passiert war. Gabriela fluchte im Hintergrund, weil sie es ebenfalls nicht mitbekommen hatte, und schrie ihren Kameramann an, was denn so lange dauerte.

Claire und ich schnappten uns schnell unsere Schwerter und lachten unentwegt. Wie automatisch suchten meine Augen die von Phillip, der sich mühevoll ein Lächeln verkniff.

»Ich glaube, wir beenden den Unterricht für heute«, rief Herr Bertus über den Platz, während er weiter versuchte, Charlotte und Emilia zu beruhigen, die sich lautstark über uns aufregten.

Doch wir ignorierten sie und verneigten uns voreinander.

»Madame, vollziehen wir den letzten Stoß«, forderte Claire nasal.

Ich nickte ernst. »Es wäre mir eine Ehre.«

Gleichzeitig hoben wir unsere Schwerter und rammten sie in unsere Strohpuppen. Wir lachten und zogen sie gleichzeitig wieder heraus.

»Hallo, Tanya. Ich stehe echt total auf deine Showeinlagen«, säuselte plötzlich Charles neben mir.

Ich zuckte vor Überraschung so heftig zusammen, dass mir das Schwert aus der Hand glitt und beinahe auf meinen Fuß fiel, doch ich konnte es noch rechtzeitig am Schaft auffangen.

»Charles, du darfst mich doch nicht so erschrecken, sonst gefährde ich noch mich oder diesen armen Kerl hier.« Ich tippte auf die Figur und schaute ihn so ernst an, wie es mir möglich war.

»Deiner hat wenigstens noch Füße«, murmelte Claire kichernd und verschluckte sich, woraufhin sie heftig zu husten begann.

Charles grinste mir verschlagen zu und begann Claire auf den Rücken zu klopfen. »Das wollen wir natürlich nicht, obwohl ich meine, dass du ihn gerade eben kaltblütig erstochen hast.« Er lachte und räusperte sich dann. »Ich wollte dich um eine Verabredung heute Abend bitten.«

Wahrscheinlich sah ich witzig aus, so wie ich ihn mit offenem

Mund und großen Augen anstarrte. Er grinste mich nur weiter an und hob dann fragend seine Augenbrauen.

Ich schluckte. »Ja. Natürlich. Gerne«, antwortete ich ein wenig zu abgehackt, doch das schien ihn nicht zu stören. Er ließ von Claire ab, die sich wieder beruhigt hatte und nun fast verstört wirkte.

Charles indes lächelte freundlich und verneigte sich vor uns beiden. »Schön. Ich werde dich dann abholen.« Damit drehte er sich um und ging zu Fernand, Phillip und Henry zurück, die uns neugierig beobachteten.

Schnell drehte ich mich von ihnen weg, als Fernand mich stumm auslachte und Phillip uns beide mit einem unergründlichen Blick betrachtete.

Meine Wangen waren hochrot, als ich mich bei Claire einhakte und so schnell wie möglich mit ihr vom Trainingsgelände verschwand.

»Hört es sich schlimm an, wenn ich jetzt gestehe, dass ich ein wenig Angst vor Charles habe?«, fragte ich kleinlaut, als wir am Irrgarten vorbei zu den Türmen gingen.

Da begann Claire laut zu lachen. »Nein. Ich finde ihn auch ein wenig gruselig. Zumindest für eine Verabredung. Wahrscheinlich müsste ich jedes Mal lachen, wenn er mir zuzwinkert. Aber wäre es nicht auch absolut passend, wenn er der Prinz wäre?«

»Ja, er ist so selbstbewusst. Warum hat er mich wohl gefragt?«, grübelte ich.

Sie zuckte mit den Schultern und versuchte ihre Arme zu lockern, was schwer war, da ich ja an einem von ihnen hing. Wahrscheinlich schmerzten sie vom Gewicht des Schwertes genauso sehr wie meine. »Ich weiß es nicht«, entgegnete sie dann vorsichtig. »Wenn du Glück hast, will er nur ein wenig reden und dich kennenlernen. Und wenn du Pech hast, gefällst du ihm wirklich.«

»Wohl wahr. Aber sogar, wenn er der Prinz wäre, würde ihn das für mich nicht attraktiver machen. Bei ihm bekomme ich immer das Gefühl, ihm geht es nur um das Eine. Na ja, du weißt schon ...«

Claire lachte nun so laut, dass einige Vögel aus dem Baum über uns aufflogen. »Wir sollten wirklich etwas gegen deine Verklemmtheit tun. Du solltest wirklich endlich –«

»Tzz«, pfiff ich zwischen meinen Zähnen hindurch, um sie zum Schweigen zu bringen, während ich spürte, wie mein Gesicht immer heißer wurde. »In diesem Wettbewerb schon gar nicht. Und wenn, dann ist es immer noch meine Entscheidung. Dann bin ich doch lieber verklemmt.« Ich versuchte entspannt zu klingen, doch meine hochroten Wangen verrieten mich wohl, da Claire noch lauter lachen musste, als sie mich anblickte.

Sie legte ihren Arm um meine Schultern und drückte mich an sich. »Ich finde dich echt toll. Und wenn Phillip nur ein wenig Köpfchen hat, dann sieht er genau die wundervolle Person, wie ich sie in dir sehe.«

»Das ist süß von dir. Danke. Aber mir ist egal, was er von mir hält. Ich denke, ich bin über ihn hinweg. Soll er doch Charlotte heiraten und glücklich werden. Ich bin da raus.«

»Ist das dein Ernst? Warum denn jetzt schon wieder? Wegen Charlotte? Lässt du dir tatsächlich von ihr die Chance zum Glück nehmen?«, fragte sie entgeistert und zog ihren Arm wieder von meinen Schultern zurück.

Mitten im Gehen stoppte ich und sah sie an. »Ja, das ist mein

Ernst. Claire, was will ich mit einem Mann, der sich nicht entscheiden kann? Was soll ich denn machen? Wir haben uns geküsst. Ja, es war schön. Aber er hat mich noch nicht einmal zu einer Verabredung gebeten. Wenn er wirklich etwas für mich empfinden würde, dann würde er mich doch wenigstens einmal offiziell einladen, oder nicht? Würde er dann nicht jede freie Minute mit mir verbringen wollen?«

Claire verzog ihren Mund und sah an mir vorbei. »Vielleicht liegt ihm viel mehr daran, dass ihr euch nachts in dieser Hütte seht.«

Bei ihren Worten lachte ich künstlich auf. »Natürlich. Soll er doch. Mir ist es ab jetzt egal. Wer sich keine Mühe gibt, der hat mich nicht verdient. Ich werde doch keinem Mann hinterherlaufen, selbst wenn es der Prinz höchstpersönlich wäre. Ich habe immerhin noch meinen Stolz. Außerdem schafft er es doch auch, sich ständig mit Charlotte zu verabreden«, ergänzte ich wütend, wohl wissend, dass meine Eifersucht nur zu deutlich herauszuhören war. Dass es noch viel wichtigere Gründe gab, ließ ich unerwähnt, obwohl sie mir schon auf der Zunge brannten.

Auf einmal zog Claire ihre Nase kraus und machte einen so zerknirschten Gesichtsausdruck, dass ich mir für einen Moment Sorgen machte. Doch da fiel mir auf, dass sie noch immer an mir vorbeisah. Langsam folgte ich ihrem Blick und erschrak: Neben uns gingen mit einem Mal alle vier jungen Männer. Und sie hatten jedes Wort gehört. Wie hatten sie uns nur so schnell – und so unbemerkt – einholen können? Hinter ihnen tauchten auch die anderen Kandidatinnen auf, aber sie betrachteten uns nur neugierig und schienen glücklicherweise nichts von meinen Worten mitbekommen zu haben.

»Fabelhaft«, stöhnte ich und schluckte schwer, während mein Gesicht nun wahrhaft vor Scham glühte.

Fernand kam auf mich zu und legte seine Hand auf meine Schulter. »Gut gebrüllt, Löwe.«

»Ja. Eine schöne Ansprache. Du solltest überlegen, Gabrielas Praktikantin zu werden«, erklärte Henry nickend und grinste dabei so breit, dass ich am liebsten im Boden versunken wäre.

Fernand lachte. »Das ist eine tolle Idee, Henry. Wie war das noch mal? Ohne Liebe keine Krone?«

Ich nickte zerknirscht, unfähig mich zu Phillip zu drehen, der noch immer schwieg.

»Also ich finde es gut, dass sie so Feuer hat«, lachte da Charles und grinste mich an, während ich noch dunkler im Gesicht wurde und innerlich darum bettelte, dass sich unter mir der Boden auftat.

»Ihr habt nun genug gelacht. Wir müssen uns jetzt fertig machen. Einen schönen Nachmittag noch. Wir sehen uns gleich zum Abendessen«, erklärte Claire hastig und zog mich mit sich mit.

»Oh ja. Das war peinlich«, flüsterte sie, als wir uns ein wenig entfernt hatten, und drückte meinen Arm. »Es tut mir so leid. Ich wollte etwas sagen, aber du hast immer weiter geredet und dann war es zu spät.«

»Wie viel hat er gehört?« Tränen brannten in meinen Augen. Blödes, verliebtes Herz!

Meine Freundin atmete tief ein. Kein gutes Zeichen. »Zu viel.«

»Es sollte mir egal sein. Es sollte mir wirklich egal sein«, wiederholte ich leise und folgte ihr zur Tür unseres Turms.

»Aber es ist dir nicht egal«, erwiderte sie und schloss auf.

»Warum bloß nicht? Ich will nicht verliebt sein und ich will nicht mit Charlotte konkurrieren. Und egal, was du sagst: Das ist es, was ich momentan tue. Ich muss mich gegen sie behaupten, wenn ich wirklich mit Phillip zusammen sein *wollen würde*.« Schwerfällig folgte ich ihr hinein und warf mich rücklings aufs Bett.

Bevor sie sich auf den Weg zum Duschen machte, drehte sie sich zu mir um und sah mich ernst an.

»Weil du Gefühle für ihn hast. Und egal, wie sehr du es auch versuchst: Du wirst sie erst einmal nicht abschalten können. Sie werden bleiben.« Einen Moment lang betrachtete sie das Treppengeländer, auf dem ihre Hand ruhte. »Ich denke noch immer, dass er etwas für dich empfindet. Doch ich kann auch verstehen, dass es dich verletzt, wenn er so viel Zeit mit Charlotte verbringt.«

Ich nickte und rieb mir meine Stirn. »So ist es. Und ich will mich nicht in dieser Geschichte verlieren. Ich möchte nach Hause und diese Gefühle hinter mir lassen. Wie sollte ich jemanden lieben können, der so wankelmütig ist?«

Claires Gesichtsausdruck wurde besorgt. Ich erwartete schon, dass sie mir etwas über die große Liebe und ihre Wirkungen erzählen würde. Doch dann seufzte sie. »Nehmen wir mal an, dass ihr zwei wirklich nicht zueinanderfindet, was ich auf gar keinen Fall hoffe ...« Sie lächelte traurig und atmete tief durch. »Dann wirst du leiden und es wird dir jedes Mal wehtun, wenn du ihn und Charlotte zusammen siehst. Egal, wie sehr du dir das Gegenteil einredest. Es wird jedes Mal wehtun. Aber wenn du irgendwann wieder zu Hause bist und ihn nicht mehr sehen musst, dann hört es vielleicht auf.«

Ich presste meine Augen zusammen, blinzelte und stemmte

mich auf meine Ellenbogen, sprachlos angesichts ihrer pessimistischen Worte. So kannte ich sie ja gar nicht. »So lange dauert das?«, brachte ich schließlich krächzend heraus.

Claire nickte, noch immer ernst. »Ja. Deine erste große Liebe wirst du niemals vergessen. Ein bisschen wird es immer wehtun. Trotzdem hoffe ich, dass ihr zwei endlich einen Weg findet, die Missverständnisse zu beseitigen. Jeder sieht doch, dass ihr vernarrt ineinander seid. Er wäre ein Idiot, dich nach Hause gehen zu lassen.« Mit diesen Worten drehte sie sich um und stieg die Treppe hoch. Ließ mich mit meinen Gedanken alleine.

Tolle beste Freundin!

Seufzend ließ ich mich wieder aufs Bett fallen. In diesem Moment klopfte es an der Tür. Konnte man nicht wenigstens für ein paar Minuten in Selbstmitleid verfallen? Ich versuchte das Geräusch zu ignorieren, doch da klopfte es erneut.

Lautlos jammernd stand ich auf und riss die Tür auf. »Ja, bitte«, sagte ich etwas zu forsch und wäre vor Schreck beinahe zurückgeprallt.

Vor mir stand ein ziemlich wütender Phillip. Seine Hände waren zu Fäusten geballt, während seine Kieferknochen sich fest aufeinanderpressten. Seine Lippen waren nur mehr ein schmaler Strich.

»Ja?«, fragte ich etwas freundlicher und begann nervös von einem Bein aufs andere zu treten.

Er ging an mir vorbei in den Turm, prüfte, ob wir alleine waren, und zog mich hinein, bevor er die Tür schloss.

»Was fällt dir eigentlich ein?«, fuhr er mich an.

Ich öffnete meinen Mund, doch brachte vor Schreck keinen Ton heraus.

»Hat es dir jetzt etwa die Sprache verschlagen, *Löwe*?«

Langsam schüttelte ich den Kopf, setzte mich auf mein Bett und sah dann zu ihm auf. »Was möchtest du?«

Mein ruhiger Tonfall schien ihn jedoch nur noch wütender zu machen. Doch auch in diesem Zustand sah dieser Mann einfach nur umwerfend aus.

»Was ich möchte? Du versetzt mich einfach, wenn wir uns verabreden, und dann tust du auch noch so, als wäre ich dir egal. Was soll das? Ist es so, ja? Bin ich dir egal? Oder hast du dich jetzt doch für einen meiner Freunde entschieden?« Seine Stimme überschlug sich fast, so schnell redete er.

Ich senkte meinen Blick und klopfte neben mich aufs Bett, um ihn zum Hinsetzen zu animieren.

Erst schnaufte er, doch dann ließ er sich tatsächlich neben mich sinken. »Willst du mir nicht mehr antworten?«

»Phillip ... jetzt sei bitte einmal ehrlich zu mir: Was willst du von mir?«, fragte ich vorsichtig und sah ihn an. Meine Brust schmerzte bei seinem Anblick. So schön, doch so unerreichbar.

»Ich will dich.« Seine Worte waren leise und doch so selbstsicher, als hätte er sie hinausgeschrien.

Mein Herz machte einen lauten Satz, doch mein Kopf protestierte laut. »Warum hast du mich dann nie um eine Verabredung gebeten? Warum fällt es dir dann so schwer, dich mit mir sehen zu lassen? Du tust gerade so, als würdest du wirklich etwas für mich empfinden. Letzte Woche noch hast du mir jedoch gesagt, dass du mich hasst und alles kompliziert ist. Hat sich etwas daran geändert?« *Und warum, in Viterras Namen, hast du mich belogen?*, schrie die wichtigste Frage in meinem Kopf, doch ich war noch nicht bereit, sie zu stellen. Nicht hier. Nicht jetzt.

Phillip atmete tief ein. Er fuhr sich nervös durch seine Haare, stemmte die Ellenbogen auf seine Knie, bevor er den Kopf in seine Hände stützte. »Nein. Hat es nicht.«

Der Riss in meinem Herzen erweiterte sich. Ganz leicht nur, doch unendlich schmerzvoll. »Was machst du dann hier?«

Jetzt sah er zu mir auf, hob seine Hand und legte sie an meine Wange. Bei seiner Berührung schloss ich unwillkürlich meine Augen, um diesen viel zu seltenen Moment zu genießen.

»Ich weiß es nicht.« Damit beugte er sich zu mir herunter und küsste sanft meine Lippen. Ich ließ ihn gewähren, wehrte mich nicht dagegen, gab mich ihm hin. Mein Herz überschlug sich beinahe, während mein Kopf auf stur stellte und abschaltete. Kurz wünschte ich mir, es könnte für immer so sein. Aber als er wieder von mir abließ und mir verträumt in die Augen sah, fühlte es sich falsch an. Mein Kopf siegte.

»Phillip, wenn du dich nicht entscheiden kannst, dann bin ich nicht die Richtige für dich. Ich will nicht *irgendeine* Wahl sein. Ich will die Einzige sein. Diejenige, die du für den Rest deines Lebens haben möchtest. Dieses Hin und Her, dieses Abwägen macht mich krank.«

»Du bist besser als jede andere hier«, flüsterte er und legte seine Stirn an meine. Seine Hände umschlossen mein Gesicht und hielten mich fest.

Langsam schloss ich meine Augen, um die aufsteigenden Tränen zurückzuhalten. »Aber warum ist es dann so kompliziert? Warum habe ich dann niemals eine Chance?«

»Warum hast du das Gefühl, keine Chance zu haben?«, flüsterte er zart.

Verzweifelt riss ich meine Augen auf und funkelte ihn an.

»Habe ich denn eine Chance? Egal, ob du der Prinz bist oder nicht. Habe ich sie?«

Er atmete tief durch. »Ja, das hast du.«

Noch mehr Lügen ...

Etwas tief in mir, so tief drin, dass ich es bisher gut verborgen hatte, zerbrach. »Dann solltest du dich mit mir verabreden. Zumindest einmal«, flüsterte ich in qualvoll erstickender Hoffnung. Ich spürte, mein Herz hätte ihm auf der Stelle all seine Vergehen verziehen, wäre er endlich einmal ehrlich zu mir gewesen. Vielleicht befand ich mich auch auf einem gewaltigen Irrweg, doch ich brachte es nicht über mich, mit ihm darüber zu reden, solange ich ihm nicht vertrauen konnte.

Phillip nickte, doch wieder sah ich die Lüge darin. Am liebsten hätte ich ihn auf der Stelle rausgeworfen, doch ich konnte es einfach nicht, brachte es einfach nicht über mein geschundenes Herz.

Das war es wohl, was die Menschen meinten, wenn sie sagten, Liebe mache blind. Noch immer *wollte* ich ihm glauben.

Ich war zu naiv, um wirklich zu begreifen, dass ich die Verliererin in diesem Spiel war. Die Verliererin. Das würde ich wahrscheinlich bis zum Ende bleiben. Doch das alles sollte er nicht sehen. Diese Genugtuung hatte er nicht verdient.

Ich blickte aus dem Fenster, schaute zu Charlottes Turm hinüber, der sich neben unserem befand, und mobilisierte noch einmal alle meine Kräfte. »Besser, du gehst jetzt«, erklärte ich unschuldig lächelnd. »Nicht, dass Charlotte dich noch aus meinem Turm kommen sieht.«

Für einen kurzen, masochistischen Moment genoss ich seinen erschrockenen Gesichtsausdruck. Seine Finger zuckten, als würde er nach mir greifen wollen, doch seine Arme blieben an seinem Körper. Gleichzeitig öffneten sich seine Lippen kurz, es drang jedoch kein Laut heraus. Aber als er kurz darauf einwilligend nickte, war der Moment vorbei und das, was blieb, war nur noch Schmerz.

Phillip schenkte mir einen flüchtigen Kuss, der sich in meine Haut einbrannte, und verschwand dann so schnell er konnte aus dem Turm. Gerade noch rechtzeitig, da Claire wenige Sekunden später die Tür unseres Badezimmers öffnete und leise summend herunterkam.

7. KAPITEL
DAS INNERE EINES MENSCHEN VERBIRGT SICH HINTER SEINEM LÄCHELN

Ich erzählte Claire nichts von Phillips Besuch. Nicht, weil ich ihr nicht vertraute oder glaubte, sie würde mich verurteilen. Ich wusste, sie hätte mich verstanden. Irgendwie schaffte ich es einfach nicht, ihr von diesem ganzen Wahnsinn und meinen absurd klingenden Vermutungen zu berichten. Also schwieg ich und machte den Krieg mit mir alleine aus.

Tief in mir hoffte ich tatsächlich, dass er mich vielleicht doch noch um eine Verabredung bitten würde. Vielleicht, aber auch nur vielleicht kam er schon morgen zu mir und würde mir die entscheidende Frage stellen. Würde das etwas an meiner abwehrenden Haltung ihm gegenüber ändern? Möglicherweise. Aber ich wusste nicht, ob ich das noch wollte. Es konnte einfach nicht gut sein, wenn man so viel für einen Menschen empfand, der einen nicht genug respektierte, um die Wahrheit zu sagen.

Wir gingen schweigend zum Abendessen, wo ich Phillip und auch die anderen nicht ansah. Nur mit ganz viel Mühe bekam ich das, was auf meinem Teller lag, herunter. Jedoch schmeckte ich nicht sonderlich viel davon. Zumindest konnte ich auf dem Rückweg nicht mehr sagen, was ich überhaupt gegessen hatte.

Eine halbe Stunde bevor meine Verabredung mit Charles begann, klopfte es erneut an der Tür. Nervös, wie ich war, dachte ich kurz, es könnte erneut Phillip sein. Doch als Claire die Tür öffnete, stand dort Erica.

Sie kam wie ein Wirbelwind in den Turm herein und lächelte uns fröhlich an. »Ach, ihr Lieben. Ich bin eine schreckliche Vertraute. Hoffentlich verzeiht ihr mir, dass ich euch so kläglich im Stich lasse. Die Zofe unserer Königin ist krank geworden und nun helfe ich ihrer Vertretung so gut ich kann.«

Sofort winkte Claire ab, setzte sich auf ihr Bett und betrachtete Erica voller Neugier. »Die Königin? Ach, für sie lassen wir dich gerne ziehen. Wie ist sie denn so? Ich hoffe, wir können sie bald schon kennenlernen.«

Erica lächelte sie strahlend und dankbar an. Wie hatte sich ihre Beziehung zu Claire gewandelt. »Sie ist eine wundervolle Frau. Ihr werdet sie lieben und zu gegebener Zeit treffen.«

»Ich kann verstehen, dass sie und der König sich zurückhalten. Es ist sicher schwer, sich als Eltern nicht einzumischen, sobald man alle Bewerberinnen besser kennt«, stimmte ich ihr zu und beugte mich auf meinem Platz am Schminktisch etwas weiter vor. »Stimmt es, dass es bei ihrer Auswahl ganz anders war? Meine Tante hatte mal erwähnt, dass die damalige Königin damals sehr involviert war.«

In den Augen unserer Vertrauten glänzte eine Erinnerung. »Oh ja, das war sie. Vielleicht erzähle ich euch irgendwann die Geschichte dazu. Aber nun müssen wir dich für deine Verabredung mit dem guten Charles vorbereiten.«

»Ach Erica! Du machst mich ganz neugierig«, stöhnte Claire und erhob sich, um ihr grünes Kleid glatt zu streichen. »Wenn die Auswahl vorbei ist und ich Fernand geheiratet habe, möchte ich die ganze Geschichte hören.«

Erica stellte sich hinter mich, zwinkerte mir durch den Spiegel hindurch zu und begann meine Haare hochzustecken. »Da scheint sich jemand seiner Sache aber ganz schön sicher zu sein.«

»Wenn er mich nicht heiratet, dann bin ich aber richtig wütend«, lachte meine Freundin und gesellte sich zu Erica, um mich ebenfalls durch den Spiegel hindurch zu betrachten. »Nun müssen wir nur noch den passenden Kandidaten für unsere Tanya finden.«

Ich verdrehte meine Augen, war aber nun viel entspannter und wahrlich dankbar dafür, dass die beiden mich von Phillips vorherigem Besuch ablenkten.

Als es kurz darauf an unserer Tür klopfte, half Erica mir gerade in mein Kleid hinein. Schnell knöpfte sie mir die Rückseite des Kleides zu, während ich eine lose Strähne hinter mein Ohr schob. Dann lief ich zur Tür und öffnete sie mit einem strahlenden Lächeln.

»Einen wunderschönen Abend«, begrüßte mich Charles galant und hielt mir seinen Arm hin.

Ich lächelte ihm zu und beobachtete, wie er seine dunkelblonden Haare, die er in einem Zopf trug, nach hinten warf. Sogar diese Bewegung strahlte etwas Anzügliches bei ihm aus.

»Dir auch einen schönen Abend, Charles.« Ich hakte mich bei ihm unter und sah dann zu ihm hoch. »Was machen wir denn Schönes?«

»Eigentlich habe ich nichts Besonderes geplant. Ich wollte nur ein wenig Ruhe von diesen ganzen Verabredungen und dachte mir, dass du eine gute Wahl dafür bist.«

Verwirrt legte ich meinen Kopf schief. »Wie meinst du denn das?«

Darauf begann Charles laut zu lachen. Für einen kurzen Moment wirkte er sehr sympathisch. Doch dann maß er mich wieder mit diesem Gesichtsausdruck, der eine Mischung aus Langeweile und bewusster Distanz war. »Du interessierst dich sowieso nicht für mich. Und ich will mich auf keinen Fall in eure Dreiecksgeschichte einmischen. Aber für einen ruhigen Abend, wie ich ihn mir heute wünsche, bist du genau die Richtige. Die anderen Kandidatinnen hätten sich womöglich vor den Kopf gestoßen gefühlt, hätte ich sie im Zuge der Verabredung nicht ausreichend hofiert. Du bist da anders.«

»Und du bist viel zu direkt. Ich fühle mich fast ein wenig beleidigt.« Tadelnd blickte ich ihn an. »Findest du sie denn alle so langweilig?«

Charles zuckte mit den Schultern und führte mich langsam in Richtung des Palastes. »Die meisten von ihnen sind in der Tat nur wenig unterhaltsam. Schön anzusehen, aber auch gleichzeitig dumm und eingebildet.«

»Was ist, wenn ich das herumerzähle?«, fragte ich neckend und betrachtete ihn auffordernd.

Doch wieder lachte er nur. »Die mögen dich doch alle sowieso nicht. Selbst ich weiß das. Aber ich finde es gut, dass dich das so wenig interessiert. Das zeigt einen starken Charakter.«

Während wir an dem Haupthaus vorbeigingen, zuckte ich mit meinen Schultern. »Du hast recht, es interessiert mich tatsächlich nicht.«

»Ich habe immer recht«, witzelte er und schaute in die Ferne.

Wir schwiegen eine Weile und liefen um den Palast herum.

»Was würdest du jetzt machen, wenn es ein ganz normaler Abend wäre und du keine Verpflichtungen hättest?«, fragte ich plötzlich und versuchte nicht einmal meine ehrliche Neugier zu verbergen.

Da sah er zu mir herunter. Seine Augen blitzten für einen Moment amüsiert. »Ich würde Klavier spielen. Oder mit den anderen Karten spielen. Vielleicht würde ich mich sogar rausschleichen und mich in der Stadt vergnügen. Aber ich würde wahrscheinlich nicht mit einer jungen Dame spazieren gehen. Du glaubst nicht, wie sehr ich das hasse.«

»Du spielst Klavier? Willst du es mir zeigen?«, fragte ich aufgeregt. Ich liebte es, wenn mir jemand vorspielte. Da meine Tante es als Zeit- und Geldverschwendung ansah, hatte ich nie Gelegenheit dazu gehabt, selbst ein Instrument zu erlernen.

Leider schüttelte er den Kopf. »Ich spiele nicht vor Publikum. Dafür bin ich viel zu schlecht. Aber wenn du Lust hast, dann könnten wir zwei Karten spielen.«

Kurz war ich enttäuscht, besann mich dann aber eines Besseren. Kartenspielen hörte sich nach einer angenehmen Abwechslung an. »Gerne«, erwiderte ich.

Wir gingen durch einen Dienstboteneingang in den Palast, liefen Treppen hoch und runter und gelangten schließlich in einen kleinen Turm, in dem mehrere Sessel und kleine Tische standen.

In der Ecke befand sich eine kleine Bar, aus der mir Charles ein Glas Wasser holte, nachdem ich den Wein dankend ablehnte. Wir setzten uns an einen kleinen Tisch am Fenster, von dem aus man den Wald sehen konnte.

Charles mischte die Karten und erklärte mir dabei die Spielregeln. Ich kannte dieses Kartenspiel nicht und verstand seine Anweisungen auch beim dritten Mal noch nicht, was ihm jedoch überhaupt nichts auszumachen schien. Er fand es eher lustig und so spielten wir eher miteinander als gegeneinander.

»Sag mal, was ist das für eine Geschichte zwischen dir, Henry und Phillip?«, fragte er, als er mich das zweite Mal auf wundersame Weise gewinnen ließ.

Ich konnte meine Überraschung nicht verbergen. »Wie kommst du denn jetzt darauf?«, fragte ich atemlos.

»Es ist ziemlich offensichtlich, dass beide etwas für dich empfinden. Ich weiß nicht genau, was es ist, aber ich mache mir ein wenig Sorgen, dass sie enttäuscht werden könnten.« Er musterte mich eingehend. Mit einem Mal fühlte ich mich unwohl in meiner Haut.

»Dass jemand enttäuscht wird, wollte ich nie, will ich immer noch nicht. Ich habe Henry niemals Hoffnungen gemacht. Und Phillip ... na ja, ich glaube eher, dass ich die Dumme in der Sache bin.«

»Weshalb?« Charles' Augenbrauen schnellten in die Höhe und zeigten seine stahlgrauen Augen.

Langsam ließ ich die Karten sinken und lehnte mich in meinem Sessel zurück. »Darf ich ehrlich sein?«

Er nickte.

»Ich habe Gefühle für Phillip. Aber ihm scheint mehr an Charlotte zu liegen. Ich weiß, ich klinge nun wie eine eifersüchtige Kandidatin. Doch so ist es nicht.«

Mein Gegenüber schien verwirrt. »Wie ist es dann?«

Tief atmete ich ein und legte meinen Kopf in den Nacken, dabei schloss ich kurz meine Augen. »Ich will diese Gefühle nicht. Wenn er wirklich Charlotte favorisiert, dann soll er sie wählen und mich in Frieden lassen. Aber das tut er nicht, immer wieder macht er mir Hoffnungen. Und wenn du mir jetzt erklärst, dass es *kompliziert* ist, dann renne ich schreiend hinaus«, fügte ich noch betont schmollend hinzu, als ich Charles' mitleidigen Blick sah.

Da begann er zu grinsen. »Das hast du wohl schon öfter gehört.«

»Tja, das kann man wohl so sagen. Das Leben ist kompliziert. Die Liebe erst recht und fair ist wohl beides nicht.«

»Du hast wirklich tolle Sprüche drauf.«

Jetzt musste ich lachen. Und zwar laut und lange. »Danke, ich fühle mich, seitdem ich hier bin, ja auch um mindestens fünfzig Jahre gealtert.«

»Das kann ich nachvollziehen. Das Leben hier ist nicht leicht. Man muss sich den Regeln beugen und hat kaum die Chance, so zu handeln, wie man es möchte. Ich kann verstehen, dass viele von euch froh sein werden, wieder zu Hause zu sein, auch wenn sie den Prinzen nicht bekommen haben.«

Ich nickte und hatte das Gefühl, er wusste, wovon er sprach. Als würde er schon viel zu lange darauf warten, dass es endlich vorbei war. Doch um was ging es ihm dabei genau? Darum, endlich ein Leben in Freiheit beginnen zu können, oder darum, seine Identität als Prinz preiszugeben?

»Ich freue mich auf zu Hause«, gab ich unumwunden zu. »Da komme ich dann endlich ein wenig zur Ruhe. Vielleicht werde ich irgendwann über Phillip hinweg sein, hier schaffe ich das nicht. Am liebsten wäre ich bereits letzte Woche nach Hause gegangen. Aber wer ahnt schon, dass man hier weiterkommt, wenn man die Aufgabe gut erledigt?«

Ich wusste nicht, woher ich den Mut nahm, so offen mit ihm

zu sprechen, doch ich merkte langsam, dass ich ihn völlig falsch eingeschätzt hatte. Er war mehr, als er uns allen weismachen wollte, so viel mehr als der eingebildete junge Mann, den er auf den ersten Blick abgab. Obwohl er es vielleicht nicht unbedingt wollte, begann ich langsam hinter seine Fassade zu blicken, und ich musste zugeben, dass ich mochte, was ich da sah.

Charles lachte. »Damit hättest du aber wirklich rechnen können. Ich fand es übrigens köstlich, wie du Charlotte heute die Wahrheit über diesen Wettkampf an den Kopf geworfen hast. Diesen Augenblick werde ich wohl niemals vergessen.«

Obwohl ich mich fühlte, als ob ich mich hätte schämen müssen, erfüllte mich seine Aussage mit Stolz. »Meinst du wirklich?«

»Natürlich. Jetzt ist wenigstens keine von ihnen mehr so naiv zu denken, dass es einen Sinn hat, mit Pfeil und Bogen zu schießen oder Schwerter zu schwingen.« Er lachte erneut laut auf.

»Das hört sich für mich aber auch ganz so an, als wärst du froh, wenn das hier endlich alles vorbei ist«, schlussfolgerte ich zaghaft und legte meinen Kopf schief, während ich ihn neugierig betrachtete.

Überraschenderweise nickte er ernst. »Das bin ich tatsächlich. Wenn ich der Prinz bin, habe ich endlich eine Braut. Und wenn ich es nicht bin, kann ich tun und lassen, was ich will. So oder so: Beides würde endlich die nötige Würze in mein Leben bringen.« Da begann er zu grinsen. »Aber du bringst wenigstens ein wenig Spannung in den Wettbewerb. Ich hatte vorher wirklich Angst, dass hier ausschließlich zickige Gören dabei sind, die es auf die Krone abgesehen haben.«

»Ist es denn nicht so?« Ich kreuzte meine Beine unter dem Tisch und setzte mich wieder ein wenig gemütlicher hin.

Er tat es mir nach. »Nein, es ist viel besser. Ständig kippst du um oder verursachst Schlägereien unter uns. Also wenn ich Glück habe, dann darf ich mich heute auch mal mit Phillip prügeln.«

Ich verzog mein Gesicht. »Nein, bitte lasst das, das fände ich furchtbar! Obwohl ich niemals aus ihm schlau werde«, ergänzte ich leise.

»Das wirst du auch nicht können. Er würde es nicht zulassen. Das sollten wir alle nicht. Aber er spielt seine Rolle einfach perfekt«, erwiderte er gedankenverloren und schaute aus dem Fenster.

Unwillkürlich folgte ich seinem Blick. »Also spielt ihr alle eine Rolle?«

»Natürlich. Oder denkst du wirklich, drei von uns würden sich gern als Prinz ausgeben, sich dann verlieben und mit Angst zusehen, ob die Auserwählte tatsächlich bleibt oder nicht? Das Gleiche gilt für den Prinzen. Wenn er Pech hat, dann hatte seine Zukünftige es immer nur auf die Krone abgesehen und einfach Glück gehabt, dass sie den Richtigen wählte«, erklärte er wehmütig.

Ich schluckte. Bei seinen traurigen Worten wurde mein Hals auf einmal ganz trocken. »Und wenn du dich nicht verliebst, hast du nicht viel zu verlieren, oder?«, schloss ich leise. »Obwohl es eine traurige Ehe wäre.«

Jetzt drehte er sich zu mir. »Richtig. Aber meine Freunde da draußen könnten sich verlieben. Wir sind wie Brüder. Ich könnte es nicht ertragen, wenn ihnen so etwas passieren würde.«

Ich biss mir auf meine Unterlippe, zutiefst berührt von so viel Zuneigung. »Das sagt nur ein wahrer Freund.«

»Du würdest nicht anders denken«, sagte er auf einmal und lächelte mich an.

»Wie meinst du das?« Jetzt war ich diejenige, deren Blick in die Ferne schweifte.

»Du bist ein guter Mensch. Vielleicht könnte genau *das* dir dein Herz brechen.« Vorsichtig sah er mich an, doch ich mied seinen Blick.

Wut und Frustration machten sich in mir breit. »Wieso sagen das alle? Ich bin eine ganz normale junge Dame. Ich bin nicht perfekt oder heilig. Ja, vielleicht kann ich ein paar Sachen ganz gut. Vielleicht war ich in meinem früheren Leben eine Amazone und interessiere mich deshalb so sehr für das Training mit Henry und Herrn Bertus. Aber jetzt will ich dir mal was sagen: Ich bin absolut unmusikalisch. Nähen und stricken kann ich so gut, als hätte ich Pfoten statt Hände. Ich habe kaum Freunde, weil ich mich einfach nicht darauf verstehe, auf andere Menschen zuzugehen. Und in meinem Kopf geht so viel vor, dass ich mich am liebsten vor der Welt verstecken würde«, erklärte ich aufgebracht und atmete tief durch. Aber nur um weiterzumachen. »Also bitte, sagt mir nicht, dass ich perfekt bin. Ich hasse es. Es stimmt nicht. Nur weil ich gut aussehen und eine gute Show abliefern kann, bin ich noch lange kein besonders guter Mensch. Das ist es nämlich nicht, was einen guten Menschen ausmacht.«

Anstatt auf meinen Wutausbruch einzugehen, lächelte Charles nur in sich hinein und legte die Karten zusammen.

»Was ist denn jetzt so witzig?«, fragte ich in einem beängstigend schrillen Tonfall.

Er sah zu mir auf. »Und Karten spielen kannst du auch nicht. Außerdem wirkst du immer so eingebildet. Aber das vielleicht nur, weil du so viel zu verstecken hast. Das ist aber in Ordnung für mich. Ich mag dich gerade, weil wir uns so ähnlich sind.«

Seine ruhige Antwort brachte mich aus dem Konzept. Ich sackte im Sessel zusammen und beobachtete nachdenklich, wie er die Karten neu mischte.

»Warum sind wir uns ähnlich?« Ich sah zu, wie sich ein sanftes Lächeln auf seinen Lippen bildete.

»Weil unser Leben von der Angst bestimmt wird, enttarnt zu werden. Von der Angst davor, dass die Menschen sehen, wie es wirklich in uns aussieht. Aber du solltest dir eins merken: Die meisten Menschen spüren, wenn man ihnen etwas vormacht.«

»Das hat meine Schwester auch gesagt.« Ich griff nach den Karten, die mein Gegenüber nun ausgeteilt hatte, und sah sie mir an.

Charles tat das Gleiche. »Eine weise Frau. Deshalb halten dich viele für eingebildet und mich für desinteressiert. Auf die meisten Menschen wirkt unser Verhalten befremdlich und wahrscheinlich auch unsympathisch. Aber hey ...« Er lachte. »... dafür bist du ziemlich beliebt bei dem Volk.«

Unwillig verzog ich meinen Mund. »Also das kann ich wirklich nicht nachvollziehen.«

Er zuckte mit den Schultern und legte die erste Karte auf den Tisch. »Ich glaube, sie sehen die gleiche Person, die ich in dir sehe. Eine starke Frau mit Werten und Köpfchen. Nicht nur ein hübsches Gesicht, sondern auch ein wertvoller Charakter.«

Ich grinste ihn breit an. »Hör auf, mich so verlegen zu machen, Charles.«

Doch er schüttelte nur seinen Kopf. »Ach, ich dachte mir, dass ich dein Selbstvertrauen ein wenig aufpolieren könnte. Ich mag dich und ich finde es toll, wie du die anderen alle im Nachmittagsunterricht fertigmachst. Dann geben sich die anderen Kandidatinnen vielleicht auch mal ein wenig mehr Mühe. Du hebst die Latte eben ein wenig höher mit deinen Amazonen-Genen.«

Jetzt mussten wir beide lachen. »Du bist echt in Ordnung, Charles. Überhaupt nicht so oberflächlich und ...«, das nächste Wort betonte ich absichtlich »... desinteressiert, wie ich dachte.«

»Und du bist überhaupt nicht so zickig und eingebildet, wie ich dachte, Miss Tanya.«

Noch einmal lächelten wir uns an und spielten dann weiter Karten. Doch dieses Mal ließ er mich nicht gewinnen, sondern genoss es, mir immer wieder zu zeigen, wie schlecht ich in diesem Spiel war. Und um ehrlich zu sein, genoss ich es in vollen Zügen zu verlieren.

* * *

Pünktlich um kurz vor zehn machten wir uns auf den Weg zurück zu meinem Turm. Natürlich war Charles so gut erzogen, mich zurückzubringen, auch wenn ich mir sicher war, dass er keinen Kuss dafür verlangen würde.

Immer wieder schielte ich auf dem Rückweg zu ihm hoch und wunderte mich darüber, wie falsch ich ihn eingeschätzt hatte.

»Übrigens: Wenn du jemandem von unseren tiefgründigen Gesprächen erzählst und damit meinen Ruf als Charmeur zerstörst, dann werde ich dich dafür büßen lassen.« Ernst blickte er mich an und zog dabei eine Augenbraue hoch.

Ich kicherte. »Natürlich nicht. Ich will doch nicht, dass irgendwer hier denken könnte, dass du ein Herz hast oder vielleicht sogar Gefühle.«

»Das ist nett von dir. Oh, da sind Phillip und Charlotte.«

Ich drehte mich in die Richtung seines Blickes und presste meine Lippen zusammen. Die beiden standen vor Charlottes Turm und küssten sich. Obwohl ich noch nicht viel Erfahrung darin hatte, war selbst mir klar, dass es kein gewöhnlicher Gute-Nacht-Kuss war. Ich erschauerte, woraufhin Charles mich näher an sich heranzog.

Ich sah zu ihm auf und lächelte traurig. »Ich bin jämmerlich mit meiner blöden Eifersucht.«

Doch anstatt zu nicken, lächelte er mich verständnisvoll an. »Nein, du bist verliebt. Und jetzt sind wir dran.« Er beugte sich zu mir herunter und ließ mein Herz vor Überraschung schneller schlagen. Mit seiner Hand kniff er mir in meinen Arm. Vor Überraschung schrie ich laut auf, was ihn noch breiter grinsen ließ, weil mein Schrei über den gesamten Platz hallte. Seine Lippen drückten sich sanft an meine Wange. Ziemlich lange verweilte er dort. Wahrscheinlich würde es von Weitem so aussehen, als würden wir uns innig küssen. Vor allem, da er begann, theatralisch seine Hände in meinen Haaren zu vergraben.

Als er von mir abließ, schielte ich zu Phillip hinüber, der uns beobachtete. Charlotte war weg. Ich glaubte, Phillips unglücklichen Gesichtsausdruck erkennen zu können, doch konnte mir in der Dunkelheit nicht sicher sein. Er drehte sich weg und ging in den Wald hinein. Ich wusste sofort, wohin er wollte, doch ich würde ihm nicht die Genugtuung geben hinterherzulaufen.

»Was sollte das?«, fragte ich leise an Charles gerichtet.

Auch sein Blick war Phillip gefolgt. »Ich will, dass er das Richtige tut. Und nicht das Falsche aus den richtigen Gründen.«

Ich legte meinen Kopf schief. »Muss ich das verstehen?«

Da schüttelte er seinen Kopf und sah mich wieder an. »Nein,

noch nicht. Es ist ... *kompliziert*«, fügte er lachend hinzu, woraufhin ich ihm freundschaftlich auf die Schulter schlug und ihn anfunkelte, weil er dieses fürchterliche Wort benutzte.

»Gute Nacht, mein Freund.« Ich knickste und neigte meinen Kopf, so wie es sich für eine junge Dame gehörte, die einem möglichen Prinzen gegenüberstand.

»Gute Nacht, meine Freundin.« Tief verbeugte er sich vor mir und machte sich dann auf den Weg zum Palast.

Eine Weile lang schaute ich ihm hinterher und lächelte, trotz der Szene vorhin. In Charles hatte ich womöglich noch einen Freund gefunden. Noch einen jungen Mann, der ehrlich und gut war. Vielleicht lag es nicht an diesem Ort, sondern an Phillip und Henry. Kurz flackerte mein Blick zum Wald. Bevor ich etwas Unüberlegtes tun konnte, drehte ich mich entschlossen zum Turm um.

Kaum hatte ich meine Hand auf den Knauf gelegt, riss Erica schon die Tür auf. Sie schaute mich überrascht an, als hätte sie nicht mich erwartet, und lachte dann.

»Was ist denn hier los?«, fragte ich verwirrt und schaute mir die ganzen Kleider auf meinem Bett an.

Claire kicherte lauthals. »Wir haben uns mal angesehen, welche Kleider wir hier so hängen haben, und irgendwie ist es dann ausgeartet. Ich glaube, ich habe eins deiner Kleider kaputt gemacht.«

Zwar verstand ich sie kaum unter ihrem Lachen, doch ich räumte die Kleider bereitwillig von meinem Bett und grinste die beiden an. »Ich glaube, ich weiß jetzt, was ich mir wünsche.«

8. KAPITEL
EIN WUNSCH, DER ZU GEWÄHREN DOCH ZU GROSS IST

»Ist das dein Ernst?«, fragte Phillip mit gerunzelter Stirn und starrte mich an, als wäre ich vollkommen verrückt geworden. In seinen Augen stand eine unausgesprochene Frage zum gestrigen Abend.

Ich verzog meinen Mund. Aus Missmut und Ärger über ihn und angesichts der Tatsache, dass er mir meinen Wunsch nicht gewähren wollte. »Doch nur kurz. Wirklich.«

Bedauernd verzog Henry seinen Mund. Er saß neben Phillip, mir gegenüber in einem Sessel. »Das ist leider nicht möglich.«

»Da haben meine Freunde recht. Es gibt Sicherheitsrichtlinien, die wir nicht durchbrechen können, nur weil du es dir wünschst.« Fernand schüttelte ebenfalls zerknirscht seinen Kopf und ließ mich damit leise aufseufzen.

»Ich habe dir doch gesagt, dass du dir die Kuppel nicht ansehen kannst.« Erica warf mir einen aufmunternden Blick zu. Sie stand neben mir und hatte eine Hand auf meiner Schulter liegen. Als wären wir eine Allianz gegen diese jungen Männer.

Ich atmete tief ein und stand aus dem Sessel auf, den mir Charles extra überlassen hatte. »Nun gut. Ich habe es verstanden. Anscheinend bin entweder ich das Sicherheitsrisiko oder mit der Kuppel stimmt etwas nicht. Aber ich habe nichts gesagt.« Damit knickste ich höflich und ging erhobenen Hauptes hinaus.

Am nächsten Morgen, nach meiner Verabredung mit Charles, hatte Erica mich schon vor dem Frühstück abgeholt und mich zu den jungen Männern gebracht. Diese waren genauso wenig begeistert wie sie von meinem Wunsch, einmal die Kuppel von Nahem sehen zu dürfen. Nie hätte ich damit gerechnet, dass es ein Problem sein könnte. Ich verstand den Grund dafür nicht, doch würde mich nicht dazu herablassen, sie darum anzubetteln.

Als ich zurück zu unserem Turm ging, kam Claire mir entgegen. »Hat es geklappt?«

Geknickt schüttelte ich den Kopf. »Nein, natürlich nicht. Und ich weiß überhaupt nicht, weshalb. Auf jeden Fall komme ich nicht mit zum Frühstück. Mir ist der Appetit gründlich vergangen«, sagte ich schmollend und ließ mich von Claire in den Arm nehmen. Meine Freundin sah mich mitleidig an.

»Ich werde dir gleich ein Brötchen bringen lassen und behaupten, du hättest dich unwohl gefühlt«, flüsterte sie und löste sich aus meiner Umarmung, um zum Frühstück zu gehen.

Ich lächelte ihr dankbar zu und ging zu unserem Turm. Dort zog ich mir schon die Trainingssachen an und setzte mich draußen auf die Stufen, sobald ich sicher war, dass alle Kandidatinnen vorbeigehuscht waren.

Tatsächlich kam kurz darauf eine junge Bedienstete mit einem belegten Brötchen, das sie mir auf einem Tablett überreichte. Ich nahm es entgegen und setzte mich dann auf die Bank vor dem Turm, um in Ruhe zu essen.

Ich fragte mich, warum sie mir diesen kleinen Wunsch verwehrten. Es war doch nicht so, als würde ich nach draußen gehen wollen. Ich wollte tatsächlich nur die Kuppel sehen. Und vielleicht ein bisschen auf die andere Seite schauen, ja. Doch die vier taten so, als hätte ich etwas Verbotenes vor. Vielleicht stimmte tatsächlich etwas nicht mit der Kuppel?

Nachdenklich klopfte ich die Krümel von meiner Hose und erhob mich. Ich stellte mich auf den Rasen und begann die Übungen zu machen, die ich bereits gestern von Henry gelernt hatte. Mit jeder Bewegung linderte sich meine Enttäuschung ein wenig.

»Das machst du sehr gut.«

Ich öffnete ein Auge und sah Henry vor mir stehen.

»Danke.« Ich richtete mich auf und verneigte mich vor ihm, so wie Herr Bertus es mir gezeigt hatte.

Er tat es mir nach. »Sehr schön.«

Als ich meinen Kopf wieder hob, stand er noch näher vor mir. Alleine.

»Wo ist denn Herr Bertus?«, fragte ich ihn überrascht.

Er lächelte. »Er musste noch etwas erledigen und ich habe vorgeschlagen, dass ich das Training auch allein führen könnte. Dann hat er auch mal ein wenig Zeit für sich.«

Meine Augen verengten sich, weil ich nicht wusste, ob das ein neuerlicher Trick war. Immerhin hatte er mich bereits geküsst, obwohl er gewusst hatte, dass Phillip uns beobachtete.

»Dann sollten wir wohl weitermachen, bevor Madame Ritousi uns wieder zwingt, kleine Torten zu massakrieren. Es ist wirklich ein Jammer.« Betont theatralisch schüttelte ich meinen Kopf und stellte mich breitbeinig hin.

Er stellte sich mir gegenüber auf und hob seine Arme. »Das war es wirklich. Und ich hatte so einen schrecklichen Hunger danach«, lachte er leise und begann seine Arme anzuspannen und dann in einem gleichmäßigen Fluss zu bewegen.

Ich tat es ihm nach, lächelte und schaute ihm in seine schimmernd grünen Augen. Wenn er wirklich der Prinz war, dann würde er später ein guter König werden.

»Wieso schaust du mich denn so an?«, fragte er mit einem halben Lächeln und mir fiel auf, dass ich ihn tatsächlich die ganze Zeit über anstarrte.

Schnell senkte ich meine Lider und konzentrierte mich auf meine Bewegungen. »Ich habe nur darüber nachgedacht, dass du ein guter Prinz wärst«, erklärte ich kleinlaut, seinem Blick ausweichend.

Das brachte ihn für einen Moment aus der Fassung, denn seine Arme fielen schlaff herab und seine Stirn runzelte sich.

Ich wich unweigerlich zurück. »Entschuldige, falls ich etwas Falsches gesagt habe.«

»Das ist es nicht. Aber wieso bist du dir so sicher, dass ich der Prinz sein könnte?« Er hob wieder seine Arme und machte in dem Rhythmus weiter, den ich beibehalten hatte. Ich entspannte mich ein wenig.

»Ich weiß es nicht. Es würde gut zu dir passen«, antwortete ich lächelnd und schloss für einen Moment die Augen.

»Danke.« Seine Stimme war kaum mehr als ein Hauch und eine ganze Weile schwiegen wir.

Auf einmal räusperte er sich. »Warum möchtest du die Kuppel sehen? Hat das einen bestimmten Grund?«

Ich öffnete meine Augen und hob ein Bein, genauso, wie er es tat. Ein Lächeln stahl sich über meine Lippen, bevor ich mich blitzschnell drehte und meinen Fuß direkt vor seiner Nase zum Halten brachte. So oft hatte ich dies früher bei meiner Schwester gemacht, die dann immer schreiend zurückgezuckt war. Doch Henry nicht.

Ohne mit der Wimper zu zucken, griff er danach und drehte mich mit solch einer Wucht herum, dass ich auf dem Rücken landete.

Erst starrte ich ihn überrascht an, dann brach ich in schallendes Gelächter aus. Ich blieb auf dem Boden liegen, presste meine Hände auf meinen schmerzenden Bauch und lachte so laut, dass die Vögel in den Bäumen um uns herum erschrocken davonflogen.

Henry reichte mir seine Hand, die ich dankend annahm, und zog mich hoch. »Das nächste Mal solltest du es durchziehen, weil du ansonsten immer wieder auf dem Rücken landest«, erklärte er mir lachend, während ich mir den Dreck von meiner Hose klopfte.

»Bringst du es mir bei? Also wie man jemanden zu Boden wirft?«

»Vielleicht. Aber erst sagst du mir, warum du die Kuppel sehen willst«, forderte er nun ernster und betrachtete mich eingehend, während er wieder begann, die fließenden Bewegungen auszuführen.

Ich holte tief Luft. »Weil ich schon immer sehen wollte, wie es da draußen aussieht. Schon als kleines Mädchen hatte ich den Drang, einmal rauszugehen und die Welt zu sehen, wie die Menschen sie früher gesehen haben. Das geht natürlich nicht, das weiß ich. Doch wenn ich mir die Länder vorstelle, ihre Wahrzeichen, diese Freiheit und die weiten Landschaften, in denen nichts ist außer du selbst ... Ich weiß auch nicht, warum. Nur einmal ganz nah dran zu sein wäre das Größte für mich.«

Henry antwortete nicht und schwieg. Er war stehen geblieben und sah mich mit einem so nachdenklichen Gesichtsausdruck an, dass es mich verlegen machte.

»Das ist ein blöder Wunsch, oder? Vielleicht sollte ich mir einfach eine Halskette wünschen.« Ich gab mich betont fröhlich und versuchte damit seine unergründliche Miene aufzuhellen.

Plötzlich schnellte sein Fuß hoch und blieb direkt vor meiner Nase in der Luft hängen. Schnell packte ich ihn und versuchte ihn so zu drehen, dass er nun auch auf dem Rücken landete. Doch es ging so schnell, dass wir am Ende gemeinsam auf dem Rücken lagen, uns verwirrt ansahen und dann in minutenlanges Gelächter ausbrachen.

Tränen rannen mir aus den Augen, als wir uns langsam aufrichteten, doch auf dem Boden liegen blieben.

Auch er wischte sich mit dem Handrücken über seine Augen. »Das ist kein blöder Wunsch«, sagte er dann ernst.

Ich zuckte mit den Schultern, verlor mein Gleichgewicht und fiel zurück auf meinen Rücken.

»Was macht ihr denn da?«, fragte auf einmal jemand. Ich drehte mich halb liegend, halb sitzend um und sah auf Phillips Beine, die nun vor mir aufragten.

»Wir trainieren«, entgegnete Henry harmlos, erhob sich und stellte sich vor mich hin, um mir aufzuhelfen.

Im gleichen Moment streckte mir Phillip seine Hand entgegen und ein wirklich sehr peinliches Schweigen folgte. Hastig ergriff ich kurzerhand die Hände von beiden und zog mich an ihnen hoch.

»Vielen Dank. Wenn jemand sieht, wie schmutzig ich meine Sachen bei einem einfachen Training mache, bekomme ich sicher Ärger.« Lachend klopfte ich meine Hose ab, die bereits mit Grasflecken übersät war.

Phillips Augen verengten sich. »Was ist das denn hier für ein Training?«

Ich hob mein Kinn, täuschte Selbstsicherheit vor. »Wushu.«

»Wie bitte? Du bringst ihr das Kämpfen bei? Wofür?«, fuhr Phillip Henry wütend an, doch ich hob energisch meine Hand.

»Weil ich es so wollte. Nicht um des Kämpfens willen, sondern um meine innere Mitte zu finden«, erklärte ich dann ruhig. Ich legte meine Hände ineinander und vollführte eine Verbeugung.

Doch da griff Phillip nach meiner Hand und zog mich direkt vor sich. »Du lügst. Ich frage mich nur, weshalb.« Misstrauen strahlte aus seinen schokoladenbraunen Augen und irritierte mich für einen Moment.

Ich schluckte die aufsteigende Wut in mir hinunter. »Ich lüge nicht. Das Training ist dazu da, dass ich mich besser fühle und mein Selbstwertgefühl ein wenig steigt. Schließlich werde ich hier andauernd vor den Kopf gestoßen«, erklärte ich nun fester und riss mich von ihm los, wobei ich ihn beinahe umschubste, so verdattert war er.

Henry baute sich schützend neben mir auf und verschränkte seine Arme. »Ganz genau. Das hier ist alles nur ein Spaß und ist nicht dafür gedacht, jemanden zu bekämpfen. Aber falls mal irgendetwas sein sollte, dann würde ich mich besser fühlen, wenn sie sich wehren könnte. Und du solltest sie nicht so grob anfassen. Schließlich ist sie eine junge Dame«, sagte er mit so einem Nachdruck, dass selbst mir klar wurde, dass er auf etwas anspielte.

Doch ich fragte nicht nach, sondern drehte mich weg von den beiden und stellte mich weiter hinten auf dem Rasen auf. »Also, falls du auch mitmachen möchtest, Phillip, dann stell dich zu uns. Ansonsten bitte ich dich, mich nicht mehr so anzufahren.«

Henry folgte mir und baute sich vor mir auf. Ich war noch ganz abgelenkt von Phillip, da schnellte auch schon Henrys Hand vor, die nach meinem geflochtenen Zopf greifen wollte. Ich wich nach rechts aus, ging in die Hocke und vollführte mit meinem Bein einen Halbkreis, der ihn zu Boden riss. Geschickt stützte er sich am Boden ab und sprang auf mich zu. Ich wich ihm hastig aus, stolperte jedoch über einen Ast und landete mit voller Wucht auf dem Allerwertesten.

Im Augenwinkel sah ich Phillip auf mich zustürzen. Ich drehte mich zu ihm um und bei seinem entgeisterten Gesichtsausdruck, den er aufsetzte, als er mir aufhalf, konnte ich nicht anders, als zu lachen.

»Was war denn das?«, fragte er atemlos, während durch meinen Körper das Adrenalin peitschte.

Henry kam ebenfalls auf mich zu und sah mich mit großen Augen an.

Ich zuckte mit meinen Schultern und lächelte breit. »Meine Schwester und ich haben nicht immer nur Prinzessin gespielt. Manchmal waren wir auch Wächter.«

»Du meinst das ernst, oder?« Henry schaute mich an, als würde er mich zum ersten Mal sehen.

»Ja. Wir sind nicht immer sehr sanft miteinander umgegangen. Zwar ist sie acht Jahre älter als ich, doch wir standen uns schon immer sehr nahe. Als sie mit sechzehn Jahren bei einem Ertüchtigungskurs für junge Damen teilnahm, hat sie mir aus Spaß immer alles beigebracht, was sie gelernt hat.« Ich schmunzelte bei der Erinnerung. »Meine Tante war damals wirklich sehr wütend, als sie es herausfand.« Dann schaute ich hinunter auf meine Schuhe. »Von unserem letzten Mal habe ich auch irgendwo an meinem Fuß eine kleine Narbe. Da bin ich auf einen Stein gefallen.«

Phillips Augen wanderten hinab zu meinen Füßen, bevor er sich zu Henry umdrehte. »Das ist zu gefährlich für sie.«

Ich presste meine Lippen so fest aufeinander, dass sie zu schmerzen begannen. »Das entscheide ich noch immer selbst. Wenn es dir nicht passt, ist das dein Problem.« Ich machte eine kurze Pause und schaute zu ihm hoch, spürte, wie mein Widerstand in sich zusammenfiel. »Aber Phillip, es macht mir Spaß«, ergänzte ich leise.

Unsicher verzog Phillip seinen Mund und legte seinen Kopf schief. »Ich finde das nicht gut. Aber wenn es dir solchen Spaß macht ...«

Ich nickte möglichst überzeugend und hatte irgendwie das Gefühl, dass *er* darüber entschied, was ich machen durfte und was nicht. Es nervte mich mehr als alles andere an ihm.

»Aber geh bitte nicht zu hart mit ihr um. Sie ist offensichtlich ein wenig tollpatschig und wenn das so weitergeht, dann bricht sie sich noch was«, erklärte er Henry. Dann warf er mir einen vielsagenden Blick zu und spazierte davon.

»Wie kommt er nur dazu mir zu sagen, dass ich tollpatschig bin«, ereiferte ich mich, als Phillip außer Hörweite war. »Nur, weil ich über einen Ast gestolpert bin? Ich finde mich gar nicht so schlecht dafür, dass ich das noch nicht so lange mache.« Aufgebracht begann ich auf meiner Unterlippe herumzukauen.

Henry legte seine Hand auf meine Schulter. »Er macht sich nur Sorgen um dich.«

»Damit kann er gerne aufhören. Ich brauche niemanden, der mich so behandelt und damit seine Zuneigung ausdrückt«, murmelte ich und tat so, als würde ich Henry angreifen wollen, der meine Fäuste jedoch gekonnt abwehrte und mich in einen festen Klammergriff nahm. Für einen Moment genoss ich diese ungewohnte Nähe, eine Nähe, fast wie eine Umarmung, dann befreite ich mich, indem ich mich herauswand.

»Prinzessin, Wächterin und dann auch noch Kriegerin. Oder es liegt an deinen Amazonen-Genen«, kommentierte Henry mein bescheidenes Können und lachte dabei.

Ich tippte ihm auf die Brust und presste meine Augenlider zusammen. »Hat Charles etwa geplaudert?«

Henry hob abwehrend seine Hände. »Er hat uns ein wenig von gestern erzählt und war wirklich begeistert von dir.«

Überraschung und Angst machten sich in mir breit. »Was?«

»Ja, er mag dich. Also nicht auf diese Art und Weise. Sondern eher als Freundin. Aber es war wirklich beeindruckend. Ich dachte immer, er würde niemanden außer uns mögen«, erklärte er lachend und begab sich wieder in Position, um weiter trainieren zu können.

»Ich finde ihn auch nett«, gab ich zu.

Bereitwillig begann ich wieder damit, seine Bewegungen nachzumachen. Er zeigte mir noch, wie ich jemanden über die Schulter werfen konnte, was mir jedoch ziemlich schwerfiel, vor allem mit ihm als Übungsobjekt.

Leider hatte unser Training bald ein Ende und ich war mehr als enttäuscht, als ich später unseren Turm betrat, mich kurz abduschte und für den nächsten Unterricht fertig machte.

Schnell zog ich mir ein frisches Kleid über und rannte dann

in Windeseile hinüber zum Haupthaus. Dort wartete Claire wie gewohnt auf mich und gemeinsam begaben wir uns weiter zur Bibliothek, wo wir heute noch einmal unseren Gang üben mussten. Ob das auch wieder mit der Erfüllung der nächsten Aufgabe zu tun hatte?

Eine halbe Stunde lang balancierten wir Bücher auf unseren Köpfen, bis Madame Ritousi befand, dass wir es inzwischen alle gut genug konnten. Doch anstatt zu pausieren, ging es weiter ans Einüben der höfischen Tischmanieren.

Als wir erneut ein hübsches, kleines Törtchen zum Aufschneiden vorgesetzt bekamen, rebellierte mein Magen. Ich kam fast um vor Hunger. Zu allem Überfluss ging Madame Ritousi ständig zwischen uns hin und her und schlug uns auf unsere Finger, wenn wir das falsche Besteck benutzten oder auch nur krumm saßen. Meine Finger waren schon rot und brannten höllisch, doch ich ließ mir nichts anmerken und entschuldigte mich anständig, wenn ich mit dem Besteck erneut danebenlag. Die richtige Zuordnung fiel mir heute unendlich schwer.

»Entschuldigen Sie, Madame«, sagte ich schließlich. »Aber ich kann es mir einfach nicht merken. Wenn wir uns anhand eines Gebäcks die Unterschiede der Bestecke merken sollen, dann kann ich das leider nicht. Ich benötige dafür den visuellen Anreiz. Gestern hat es mit normalem Essen besser geklappt«, erklärte ich geknickt und rieb mir dann doch meine Finger, nachdem sie diese erneut mit ihrem Lineal malträtiert hatte. Zwar nicht besonders fest, aber doch fest genug, dass es so langsam, aber sicher wirklich wehtat.

Sie schnalzte unzufrieden mit ihrer Zunge, doch als Claire mir zustimmte, nickte sie langsam und drehte sich um. »Gut. Dann werden wir für heute aufhören. Für morgen überlege ich mir dann etwas anderes. Vielen Dank. Sie sind alle entlassen.«

Wir standen auf und ich folgte Claire hinaus zum Mittagessen, wobei ich nicht aufhören konnte meine Finger anzustarren. »Was ist überhaupt los mit ihr? Es ist doch bestimmt verboten, solche Maßnahmen anzuwenden, oder?«

Claire sah mich vielsagend von der Seite an. »Tanya, du hast dich aber auch schrecklich angestellt. So schwer ist es doch nicht. Außerdem hat sie dich nur ganz leicht mit dem Lineal angestupst. Es kann doch keiner ahnen, dass du auf diesem Gebiet so ungeschickt bist. Oder stellst du dich absichtlich so an, damit sie dich frühzeitig nach Hause schicken?«, neckte sie mich und betrachtete gleichzeitig besorgt meine Finger.

»Das ist nicht fair. Sogar beim Training mit Henry habe ich mich nicht so verletzt«, murmelte ich schmollend und schob meine Unterlippe vor.

»Du bist ganz schön weinerlich«, lachte sie und tätschelte liebevoll meine Hand, nur um mich darauf wieder ernst anzuschauen. »Hast du eigentlich schon mit Henry geredet?«

»Nicht so richtig, nein. Aber ich kann mir einfach nicht vorstellen, dass er tatsächlich *so* für mich empfindet«, wich ich aus.

Sie schien mir nicht glauben zu wollen, aber schwieg diplomatisch.

Wir erreichten die Terrasse und setzten uns an den ersten freien Tisch, von dem aus wir nicht weit von den jungen Männern entfernt waren. Ich schielte zu ihnen hinüber und sah in Phillips Augen, die mich mit einem Ausdruck musterten, den ich einfach nicht zuordnen konnte.

Ich spürte, wie sich Röte auf meinen Wangen ausbreitete. Es

schien, als würde er direkt in mich hineinblicken können. Neben ihm sagte Henry etwas und zog damit meine Aufmerksamkeit auf sich. Er lächelte und wirkte zufrieden. Sein Lächeln wurde breiter, als sich unsere Blicke kreuzten. Ich blinzelte und drehte mich wieder zu Claire, die mich anschaute, als wollte sie meine Gedanken ergründen wollen.

Unbehaglich rutschte ich auf dem Stuhl hin und her. »Claire, hör auf mich so anzusehen.«

»Ich will doch nur verstehen, was da ist.«

»Da ist nichts mit Phillip.«

»Ich rede von Henry«, sagte sie leise und ließ mich schlucken.

»Wir sind Freunde. Nicht mehr. Natürlich sieht er gut aus. Aber ich glaube nicht, dass wir zusammenpassen würden. Wir trainieren nur gemeinsam. Obwohl ich zugeben muss, dass es so langsam anfängt mir Spaß zu machen.«

»Was macht Spaß?«, fragte Rose neugierig und setzte sich mit Emma zu uns. In ihren Händen hielten sie schon ihr Mittagessen.

»Dieser ganze Wettkampf«, erklärte Claire und nickte mir fröhlich zu, bevor sie aufstand und mich zum Büfett zog.

»Wie geht es heute so?«, fragte Charles neugierig und stellte sich neben mich, als ich mir einen Salat in eine Schale legte.

Ich sah zu ihm hoch und verzog unzufrieden mein Gesicht. »Du hast Henry von der Amazonen-Sache erzählt.« Ich versuchte ernst zu bleiben, doch musste schließlich doch lachen, als er einen zerknirschten Ausdruck aufsetzte, der so gar nicht zu ihm passen wollte.

»Schon gut. Bitte schau nicht mehr so, sonst muss ich noch weinen.«

Er schüttelte seinen Kopf. »Tatyana, du bist wirklich in Ordnung.«

Ich zuckte mit meinen Schultern. »Habe ich mir auch schon gedacht.«

Darauf wusste er nichts mehr zu sagen, sondern begann so laut zu lachen, dass alle umliegenden Personen uns ansahen.

»Bis später, würde ich mal sagen«, erklärte ich grinsend und winkte ihm zum Abschied noch einmal zu. Claire folgte mir schnell und starrte mich noch immer an, als wir uns setzten, genauso wie alle anderen.

»Was war denn das jetzt?«

Ich schob mir ein Salatblatt in den Mund und zerkaute es. »Wir hatten doch gestern eine Verabredung. Und ganz ehrlich: Charles ist toll. Sehr witzig, ironisch und ein wirklich guter Kartenspieler. Wir hatten sehr viel Spaß. Es war so ungezwungen, weil wir beide nur gerne mal unsere Ruhe haben wollten und weder ich noch er etwas für den anderen empfinden«, erklärte ich begeistert, was Emma etwas gnädiger aussehen ließ. Anscheinend war Charles ihr Favorit.

Claire hingegen wirkte immer noch überrascht. »Das hätte ich nicht gedacht. Schließlich ist er so anzüglich gewesen, als wir ihn kennengelernt haben.«

Ich schüttelte den Kopf, während ich eine kleine Tomate zerkaute. »Er ist ein wundervoller Mensch. Man kann sehr viel Spaß mit ihm haben.«

»Miss Tatyana, wieso reden Sie hier so viel über mich? Sie zerstören noch meinen Ruf«, mahnte Charles, der plötzlich neben mir stand und zu mir herunterschaute.

Ich verschluckte mich an meiner Tomate und hustete unkontrolliert. Mein Gesicht brannte, als ich sie endlich hinunterschlucken konnte und mich ihm zuwandte. »Erschrecken Sie mich doch nicht so«, erwiderte ich betont hochnäsig.

»Ich habe da eine kleine Überraschung für Sie. Da Ihr Wunsch nicht in Erfüllung gehen kann, haben wir uns etwas anderes für Sie überlegt.« Er verneigte sich und veranstaltete damit eine riesige Show, die die anderen Kandidatinnen neugierig verfolgten.

»Wären Sie so freundlich und begleiten mich zu meinem Tisch? Ihr Essen werde ich selbstverständlich mitnehmen«, erklärte er so hochgestochen, dass ich mein Gesicht verzog.

Aber er schien es tatsächlich ernst zu meinen. Also nickte ich Claire zu und stand zögerlich auf. Charles nahm wie selbstverständlich mein Essen und trug es zu dem Tisch der jungen Männer, wo bereits ein freier Stuhl auf mich wartete.

Ich setzte mich zwischen Henry und Fernand und sah dann erwartungsvoll hoch. »Ich hoffe, ihr habt einen guten Grund dafür, dass ihr mich hier zur Zielscheibe für meine lieben Mitkandidatinnen macht.«

Doch sie alle lächelten nur erwartungsvoll. Neugier machte sich in mir breit. »Warum konnte das nicht warten? Warum müsst ihr mir das jetzt sagen?«

Fernand räusperte sich. »Weil, meine liebe Tanya, wir so aufgeregt über unseren tollen Kompromiss sind, dass wir es dir sofort sagen wollten.«

Ich hob meine Augenbrauen. »Ja?«

»Wir, nun wohl eher Phillip, hatten die Idee, dass du schon morgen mit einem Heißluftballon nach oben fliegen kannst und somit der Kuppel näher kommst als sonst jemand von uns«, erklärte nun Henry begeistert.

Entgeistert ließ ich meine Gabel fallen, die ich gerade in die Hand genommen hatte, um weiterzuessen.

Ich starrte die jungen Männer mit offenem Mund an und spürte, wie sich in meinen Augen Tränen sammelten, während mein Herz vor Aufregung zu zerspringen drohte. »Das ...«, stammelte ich und räusperte mich umständlich, bevor mein Mund sich zu einem breiten Grinsen verzog. »Das ist der beste Kompromiss, den sich jemals ein Mensch auf dieser Welt ausgedacht hat!«

9. KAPITEL

DIE BESTEN ERLEBNISSE SIND DIE, DIE WIR IM STILLEN GENIESSEN

Eine unruhige Nacht und Hunderte von albernen Kicheranfällen später zappelte ich so unruhig hin und her, dass Phillip meine Hand halten musste, während wir darauf warteten, dass der Mann, mit dem ich hochfliegen würde, endlich den Heißluftballon startfähig machte.

Mein Atem ging unregelmäßig und ich bekam Angst, jeden Moment zu hyperventilieren, wenn das Adrenalin in meinem Körper nicht langsam weniger wurde.

»Es wird schon alles gut werden.« Phillip drückte liebevoll meine Hand. Ich war mir vollkommen darüber im Klaren, dass er diese nur hielt, weil die anderen Kandidatinnen gerade Unterricht hatten und wir somit mit Fernand alleine waren.

»Ich habe keine Angst. Ich bin nur aufgeregt. Von mir aus könnte es jetzt sofort losgehen. Ich will da hoch«, entgegnete ich zitternd und betrachtete das riesige Stoffbündel, das gerade mit erwärmter Luft gefüllt wurde und sich langsam aufblähte.

»Du bist wirklich die verwegenste Frau, die ich jemals kennenlernen durfte«, schmunzelte Phillip. Ich sah zu ihm auf und erkannte einen seltsamen Glanz in seinen Augen.

»Komm doch mit. Ich fände es schön, wenn wir das zusammen erleben würden.« Während ich das sagte, schaute ich ihn so intensiv an, wie ich es aushielt. Für einen Moment spürte ich tief in mir die Hoffnung aufkeimen, dass er Ja sagen könnte.

Doch natürlich schüttelte er seinen Kopf. »Das geht leider nicht. Ein Kamerateam wird dich begleiten, um dieses Spektakel fürs Volk festzuhalten. Da ist kein Platz für mich.«

Ich schaute hinunter auf meine Füße. Heute durfte ich auch in der Öffentlichkeit ausnahmsweise flache Schuhe tragen. »Würdest du mitkommen, wenn es ginge? Würdest du meine Hand halten, wenn wir dort alleine wären?«, fragte ich zaghaft und meinte damit nicht nur die Ballonfahrt.

Mein Herz hüpfte auf, als er meine Hand fester drückte. »Wenn wir alleine wären, dann würde ich dir überallhin folgen.«

Ich biss mir vor Freude auf die Unterlippe und ärgerte mich gleichzeitig über mich selbst. Schon wieder hatte ich es getan. Ich wollte ihm mein Herz schenken, obwohl ich doch wusste, dass ich keinen größeren Fehler begehen konnte. Doch ohne Frage machte mich seine Antwort irgendwie glücklich. Ich bildete mir ein, dass er nicht nur von der Ballonfahrt gesprochen hatte. *Dummes, naives Huhn!*

»Das hört sich schön an. Aber leider wird es nie so sein«, flüsterte ich und nahm schweren Herzens meine Hand aus seiner, um mich von ihm wegzudrehen.

»Hallo, Gabriela. Kommen Sie mit?«, fragte ich schnell und ging zu der Moderatorin, die sich uns gerade näherte.

Sie schüttelte heftig ihren Kopf und sah zweifelnd zu dem fast fertigen Ballon hin. »Nein, denn ich denke, niemand möchte sehen, wie ich mich dort oben übergebe. Aber mein Kamerateam wird dich begleiten. Pass mir bloß auf die beiden auf«, sagte sie freundlich, doch bestimmend.

Ich legte meinen Kopf schief. »Wie kommen Sie darauf, dass ich die beiden beschützen könnte?« Dabei deutete ich auf die zwei großen Männer mit der Kamera und dem Tongerät, die gerade über den Rasen liefen.

Gabriela machte eine wegwerfende Handbewegung und schaute den Männern entgegen. »Du bist doch hier die Überfliegerin. Ich glaube, niemals wieder werden wir eine so kämpferische Kandidatin haben. Du bringst hier wenigstens ein wenig Schwung rein. Übrigens: Ich habe bereits Henry um Erlaubnis gebeten, bei eurem morgendlichen Training dabei sein zu dürfen. Er meinte jedoch, du müsstest ebenfalls zustimmen.«

»Natürlich. Morgen früh passt mir gut.« Als hätte ich eine andere Wahl.

»Sehr schön. Wie ich sehe, ist es gleich so weit. Ich werde das alles von hier unten beobachten und hoffe, dass du uns schönes Material lieferst. Wenn du weinen könntest, also vor Freude, meine ich natürlich, dann wäre das toll. Das Volk liebt solche aufwühlenden Szenen«, erklärte sie noch schnell und zwinkerte mir zu, bevor sie sich zu ihren Männern umdrehte und ihnen letzte Anweisungen gab.

Als sie mir den Rücken zuwandte, verdrehte ich die Augen und begab mich wieder zu Phillip. An seine Seite hatte sich nun auch Fernand begeben. Ich klatschte mit meinen Händen und verscheuchte so den Drang, mich an Phillip zu klammern. »So, ich würde sagen, dass wir uns wiedersehen, wenn ich nach den Sternen gegriffen habe.«

»Viel Spaß. Verbrenne dich bloß nicht an den Sternen«, sagte Fernand lachend und zog mich kurz zu einer Umarmung an sich, die ich gern erwiderte.

Auch Phillip umarmte mich, drückte mich fest an sich und sog tief den Duft meiner Haare ein. »Bring mir einen mit. Du glaubst nicht, wie gerne ich bei dir wäre«, flüsterte er, bevor er sich wieder von mir löste und die Träne von meiner Wange wischte, die sich unbemerkt aus meinem Augenwinkel gestohlen hatte.

Bevor ich endgültig die Fassung verlor, ballte ich betont kampflustig die Fäuste und ging zu dem stämmigen Mann hinüber, der vor dem Korb des Ballons bereits auf mich wartete.

»Guten Morgen, Miss Tatyana. Mein Name ist Harris. Ich freue mich, dass Sie heute mein Gast sind. Vielleicht bringt das ein wenig mehr Interesse für diesen Sport.« Er lachte ein lautes, warmes Lachen und fasste sich an den Bauch, bevor er sich herunterbeugte und seine Hände faltete, damit ich draufsteigen konnte, um mit seiner Hilfe in den Korb zu gelangen.

»Guten Morgen, Herr Harris. Ich freue mich auch schon sehr.« Flink kletterte ich in den Korb. Dann folgte mir auch schon das Kamerateam, von dem ein Mann etwas grünlich um seine Nasenspitze herum aussah. Ich nickte ihm aufmunternd zu und lehnte mich an die Wand des Korbes. Herr Harris, der sich nun ebenfalls zu uns gesellte, erklärte uns, dass sich in der Mitte der Brenner befand, mit dem die Luft im Ballon konstant heiß gehalten wurde.

Ich schaute zu Phillip hinüber. Das Lächeln, das auf seinen Lippen lag, raubte mir für einen Moment den Atem und schenkte mir erneut Hoffnung, die ich eigentlich nicht haben durfte. Doch mein Herz war nicht stark genug, um auf meinen Kopf zu hören. So gab ich mich für einen Moment der romantischen, aber auch irrsinnigen Vorstellung hin, dass sich etwas ändern könnte. Dabei wusste ich doch, wie dumm das von mir war.

Ich winkte ihnen allen noch einmal zum Abschied zu und hielt mich dann am Rand des Korbes fest. Ruckelnd setzte sich der Heißluftballon in Bewegung. Die Kamera war auf mich gerichtet, doch so krampfhaft, wie der Kameramann sich festzuhalten versuchte, würden die Bilder sicher verwackelt sein. Also genoss ich die Wärme des Brenners und schaute mit großen Augen zu, wie Herr Harris uns langsam in die Luft aufsteigen ließ. Je höher wir kamen, umso nervöser wurde ich. Doch das kehrte sich bald um. Nach und nach gewannen wir an Geschwindigkeit und ließen alles Irdische unter uns. Wie von Zauberhand verwandelte sich meine anfängliche Aufregung in ein angenehmes Gefühl von Ruhe.

Auch der Kameramann schien sich langsam zu entspannen und fing an, die Fahrt zu genießen, obwohl er den Rand des Korbes noch immer verkrampft umklammert hielt. Er schaute zu mir herüber und lächelte mich an, während die Kamera noch immer auf mich gerichtet war. Doch das störte mich nicht. Schließlich würden sie nur die aufregenden Szenen zeigen.

Ich drehte mich zum Rand, legte meine Hände darauf und schloss für einen Moment die Augen. Wirbelnde Luft ließ meine Haare wehen und mich lächeln. Als ich das nächste Mal hinuntersah, war der Palast schon kleiner und weder Phillip noch Fernand zu erkennen.

Eine kleine Ewigkeit flogen wir im Kreis und immer weiter hinauf. Irgendwann sagte Herr Harris endlich die Worte, die ich hören wollte: »Jetzt sind wir an der höchsten Stelle, die wir erreichen dürfen. Näher werden Sie der Kuppel wohl nie kommen. Genießen Sie diesen Ausblick.«

Gerade hatte ich meine Augen wieder geschlossen gehalten. Langsam öffnete ich sie. Meine Finger verkrampften sich und gruben sich in den Korb. Mein Atem begann schneller zu werden. Wir waren noch weit von der Kuppel entfernt, doch ich hatte das Gefühl, bereits das Rotieren der Belüftungsanlagen innerhalb der Eisenstreben beobachten zu können. Dabei konnte ich gerade einmal die runden Öffnungen erkennen, die alle paar Meter darin angebracht waren und saubere Luft in das Kuppelinnere beförderten.

Mein Blick schweifte über das Glas. Ich bildete mir ein, letzte Spuren der Einschläge auf der Kuppel sehen zu können, doch insgesamt schien das Glas unbeschädigt zu sein. Zwar konnte ich mich wieder an die Nacht des Angriffs erinnern, doch die Bilder in meinem Kopf schienen mit einem Mal fremd zu sein, als hätte sie jemand anderes gesehen. Waren vor wenigen Nächten tatsächlich Flugobjekte über der Kuppel geflogen, um uns anzugreifen? Oder hatte ich mir das Ganze nur eingebildet? Denn warum sollten sie mich sonst hier hochfliegen lassen? Angesichts eines potenziellen neuen Angriffs wäre das doch mehr als fahrlässig.

Mit einem Blinzeln schob ich diesen Gedanken beiseite. Jetzt und hier gab es nur mich, meine Begleiter und den weiten Himmel.

Über uns erstreckte sich das Universum. Grenzenlos. Unendlich. Hier oben war es so still, dass wir nur die Geräusche des Brenners und unseren eigenen Atem hören konnten. Mich überkam das überwältigende Gefühl von Freiheit, während ich langsam meine Hand von dem Korb löste und sie zitternd auf meine Lippen legte. Tränen brannten in meinen Augen und liefen aus meinen Augenwinkeln, während mein Lächeln langsam zu einem richtigen Lachen wurde. Ich konnte mich einfach nicht mehr beruhigen, so ergriffen war ich von diesem Anblick.

Ich war so dankbar, so unwahrscheinlich dankbar dafür, dass mir das ermöglicht wurde. Jeder sollte es sehen. Alle durften wissen, wie überwältigend dieser Moment für mich war. Sie alle hatten es mir ermöglicht. Und Gabriela wollte eine Show.

Langsam drehte ich mich zur Kamera, während meine Hand noch immer auf meinen Lippen lag. Zitternd löste ich sie und legte sie mir auf meinen Hals.

»Danke«, flüsterte ich erstickt und legte dann schnell wieder meine Hand vor mein Gesicht und drehte mich weg von der Linse.

»Perfekt. Das brauchten wir. Ich denke, jetzt können wir aufhören«, sagte er Kameramann und machte darauf die Kamera aus, um sie auf den Boden des Korbes zu legen. Er unterhielt sich mit seinem Tonmann, während Herr Harris sich neben mich stellte. Er legte mir eine Hand auf die Schulter und sah mich erfreut an. »Es ist überwältigend, oder?«

»Es ist so wunderschön. Ihnen danke ich auch. Wirklich. Vielen Dank.«

»Immer wieder gerne. Außerdem machen Sie gerade die beste Werbung, die ich mir wünschen kann. Wenn das hier schon eine Kandidatin zum Weinen bringen kann, dann werden die Menschen Schlange stehen, um auch mal mit mir fliegen zu dürfen«, antwortete er zufrieden. »Wir müssen uns jetzt wieder an die Abfahrt machen. Das wird nicht so lange dauern wie der Aufstieg. Und machen Sie es so wie ich, lassen Sie Ihre Sorgen einfach mal Sorgen sein und genießen Sie den Ausblick.«

Ich nickte und lehnte mich an das tragende Seil in der Ecke. Meine Finger umschlangen es, während ich mit einem Lächeln auf meinen Lippen zum Horizont schaute.

10. KAPITEL
WIE SCHÖN ES DOCH IST,
EINFACH SEINEM HERZEN ZU FOLGEN

»Und wie war es?«, fragte Claire und half mir zusammen mit Fernand aus dem Korb.

»Es war überwältigend. Ich musste weinen. Ihr solltet das unbedingt auch mal machen«, erklärte ich aufgeregt und umarmte beide überschwänglich, während ich nicht aufhören konnte zu lächeln.

»Das sieht man dir an. Aber jetzt hast du sicher Hunger, oder?« Fernand drückte meinen Arm und grinste breit.

Ich nickte überschwänglich und sah dann an mir herunter. »Habe ich noch Zeit, mich umzuziehen?«

Claire nickte. »Ich habe dir schon ein Kleid herausgelegt. Wir sollten uns aber beeilen, damit wir das Abendessen nicht verpassen.«

»Oh Claire. Es war, als würde ich nach den Sternen greifen können.« Dabei zwinkerte ich Fernand zu, der lachend seinen Kopf schüttelte. Claire kicherte und winkte Fernand zu, bevor wir zu unserem Turm liefen, wo ich mich rasch umzog und meine Sachen aufs Bett warf. Eilig kämmte Claire meine Haare, die im Moment eher einem Vogelnest glichen als einer Frisur, gab schließlich seufzend auf und drehte sie hoch.

Gemeinsam rannten wir wenig später über den Rasen zum Haupthaus. Wir überquerten die Terrasse, rannten in das Haupthaus hinein und landeten schließlich in dem Saal, wo wir immer das Abendessen einnahmen.

Wieder einmal waren wir die Letzten, doch das war nicht weiter schlimm, weil das Essen noch nicht aufgetragen worden war. Wir setzten uns auf die letzten Plätze des großen U, in dem die Tische heute aufgestellt waren, und konnten gerade noch einmal tief durchatmen, bevor Madame Ritousi hineinkam. Überrascht sahen wir sie an.

Auf ihrem Gesicht lag ein beängstigendes, überlegenes Lächeln. »Guten Abend, meine Damen und Herren. Da sich unsere reizende Miss Tatyana so vehement weigert, sich das richtige Besteck zu merken, habe ich mir etwas überlegt. Heute werden verschiedene Gänge serviert, die Sie mit dem passenden Besteck essen müssen. Jedes Mal, wenn ich jemanden mit dem falschen Besteck in den Händen erwische, muss diese Person eine Stunde nachsitzen. Ich wünsche einen guten Appetit.«

Mein Gesicht glühte, als die Bediensteten hereinkamen und uns den ersten Gang, bestehend aus einer klaren Suppe, auftischten. Mir wurde erst jetzt bewusst, wie viel Besteck vor uns lag, und ich stöhnte leise in Claires Richtung, die jedoch nur belustigt ihren Kopf schüttelte. Meine Freundin hatte auch leicht reden: Sie war bereits grazil wie eine Prinzessin und musste es nicht erst lernen.

Als jeder einen Teller Suppe vor sich stehen hatte, nahm ich genau den gleichen Löffel wie Claire und begann langsam zu essen. Natürlich schmeckte es sehr gut, doch machte mich Madame Ritousis strenger Blick zusehends unruhiger. Ich wollte nicht nachsitzen, was auch immer das bedeutete.

Doch es lief alles gut. Sie machte einen zufriedenen Eindruck, als sie an uns vorbeilief, und ich konnte beruhigt aufatmen. Nicht einmal die Höhe hatte mir solch eine Angst eingejagt wie diese Frau.

Während unsere Teller abgeräumt wurden und kurz darauf schon der nächste Gang, ein Salat, serviert wurde, warf ich einen Blick in die Runde. Wir waren nur noch zwölf Kandidatinnen, dazwischen hatten sich die jungen Männer verteilt. Und jedes Mädchen versuchte auf seine Weise die Aufmerksamkeit von den vier potenziellen Prinzen zu erlangen. Sei es durch ein Lächeln, ein lautes Lachen oder einen eher schlechten Witz. Keine von ihnen wollte ihre Chance auf die Krone aufgeben.

Ich sah Phillip neben Charlotte sitzen, direkt mir gegenüber, die ihn gerade in ein Gespräch verwickelte und anzüglich mit ihren Haaren spielte. *Blöde Kuh!*

Schnell wollte ich mich von ihnen wegdrehen, als mich plötzlich beide gleichzeitig anstarrten. Sie schienen über mich zu reden, was mir so unangenehm war, dass ich rot anlief. Automatisch griff ich nach einer Gabel und begann mir den Salat in den Mund zu stopfen, woraufhin ich sofort Madame Ritousis unzufriedenes Schnalzen hörte.

»Miss Tatyana, ich verstehe einfach nicht, wieso Sie es nicht schaffen, sich diese einfachen Regeln zu merken«, erklärte sie laut und leises Gekicher von den anderen Kandidatinnen untermalte ihre Worte.

»Es tut mir leid«, murmelte ich und sackte in mich zusammen.

Sie schüttelte ihren Kopf. »Das wird Ihnen auch nicht helfen, wenn der König Sie bei einem etwaigen Essen schief anschaut. Eine Stunde Nachsitzen, morgen Abend.«

Ergeben nickte ich, versuchte das Gekicher der anderen zu ignorieren und legte die Gabel hin, um mir die richtige zu suchen.

Madame Ritousi stand immer noch neben mir. »Sie wissen es doch. Warum machen Sie es dann falsch?«

»Ich weiß es nicht. Entschuldigung.«

Den Rest des Abends starrte ich auf meinen Teller und schielte immer wieder zu Claire, um nachzuprüfen, welches Besteck sie benutzte. Wir aßen kleine Portionen mit Fisch, Pute und Wild. Und wirklich für jedes Gericht benutzte man ein anderes Besteck.

Seltsamerweise erteilte Madame Ritousi sowohl mir als auch Henry und zu guter Letzt noch Phillip eine Stunde Nachsitzen. Dabei kam ich gar nicht auf die Idee, es seltsam zu finden, dass Phillip kurz nach Henry eine vierzinkige Fischgabel für den Nachtisch benutzte, obwohl es Pudding gab. Innerlich verkrampfte ich mich, doch ließ mir nichts anmerken.

Nachsitzen. Ob das genauso wehtat wie Madames Schläge mit dem Lineal?

Als gerade der Nachtisch abgeräumt wurde und Madame Ritousi sich mit Rose und Charlotte unterhielt, beugte ich mich näher zu Claire. »Sag mal, was ist Nachsitzen?«

Erst betrachtete sie mich völlig verwundert, bevor sie in leises Gekicher ausbrach. »Du meinst das ernst, oder?«

»Ja, natürlich«, erwiderte ich ein wenig gekränkt.

Sofort tätschelte sie meinen Arm. »Entschuldige. Ich vergesse manchmal, dass du von der Welt abgeschottet wurdest.« Sie räusperte sich und lächelte mich dann verschmitzt an. »Nachsitzen bedeutet, dass du eine Extrastunde an den Unterricht dranhängen musst, wenn du etwas getan hast, was dem Lehrer missfällt.«

»Ich muss länger am Unterricht teilnehmen? Und die anderen?«

»Die anderen dürfen gehen. Das bedeutet also, dass du morgen mit Phillip und Henry alleine Unterricht haben wirst. Es könnte auch sein, dass Madame Ritousi überhaupt nicht dabei ist und ihr drei einfach gemeinsam in einem Raum sitzen müsst, bis sie euch abholt und gehen lässt.«

Etwas dümmlich und völlig überrumpelt öffnete ich meinen Mund, schloss ihn wieder und schluckte. »Das kann nicht stimmen.«

»Doch, natürlich«, kicherte sie nun wieder. »Ich überlege gerade, mich freiwillig zum Nachsitzen zu melden. Sicher könnte das sehr witzig mit euch dreien werden.«

Ich seufzte und erhob mich, als Madame Ritousi uns ein Zeichen dafür gab.

Mit Claire begab ich mich zurück zum Turm. Dort berichtete mir meine Freundin über den heutigen Unterricht. Anscheinend hatten sie heute Vormittag weiter die Geschichte Viterras durchgenommen. Am Nachmittag durften sie wieder mit den Schwertern trainieren und Claire hatte ihrer Figur »aus Versehen« den rechten Arm abgetrennt.

»Und jetzt kommen wir zu der Überraschung des Tages: Nicht nur du hast deinen Wunsch erfüllt bekommen, sondern auch ich.« Aufgeregt tänzelte sie zu ihrem Schrank und riss beide Türen auf.

Ich setzte mich auf und schaute erwartungsvoll auf den Kleidersack, dessen Reißverschluss sie nun langsam und genüsslich öffnete. Als ein Monstrum an Brautkleid zum Vorschein kam, sog ich unweigerlich die Luft ein.

»Es ist wunderschön.« Langsam stand ich auf und starrte diesen wahr gewordenen Mädchentraum an. Es war ein trägerloses weißes Kleid mit mehreren Lagen weißer Seide auf dem Rock. Die Bordüre bestand aus kleinen Smaragden, die auch das Brustteil verzierten. Nach unten hin verliefen sie wie Regentropfen. Es war ein atemberaubender Anblick.

Claire hüpfte aufgeregt auf und ab. »Ich weiß. Es ist perfekt. Genauso, wie ich es mir vorgestellt habe. Und wenn ich jetzt vielleicht doch nicht den Prinzen heirate, dann wenigstens in einem Kleid, das einer königlichen Hochzeit ebenbürtig ist.«

»Ich finde es toll!« Ehrfürchtig strich ich über den Stoff und betrachtete die funkelnden Smaragde. »Aber deine Familie kann sich doch bestimmt solch ein Kleid leisten, oder?«

Sie grinste mich an und nickte beeindruckt. »Ich wusste doch, dass du das Besondere an meinem Wunsch entdeckst.«

»Ja?«, fragte ich verwundert und blickte möglichst unauffällig noch einmal zum Kleid hin. Aber es kam mir nicht anders vor.

»Es ist ein ganz besonderes Kleid. Schau dir den Saum des Unterrocks doch einmal genauer an«, forderte sie mich auf.

Ich kniete mich hin und schlug die ersten Schichten des Kleides hoch, bevor ich den Unterrock betrachtete. An seinem Saum waren die Namen aller Kandidatinnen und jungen Männer gestickt sowie die Daten von Claires erstem Kuss und ihrer ersten Verabredung. Als ich meinen Namen sah, lächelte ich. »Tatyana Salislaw, die beste Freundin, die ich jemals haben durfte«, las ich vor und sah gerührt zu Claire auf. »Das ist wundervoll.«

Ungewöhnlich verlegen blickte sie mich an. »Es soll nicht nur ein Kleid sein. Es ist eine Erinnerung. An den Palast, an den Wettbewerb und natürlich an alle, die ich hier kennengelernt habe. Sogar Ericas Name und die des Königs und der Königin sind drauf, auch wenn ich die beiden noch nicht treffen durfte.« Sie setzte sich auf den Rand ihres Bettes, während ich weiter die Bestickung betrachtete, die mit silbernem Faden angefertigt wurde. »Ich will diese Wochen niemals vergessen.«

Vorsichtig schlug ich die Röcke wieder herunter und setzte mich dann neben sie. »Das ist eine sehr schöne Idee. Und immer wenn du dieses Kleid siehst, wirst du dich an alles erinnern, was wir gemeinsam erlebt haben und noch erleben werden.«

»Richtig. Es ist ein Zeichen für all das, was wir verborgen von den Kameras miteinander teilen. Was wir hier erleben dürfen, ist so viel mehr, als unsere Familien sehen können«, antwortete sie beinahe flüsternd und noch immer waren ihre Wangen rot. »Ich bin froh, dass wir zusammen hier sind.«

Ich legte meine Hand auf ihre und drückte sie. »Das bin ich auch. Und natürlich bin ich auch froh, dass du Fernand gefunden hast.«

Da seufzte Claire wohlig und ließ sich rücklings auf ihr Bett fallen. »Er ist so toll, findest du nicht auch?« Dann prustete sie los und ich stimmte nur zu gern mit ein.

Den Rest des Abends hörte ich mir an, wie sehr sie sich in Fernand verliebt hatte. Von Tag zu Tag wurde es mehr und so langsam bekam ich tatsächlich das Gefühl, dass die beiden eine Chance hatten. Es machte mich glücklich, sie so froh zu sehen. Und so schlief ich mit einem seligen Lächeln auf den Lippen ein, als wir uns gegenseitig eine gute Nacht wünschten.

* * *

Mitten in der Nacht wurde ich plötzlich wach. Wieder hatte mich dieser schreckliche Traum mit dem brennenden Wald heimgesucht. Mit pochendem Herzen lag ich im Bett, starrte an die Decke und wartete darauf, dass der Traum langsam verblasste. Schweiß rann mir über die Stirn und ließ mich zittern. Langsam drehte ich mich im Bett um und versuchte weiterzuschlafen. Aber es funktionierte einfach nicht. Ich war hellwach.

Irgendwann strampelte ich mich frei, fröstelte leicht und zog mir schnell eine Hose und einen Pullover über. Mit meinem Fernrohr im Gepäck schlich ich mich aus dem Turm.

Der Himmel war leicht bewölkt, doch drangen immer wieder vorwitzige Mondstrahlen durch. Ich hatte gar nicht mehr auf die Uhr geschaut, doch es musste sicher schon drei oder vier Uhr nachts sein, dementsprechend waren die Lichter in den Türmen alle aus.

Tief atmete ich ein, als ich den Waldrand erreichte und mich die Erinnerung an den Traum einholte. Ich erzitterte, legte meine Arme um mich und ging dennoch weiter. Mein Ziel war die Hütte, Dunkelheit hatte ich noch nie gefürchtet.

Als ich beim Häuschen ankam, fühlte es sich so an, als wäre ein halbes Leben vergangen, seitdem ich das letzte Mal hier gewesen war. Kurz drehte ich mich zum Wald um und wartete, ob ich erneut den Wächter, meinen Beschützer, sehen würde. Doch er war nicht da. Trotzdem spürte ich tief in mir, dass er irgendwo da draußen sein musste. Ich strich über das morsche Holz der Tür und lächelte.

Als ich schließlich hineinging, knarrte es leise, doch das Geräusch machte mir keine Angst. Es beruhigte mich eher.

Langsam schloss ich die Tür hinter mir, durchschritt den Raum, kletterte zwischen den Balken hindurch und ging hinauf. Als ich oben ankam, stand jemand im Mondschein auf dem Balkon. Innerlich stöhnte ich auf vor Freude und Enttäuschung.

»Hallo«, flüsterte ich und ging auf ihn zu.

Phillip drehte sich zu mir um. Sogar in dem wenigen Licht konnte ich das Lächeln in seinem Gesicht sehen. »Ich habe auf dich gewartet.«

»Warum?«, fragte ich überrascht und versuchte dabei mein jubelndes Herz zu beruhigen.

Er kam auf mich zu und streckte seine Hand nach mir aus. »Weil ich dich vermisse. Jeden Tag. Jede Nacht. Ich kann nicht mehr schlafen, seitdem ich dich kenne.« Seine Hand strich über meine Wange, ließ mich erbeben.

»Du bist ganz schön theatralisch«, antwortete ich leise und sah zu ihm hoch.

Er lächelte noch breiter und beugte sich für einen Kuss zu mir herunter. Doch ich wich ihm aus und ging einige Schritte zurück. »Nicht erst ihre Lippen und dann meine.«

Phillip stockte und steckte seine Hände in die Hosentaschen. »Es tut mir leid.«

Ich zuckte mit den Schultern, obwohl mir seine nichtssagende Entschuldigung einen tiefen Stich versetzte. »Danke für die Ballonfahrt«, lenkte ich leichthin ab.

»Ich wusste, dass du dabei Spaß haben würdest. Ich habe mir übrigens die Bilder von dem Ausflug angesehen. Sogar ich hatte Tränen in den Augen. Das Königreich wird dich lieben«, hauchte er, doch ich sah ihm an, dass meine Zurückweisung ihn durchaus kränkte.

»Ich wollte nur Danke sagen. Mehr nicht«, erklärte ich gepresst und schaute über den Waldrand hinweg zum Palast. Selbst bei Nacht war er wunderschön.

»Tanya ...«, begann er, doch schwieg dann.

»Was möchtest du sagen?«, fragte ich hoffnungsvoll und spürte, wie mein Herz sich öffnete. Es wollte so viel mehr, als er mir gab.

Plötzlich knallte es laut. Unsere Köpfe fuhren herum. Eine einzelne Rakete zerschellte gerade auf der Kuppel, bevor Tausende von Explosionen die Nacht erhellten. Die Kuppel leuchtete rot und golden. Noch dichter als letztes Mal prasselten die Raketen auf sie nieder und hinterließen dabei so einen gewaltigen Lärm, dass ich beinahe umfiel vor Schreck.

»Verflucht«, presste Phillip hervor und griff nach meinem Arm.

»Was sollen wir tun?«, fragte ich heftig atmend, bereit mich zu wehren, wenn es sein müsste.

Er schüttelte seinen Kopf. »Wir müssen hier weg. In den Bunker. Nicht, dass die Meteoriten noch die Kuppel zerstören.«

Doch ich wehrte seine Hand heftig ab. »Du willst mir etwas von Meteoriten erzählen? Schau durch dieses Fernrohr und erkenne die Wahrheit! Das sind keine Meteoriten! Wir werden angegriffen!«, schrie ich laut über den Lärm hinweg und versuchte das Zittern meines Körpers zu kontrollieren.

Phillip schien unschlüssig, starrte zwischen mir und der Kuppel hin und her. Seine Hände gruben sich in seine Haare, während er auf und ab lief.

»Wer sind die? Und was wollen die von uns?«

Er schaute mich flehend an, schüttelte seinen Kopf. »Du

musst schweigen. Du darfst es niemandem sagen. Bitte. Tu es für mich.«

»Das hättest du letztes Mal auch sagen können, anstatt mir dieses Gift in die Venen spritzen zu lassen. Du hättest einfach mit mir reden müssen! Nein, stattdessen belügst du mich und rennst zu Charlotte, die dir diesen Unsinn wahrscheinlich sogar glaubt«, schrie ich heftig und schubste ihn in meiner Wut von mir weg. Tränen rannen über meine Wangen, als ich seinen Gesichtsausdruck sah. Er wollte auf mich zugehen. Doch ich musste hier weg. Weg von ihm. Weg von all den Lügen.

Über uns dröhnte die Kuppel unter der Last. Es krachte und knallte. Rote Blitze und Feuer fegten über das Glas hinweg. Ich hoffte so sehr, dass sie es aushielt.

»Tanya«, sagte er so leise, dass ich es nicht hörte, aber an seinen Lippen ablesen konnte, und kam auf mich zu.

Ich wich ihm aus, stieß gegen das Geländer des Balkons.

»Nein. Nie wieder«, presste ich erstickt hervor und drehte mich von ihm weg. Ich kletterte über das Geländer und sprang. Adrenalin durchschoss meinen Körper, während ich auf die Erde zuraste. Phillips Schrei verlor sich in dem Donnern über uns, in dem Rauschen in meinen Ohren. Die Landung tat weh, doch ich sprang sofort wieder auf. Erneut hörte ich ihn schreien. Doch ich wollte keine seiner Lügen mehr hören.

So schnell ich konnte, rannte ich durch den Wald. In meiner Hand hielt ich fest umklammert mein Fernrohr. Äste knackten unter meinen Füßen, Vögel kreischten verwirrt über meinem Kopf. Aber meine Gedanken waren bei ihm. Mein Herz war bei ihm. Ich wusste selbst, wie sehr ich ihn wollte – und wie wenig ich es sollte.

Ein plötzliches, lautes Knacken ließ mich herumfahren. Die Bäume versperrten mir die Sicht. Schnell rannte ich zum Waldrand, gab mir nicht einmal eine Sekunde zum Durchatmen. Ich rammte mir schmerzvoll mein Fernrohr ans Auge, schluchzte unter Qualen, doch zwang mich zur Konzentration. Ich suchte den roten Himmel ab und dann sah ich es. Einen Riss. Einen riesigen Riss, der von einer zur anderen Eisenstrebe führte und meinen Atem stocken ließ. Dahinter sah ich wieder diese Flugobjekte. Und ich konnte erahnen, wie ihre Raketen auf den Riss zielten. Ihre Scheinwerfer schienen die gesamte Kuppel zu erhellen, während mich die Explosionen drum herum schmerzhaft blendeten. Doch ich ignorierte den Schmerz, hielt den Atem an und konnte meinen Blick nicht abwenden.

Einen Herzschlag lang blieb die Welt stehen. Langsam fuhr die Raketenhalterung zu dem Riss. Sie wollten erneut schießen, damit die Kuppel zersprang. Verschwommen nahm ich meine Umgebung wahr, doch ich konnte mich nicht abwenden. Mir wurde schwindelig bei diesem Anblick. Alles drehte sich in mir. Ich kniff meine Augen zusammen, die genauso wie der Rest meines Körpers versagen wollten.

Plötzlich tauchte ein neues Flugobjekt auf. Es sah anders aus als die übrigen. Es war sehr, sehr groß und völlig schwarz. Ich hätte es fast nicht gesehen, wäre nicht sein flammender Beschuss auf die Angreifer gewesen. Als würde sich die Welt wieder drehen, ging auf einmal alles ganz schnell: Das schwarze Flugobjekt griff die übrigen vor dem Riss der Kuppel an. Sofort ging das erste in Flammen auf. Es explodierte regelrecht. Seine Einzelteile zerschellten mit weiteren Raketen auf der Kuppel und fegten über sie hinweg.

Erst jetzt atmete ich aus. Plötzlich fasste mich jemand an meinem Arm, schleuderte mein Fernrohr aus meiner Hand und ließ mich zu Boden fallen.

»Was tust du da«, schrie Phillip mich an, doch ich konnte nur daliegen und ihn anstarren. Mein Herz pochte so laut in meinen Ohren, dass mir übel wurde. Adrenalin ließ meinen Körper vibrieren. Angst und Hoffnung. Hoffnung und Angst. Ich konnte es nicht mehr auseinanderhalten. Alles wallte in mir auf.

»Tanya, bist du völlig wahnsinnig geworden? Du musst dich in Sicherheit bringen«, rief er mir über den Lärm hinweg zu und zog mich auf die Füße. Um uns herum rannten Bedienstete, Kandidatinnen und auch die königlichen Wächter herum. Sie schienen uns kaum zu bemerken. Für sie standen wir still, während die Welt um uns herum unterging. Erneut.

»Nimm es mir nicht. Lass mir meine Erinnerung. Ich erzähle es niemandem«, flehte ich und suchte einen Ausweg. Irgendwo waren wir doch bestimmt sicher.

Phillip schüttelte seinen Kopf. »Nein ... ich werde nicht ...«

Panisch fuhr ich mir durch die Haare. »Wo sollen wir hin? Wir können nicht hierbleiben! Da ist ein Riss in der Kuppel! Dem Allmächtigen sei Dank wurden die Angreifer selbst angegriffen. Sie konnten das Glas nicht zerstören, aber was ist, wenn jemand anderes es tut? Wir müssen hier weg«, stotterte ich heftig atmend.

Phillips Augen weiteten sich. Furcht spiegelte sich in ihnen wider. Doch schnell fasste er sich und packte meine Hand. Wir rannten so schnell wir konnten zum Haupthaus. Durch Flure und über Treppen. Irgendwann waren wir tief in einem Keller. Ein Wächter nahm meine Hand, führte mich in die Dunkelheit, setzte mich neben eine Kandidatin, die heftig weinte, und wies mich an sitzen zu bleiben.

Ich nickte benommen und starrte ihm hinterher. Was war, wenn wirklich ein neuer Angreifer kam und den Riss sah? Was passierte, wenn die Kuppel zerbrach? Oder waren wir jetzt schon dem Tode geweiht, weil der Riss die Luft von draußen ungefiltert hindurchließ?

Ich schluchzte lautlos, legte meinen Kopf in meine Hände und wiegte mich vor und zurück. Es war mir egal, ob mich jemand dabei beobachtete. Ich überließ mich meiner Angst. Der Angst, die keiner kennen durfte. Einer Angst, die niemand mir nehmen würde.

Mein Körper fühlte sich an wie flüssiges Gummi. Zähflüssig, doch weich wie Butter. Das Zittern meiner Muskeln wollte nicht aufhören, während ich versuchte, meine Gedanken zu ordnen. Doch alle Bilder flossen wild durcheinander. Mein Traum vermischte sich mit der Gegenwart. Brennende Vögel. Berstendes Glas. Rauchende Wälder. Weiße Bäume, die sich vor und zurück wiegten. Sie versuchten den Flammen zu entfliehen. Doch wie sollten sie? Sie saßen in der Falle.

Genauso wie wir.

Ich spürte, wie jemand neben mir auftauchte und seinen Arm um mich legte. Aber ich konnte nicht sagen, wer es war. Meine Sinne waren vernebelt von Tränen und Angst. Ich wurde an einen Körper gepresst. Gemeinsam wiegten wir uns. Immer im gleichen Takt. Vor und zurück. Vor und zurück.

Nach einiger Zeit verschwand der Körper. Ich war zu müde, um meinen Kopf zu heben. Zu verwirrt für den Anblick der anderen. Ich wollte alleine sein. Meine Gedanken endlich ordnen.

Doch da kam ein anderer Arm. Er war dünner und schwächer. Ich roch Claires Parfüm und lehnte mich an sie. Schweigend schmiegten wir uns aneinander, hörten der beängstigenden Stille zu, begleitet von wirren Rufen der Wächter. Finster dreinblickende Männer in Uniformen. Sie wirkten obskur in ihrer Aufmachung. Für solch ein friedliches Land eigentlich unnütz.

Doch der Frieden war eine Lüge. Morgen würden es alle erfahren. Die Wahrheit. Doch was war die Wahrheit? Würde ich sie erkennen oder eine Lüge als solche hinnehmen?

* * *

Stundenlang saßen wir einfach nur da. Niemand sprach, doch die Geräusche von mehreren Hundert Menschen hallten von den kahlen Wänden des Kellers wider. Eine bedrückende Angst lag über uns allen, lähmte uns und ließ die Gesichter bleich aussehen. Ich nahm alles nur noch verzerrt wahr, während in meinem Kopf eine beängstigende Leere herrschte. Ich sah nur noch das Bild der Kuppel vor meinem inneren Auge, hörte Schreie und das Grollen der Explosionen. Dieser Bunker schien so weit entfernt davon zu sein, als wären wir in einer anderen Welt. Doch es war real. Die Bedrohung war real.

Mein Blick wanderte zu Claire, die sich an mich klammerte und ebenso verängstigt wie ich wirkte, auch wenn sie von einer Naturgewalt ausging. Ihr Blick war leer und von Tränen umrandet. Ich spürte den Impuls, sie zu trösten, doch ich konnte es nicht. Wie sollte ich auch, wenn ich mich selbst so sehr fürchtete?

Plötzlich kamen Wächter an uns vorbei. Es waren Dutzende.

»Es ist vorüber. Die Meteoriten sind weg. Wir können wieder hoch«, sagten sie alle im Chor. Ein Kanon ihrer Stimmen erklang, da jeder von ihnen die gleichen Worte benutzte, egal, ob er hier stand oder mehrere Meter weiter. Es klang alles so gestelzt, so aufgesetzt.

Einer der Wächter brachte mich und Claire zu unserem Turm. Er redete beruhigend auf Claire ein, die dankend seine Schulter zum Weinen nutzte. Ich hingegen vernahm nur das Rauschen seiner Stimme, spürte nur seinen muskulösen Arm, an dem ich mich festhielt. Aus purer Höflichkeit.

Er begleitete uns bis in den Turm hinein und versicherte uns, dass er sich vor unserer Tür positionieren würde, um auf uns aufzupassen. Danach ließ er uns alsbald wieder allein. Doch ich fragte mich, ob er wirklich wusste, was *Sicherheit* war. Wusste er von diesen Objekten, die unsere Kuppel angriffen? Und wenn ja, wie kam er dann darauf, dass seine bloße Anwesenheit vor unserer Tür uns beschützen könnte? Merkte er nicht, dass das völlig unnütz war?

Aber das alles ließ ich unausgesprochen, während ich an die Objekte über der Kuppel dachte. Sie sahen aus wie die Flugzeuge aus alten Zeiten, nur moderner. Ich hatte ihre Grundform schon oft in Geschichtsbüchern gesehen. Doch wie war das möglich? Womit flogen sie? Die alten Rohstoffe waren doch alle schon längst aufgebraucht. Das war doch auch der Grund, warum wir mit Kutschen fuhren.

In meinem Kopf drehte sich alles, als ich wie automatisch meine Kleider ablegte, mein Fernrohr, das ich die ganze Zeit über fest umklammert hielt, im Schrank verstaute und schnell in einen grauen Schlafanzug schlüpfte. Eine Vorsorge, falls ich noch einmal aufstehen musste. Erst dann krabbelte ich unter meine Bettdecke.

Ich hörte Claires Schluchzen aus dem Bett neben mir. Langsam setzte ich mich wieder auf, blieb in meine Decke eingeschlungen und tapste zu ihr hinüber.

Wir sagten kein Wort, als ich mich zu ihr ins Bett legte und wir Decke an Decke nebeneinander einschliefen. Völlig erschlagen von den Geschehnissen des heutigen Tages.

11. KAPITEL

ICH HABE MEHR ANGST VOR DER WAHRHEIT ALS VOR DER LÜGE

Ich renne. Meine Beine tun weh. Nein, eigentlich schmerzt alles an meinem Körper.

Feuer umzingelt mich. Weiße Bäume werden von den Flammen erfasst, entzünden sich sofort und brennen so wild, dass die Flammen mir gefährlich nahe kommen. Ich versuche ihnen auszuweichen, doch ihre Feuerkrallen sind zu lang. Sie haschen immer wieder nach mir. Versengen meine Haut.

Nebel kriecht dahin. Meine Schritte hallen wider. Wie auf Glas. Doch ich sehe den Boden nicht.

Ich renne. Ich renne, so schnell ich kann. Meine Lunge droht zu bersten. Husten dringt aus meinem Hals und klingt wie Krächzen. Brennende Vögel steigen aus den Flammen empor. Sie schwingen sich hinauf. In den Himmel. Weiter, als sie es können sollten. Keine Grenzen.

Klopf. Klopf.

Doch plötzlich, weit über ihnen tauchen sie auf, zu Tausenden. Stählerne Vögel mit scharfkantigen Flügeln und brennenden Zungen, die Feuer auf uns herabregnen lassen.

Überall springt Glas. Es verätzt die Luft.

Alles tut so weh. Überall brennendes, zersplitterndes Glas.

Ich bleibe stehen. Starre hoch zu den Vögeln. Ignoriere die Flammen auf meiner Haut.

Ich brenne.

Es ist so ruhig. Der Himmel tut sich auf. Sterne, zum Greifen nahe, doch zu weit weg für meine Hände.

Klopf. Klopf.

Die Vögel sehen mich und wenden. Ihr Weg führt nun direkt auf mich zu. Langsam breite ich meine Arme aus. Schließe meine Augen. Mache mich bereit für die Vereinigung.

Klopf. Klopf. Klopf.

Keuchend fuhr ich hoch, blickte verwirrt umher. Schweiß rann über meine Stirn, über meinen Körper und ließ mich erzittern. Noch immer lag ich in Claires Bett, doch ihre Seite war leer. Dafür hörte ich das Brausen der Dusche über mir.

Langsam atmete ich tief ein und aus, versuchte mich zu beruhigen und meinen Herzschlag zu kontrollieren, der wie verrückt meinen Kreislauf durcheinanderbrachte.

Klopf. Klopf.

Da war es schon wieder. Jetzt erst verstand ich, woher es kam. Zögerlich setzte ich mich auf, umschlang meinen Körper mit der Decke und lief zur Tür. Dahinter war es bereits hell. Erica stand kreidebleich vor mir. Tränen glänzten in ihren Augen und ließen sie müde und alt aussehen.

»Erica? Es wird schon alles gut. Komm rein«, sagte ich beruhigend, hielt mit einer Hand die Decke fest und legte die andere um sie zu einer Umarmung. Fest drückte ich sie an mich, während sie begann zu schluchzen, erst ganz leise, dann immer lauter. Weiter hinten sah ich Henry stehen, der uns beobachtete. Ich nickte ihm über Ericas Schulter zu und zog sie mit mir in den Turm hinein. Dort ließ ich die Decke fallen und setzte mich neben sie. Leicht wiegte ich sie hin und her und strich ihr über den Rücken. Ihre Tränen landeten auf meiner Schulter. Es hätten auch meine eigenen sein können.

Erica, die starke, unerschütterliche Erica, war genauso verzweifelt und getroffen wie wir. Nie hätte ich gedacht, dass sie Angst vor etwas haben konnte.

»Es wird sicher alles gut«, murmelte ich erneut und hielt mich an ihr fest.

Sie löste sich leicht von mir und strich sich über ihr Gesicht, während sie traurig lachte. »Sieh mich an. Ich bin eure Vertraute, die euch helfen sollte, und nun weine ich selbst wie ein kleines Baby.«

»Ach nein. Du hast jedes Recht dazu, ebenso wie wir. Die letzte Nacht war so viel schlimmer als letztes Mal«, widersprach ich ihr sofort, doch sie lachte noch immer traurig und nahm meine Hände in ihre.

»Wir müssen versuchen, füreinander stark zu sein«, mahnte sie eindringlich. Wie immer waren ihre dunklen Haare zu einem strengen Dutt gedreht, doch ich konnte die ersten grauen Strähnen darin erkennen. Es versetzte mir einen Stich. Auch ihr setzten die letzten Tage zu und wahrscheinlich noch mehr die gestrige Nacht.

Ich nickte, gerührt von ihrer Stärke. »Ja.«

»Am liebsten wäre ich schon gestern zu euch gekommen, doch die Wächter hatten uns geraten, euch zunächst in Ruhe zu lassen. Die ganze Nacht über hatten sie sich auf dem Gelände aufgehalten und wir sollten alle in unseren Räumen bleiben.« Sie schüttelte missbilligend ihren Kopf. »Immer diese Männer. Sie denken stets, dass sie es besser wüssten.«

Ich schaffte es sogar zu lachen, als ich sah, wie sie sich aufregte.

»Sie hatten sicher ihre Gründe«, entgegnete ich beschwichtigend. »Vielleicht war es überhaupt nicht so schlecht, dass wir uns alle etwas ausruhen konnten, um die Bilder von gestern Nacht zu verarbeiten.«

»Manchmal kann ich mir überhaupt nicht vorstellen, dass du erst siebzehn sein sollst«, erwiderte Erica kopfschüttelnd und strich sich seufzend über die Stirn.

Ich hörte, wie Claire aus dem Badezimmer kam und leicht schniefend die Treppe herunterging. Als sie uns sah, gesellte sie sich direkt zu uns, schmiegte sich an mich, suchte Trost.

Langsam nahm ich einen Arm von Erica und legte ihn um Claire, die es nur zu gern geschehen ließ. So saßen wir da. Claire an meiner rechten Schulter und Erica an meiner linken.

Plötzlich klopfte es erneut an der Tür. Ich löste mich aus unserer Umarmung und atmete tief durch. Fahrig wischte ich mir die Tränen aus meinem Gesicht und öffnete zaghaft die Tür. Davor stand Henry. Unter seinen Augen waren tiefe Augenringe, seine Wangen wirkten eingefallen und leblos. Ich versuchte ihn anzulächeln, als er mir bedeutete, mich neben ihn auf die Bank zu setzen. Aber das Lächeln fühlte sich falsch an.

Wir legten unsere Hände ineinander, suchten Trost.

»Wie fühlst du dich?«, fragte er nach einiger Zeit, als wir stillschweigend die Vertrauten der anderen Kandidatinnen beobachtet hatten, die zu ihren Schützlingen eilten.

Ich atmete tief durch. »Darf ich ehrlich sein?«

»Ich bitte darum«, sagte er leise und blickte mich ermutigend an.

Ich schluckte und blinzelte die erneut aufsteigenden Tränen aus meinen Augen. All die Menschen hier wirkten noch immer ganz verstört von der letzten Nacht. Dieser Palast war so ein mächtiger Ort, doch vermochte er es nicht, uns die Furcht vor dieser unbekannten Bedrohung zu nehmen. »Ich habe Angst vor dem, was noch kommen wird.«

Er versuchte gar nicht erst, mir die Lüge von den Meteoriten aufzutischen. »Ich auch.«

»Hast du schon mit Phillip geredet? Hat er dir erzählt, was ich gestern gesehen habe?« Ich starrte auf unsere ineinander verschlungenen Hände. Meine wirkten im Gegensatz zu seinen wie die eines Kindes.

»Ja, das hat er. Mach dir keine Sorgen. Bereits einige Stunden später wurde der Riss repariert. Darum brauchen wir uns keine Sorgen mehr zu machen.« Ich war ihm dankbar dafür, dass er mich nicht anlog oder alles abstritt.

»Das ist gut. Wenigstens ein Problem weniger«, flüsterte ich tonlos und drückte fest seine Hand. Dann sah ich zu ihm hoch. »Findet der Unterricht heute nicht statt?«

Henry runzelte die Stirn. »Hat euch Erica nicht erzählt, dass er ausfällt?«

Ich schüttelte den Kopf. »Sie war gerade ein wenig aufgelöst.«

Ich zögerte, traute mich dann aber doch zu fragen: »Können wir heute trainieren? Ich brauche das jetzt irgendwie ... Ich fühle mich so –«

»Schutzlos?«, beendete er meinen Satz und legte sein Kinn auf meinem Kopf ab.

Ich nickte und lächelte angesichts dieser vertrauensvollen Geste, die uns mehr zu Freunden werden ließ, als wir es bisher gewesen sein mochten. »Ja.«

»Das machen wir. Wir sollten aber trotzdem zum Frühstück gehen. Der General unserer Wächter wird dort eine Ansprache halten, um die anderen ein wenig zu beruhigen.«

»Die Wahrheit?«

Er zog sich zurück und sah mich ernst an, bevor er seinen Kopf schüttelte. »Die Wahrheit würden die wenigsten hier vertragen. Deshalb musst du schweigen. Etwas anderes bleibt uns im Moment nicht übrig.«

Ich nickte. Er hatte recht. Das alles hier war zu groß. Doch noch immer kannte ich die wahren Hintergründe nicht, wagte aber in diesem Moment auch nicht danach zu fragen.

Ein Lächeln huschte über sein Gesicht, während er sich entspannte und mich weiterhin betrachtete. »Ich weiß, dass das alles hier sehr schwer für dich sein muss. Du hast zu viel gesehen. Aber vielleicht wirst du es irgendwann verstehen und auch unsere Gründe begreifen. Die Wahrheit wäre gerecht, aber sie ist nicht immer das, was die Menschen brauchen.«

»Ich werde irgendwann Fragen stellen«, entgegnete ich langsam und beobachtete Henrys Reaktion.

Er nickte und lachte leise. »Etwas anderes hätte ich auch nicht von dir erwartet.«

Langsam stand Henry auf, drückte mir einen flüchtigen Kuss auf meinen Handrücken und nickte dann zum Turm. »Mach dich fertig und bring auch Claire und Erica mit. Das Frühstück beginnt gleich.«

Wieder nickte ich nur und stieg die Stufen zur Tür hoch, wo ich mich noch einmal kurz zu ihm umdrehte und ihm hinterhersah und zuschaute, wie er verschwand.

Ja, er wäre der geborene König.

Als ich die Tür öffnete, hatten sich Erica und Claire ein wenig beruhigt. Sie saßen auf Claires Bett, die Hände ineinandergelegt, und redeten leise miteinander.

Ich setzte mich neben Erica und atmete tief durch. »Wir sollten uns jetzt fertig machen. Das Frühstück wird gleich serviert und der General der Wächter möchte eine Ansprache halten. Es wird bestimmt alles gut.«

Beide schluckten schwer und nickten dann, als wäre damit alles Wichtige gesagt.

* * *

Gemeinsam gingen wir zum Haupthaus. Dort warteten bereits ein Dutzend Wächter auf uns. An ihren dunkelblauen Uniformen schimmerten edle Knöpfe, schicke blaue Schirmmützen zierten ihre Köpfe. Sie sahen sehr offiziell aus und waren wohl auch von ziemlich hohem Rang. Für einen Moment ließ ich mich von ihnen beeindrucken, doch dann erinnerte ich mich wieder daran, weshalb wir hier waren.

Mehrere Kamerateams standen in Position. Das bedeutete, dass auch die lokalen Anstalten für diese Sondersendung Rechte erworben hatten. Gabriela schien das überhaupt nicht zu gefallen, zumindest blickte sie ziemlich verdrießlich drein und versuchte immer wieder, ihren Platz in der ersten Reihe zu sichern.

Wir setzten uns mit Erica an einen der Tische und warteten gespannt darauf, was nun passieren würde. Madame Ritousi saß nur wenige Tische weiter und unterhielt sich mit Herrn Bertus sowie einigen Bediensteten. Die bedrückte Stimmung aller Anwesenden legte sich dabei wie dichter Nebel über uns und ließ mich frösteln.

»Guten Morgen, meine Damen und Herren. Mein Name ist General Edward Wilhelm«, begann ein großer und breit gebauter Wächter mit goldenen Schulterklappen, auf die das Wappen unseres Königreiches aufgenäht war. »Wie Sie sicher alle mitbekommen haben, gab es gestern Nacht erneut einen Meteoritensturm, dieses Mal jedoch deutlich schwerer als bisher. Es besteht jedoch kein Grund zur Besorgnis, denn unsere Kuppel ist robust und stark genug, auch hundert weiteren Stürmen standzuhalten. Sie müssen sich also keine Sorgen machen. Die königlichen Wächter werden für Ihre Sicherheit sorgen. Bereits gestern Nacht ist ein Trupp ausgeschwärmt, um sich etwaige Schäden anzusehen. Jedoch gab es keinerlei Spuren eines Risses oder auch nur eines Kratzers. Also seien Sie alle unbesorgt. Haben Sie noch Fragen?« Er sah in die Runde.

Ich schaute mich verstohlen um und als sich Phillips und mein Blick kreuzten, schüttelte er kaum merklich seinen Kopf. Sein nicht vorhandenes Vertrauen bestürzte mich, doch trotzdem nickte ich leicht. Niemand meldete sich.

»Gut. Dann wünsche ich Ihnen noch einen angenehmen Tag.«

Der General machte eine höfliche Verbeugung und verschwand dann mit den ganzen anderen Wächtern. Betretenes Schweigen machte sich breit und Madame Ritousi erhob sich.

»Ich denke, der Schreck sitzt uns noch allen tief in den Knochen. Deshalb werden wir diesen Tag zur Ruhe nutzen und morgen mit neuer Frische an die nächste Aufgabe gehen. Erholen Sie sich gut, nutzen Sie die freie Zeit und haben Sie einen schönen Tag«, erklärte sie uns erleichtert, dann verschwand auch sie.

»Ich muss jetzt leider auch los. Aber heute Abend schaue ich noch einmal bei euch vorbei.« Erica drückte uns fest an sich und eilte dann schnell davon.

Deutlich langsamer machten sich die Kamerateams auf den Weg, gleichwohl Gabriela versuchte sie lautstark zu verscheuchen und darauf pochte, dass wir alle unsere Ruhe verdient hätten. Es wäre ein sehr nettes Ansinnen gewesen, hätte sie sich mit dieser Geste nicht nur das alleinige Recht an der Show sichern wollen.

Da Claire wie erstarrt auf ihrem Platz saß und sich kaum noch bewegte, ergriff ich die Initiative und holte uns etwas vom Büfett. Das alles ging ihr wirklich nahe. Als ich zurückkam und duftendes Rührei, Brötchen und Aufschnitt vor ihr drapierte, sah sie kaum auf und rührte nichts davon an. So langsam machte ich mir wirklich Sorgen um sie.

»Claire, es wird alles wieder gut«, flüsterte ich leise und legte ihr meinen Arm um die Schulter.

Sie nickte, doch blickte mich nicht an. »Ja, ich weiß. Aber ich vermisse meine Eltern. Gestern noch dachte ich, ich würde sie nie wiedersehen.«

Ich verzog mitfühlend meinen Mund und da kam mir eine

Idee. Sanft legte ich meine Hand auf ihren Arm und drückte sie. »Ich komme gleich wieder, okay?«

Meine Freundin quittierte das nur mit einem leichten Nicken, doch ich ließ mich nicht von meinem Vorhaben abbringen und ging schnell zu Fernand hinüber, der sich gerade mit den anderen jungen Männern an seinem Tisch unterhielt. Sie alle waren ungewohnt ernst, passend zu der Stimmung an diesem Morgen.

»Guten Morgen allerseits«, grüßte ich höflich in die Runde. Dann wandte ich mich an den Gesuchten. »Fernand, ich benötige deine Hilfe.« Ich beugte mich zu ihm vor, legte ihm die Hand ans Ohr und flüsterte etwas hinein.

Alsbald begann er breit zu grinsen. Dann sprang er auf, griff nach meiner Hand und zog mich mit sich. »Männer, kommt mit, wir haben etwas zu besprechen.« Die anderen schauten uns überrascht hinterher, doch standen nacheinander auf und folgten uns ins Haupthaus, wo ich ihnen allen mein Anliegen vortrug.

Keine zehn Minuten später waren wir wieder da. Ich tänzelte zu Claire, die noch immer alleine an unserem Tisch saß, und setzte mich wieder zu ihr.

»Claire, gleich wird etwas Wichtiges verkündet«, zwinkerte ich ihr zu und legte meine Hand auf ihre. Sie hob ihren Kopf in dem Moment, als Henry zu sprechen begann und sich vor allen Kandidatinnen aufbaute. Die anderen jungen Männer stellten sich neben ihn.

»Guten Morgen, meine Damen. Ich habe eine Bekanntmachung für Sie alle: Angesichts der Ereignisse der letzten Wochen und insbesondere der letzten Nacht machte Miss Tatyana den Vorschlag, dass alle Kandidatinnen den heutigen Abend zu Hause verbringen dürfen. Das bedeutet, dass in zwei Stunden mehrere Kutschen für Sie zur Verfügung stehen, die Sie zurück zu Ihren Lieben bringen. Alle, die Interesse an diesem Ausflug haben, dürfen sich gerne bei uns melden und wir werden dann alles Nötige veranlassen«, erklärte er freudestrahlend.

Einen kurzen Moment lang war es völlig still, bevor die Kandidatinnen wie wild zu klatschen begannen.

Claire sprang mir in die Arme und drückte mich an sich, nun fast wieder ganz die Alte. »Danke, danke, danke!«

»Das ist doch nicht allein meine Entscheidung gewesen. Es gab nur einen kleinen Anstoß in die richtige Richtung«, lachte ich und drückte sie noch fester an mich. Sie strahlte, als sie zu Fernand lief, um ihm zu sagen, dass sie gerne nach Hause fahren wollte.

Ich schaute ihr lächelnd nach, da sah ich im Augenwinkel Charlotte und Emilia vorbeigehen. Emilia schenkte mir ein kleines, dankbares Lächeln, das ich erwiderte. Heute war es egal, dass wir uns eigentlich nicht mochten. Ich lehnte mich in meinem Stuhl zurück und begann zufrieden zu essen.

* * *

Nach dem Frühstück eilte ich mit Claire zum Turm zurück und half ihr, eine Reisetasche zu packen. Sie hüpfte die ganze Zeit ausgelassen herum und freute sich so sehr, dass selbst mir das Herz aufging.

Zwei Stunden später gingen wir zu den wartenden Kutschen, die ersten waren bereits abgefahren. Ich nahm Claire noch einmal in den Arm und winkte ihr zum Abschied. Dann ging ich zum Haupthaus, wo ich zufällig Erica traf.

»Hallo, Erica. Ist es möglich, dass ich kurz zu Hause anrufe?«, fragte ich vorsichtig. Zu meiner Freude erklärte sie sich sofort einverstanden und führte mich in einen kleinen Raum, in dem sich ein Telefon befand. Obwohl wir eigentlich keinen Kontakt zu unseren Familien haben sollten, wie Madame Ritousi bereits zu Beginn unseres Unterrichts einmal erwähnt hatte, schien dies heute seltsamerweise egal zu sein. Denn grundsätzlich wollte niemand, dass die Kandidatinnen während der Auswahl irgendwelche Informationen über den Palast und die darin Lebenden nach draußen gaben. Als würde hier nicht sowieso ständig alles gefilmt werden. Doch das sollte nicht mein Problem sein!

Meine Vertraute entfernte sich diskret und ich wählte schnell Katjas Nummer. Aber zu meiner Enttäuschung ging niemand ran. Entschlossen wählte ich die Nummer von Markus' Schmuckladen.

»Hier Markus Koslow«, meldete sich seine bekannte Stimme am anderen Ende der Leitung. Mir fiel ein Stein vom Herzen.

»Markus, hier ist Tanya. Wie geht es euch?«, fragte ich aufgeregt und merkte erst jetzt, wie sehr mir Katja und er gefehlt hatten.

Kurz stutzte er, doch dann schien er zu realisieren, mit wem er da gerade sprach. »Tanya? Bist du's wirklich? Wie geht es dir? Uns geht es gut. Ich hab dich so vermisst.« Er schien nicht minder aufgeregt zu sein als ich.

»Oh, ich habe euch auch vermisst. Hier ist alles gut. Gestern haben wir uns in einem Bunker versteckt und fast nichts von dem Sturm mitbekommen. Wo wart ihr? Ich freue mich schon so sehr, euch bald wiederzusehen«, plapperte ich atemlos und wischte mir verstohlen über die Augen.

»Wir waren in unserem eigenen Schutzraum. Zum Glück habe ich das zweite Lager noch im Frühjahr fertiggestellt. Als hätte ich es geahnt.« Kurz hielt er inne, wie um sich zu sammeln, dann sprach er hörbar bewegt weiter. »Wir vermissen dich ebenfalls und haben jede Sendung im Gemeindesaal gesehen. Du warst toll! Wir sind alle so stolz auf dich, Tanya. Und das Volk liebt dich! Alle, mit denen wir geredet haben, stimmten nur für dich.«

Da musste ich lachen. »Danke, das ist so lieb von euch. Und weißt du was? Ich habe hier sogar eine wunderbare Freundin gefunden.«

»Das ist schön. Aber hast du schon den Prinzen enttarnt?«, fragte er neugierig.

»Nein. Es könnte jeder sein. Sie lassen wirklich nichts durchblicken«, antwortete ich kopfschüttelnd, obwohl er es natürlich nicht sehen konnte.

»Schade. Wir denken, dass es Phillip ist«, sagte er auf einmal und ein komisches Gefühl machte sich in meinem Bauch breit.

»Möglich«, entgegnete ich ausweichend. »Ist Katja eigentlich auch da?«, fragte ich schnell und biss mir auf meine Unterlippe.

»Nein, sie ist im Moment auf dem Markt und wollte danach weiter zu deiner Tante und deinem Onkel.«

»Ach so. Ich wollte euch auch eigentlich nur sagen, dass die Kandidatinnen heute alle nach Hause fahren durften wegen gestern. Aber ich werde hierbleiben. Ich hoffe, ihr seid mir nicht böse deswegen.«

Da begann Markus zu lachen. »Nein, natürlich nicht. Tu, was auch immer du dort zu tun hast. Wir werden hier auf dich warten.«

Meine Augen brannten nun lichterloh und unzählige Tränen

sammelten sich darin. »Das ist schön. Ich muss jetzt leider aufhören. Bitte grüß alle ganz lieb von mir und verteil ein paar Küsse.«

»Natürlich. Wir sehen uns dann in ein paar Wochen, meine Prinzessin.«

Wir legten auf und ich begann heftig zu blinzeln, während ich fest auf meinen Nasenrücken drückte, damit die Tränen sich nicht ihren Weg bahnten.

Nach ein paar Minuten hatte ich mich ein wenig beruhigt und ging zurück durch das Haupthaus. Als ich auf der Terrasse stand, wusste ich für einen Moment nicht, was ich machen sollte. Doch dann eilte ich schnell zum Turm, zog mir meine Trainingskleidung an und ging dann wieder raus. Meine Füße führten mich wie von selbst in den Wald, ließen mich laufen und schwitzen. So schnell ich konnte rannte ich über die hinabgefallenen Blätter und Äste und genoss die absolute Ruhe hier. Ich flog über Wege, die ich noch nicht kannte, vorbei an Bäumen, deren Namen ich nicht aussprechen konnte, weil die Wissenschaftler ihnen ganz seltsame, lateinische Namen gegeben hatten und ich mich nie sonderlich für Pflanzenkunde interessiert hatte. Über mir zogen Vögel ihre Kreise und sogar Kaninchen sah ich in ihrem Bau verschwinden.

Langsam vergaß ich mein Heimweh und konzentrierte mich darauf, dass ich sie alle bald wiedersehen würde. Doch im Moment konnte ich einfach nicht von hier weg. Es gab wichtigere Dinge für mich zu tun und wenn sich mir eine Chance bot, würde ich diese nutzen.

Ich nahm eine Abzweigung, die wieder zurück zu den Türmen führte. Mein Körper war müde, doch mein Geist ausgesprochen wach. Ich fühlte mich beflügelt von Markus' Worten.

Jetzt konnte mich nichts mehr aufhalten. Ich würde den verrückten Wettbewerb so weit mitspielen, wie man mich ließ, und dann erhobenen Hauptes nach Hause gehen. Und bis zu diesem Zeitpunkt würde ich sicher herausfinden, was es mit den Angriffen auf sich hatte.

Ich musste die Wahrheit ans Licht bringen.

12. KAPITEL
EINE FREUNDSCHAFT WIEGT VIEL MEHR ALS DIE KRONE

Gerade als ich den Wald hinter mir ließ und meine Füße schon den königlichen Rasen berührten, sprang plötzlich jemand aus dem Schatten eines Baumes.

Ich wich erschrocken zurück und sah vor mir Henry stehen, der ebenfalls Trainingssachen trug. »Da du jetzt warm bist, können wir doch direkt loslegen, oder?«

Ich nickte, hielt schnaufend an und verneigte mich mit aneinandergelegten Handflächen vor ihm. »Sehr gerne.«

Obwohl ich wusste, dass auch er mich zuvor noch belogen hatte und zugelassen hatte, dass meine Erinnerungen mir genommen wurden, spürte ich, wie Wärme sich in mir ausbreitete. Henry war ein überaus höflicher Mensch und er behandelte mich nicht so, wie Phillip es tat.

Wir blieben genau dort stehen, wo wir waren, und begannen die mir bereits bekannten Bewegungen auszuführen. Erst langsam und dann immer schneller ließen wir unsere Arme und Beine herumfahren, tanzten beinahe über den Rasen. Henry beobachtete mich genau und bemängelte jede noch so kleine Ungenauigkeit.

Irgendwann tat mein Rücken weh und mir wurde ein wenig schwindelig, doch ich fühlte mich angenehm ermattet.

»Sind alle Kandidatinnen weg?« Ich dehnte mich auf dem

Boden sitzend in Richtung meiner Zehen und machte meinen Rücken lang.

Henry tat es mir nach. »Ja. Sogar das Kamerateam und Gabriela sind abgefahren.«

Seine Offenbarung entlockte mir ein Grinsen. »Toll, dann muss ich mich ja nicht extra zum Essen umziehen, oder?«

Henry lachte laut. »Nein, das musst du nicht. Wir können danach auch gern weitermachen, wenn du Lust hast.«

»Ja, unbedingt.«

Er machte sich daran, zum Haupthaus hinüberzugehen, und ich folgte ihm.

»Warum bist du nicht nach Hause gefahren?«, fragte er.

»Ich wäre gerne.« Ich zuckte mit meinen Schultern und verzog meinen Mund. »Aber ich wollte trainieren. Außerdem habe ich irgendwie das Gefühl, dass ich hierbleiben sollte. Zu Hause zu sein würde mich mit meinem jetzigen Wissen wahrscheinlich nur wahnsinnig machen.«

»Aber dafür ist das Training doch nicht nötig. Du musst keine Angst haben.«

Zweifelnd blickte ich ihn an. »Vielleicht. Aber ich will mich nicht auf jemanden verlassen müssen. Ich will mich selbst beschützen können, was auch immer auf uns zukommt«, erwiderte ich entschlossen und folgte ihm in das Haupthaus hinein.

»Das kann ich verstehen.«

Eine Weile herrschte einvernehmliches Schweigen. Wir gingen einen Flur entlang, den ich noch nicht kannte, und landeten schließlich in einem Raum, der nach einem gemütlichen Esszimmer aussah. Eine Küchenzeile stand an einer Wand und nur eine Theke trennte diese von einem kleinen Tisch.

»Hallo«, begrüßte uns eine grauhaarige Bedienstete, die gerade etwas aus dem Ofen holte.

»Hallo«, antworteten wir im Chor und brachen dann in schallendes Gelächter aus.

Ich setzte mich auf die Bank an der Wand und Henry ließ sich neben mich sinken. In diesem Moment kamen Fernand und Charles herein.

»Oh, meine liebe Tanya. Was machst du denn hier? Ich dachte, alle Kandidatinnen wären nach Hause gefahren.« Fernand umarmte mich zur Begrüßung und lächelte breit.

»Ich wollte ein wenig mehr Zeit für das Training mit Henry haben«, entgegnete ich und umarmte auch Charles.

»Schön, dich hier zu sehen«, sagte dieser und drückte meine Hand, als er sich an meine freie Seite setzte.

»Wie stellt Tanya sich denn so an?«, fragte Fernand neugierig und holte Teller aus dem Schrank, wofür sich die Bedienstete leise bedankte.

Henry lachte. »Sie ist großartig. Ich habe noch nie mit jemandem trainiert, der so schnell lernt. Wenn das so weitergeht, wird sie mich noch fertigmachen.«

»Ich dachte, es geht ums Selbstbewusstsein.« Phillip tauchte im Türrahmen auf und schaute mich nachdenklich an.

»Natürlich geht es darum. Aber wieso sollte man ein Talent nicht fördern? Sie muss doch schließlich ihre schrecklichen Künste am Esstisch irgendwie kompensieren«, scherzte Henry provozierend, woraufhin ich ihm spielerisch auf die Schulter schlug.

»Ich kann doch nichts dafür, dass ich es mir nicht merken kann. Wer benutzt denn auch so viele Gabeln für nur ein Essen?«, wehrte ich ab und lächelte Phillip entschuldigend an, der unsere Scherze nicht sehr witzig zu finden schien. »Ich bin eben nur ein einfaches Mädchen vom Land.«

Besänftigt setzte er sich neben Fernand, während die Bedienstete uns kleine Pizzen und eine Schüssel mit Salat auf den Tisch stellte. Es gab nicht viele Gerichte, die noch genauso hergestellt wurden wie in der Vergangenheit, in der Zeit vor Viterra. Aber Pizza war eines davon.

»Das sieht fantastisch aus. Vielen Dank«, sagte ich lächelnd, woraufhin ihre Wangen sich röteten, sie kurz nickte und dann hinauseilte.

»Jetzt hast du sie nervös gemacht.« Fernand schüttelte lachend seinen Kopf.

»Wie denn das?«

»Ach, sie ist ein wenig schüchtern. Eine tolle Köchin, aber ziemlich zurückhaltend, wenn es um Fremde geht. Außerdem hat sie auf dich gewettet«, erklärte er lächelnd und belud seinen Teller.

Ich zog meine Augenbrauen zusammen und schaute in die Runde. »Gewettet?«

Da begann Charles schallend zu lachen. »Es ist dir noch nicht zu Ohren gekommen, dass die Leute auf die nächste Prinzessin wetten?«

Ich schüttelte heftig meinen Kopf und machte große Augen.

»Ja. Sie machen sich daraus einen Spaß«, erklärte Phillip ernst und sah mich durchdringend an. Er blinzelte nicht einmal. Ich versuchte seinem unergründlichen Blick standzuhalten, doch als Henry sich räusperte, zuckte ich zusammen und schaute schnell auf meinen noch leeren Teller. Langsam befüllte ich ihn mit einer kleinen Pizza und streute etwas Salat darüber.

»Was machst du denn da?«, fragte Charles belustigt und deutete mit seiner Gabel auf meinen Teller.

Ich schaute verwundert auf. »Das ist Salat auf meiner Pizza. Hast du das noch nie gegessen?«

Er schüttelte den Kopf und grinste, als wäre ich völlig verrückt geworden.

Bereitwillig schnitt ich ein Stück meiner Pizza ab, häufte Salat darauf und übergab es ihm.

Charles betrachtete es einen Moment lang skeptisch, bevor er kurzerhand das Stück ergriff und sich in den Mund schob.

»Und?«, fragte ich lachend.

»Schmeckt überhaupt nicht so schlecht, wie ich erwartet hatte«, erwiderte er, als er runtergeschluckt hatte.

Ich nickte zufrieden und schob mir nun auch selbst ein Stück Pizza in den Mund. Noch immer spürte ich Phillips Blick auf mir ruhen und drehte mich zu ihm um. Wie erwartet sah er mich wieder mit diesem nachdenklichen Blick an.

»Würdest du heute mit mir ausgehen?«, fragte er plötzlich.

Ich verschluckte mich vor Schreck, hustete und schluckte schnell die Pizza hinunter. »Heute?«, keuchte ich und hoffte von ganzem Herzen, dass er sich nur einen bösen Scherz mit mir erlaubt hatte.

Phillip nickte völlig ernst. »Ja, heute.«

Enttäuschung und Wut machten sich in mir breit, während meine Lippen sich zu einem dünnen Strich verzogen. »Du fragst mich an einem Tag, wo niemand das mitbekommen könnte? Ist das Absicht oder hast du gerade einfach zufällig Zeit?«

Von Charles kam ein lang gezogenes »Uhhhhh«.

Ich funkelte ihn an. »Das ist nicht witzig! Ich habe keine Lust, die zweite Geige zu spielen. Entschuldige, dass mein Nachname nicht *Eddison* lautet. Aber ich bin lieber eine Salislaw als eine verzickte, eingebildete und ziemlich hochnäsige Nachfahrin, die sich nur für die Krone interessiert. Und jetzt entschuldigt mich bitte. Mir ist der Appetit vergangen«, sagte ich fest, stand auf und ignorierte Phillips gequälten Gesichtsausdruck.

Als ich an ihm vorbeiging, versuchte er, meine Hand zu fassen. Doch ich war schneller – Henrys Training sei Dank – packte stattdessen seine und drehte sie ihm fest auf den Rücken. Er stöhnte leise.

»Fass mich bloß nicht an! Das bringt bei mir überhaupt nichts«, zischte ich ganz nah an seinem Ohr, ließ seine Hand wieder los und ging dann erhobenen Hauptes hinaus, ohne noch einen Blick zurückzuwerfen.

Als ich das Haupthaus hinter mir ließ, begann ich vor lauter Fassungslosigkeit zu schluchzen. Erst leise, doch dann immer lauter.

So schnell mich meine Füße trugen, entfernte ich mich vom Palast. Inzwischen blind vor Tränen erreichte ich den Waldrand und preschte weiter, alle Wege ignorierend.

Was bildete sich Phillip eigentlich ein? Wie kam er dazu, mich zu fragen, wenn niemand es sehen konnte? Natürlich: Er dachte, so wäre die Sache erledigt und ich beruhigt. Als ob ich auf diesen Trick reinfallen würde. Wenn er mir nicht glaubte, dass ich niemandem von meinen Entdeckungen erzählen würde, nur weil er sich nicht mit mir abgab, dann war das sein Problem. Ich hatte ihm mein Wort gegeben. Punkt. Dafür musste er mich nicht extra einladen.

Ich rannte, rannte kopflos immer weiter, bis ich schließlich an einer Mauer landete. Ich stoppte abrupt und starrte hinauf. Auf den Zinnen harrten in regelmäßigem Abstand Wächter aus. Allesamt trugen sie Waffen. Hastig wischte ich mir die Tränen aus dem Gesicht und starrte sie an.

Natürlich bemerkten sie mich sofort und riefen sich gegenseitig etwas zu. Kaum, dass ich reagieren konnte, stand der General der Wächter vor mir, der beim Frühstück die Ansprache gehalten hatte.

»Hallo, General Wilhelm«, begrüßte ich ihn.

»Hallo, Miss Tatyana. Warum sind Sie denn nicht abgereist?«, fragte er höflich und verbeugte sich vor mir. Gleichzeitig ignorierte er meinen völlig verschwitzten Aufzug, wofür ich ihm sehr dankbar war.

»Ich wohne fast am anderen Ende von Viterra, dann säße ich mehr in der Kutsche als bei meiner Familie«, erklärte ich schwer atmend und wunderte mich gleichzeitig, dass er meinen Namen kannte. Mein Blick glitt an ihm vorbei zu seinen neugierigen Wachen. »Warum tragen die Wächter Waffen?«, fragte ich geradeheraus.

Er runzelte seine Stirn und folgte meinem Blick. »Zu Ihrer Sicherheit natürlich.«

Ich nickte langsam, weil ich verstand, was er meinte. Jede andere Kandidatin hätte jetzt garantiert gesagt, dass wir doch in Frieden lebten, aber ich wusste es besser. Zumindest ansatzweise.

»Ich sollte wahrscheinlich wieder gehen«, erklärte ich schüchtern und wollte mich gerade schon umdrehen, als er lachend seinen Kopf schüttelte.

»Wissen Sie, ich habe auf Sie gewettet. Hätten Sie nicht vielleicht Lust, mir einen Gefallen zu tun?«, fragte er freundlich, woraufhin ich ihn irritiert ansah.

»Ich würde mich sehr über ein Foto mit Ihnen freuen.«

»So?« Verlegen und ein wenig überrumpelt zeigte ich auf die Grasflecken an meinen Knien.

Er lachte. »So sieht man auch mal die zukünftige Prinzessin in Trainingskleidung.«

Ich dachte einen Moment lang über mögliche Folgen nach, doch entschied dann, dass Trainingssachen für eine Kandidatin sicher keine ungebührliche Kleiderwahl waren. »Gerne.«

»Sehr schön. Wenn Sie mitkommen würden.« Er hielt mir galant seinen Arm entgegen. Ich hakte mich bei ihm unter und folgte ihm zu der Mauer, wo wir durch einen versteckten Eingang traten und einige Treppenstufen erklommen.

Als wir die nächste Tür passierten, fand ich mich plötzlich neben zwei weiteren Wächtern auf der Mauer wieder und hatte einen atemberaubenden Ausblick auf den Palast und das Königreich.

»Ein schöner Platz zum Arbeiten oder was meinen Sie, Miss Tatyana?«, fragte General Wilhelm stolz und ich nickte überwältigt.

Er sagte etwas zu einem seiner Wächter, der daraufhin verschwand und kurz darauf mit einer Kamera in seiner Hand zurückkam.

»Wenn ich bitten darf?«

Sofort nickte ich und stellte mich neben den General. Insgeheim hoffte ich, dass ich nicht allzu verschwitzt aussah, doch daran war jetzt nichts mehr zu ändern. Der Wächter, der die Kamera geholt hatte, drückte den Auslöser und es blitzte einmal kurz auf.

»Dürften wir eventuell auch ein Foto mit Ihnen machen, Miss Tatyana?«, fragte der Wächter dann schüchtern und blickte unsicher zwischen mir und dem General hin und her.

»Natürlich«, antwortete ich geschmeichelt und kurz darauf standen mehrere Wächter um mich herum, mit denen ich gemeinsam um die Wette strahlte.

»Wir danken Ihnen vielmals«, erklärte General Wilhelm, als das Fotoshooting beendet war, und lächelte mich freundlich an.

Ich lächelte zurück und wollte gerade schon gehen, als mir etwas einfiel. »Ach, eine Bitte hätte ich: Könnten Sie das hier für sich behalten? Einige böse Zungen würden nämlich nur zu gerne behaupten, dass ich mich in den Vordergrund dränge, was durchaus nicht der Fall ist.«

»Natürlich. Es ist mir eine Ehre.«

»Danke. Ich wünsche Ihnen allen noch einen schönen Tag.«

Mit diesen Worten ging ich wieder zurück nach unten. Ein kleines Lächeln umspielte meine Lippen.

* * *

Als ich die Mauer hinter mir ließ, begann ich wieder zu joggen, immer noch bemüht, diese seltsame Begegnung zu begreifen. Über mir flogen einige Vögel hinweg, erinnerten mich an meinen Traum, der mich mittlerweile viel zu regelmäßig heimsuchte. Ich erschauerte, machte dabei ein seltsames Geräusch und blickte mich schnell um, ob mich jemand hörte. Doch ich war ganz allein. Hier so mitten im Wald konnte ich nicht mehr erkennen, wie weit der Palast noch entfernt war.

Plötzliche Angst machte sich in mir breit. Ich atmete zitternd ein, doch schaffte es nicht, mich zu beruhigen. Was war nur plötzlich los mit mir?

Panisch drehte ich mich zu allen Seiten um, wartete auf einen Funken, der alles entzünden würde. Doch nichts passierte, dafür rannte ich nun noch schneller. Ich fegte nahezu über den blättrigen Waldboden hinweg, spürte die Anstrengung in meinen Waden.

Nervös begann ich zu summen, darauf bedacht, dieses Gefühl in meinem Magen zu verscheuchen, doch es wollte einfach nicht abklingen. Als ich schließlich die Waldhütte von Weitem sah, klang die Nervosität ab. Ich atmete tief durch und steigerte noch einmal meine Geschwindigkeit.

Meine Lungen brannten wie Feuer, als ich endlich den Rand des Waldes erreichte. Hinter den Schatten der Baumkronen ließ ich mich auf den Boden sinken und starrte gen Himmel, die Kuppel so gut es ging ignorierend. In der Nacht würden dort oben wieder die Sterne leuchten.

Ich atmete heftig ein und aus und lockerte meine Arme und Beine. Lange lag ich einfach nur da und beobachtete das tiefe Blau hinter der Kuppel, das weiße, bauschige Wolken zierte. Irgendwann schloss ich die Augen und genoss die warmen Sonnenstrahlen auf meinem Gesicht.

»Ach, hier bist du. Ich habe dich schon überall gesucht.« Henrys Stimme wehte von weiter weg zu mir herüber, riss mich aus meiner Entspannung und einem leichten Dämmerzustand, der gerade einsetzen wollte.

Ich ließ meine Augen geschlossen, blieb regungslos liegen und fragte mich gleichzeitig, wie lange ich im Rasen gedöst hatte. Auf einmal spürte ich, wie sich ein Schatten über mich legte. Ich blinzelte vorsichtig und sah zu Henry hoch, der sich vor mir aufbaute.

»Was machst du hier?« Er setzte sich neben mich ins Gras und ließ sich dann ebenfalls neben mir nieder.

Meine Augen folgten ihm. »Ich liege hier so herum. Und du?«

Er begann verschmitzt zu grinsen. »Ich liege hier auch herum.«

Da streckte ich ihm meine Zunge raus und presste dann meine Lippen aufeinander, bevor ich mich wieder dem Himmel zuwandte. »Ich habe vorhin General Wilhelm getroffen. Er wollte ein Foto mit mir schießen und die anderen Wächter haben sich dann auch noch angeschlossen. Es war schon ein wenig seltsam.«

Doch zu meiner Überraschung lachte Henry nur. »Ja, er findet dich toll.«

»Aber warum?« Meine Augenbrauen zogen sich verwundert zusammen, was nicht nur an der Wolke über mir lag, die aussah wie ein kleines Kaninchen.

»Weil er dich mag. Er ist der Onkel von einem von uns. Er weiß so einiges über dich und ist ziemlich beeindruckt«, erklärte er, als wäre es das Normalste auf der ganzen Welt.

Ich stemmte mich hoch und blickte ihn entgeistert an.

»Er ist der Onkel von einem von euch? Von wem?« Ich sah wohl ziemlich verwirrt aus, denn er begann so laut zu lachen, dass sogar ich grinsen musste.

»Als ob ich dir das sagen würde. Ich habe sowieso schon zu viel verraten.« Er zeigte seine weißen Zähne, bevor er mich wieder ernst ansah. »Phillip meinte es vorhin nicht so.«

Ich ließ mich wieder nach hinten sinken und betrachtete den weiten Himmel. »Erzähl das jemandem, der so naiv ist, dir zu glauben.«

»Es ist nicht so, als würde er das nur tun, weil die anderen nicht da sind. Du solltest nicht immer nur das Negative an ihm suchen.«

»Darum geht es nicht.«

»Doch, genau das ist es, worum es geht. Er wollte dich nicht verletzen. Er wollte einfach nur eine Verabredung mit dir. Und dass es an einem Tag ist, an dem euch niemand zusammen sieht, hat nichts zu bedeuten«, versuchte er mir zu erklären, doch ich glaubte ihm kein Wort.

Ich drehte mich zu ihm und nahm seine Hand. »Sei ein Freund und lüg mich nicht an. Ich weiß, dass er Charlotte will. Er macht daraus nicht unbedingt ein Geheimnis. Ich kann mich nicht taub stellen und so tun, als wäre das in Ordnung für mich.«

Henry drückte meine Hand und schenkte mir Wärme. »Aber seine Gefühle für dich sind echt.«

Ich lächelte angesichts seiner fürsorglichen Art. »Aber sind es genug Gefühle, damit ich mir nicht immer wie eine Notlösung für ihn vorkommen muss?«

Sein Mund verzog sich. »Ich weiß es nicht.«

»Ist das jetzt euer Ernst?«, platzte eine aufgebrachte Stimme dazwischen. Erschrocken sprangen wir auf und standen Phillip gegenüber, dessen Ader am Hals bedrohlich pochte.

Ich runzelte die Stirn. »Was soll unser Ernst sein?«

Phillips Nasenflügel bebten, während er unsere ineinander

verschränkten Hände anstarrte. »Ihr haltet eure Hände und liegt dabei auf dem Rasen. Muss doch schrecklich romantisch sein. Entschuldigt, dass ich euch störe.«

»Phillip ...«, begann Henry und ging auf ihn zu, doch dieser sah ihn mit so einem beängstigenden Gesichtsausdruck an, dass Henry stehen blieb.

Phillip drehte sich nach einem letzten vernichtenden Blick um und ging mit großen Schritten zurück zum Palast.

Hilfesuchend wandte ich mich an Henry, der gerade tief einatmete und seinen Kopf schüttelte.

»Warum tut er das nur immer?«

Henry legte seinen Kopf in den Nacken. »Das weißt du doch inzwischen. Er ist eifersüchtig.«

»Hm«, machte ich nur verwirrt und rieb meinen Ellenbogen.

»Ja, er ist eifersüchtig«, fuhr Henry mit seiner Erklärung fort. »Um ehrlich zu sein, wusste ich schon länger, dass er uns beobachtet«, gab er dann grinsend zu, woraufhin ich ihn nur noch verständnisloser ansah.

»Das ist nicht sehr nett von mir, ich weiß. Aber ich mache das nur zu eurem Besten. Ich weiß, wie sehr er dich mag, doch gleichzeitig versucht, es dir nicht zu zeigen. Das macht uns alle wahnsinnig. Vor allem, weil er sich seit eurem ersten Zusammentreffen wie ein Idiot aufführt. So etwas habt ihr beide einfach nicht verdient.« Seine Worte klangen ehrlich, viel aufrichtiger, als ich es ertragen konnte. Ein wahrer Freund. Nur jemand wie er würde das übers Herz bringen. Doch bedeutete das am Ende, dass Henry mich nur als eine Freundin sah? Wieso dann dieser Kuss? War dieser allein dazu gedacht gewesen, Phillip eifersüchtig zu machen?

»Vielleicht sollte ich jetzt duschen gehen. Das Abendessen wird sicher gleich aufgetischt.« Ich nahm seine beiden Hände, während ich ihn eindringlich ansah. »Henry, du bist der beste Freund, den man sich wünschen kann. Und das sage ich nicht nur aus Phillips Sicht.«

»Das ist nett von dir. Aber du bist auch eine gute Freundin. Und weil wir beide so gut sind, würde ich dich sehr gerne um etwas bitten: Geh mit ihm –«

»Ich kann nicht mit ihm ausgehen«, fiel ich Henry sogleich ins Wort. »Es ist so viel zwischen uns passiert. Ich kann mich nicht schon wieder einer Vorstellung hingeben, die niemals eintreffen wird.«

Henry sah mich abwägend an und legte seinen Kopf schief. »Tu es für mich. Gib mir den Seelenfrieden zu wissen, dass ich als guter Freund alles in meiner Macht Stehende getan habe, um ihn zur Vernunft zu bringen.«

Ich stöhnte und schüttelte den Kopf. »Henry, ich weiß nicht, ob ich das kann.«

»Gib ihm eine Chance. Er hat sie wirklich verdient und ist nicht so ein schlechter Mensch, wie du vielleicht glauben magst.«

Mein Blick klebte an meinen Fingern, die ich nun ineinanderhakte, als müsste ich mich an etwas festhalten. »Das ist alles nicht so einfach ...«

Henry löste meine Finger sanft voneinander und nahm meine Hände fest in seine. »Doch, das ist es. Du musst dem allen hier nur eine Chance geben ... nur eine.«

Ich sah ihn an und konnte mir bei seinem hoffnungsvollen Gesicht ein Lachen nicht verkneifen. Doch schnell wurde ich wieder ernst. »Er wird mir wehtun«, flüsterte ich leise und spürte, wie meine Stimme zitterte.

»Er will es aber nicht«, entgegnete Henry ernst und für einen kurzen Moment glaubte ich zu spüren, dass er traurig war. Weswegen, konnte ich nicht sagen.

Doch er hatte sich sofort wieder unter Kontrolle und setzte sein charmantes Lächeln auf. »Komm, gib dir einen Ruck. Das wird sicher nicht so schlimm, wie du es dir jetzt ausmalst.«

»Na gut. Aber nur für deinen Seelenfrieden«, antwortete ich kopfschüttelnd und machte mich auf den Weg zu meinem Turm.

13. KAPITEL
WENN TRÄUME TANZEN LERNEN

Um Punkt acht Uhr klopfte es an meiner Tür. Ich atmete tief durch und schaute vorsichtshalber noch einmal in den Spiegel. Meine Haare flossen in weichen Wellen, für die ich wirklich sehr lange gebraucht hatte. Ich trug das kleine Diadem, das ich bei der Auswahl zur Kandidatin erhalten hatte, dazu dezenten Schmuck – Geschenke meiner Schwester.

Aufgeregt strich ich über mein weißes Kleid, das unerhört eng anlag und nur bis zu meinen Knien ging, aber einfach wunderschön aussah. Als ich es im Schrank entdeckt hatte, wusste ich sofort, dass es das Richtige für den heutigen Abend war. Erica hatte zwar angeboten, mir zu helfen, doch ich hatte sie wieder weggeschickt, weil ich mir sicher war, dass sie solch einen Aufzug nicht gutheißen würde. Egal, wie tolerant und nett sie war: Sie musste immer noch dafür sorgen, dass ihre Schützlinge angemessen gekleidet waren.

Ich blickte an mir herunter und lächelte. Niemals wieder würde ich bis nach meiner Hochzeit ein so kurzes Kleid tragen können. Doch heute würde es niemand sehen.

Ich schloss kurz meine Augen, ging dann hinüber zur Tür und öffnete sie langsam.

»Hallo«, hauchte ich leise, als ich Phillip vor mir stehen sah.

Er starrte mich jedoch nur mit großen Augen an, wobei sein

Blick unverschämt lange an meinen Beinen hängen blieb. Doch ich nahm es ihm nicht übel, weil ich insgeheim dankbar dafür war, dass ihm so die Hitze auf meinen Wangen entging.

»Hallo«, antwortete er schließlich heiser und kam die Stufen zu mir hoch. Er legte seine Hände an meine Wangen und gab mir einen kurzen Kuss, der meine Knie zum Zittern brachte.

Darauf hakte ich mich bei ihm unter und ließ mich von ihm zum Haupthaus führen.

»Du bist wunderschön«, flüsterte er sanft.

Ich lächelte errötend. »Du siehst in diesem Anzug auch sehr gut aus.« Er trug einen schwarzen Anzug und ein weißes Hemd. Nur für mich.

Ich erwartete schon, dass wir das Haupthaus betraten, doch er bog vorher ab.

»Wo wollen wir denn hin?«

Sein Gesicht zierte ein verschlagenes Lächeln. »Ich dachte mir, für unsere erste offizielle Verabredung führe ich dich wie eine Dame durch den offiziellen Eingang des Palastes.«

»Ist das eine Ehre oder bin ich eine von vielen?«, neckte ich ihn absichtlich und spürte doch, wie Eifersucht begann sich durch meinen Magen zu ziehen.

Sein stolzes Lächeln ließ mich dahinschmelzen und verjagte all meine Bedenken. »Das ist eindeutig eine Ehre.«

Freude ließ mein Herz höherschlagen. »Das ist schön.«

»Nein, du bist es«, entgegnete er rau. Dann führte er mich um das Haupthaus herum, vorbei an aufwendig geschnittenen Bäumen, direkt auf das imposante Portal zu. Dicke weiße Säulen umrahmten beide Seiten des doppeltürigen Eingangs. Fein säuberlich geputzte Stufen führten dort hinauf. Ich fühlte mich wie eine Prinzessin, als wir sie erklommen und uns wie automatisch von einem Bediensteten die Tür geöffnet wurde. Wenn Phillip nicht meinen Arm gehalten hätte, wäre ich sicherlich vor Überraschung stehen geblieben. Aber so führte er mich weiter auf die große geschwungene Treppe im Entree zu, über der ein imposanter goldener Kronleuchter hing. Von hier aus gelangte man zu verschiedenen Sälen und Räumen, doch wir stiegen die Stufen hinauf und durchquerten hohe Flure.

Obwohl mich die Bilder und Statuen, welche den Weg säumten, wirklich interessierten, konnte ich nicht anders, als Phillip immer wieder verstohlen anzusehen. Das Lächeln, das seine Lippen umspielte, war so schön. Und es galt ganz allein mir. Nie hätte ich mir träumen lassen, so zu empfinden, doch das, was ich jetzt fühlte, war so viel mehr, als ich beschreiben konnte. All meine Ängste, die emporzukriechen drohten, verbannte ich in die hinterste Ecke meines Bewusstseins. Obwohl ich wusste, wie naiv es von mir war, wollte ich diese Verabredung genießen. Einen Abend lang nur wir zwei.

Phillip sah zu mir herunter und ich lächelte noch breiter. Als er wieder nach vorne sah, zwang ich mich durchzuatmen und mir das Hochgefühl in meinem Bauch nicht zu Kopf steigen zu lassen.

Schließlich hielten wir vor einer dunkelbraunen Tür. Phillip löste meinen Arm aus seinem und ergriff meine Hand. Er hielt sie fest und suchte meinen Blick. Mit der anderen Hand drückte er die Klinke herunter und schob mich in den Raum hinein.

Meine Augen wurden ganz groß. Wir standen auf der Empore der Bibliothek. Ein runder Tisch war mitten darauf platziert. Eine Kerze spendete von dort aus warm-weiches Licht und auch sonst war der gesamte Raum von Kerzen erhellt, die in kleinen Gläsern standen.

Phillip führte mich zu dem Tisch und schob den Stuhl zurück, damit ich mich setzen konnte. Gerade als er Platz nahm, kam jemand von der Seite. Als ich hochsah, erkannte ich Charles, der ein Tablett trug und uns anscheinend bedienen sollte. Er zwinkerte mir zu und brachte mich damit zum Kichern. Gekonnt stellte er vor uns eine Lasagne ab, die einfach nur köstlich roch.

»Danke.« Ich flüsterte, um diesen Traum nicht platzen zu lassen.

Ruhige Klaviermusik setzte ein. Als ich dem Klang folgte, erkannte ich Fernand am Flügel, der eine Etage tiefer aufgestellt war. Mein Mund öffnete sich stumm vor Überraschung.

»Das ist nur für dich«, hauchte Phillip und griff über den Tisch hinweg meine Hand.

»Es ist einfach großartig.« Meine Stimme versagte vor lauter Überwältigung. Ich genoss das sanfte Streicheln seiner Finger über meinen Handrücken, während sich ein warmes Gefühl in meiner Brust ausbreitete.

Wir aßen langsam und ich konnte nicht anders, als ihn ständig anzusehen. Seine braunen Augen schimmerten beinahe golden in dem Licht der Kerze, während seine Haare rötlich leuchteten. Immer wenn er meinen Blick bemerkte, lächelte er. Es war einfach traumhaft.

Mein Herz pochte laut und mit jedem Bissen wurde ich nervöser. Zwar fühlte ich mich wohl in seiner Nähe, doch die Angst, dass es zu schnell vorbei sein würde, begleitete mich die ganze Zeit. Ich wollte noch nicht, dass es endete. Ich wollte noch nicht mit meinen Bedenken konfrontiert werden und zweifeln müssen. Das, was ich mir wünschte, war so viel mehr als nur ein viel zu kurzer Abend.

»Wie fühlst du dich?«, fragte Phillip plötzlich und legte seine Gabel zur Seite.

Ich schaute hinunter auf meinen Teller, der noch halb voll war. Vor Aufregung bekam ich einfach nichts herunter. Langsam biss ich mir auf meine Unterlippe, bemaß meine Worte so sorgfältig wie möglich.

»Ich habe Angst«, antwortete ich schließlich ehrlich und sah zu ihm auf.

Seine Brauen zogen sich zusammen, während ein sorgenvoller Glanz seine Augen umspielte. »Warum? Wegen dem, was gestern passiert ist?«

Langsam schüttelte ich den Kopf. »Nein, davor seltsamerweise eher weniger. Aber lass uns damit nicht den Abend verderben.«

Phillip schien meine Antwort nicht zufriedenzustellen, er schaute mich noch einen Moment lang an, aber nickte dann. Entschlossen stand er auf und stellte sich neben mich. »Darf ich dich um einen Tanz bitten?«

Ich legte meine Hand in seine, die er mir entgegenhielt, und erhob mich ebenfalls. »Sehr gern.«

Damit führte er mich auf die Mitte der Empore. Die Musik, die bisher nur leise erklungen war, wurde nun lauter und intensiver. Eine Gänsehaut bildete sich auf meinen Armen, die mich frösteln ließ. Bedächtig legte ich eine Hand auf Phillips Schulter, er führte seine zu meiner Hüfte und zog mich näher an sich. Mein Herz drohte bei dieser seltenen Nähe zu explodieren. Langsam begannen wir uns zu bewegen und tanzten ganz dicht aneinandergeschmiegt, näher, als es eigentlich schicklich war.

»Darf ich erfahren, wovor du Angst hast?«, fragte er auf einmal und legte seinen Kopf schief.

Ich schluckte. »Ich habe Angst davor, dass der Abend endet und es dann vorbei ist.«

Etwas in seinen Augen veränderte sich. »Wieso?«

Bei meiner Antwort wandte ich meine Augen von ihm ab und blickte zu den golden angestrahlten Büchern hinter ihm. Genau dort lag irgendwo Shakespeares *Romeo und Julia*. »Weil es doch immer so ist.«

Seine Finger legten sich an meine Wange und zwangen mich, ihn anzusehen. »Tanya, du weißt, was ich empfinde.«

»Nein, eben nicht. Ich weiß überhaupt nichts und stehe trotzdem hier und hoffe nur darauf, dass dieser Abend für immer sein möge.«

Er lächelte, doch versuchte es zu kaschieren, indem er seine Lippen aufeinanderpresste. »Jedes Mal, wenn ich dich sehe, dann schlägt mein Herz höher.« Er schob meine Haare in den Nacken, ließ mich erzittern. »Die Art, wie du die Menschen berührst, berührt auch mich immer wieder.« Seine Finger glitten über mein Schulterblatt, ließen mich kaum noch atmen. »Du bist so voller Überraschungen und ich möchte alles an dir kennenlernen.« Seine Hand fuhr über meinen Arm, zog meine Finger zu sich. Er küsste sie sanft.

»Ich bin hoffnungslos in dich verliebt«, offenbarte er plötzlich und betrachtete mich eindringlich.

Ich atmete laut aus, es klang wahrscheinlich genauso überwältigt, wie ich mich fühlte. »Wirklich?« Meine Stimme war höher als sonst.

»Ja. Wirklich. Und ich bin schrecklich eifersüchtig, wenn

Henry dir so nahe kommt.« Zerknirscht schaute er kurz an mir vorbei, bevor er weiterredete. »Aber ich kenne seine Intentionen. Und ich weiß, dass er es absichtlich tut. Natürlich funktioniert es. Es macht mich wahnsinnig, wenn ich mir vorstelle, du könntest dich für ihn entscheiden.«

Seine Worte waren wie eine süße Salbe für mein geschundenes Herz. Die schönste Offenbarung, die ich jemals gehört hatte.

»Dann gib ihm doch nicht den Raum, um diese Angst zu schüren.« Ich legte meine Hand auf seine Wange, woraufhin seine beiden Hände nun an meiner Hüfte lagen. Sanft strich ich über seinen starken Kiefer und kitzelte sein Ohrläppchen.

»Darf ich dich etwas fragen?«, bat er.

Ich nickte und stoppte meine Finger, die seinen Hals hinabfuhren. Meine Augen wanderten von dort über seine Lippen zu seinen Augen. Ich lächelte, trunken vor Glück.

»Warum trainierst du so hart?« Obwohl auch er lächelte, spürte ich, wie wichtig ihm die Antwort war.

»Weil es mich stärker macht. Es gibt mir Mut, mich selbst verteidigen zu können, wenn ich das nächste Mal alleine sein sollte und ich niemanden habe, der es für mich tun könnte«, erwiderte ich ernst und vergrub meine Finger in seinen Haaren.

»Warum denkst du, dass es wieder passiert?«, fragte er stirnrunzelnd und atmete nervös ein. Ihm gefiel die Wendung unseres Gesprächs nicht, das spürte ich.

Ich zuckte mit meinen Schultern und schmiegte mich näher an ihn. »Ich erhalte keine Antworten und sollte wahrscheinlich auch keine Fragen stellen. Da darf man doch Angst haben.«

Jetzt legte Phillip seine Arme um mich und drückte mich zu

fest an sich. »Ich werde dich immer beschützen«, erklärte er nachdrücklich und küsste meinen Scheitel.

Ich schaute zu ihm hoch. Seine Augen waren so entschlossen, dass ich ihm für einen Moment wirklich glaubte. Aber gleichzeitig spürte ich tief in mir, dass es für ein Wir keine Chance gab. *Ich* hatte keine Chance.

»Ich mag dich wirklich gern«, flüsterte ich trotz aller Bedenken und stellte mich auf meine Zehenspitzen, bog mich ihm entgegen.

Sein ernstes Gesicht wich einem warmen Strahlen. »Und ich mag dich auch wirklich gern«, hauchte er und küsste mich. Erst nur zaghaft, doch dann immer intensiver.

Hitze durchflutete meinen Körper, ließ mich beben und gleichzeitig zittern. Seine Hände drückten sich in meinen Nacken, in meinen Rücken, streichelten mich und machten mich wahnsinnig. Gleichzeitig schmiegte ich mich noch näher an ihn heran. Seine warmen Lippen liebkosten meine, raubten mir den Verstand.

Ich wusste nicht, wie, doch auf einmal passierte in meinem Körper etwas nie zuvor Gekanntes. Alles kribbelte so intensiv, dass ich daran zu ersticken glaubte. Mein Kleid war mir auf einmal zu viel und auch seine Kleidung schien mir zu viel. Langsam begann ich den obersten Knopf seines Hemdes zu öffnen. Bei dem dritten Knopf löste Phillip sich schwer atmend von mir. Seine Haare waren zerzaust und auf seinen Lippen lag ein verschmitztes Grinsen. »Ich denke, wir sollten nun hinausgehen, um uns ein wenig abzukühlen.«

Seine Hand umklammerte meine, während er mich über die Treppe der Empore nach unten führte. Im Vorbeigehen winkte ich Fernand zu und folgte Phillip hinaus durch das Haupthaus. Draußen wurde er langsamer, drehte sich zu mir um und begann mich erneut zu küssen.

Es war, als würde ich auf Wolken schweben. Wir küssten uns im Gehen, glückstrunken stolperte ich, woraufhin er stoppte und mich kurzerhand auf seine starken Arme hob. Ich schmiegte mich eng an ihn und küsste ihn einfach weiter.

Auf einmal hielt er an und ließ mich zu Boden sinken. Ich sah mich um. Wir standen vor meinem Turm. Rückwärts erklomm ich die Stufen, lehnte mit dem Rücken an der Tür und ließ ihn keine Sekunde aus den Augen. »Willst du noch mit reinkommen?«

Das verschmitzte Lächeln um seine erhitzten Wangen wurde breiter, doch er schüttelte seinen Kopf, bedauernd, wie es schien. »Nein, besser nicht. Doch ich erwarte dich in zehn Minuten wieder hier, dann geht unser Abend weiter. Obwohl es all meinen Wünschen widerspricht, solltest du dieses überaus schöne Kleid gegen etwas Bequemeres eintauschen.«

Er schenkte mir noch einmal ein strahlendes Lächeln, drehte sich dann um und ging davon. Noch eine Weile sah ich ihm hinterher, dann drehte ich mich um, schloss die Tür auf und betrat den Turm.

* * *

Leise vor mich hin summend schlüpfte ich aus meinem Kleid, hängte es fein säuberlich wieder in den Schrank und zog mir eine Hose und einen Pullover an. Dann setzte ich mich an den Schminktisch. Meine Wangen waren rot, meine Lippen leicht geschwollen und meine Augen strahlten so blau wie noch nie. Zumindest bildete ich mir das ein.

Glück machte einfach schön.

Ich vergaß alles, was bisher gewesen war und noch folgen würde. Dieser Tag würde eine Erinnerung für mich sein. Etwas Wunderschönes, das blieb, wenn ich wieder zu Hause war.

Unwillkürlich blickte ich auf den Anhänger, den Katja und Markus mir geschenkt hatten. Das Gold glitzerte leicht. Sanft strich ich über die Inschrift.

Da klopfte es an der Tür und mein Magen vollführte einen aufgeregten Hüpfer. Schnell sprang ich auf, um zu öffnen. Phillip stand vor mir und trug nun auch bequemere Sachen. Ich sprang ihm förmlich entgegen. Er fing mich lachend auf und meine Oberschenkel umklammerten seine Mitte.

Phillip drückte mich fest an sich, während seine Lippen die meinen fanden. Eine kleine Ewigkeit verharrten wir in der Position, dann irgendwann lösten wir uns kurz voneinander. Phillips Haare waren noch zerzauster als vorher. Und sein Lächeln ließ mich kichern.

»Was machen wir jetzt?«, fragte ich erhitzt, aufgeregt und zugleich völlig überwältigt von meinen Gefühlen, die so viel intensiver schienen als jemals zuvor.

»Ich dachte, wir gehen dorthin, wo all das zwischen uns begann«, erklärte er lächelnd und setzte mich wieder ab, gleichwohl ich spürte, wie sehr es ihm widerstrebte.

»Das hört sich schön an.« Ich legte meine Hand in seine und eng umschlungen gingen wir in den Wald.

* * *

»Kannst du mir einen Tipp für die morgige Aufgabe geben?«, fragte ich und kuschelte mich an ihn, als wir auf dem Balkon der Hütte lagen und zu den Sternen hochsahen.

»Auf gar keinen Fall.«

»Ach, komm schon. Nur einen winzig kleinen Tipp«, flehte ich gespielt und drehte mich zu ihm.

Er schüttelte entschlossen seinen Kopf.

»Bitte«, flüsterte ich, kniete mich über ihn und begann langsam seinen Hals zu küssen.

»Wieso habe ich das Gefühl, dass es dir überhaupt nicht um die Aufgabe geht?«, stöhnte er.

Ich biss mir kurz auf meine Unterlippe. »Erwischt. Ich wollte nur einen Grund haben, um das hier machen zu dürfen«, gestand ich leise und sog den Duft seiner Haut ein.

Er lachte laut, als ich mich wieder neben ihn legte. »Es ist wirklich schön hier.«

Ich nickte an seiner Schulter. »Ja, das ist es.«

Wir blickten in den funkelnden Himmel, lachten und diskutierten über alles, was uns gerade einfiel. Es war eine Nacht, die ich jede Sekunde lang genoss und als kostbares Andenken tief in meinem Herzen verwahrte. Zwischendurch versuchte mich mein Kopf immer wieder daran zu erinnern, dass das hier alles keine gute Idee war. Doch der Vernunft gab ich in dieser Nacht keine Chance.

Es dauerte Stunden, bis wir uns zum Gehen durchringen konnten. Hand in Hand spazierten wir zurück zum Turm, begleitet von den Rufen einer Eule, die irgendwo über uns in den Wipfeln eines Baumes saß. Vor der Tür blieben wir stehen und sahen uns tief in die Augen.

»Ich bin so verrückt nach dir«, hauchte er leise und küsste meine Stirn.

Mein Herz hüpfte freudig auf. »Dann muss ich wohl besser gehen, damit du nicht völlig wahnsinnig wirst«, antwortete ich kichernd und ließ mich von ihm umarmen.

»Schlaf schön.« Voller Wehmut in seinen Augen küsste er mich ein letztes Mal, bevor ich in den Turm ging und mich trunken vor Glück in mein Bett legte.

Ein Lächeln umspielte meine Lippen, als ich irgendwann einschlief.

14. KAPITEL

IRONIE ODER DER VERZWEIFELTE VERSUCH, SEINE ENTTÄUSCHUNG ZU VERBERGEN

Beim Frühstück am nächsten Morgen lächelten Phillip und ich uns liebevoll zu, was den anderen jungen Männern ein breites Grinsen entlockte. Es war ein schöner Tag. Ich spürte, wie ich sogar beim anstrengenden Training mit Henry durchgehend weiterstrahlte.

Es war einfach angenehm, mit ihm Zeit zu verbringen, vor allem, weil ich das Gefühl hatte, dass sich zwischen uns eine wahre Freundschaft entwickelte.

Phillip, Fernand und Charles mussten noch etwas erledigen, bevor die anderen Kandidatinnen in wenigen Stunden zurückkamen und danach schon die Erfüllung der nächsten Aufgabe bevorstand.

Erst arbeiteten Henry und ich weiter an unseren Bewegungsübungen, bevor wir uns an die Nahkampftechniken begaben. Er half mir, meine Technik zu verbessern, präziser zu sein, auch wenn es oftmals noch schwerfiel. Durch meine geringe Größe und wenige Kraft musste ich viel mit Schnelligkeit ausgleichen. Aber je weiter wir kamen, umso mehr merkte ich, wie viel Spaß mir das Training machte. Nie hätte ich gedacht, dass mir so etwas ernsthaft Freude bereiten könnte. Immerhin war ich eine junge Dame, für die derlei Interessen eher ungewöhnlich waren.

Wir trainierten mitten im Wald, geschützt vor neugierigen Blicken. Hin und wieder kamen jedoch einige Wächter vorbei und taten so, als wären sie auf Patrouille. Dafür hielten sie sich aber immer ein wenig zu lange in unserer Nähe auf und beobachteten uns verstohlen. Doch das störte mich nicht. Nichts störte mich in diesem Moment. Obwohl ich es nicht zu hoffen wagte, wisperte eine kleine Stimme in meinem Inneren, dass vielleicht doch noch alles gut werden könnte. Vielleicht hätte ich endlich den Mut, mit Phillip über meine Ängste zu sprechen, ohne zu befürchten, dass er mich abwies.

Sogar, wenn Henry mich über seinen Rücken warf oder mich anderweitig zu Fall brachte, lachte ich ausgelassen. Jedes einzelne Mal – was Henry mit grinsendem Kopfschütteln quittierte.

Nach dem Training gingen Henry und ich noch eine Runde spazieren.

»Bist du schon aufgeregt wegen heute Abend?«, fragte er mich, während wir unter den Bäumen durchschritten.

Ich schüttelte meinen Kopf. »Eigentlich nicht. Ich bin eher gespannt, was die Aufgabe genau beinhaltet. Was für ein Schloss wir finden und warum wir uns nicht beirren lassen sollen.«

»Ich finde, dass die Bewältigung der Aufgaben viel über die einzelnen Charaktere der Kandidatinnen aussagen.«

Ich drehte mich zu Henry und betrachtete ihn. »Und was sagt es bisher über mich aus?«

Er lachte und steckte seine Hände in die Taschen seiner Trainingshose. »Du bist nicht so anfällig für Stress, triffst keine unüberlegten Entscheidungen. Irgendwie schaffst du es immer, dass die Menschen dich noch mehr mögen als zuvor. Das ist wirklich beeindruckend.«

»Du Schmeichler. Dabei tue ich das wirklich nicht absichtlich. Die Krone ist mir egal. Es geht mir um meinen Spaß und nicht darum, besonders beliebt zu sein.« Betont gleichmütig winkte ich ab, insgeheim freute ich mich dennoch sehr über dieses Kompliment.

»Ich glaube, genau das spüren die Menschen. Sie sehen es, wenn man die falschen Absichten hat.« Henry lächelte mich an. »Außerdem waren du und Claire die Einzigen, die sich bei dem Interview nach der ersten Aufgabe nicht sofort bei Gabriela beschwert haben. Ich glaube, damit konntet ihr noch einige Punkte ergattern.«

Ich lachte. »Zum Glück konnten wir uns zusammenreißen, ja.«

Henrys verschmitztes Lächeln erfüllte mich mit Wärme. »So, jetzt sollten wir uns aber wirklich fertig machen. Die anderen Kandidatinnen müssten mittlerweile schon angekommen sein und die große Show geht gleich los.«

Ich nickte ergeben und verneigte mich leicht vor ihm. »Wir sehen uns später.«

Auch er verneigte sich, dann trennten sich unsere Wege.

Als ich am Turm ankam, lief mir Claire entgegen und schlang ihre Arme um mich. »Uh. Du bist ja am Schwitzen. Geh besser schnell duschen, bevor es losgeht.«

Ich gab ihr einen freundschaftlichen Klaps auf die Schulter und betrat wie geheißen das Innere des Turms. »Ja, Mama.«

Als ich mich oben im Badezimmer auszog und nachdenklich aus dem Fenster sah, traf mich fast der Schlag. Ich erzitterte und starrte auf das Bild, das sich draußen bot. Langsam und ungläubig wanderte meine Hand zum Fenstergriff und öffnete es. Nur um sicherzugehen, dass das Glas mir keine Streiche spielte. Doch das tat es nicht.

Tränen bildeten sich in meinen Augen und rannen unkontrolliert über mein Gesicht. Keuchend ließ ich mich sinken, wobei sich meine Augen nicht von Phillip und Charlotte lösen wollten, die sich gerade vor ihrem Turm küssten. Alles in mir brannte wie Feuer, Eifersucht durchschoss mich wie ein giftiger Pfeil.

Es war so dumm von mir gewesen, wirklich und wahrhaftig zu glauben, dass sich etwas ändern könnte. Dieser elendige Heuchler!

So fest ich konnte, knallte ich das Fenster zu und genoss den Augenblick, als er zu mir hochsah. Erschrocken weiteten sich seine Augen und sein Mund öffnete sich, als würde er sich erklären wollen, doch dann schloss er ihn wieder. Gleichzeitig presste er seine Lider zusammen und drehte sich von mir weg, als könnte er meinen Anblick nicht ertragen. Charlotte schaute ebenfalls zu mir hoch und ihr Blick strahlte eine Kälte aus, die mich wütend werden ließ.

Ich schnaufte und drehte mich zu der Dusche um. Mein Körper zitterte vor Wut, doch als ich unter dem warmen Wasser stand, konnte ich nicht anders, als stumm zu weinen.

Lange blieb ich stehen und ließ mir das Wasser ins Gesicht laufen. Ich versuchte, mich nicht selbst dafür zu hassen, dass ich es hätte kommen sehen müssen. Ich hätte es wissen müssen. Es hatte sich nichts geändert, natürlich nicht. Doch ich hatte zugelassen, dass er mich benutzte und verletzte.

Als meine Haut schrumpelig und weich war, ging ich hinaus und cremte mich ein. So gut ich konnte, verdrängte ich das Gesehene und konzentrierte mich auf das, was vor mir lag.

Unten wartete bereits Erica auf mich. Claire machte sich gerade ihre Haare.

Überschwänglich umarmte mich unsere Vertraute und drückte mir meinen weißen Trainingsanzug in die Hand, den ich heute tragen sollte. Er sah so aus wie der Anzug zur Erfüllung der vorherigen Aufgabe, doch der Kragen war noch ausladender, noch aufwendiger.

Als ich mich an den Schminktisch setzte, richtete sie mir das Haar und ich schminkte mich dieses Mal selbst. Ich legte besonders viel Schwarz auf, was meine Gefühle widerspiegeln sollte. Erica schien das zu wundern, doch sie sagte nichts dazu, sondern flocht meine Haare zu einem strammen Zopf, der seitlich in meinen Kragen lief.

In voller Montur gingen wir zu dritt zum Haupthaus, durchquerten die Flure und kamen dieses Mal nicht in die Kellerräume, sondern zu einem breiten Flur in den oberen Etagen des Palastes, wo bereits einige der anderen Kandidatinnen auf Stühlen an der Wand saßen und warteten.

Wir setzten uns nach ganz vorne, weil die Reihenfolge wieder die gleiche war wie beim letzten Mal.

Ich harrte still aus und vergrub meine zitternden Finger in den Taschen meiner Hose, während ich versuchte mich endlich zu beruhigen. Doch die Wut und Verzweiflung in meinem Bauch wollten sich nicht legen. Vor allem nicht, als mir Charlotte einen überheblichen Blick von der Seite zuwarf. Ich war gerade drauf und dran aufzuspringen, als mich eine Helferin aufrief.

»Miss Tatyana?«

Überrascht stand ich auf und warf Erica und Claire einen verwunderten Blick zu. Meine Freundin sah mich entsetzt an. Ohne Frage waren wir beide davon ausgegangen, dass wir die Aufgabe wieder gemeinsam lösen würden. Ein Trugschluss, wie wir nun mit Schrecken feststellen mussten.

Doch es blieb keine Zeit für Diskussionen, die Helferin winkte mich aufgeregt zu sich. »Kommen Sie bitte mit. Es ist so weit«, forderte sie mich auf und ging schon voraus. Mir blieb nichts anderes übrig, als ihr hastig zu folgen. Dennoch warf ich Claire noch schnell eine Kusshand zu. Meine Freundin wirkte leichenblass und schien nicht imstande zu reagieren. Sie tat mir von Herzen leid.

Die Helferin und ich durchquerten eine Tür und betraten einen kleinen Raum.

»Haben Sie Ihren Schlüssel?«

Überrascht sah ich sie an, begann meine Taschen zu durchwühlen und fand ihn tatsächlich. Erica musste ihn mir zugesteckt haben. Ein Gefühl von unendlicher Dankbarkeit durchflutete mich. »Ja.« Ich holte den Schlüssel heraus und hielt ihn hoch.

»Sehr schön. Ab jetzt sind Sie auf sich allein gestellt. Wenn Sie dort hineingehen, werden Sie auf der anderen Seite des Raumes eine Tür sehen, die Sie erreichen müssen. Dahinter ist wiederum ein Raum, den es zu durchqueren gilt, um die letzte Tür zu erreichen. Sobald Sie den Schlüssel ins Schloss stecken und ihn umdrehen, haben Sie Ihre Aufgabe geschafft. Und hinter der Tür wartet eine besondere Überraschung auf Sie. Haben Sie keine Angst und vergessen Sie nicht, dass Sie gefilmt werden.«

Ich nickte und atmete tief durch. Dann stellte ich mich vor die Tür, die nun wie von Zauberhand geöffnet wurde.

Obwohl ich kaum etwas sehen konnte, ging ich ohne Zögern hinein. Sogleich fiel die Tür hinter mir mit einem lauten Knall ins Schloss. Ich zuckte erschrocken zusammen und drückte mich an die Wand, während sich meine Augen an das diffuse Licht gewöhnten. Langsam konnte ich klarer sehen, dennoch wusste ich nicht, was ich mit diesem Anblick anfangen sollte. Alles war voller dichter Pflanzen und Gestrüpp, die so aussahen, als wären sie Unkraut. An der Decke konnte man schemenhaft eine verdunkelte Glaskuppel erkennen. Insgesamt wirkte es wie ein verwilderter Garten. Aber eine solche Anlage mitten im Palast? Ich biss mir auf die Unterlippe und schaute mich weiter angestrengt im Schummerlicht um. Das musste der Botanische Garten des Palastes sein, von dem ich so viel gehört hatte.

Langsam fielen mir auch die kleinen blinkenden Kameras auf, die überall an den Wänden angebracht waren. Ich schaute mich noch einmal gründlich um und erkannte erst jetzt die sanft flackernde Lampe neben mir. Mit dem Rücken zur Wand kniete ich mich hin, um sie aufzuheben.

Schauernd erhob ich mich und horchte in den Raum hinein. Es war gespenstisch still. Ich hasste vollkommene Stille. Meine nun zaghaften Schritte hörten sich gedämpft an, wurden verschluckt von den umstehenden Pflanzen.

Vorsichtig ging ich auf eine Wand aus Pflanzen zu. Ein gequältes Stöhnen entwich mir, als mir klar wurde, wovor ich mich befand.

»Ernsthaft?«, flüsterte ich und wand mich innerlich vor Furcht. Ich stand direkt vor einem Labyrinth. Zuerst überlegte ich, ob ich mir einen Weg außen herum suchen sollte, doch dann verwarf ich diesen Gedanken wieder. Das wäre zu einfach.

Bevor ich es verhindern konnte, entwich mir ein lauter Seufzer. Neben mir blinkte eine Kamera, als würde sie mich höhnisch auslachen. Hoffentlich stand mir nicht allzu sehr ins Gesicht geschrieben, wie viel Angst ich hatte. Ich versuchte, Gelassenheit auf mein Gesicht zu zaubern, war mir jedoch nicht sicher, ob es mir gelang. Nichts, was sich in einem Irrgarten aus Pflanzen versteckte, konnte gut sein.

Ich atmete tief durch, nahm all meinen Mut zusammen und ging hinein. Jeden Moment rechnete ich damit, dass mich etwas Böses anfallen könnte, obwohl ich mir versicherte, dass das keinen Sinn machen würde. Das hier war schließlich die Auswahl der Prinzessin und nicht irgendein Trainingslager für angehende Wächter. Wobei wahrscheinlich nicht einmal die so etwas Unsinniges über sich ergehen lassen mussten.

Ich versuchte an die letzte Aufgabe zu denken. Es war alles eine Illusion gewesen. Ich musste keine Angst haben. Egal, wie echt das alles hier wirkte.

Meine Knie zitterten, während ich einen Schritt nach dem anderen machte und mich möglichst mittig hielt. Das sanfte Streicheln der Pflanzen, die meine Arme und Beine berührten, ließ mich schaudern. Ich versuchte, ganz ruhig zu bleiben, doch die dunklen Schatten um mich herum schürten in mir eine nie gekannte Angst vor der Dunkelheit.

Auf einmal hörte ich ein Geräusch. Ein Knacken. Ganz leise. Als wäre jemand irgendwo rechts hinter mir, weiter weg, doch so nah, dass ich glaubte, einen rasselnden Atem zu vernehmen.

Ich schluckte und vergaß vollkommen, dass ich im Palast war. Alles in mir stellte auf Panik um, während ich die Lampe noch fester umklammerte und unbewusst eine geduckte Haltung einnahm, um mich im Pflanzendickicht zu verstecken. Gebückt schlich ich weiter und versuchte dabei nichts zu überhören, was in meiner Umgebung passierte.

Plötzlich ertönte ein weiteres Knacken. Links von mir. Und noch viel lauter als zuvor. Ich schluckte die aufsteigende Galle herunter und wurde schneller. Meine Knie drohten vor Angst wegzuknicken, während ich nach rechts, links, geradeaus und wieder rechts lief. Schier endlos zogen sich die Wege hin und so langsam verlor ich die Orientierung. Ich schaute zu allen Seiten, erhob mich und versuchte über die Pflanzenwand hinwegzusehen. Doch dafür war ich eindeutig zu klein. Und sogar wenn ich groß genug gewesen wäre, würde die Lampe nur einen Meter weit Licht spenden.

Ich wollte schon hochspringen, aber da hielt ich inne und erstarrte. Direkt hinter mir war etwas. Oder jemand. Ich spürte einen kalten Luftzug, hörte einen röchelnden Atem und hielt selbst die Luft an. Wer oder was auch immer vorhin um mich herumgeschlichen war: Es war nun direkt hinter mir.

Alle meine Muskeln waren plötzlich wie versteinert. Ich wusste, dass es sich ebenfalls nicht bewegte und mich anstarrte. Der bohrende Blick grub sich in meinen Nacken und ließ mein Herz gefährlich langsam schlagen.

Ganz vorsichtig hob ich meine Hand und wollte mich, trotz besseren Wissens, umdrehen.

Auf einmal berührte mich etwas an meiner Schulter. Ich stieß einen gellenden Schrei aus, ließ die Lampe fallen und schlug völlig außer mir zu. Ich traf eine Person. Ich erwischte sie am Kinn und sah zu, wie der Schatten auf den Boden sank und stöhnte. Die Lampe zerbrach und ließ mich in völliger Dunkelheit zurück.

Ich keuchte, drehte mich um, die Person am Boden ignorierend, und begann zu rennen.

Die Pflanzen, die mir den Weg versperrten, stieß ich einfach beiseite und hörte, wie hinter mir Äste und Zweige zerbarsten. Als würde mir jemand folgen.

Ich wurde immer schneller, überrannte alles, was sich mir in den Weg stellte, und stürzte blindlings voran. Angst schnürte mir die Kehle zu und ließ mich alles vergessen, was ich bei Henry gelernt hatte. Jegliche Ruhe verschwand; was blieb, war nur Furcht.

Mit voller Wucht knallte ich plötzlich gegen eine massive Wand. Taumelnd wich ich zurück und blinzelte heftig, während grelle Punkte vor meinen Augen tanzten. Erst nach einigen Sekunden erkannte ich eine hässliche Tapete mit einem Muster, das nicht einmal meiner Tante gefallen hätte. Mit einem Mal wurde mir wieder klar, wo ich mich befand. Meine Furcht wich der Wut, die sich lodernd durch meinen ganzen Körper fraß. Ich schlug gegen die Wand, schaute zurück zum Labyrinth in der Dunkelheit und dann hoch zu der blinkenden Kamera, die direkt auf mich gerichtet war.

»Ist das etwa ein schlechter Scherz? Wollt ihr mich verdammt noch mal vera–« Mitten im Satz wurde ich zur Seite gerissen und jemand presste seine Hand auf meinen Mund.

»Psst. Ganz ruhig. Eine Prinzessin flucht nicht«, flüsterte eine männliche Stimme, die ich nicht kannte.

»Was soll das?«, zischte ich wütend und versuchte mich aus der Umklammerung zu befreien. Adrenalin rauschte durch meinen Körper, während ich mich mit all meiner Kraft wehrte.

»Erst beruhigen Sie sich. Die Aufgabe ist noch nicht vorbei.«

Ich hielt inne und machte ein fragendes Geräusch.

»Richtig. Es geht noch weiter.« Der Unbekannte hielt seine Hand vor meinen Mund, bereit einen Schrei sofort zu ersticken.

Ich schluckte und versuchte mich zu beruhigen. »Das ist doch krank.«

»Geht es Ihnen wieder ein wenig besser?«

Ich nickte mürrisch und atmete erleichtert auf, als er mich wieder auf dem Boden abstellte.

»Sie müssen jetzt nur noch fünf Schritte an der Wand entlanggehen, dann sind Sie an der Tür. Sie sind so gut wie fertig.«

»Danke.« Ich drehte mich um, tat wie geheißen und tastete mich an der Wand entlang, bis ich eine Tür erreichte. Ein letztes Mal drehte ich mich zum Labyrinth um und hätte am liebsten laut aufgeschrien. Anscheinend wollte Gabriela noch mehr Spannung in diesen blöden Wettbewerb hineinbringen und erschreckte deshalb die Kandidatinnen fast zu Tode. Ich hatte gedacht, dass die erste Aufgabe nicht übertrumpft werden könnte, aber natürlich musste ich mich irren. Das hier war krank. Eindeutig. Ich ballte meine Hände zu Fäusten und dachte daran zurück, wie ich Henry am Tag unseres Kennenlernens gesagt hatte, dass ich mich vor Labyrinthen fürchtete. Hatte das etwa jemand mit angehört? Ich spürte, wie ich mich immer mehr in meinen Zorn hineinsteigerte, pustete lautlos Luft aus meinem Mund und schloss kurz meine Augen.

Doch der Fremde hatte recht: Prinzessinnen wahrten immer Contenance. Ich hatte mich bereits zum Gespött des ganzen Königreichs gemacht.

Noch immer zitternd drückte ich die Tür auf und ging durch sie hindurch. Es dauerte einen Moment, bis ich mich an das helle Licht gewöhnt hatte, das mir nun entgegenschlug.

Ich hatte mit allem gerechnet, doch nicht mit dem, was ich jetzt sah: Ich stand in einem ganz normalen Raum. Vier Wände um mich herum, die allesamt weiß waren. Keine Fenster oder Bilder. Der Boden war mit dunklem Holz belegt und an der Decke hing ein kleiner Kronleuchter. Keine Auffälligkeiten. Keine Hindernisse oder wilde Tiere. Nur ein verschämt grinsender Phillip. Und in allen Ecken blinkende Kameras.

Ich runzelte meine Stirn und ging einen Schritt auf ihn zu, woraufhin die Tür hinter mir sofort geschlossen wurde.

»Was soll das? Ist das hier ein Scherz?« Meine Stimme bebte vor Entrüstung, während ich ihn anstarrte und herauszufinden versuchte, was für ein krankes Spiel hier gespielt wurde.

Er schüttelte langsam seinen Kopf. »Nein, das ist deine Aufgabe.« Seine Stimme hatte einen seltsamen Klang. Für mich hörte sie sich fast ein wenig traurig an – was mich nur noch wütender werden ließ. Sogar jetzt noch versuchte mein Herz eine Ausrede für sein Verhalten zu finden. Doch es gab nichts, was das zwischen uns wieder in Ordnung bringen konnte.

»Schön. Bringen wir es hinter uns«, erklärte ich hart und stellte meine Beine auseinander, beugte sie leicht und ballte meine Hände zu Fäusten.

Er sah mich gequält an und machte keine Anstalten, eine abwehrende Haltung einzunehmen. Er erlaubte sich sogar zu lächeln. »Tatyana, ich will dir nicht wehtun.«

Ich lachte bitter. Doch sein Schauspiel konnte ich genauso gut mitspielen. Langsam löste ich mich aus meiner verkrampften Pose. Kurz schaute ich zu Boden, dann legte ich ein schüchternes Lächeln auf und ging auf ihn zu.

Er entspannte sich merklich, dachte wirklich, ich würde aufgeben. Sein Atem ging ruhiger und seine Haltung veränderte sich. Kurz flackerte das Bild von ihm bei unserer Verabredung auf. War das wirklich erst gestern gewesen?

Ich legte meinen Kopf schief, als würde ich nachdenken. »Du willst mir nicht wehtun? Das ist wirklich sehr nett von dir.«

Er nickte, ließ mich weiter auf sich zugehen und schien sich nun vollends in Sicherheit zu wiegen.

Bevor ich es kontrollieren konnte, verschwand das Lächeln aus meinem Gesicht und meine Züge wurden hart. Einen letzten Schritt machte ich auf ihn zu, bevor ich direkt vor ihm stand. Entschlossen fasste ich mit meiner rechten Hand an seinen Kragen, mit der linken unter seine Achsel, drehte ihm dabei den Rücken zu und hieb mit meinem rechten Bein so schnell und fest ich konnte gegen seine Beine. Gleichzeitig warf ich ihn mit einem kräftigen Ruck nach vorne über meine Schulter auf den Boden. Dort landete er mit einem lauten Knall auf seinem Rücken und keuchte auf. Ich hatte es tatsächlich geschafft. Genauso, wie Henry es mir beigebracht hatte.

Ich sprang über Phillip hinweg und drehte mich noch einmal zu ihm um. Dabei ignorierte ich den brennenden Schmerz in meiner Schulter. Es war schwerer, wenn die Person nicht mithalf.

»Dafür ist es zu spät«, flüsterte ich und rannte zu der Tür auf der anderen Seite des Raumes. Dabei fischte ich den Schlüssel aus meiner Tasche und steckte ihn in das vorgesehene Schloss. Ein lauter Gong ertönte und die Tür vor mir öffnete sich. Ich hörte Phillip leise stöhnen, doch ich zwang mich es zu ignorieren und trat hindurch.

Langsam und mit pochendem Herzen schloss ich die Tür hinter mir, wollte alles zurücklassen, was sich in dem Raum befand.

Als ich mich umdrehte, japste ich auf. Vor mir saßen der König und die Königin. Sie sahen mich belustigt und auch ein wenig interessiert an. Ich hingegen starrte ihnen stumm entgegen.

Als Erstes regte sich König Alexander. Er betrachtete mich mit einem warmen Lächeln. Als ich sein Gesicht sah, fragte ich mich unwillkürlich, wieso es mir so vertraut vorkam, doch mir blieb keine Zeit zum Nachdenken.

»Hallo, Miss Tatyana«, begrüßte er mich. Er stand auf und streckte mir seine Hand entgegen.

Ich löste mich aus meiner Starre, versuchte ein zittriges Lächeln und knickste so tief ich konnte, bevor ich zaghaft seine Hand ergriff. »Es ist mir eine große Ehre.«

»Mir ist es eine ebenso große Ehre. Sie haben da draußen wirklich eine erstaunliche Leistung gezeigt.«

Ich runzelte meine Stirn. »Wie?«

Er nickte hinter mich und ich folgte seinem Blick. Dort stand ein Bildgerät, welches das Geschehen im Raum live und in Farbe zeigte. Phillip wurde gerade untersucht und wirkte ziemlich unglücklich. Im oberen rechten Eck sah man ein kleineres Bild vom Labyrinth, nun vollständig beleuchtet. Es wurde wohl gerade neu aufgebaut.

Als ich mich umdrehte, stand Königin Lilyana direkt vor mir. »Schön Sie kennenzulernen, Miss Tatyana.«

»Vielen Dank. Die Freude ist ganz meinerseits.« Höflich knickste ich und nahm auch ihre Hand. Ihr Händedruck war überraschend fest, obwohl sie so zerbrechlich wirkte. Ihre Züge waren so viel zarter als die des Königs. Sie wirkte ebenso liebevoll, wie ich sie von Bildern her kannte.

»Der arme Phillip wird sich erst einmal von diesem Sturz

erholen müssen. Das haben Sie wirklich sehr schön gemacht. Und unsere Wächter im Irrgarten werden wohl auch noch länger an die Begegnung mit Ihnen zurückdenken.« Um ihre Augen erschienen kleine Falten, die von einem Leben voller Lachen zeugten.

Ich zwang mich, vor lauter Nervosität nicht auf meine Unterlippe zu beißen. »Danke. Das ist sehr nett von Ihnen. Ich habe mir auch die größte Mühe gegeben.« Ich schaute noch einmal zu Phillip. Nicht mal ein klein wenig Mitleid wollte in mir aufkeimen. Er hatte es verdient.

»Das haben wir gesehen. Machen Sie nur weiter so. Sie wären eine Bereicherung für unsere Wächter. So, ich denke, wir sehen uns bald bei der großen Auswahl. Haben Sie noch einen schönen Tag«, erklärte König Alexander und führte mich zu der Tür auf der anderen Seite.

»Vielen Dank, den wünsche ich Ihnen auch.« Wieder knickste ich und ging in den nächsten Raum.

Dort standen Fernand, Henry und Charles vor mir.

»Was macht ihr denn hier?«, fragte ich überrascht und rieb mir meine schmerzende Schulter.

»Falls es dir noch nicht aufgefallen ist, stellen sich die jungen Männer, an denen die jeweilige Kandidatin am meisten Interesse zeigt, den Damen in den Weg. Wir warten jetzt darauf, dass Phillip hierherkommt, dann mache ich mich bereit für Claire«, erklärte Fernand und klopfte mir auf meine Schulter, woraufhin ich den Mund verzog. »Tolle Leistung. Ich bin begeistert.«

»Tanya, das war wirklich sehr gut. Ich bin stolz, dein Lehrer zu sein. Schau nur, der arme Kerl kann kaum aufstehen«, lachte Henry und zog mich an sich.

Jetzt blickte auch ich auf einen Monitor, der an der Wand hing. Phillip rappelte sich gerade mühsam hoch.

»Danke, aber jetzt sollte ich wirklich gehen«, sagte ich schnell, schlüpfte aus Henrys Armen und ging schon zur nächsten Tür hinüber. »Ach übrigens, das war die irrsinnigste Aufgabe, die man sich nur ausdenken konnte.«

»Ich bin wirklich stolz auf dich«, entgegnete Henry jedoch nur noch einmal und öffnete die Tür für mich.

Ich durchschritt sie und landete auf einem leeren Flur, wo Erica bereits auf mich wartete. »Da bist du endlich. Wie war es?«

»Es war in Ordnung. Ich habe es geschafft und gerade König Alexander und Königin Lilyana kennengelernt«, erklärte ich plötzlich völlig erschöpft und ließ mich auf einen Stuhl sinken. Mit einem Mal breitete sich eine bleierne Müdigkeit in mir aus.

Erica setzte sich neben mich. »Wie findest du das Königspaar?«

Ich lehnte meinen Kopf an die Wand und drehte mich zu ihr um. »Sie sind toll. Sehr nette und wirklich angenehme Menschen. Aber selbst sie glauben nicht, dass ich eine Chance habe«, sagte ich bitter und biss mir auf meine Unterlippe. Ich wartete darauf, dass sie endlich zu bluten begann, angesichts des Drucks, den ich ausübte, doch es passierte nichts.

»Wie kommst du denn darauf?«, entfuhr es Erica überrascht.

»König Alexander hat gesagt, dass ich eine Bereicherung für die Wächter wäre. Das sagt doch eigentlich alles. Jeder weiß, dass die wenigen Wächterinnen, die unser Königreich hat, kaum einen Mann an ihrer Seite haben. Und wenn, dann nur einen anderen Wächter. Anscheinend bin ich nicht gut genug. Weder für den Prinzen noch für einen der anderen drei jungen Männer. Sie werden sicher einmal Offiziere oder Berater, aber sicher keine einfachen Wächter. Aber vielleicht sollte ich es einfach als Kompliment nehmen.« Leichthin zuckte ich mit den Schultern und rieb mir meine Stirn.

Erica fasste meine Hand und sah mich eindringlich an. »Ja, nimm es einfach als ein schönes Kompliment von einem König, der deine Leistung wertschätzt.«

Ich lächelte. »Danke. Aber Erica?«

»Ja?«

»Worin liegt der Sinn, dass ich im Labyrinth halb zu Tode erschreckt wurde? Warum hat mich jemand verfolgt?« Erneut zitterte ich und knetete meine Finger.

Meine Vertraute verzog ihren Mund, doch sah mich nicht an. Sie schien diese Aufgabe ebenso wenig zu billigen wie ich. »Gabriela meinte, das würde ein wenig Spannung in den Wettbewerb bringen. So werden die einzelnen Charaktere der Kandidatinnen unverfälscht dargestellt. Wie sie zum Beispiel in Stresssituationen reagieren.«

»Tolle Idee«, schnaufte ich und schloss meine Augen. »Und was jetzt?«

»Jetzt warten wir auf Claire.«

Ich nickte und wir verfielen in ein bedächtiges Schweigen. Meine Gedanken drehten sich noch immer um Phillip und ich wusste nicht, ob ich lachen oder weinen sollte.

Ihn dort so stehen zu sehen und zu wissen, dass er mich offensichtlich immer nur als Notbehelf, als hübsches, aber wertloses Spielzeug benutzt hatte, schmerzte.

Doch mein naives Herz betrog mich, versuchte die Stimme der Vernunft zu übertrumpfen. Es wollte sich einfach nicht von der winzig kleinen Hoffnung lösen, dass er vielleicht doch tiefere Gefühle für mich hegte und mehr hinter seinem irrsinnigen Verhalten steckte, als ich annahm. Oder hatte ich mir die Verzweiflung in seinen Augen nur eingebildet? War das nur ein weiteres Hirngespinst meiner lächerlichen Mädchenträume?

15. KAPITEL

WIR WACHSEN MIT JEDEM RÜCKSCHLAG

Als Claire herauskam, sah ich sofort, dass sie es nicht geschafft hatte. »Als ob ich gegen Fernand ankommen könnte«, seufzte sie, doch lächelte dabei verträumt. »Wenigstens hat er mich danach gebührend getröstet.« Sie zwinkerte Erica und mir zu und stimmte mit ein, als wir losprusteten.

Plötzlich schüttelte sie sich. »Aber dieser ... Garten, oder wie man es nennen soll, glich einem Gruselkabinett. Ich dachte, ich würde vor Angst sterben.«

»Ich auch«, murmelte ich, immer noch gebannt, wenn ich an die Bilder zurückdachte.

In diesem Moment tauchte Gabriela mit ihrem Kamerateam auf. »Wir sind ein wenig spät dran. Jetzt müssen wir noch ein Interview führen.«

Wir rückten uns auf unseren Stühlen zurecht. Erica hielt sich im Hintergrund, zwinkerte uns jedoch belustigt zu.

Als der Kameramann das Zeichen zur Aufnahme gab, setzte Gabriela ihr übliches Lächeln auf und lehnte sich ihrerseits zurück. »Miss Claire, wie fühlst du dich nach dieser Aufgabe?«

Meine Freundin lächelte selbstsicher. »Noch ein wenig zittrig, aber ansonsten geht es mir fabelhaft. Ihr habt euch erneut etwas völlig Neues einfallen lassen. Darauf wäre ich niemals gekommen.«

Die Moderatorin nickte zufrieden. »Wir haben uns die größte Mühe gegeben. Miss Tatyana, und wie geht es dir?«

Ich versuchte mich entspannt zu geben. »Mir geht es ganz wunderbar. Ich durfte König Alexander und Königin Lilyana kennenlernen, was mir eine große Ehre war. Allein dafür hat sich der ganze Aufwand mehr als gelohnt.«

»Ich finde es immer wieder erstaunlich, wie entspannt ihr mit den Aufgaben umgehen könnt. Es ist mir eine Freude gewesen, euch zu sprechen. Doch nun seid ihr sicher hungrig und wollt die Zeit für eine kurze Pause nutzen, bevor es heute Abend bereits heißt: Welche Kandidatin ist weiter im Rennen zur Wahl zur Prinzessin von Viterra?« Dabei drehte sie sich zur Kamera und strahlte, bis das rote Licht an dieser erlosch.

»Sehr gut gemacht. Mittlerweile wirkt ihr beide wirklich professionell. Und Miss Tatyana?«, richtete sie das Wort erneut an mich, während sie aufstand.

»Ja?« Ich erhob mich ebenfalls, Claire tat es mir nach.

»Mach weiter so. Deine Taten haben den größten Effekt auf das Publikum. Sie lieben dich und wenn du den Rest der Zeit nur halb so gute Leistungen abrufst, wirst du bald schon zu einer genauso großen Berühmtheit wie ich.« Sie lachte und drehte sich zum Kameramann.

Verwirrt runzelte ich die Stirn, während Claire mich zu Erica zog und wir gemeinsam den Flur hinuntergingen.

Meine Freundin kicherte leise, nachdem wir um die nächste Ecke gebogen waren. »Sie ist wirklich verrückt.«

»Eindeutig«, stimmte Erica ihr zu und lachte. »Aber sie hat recht und die Menschen lieben es, wenn man solche Sachen macht wie du, Tanya.«

Ich nickte, obwohl ich nicht wusste, wie ich diese Worte auffassen sollte.

Gemeinsam mit Erica nahmen wir in dem Raum etwas zu essen ein, wo ich bereits gestern mit den jungen Männern mittaggegessen hatte. Es versetzte mir einen Stich, als ich unwillkürlich begann, über das Geschehene nachzudenken. Bevor ich mich versah, war das Fleisch auf meinem Teller in winzige Stückchen zerteilt. Hastig aß ich sie auf und ignorierte die Blicke, die Erica und Claire austauschten.

»Wieso essen wir nicht mit den anderen?«, fragte Claire und sah sich in dem ansonsten leeren Raum um.

Erica zuckte mit den Schultern. »Ich dachte, ihr legt keinen Wert darauf zu warten, bis alle fertig sind. Das müssen wir nämlich dieses Mal nicht. So habt ihr ein wenig mehr Zeit, um euch zu beruhigen und auf heute Abend vorzubereiten. Außerdem dauert die ganze Prozedur heute viel länger als bei der letzten Aufgabe, da alle Kandidatinnen nacheinander drankommen.«

»Ich fand es abscheulich.« Mein bedrohlicher Tonfall ließ die Augenbrauen der anderen beiden hochschnellen, doch sie stellten keine weiteren Fragen. Also schluckte ich meinen Frust herunter und aß weiter.

Nach dem Essen gingen wir zu unserem Turm, wo wir uns die verbleibende Zeit mit Lesen vertrieben. Claire blätterte in einer Zeitschrift und ich versuchte mich auf ein Buch zu konzentrieren. Jedoch wanderten meine Gedanken immer wieder zu Phillip und der zweiten Aufgabe.

Als Erica endlich an unsere Tür klopfte, um uns für den Abend herzurichten, atmete ich beinahe schon erleichtert auf. Zur Unterstützung kamen zwei weitere Bedienstete, Freundinnen von

Erica, die noch aufgedrehter zu sein schienen als Claire nach unserer ersten Auswahl.

Wir setzten uns in Position und sofort begannen die beiden unsere Haare herzurichten und uns zu schminken. Claire und Erica redeten ununterbrochen und erzeugten einen beruhigenden Strom aus Worten, der mich von meinen Gedanken ablenkte.

Irgendwann waren wir bereit und sahen aus wie hübsche Prinzessinnen. Claires Kleid war leuchtend rot und bis zu den Knien eng anliegend. Von da aus floss es dann weit auseinander. Ein fantastischer Anblick!

»Das, meine Damen, nennt man den Meerjungfrauenstil«, klärte Erica uns auf und deutete auf Claires Kleid, bevor sie sich zu mir drehte. »Und für dich haben wir uns etwas Klassisches überlegt. Du trägst ein Duchesse-Kleid.«

Meine Figur umschmiegte ein dunkelblauer Stofftraum. Um die Taille war das Kleid so eng, dass ich mich kaum traute zu atmen, und ab meiner Hüfte war der Rock des Kleides glockenförmig und wurde immer ausladender. Doch es wirkte einfach toll.

Ich blickte mich selbst im Spiegel an und fühlte mich, als würde ich eine fremde Person betrachten. Meine Haare waren aufwendig hochgesteckt und meine Brüste wurden mehr als nötig durch das enge Kleid betont. Ein Lächeln stahl sich auf meine Lippen, bevor ich meinen Kopf schüttelte. Ich sollte mich bloß nicht an diesen Anblick gewöhnen.

Als wir unseren Turm verließen, tauchte die untergehende Sonne den Himmel über der Kuppel in ein sanftes Rosa. Wieder führte unser Weg zu dem Raum, wo wir bereits in der letzten Woche auf unsere Entscheidung gewartet hatten.

Interessiert betrachtete ich die anderen Kandidatinnen. Auch ihre Kleider waren dieses Mal ausgefallener und noch aufwendiger als bei der letzten Entscheidung. Sie allesamt waren wunderschön, auch wenn sie aufgrund ihrer Aufregung ein wenig aufgelöst wirkten.

Wir setzten uns auf ein Sofa und warteten, bis es endlich begann. Der Ablauf des Abends als solcher war genau derselbe wie letztes Mal.

Irgendwann stellte ich mich mit Claire ganz vorne auf und wartete darauf, dass die Helferin uns aufforderte die Bühne zu betreten. Das Getuschel der anderen Kandidatinnen war aufgeregt und laut, doch keine von ihnen wirkte so bestürzt über die Aufgabe wie ich. Immerhin wurde ich in völliger Dunkelheit von einem Fremden beinahe zu Tode erschreckt. Langsam breitete sich Unruhe in mir aus.

Draußen ertönte die Eröffnungsmusik und sofort straffte ich meine Haltung. Die Türen wurden geöffnet und eine Helferin winkte Claire und mich hinaus. Gleichzeitig schritten wir die breite weiße Treppe hinunter. Dieses Mal war das Sofa dunkelgrau und Gabriela trug ein kurzes gelbes Kleid. Zur Begrüßung lächelte sie uns an und verwies mit einer kleinen Geste ihrer Hand auf das Sofa, damit wir uns setzten.

»Guten Abend, Miss Tatyana und Miss Claire. Es freut mich sehr euch heute wiederzusehen. Wie fühlst du dich, Miss Claire?«, fragte sie fröhlich und hielt Claire das Mikrofon hin. Meine Freundin gab sich ganz professionell. »Es geht mir wundervoll, danke.«

»Und das, obwohl du die Aufgabe nicht geschafft hast?«, hakte Gabriela nach und ein neugieriges Glitzern lag in ihren Augen.

»Natürlich. Allein hier dabei sein zu dürfen ist doch ein Grund für meine gute Laune«, gab Claire zurück und lächelte genüsslich.

Da drehte sich Gabriela zu mir. »Miss Tatyana, du hast wieder einmal eine Glanzleistung hingelegt. Ich wage überhaupt nicht zu fragen, wie du das geschafft hast. Du hast wie ein Wirbelsturm einfach alles zur Seite gefegt, was dir im Weg stand. Ich muss sagen, dass ich mit dir mitgefiebert habe. Was war das für ein Gefühl im Labyrinth?«

Natürlich hatte sie gleich meine Schwachstelle gefunden und bohrte nun genüsslich mit einem Messer darin herum.

Ich versuchte mich ruhig zu geben, während ich das erschrockene Japsen von Claire ignorierte. »Ich muss zugeben, dass ich kurz glaubte, vor Angst ohnmächtig zu werden.« Obwohl ich das durchaus ernst meinte, musste ich vor Nervosität lachen.

Das Publikum stimmte mit ein, offenbar fasste es meine Worte als Witz auf. Auch Gabriela lachte geziert, bevor sie weiter nachhakte. »Was hast du gedacht, als der Wächter plötzlich hinter dir stand? Wir konnten sehen, dass du erschrocken warst, aber wie hast du es geschafft, so gut zu reagieren?«

Ich setzte ein künstliches Lächeln auf. »Hat es etwa so gewirkt? Ich hab mich gefühlt, als würde ich mich vollkommen lächerlich machen.«

Erneut bekundete mir das Publikum seine Sympathie, während ich spürte, dass meine Wangen rot anliefen.

»Aber es sah so gut aus. Das musst du mir mal beibringen. Doch eins möchte ich noch wissen.«

Angespannt hob ich meine Augenbrauen und lächelte fragend.

»Wieso bist du so lang im Labyrinth gewesen? Du hast dich

als Einzige dieser Herausforderung gestellt. Alle anderen sind schnell wieder herausgerannt und haben schließlich die versteckte Tür neben dem Labyrinth gefunden.«

»Da war eine Tür?«, fragte ich schockiert.

Das Publikum tobte vor Freude und selbst ich musste schmunzeln, während mein Gesicht glühte. »Wenn ich das gewusst hätte, dann hätte ich den armen Mann da drinnen niemals schlagen müssen.«

»Ja, dem geht es inzwischen wieder gut«, säuselte Gabriela zuckersüß. »Er will sich jedoch nicht zeigen, da es ihm ein wenig peinlich ist, dass eine Kandidatin ihn niedergeschlagen hat.«

»Wäre es mir auch«, kicherte Claire und legte ihre Hand auf meine Schulter. »Du hast auch vor nichts Angst, oder? Ich bin fast gestorben, als ich plötzlich Geräusche hinter mir hörte.«

»Mir ging es doch nicht anders.« Ich lächelte das johlende Publikum an und drehte mich dann wieder zur Moderatorin, die sich neugierig vorbeugte.

»Doch wie war es, als du Phillip in dem zweiten Raum gesehen hast? Wie bist du auf die Idee gekommen, ihn über deine Schulter zu werfen? Jede andere Kandidatin hat es mit Schmeicheleien oder Ablenkung versucht.«

»Nun, es war meine Aufgabe, an ihm vorbeizukommen, und ich hatte einfach keine Ahnung, wie ich es sonst hätte machen sollen.«

Gabriela lachte laut auf. »Wir konnten noch sehen, dass du Phillip etwas gesagt hast. Aber leider haben wir nichts verstanden. Würdest du uns verraten, was es war?«

Ich schüttelte meinen Kopf und lächelte noch breiter. »Das ist leider unser kleines Geheimnis.«

Gabrielas Mund öffnete sich gespielt schockiert. »Aber hier gibt es doch keine Geheimnisse.«

Da legte ich ein zuckersüßes Lächeln auf und klimperte mit meinen Wimpern. »Wenn dem so wäre, dann wüssten wir doch alle, wer der Prinz ist, oder?«

Darauf begann sie zu lachen und wir stimmten alle mit ein. Als sie fertig war, atmete sie tief ein und drehte sich zum Publikum. »Letzte Woche hatten wir einen Experten hier. Doch für diese Aufgabe haben wir uns etwas ganz Besonderes ausgedacht. Nur die Kandidatinnen, die die Aufgabe lösen konnten, durften König Alexander und Königin Lilyana kennenlernen. Alle anderen sind leider leer ausgegangen«, erklärte sie entschuldigend an Claire gewandt, deren Hände sich kaum merklich verkrampften.

»Leider können der König und die Königin heute Abend nicht persönlich auftreten, aber sie haben ihre Bewertung für die jeweilige Kandidatin abgegeben. Miss Claire hat die Aufgabe leider nicht bewältigen können und erhält so keinen Punkt. Kommen wir also gleich zu dir, Miss Tatyana. Du hast dich nach Meinung der beiden ganz vorzüglich geschlagen und erhältst dafür eine Punktzahl von neun Punkten.« Das ausgelassene Klatschen des Publikums ließ mich erzittern. Ich lächelte den Menschen entgegen, obwohl ich wegen des blendenden Lichts kaum etwas erkennen konnte.

»Ich muss noch hinzufügen, dass du Miss Charlotte einen großen Gefallen getan hast. Unser Phillip war nach deinem Auftritt nicht mehr in Höchstform, weshalb auch sie weitergekommen ist. Ich hoffe, das macht dir nichts aus«, fügte sie hinzu, als der Applaus langsam abebbte. Buh-Rufe waren aus dem Publikum zu hören und ich versuchte ein Grinsen zu überspielen. »Nun, manchmal benötigt man eben ein wenig Hilfe, um etwas Großes zu bewältigen. Aber ich helfe der lieben Miss Charlotte natürlich sehr gerne.«

Gabrielas Augenbrauen fuhren in die Höhe. »Ist das so? Und das, obwohl du und Miss Charlotte beide Phillip favorisiert? Ist sie dann nicht eher Konkurrentin als Freundin?«, fragte Gabriela provozierend und mich überkam ein ungutes Gefühl.

Ich räusperte mich. »Weder noch. Sie ist eine Mitkandidatin. In diesem Wettbewerb sollten Fairness und Toleranz eine große Rolle spielen. Schließlich geht es letzten Endes um die Liebe.«

Gabriela lächelte so breit, dass es mir beinahe Angst machte, doch das Publikum fand meine Antwort gut. Es applaudierte laut und lange. Ich lächelte wieder in seine Richtung.

»Nun wollen wir sehen, was unsere Zuschauer über euch sagen. Sie konnten wie auch in der letzten Woche in ihrem Gemeindezentrum für euch abstimmen und heute werten wir für jede von euch die Ergebnisse aus.« Gabrielas Mund verzog sich zu einem breiten Lächeln.

Gebannt blickten wir auf die Leinwand, wo kleine Fotos von uns auftauchten, genau wie bei der Entscheidung vergangene Woche.

»Jetzt kommt der große Moment. Miss Claire hat bisher leider keinen Punkt erhalten, Miss Tatyana erhielt ihre ersten neun Punkte«, erklärte Gabriela in die Kameras, wobei sich ein Balken neben meinem Namen fast vollständig füllte. Der Balken daneben blieb noch leer.

»Nun schauen wir uns an, was die Zuschauer zu euch beiden gesagt haben.«

Unsere Augen hefteten sich weiter fest auf die Leinwand. Es war so leise im Saal, dass ich mein Herz schlagen hören konnte.

Auf einmal füllten sich die Balken langsam, bis schließlich ein Gong ertönte.

»Das ist doch mal eine Überraschung. Herzlichen Applaus für unsere beiden Kandidatinnen Tatyana und Claire. Miss Claire erhält neun Punkte von unserem Volk und unsere Miss Tatyana volle zehn Punkte.« Ein tosender Beifall brach aus, während Claire meine Hand packte und mich mit Tränen in den Augen ansah.

»Vielen Dank. Das ist wirklich wundervoll. Ich freue mich wirklich sehr über diese vielen Punkte«, sagte sie darauf in das Mikrofon, das Gabriela ihr entgegenstreckte.

Als sie es mir hinhielt, musste ich mich erst einmal sammeln. »Danke, das ist wirklich unglaublich«, brachte ich schließlich heraus.

Der Applaus wurde noch stärker. Ich lächelte in die Kameras und auch den Menschen hinter den Scheinwerfern zu.

»Herzlichen Glückwunsch noch einmal, ihr beiden. Ich danke euch für eure ehrlichen Antworten und dieses bezaubernde Interview. Wir sehen uns dann bei der Entscheidung.« Gabriela stimmte nun in das Klatschen der Menge mit ein, was meine Wangen heiß und rot werden ließ. Dann stand sie auf, umarmte uns beide überschwänglich und geleitete uns zu den Türen unter der Treppe. Wieder empfing uns ein Helfer, der uns sofort zurück nach oben führte, wo bereits Erica auf uns wartete.

»Und wie war es?«, fragte sie neugierig und ich konnte spüren, wie auch die anderen Kandidatinnen darauf brannten etwas zu erfahren.

»Sehr angenehm. Gabriela ist heute gut drauf und anscheinend werden die Kandidatinnen, die die Aufgabe gelöst haben, von dem König und der Königin bewertet. Es ist eine große Ehre, auch wenn sie nicht da sind.«

Aufgeregtes Murmeln ging durch die Reihen der übrigen Kandidatinnen, die sich wieder in Grüppchen einfanden und Nervosität ausstrahlten.

»Aber ansonsten war es genauso wie das letzte Mal«, fügte Claire hinzu und lehnte sich neben mir zurück.

Langsam begann ich mein Kleid glatt zu streichen. Es war wirklich bezaubernd. Wenn ich ehrlich zu mir selbst war, würde ich diesen Teil der Auswahl ein wenig vermissen. Natürlich liebte ich es, in Hosen herumzulaufen, doch welche Frau fühlte sich nicht als Prinzessin, wenn sie feinste Seide trug? Aber ich wusste nicht, was mir mehr Angst machte: weiterzukommen und noch eine Woche ertragen zu müssen oder es nicht zu schaffen und die mir lieb gewonnenen Menschen nie wiedersehen zu dürfen.

Nachdem sämtliche Interviews beendet waren, stellten wir uns wieder in die Schlange für die letzte Entscheidung. Emilia und Charlotte hatten von König Alexander und Königin Lilyana die höchste Punktzahl für die Bewältigung ihrer Aufgabe erhalten. Obwohl ich nicht gesehen hatte, wie sie sich geschlagen hatten, war ich mir sicher, dass da etwas faul war. Ich wusste einfach nicht, was ich davon halten sollte. Unser König wäre doch niemals so befangen, dass er tatsächlich öffentlich eine Nachfahrin bevorzugen würde, oder? Trotzdem hatten die beiden die höchste Punktzahl erreicht und waren automatisch weiter, wenn es genauso ablief wie beim letzten Mal.

Während eine liebliche Melodie angestimmt wurde, stieg mein Puls in die Höhe und ließ mein Herz laut klopfen. Ich hatte gedacht, dass sich langsam eine gewisse Routine einstellen würde. Doch so war es nicht. Ich spürte, wie meine Finger warm wurden und mein Hals sich ganz trocken anfühlte.

Langsam setzten sich die Kandidatinnen vor uns in Bewegung. Meine Aufregung stieg ins Unermessliche. Viel zu schnell standen wir oben auf der weißen Treppe und warteten darauf, dass die jungen Männer endlich eine Entscheidung fällten.

»Nun beginnen wir mit der Auswahl der Kandidatinnen für die nächste Runde. Nie wieder werden wir sie in dieser Konstellation zusammen sehen. Deshalb bitte ich noch einmal um einen kräftigen Applaus.« Gabrielas Stimme tönte über uns hinweg, während das Publikum begann stürmisch zu klatschen. Minutenlang standen wir da und lächelten in die Kameras, die vor uns hin und her schwangen, um jede unserer Emotionen einzufangen.

»Unser verehrter Henry wird die Runde nun einläuten. Bitte fällen Sie Ihre Entscheidung.«

Henry trat einen Schritt vor und neben ihn stellte sich eine Helferin mit einer Schachtel in der Hand. Darin lagen noch größere Diademe, beinahe Kronen mit riesigen Rubinen, die zu uns hinauffunkelten und den Atem der Kandidatinnen schneller werden ließen.

Henry sah zu mir auf. Ich lächelte ihm zu, als er tief Luft holte. »Ich bitte Miss Tatyana zu mir herunter. Allein die Tatsache, dass sie vom Volk zur beliebtesten Kandidatin gewählt wurde, macht es für mich zu einer großen Ehre, sie in die nächste Runde zu schicken«, sagte er laut und wieder klatschte das Publikum.

Ich verkrampfte mich, riss mich jedoch schnell zusammen und ging dann langsam an den anderen Kandidatinnen vorbei, die versuchten entspannt auszusehen.

Unten angekommen vermied ich jeglichen Blickkontakt mit Phillip und sah nur Henry an. Ich schenkte ihm ein strahlendes Lächeln, während ich mich vor ihn hinstellte und einen tiefen Knicks machte, damit er mir das Diadem aufsetzen konnte.

»Ich finde das wirklich nicht nett von dir«, flüsterte ich so leise, dass es niemand hören konnte außer ihm.

Er grinste. »Ich kann dich doch nicht gehen lassen, nachdem du im Training so gut geworden bist. Außerdem würde ich dich sehr vermissen.«

Ich lachte leise, lächelte ihm noch einmal zu und ging dann zu der Stelle unter der Treppe, wo ich auf die anderen ausgewählten Kandidatinnen warten sollte.

Als Nächstes kam Charlotte und wurde, wie konnte es auch anders sein, von Phillip aufgerufen. Unwillkürlich verkrampfte ich mich. Das Wissen, dass ihre Lippen die von Phillip berührt hatten und sie diejenige war, die unser Zusammensein verhinderte, schürte erneut meine Eifersucht.

Fernand rief Claire auf. Man sah ihnen an, dass sich niemand zwischen sie drängen konnte. Ich wusste nicht, was ich mehr hoffen sollte: dass er der Prinz war und sie Prinzessin wurde oder dass er es nicht war und sie ein ruhiges und normales Leben führen konnten.

Fernand setzte ihr das Diadem auf und hob stolz die Brust, während er zusah, wie Claire sich neben mich stellte. Netterweise direkt zwischen mich und Charlotte.

Emilia wurde von Charles aufgerufen und ich beobachtete ihr

Strahlen. Er wirkte ebenfalls nicht abgeneigt. Wenn er der Prinz war, dann würde er wahrscheinlich sie wählen. Emilia schien dies zu wissen und ihre Augen funkelten, als sie sich wieder zu uns herumdrehte und in unsere Reihe aufstellte.

Drei weitere Kandidatinnen gesellten sich zu uns, bevor Henry erneut vortrat. Er lächelte voller Freude hinauf. »Rose McConnor.«

Ihre Augen leuchteten auf, bevor sie die Treppe hinunterschritt wie eine wahre Prinzessin. Ich versuchte ein Stirnrunzeln zu unterdrücken, während ich dabei zusah, wie sie auf ihn zuging. Es war, als wäre er der Mittelpunkt ihres Lebens. Und auch Henrys Gesicht verriet Entzücken. Obwohl wir nur Freunde waren, spürte ich, wie sich eine seltsame Eifersucht um mein Herz legte. Ich hielt die Luft an, um meinen Kopf wieder freizukriegen. Dieses Gefühl war völlig irrational. Warum war mir das zwischen den beiden nie aufgefallen?

Als Rose sich zu uns stellte, schaute Henry mich einmal kurz an. Sein Blick war voller Freude. Ich blinzelte und versuchte zu lächeln, während mir in den Sinn kam, dass, wenn er der Prinz wäre, Rose gewinnen würde. Ich kam nicht infrage. Wir waren tatsächlich nur Freunde. Doch warum fühlte ich mich bei diesem Gedanken so komisch? Ich *wollte* doch gar nicht gewinnen!

»Das sind nun unsere letzten acht Kandidatinnen für die Auswahl der Prinzessin. Einen herzlichen Applaus für sie alle.« Die Moderatorin strahlte übers ganze Gesicht und applaudierte mit dem Publikum um die Wette.

Geschlossen gingen wir Auserwählten durch die Türen unter der Treppe und warteten darauf, dass erneut Fotos gemacht werden konnten. Eine halbe Stunde später war es so weit. Wir durften wieder hinaus. Der Raum war nun leer, das Publikum bereits gegangen. Wir stellten uns auf und lächelten.

Als die Kamera auf uns gerichtet war, konnte ich nicht anders, als zu Phillip hinüberzusehen. Auch er beobachtete mich. Sein Blick durchbohrte mich beinahe und ein wehmütiges Ziehen fuhr durch meinen Bauch. Warum musste es so kompliziert sein? Hatte er mir nicht seine Gefühle gestanden? Warum musste er mir das dann noch antun?

Sie schossen erst Gruppenfotos, danach Einzelfotos und zu guter Letzt wurde jedes Mädchen paarweise mit den jungen Männern abgelichtet. Als ich mich neben Phillip stellte, versuchte ich zu verbergen, wie sehr ich zitterte. Sein Geruch stieg mir in die Nase und erinnerte mich an unseren letzten Kuss. Wie sehr ich mir doch wünschte, ich könnte ihn vergessen.

Gerade als ich mich umdrehen wollte, um zu gehen, stand plötzlich Madame Ritousi vor uns. Sie trug heute ein grelles pinkes Kleid, das mit schwarzen Tatzen bestickt war. Nur mit Mühe konnte ich ein Kichern unterdrücken, musste jedoch gleichzeitig zugeben, dass es ihr irgendwie stand. Wenn auch auf eine unkonventionelle Art und Weise.

»Guten Abend, meine Damen und Herren. Ich bin hier, um etwas zu verkünden. Nun sind nur noch acht junge Damen hier. Obgleich eine von Ihnen am Ende Prinzessin sein wird und die anderen nicht, haben Sie alle bereits einen gewissen Grad an Bekanntheit erlangt. Deshalb sind König Alexander, Königin Lilyana und ich uns einig, dass wir Sie ab übermorgen auf eine Reise durch unser Königreich schicken werden. Sie werden Städte bereisen und dort Ihre Aufwartung machen. Wie Ihnen sicher nicht entgangen ist, konnten nicht alle von Ihnen einen hohen Beliebtheitsgrad erlangen.« Sie sah mich an und schnalzte mit ihrer Zunge. »Anscheinend interessiert es das Volk nur wenig, ob man eine Gabel von einem Messer unterscheiden kann.« Es folgte noch ein vielsagender Blick, den ich nur mit einem süßen Lächeln quittieren konnte.

»Nun.« Sie lächelte irritiert zurück und räusperte sich. »Auf jeden Fall wird Ihre Vertraute Ihnen nicht nur helfen, passende Reisekleidung einzupacken, sondern Sie auch auf Ihrer Reise begleiten. Zudem wird es ab nächster Woche keine Aufgabe mehr geben. Ob Sie es glauben oder nicht: Bald ist es so weit. Bereits kommende Woche wird sich der Prinz zu erkennen geben und seine Angetraute wählen. Der Unterricht ist jedoch noch nicht beendet. Sie werden auf Ihrer Reise lernen, wie sich eine wahre Prinzessin in der Öffentlichkeit zu verhalten hat. Das bedeutet für Sie alle, dass Sie einen guten Eindruck machen müssen. Das Volk wird nämlich sehr genau hinschauen. Wir sehen uns dann übermorgen in aller Frühe. Alles Weitere wird Ihnen Ihre Vertraute erklären. Jetzt wünsche ich Ihnen allen noch einen schönen Abend.« Sie musterte jeden von uns noch einmal eingehend, drehte sich dann um und stakste auf ihren hohen Schuhen davon.

»Wir fahren durch das Königreich?«, fragte ich überrascht und schaute Claire an, die Madame Ritousi hinterherstarrte.

»Was trägt sie da für ein abscheuliches Kleid?«, hauchte meine Freundin statt einer Antwort und sofort brachen wir in lautes Lachen aus.

»Sehr erwachsen«, zischte Charlotte neben uns, woraufhin wir uns zu ihr umdrehten.

Ich konnte nicht verhindern, dass sich meine Hände zu Fäusten ballten. »Pass gut auf, sonst werde ich mit dir das Gleiche machen wie mit Phillip.«

Ihre Augen wurden groß und kaum merklich wich sie vor mir zurück. »Tu das doch, aber dann wirst du rausgeworfen«, trällerte sie so laut, dass alle um uns herum sie hören konnten.

Ich grinste sie verächtlich an. »Und sogar wenn, dann wäre es mir egal. Wenigstens mögen mich die Menschen, obwohl ich nicht den Nachnamen eines Gründers trage. Entschuldige, wenn das gemein klingt, aber ohne mich hättest du diese Aufgabe doch niemals geschafft.« Ich hob mein Kinn, warf ihr den nettesten Blick zu, zu dem ich noch imstande war, und blinzelte ein paar Mal. »Aber gut siehst du aus. Das wird die Sache bestimmt retten.«

Darauf drehte ich mich um und ging so würdevoll aus dem Raum hinaus, wie ich nur konnte. Ich spürte die neugierigen Blicke der anderen Mädchen in meinem Rücken und hob mein Kinn noch ein wenig höher. Einmal in meinem Leben hatte ich mich gewehrt. Ich hatte endlich einmal jemandem gezeigt, dass ich nicht alles mit mir machen ließ. Sollten sie und Phillip doch glücklich werden. Mir konnte es egal sein. Mir *sollte* es egal sein.

Als ich endlich an der frischen Luft war, wo die Dunkelheit bereits den Tag abgelöst hatte, hörte ich hinter mir eilige Schritte. Claire war mir sicher gefolgt.

Plötzlich packte mich jemand am Arm und riss mich herum. Ich erstarrte, als ich vor mir Phillip sah, und erschrak gleichzeitig wegen seines groben Verhaltens. Er wirkte so wütend, dass ich zurückwich, obwohl ich mich sofort dafür verfluchte.

»Was willst du?«, fauchte ich, um meine Unsicherheit zu überspielen, und funkelte ihn an.

Noch immer hielt er meinen Arm umklammert, doch nicht so fest, dass es wehgetan hätte. Ich verbot mir, auch nur mein Gesicht zu verziehen.

»Was sollte das gerade eben?«

Mein Mund presste sich zu einem dünnen Strich zusammen. »Wie bitte?«

Jetzt hob er sein Kinn. »Warum fährst du Charlotte so an?«

Ich schluckte vor Überraschung. Mein Herz blutete schmerzvoll und Tränen brannten in meinen Augen. »Wahrscheinlich, weil ich sie nicht leiden kann. Entschuldige, dass ich mich gegen ihre Sticheleien wehre«, antwortete ich so kratzig wie möglich.

Er zog mich an sich heran. »Wieso wehrst du dich denn gegen sie? Sie hat dir doch überhaupt nichts getan.«

Ich atmete tief durch und blinzelte, während ich wie gebannt den Wald anstarrte, um meine aufsteigenden Tränen unter Kontrolle zu bekommen. »Wie du meinst.«

Ich spürte, wie er sich anspannte und nachzudenken versuchte. Dieser miese Dreckskerl! Ich war mir sicher, dass er mich gesehen hatte, nachdem er Charlotte geküsst hatte. Doch er sagte nichts. Feigling!

Langsam atmete ich ein und wandte mich wieder ihm zu. »Du darfst jetzt aufhören mir wehzutun. Und damit meine ich nicht nur meinen Arm. Halt dich bitte von mir fern, wenn du es nicht ernst mit mir meinst. Für mich bedeutet Liebe immer noch ein Versprechen. Wenn du es damit so leicht nimmst, ist es sehr traurig.« Die Kälte in meiner Stimme überraschte uns beide.

Sofort ließ er meinen Arm los. Er wirkte erschrocken. Weshalb, konnte ich mir nicht erklären. Ich wartete noch einige Sekunden, doch er hörte nicht auf mich anzustarren. Tief enttäuscht biss ich mir auf meine Unterlippe, schloss kurz meine Augen, öffnete sie wieder und sah ihn traurig an. »Ich habe es wenigstens ernst gemeint.«

Langsam drehte ich mich um und erwartete schon, dass er mir folgte, doch nichts passierte. Er ließ mich einfach so gehen.

Als genug Abstand zwischen uns war, gab ich meinen Tränen nach. Sie brannten auf meinem Gesicht. Fast blind lief ich auf den Turm zu und wäre fast über den Saum meines Kleides gestolpert. Gerade noch konnte ich mich halten, doch mein Kopf prallte trotzdem gegen die Tür. Sofort machte sich ein dumpfer, pochender Schmerz hinter meiner Stirn breit. Ich stöhnte auf, legte meine Hand über meine Augen und ließ mich vor der Tür auf die Knie sinken.

Claire fand mich dort, noch bevor mich jemand so sehen konnte. Sie fragte nicht, sondern zog mich hoch, stemmte mich in den Turm und half mir aus meinem Kleid. Die ganze Zeit über weinte ich, schluchzte vor Schmerz. All diese Lügen von Phillip brannten in meinem Kopf, vernebelten mein Gehirn. Immer wieder hörte ich seine Stimme.

»Ich mag dich so sehr«, flüsterte er leise. Das Gesicht vor meinem inneren Auge lächelte liebevoll, brannte ein schwarzes Mal in mein Herz und kratzte an meiner Seele.

Als das Kleid endlich von meinem Körper war, fiel ich zu Boden. Meine Knie brannten wund auf dem Holz, doch ich spürte sie kaum. Ich umklammerte meinen Körper, presste meine Hände fest an mein Herz. Mein Weinen wurde zu einem qualvollen Wimmern.

Neben mir spürte ich Claire auf die Knie gehen. Sie presste mich an sich, versuchte mir Trost zu spenden. Doch in mir war alles leer. Nur noch Schmerz erfüllte mich. Ich wollte mich zusammenreißen, aber ich konnte es einfach nicht. Es war, als hätte sich ein dichter Nebel über mich gelegt, der mich völlig blind für alles andere werden ließ.

Ich hörte es an der Tür klopfen. Claire stand zaghaft auf, sie hatte wohl Angst, dass ich zu Boden fiel. Doch ich ließ mich sinken, legte meinen Kopf auf das kratzende Holz. Vage nahm ich jemanden wahr, ein erschrockener Laut hallte im Turm wider. Doch bewegen konnte ich mich nicht. Es tat so weh.

Claire setzte sich wieder neben mich, hielt mich in ihren Armen, wiegte mich wie ein kleines Kind. Wir waren wieder alleine. Plötzlich kam erneut jemand. Mein Arm wurde angehoben. Ich ließ es geschehen.

Ein tiefer Stich in meine Haut ließ mich aufschreien. Ich versuchte mich zu wehren. Mit Händen und Füßen trat und schlug ich um mich. Ich wurde festgehalten und erinnerte mich an die Nacht, in der meine Erinnerungen verschwanden. Die Nadel. Ich wehrte mich heftiger und stöhnte.

Doch plötzlich ließ meine Kraft nach. Tränen rannen noch über meine Wangen. Meine Augen waren geschlossen. Etwas tief in mir entglitt mir.

Es wurde so dunkel. Und so unglaublich kalt.

16. KAPITEL
ICH MAG DICH ... HAST DU GESAGT

Vögel zwitscherten in weiter Ferne, doch ihr Gesang schien immer lauter zu werden. Ich fühlte mich, als würde mir jemand langsam eine Decke von meinem Kopf ziehen. Die Geräusche der Umgebung wurden beinahe unerträglich. Das Pochen in meinem Kopf ließ mich leise wimmern. Meine Augenlider waren schwer und verklebt. Ich wollte sie öffnen, doch sie ließen es nicht zu.

Plötzlich strich mir jemand sanft über meinen Kopf. Ich erschrak, doch schaffte es noch immer nicht, mich zu rühren.

Erst jetzt spürte ich die Wärme eines anderen Menschen neben mir. Ich lag irgendwo. Vielleicht noch auf dem Boden? Nein, der Untergrund war zu weich dafür. Mein Kopf war an eine starke Schulter gebettet, die unmöglich Claires sein konnte. Ein angenehmer Duft umspielte meine Nase, ließ mich lächeln. Ich kannte diesen Duft, doch konnte ihn nicht zuordnen.

Erneut wurde mein Kopf liebkost. So sanft wie ein Luftzug im Sommer, der einen Vorhang umschmeichelt. Die Berührung war liebevoll und fühlte sich schön an. Ich genoss es, für einen kurzen Moment nicht zu wissen, wo ich war und wer neben mir lag.

Auf einmal erschien Phillips Gesicht vor meinem inneren Auge. Erschrocken fuhr ich zusammen. Ich zwang meine Augen sich zu öffnen und rückte ab. Doch in dem Moment, als ich das Bettende erreichte, erkannte ich Henry neben mir. Aber es war zu spät: Ich verlor mein Gleichgewicht, strauchelte, suchte etwas zum Festhalten. Schneller, als ich es je könnte, reagierte er. Sofort ergriff er meine Hand und riss mich nach vorne, bevor ich aus dem Bett fallen konnte.

Erschrocken japste ich auf. Ein qualvolles Brummen setzte in meinem Kopf ein. Mehr als ein leises Stöhnen brachte ich nicht mehr zustande. Doch Henry drückte mich fest an sich, legte mich an seine Brust und wiegte mich vor und zurück. Er sprach nicht, sondern summte leise. Langsam beruhigte sich mein Herz. Doch leider nicht mein Kopf.

Zaghaft ließ ich von ihm ab und legte meine Hände an meine Stirn, verdrängte das Licht aus meinen Augen. »Ich habe so Kopfschmerzen«, krächzte ich, als wäre meine Stimme lange nicht mehr benutzt worden.

Ich spürte, wie Henrys Gewicht von der Matratze wich, hörte seine Schritte fortgehen und zurückkehren. Zaghaft sah ich auf. Er setzte sich neben mich und hielt mir eine Tablette und ein Glas Wasser entgegen.

Dankbar lächelnd nahm ich beides an und stürzte die Tablette schnell mit dem Wasser meine Kehle hinunter, bevor ich ihm das Glas zurückgab. Langsam ließ ich mich wieder auf das Bett sinken. Henry legte sich mir gegenüber und sah mich einfach nur an. Zögernd robbte ich ihm entgegen und legte mich wieder an seine Brust. Es war so schön, ihn in meiner Nähe zu wissen. So beruhigend.

Lange lagen wir da und hörten den Atem des anderen. Noch immer zwitscherten die Vögel vor dem Fenster. Doch es tat nach einiger Zeit nicht mehr weh. Der Schmerz in meinem Kopf verging. Ich spürte, wie Henrys Atem immer gleichmäßiger wurde, bis ich ein leises Schnarchen vernahm. Ich musste kichern angesichts dieses Geräuschs. Meine Kopfschmerzen waren weg.

Langsam schob ich mich an ihm vorbei und stand mit wackligen Beinen auf. Überrascht stellte ich fest, dass ich einen Schlafanzug trug. Als ich zu Claires Bett hinübersah, war es leer. Müde ging ich hoch ins Badezimmer und zog mir eine Hose sowie einen Pullover an, nachdem ich mich zurechtgemacht hatte. Wieder unten angekommen schlief Henry noch immer.

Vorsichtig schlich ich zum Fenster und blickte hinaus. Sicher war es bereits Frühstückszeit. Doch die Schmach, dort hinzugehen, würde ich mir nicht geben. Nicht nach dem, was gestern geschehen war.

Auf einmal sah ich eine Bedienstete aus Charlottes und Emilias Turm kommen. Sie trug Bettwäsche in ihren Armen und schloss gerade die Tür hinter sich.

So leise wie möglich ging ich zur Tür, öffnete sie und lief zu ihr hinüber. Angesichts meines Aufzugs verzog sie nicht einmal ihren Mund. Als wäre es das Normalste auf der Welt, knickste sie und begrüßte mich höflich. »Guten Morgen, Miss Tatyana.«

»Guten Morgen. Könnten Sie mir vielleicht einen Gefallen tun?«, fragte ich zaghaft.

»Natürlich, Miss.« Sie lächelte mich an und nahm mir jegliche Scheu.

* * *

Nur fünf Minuten später, die ich wartend auf der Bank vor dem Turm verbracht hatte, kam die Bedienstete zurück. Sie trug ein Tablett in ihren Händen. Dankend nahm ich es ihr ab und ging zurück in den Turm, wo Henry gerade erwachte.

Verschlafen rieb er sich über seine Augen und schaute zu mir herüber. »Was machst du da?«

Ich stellte das Tablett auf den Nachttisch und setzte mich zu ihm ans Bett. »Ich habe uns Frühstück bringen lassen.«

Ein verschlafenes Lächeln stahl sich über seine Lippen, bevor er gähnte.

»Und Kaffee gibt es natürlich auch«, ergänzte ich und nahm eine Tasse in die Hand. »Milch und zwei Stückchen Zucker?«, fragte ich wie selbstverständlich.

Er machte große Augen. »Woher weißt du das?«

Ich schüttelte meinen Kopf. »So trinke ich ihn am liebsten. Vielleicht habe ich dich auch einmal beobachtet.« Ich reichte ihm lächelnd seine Tasse. Daraufhin schob er sich an das Ende des Bettes, um sich an der Wand anzulehnen.

Ich rührte in meinem Kaffee und setzte mich neben ihn, jedoch mit gebührendem Abstand. Schweigend tranken wir und schauten dabei aus dem Fenster.

»Warum bist du eigentlich in meinem Bett? Das schickt sich nicht, oder?«, fragte ich kichernd und sah mit angelehntem Kopf zu ihm hoch.

Er grinste breit. »Ich weiß eben, wie man es macht.«

Darauf lachte ich und stieß ihn freundschaftlich mit meinem Ellenbogen an. »Du bist wirklich unmöglich.«

Er erwiderte meinen Stupser. »Du doch genauso. Nein, ich war gestern hier, um nach dir zu sehen, und dann haben wir ...«

Ich schloss kurz meine Augen bei der Erinnerung an den gestrigen Abend und schaute dann wieder zu ihm hoch. »Der Heiler hat mir eine Spritze gegeben, oder?«

»Ja, zur Beruhigung.«

Ich biss mir auf meine Unterlippe. »Es tut mir leid.«

Henrys Gesicht wurde ernst, als er seine Tasse auf dem Nachttisch abstellte. »Hör auf, dich ständig zu entschuldigen. Ich habe schon mitbekommen, was passiert ist. Mir tut es leid, was Phillip dir antut. Das ist nicht in Ordnung.«

Ich zuckte resignierend mit meinen Schultern. Über Phillip wollte ich jetzt am wenigsten reden, was Henry zu spüren schien.

»Auf jeden Fall hat der Heiler dir die Spritze gegeben und du hast so schrecklich gezittert, dass ich dich in den Arm genommen habe. Erst dann hast du aufgehört. Deshalb habe ich mich neben dich gelegt und mich die halbe Nacht mit Claire unterhalten. Sie ist wirklich nett. So verrückt, wie sie aussieht, ist sie gar nicht.« Leise lachte er und schüttelte seinen Kopf, als könnte er es noch immer nicht fassen.

Ich lehnte meinen Hinterkopf wieder gegen die Wand, nippte an meinem Kaffee. »Ja, sie ist toll. Sie hat ein gutes Herz. Die beste Freundin, die man sich nur wünschen kann.«

»Wie fühlst du dich denn jetzt? Sind deine Kopfschmerzen weg?«, fragte Henry fürsorglich.

»Besser. Hast du Lust zu trainieren?«

Er lachte so heftig, dass ich beinahe meine Tasse verschüttet hätte. »Unbedingt. Ich dachte schon, du fragst nie.«

Behände kletterten wir aus meinem Bett, gingen zur Tür hinüber und öffneten sie.

»Ich ziehe mir schnell meine Trainingssachen an und dann hole ich dich ab«, verkündete er fröhlich und umarmte mich noch einmal innig.

Ich verstand sofort, warum. Auch er hatte Phillip einige Meter entfernt von meinem Turm stehen sehen. Am Rand des Waldes. Mein Herz pochte so laut, dass ich Angst bekam, er könnte es hören. Doch Henry reagierte nicht darauf, sondern grinste mich verschmitzt an, gab mir einen kurzen Kuss auf die Wange und drehte sich dann um. »Bis gleich.«

»Ja. Bis gleich«, antwortete ich mit kratziger Stimme und schaute ihm hinterher. Ich verstand nicht, warum er Phillip immer noch eifersüchtig machen wollte. Es passte einfach nicht zu seinem sonst so netten Wesen.

Auf einmal sah ich im Augenwinkel, wie Phillip auf mich zukam. Ich drehte mich zu ihm und trank einen Schluck Kaffee, wobei ich zu viel erwischte und mir meinen Gaumen verbrühte. Ein seltsam brennendes Gefühl breitete sich in meinem Mund aus, während ich ihm entgegensah.

Phillip ließ sich jedoch nicht aufhalten, und das, obwohl bereits die ersten Kandidatinnen im Hintergrund zurück vom Frühstück kamen. Darunter auch Charlotte und Emilia.

Ich blickte Phillip entgegen, der nun ganz nah war. »Was willst du?«

Er blieb einige Meter vor mir stehen und sah mich gequält an. »Tanya ... Ich würde gerne mit dir reden.«

»Ach? Und wo? Hier? Ich denke nicht. Dein Herzblatt kommt nämlich gerade dort hinten angelaufen und sieht es ganz offensichtlich nicht gerne, dass du mit mir redest. Aber da du dich schon entschieden hast, werde ich es dir leichter machen. Verschwinde!« Ich machte einen Schritt zurück und ließ die Tür krachend vor mir ins Schloss fallen. Obwohl ich einen kurzen Moment lang Genugtuung empfand, fühlte ich mich sofort wieder schlecht. Heftig schüttelte ich den Kopf. Er hatte mein Mitleid nicht verdient. Er hatte mich von vorn bis hinten belogen, mir falsche Gefühle vorgespielt. Phillip verdiente überhaupt nichts von mir.

Schnell stellte ich meine Tasse auf dem Nachttisch ab und zog mich um. Dann sprintete ich hoch ins Badezimmer und war gerade fertig mit Zähneputzen, als es schon an der Tür klopfte. Auf dem Weg nach unten verdrehte ich meine Haare zu einem unordentlichen Dutt.

Vor der Tür stand Henry und streckte mir breit grinsend seine Hand entgegen. Ich ließ mich von ihm die Treppen hinunterführen. Im Augenwinkel sah ich Phillip vor Charlottes Turm stehen und zu uns herübersehen. Ich konzentrierte mich ganz auf Henry, mit dem ich, hier vor den Türmen, ein paar leichte Aufwärmübungen machte. Einige Kandidatinnen kamen näher und schauten uns zu, woraufhin Henry sie aufforderte mitzumachen. Doch sie schüttelten nur ihre Köpfe und lachten, als hätte er einen besonders guten Witz gemacht. Ich lachte ebenfalls, weil Henry so verwirrt wirkte, und freute mich, dass ich – im Gegensatz zu den anderen Kandidatinnen – etwas ganz Besonderes mit ihm teilen konnte. Mit ihm zusammen zu sein ließ mich wieder zu mir selbst werden. In seiner Nähe war kein Schmerz, nur Freude.

»Bist du bereit?« Er dehnte sich ausgiebig, vollkommen munter. Die Kandidatinnen um uns herum musterten ihn voller Entzücken. Die enge Kleidung und seine Bewegungen ließen seine

Muskeln zur Geltung kommen, was immer wieder wohlige weibliche Seufzer zu uns herüberwehen ließ.

Ich tat es ihm nach und nickte. »Ich bin bereit.«

»Na, dann los«, rief er und schubste mich zur Seite. Fast brachte er mich damit zu Fall. Lachend strauchelte ich und zum zweiten Mal an diesem Tag packte er meinen Arm und hielt mich fest. Kurz nachdem ich mein Gleichgewicht wiedergefunden hatte, riss ich mich von ihm los und begann zu rennen. So schnell ich konnte, sprintete ich in Richtung des Waldes, drehte mich kurz um und streckte Henry meine Zunge raus.

»Das war unfair«, rief er mir lachend hinterher und versuchte aufzuholen. Die Kandidatinnen jubelten und feuerten uns an, bis ich im Wald verschwand und sie nicht mehr hören konnte.

Durch seine längeren Beine war er bald auf meiner Höhe und wir liefen im Gleichschritt und gemächlichem Tempo durch die festgetrampelten Wege des Waldes. Schweigend genossen wir die durch die Baumwipfel einfallende Sonne und die Hitze, die unsere Körper durchströmte. Wir liefen bis zur Mauer, wo wir General Wilhelm zuwinkten, und folgten ihr dann ein ganzes Stück entlang, bis wir umkehrten. Genau zu der Lichtung, wo die kleine Hütte stand. Ich schluckte, als ich sie sah, und riss mich zusammen, um nicht an Phillip zu denken.

Wir wurden langsamer, hielten schließlich inne und sahen uns an.

»Jetzt versuch dich zu konzentrieren. Stell dich aufrecht hin und schließe deine Augen. Versuch dich auf die Umgebung zu fokussieren«, erklärte Henry und schob mich vor sich.

Widerwillig schloss ich meine Augen, nur um sie kurz darauf wieder zu öffnen. Genauso wie bei unserem letzten Training, wo ich mich ebenso unwohl bei dieser Übung gefühlt hatte. »Du weißt doch noch, dass ich es nicht kann?«

Henrys Lachen hallte durch den Wald. »Konzentriere dich.«

»Du hörst dich an wie eine kaputte Schallplatte«, murmelte ich und schloss erneut meine Augen. Meine Arme flossen mit der Luft und meine Beine mit den Stimmen der Vögel. All meine Gedanken galten meiner Umgebung. Auch Henry konnte ich ganz deutlich hören. Seinen Atem neben mir. Und mir war auch, als könnte ich seine Bewegungen wahrnehmen. Doch nicht gut genug.

Plötzlich schnellte seine Hand vor. Ich wich nicht rechtzeitig aus und wurde hart an der Schulter getroffen. Ächzend öffnete ich meine Augen. »Das war wirklich nicht nett.«

»Mach es noch einmal«, forderte er unerbittlich und ließ mich lautlos grummeln.

Abermals schloss ich meine Augen, hörte ihn dieses Mal jedoch und drehte mich schnell genug weg, als ich hörte, wie er versuchte mich anzugreifen.

»Sehr gut«, hauchte er und hielt mir seine Hand entgegen, doch ich konnte einfach nicht anders, als noch breiter zu grinsen, und sprang ihm um den Hals.

»Ah, ich kann es!«, rief ich glücklich und ließ mich von ihm hin und her wirbeln.

»Ja, du kannst es. Ich bin sehr stolz auf dich.« Damit brachte er ein wenig Abstand zwischen uns und sah mich strahlend an. »Und ich dachte schon, dass du ein hoffnungsloser Fall bist.«

Ich grinste. »Ich habe abends ein wenig mit Claire geübt. Aber ich muss zugeben, dass sie nicht so leise sein kann wie du.«

»Lass es uns noch einmal versuchen«, drängte er.

Ich nickte und schloss erneut meine Augen. Henry nahm ich nun viel deutlicher wahr als zuvor. Wieder näherte er sich mir, doch dieses Mal von der anderen Seite. Ich atmete tief ein und hörte plötzlich noch ein anderes Geräusch. Da waren Schritte. Von wie vielen Personen, konnte ich nicht sagen. Sie schienen zu laufen. Ich runzelte meine Stirn und konzentrierte mich gerade noch rechtzeitig, um einen Schlag von Henry mit meinem Arm abzuwehren. Darauf öffnete ich meine Augen und versuchte ihn anzugreifen. Doch er war viel stärker als ich. Also wich ich ihm die ganze Zeit nur aus, wehrte seine Schläge ab und versuchte gleichzeitig, nicht von ihm in die Ecke gedrängt zu werden. Ich keuchte vor Anstrengung, Schweiß lief an meiner Stirn herunter.

»Was machen die denn da?«, hörte ich plötzlich Charlottes Stimme, die mich so sehr ablenkte, dass Henry mit voller Wucht meine Schulter erwischte und mich zu Boden warf.

Ich stöhnte, während Henry sich neben mich kniete. Obwohl er mich verletzt hatte, schaute er mich enttäuscht an. »Du darfst dich nicht ablenken lassen.«

Damit ließ er sich schnaufend neben mich auf den Rasen fallen. Wir taten so, als hätten wir Charlotte nicht gehört. Mir schwante schon Böses bei der Frage, mit wem sie unterwegs sein könnte.

Ich schaute liegend zu Henry hinüber und atmete schwer. »Das war echt toll. Der König hat erwähnt, dass ich gut zu den Wächtern passen würde. Was sagst du dazu?«, fragte ich zaghaft und beobachtete seine Reaktion. Gleichzeitig versuchte ich auszumachen, ob wir endlich wieder alleine waren.

Henry sah mich skeptisch an und verzog seinen Mund dabei. »Ist es das, was du gerne machen würdest?«

Ich sah zum Himmel hoch. »Ich weiß es nicht. Aber *das hier* mache ich wirklich gerne. Und ich kann es doch ganz gut.«

»Aber was ist damit, dass du bei deiner Schwester eine Ausbildung machen wolltest?«, fragte er neben mir und griff nach meiner Hand.

Ich blickte auf unsere verschränkten Finger und dann wieder hoch zu ihm. »Ich weiß nicht, ob ein normales Leben für mich jetzt noch möglich ist. Ich habe hier so viel erlebt und das Training mit dir hat mich irgendwie verändert.«

»Wie meinst du das?«

Unsicher kräuselte ich meine Nase. »Ich weiß nicht, wie ich es beschreiben soll. Stell dir doch mal vor, dass du dein Leben lang von einer Sache träumst, und plötzlich ist sie zum Greifen nahe und du weißt nicht, ob es wirklich noch das Richtige für dich ist. Will ich wirklich tagtäglich einfach nur in einer Schmiede sitzen und Schmuck herstellen? Wäre es nicht viel aufregender, wenn ich dem Königreich dienen könnte?«

Henry drückte meine Hand fester. »Weißt du, wenn du es wirklich willst, dann kannst du es schaffen. Aber du hast noch Zeit, es in Ruhe zu entscheiden. Vielleicht solltest du erst einmal sehen, ob dein früherer Traum nicht vielleicht immer noch interessant ist und du ihn nicht einfach nur aus den Augen verloren hast, weil du so weit weg bist? Zudem könntest du immer noch hier weitermachen und heiraten.«

Langsam drehte ich mich auf die Seite und sah ihn ernst an. »Meinst du, das ist möglich?«

Auch er drehte sich zu mir hin. Seine Augen leuchteten noch grüner im Licht und sein kantiges Gesicht wirkte weicher als sonst. »Alles ist möglich, wenn du nur daran glaubst.«

»Oh Henry. Heute wieder mal so kitschig«, rief auf einmal Phillip lachend. Wir drehten uns zur Seite und tatsächlich stand er einige Meter weiter neben Charlotte, der diese Situation überhaupt nicht zu gefallen schien.

Sofort sprang ich auf und lief in die entgegengesetzte Richtung. Weg von *ihm*.

Henry rief Phillip noch etwas zu und folgte mir dann. »Alles gut?«

Ich presste wütend meine Lippen aufeinander und schüttelte den Kopf.

Er lief nun neben mir her und zwang mich anzuhalten. Wir standen mitten zwischen den weißen Bäumen, deren Blätter sich uns entgegenstreckten. »Hey, du kannst mit mir reden«, ermunterte er mich sanft.

Ich schnaufte. »Dieser Kerl hat mir gesagt, dass er sich in mich verliebt hat, und im nächsten Moment sehe ich, wie er Charlotte küsst. Ist doch verständlich, dass ich dann sauer bin. Ich wünschte nur, er könnte mich endlich in Ruhe lassen.«

Henry schüttelte langsam den Kopf und schaute dann gedankenverloren zu Charlotte und Phillip zurück. Ich folgte seinem Blick und wandte mich dann schnell wieder ab, als ich sah, dass die beiden uns ebenfalls beobachteten. Frustriert verschränkte ich meine Arme vor meiner Brust.

»Wenn er mich in Ruhe lassen würde, dann wäre es einfacher für mich. Doch wie soll ich so jemals darüber hinwegkommen?«

Henry seufzte tief. »In letzter Zeit ist er sowieso ein wenig distanziert. Seit eurer Verabredung.«

Ich schaute auf. »Wie meinst du das?«

Zögerlich begann Henry sich in Bewegung zu setzen, weg von Phillip in Richtung Palast. »Ich weiß nicht, wie ich es beschreiben soll. Er redet kaum noch mit mir und scheint niemanden mehr an sich heranlassen zu wollen.«

Ich biss mir auf meine Unterlippe. »Ich weiß wirklich nicht, was ich dazu sagen soll.«

Henry verzog unschlüssig seinen Mund, erwiderte jedoch nichts. Jedes Mal, wenn er das tat, hatte ich das Gefühl, er würde gern ein Geheimnis mit mir teilen, durfte es jedoch nicht. Aber ich würde ihn nicht bedrängen. Henry war mein Freund. Und Freunden ließ man auch Freiraum für Geheimnisse, die einen nichts angingen.

»Sollen wir weiter trainieren?«, fragte ich schnell und hüpfte vor ihm auf und ab.

Sofort wurden seine Gesichtszüge weicher, lebhafter, genauso, wie ich sie mochte. Einfach Henry. »Ja, lass uns das tun. Obwohl gleich schon das Mittagessen beginnen müsste. Hast du keinen Hunger?«

Ich verzog meinen Mund und schüttelte den Kopf. »Nein, eigentlich nicht. Aber vielleicht solltest du hingehen.«

»Warum?«, fragte er mit gerunzelter Stirn.

»Weil die anderen Kandidatinnen doch auch etwas von dir abhaben sollen. Ich kann dich nicht immer nur für mich beanspruchen und dir damit die Chance auf dein wahres Glück nehmen.« Theatralisch legte ich mir eine Hand auf mein Herz und seufzte schwer. Dabei flackerten meine Gedanken zu Rose hin und ich spürte, wie meine Stimmung ein wenig sank.

Henry legte seinen Kopf leicht schief und nickte dann bedächtig. »Ja. Es ist wohl unhöflich von mir, wenn ich nicht zum

Frühstück und auch nicht zum Mittagessen erscheine. Von dir übrigens auch.«

»Ich sehe sie seit Wochen jeden Tag und bevor wir morgen losfahren, möchte ich noch ein wenig Abstand haben.« Jedes meiner Worte unterstrich ich mit meinen Händen.

Beinahe frustriert lachte Henry auf, doch da legte ich meine Hand an seine Schulter und schaute ernst zu ihm hoch. »Mach dir nicht immer solche Sorgen um mich. Stürze dich in diese Show und verliebe dich endlich.«

Jetzt legte Henry seinen Arm um meinen Rücken und drückte mich an sich, was für mich ein klein wenig ungemütlich war, weil ich einen ganzen Kopf kleiner war als er. »Wenn ich nicht wüsste, dass Phillip dein Herz gehört, würde ich mich wahrscheinlich in dich verlieben. Aber zum Glück habe ich die Chance, mit dir befreundet zu sein.«

Schnell stellte ich mich auf meine Zehenspitzen und gab dem Drang nach, ihm einen Kuss auf die Wange zu geben. »Du bist ein guter Mensch und ich bin froh, dass wir Freunde sind.«

»Danke. Ich muss jetzt los und würde mich trotz allem sehr freuen, wenn du ebenfalls mitkommen würdest. Übrigens würde ich mich dieses Mal zu dir und Claire setzen. Fernand will das schon die ganze Zeit machen, aber traut sich einfach nicht.«

Ich runzelte die Stirn. »Und was ist mit den anderen Kandidatinnen?«

Er hob seine Hand und winkte ab. »Ach, die meisten sind nur noch wegen der Show hier. Nicht wegen uns. Es gibt nur wenige, die wirklich Gefühle für einen von uns hegen.«

»Nein, das ist nicht richtig. Wir sind immer noch in einem

Wettbewerb und wenn ihr euch zu uns setzt und alle anderen ausschließt, dann wirft das kein gutes Bild auf den Palast.«

Da legte Henry wieder seinen Kopf schief und begann breit zu grinsen. »Gut, dann habe ich eine andere Idee. Etwas ganz Besonderes. Komm mit zum Mittagessen und ich werde dir davon erzählen.«

Wissend verzog ich den Mund. »Du bist wirklich hinterhältig, mich damit zu ködern. Und noch schlimmer ist, dass ich anbeiße. Meine Neugier ist einfach zu groß. Also dann, bis später, Henry.« Mit diesen Worten ging ich zu unserem Turm hinüber und genoss das Hochgefühl, hier tatsächlich Freunde gefunden zu haben.

Als ich den Turm betrat, saß Claire auf ihrem Bett und blätterte in einer Zeitschrift. »Tanya? Wo warst du denn die ganze Zeit?«

Ich setzte mich neben sie. »Ich war mit Henry trainieren.« Reumütig biss ich mir auf meine Unterlippe. Dann atmete ich tief durch. »Ich glaube, ich muss dir so einiges erklären. Du warst so eine gute Freundin und hast, wenn es mir schlecht ging, nicht gefragt, sondern gehandelt. Das kann man nicht von vielen Menschen behaupten. Dafür bin ich dir unendlich dankbar. Aber ich denke, ich sollte dir fairerweise erzählen, was alles passiert ist.«

Claires Augen wurden groß. »Was denn?«

Ich setzte mich an das Kopfende ihres Bettes und lehnte mich bequem zurück. Und dann begann ich ihr alles zu erzählen. Von meinem Training mit Henry, von Phillips Liebeserklärung, seinen zärtlichen Worten und warum ich deshalb viel zu oft meine Haltung verloren hatte. Nur von dem Angriff erzählte ich ihr nichts. Sie brauchte sich nicht auch noch deshalb Sorgen zu machen – zumal ich selbst nichts Genaueres davon wusste.

Ernst hörte sie mir zu, blickte mitfühlend auf meine Tränen, die mir zahlreich über die Wangen flossen, und nahm mich in den Arm, als ich schließlich endete. Trostsuchend schmiegte ich mich an sie und genoss die Umarmung einer wahren Freundin.

Liebevoll strich sie mir über den Rücken und schwieg, während ich versuchte, mich wieder zu beruhigen. Doch das warme Gefühl im Bauch, das mir ihre Nähe schenkte, stimmte mich noch trauriger. Bald, schon bald würden sich unsere Wege trennen.

TEIL 2

Noch heute durchfährt mich ein jähes Zittern, wenn ich daran zurückdenke, wie ich mich in jenen späten Tagen des Wettbewerbs fühlte. Zwar waren meine Erinnerungen zurückgekehrt, doch die verstörenden Bilder, die sie in meinem Kopf entfachten, sorgten keineswegs für Klarheit. Angst beherrschte mich. Angst und Unsicherheit.

Dabei sollte man in seiner ersten Verliebtheit doch glücklich sein, glücklich und nichts anderes. Aber das war ich nicht. Ich war verwirrt, zutiefst verunsichert. Und das hasste ich.

Phillip schürte etwas noch nie Dagewesenes – und gleichzeitig hätte er mir genauso gut ein Messer in die Brust rammen können, so weh tat er mir.

Wie sehr hatte ich mir damals gewünscht, all das einfach hinter mir lassen zu können, und doch blieb ich. Zu groß war mein Verlangen, das Geheimnis des Königreichs zu ergründen, zu groß war mein Streben nach der Wahrheit – sofern sie denn überhaupt existierte.

Und dann war da noch Henry ... Er brachte mir das Kämpfen bei, er gab mir Halt. Und doch belog er mich beinahe ebenso schamlos wie Phillip.

In diesen schweren Tagen konnte ich wirklich dankbar darüber sein, jemanden wie Claire an meiner Seite zu wissen. Meine einzig wahre Freundin. Offen und ehrlich, niemals auf den Mund gefallen. Und genau das liebte ich so an ihr. Selbstverständlich war unsere Freundschaft nicht, schließlich schritt der Wettbewerb zusehends voran, die Reihen der Kandidatinnen lichteten sich und wir wurden mehr denn je zu verbitterten Einzelkämpferinnen.

Doch ich möchte euch nicht mehr länger auf die Folter spannen und komme nun zum nächsten Teil meiner Geschichte. Die Reise durchs Königreich stand unmittelbar bevor. An deren Ende würde die wahre Identität des Prinzen preisgegeben werden – ohne Zweifel der Part meines Lebens, der mich nachhaltig verändern sollte und den ich am liebsten für immer vergessen hätte. Doch wahrscheinlich werden mich meine Narben auf ewig daran erinnern.

17. KAPITEL
ICH HASSE ES, DICH ZU LIEBEN

Claire und ich gingen gemeinsam zum Mittagessen. Unsere Haare waren aufwendig hochgesteckt und auf unseren Lippen lag ein Lächeln. Meine Freundin hatte sich bei mir untergehakt und presste meinen Arm fest an ihre Brust. Jetzt, da sie wusste, was alles zwischen Phillip und mir vorgefallen war, verstand sie meine abrupten Stimmungsschwankungen besser. Bisher hatte sie immer nur mitleidig zugehört, wie ich weinte, und keinen wirklichen Grund dafür gesehen. Als wahre Freundin hatte sie mich getröstet, ohne eine Erklärung für mein widersprüchliches Verhalten einzufordern, mir einfach die Zeit gegeben, die ich brauchte.

Auf der Hauptterrasse war kaum etwas los. Außer ein paar Bediensteten, die gerade das Mittagessen auftischten, war niemand zu sehen. Wir setzten uns an einen Tisch am Rand, nahe beim Büfett. Doch die angenehme Ruhe weilte nur kurz.

»Oh, wer kommt denn da?«, fragte Claire mit anzüglicher Stimme und deutete mit ihrer Nase hinter mich.

Ich drehte mich um und sah Henry und Fernand auf uns zulaufen. Fernand strahlte übers ganze Gesicht. Seine Augen waren jedoch nur auf meine Freundin gerichtet, was mir ein leises Lachen entlockte. Heute fiel mir der Rotton in seinem eigentlich eher dunklen Schopf besonders auf. Es ließ ihn jünger erscheinen, vitaler. Henry dagegen wirkte deutlich gereift. Seine vormals adlige Noblesse war durch die viele Zeit, die wir mittlerweile draußen verbrachten, einer gesunden Bräune gewichen. Und das brachte seine grünen Augen nur noch mehr zur Geltung. Wie so oft zuvor stellte ich ihn mir in der Uniform des Prinzen vor und musste mir selbst eingestehen, wie sehr mir dieser Gedanke missfiel, wenn ich auch nicht genau wusste, weshalb dies so war.

Henry bemerkte meinen Blick und setzte ein breites Lächeln auf.

»Hallo, was macht ihr denn schon hier?«, tat ich überrascht, um zu überspielen, dass ich mich beim Starren erwischt fühlte.

Die beiden jungen Herren gesellten sich lächelnd zu uns, wobei sich Fernand ganz dicht neben Claire setzte, die daraufhin leise zu kichern begann. Ihre Wangen färbten sich rosa und ihre Augen strahlten wie kleine funkelnde Diamanten. Noch nie hatte ich sie so schüchtern, fast schon zurückhaltend erlebt und musste doch unumwunden zugeben, dass ich es mochte, was Fernand mit ihr machte.

»Wir haben euch von oben gesehen und wollten schon einmal runterkommen. Aber natürlich nicht ohne ein Anliegen«, erklärte Fernand freudestrahlend und legte seinen Arm auf Claires Stuhllehne.

Ich schmunzelte bei dem Anblick. »Und um welches *Anliegen* handelt es sich?«

»Wir laden euch beide zu einer Verabredung ein. Was haltet ihr davon? Aber schon direkt nach dem Mittagessen. Wir haben uns nämlich etwas überlegt«, erklärte Henry neben mir geheimnisvoll und grinste dabei verschlagen.

Ich legte meinen Kopf schief. »Was ist mit den anderen Kandidatinnen? Es wäre doch reichlich auffällig, wenn wir zu viert einfach verschwinden würden, wo wir doch nur noch acht Mädchen sind.«

Henrys Lächeln verblasste ein wenig, was mir augenblicklich leidtat. »Lass das mal unsere Sorge sein. Charles meinte, er würde sich schon etwas einfallen lassen. Zudem sind wir morgen bereits unterwegs, weshalb heute kein Programm stattfindet. Im allgemeinen Trubel rund ums Kofferpacken können wir uns sicherlich davonstehlen«, bekräftigte er und grinste mich wieder voller Vorfreude an.

Neugierig betrachtete ich ihn und versuchte mir nicht anmerken zu lassen, wie sehr ich darauf brannte herauszufinden, was die beiden mit uns vorhatten.

»Na dann, spannt uns doch nicht so auf die Folter, sondern verratet uns ein paar Details«, neckte ich die beiden jungen Herrn.

»Keine Chance! Das ist eine Überraschung«, wandte Fernand sogleich ein. »Wir möchten euch nur bitten, etwas Unauffälliges anzuziehen – Nein, noch besser: Erica wird euch Kleidung bringen. Danach treffen wir vier uns bei den Ställen. Wisst ihr, wo die sind?« Fernand sah eigentlich nur Claire an, doch sie war viel zu verzaubert, um seinen Worten wirklich zu folgen, also antwortete ich.

»Ja, ich habe sie beim Training gesehen. Die sind doch in der Nähe der Mauer, oder nicht?«

Henry nickte. »Ganz genau. Diese hölzernen Gebäude, die dort auf der rechten Seite stehen. Aber versucht möglichst unbehelligt zu bleiben. Es darf euch niemand folgen«, erklärte er mit solch einem übermütigen Gesichtsausdruck, dass mein Bauch zu kribbeln begann.

»Uhh ... das klingt gefährlich. Das mag ich«, flüsterte ich verwegen, tunlichst darauf bedacht, mir meine freudige Erregung nicht anmerken zu lassen.

»Was klingt gefährlich?«, fragte da auf einmal eine wohlbekannte Stimme hinter mir. Ich hielt erschrocken die Luft an. Um zu wissen, wer jetzt hinter mir stand, musste ich mich nicht umdrehen.

Henry schüttelte den Kopf. Ob er wohl Phillip oder mich damit meinte? »Wir haben uns für heute zu viert verabredet.«

Phillip machte ein nicht sehr erfreutes Geräusch. »Dann könnten Charlotte und ich doch mitkommen.«

Vor Schreck wurden meine Augen ganz groß und Claires Gesicht spiegelte meinen entsetzten Gesichtsausdruck wider.

Ich verdrängte den jähen Schmerz in meiner Brust und fuhr mit Tränen der Wut in den Augen zu Phillip herum.

Er sah mich an, beinahe verzweifelt, als wollte er etwas sagen. Doch er schwieg.

Schwer schluckte ich, versuchte seine schokoladenbraunen Augen zu ignorieren und kam dann in einer erstaunlich geschmeidigen Bewegung vor ihm zum Stehen. Trotz hoher Schuhe war ich einen halben Kopf kleiner als er, musste also auch noch zu ihm aufschauen. Ich trat einen Schritt vor und baute mich dichter vor ihm auf. Er wich nicht zurück, sondern blieb stehen und schaute mich unergründlich an.

»Solltest du es wagen, mit dieser Person in meine Nähe zu kommen, dann werde ich den ganzen Abend mit Henry herumknutschen. Wenn es das ist, was du willst, dann bitte. Aber wenn dir auch nur ein kleines bisschen an mir gelegen hat, dann tust du mir das nicht an«, flüsterte ich zitternd und so leise, dass hoffentlich nur er mich hören konnte.

Seine Augen kniffen sich zusammen, vielleicht aus Überraschung, vielleicht aus Empörung vor so einer unglaublichen Drohung. Dann wanderte sein Blick hinunter zu meinen Schuhen. »Es tut mir so leid ... Du siehst heute übrigens wieder wirklich schön aus«, flüsterte auch er, bevor er sich umdrehte, an einen anderen Tisch ging – und mich völlig aufgelöst zurückließ.

Irgendwann griff Henry nach meiner Hand und zog mich zurück auf meinen Stuhl. Von meinem Platz aus starrte ich noch immer Phillip an, der nun so saß, dass er mich ansehen konnte. Ich schaute ihm in die Augen und glaubte eine tiefe Traurigkeit zu erkennen. Und obwohl ich es nicht wollte, war es wohl genau das, was uns verband.

Während sich Fernand und Claire wieder in ihr Gespräch vertieften, beugte sich Henry zu mir. »Hast du ihm gerade damit gedroht, mich zu küssen?«, fragte er belustigt.

»Das hast du gehört?« Errötend drehte ich mich zu ihm.

Lachend legte Henry seine Wange an meine. Von Weitem sah es sicher so aus, als würde er mich küssen, doch das tat er nicht. Gänsehaut wanderte von meinem Nacken bis hin zu meinem unteren Rücken und ließ mich erschauern.

»Das hast du sehr gut gemacht. Er wird jetzt bestimmt zergehen vor Eifersucht«, flüsterte er ganz leise, sanft wie ein Windhauch.

Langsam löste er sich von mir und blickte mir in die Augen. Unweigerlich errötete ich und begann beschämt zu lächeln.

»Genau, deine Reaktion ist perfekt! Jetzt ist er sicher richtig sauer. Sieh einfach nur mich an.« Er nickte auffordernd und grinste breit. Ich versuchte indes, die verwirrenden Gefühle in mir zu begreifen.

Während Henry seinen Kopf neigte und zu dem Tisch hinübersah, wo jetzt Phillip mit Charles saß, starrte ich ihn an. Es überraschte mich immer wieder, dass er Phillip so unbedingt eifersüchtig machen wollte. Und langsam beschlich mich dabei ein seltsamer Verdacht. Irgendetwas musste doch dahinterstecken. Schließlich machte man so etwas normalerweise nicht bei seinem engsten Freund. Henry verheimlichte mir etwas und ich wollte unbedingt herausfinden, was es war.

Auf einmal begann mein Tischnachbar laut zu lachen, umarmte mich und drückte mich fest an sich. »Er hat angebissen. Aber ich sollte jetzt besser mit Fernand verschwinden«, raunte er mir zu. »Also, wenn du es schaffst, dann schau den Rest des Mittagessens nicht zu ihm hinüber. Das wird ihn rasend machen.«

Ich nickte leicht in seiner Umarmung und da löste sich Henry wieder von mir. »Komm, Fernand. Wir sollten uns zu den anderen setzen, bevor Phillip noch mit Stühlen um sich wirft«, erklärte er lachend und strich mir liebevoll über meine Wange.

»Ach Henry, ich dachte, wir könnten wenigstens einmal hierbleiben«, stöhnte Fernand übertrieben und zwinkerte mir zu.

»Komm schon. Ich glaube, Phillip hat sich aus einem Stuhlbein bereits eine Waffe gebastelt. Wenn wir uns noch mehr Zeit lassen, durchbohrt er uns vielleicht noch damit«, witzelte Henry und drückte meine Hand, bevor er Fernand von unserem Tisch wegzerrte.

»Was war denn das?«, fragte Claire, als die beiden außer Hörweite waren.

Ich drehte mich so, dass ich mit dem Rücken zu Phillips Tisch saß und Claire ansehen konnte. »Henry wollte Phillip eifersüchtig machen. Aber ich verstehe nicht, wieso«, erklärte ich mit gerunzelter Stirn und begann mir nervös über meine Augenbrauen zu streichen.

Claire machte einen überraschten Laut, dann lehnte sie sich zurück und verschränkte ihre Arme vor der Brust. »Wenn ich es nicht besser wüsste, dann würde ich spätestens jetzt denken, dass Henry mehr als nur Freundschaft von dir will.«

Meine Stirn legte sich noch mehr in Falten. »Ganz ehrlich, ich weiß nicht genau, ob ich das so schlimm finden würde ...«, murmelte ich leise. »Irgendwie hat sich diese Vertrautheit gerade so ...« Ich schluckte und sah meine Freundin verzweifelt an. »... so schön angefühlt.«

Claire nickte verständnisvoll, entknotete ihre Arme und legte eine Hand auf meine. »Ich weiß, was du meinst. Vielleicht ist es ja so, dass man sich erst entlieben kann, wenn man sich neu verliebt. Henry ist so nett und er wäre toll für dich.«

Ich streichelte ihren Handrücken. »Ja, er ist wirklich nett, aber wir sind doch nur Freunde. Ich bin mir nicht sicher, ob ich das wollte. Erst Phillip und dann Henry ... Das erscheint mir nicht richtig«, erklärte ich traurig und versuchte dem Drang zu widerstehen, zu den jungen Herren hinüberzusehen. »Außerdem empfinde ich zu viel für Phillip.«

Meine Freundin lächelte mich gütig an. »Wir werden eine Lösung finden. Aber jetzt komm: Wir holen uns etwas zu essen«, ermunterte sie mich und stand auf. Damit holte sie mich in die Wirklichkeit zurück. Mein Blick fiel auf die zwei leeren Stühle neben uns. Automatisch wanderten meine Augen weiter über die

Terrasse. Da traf mich beinahe der Schlag: Charlotte und Emilia standen neben Phillip und Charles und unterhielten sich angeregt. Hastig schaute ich wieder weg und beeilte mich zu Claire zu kommen.

»Dieser Anblick hört einfach nicht auf wehzutun«, gestand ich zerknirscht und atmete tief durch, während wir das Büfett ansteuerten.

Als wir unsere Teller beluden, tauchten Charlotte und Emilia neben uns auf. Anscheinend hatten sie ihr Plauderstündchen ausgerechnet jetzt kurz unterbrochen. Sie redeten laut, damit wir sie auch ja hörten, doch hielten Abstand.

»Ja, Phillip ist toll! Stell dir doch mal vor, er hat mir gestern Abend tatsächlich gesagt, dass er mich liebt. Ist das nicht schön?«, flötete Charlotte und ließ sich von Emilia feiern.

»Das ist so wundervoll! Ich wusste von Anfang an, dass ihr das perfekte Paar seid. Und ich bin so glücklich, dass Charles wieder mit mir ausgehen will.«

Ich schluckte und verkrampfte mich automatisch. Claire versteifte sich neben mir ebenfalls und ich fühlte ihren Blick auf meiner nunmehr geballten Faust ruhen. Hastig hakte sie sich bei mir unter und zog mich von den beiden Mädchen weg. Sie steuerte direkt auf einen Tisch zu, wo bereits zwei Kandidatinnen saßen und uns argwöhnisch musterten, als wir bei ihnen ankamen. Auch ich schaute nicht weniger überrascht.

Claire räusperte sich. »Hallo. Dürfen wir uns bitte zu euch setzen?«

Die blonde Kandidatin namens Babette runzelte ihre Stirn, während ihre brünette Freundin – sie hieß Venya – ihr Gesicht beinahe schon angewidert verzog. »Wieso?«

Claire setzte ein zuckersüßes Lächeln auf. »Weil meine Freundin Tatyana unserer Charlotte gleich das Buttermesser ins Herz rammt, wenn wir noch einmal bei dieser eingebildeten Kuh sitzen müssen. Also, wenn ihr keine Lust darauf habt, dass dieser Wettbewerb aufgrund eines Mordes zu Ende geht, dann wäre es toll, wenn wir uns jetzt zu euch gesellen dürften.«

Die beiden Kandidatinnen starrten erst sie und dann mich an. Ich glaubte schon, sie würden uns wieder wegschicken, doch da brachen sie in schallendes Gelächter aus. Venya griff nach meinem Arm und zog mich neben sich auf den Stuhl.

»Alle, die Charlotte und Emilia unerträglich finden, sind automatisch unsere Freunde.« Sie streckte mir ihre Hand entgegen, die ich ganz perplex, doch höflich schüttelte. Nicht zum ersten Mal realisierte ich erstaunt, wie wenig wir von den anderen Kandidatinnen eigentlich wussten.

»Danke«, murmelte ich und schaute zu Claire hinüber, die lachte und nun ebenfalls Platz nahm.

»Toll. Also dann mal guten Appetit«, plapperte sie fröhlich.

Ich hingegen konnte nicht anders, als meinen Teller anzustarren und dabei so stark meine Augenbrauen zusammenzukneifen, dass ich beinahe Kopfschmerzen bekam. Meine Gedanken schweiften schon wieder ab.

Konnte es tatsächlich sein, dass ich mich in Henry verliebte? Sogar wenn es das Letzte war, was ich wollte? Ich fragte mich auch, warum Henry Phillip ständig aus dem Konzept bringen wollte, obwohl dieser doch schon fast mit Charlotte verheiratet schien.

»Tatyana?«

Ich zuckte zusammen und schaute verwirrt zu Venya, die

mich interessiert musterte. »Wie bitte? Entschuldige, aber ich habe nicht zugehört.«

Sie schnalzte mit der Zunge. »Also, irgendwie bist du verwirrter, als du aussiehst. Das ist gut. Niemand mag perfekte Menschen. Auf jeden Fall wollte ich von dir wissen, ob du weißt, was die nächste Entscheidung beinhaltet.«

Ihr Kompliment, das getarnt war mit einer Beleidigung, verwirrte fast noch mehr.

»Ähm ja. Nächste Woche wird sich der Prinz zu erkennen geben und zwei Kandidatinnen für das große Finale wählen. Und auch die drei übrigen jungen Männer müssen sich entscheiden.«

Venya nickte nachdenklich. »Ach schade, dann bleiben wir also nur noch eine Woche.«

»Wieso das?« Ich schaute zwischen ihr und Babette hin und her.

»Weil die jungen Männer doch alle schon ihre Entscheidung getroffen haben. Es ist doch wohl klar, wer sich für wen interessiert«, erklärte Babette zwitschernd und mir fiel erst jetzt auf, was für eine nervtötend hohe Stimme sie hatte.

»Ja, das ist wohl so«, erwiderte ich abwesend und prompt begannen beide leise zu kichern.

»Habe ich was Falsches gesagt?«

Venya schüttelte ihren Kopf. »Nein, eigentlich nicht. Du bist nur diejenige, bei der wir nicht genau wissen, für wen sie sich entscheiden wird«, kicherte sie weiter und brach dann mit Babette in schallendes Gelächter aus.

Irgendwie fühlte ich mich in diesem Moment ausgelacht. »Wie bitte? Warum sollte ich mich denn entscheiden müssen?«

»Ist das denn nicht offensichtlich?«, fragte Babette und schüttelte ihren Kopf. »Sogar wir anderen Kandidatinnen sehen, dass jeder von diesen vier jungen Männern auf dich steht und du dir jeden ...«, mit einem Seitenblick auf Claire räusperte sie sich schnell und fuhr dann fort: »... *fast* jeden der jungen Männer warmhältst. Wir haben sogar Wetten abgeschlossen, für wen *du* dich entscheiden wirst.«

Da hob Claire ihre Hand. »Moment mal! Nur um das klarzustellen: Die jungen Männer entscheiden sich für eine Kandidatin, weil sie diese mögen, und nicht, weil Tanya den betreffenden Herrn nicht will. Es ist eine Frechheit, solche Gerüchte zu streuen. Zudem kann Tanya doch nichts dafür, dass alle so etwas denken. Sie hat sich absolut keine Schuld zuzuschreiben!«

Ich begann nervös meine Finger zu kneten. »Ich verstehe mich gut mit ihnen, aber das bedeutet nicht, dass ich etwas mit ihnen allen habe oder haben möchte«, erwiderte ich leise und starrte meinen noch vollen Teller an. Vielleicht hätten wir uns doch lieber neben Charlotte und Emilia setzen sollen.

»Ist doch nicht so schlimm. Nur hoffentlich entscheidest du dich für den Prinzen. Das wäre so romantisch. Und dann würden wenigstens nicht Charlotte oder Emilia gewinnen«, erklärte Venya und kicherte nun wieder.

Claire schnaubte. »Ihr könnt jetzt gerne die Klappe halten. Was stimmt eigentlich nicht mit euch?«, zischte sie wütend und sah die beiden mit zusammengekniffenen Augen an.

Venya und Babette verzogen ihre Münder und schwiegen nun endlich, um ihre Teller zu leeren. Ich warf Claire einen dankbaren Blick zu, doch sie schüttelte nur entrüstet ihren Kopf.

Gerade als ich mich missmutig meinem Teller widmen wollte, ertönte eine Stimme neben mir. »Hallo, Tanya.« Ich schaute auf, direkt in Henrys leuchtende Augen.

Ich legte meine Stirn in Falten. »Ja?«

»Komm doch bitte mal mit«, forderte er mit einem süßen Lächeln und hielt mir seine Hand hin. Neben ihm erschien Fernand und entführte Claire ebenso, jedoch in die andere Richtung zu dem Tisch der jungen Männer.

Irritiert, doch gleichzeitig erfreut angesichts dieser unverhofften Erlösung nahm ich Henrys Hand und ließ mich von ihm quer über die Terrasse ziehen. Wir gingen in das Haupthaus und als wir außer Sicht der anderen waren, hielt ich es nicht mehr aus. »Wo gehen wir denn hin?«

Er drehte sich im Gehen zu mir um. »Du sahst so schrecklich genervt und auch ziemlich hungrig aus, da dachte ich mir, dass wir doch hier, geschützt vor störenden Blicken, erst einmal etwas zusammen essen könnten. Du sollst schließlich nicht mitten in unserer Verabredung zusammenbrechen.«

»Du bist wirklich der beste Mann des Königreichs, wusstest du das eigentlich?« Erleichterung machte sich in mir breit.

»Ja, aber ich höre es immer wieder gerne«, entgegnete er zwinkernd.

Freundschaftlich boxte ich ihm gegen die Schulter. »Sei doch nicht so eingebildet. Aber tatsächlich vergeht einem bei diesen Zicken da draußen der Appetit. Ich hasse diese ganzen Vorurteile«, erklärte ich, während ich meine Hände in die Seite stemmte. »Aber dürfen wir uns denn einfach so davonstehlen? Ist das nicht furchtbar unhöflich?«

Henry lachte. »Mach dir doch nicht immer so viele Sorgen.«

Dann wurde er plötzlich ernst. »Und das mit den Vorurteilen kenne ich nur zu gut. Alle denken immer, dass das Leben im Palast toll sei. Aber stell dir doch mal ein Leben vor, in dem du niemandem sagen kannst, wer du wirklich bist. Nicht einmal du selbst kannst deine Persönlichkeit richtig entfalten. Als wärst du nur ein Schatten, der mit dem Erreichen der Volljährigkeit freigelassen wird.«

Seine nachdenklichen Worte ließen mich abrupt innehalten. Er drehte sich zu mir um und ich machte einen Schritt auf ihn zu. »Es tut mir leid. Du hast es auch nicht leicht und hörst immer nur mein Gejammer.« Ich hob meine Arme, legte sie um seinen Hals und drückte ihn fest an mich, wobei ich mich auf meine Zehenspitzen stellen musste.

Erst zögerte er, doch dann erwiderte er meine Umarmung, verschränkte seine Hände in meinem Rücken und atmete an meinem Hals tief ein. »Es muss dir doch nicht leidtun. Niemand, der hier ist, hat es leicht.«

Langsam und etwas verlegen löste ich mich von ihm. »Jetzt sollten wir aber wirklich etwas essen. Ich bin schon gespannt auf unsere Verabredung zu viert«, erklärte ich mit zittriger Stimme und schluckte das seltsame Gefühl hinunter, das mich plötzlich erfasste.

Henry nickte, nahm meine Hand und führte mich in den Raum, in dem wir neulich Abend gegessen hatten. Wieder trafen wir auf die ältere Köchin, welche sich jedoch sogleich diskret zurückzog. Alles war liebevoll für ein zweites Mittagessen gedeckt. Henry zögerte nicht lange, rückte mir – ganz Gentleman – den Stuhl zurecht und befüllte meinen Teller mit allerlei Köstlichkeiten.

»Wird hier eigentlich immer das Essen gekocht?«, fragte ich überrascht.

Henry schüttelte den Kopf. »Nein, das hat sie extra für uns gemacht.«

Meine Augenbrauen sprangen hoch und legten meine Stirn in Falten. »Für uns? Wieso? Woher ...?«

Genüsslich biss Henry in ein Stück Brot. »Ach, du isst doch fast nie richtig, wenn wir alle zusammen sind. Und ich will unbedingt, dass du heute mit vollem Elan dabei bist.«

Da nickte ich langsam und begann zu essen. Und so fernab allen Trubels genoss ich es dieses Mal in vollen Zügen. Henry achtete sorgsam darauf, dass ich auch ja alles aufaß. Dieses Bemuttern störte mich nicht, im Gegenteil: Die ganze Zeit über fühlte ich mich seltsam beschwingt und glücklich. Klar, es war ein komisches Gefühl, mit ihm alleine zu sein, ohne zu trainieren, aber auch zweifelsohne schön.

Nach dem Essen schlenderten wir zurück zur Terrasse, wo nur noch wenige Kandidatinnen, Phillip und Charles saßen. Fernand und Claire standen etwas weiter hinten und unterhielten sich leise, ganz in ihrer persönlichen, kleinen Welt versunken. Ich überlegte, ob ich sie stören durfte, da spürte ich Henrys Hand auf meinem Rücken. Ich drehte mich zu ihm um und genoss die Wärme in meinem Bauch, als er mir einen sanften Kuss auf die Wange gab. Verlegen schenkte ich ihm ein schüchternes Lächeln, wobei ich hoffte, dass meine Wangen nicht so rot leuchteten, wie sie sich anfühlten. Dann wandte ich mich wieder um und ging entschlossen zu Fernand und Claire hinüber.

»Was war denn das gerade? Habe ich irgendetwas verpasst?«, fragte Fernand überrascht und starrte mich verwirrt an.

Betont gleichmütig winkte ich ab. »Henry will nur ständig Phillip eifersüchtig machen. Ich weiß auch nicht, warum.«

Da nickte Fernand langsam, nicht wirklich überzeugt.

»Könnte es nicht eher sein, dass er dich wirklich gernhat?«, überlegte Claire mit angestrengt vorgeschobener Unterlippe, was in Kombination mit ihren roten Haaren und den unzähligen hellen Sommersprossen wirklich niedlich aussah.

Meine Stirn legte sich in Falten, während ich über Claires Einwand nachdachte. Doch dann schüttelte ich unmerklich meinen Kopf, wollte nicht darüber nachgrübeln, was dies für uns bedeuten würde, und ignorierte stattdessen lieber Claires Frage. »Ich gehe schon einmal vor zum Turm. Nicht, dass wir Erica verpassen. Fernand, wir sehen uns dann gleich bei den Ställen, ja?« Ich wartete seine Zustimmung in Form eines Zwinkerns ab, bevor ich mich auf den Weg machte. Claire und Fernand brauchten sicher noch eine halbe Stunde, um sich voneinander zu verabschieden.

Langsam schlenderte ich voraus, dabei wanderte mein Blick immer wieder zum Wald hin. Gemischte Gefühle erfassten mich bei seinem Anblick. So viel hatte ich schon darin erlebt. Erst kurz vorm Ziel schaffte ich es, meinen Blick und auch meine Gedanken endgültig zu lösen. Ich steckte den Schlüssel ins Schloss der Tür, öffnete sie und ging hinein.

18. KAPITEL

ES GIBT UNZÄHLIGE ARTEN VON SCHMERZ, DOCH HERZSCHMERZ IST DER SCHLIMMSTE

»Du hast lange gebraucht.« Phillips Stimme ließ mich zusammenfahren. Er lehnte neben meinem Bett an der Wand und sah mich wieder an, als wüsste er nicht, was er von mir halten sollte.

»Warst du nicht gerade noch ...?«, fragte ich stotternd und ließ vor lauter Überraschung meinen Schlüssel fallen. Klirrend landete er auf dem Boden.

»Ja, ich war gerade noch auf der Terrasse. Aber da du mit Henry rummachen musstest und dementsprechend abgelenkt warst, war es einfach für mich, ungesehen hierherzukommen.« Seine Stimme war hart, ablehnend.

Ich schluckte. »Aber wie bist du hier reingekommen und was willst du hier?«

Langsam löste er sich von der Wand, blieb jedoch stehen. »Ich bin eben schnell.«

»Das ist keine Antwort auf meine Fragen. Solltest du nicht viel eher bei Charlotte sein und dich wie ihr Schoßhund aufführen?« Ich wünschte, ich könnte mutiger klingen.

»Nein, ich wollte bei dir sein.« Er klang träge, während er langsam auf mich zuging und meine Frage weiterhin ignorierte. Seine Augen glitten dabei hungrig über meinen Körper.

Mein Magen rumorte, mein Herz pochte und schrie nur danach, ihn zu berühren, doch mein Kopf hielt mich zurück.

»Aber warum? Warum tust du mir das an?«, flüsterte ich und wich langsam vor ihm zurück.

Seine Augen verengten sich. Ich bildete mir ein, etwas Scham und ein wenig Bedauern darin zu erkennen, doch trotzdem hielt er nicht an.

Ich wusste nicht, wie ich reagieren sollte. Also blickte ich ihn mit angehaltenem Atem an und verschränkte meine Hände ruckartig ineinander, da sie sich ihm unwillkürlich entgegenstrecken wollten.

»Ich habe dich vermisst. Es bricht mir das Herz, dich mit Henry zu sehen.« Seine Augen flackerten nun unruhig.

»Du hast mich vermisst? Erst sagst du mir, dass du mich magst, und dann hängst du an Charlottes Lippen. Das ist erbärmlich!« Ich versuchte hart zu wirkten. Aber meine Worte prallten einfach an ihm ab.

»Bitte vertraue mir doch endlich«, flüsterte er. »Wie ich schon sagte: Das ist alles nicht so, wie es aussieht.«

Wütend krallte ich mir den nächstbesten Gegenstand von unserem Schminktisch, bis zu dem ich bereits zurückgewichen war. Leider war es nur etwas Weiches: ein Schal von Claire. So fest ich konnte, warf ich damit nach ihm. »Du sagst mir, dass es nicht so ist, wie es aussieht? Bin ich etwa in einer irren Zeitschleife gefangen und muss mir immer und immer wieder dieselben Lügen anhören? Wie kannst du nur so herzlos sein?«, schrie ich ihm entgegen und warf, inzwischen blind vor Tränen der Wut und Enttäuschung, einen Stuhl um.

Er stockte, blieb kurz stehen und setzte sich dann wieder in Bewegung. »So darfst du nicht von mir denken. Tanya, ich empfinde so viel für dich.«

Jedes seiner Worte brannte sich in meine Brust, quälte mein geschundenes Herz und ließ mich schluchzen. Ich biss mir auf meine Unterlippe, versuchte mich zu beruhigen und rang nach Luft. »Was ist, wenn ich diese Gefühle nicht erwidern kann?«, fragte ich zitternd.

Seine Augen brannten wie Feuer, er überwand die letzte Distanz zwischen uns. »Was hast du gerade gesagt?«

Ich senkte meinen Blick, biss mir auf die Unterlippe und tat so, als würde es mir leidtun, damit er nicht merkte, dass ich log. »Ich liebe dich nicht.«

Grob packte er mein Kinn und drückte es hoch, damit ich ihn ansehen musste. »Schau mir ins Gesicht und wiederhole das noch einmal.« Ich erschrak. Seine Augen glänzten vor Tränen, funkelten wie Sterne.

Tränenblind blickte ich zu ihm auf. Nein, ich konnte, ich wollte das alles nicht mehr. Eine ungeheure Anspannung machte sich in mir breit, bahnte sich ihren Weg nach draußen. »Du tust mir weh, wo du nur kannst, und jetzt sagst du mir schon wieder, dass du angeblich etwas für mich empfindest?«, spie ich ihm geradezu entgegen. »Mit deinen Lippen küsst du erst mich und dann sie. Mit deinem Mund gestehst du erst mir deine Liebe und darauf auch noch ihr. Deine Sinne sind verwirrt durch deine Gefühle für zwei Frauen. Wage es ja nicht, mich noch einmal anzufassen. Zwing mich nicht, dir eine Liebe zu gestehen, die vielleicht genauso eine Lüge ist wie deine.« Die Worte flossen nur so aus mir heraus, doch sie taten mir gut. Alles, was ich ihm sagen wollte, war gesagt. Und jetzt musste ich nur noch warten, dass er endlich ging.

Die Überraschung angesichts meiner deutlichen Worte war

ihm anzusehen. »Meine Gefühle für dich sind keine Lüge«, brachte er schließlich heiser heraus. »Ich fühle wahrhaftig und aus vollem Herzen. Wirklicher, als es nur sein könnte. Charlotte ist doch nur ein Mittel. Sie ist eine Nachfahrin, ich habe gar keine andere Wahl, als sie zu umgarnen.«

So fest ich konnte, schubste ich ihn weg, doch es machte ihm nichts aus. Nicht einmal aus Höflichkeit wankte er. Ich biss mir auf meine Unterlippe, bis ich Blut schmecken konnte.

»Deine Ausflüchte sind mir vollkommen egal. Schon allein aus Rache sollte ich mich in Henry verlieben. Er ist so viel besser als du. Seine Menschlichkeit geht tiefer, als es deine jemals könnte. Du spielst mit mir, brichst mir mein Herz und behauptest auch noch, du würdest für Charlotte nichts empfinden. Kein normaler Mann würde so etwas tun, ohne schreckliche Hintergedanken«, warf ich ihm an den Kopf.

Wir standen uns gegenüber, starrten einander an.

»Du willst dich in Henry verlieben?« Fassungslosigkeit schwang in seiner nunmehr schwachen Stimme mit.

»Hörst du mir überhaupt nicht zu?«, fragte ich verzweifelt und rieb meine Schläfe, welche begann schmerzhaft zu pochen.

Zögernd legte er seine Hände an meine Schultern. Ich ließ ihn gewähren.

»Natürlich höre ich dir zu. Es tut mir leid, dass ich dir so wehtue, so wehtun muss. Aber merkst du denn nicht, dass es mir genauso geht? Ich würde dir so gerne alles sagen, alles erklären. Aber ich *kann* es nicht. Trotzdem will ich dich mehr als jemals einen Menschen zuvor. Du bist alles, was ich will.«

Resigniert schüttelte ich meinen Kopf. »Wieso ist dann alles so unendlich schwer? Warum kannst du nicht derjenige sein, der mit mir ausgeht? Derjenige, dem es egal ist, ob uns jemand sieht? Derjenige, der immer an meiner Seite steht?« Ich hielt kurz inne, kleine Kälteschauer durchfuhren mich, trotz seiner Nähe. »Ich kann das einfach nicht mehr. Das mit uns ist ein Fehler. Du willst mich doch nicht. Andernfalls wären wir jetzt zusammen, ohne Streit und ohne Qualen. Wir würden gemeinsam etwas mit Fernand und Claire unternehmen. Doch allein Henry ist an meiner Seite. Er ist, als mein Freund, mir näher, als du es wahrscheinlich jemals sein wirst.« Meine Stimme war kaum mehr als ein Flüstern.

Ich wusste, wie sehr ihn das Gesagte verletzen musste. Doch was war mit mir? Zählte der Schmerz nicht, den ich jedes Mal empfand, wenn ich ihn in inniger Vertrautheit mit Charlotte sah? Ich konnte nicht zulassen, dass er mir noch mehr wehtat. Das war nicht richtig. *Wir* waren nicht richtig.

Doch als hätte er meine Worte nicht gehört, drückte er mich an sich, schlang seine Arme um mich und presste mich fest an seine Brust. Ich konnte sein Herz schlagen hören, im Gleichtakt zu meinem, vernahm seine stoßweise Atmung.

»Tanya, ich will an deiner Seite sein. Glaubst du mir, wenn ich dir sage, dass ich nur für dich fühle, in meinem Herzen?«, fragte er in meine Haare hinein. Ein angenehmer Schauer lief mir über den Rücken, ließ mich erzittern. Verräterischer Körper!

Langsam schüttelte ich meinen Kopf. »Nein. Wahre Liebe sollte nicht so enden. Wahre Liebe tut nicht so weh. Wir sind in keinem von Shakespeares Stücken. Und wenn es so wäre, dann würde unsere Liebe der Tod besiegeln.«

Er schob mich sanft ein Stück weit von sich, legte seine Hand an meine Wange und beugte sich zu mir herunter. Ein Frösteln überfiel mich, als er mich zart auf die Stirn küsste. »Trotzdem wird dir mein Herz ewig gehören. Noch bis über mein Lebensende hinaus.«

Ich riss meine Augen auf. »Warum tust du das? Wieso lässt du es nicht einfach ruhen, wenn wir beide doch angeblich keine Chance haben? Wäre das nicht für alle Beteiligten so viel einfacher?«

Phillip nickte traurig. »Ja, das wäre es. Aber ich kann einfach nicht gegen mein Herz an. Es will dich so sehr, dass weder mein Kopf noch meine Vernunft es aufhalten können.«

Sofort verkrampfte ich mich und sog scharf die Luft ein.

»Habe ich etwas Falsches gesagt?« Er streichelte mir über die Wange.

Ich schluckte. »Es ist eine Frechheit von dir, mich hier aufzusuchen, während deine Beinahe-Verlobte dort draußen auf dich wartet. Und dann sagst du mir auch noch, dass du mich wider alle Vernunft liebst. Ich weiß nicht, was beschämender ist: dies oder die Tatsache, dass du Charlotte ebenfalls zu lieben scheinst.«

Mit aller Macht wand ich mich unter seiner Umarmung, wollte mich befreien, doch Phillip war stärker als ich. Frustriert gab ich auf und lehnte meine Stirn an seine Brust.

Wieder drückte er mich fest an sich, als würde er mich nie wieder loslassen wollen. Für einen Moment wünschte ich mir, das alles wäre tatsächlich möglich.

»Ich liebe sie nicht. Dich liebe ich«, hauchte er leise.

Tränen rannen über meine Wagen. »Wieso dürfen wir dann nicht zusammen sein? Wieso ist das dann so schwer für dich?«

Er drückte mich noch ein wenig fester an sich. »Es tut mir leid. Ich würde dich so gerne glücklich machen.«

»So langsam werde ich das Gefühl nicht los, dass du das alles nur sagst, damit ich meinen Mund halte bezüglich des Angriffs«, brachte ich zitternd heraus und schüttelte meinen Kopf.

Seine Augen verdunkelten sich. Unwillkürlich machte er einen Schritt zurück und starrte mich ungläubig an. »Denkst du das wirklich?«

»Ja, was bleibt mir denn sonst für eine Erklärung? Einerseits tust du alles, um mich von deiner Liebe zu überzeugen, gleichzeitig stößt du mich von dir weg.«

Phillip ging auf mich zu und griff nach meinen Händen. »Denk nicht so von mir. Zwar bin ich nicht das, was du verdienst, aber ich würde dir niemals etwas vorspielen. Ich weiß, was ich für dich empfinde, und das hat nichts mit dem Angriff zu tun. Bitte glaub mir das. Ich wünschte so, ich könnte es dir erklären. Doch ich kann nicht ... darf nicht.«

Unschlüssig biss ich mir auf meine brennende Unterlippe. Mein Herz wollte ihm glauben, doch mein Kopf ließ es nicht zu. All diese widersprüchlichen Gefühle brachten mich zum Seufzen.

»Darf ich dich küssen?« Sanft strich er mir eine verirrte Strähne hinters Ohr.

Ich legte meinen Kopf in den Nacken und sah ihn an. Seine Augen wirkten so traurig, dass mir das Herz zu zerreißen drohte. Ein vages, schüchternes Lächeln umspielte seine Lippen.

»Darf ich?«, fragte er erneut.

Unweigerlich musste ich lächeln. Nur ganz leicht. In meinen Augen brannten Tränen. Das hier tat so weh. Doch vielleicht war ich masochistisch, aber ich wollte es, wollte ihn so sehr. Also nickte ich und schloss meine Augen.

Als sich unsere Lippen berührten, war es wie eine sinnliche

Explosion. Alles begann zu kribbeln, gleichzeitig wurde mir heiß und kalt. Angst wie Verlangen vermischten sich in meinem Körper. Ich zitterte und hielt mich an Phillip fest, da meine Beine nachzugeben drohten. Meine Vernunft schaltete sich aus und ließ mein Herz höherschlagen, meine Hoffnungen aufflammen.

Phillips Finger gruben sich in meine Haare, liebkosten meinen Rücken, zogen mich näher an sich. Tränen liefen über meine Wangen, während ich das Gefühlschaos in meinem Inneren zu verdrängen suchte.

Heftig atmend lösten wir uns schließlich voneinander. Wir sahen uns an, vergaßen für diesen einen köstlichen Moment alles um uns herum, ganz so, als gäbe es nichts anderes auf der Welt. Sein Blick war so intensiv, so tief, dass ich das Gefühl bekam, er konnte mir direkt in die Seele schauen, mir all den Schmerz nehmen und mich für immer beschützen.

Aber dann blinzelte er. Schlagartig überkamen mich Reue, ein unangenehmes Schamgefühl und das starke Bedürfnis, mich selbst zu ohrfeigen.

Langsam zog ich mich von ihm zurück, machte einige Schritte rückwärts und verschränkte meine Arme abwehrend vor der Brust. »Das geht nicht. Du kannst das nicht immer mit mir machen, da du genau weißt, dass du nicht bleiben wirst. Ich kann das nicht mehr.«

Phillip hob seine Hand, ging auf mich zu, doch ich schüttelte energisch meinen Kopf. »Ich meine das ernst. Warum habe ich es denn nicht verdient, glücklich zu werden? Warum muss ich das alles mit ansehen? Um dann mit dir hier heimlich im Dunkeln zu stehen?«

»Tanya ...« Phillip wand sich merklich im Finden einer Antwort, doch ihm fiel nichts Besseres ein, als meinen Namen zu sagen.

»Nein. Nicht Tanya. Bitte, lass mich frei und endlich glücklich werden. Lass mich mein Leben leben. Egal, wie es aussehen mag«, flehte ich und starrte den Boden an, weil mich seine weichen Augen sonst zum Einknicken gebracht hätten. Doch als er schwieg, schaute ich auf.

Schwer ruhte sein Blick auf mir, ließ Zweifel in mir aufkommen, doch das durfte ich nicht zulassen. Ich durfte nicht mit ansehen, wie er mich zugrunde richtete, indem er mir Gefühle vorspielte, die nicht da waren.

»Bitte geh! Werde glücklich mit Charlotte, aber hör auf mit mir zu spielen. Vielleicht werde auch ich dann irgendwann glücklich.«

Ich hörte, wie er tief einatmete, und hatte das Gefühl, er wollte noch etwas sagen. Aber er tat es nicht.

Langsam, als würde er erwarten, dass ich ihn aufhalte, drehte er sich um und ging zur Tür hinüber. Ich verschränkte entschlossen meine Arme ineinander und versuchte dem Drang zu widerstehen, ihm zu folgen. Doch gerade als er nach der Türklinke griff, flog die Tür auf und Claire stand strahlend vor uns.

Phillip rieb sich seine Hand, die unliebsame Bekanntschaft mit der Tür gemacht hatte, und starrte meine Freundin an.

»Ups. Entschuldige, Phillip. Das wollte ich nicht«, erklärte Claire sofort peinlich berührt und schaute skeptisch zwischen uns hin und her.

Aber ich schüttelte meinen Kopf. »Nein, schon gut. Phillip wollte ohnehin gerade gehen.«

Claires Augenbrauen schnellten sogleich wissend in die Höhe.

»Oh ... Bis dann, Phillip. Schön dich mal wiedergesehen zu haben.« Hastig begann sie ihn hinauszuschieben. Bevor er wusste, wie ihm geschah, stand er auch schon draußen und schaute Claire dabei zu, wie sie die Tür direkt vor seiner Nase schloss.

»Was hat er denn hier gewollt?« Aufgebracht drehte sie sich zu mir um. »Jetzt sag nicht, er hat es schon wieder getan!«

Ich zog meine Lippen zwischen die Zähne und nickte unter Tränen. Am liebsten wäre ich zu Boden gesunken, so erschüttert war ich. Doch meine Freundin sollte nicht schlecht von ihm denken. Ich konnte es ja selbst kaum.

Claire kam sofort auf mich zu und drückte mich an sich. »Ach, meine Süße. Ich verstehe es einfach nicht. Warum lässt er dich nicht in Ruhe?«

Geräuschvoll schniefte ich. »Ich weiß es nicht. Vielleicht hat er tatsächlich Gefühle für mich, doch wie stark können die schon sein, wenn er immer wieder zu Charlotte geht? Aber weißt du was?«

Sie strich mir sanft über meinen Rücken. »Was denn?«

»Ich kann ihm überhaupt nicht böse sein. Irgendwie habe ich das Gefühl, er will das selbst überhaupt nicht und muss es aus irgendeinem Grund tun. Aber weshalb verrät er mir den Grund nicht einfach? Weshalb kommt er immer wieder mit den gleichen unbestimmten Ausreden?« Ich wischte mir schnell über die Augen und atmete tief durch. »Ich will doch einfach nur meinen Frieden, und ja, vielleicht ein bisschen Glück.«

Claire drückte mich noch fester. »Natürlich. Und ich wüsste sogar, wie das geht.«

Ich schniefte erneut. »Und wie?«

Sie schob mich von sich, griff meine Schultern und sah mich

an. »Wenn du dich auf Henry einlassen könntest, dann würdest du glücklich werden, da bin ich mir ganz sicher. Er tut dir gut.«

»Aber ich habe mich in Phillip verliebt. Wie soll so etwas denn funktionieren?«, fragte ich traurig und alles in mir stellte sich gegen diesen Gedanken.

»Du empfindest eindeutig auch etwas für Henry. Das sehe ich doch. Und er empfindet etwas für dich. Da ist Fernand sich absolut sicher. Also versuch es doch einfach. Phillip hat keine einzige deiner Tränen verdient.«

»Claire, das hört sich ja schrecklich an ... Als wäre Henry nichts weiter als ein Lückenbüßer ...« Ich malträtierte meine Unterlippe und schaute zum Fenster hinaus. Für Claire war das alles so einfach, so offensichtlich. Henry und ich ... Obwohl wir zuvor nur Freunde gewesen sind. Aber wie sollte das möglich sein, wenn ich es kaum schaffte, von Phillip loszukommen? Und wollte ich das überhaupt? Wäre dies nicht unfair gegenüber Henry, der so gut war, dass er in jedem Fall etwas Besseres verdiente als mich, die doch in Wahrheit seinen besten Freund liebte?

19. KAPITEL
DU HAST IMMER EINE WAHL

Als ich mich endlich ein wenig beruhigt hatte, ging ich duschen und streckte mein Gesicht in den warmen Wasserstrahl.

Claires Worte gingen mir nicht mehr aus dem Kopf. Ich wusste nicht, ob Phillip meine Tränen verdiente oder nicht. Eigentlich wusste ich überhaupt nicht mehr, was ich noch glauben sollte. Mein Herz sagte mir ununterbrochen, dass er mich liebte. Doch mein Kopf und die Vernunft ließen diese Hoffnung nicht zu. Sie wollten mir klarmachen, dass ich zu blind war, zu blind, um zu bemerken, dass ich nur benutzt wurde. Ohne Frage waren meine Sinne getrübt. Ja, vielleicht war ich einfach nur ein naives Mädchen vom Lande, das sich verzweifelt an die Hoffnung klammerte, dass es so etwas wie die wahre Liebe tatsächlich gab. Die Vorstellung, dass unsere Liebe so eine sein könnte, war romantisch, ließ meinen Magen flattern – und erzeugte gleichzeitig eine bleischwere Übelkeit in mir. War ich bereit für etwas so Großes?

Wahrscheinlich würde ich das niemals erfahren, denn es gehörte immer noch eine weitere Person dazu. Und diese hatte sich allem Anschein nach nicht für mich entschieden. Oder war zumindest äußerst wankelmütig. Und genau das war es, was ich an der ganzen Sache nicht verstand. Tief in mir drinnen spürte ich – oder hoffte es –, dass er wirklich Gefühle für mich hegte. Aber wie konnte er dann Charlotte so umwerben? Eine Person, die so wenig Charakter wie Freundlichkeit hatte. Eine Person, deren Nachname das Einzige war, was sie »besonders« machte. Eine Person, auf die ich so eifersüchtig war, dass ich sie nur verabscheuen konnte. Ich erkannte mich selbst nicht wieder.

Sorgfältig cremte ich mich ein und ging dann hinunter zu Claire, die sich gerade die Kleidung auf meinem Bett ansah.

»Tanya, du solltest dir wirklich angewöhnen, in Kleidern herumzulaufen«, tadelte mich Erica, die auf der anderen Seite des Bettes stand und ihre Hände in die breiten Hüften gestemmt hatte.

Freudig überrascht grinste ich sie an. »Wie schön, dich zu sehen, liebste Erica.«

Unsere Vertraute rollte übertrieben mit ihren Augen. »Immer dieses fürchterliche Lächeln. Das wird mich noch bis in meinen Ruhestand hinein verfolgen.«

»Wie meinst du das?«, lachte ich nun und stieg schnell die letzten Stufen hinunter.

»Ihr wisst schon, was ich meine«, lachte sie und blickte uns beide tadelnd an. »Ihr zwei und die beiden jungen Männer, einer bezaubernder als der andere. Wie soll das nur ausgehen, bei so vielen jungen Menschen an einem Ort?«

»Ach Erica, wir sind doch ganz lieb und wollen nur unseren Spaß bei dieser Verabredung haben«, kicherte Claire. »Außerdem wissen wir überhaupt nicht, worauf du hinauswillst.«

Ericas Augenbrauen hoben sich fragend, während sie ein Kleid vom Bett nahm und mir entgegenhielt. »Ihr *wisst* es nicht? Haben die jungen Männer euch denn nicht eingeweiht?«

Ich schüttelte meinen Kopf und nahm ihr das Kleid ab. »Nein, sie wollten uns überraschen. Ist es denn so verwerflich, was sie vorhaben?«

Neugierig warf ich Claire, die fröhlich grinste, einen Seitenblick zu. »Ich freue mich jetzt schon, egal, was wir machen«, rief sie begeistert aus.

»Hätte ich doch bloß nichts gesagt«, murmelte Erica und atmete tief durch. »Versprecht mir, dass ihr auf euch achtgebt. Ich hätte dem niemals zustimmen dürfen ...«

»Das hört sich ja fantastisch an!« Claire entfuhr ein lauter Freudenschrei. Doch als Erica sie mahnend ansah, presste sie sofort die Lippen zusammen. »Nein ... Ich meinte, das wird sicher schrecklich langweilig.«

»Ganz bestimmt sogar. Was könnten die beiden uns schon für Zerstreuungen bieten, da wir doch bereits an diesem aufregenden Hof weilen?«, fragte ich und stieg in mein Kleid, damit Erica nicht sah, dass ich kurz vor einem ausgewachsenen Lachanfall stand.

»Was ist nur los mit euch? Man hätte euch niemals in denselben Turm stecken dürfen. Als könntet ihr eure Gedanken lesen und würdet darüber hinaus noch innere Monologe führen, von denen ich ausgeschlossen bin«, zeterte Erica gespielt streng und band mir den Rückenteil des schlichten, grauen Kleides zu.

»Der Stoff ist ein wenig dünn, oder?«, fragte Claire und stellte sich neben mich, um das Kleid zu befühlen. »Es ist ja beinahe durchsichtig!«

»Oh nein, so können wir dich nicht draußen herumlaufen lassen«, erklärte Erica sogleich kopfschüttelnd und eilte zum Schrank hinüber, um mir eine enge Trainingshose und ein Top zu reichen. »Zieh das hier darunter an. Eine andere Alternative werden wir so schnell nicht finden.«

Wie geheißen entkleidete ich mich nochmals und zog mir die Trainingssachen an, bevor ich das Kleid wieder darüberzog. »Besser?«

»Eindeutig«, nickten Claire und Erica einmütig.

Dann deutete meine Freundin zum Bett, auf dem noch ein weiteres Kleidungsstück lag. »Ich habe noch nie so ein scheußlich langweiliges Kleid gesehen.«

»Ach, sei still«, lachte ich. »Los, zieh es einfach an und zeige uns, wie wunderschön du darin sein wirst.«

Trotzig hob Claire ihr Kinn und zog sich das Kleid über den Kopf. Mit Ericas Hilfe schloss sie es am Rücken und betrachtete mich dann überlegen. »Und?«

»Scheußlich langweilig. Wirklich eine Zumutung«, erklärte ich betont herablassend und grinste sie dann an. »Doch nun zu wichtigeren Dingen: Ich will *endlich* wissen, wo es hingeht!«

»Ich auch!«, jubelte Claire und gleichzeitig drehten wir uns zu Erica um. »Wieso müssen wir uns heute so unauffällig kleiden?«

»Das werdet ihr noch früh genug erfahren, meine Lieben. So, jetzt flechte ich eure Haare. Es müssen schlanke Zöpfe sein.«

»Aber weshalb?« Ich setzte mich an den Schminktisch, woraufhin Erica sich hinter mich stellte.

»Tanya, sei nicht so neugierig.« Mit geschickten Handgriffen begann sie mein Haar einzudrehen. Ich lächelte, während ich sie durch den Spiegel hindurch beobachtete. Sie war eine so wundervolle Vertraute und wieder einmal merkte ich, wie sehr sie mir in den letzten Wochen ans Herz gewachsen war.

Claire setzte sich derweil neben mich auf den anderen Stuhl

und schminkte sich. »Erica, ich erinnere mich, dass du uns die Geschichte über den König und die Königin erzählen wolltest.«

»Richtig«, nickte diese und ihre Augen zuckten zu ihrem Spiegelbild hoch. »Wenn der Wettbewerb vorbei ist.«

»Ach, komm schon«, bettelte Claire. »So schlimm kann es überhaupt nicht gewesen sein. Es gab so viele Gerüchte und Geschichten. Du warst doch auch ihre Vertraute und hast sicher alles mitbekommen.«

»Nein.«

»Was *nein*? Nein, du hast nichts mitbekommen?«, hakte Claire auf Ericas knappe Erwiderung hin nach.

»Nein, ich erzähle es euch nicht.«

Ich presste meine Lippen zusammen und betrachtete ihre letzten Handgriffe an meinem Haar, bevor ich meinen Mund öffnete. »Unsere Königin war sicher eine sehr vernünftige und liebenswerte Kandidatin, die sich nie etwas zuschulden hat kommen lassen.«

»Hmpf«, schnaufte Erica belustigt und sehr verräterisch und stoppte abrupt. »Tanya! Hör auf damit!«

»Aber ich habe doch bloß eine Vermutung angestellt«, tat ich möglichst harmlos und drehte mich zu ihr um, da sie zu Claire hinüberging und die gleichermaßen schlichte, eng am Kopf anliegende Flechtfrisur bei meiner Freundin zauberte.

»Ihr seid jetzt besser still, bevor ich euch verbiete, diesen Turm zu verlassen«, drohte sie uns in vermeintlichem Ernst und doch verriet sie das Zucken um ihre Mundwinkel.

»Schon gut. Irgendwann erfahren wir, was wir erfahren wollen«, prophezeite Claire und puderte ein wenig Rouge auf ihre Wangen.

Ich begann mich ebenfalls zu schminken und wurde gerade fertig, als auch Erica Claires Frisur beendete. Sie holte noch zwei Paar flache Schuhe aus dem Schrank, in die wir rasch hineinschlüpften, und scheuchte uns dann auch schon aus dem Turm. »Ihr seid spät dran und solltet euch besser beeilen, wenn ihr nicht wollt, dass ich meine Meinung ändere!«

Wir grinsten uns an, als die Tür hinter uns ins Schloss fiel. Wir verharrten für einen Moment an Ort und Stelle und sahen uns unauffällig nach den anderen Kandidatinnen um, von denen aber keine zu sehen war. Da liefen wir schnell in den Wald und hörten erst auf zu rennen, als die dichten Bäume uns bereits umgaben und vor neugierigen Blicken schützten. Es dauerte einige Minuten, bis wir endlich die Ställe erreichten. Ein freundlicher, älterer Herr nickte uns zu und ging dann weiter seiner Arbeit bei den Pferden nach, als hätte er uns nicht gesehen.

Henry und Fernand erwarteten uns bereits. Sie lehnten beide an einer Wand. Als Fernand Claire entdeckte, erhob er sich, kam uns entgegen und breitete seine Arme aus, in die sie kichernd hineinsprang. Sie begannen sich innig zu küssen und konnten einander nicht mehr loslassen.

Also ging ich zügig zu Henry, der aus Spaß nun auch seine Arme ausbreitete und mich zur Begrüßung fest drückte. Zusätzlich schenkte er mir einen zaghaften Kuss auf die Wange. »Da seid ihr ja endlich. Wir dachten schon, ihr lasst uns sitzen.«

»Entschuldige, aber wir jungen Damen kommen gerne mal zu spät. Ich hoffe, das bringt nicht euren ganzen Plan durcheinander«, versuchte ich auszuweichen und war froh, als er nicht weiter nachfragte.

»Nein, natürlich nicht. Nun ja, vielleicht ein wenig. Leider war gerade eben die Ablöse der Wachen da und genau dort, wo wir durchwollten, steht nun General Wilhelm.« Er verzog sein Gesicht, als würde er angestrengt darüber nachdenken, was wir jetzt tun sollten.

Ich runzelte meine Stirn. »Wie *durch*?«

Sofort hellten sich seine Gesichtszüge auf. »Eigentlich sollte es eine Überraschung sein, aber da wir jetzt vor einem kleinen Problem stehen, werden wir es euch wohl doch sagen müssen.« Er räusperte sich. »Wir wollten in die Stadt gehen. Dort ist ein Vergnügungsmarkt.«

Meine Augen wurden ganz groß. »Und dafür müssen wir an den Wachen vorbei? Dürfen wir denn nicht einfach so raus?«

»Nein. Zu unsicher, weil uns jetzt alle erkennen würden. Aber ich habe vorgesorgt und Perücken und Brillen für uns dabei«, erklärte er grinsend und deutete zu der Tasche, die neben ihm lag. Neugierig verfolgte ich, wie er sich danach bückte und mir dann eine braune Perücke mit kurzen Haaren hinhielt.

»Die sieht aber echt aus«, erwiderte ich überrascht. Schnell drehte ich meinen Zopf ein, zog mir die falschen Haare über den Kopf und rückte sie zurecht. Dann nahm ich noch die Brille von Henry entgegen, die ein dickes schwarzes Gestell hatte. Bewundernd betrachtete ich mich danach in dem kleinen Handspiegel, den Claire mir vorhielt, und fühlte mich wie ein anderer Mensch.

»Gut. Aber nun seid ihr dran« befahl ich. Alle begannen zu lachen. »Hört auf zu lachen. Das ist wirklich ernst. Wenn wir vor dem General loskichern wie kleine Kinder, dann lässt er uns niemals raus. Also tut wenigstens so, als wärt ihr erwachsen«, forderte ich streng und presste meine Augen zusammen.

Claire griff sogleich nach einer blonden Langhaarperücke,

während Fernand und Henry jeweils nur Mützen und Brillen aufsetzten, die sie jedoch erstaunlich fremd wirken ließen.

Als wir alle fertig waren und uns genügend bewundert hatten, gingen wir hinüber zur Mauer, wo ich bereits letztes Mal auf den General getroffen war. Die Wachen, die davorstanden, schauten erst skeptisch und dann belustigt zu uns herüber.

Ich ging zu einem von ihnen und räusperte mich wichtig. »Hallo. Würden Sie bitte General Wilhelm für mich holen? Ich bin Tatyana Salislaw, Kandidatin zur Wahl der Prinzessin.«

Sofort nickte einer und eilte zur Tür, die in die Mauer hineinführte. Nervös wartete ich davor, die anderen verharrten in einiger Entfernung.

Als die Tür endlich aufging, erschrak ich mich so heftig, dass ich zusammenzuckte. Schnell sammelte ich mich und sah den General mit dem nettesten Lächeln an, das ich zustande brachte. Erst betrachtete er mich misstrauisch, doch als er mich erkannte, begann auch er zu lachen. »Miss Tatyana, was machen Sie denn hier und auch noch in diesem Aufzug?«

Ich räusperte mich erneut. »Ich bin hier, um Sie um einen Gefallen zu bitten. Und da Sie wirklich der netteste General sind, den ich kenne, und ich Sie so sehr mag, dachte ich mir, dass ich Sie direkt frage.«

Überrascht bemerkte ich, wie seine Wangen einen Tick dunkler wurden. »Und was ist das für ein *Gefallen*?«

»Es geht darum, dass in der Stadt ein Vergnügungsmarkt gastiert und ich so etwas noch nie gesehen habe. Deshalb wollte ich Sie bitten, uns die Möglichkeit zu geben, dorthin zu gehen. In unseren Verkleidungen werden wir weder auffallen noch erkannt werden. Außerdem ist unser Königreich so sicher, dass uns nichts passieren wird. Zudem können sowohl Henry als auch ich für die Sicherheit von uns garantieren«, erklärte ich so ruhig und gelassen wie möglich, ganz so, als würde ich ihm einen guten Morgen wünschen.

Leider schien Freundlichkeit als erster Teil meines Plans nicht ganz so viel auszurichten. Skeptisch betrachtete der General meine Freunde im Hintergrund und blickte dann wieder zu mir. »Das ist aber ein großer Gefallen.«

Ich nickte. »Ja, das ist es. Aber natürlich werden wir niemandem davon erzählen. Wir sind erwachsene Menschen und möchten auch gern so behandelt werden. Es ist ein schreckliches Gefühl, hier drinnen so eingesperrt zu sein. Sie glauben ja gar nicht, wie elend ich mich hier manchmal fühle. Wie eine Gefangene. Und dann diese vielen falschen Menschen um einen herum. Ich brauche diese kleine Auszeit einfach. Ansonsten überstehe ich nicht noch eine Woche.« Das war Teil zwei meines Schlachtplans. Mitleid.

Tatsächlich konnte ich eine Spur Verständnis in seinen Augen sehen. »Hm ... Ich bin mir nicht sicher, ob ich das tatsächlich verantworten kann.«

Ich atmete tief ein. »Sie verantworten nichts. Uns wird nämlich nichts passieren. Denn wer sollte uns so erkennen? Es rechnet doch niemand damit, dass sich zwei überaus eingebildete Kandidatinnen und zwei potenzielle Prinzen auf so etwas Unwürdiges wie einen Vergnügungsmarkt einlassen.« Keck zwinkerte ich ihm zu.

Langsam nickte er. Aber ich hatte nicht das Gefühl, dass er damit meinte, dass wirklich jemand so über uns denken konnte. Es wirkte eher so, als würde er tatsächlich darüber nachdenken.

»Und natürlich wäre ich Ihnen auf ewig dafür dankbar. Selbstverständlich sind wir vor 22 Uhr wieder hier, um die regulären Zeiten für eine Verabredung einzuhalten. Alles andere wäre nicht in Ordnung. Henry und Fernand werden uns dann in die Obhut unserer Türme zurückgeleiten. Und ich bringe Ihnen natürlich auch gerne etwas mit, wenn Sie mögen«, fügte ich schnell hinzu und strahlte ihn an.

Auf einmal schüttelte er lächelnd seinen Kopf und verdrehte die Augen, als würde er seine Entscheidung jetzt schon bereuen. Doch dann nickte er. »Gut. Ihr dürft gehen. Aber um halb zehn seid ihr wieder hier. Heil und unversehrt. Mehr brauche ich nicht. Natürlich werdet ihr sofort zurückkehren, wenn es auch nur das geringste Anzeichen dafür gibt, dass euch jemand zu lange anschaut und somit erkennen könnte.«

Ich quiekte auf und sprang ihm um den Hals. »Oh, das ist so toll von Ihnen. Danke! Danke! Danke!«

Sein Gesicht wurde noch eine Spur dunkler, doch er lachte. »Dafür nicht. Irgendwann benötige ich vielleicht einen Gefallen von dir. Also dann viel Spaß. – Hey. Kommt her«, rief er den anderen zu, die sich uns zaghaft näherten. Vor allem Henry wirkte nicht sonderlich überzeugt. Doch als er bei uns stand und General Wilhelm ansah, entspannte er sich deutlich und nickte ihm kaum merklich zu. Ich runzelte meine Stirn, da ich seine Reaktion nicht einordnen konnte.

»Dann folgt mir bitte. Aber wehe euch, dass irgendjemand von der Sache erfährt«, drohte der General mit erhobenem Zeigefinger und sah uns alle nacheinander eindringlich an.

Wir nickten und folgten ihm dann in die Mauer. Erst dachte ich, wir würden durch eine Tür wieder hinausgelangen, doch wir stiegen eine Treppe hinunter und hasteten dann durch dunkle, mit Spinnenweben verhangene Gänge. Ich schüttelte mich und wagte kaum, mich den Wänden zu nähern. General Wilhelm erhellte unseren Weg mit einer Laterne in seiner Hand, die bei jedem seiner Schritte hin und her schwang. In seiner anderen Hand trug er ein weiteres Licht, das nicht brannte, was mich für einen Moment irritierte.

Ich zitterte erneut, als wir unsere Köpfe wegen eines besonders großen Spinnennetzes einziehen mussten. Henry nahm meine Hand und drückte sie. »Angst vor Spinnen? Du bist doch sonst so furchtlos.«

Angeekelt verzog ich mein Gesicht. »Diese Dinger sind einfach nur gruselig. Kein Lebewesen sollte mehr als vier Beine haben. Und dann krabbeln die immer unkontrolliert hin und her. Bah!«

Henrys Lachen hallte durch den Gang, während ich mich weiter fest an ihn klammerte. Eine Zeit lang liefen wir schweigend voran, bis wir an einer Tür ankamen, die aussah, als wäre sie schon seit Jahrhunderten nicht mehr benutzt worden.

»Du sorgst dafür, dass ihr alle pünktlich hier seid, verstanden? Halb zehn.« Eindringlich sah der General Henry an, der sofort nickte, aber nichts erwiderte.

»Gut. Habt Spaß. Aber nicht zu viel. Und passt auf euch auf.« General Wilhelms Stimme klang auf einmal nicht mehr ganz so überzeugt, weshalb wir uns schnell an ihm vorbei zur Tür drückten und uns hastig verabschiedeten. Ich konnte noch sehen, dass er die zweite, erloschene Laterne auf dem Boden neben der Tür abstellte und uns hinterhersah.

* * *

Draußen empfing uns gedämpftes Licht. Ich blinzelte ein paar Mal, um mich an die plötzliche Helligkeit zu gewöhnen. Verwundert stellte ich fest, dass wir am Ausläufer eines Waldes standen.

»Wo sind wir?«, fragte Claire verwirrt und ergriff sofort Fernands Hand.

»Wir sind am Rand der Stadt. Von hier aus ist es noch ein gutes Stück zu Fuß. Voraussichtlich haben wir deshalb nur wenige Stunden auf dem Jahrmarkt. Aber das wird reichen«, antwortete er und zog sie hinter sich her. Henry und ich folgten den beiden.

»Gibt es noch mehr von diesen Geheimgängen?«, fragte ich ihn neugierig.

Er nickte ernst. »Ja, es gibt einige von ihnen. Aber ich wollte dort durch, damit wenigstens ein Wächter weiß, dass wir uns außerhalb des Palastes aufhalten. Würde uns etwas passieren und keiner wüsste, wo wir sind, wäre das fatal.«

Ich nickte nachdenklich, entgegnete jedoch nichts.

Wir brauchten eine gute Dreiviertelstunde, bis wir endlich bei dem Platz ankamen, wo sich der Vergnügungsmarkt befand. Laute Stimmen und fröhliche Musik vermischten sich zu einem einladenden Wirrwarr, während süße Gerüche in der Luft schwebten. Ich nahm mir vor, Phillip wenigstens für diesen Abend zu vergessen und mich einfach nur zu amüsieren. Jetzt saß er bestimmt schon mit Charlotte beisammen und hatte seinen Spaß.

Wie aufs Stichwort nahm Henry meine Hand und zog mich hinter sich her. »Worauf hast du als Erstes Lust?«

»Ich weiß nicht. Es sieht alles so schön hier aus«, antwortete ich ein wenig überfordert und stellte überrascht fest, dass wir Claire und Fernand bereits in der Menge verloren hatten.

»Dann gehen wir jetzt zum Kettenkarussell«, erwiderte Henry entschlossen und geleitete mich sicher durch die Menschenmassen.

Es dauerte ein wenig, bis wir endlich am Karussell ankamen. Ich betrachtete es mit offenem Mund, während Henry uns bereits Karten dafür besorgte. Noch nie hatte ich so ein großes Fahrgeschäft gesehen und war überwältigt von den vielen schwebenden Sitzen, die beinahe alle schon belegt waren.

Kurz erschrak ich, als Henry nach meiner Hand griff und mich zu einem der wenigen freien Plätze dirigierte. Zögerlich setzte ich mich und ließ mir von einem Angestellten des Fahrgeschäftes den Gurt festmachen.

Henry setzte sich auf den Sitz neben mir und lächelte mich an. »Bist du bereit?«

In meinem Bauch machte sich Aufregung breit. »Habe ich denn eine Wahl?«

Er schüttelte lachend seinen Kopf und streckte seine Hand nach meiner aus. Ich nahm sie sofort und wenig später setzte sich das Karussell in Bewegung. Erst langsam und dann immer schneller ging es in die Höhe. Es drehte sich so schnell, dass wir schon bald schief in der Luft hingen. Adrenalin rauschte durch meine Adern und ließ mich erzittern. Lichter und Farben zogen an uns vorbei, alles verschmolz zu einer faszinierenden, kunterbunten Masse. Laute Musik hallte in meinen Ohren und ließ mich mitwippen. Schon lange hatte ich mich nicht mehr so unglaublich gut, so frei gefühlt. Die ganze Zeit über hielt Henry fest meine Hand, drückte sie immer wieder, wenn er vor Freude laut aufjubelte.

Nach einigen Runden wurden wir langsamer und kamen

schließlich zum Stehen. Dieses Mal half mir Henry aus dem Sitz, bevor der Angestellte zu mir gelangen konnte. Ich sah fragend zu ihm hoch, doch er schüttelte nur seinen Kopf. »Ich mag es nicht, wie er dich angesehen hat.«

»Wie hat er mich denn angesehen?«, fragte ich kichernd und ließ mich von ihm wieder zurück in die Menge ziehen.

Henry verzog seinen Mund. »Als würde er dich jeden Moment auffressen wollen.«

Ich wusste keine Antwort darauf, sondern lachte nur laut, überdreht von Aufregung und Freude. Wir kämpften uns durch die Menge, hielten uns aneinander fest, um uns nicht zu verlieren, und kamen schon bald in einen weniger belebten Bereich des Marktes. Hier duftete es besonders lecker nach frittierten Kartoffeln, karamellisiertem Obst und heißem Kakao. Als konnte Henry Gedanken lesen, schob er mich zum nächsten Stand und bestellte uns jeweils eine Tüte mit gedrehten Kartoffelscheiben, die man in eine würzige Soße dippen konnte. Wir setzten uns an einen freien Tisch und beobachteten die Menschen, die an uns vorbeigingen.

»Hast du Spaß?«, fragte Henry mich lächelnd.

Mit vollem Mund nickte ich und spürte, wie ich rot wurde, weil ich sicher gerade wenig damenhaft aussah. Henry konnte der Prinz von Viterra sein und ich benahm mich bei ihm immer viel zu ungezwungen. Doch es war einfach so leicht, in seiner Nähe ich selbst zu sein.

Er grinste mich an. »Ja, ich auch. Es ist wirklich schön hier. Tatsächlich versuchen wir jedes Jahr hierherzukommen. Natürlich heimlich.«

Fragend zog ich meine Augenbrauen zusammen, während ich

versuchte, den viel zu großen Bissen in meinem Mund zu zerkleinern.

»Wir vier machen das schon, seit wir alt genug sind, hier nachts nicht unnötig aufzufallen. Nur dieses Jahr ist alles anders. Aber ich muss zugeben, dass es mit dir fast doppelt so viel Spaß macht«, erklärte er nun fast ein wenig schüchtern. Schnell sah er weg und tunkte eine seiner Kartoffeln in die Soße.

Ich beobachtete ihn eine Weile und fragte mich unwillkürlich, ob das hier vielleicht doch mehr für ihn war als nur eine Verabredung unter Freunden. Wollte er wirklich *mich*? Obwohl er wusste, dass ich in Phillip verliebt war? Nein, das konnte nicht sein. Schließlich wussten wir doch beide, dass es falsch gewesen wäre, zwischen uns mehr als nur Freundschaft heraufzubeschwören. Und ich würde ihn niemals verletzen wollen. Das hatte nichts damit zu tun, dass er der Prinz sein könnte. Er war mein Freund. Der beste, den ich jemals hatte.

Schweigend aßen wir zu Ende. Dann nahm Henry die leeren Tüten und warf sie in den Mülleimer. Doch unser Appetit war noch nicht gestillt. So tranken wir als Nächstes einen großen Becher heißen Kakao mit Sahne, wobei ich mir in meiner Gier die Zunge verbrannte und schmollte. Henry fand es so witzig, dass er kaum aufhören konnte zu lachen und wir uns schließlich in eine Ecke verdrückten, damit uns nicht noch mehr Leute anstarrten.

Danach schlenderten wir an den Verkaufsständen vorbei. Henry wollte mir unbedingt eine Tasche kaufen und irgendwie schaffte er es sogar, mich dazu zu überreden. Angeregt unterhielt ich mich mit der Verkäuferin über ihre Waren, die sie in Handarbeit fertigte, und wählte schließlich eine hübsche braune Ledertasche.

Wir verließen den Stand in einer Diskussion darüber, dass Henry mir nicht noch etwas Weiteres kaufen sollte. Aber er tat es einfach ab und zog mich hin zu den Süßigkeiten. Er besorgte uns Zuckerwatte und dazu kauften wir für General Wilhelm noch kandierte Nüsse. Die schien er laut Henry am liebsten zu mögen. Wir nahmen die größte Tüte und ich ließ sie in meine neue Tasche gleiten. Sie gefiel mir mit jedem Betrachten immer mehr.

Als wir weiterschlenderten, zupften wir fröhlich an unserer rosafarbenen Zuckerwatte und blieben immer wieder an verschiedenen Ständen stehen.

»Oh, da ist eine Wahrsagerin. Sollen wir da mal rein?«, fragte Henry mit einem spitzbübischen Lächeln, als er die hölzernen Stangen unserer Zuckerwatte in den Müll warf und wir uns die Hände rieben.

»Bitte sag mir nicht, dass du an solch einen Unsinn glaubst.« Ich verzog meinen Mund, doch er schien so begeistert von dieser Idee zu sein, dass ich schließlich resignierend mit meinen Schultern zuckte. »Gut, aber wenn sie anfängt, irgendeinen Mist zu erzählen, dann gehe ich sofort raus.«

Henry nickte. Seine Augen funkelten, als er mich in kindlicher Vorfreude zu dem kleinen Zelt zog. Es stand niemand außer uns davor, was für mich schon alles sagte. Aber mein Begleiter schien es tatsächlich ernst zu meinen. Vorsichtig trat er durch die Öffnung. »Ist hier jemand?«

»Madame Ariola. Kommen Sie doch bitte näher«, antwortete eine rauchige Stimme aus der hinteren Ecke des Zeltes.

Ich verdrehte meine Augen. Ein Mensch, der von sich selbst in der dritten Person redete, konnte einfach nicht normal sein.

Wir gingen bis nach ganz hinten. Dort stand ein kleiner Tisch, an dem eine alte Frau saß, die jedoch an uns vorbeisah. Erst beim zweiten Hinschauen bemerkte ich, dass sie blind war. Ihre geöffneten Augen waren milchig und schienen nichts Bestimmtes zu fokussieren, selbst, als sie ihren Kopf in unsere Richtung drehte.

»Bitte setzen Sie sich.« Ihre Hand deutete zielsicher auf die beiden Stühle vor sich. Vielleicht war sie doch nicht so blind?

Wir kamen ihrer Aufforderung nach und ich sah mich unschlüssig um. An den Zeltwänden hingen bedruckte Tücher, deren Muster ich kaum benennen konnte, so wirr, so fremd wirkten sie. Nur wenige Kerzen erhellten das Innere des Zeltes und verliehen ihm eine beinahe unheimliche Mystik, die so gut zu dieser alten Dame passte, die uns gegenübersaß.

Die Wahrsagerin begann Karten zu mischen, so groß wie ihre Handflächen.

»Als Erstes das junge Mädchen. Sagen Sie mir bitte Ihren Namen«, forderte sie mit ihrer ausgezehrten, rauchigen Stimme, die unerbittlich durch das Zelt hallte.

Wenn sie doch Wahrsagerin war, müsste sie ihn doch eigentlich wissen, oder?

»Ich heiße Tatyana«, antwortete ich höflich, anstatt meine Frage laut zu stellen.

Die Wahrsagerin nickte gewichtig. »Tatyana, ein sehr schöner Name. Würdig für deine Zukunft«, murmelte sie so leise, dass ich sie kaum verstand.

Ich warf Henry einen vielsagenden Blick zu, doch der, den ich von ihm zurückbekam, war eher mahnend als zustimmend. Langsam atmete ich aus und beobachtete, wie Madame Ariola begann die Karten zu verteilen. Sie legte sie mit dem Bild nach oben auf den Tisch, aber ich konnte nichts Konkretes darauf erkennen.

Als wären es Gemälde, die immer und immer wieder übermalt worden waren. Sie befühlte die »Bilder«, die mit diversen Punkten versehen waren, und murmelte dabei etwas.

Plötzlich stockte sie, hielt die Luft an und fuhr sich nervös über ihre Stirn. »Großes. Ja, Großes. Sie, Tatyana, Sie werden Großes sehen und meistern. Die Welt wird Ihnen zu Füßen liegen. Sie werden sie bereisen. Doch ich warne Sie vor Lug und Betrug, der Ihr Leben im Griff hält. Passen Sie auf sich auf. Passen Sie auf alles auf. Lernen Sie. Kämpfen Sie. Formen Sie die Welt neu«, flüsterte sie aufgeregt und ihre Stimme zitterte nervös.

Gänsehaut jagte mir über meine Arme, doch ich wollte nicht zugeben, dass mir die alte Dame ein wenig Angst machte.

»Danke. Aber die Welt ist verstrahlt. Das Bereisen geht dann wohl nicht mehr«, murmelte ich möglichst ungläubig, doch erhielt augenblicklich einen sanften Tritt von Henry.

»Au, wieso tust du das?«, zischte ich und rieb mein Schienbein.

»Weil ich vielleicht auch noch meine Zukunft wissen will. Stell dich doch mal nicht so an«, neckte er mich und wandte sich wieder der Wahrsagerin zu, die bereits die Karten neu mischte.

Sie schluckte merklich, scheinbar noch nicht ganz losgelöst von ihren zuvor gesehenen Visionen. »Wie heißen Sie, junger Mann?«

»Ich heiße Henry«, antwortete er lächelnd und zwinkerte mir zu.

Abwehrend verschränkte ich die Arme vor meiner Brust und lehnte mich zurück. So einen Mist würde ich auf keinen Fall glauben. Natürlich war es für mich unmöglich, die Welt irgendwie zu bereisen. Und den ganzen Rest verstand ich sowieso nicht. Um wen oder was sollte ich denn kämpfen? Um Phillip? *Niemals!*

Wieder legte Madame Ariola ihre Karten auf den Tisch und befühlte sie. Doch dieses Mal schien sie noch nervöser zu sein als vorher. Auf ihrer Stirn schimmerten Schweißperlen, während sie ihren Kopf schüttelte.

»Henry, das Haus am See. Das Haus am See. Wähle es. Rette sie. Pass auf. Trainiere. Pass auf. Rette sie alle. Hilf ihr. Eine Liebe, zu tief, zu mächtig. Wähle das Haus am See. Der Weg unter der Erde. Nur dieser eine Weg. Kein anderer. Der letzte Weg.«

Heftig ausatmend brach sie ab und rieb sich über ihre Stirn. Mein Herz raste bei diesem Anblick, Angst kroch in mir hoch. Sie war wirklich eine gute Schauspielerin.

Auf einmal sprang sie auf. »Sie dürfen gehen. Passen Sie auf sich auf.« Überraschend energisch schob sie uns aus dem Zelt hinaus.

»Aber wir müssen noch bezahlen«, entgegnete Henry so nett, wie er war, doch sie schüttelte entschieden ihren Kopf.

»Nein, für Sie kostenlos. Aber jetzt raus. Ich mache Schluss. Heute zu langer Tag. Zu viele Informationen. Gute Nacht«, erklärte sie aufgebracht und riss hinter uns den Stoff des Zeltes zu.

Ich begann zu lachen. »Das war doch reine Zeitverschwendung. Zum Glück mussten wir das nicht auch noch bezahlen. Aber eins muss man ihr lassen: Sie kann echt gut täuschen.«

Henry lachte halbherzig, doch er wirkte auf einmal blass und zerstreut. Seine Augen waren weit aufgerissen und starrten zu Boden, als würde er dort etwas suchen.

»Was ist los, Henry?«, fragte ich zaghaft.

Plötzlich begann auch er laut zu lachen. Für einen Moment

glaubte ich mir seinen zerstreuten, beinahe angstvollen Gesichtsausdruck nur eingebildet zu haben. Doch ich wusste, was ich gesehen hatte.

»Ja, das kann sie wirklich«, erwiderte er betont fröhlich und hielt mir galant seinen Arm hin.

Zögerlich hakte ich mich unter. »Was war das für ein Haus am See? Kennst du solch ein Haus?«, versuchte ich ihn zu ködern, doch wieder lachte er nur, anstatt mir zu antworten.

»Das war wohl Zeitverschwendung. Wenigstens mussten wir nichts zahlen«, wiederholte er meine Worte viel zu schnell und wir gingen wieder an süß riechenden, kleinen Buden vorbei, als wäre nichts gewesen.

Eine ganze Zeit lang schwiegen wir. Vor allem, weil ich das Gefühl hatte, dass Henry in Gedanken versunken war. Doch was genau ließ ihn so angestrengt grübeln? Was hatte diese alte Frau gesagt, das ihn so aus der Fassung brachte? Wenn man sie ernst nehmen wollte – was natürlich abstrus war –, hörte es sich beinahe so an, als müssten wir fliehen. Doch wovor? Vor diesen Angriffen? Und meine viel größere Frage war: Wohin?

»Oh, es ist schon spät. In einer Viertelstunde müssen wir uns wieder mit den anderen am Eingang treffen.« Henrys Blick glitt in die Ferne und schien mich überhaupt nicht wahrzunehmen.

Aufmunternd drückte ich seinen Arm. »Dann lass uns mal dorthin aufbrechen.«

Aber er schüttelte den Kopf. »Nein, noch eine Sache wollte ich dir zeigen. Das dauert auch nicht lange.« Mit einem Mal strahlten seine Augen wieder abenteuerlustig. Der alte Henry war zurück. Sogleich machte sich Erleichterung in mir breit, während ich über mich selbst lächelnd den Kopf schüttelte. Sicher war da nichts, was ihn beschäftigte. Die alte Frau hatte es einfach nur zu gut verstanden, Besucher einen Moment lang zu verwirren.

Gemeinsam gingen wir durch die Menschenmassen, vorbei an den vielen Lichtern, weg von den süßen Gerüchen, bis wir auf einmal vor einer riesigen Konstruktion standen.

»Was ist denn das?«, fragte ich nach Luft ringend und starrte hinauf. Dafür musste ich meinen Kopf tief in den Nacken legen.

»Das, meine aufrührerische Freundin, ist ein Riesenrad, mit dem wir jetzt noch eine Runde fahren werden.« Die unverhohlene Freude in seiner Stimme ließ mein Herz hüpfen. Noch nie zuvor hatte ich so etwas Großes gesehen, das Menschen transportierte. Beinahe wirkte es so, als könnte man von dort oben die Kuppel berühren. Dabei wusste ich, dass ich mit dem Heißluftballon noch viel höher geflogen war.

Henry kaufte uns jeweils eine Karte und wir wurden noch schnell zu einer freien Gondel geleitet. Sie hatte kein Dach und auch nur eine kleine Absperrung, was mich ein wenig nervös werden ließ. Ruckelnd setzten wir uns in Bewegung, dabei schaukelte die Gondel auffallend hin und her. Krampfhaft klammerte ich meine Finger um das Geländer und schaute panisch hinunter auf die immer kleiner werdende Welt. Der Heißluftballon hatte um einiges sicherer gewirkt.

»Jetzt sag mir nicht, dass du Angst hast.« Belustigt sah Henry mich an.

Vorsichtig, damit ich bloß nicht aus diesem Ding hinausflog, schüttelte ich meinen Kopf. »Das hat nichts mit Angst zu tun. Es geht um meinen Respekt vor den nicht vorhandenen Sicherheitsmaßnahmen.«

Henry rückte näher an mich heran und legte seinen Arm um

meine Schultern. Ängstlich vergrub ich mein Gesicht an seiner Schulter und schloss die Augen. »Sag mir bitte, wenn es vorbei ist.«

Sein Körper bebte unter seinem Lachen. »Du musst keine Angst haben, wirklich.«

Auf einmal ruckelte es erneut. Wir schienen wieder unten angekommen zu sein. Hoffnungsvoll blickte ich auf – und erstarrte. Wir waren nun am höchsten Punkt angelangt und standen still.

»Ist es jetzt kaputt?« Meine Stimme zitterte und ich schaute Henry mit großen Augen an. Die Angst, hier festzustecken, breitete sich in meinem Körper aus, ließ mich verkrampfen.

Henry legte sanft seinen anderen Arm um mich und zog mich noch näher an sich heran. »Nein, das machen die immer. Versuch doch mal zum Horizont zu schauen. Ich halte dich fest.«

Ich schluckte, krallte meine Finger in sein Hemd und drehte meinen Kopf so, dass mein Ohr weiterhin an seiner Schulter lag und ich an ihm vorbeisehen konnte. Für einen Moment hielt ich die Luft an. Es war atemberaubend schön. Die Dämmerung hatte mittlerweile eingesetzt und unter uns blitzten die Lichter des Marktes. Selbst bis hier oben drangen die süßen Gerüche vor, gleichwohl die Musik und all die Stimmen nur noch gedämpft zu hören waren.

Langsam entspannte ich mich, lehnte jedoch weiter an Henrys Schulter, während er mir sanft über meinen Rücken strich. Seine Berührung hatte etwas unglaublich Tröstendes. Als würde er mir damit zeigen wollen, dass doch noch alles gut werden würde. Ich schmiegte mich an ihn, teilte seine Hoffnung und schaute verträumt über die Stadt, als sich die Gondel langsam wieder in Bewegung setzte.

Unten angekommen nahm Henry wie automatisch wieder meine Hand und ich musste zugeben, dass es sich wirklich schön anfühlte, mit ihm so über den Markt zu schlendern und einfach mal an nichts anderes als an das Hier und Jetzt zu denken. Ich wusste nicht genau, was ich für ihn empfand. Ohne Frage war es Freundschaft. Und doch mehr.

In meinem Hinterkopf dröhnte eine Stimme, dass es falsch war, seine Hand zu halten, wenn ich doch Phillip liebte.

Doch ich verdrängte sie, schaute stattdessen zu Henry auf und spürte, wie ich lächeln musste. Wir waren Freunde, die füreinander da waren. Wobei ich, wenn ich ehrlich war, bisher nur von ihm nahm. Aber irgendwann würde ich ihm zurückgeben, was er mir gegeben hatte, und mich dafür bedanken.

Am Ausgang des Marktes warteten bereits Fernand und Claire auf uns. Sie ignorierten unsere ineinander verschränkten Finger beziehungsweise gingen nicht darauf ein. Und ich war ihnen dankbar dafür.

20. KAPITEL
ICH WEICHE NUR ZURÜCK, UM ANLAUF ZU NEHMEN

Gemeinsam machten wir uns auf den Weg zum Geheimgang. Es war vollkommen dunkel um uns herum, weder Mond noch Sterne spendeten uns Licht. Grillen zirpten auf der Wiese, an der wir gerade vorbeiliefen, und ab und zu kam eine Kutsche vorbei. Ansonsten waren wir alleine. Es war ein seltsames Gefühl. So unnatürlich still.

Auf einmal knackte etwas hinter uns. Erschrocken fuhren wir herum, doch konnten nichts erkennen.

»Habt ihr das auch gehört?«, fragte Claire unnötigerweise.

Ich nickte in die Dunkelheit. »Ja, vielleicht war das ein Tier.«

Sie machte ein unschlüssiges Geräusch und wandte sich wieder um.

Ich schluckte und tat es ihr gleich. Unsere Schritte wurden unversehens immer schneller, während wir auf den Wald zuliefen, an dessen Rand sich der Eingang befand. Die ganze Zeit über hielt Henry meine Hand, bereit mich zu beschützen. Es war ein schönes Gefühl zu spüren, wie sehr er sich um mich sorgte. Ob wir wohl immer noch Freunde sein konnten, wenn er seine Identität als Prinz preisgab und mit Rose gemeinsam hier lebte?

Erneut knackte etwas hinter uns. Ich zuckte zusammen, schloss langsam meine Augen, ließ mich nur durch Henrys Hand leiten. Dabei versuchte ich mich darauf zu konzentrieren, etwas wahrzunehmen, doch die Angst tief in mir vernebelte meine Sinne.

»Werden wir verfolgt?«, flüsterte ich Henry zu, der ernst nach vorne blickte.

Langsam, kaum für jemand anderen zu sehen, nickte er. Ich schluckte und versuchte so zu wirken, als wäre alles ganz normal.

»Wie viele sind es?«, raunte ich ihm leise zu und lehnte mich so nah an ihn, dass es aussah, als würde ich mich an ihn schmiegen.

Er tat das Gleiche, bückte sich zu mir herunter. »Zwei, vielleicht drei. Das könnten wir schaffen. Wir müssen sie nur überraschen. Und das auf jeden Fall noch vor dem Geheimgang. Alles andere ist zu gefährlich.«

Ich erzitterte. »Gut. Wie ist der Plan?«

»Komm.« Damit zog er mich zur Seite. Fernand machte dasselbe mit Claire und schob sie hinter einen dicken Stein, wo sie sich verkroch.

Langsam kletterten wir Übrigen von hinten auf ihn drauf, duckten uns und schauten dahinter hervor. In diesem Moment war ich dankbar dafür, dass der Mond nicht so hell schien. Sofort sah ich die beiden Gestalten, die sich uns langsam näherten. Ihren Kopfbewegungen nach zu urteilen, suchten sie uns tatsächlich.

»Denkst du, wir können warten, bis sie vorbei sind?«, fragte Fernand flüsternd.

»Nein. Wir können nicht riskieren, dass sie uns auflauern und folgen. Egal, was sie wollen«, antwortete Henry ernst und drückte für einen Moment meine Hand, die neben seiner lag. »Du solltest hierbleiben.«

Energisch schüttelte ich den Kopf. »Nein, das werde ich nicht tun. Wir sind ein Team und da lässt man sich nicht im Stich.«

Er machte ein unzufriedenes Geräusch, doch erwiderte nichts. Langsam schob ich mein Kleid hoch und war froh, dass ich darunter bequemere Sachen trug. Vorsichtig zog ich das Kleid aus und reichte es Claire nebst der Brille nach unten, die beides fest an sich presste.

Fernand und Henry sahen mich mit großen Augen an, doch ich zuckte nur mit den Schultern. »Mit einem Kleid lässt es sich nicht so gut kämpfen.«

Die beiden Gestalten hatten uns schon fast erreicht. Vorsichtig blickten sie sich zu allen Seiten um und wirkten äußerst wachsam. Als sie auf Höhe des Steines waren, sprangen Henry und Fernand hervor, direkt auf die Verfolger zu. Ich sprang ihnen hinterher und schaute meinen Begleitern im ersten Moment wie erstarrt beim Kampf zu. Henry war gut, wie erwartet. Doch Fernand war schwächer und kämpfte auch noch mit der größeren der Gestalten, die eindeutig Männer sein mussten.

Plötzlich erhielt Fernand einen festen Schlag auf sein Kinn. Ich rannte um ihn und seinen Angreifer herum und musste mit ansehen, wie mein Freund keuchend zur Seite fiel. Sein Gegner war für einen Moment abgelenkt. Ich nutzte meine Chance, sprang ihn von hinten an und legte meinen Arm um seinen Hals. Fest presste ich zu, umklammerte gleichzeitig seinen Bauch mit meinen Beinen und versuchte ihn so in Schach zu halten.

»Wage es ja nicht, dich zu bewegen, ansonsten breche ich dir das Genick«, zischte ich in sein Ohr, was sich eindeutig mutiger anhörte, als ich mich fühlte.

Auf einmal nahm ich einen vertrauten Geruch wahr, der mich so sehr irritierte, dass ich mich noch fester an ihn klammerte.

»Tanya? Bist du das? Ich bin es, Charles«, keuchte er.

Ich beugte mich vor, löste aber nicht meine Beine von seinem Bauch, sondern streckte meinen Kopf neben seinen.

»Was machst du denn hier?«, fragte ich verblüfft, als ich ihn erkannte.

Er keuchte. »Kannst du mich bitte erst loslassen?«, bat er, heftig nach Luft ringend.

Sofort sprang ich von seinem Rücken, drehte mich zu Henry um und griff nach seinem Arm, mit dem er gerade zu einem Schlag ausholte. Doch es war zu spät. Durch die Wucht seiner Kraft wurde ich nach vorne gerissen. Im letzten Moment fing er mich auf, bevor ich dem zweiten »Angreifer« vor die Füße fallen konnte. Phillip.

»Was machst du da?« Henry half mir auf und schob mich sofort hinter sich, beschützte mich.

»Das sind Phillip und Charles«, keuchte ich und löste mich von ihm. »Fernand? Geht es dir gut?«

Sofort ließ mich Henry los und rannte zu seinem Freund hinüber, dessen Unterlippe blutete.

Ich drehte mich zu Charles. »Was sollte das? Wieso verfolgt ihr uns?«

Er starrte mich mit großen Augen an. »Wieso seid ihr verkleidet? Wir waren nur auf dem Weg zurück und haben uns gewundert, warum jemand hier entlanggehen sollte.«

Ich fasste an meinen Kopf und strich über die Perücke, die während dieses kleinen Kampfes verrutscht war. »Alles Tarnung.«

»Ja, wie läufst du eigentlich herum?«, fragte auf einmal Phillip und stellte sich neben Charles. Selbst im fahlen Mondlicht konnte ich Phillips Augen sehen, die meine Beine ein wenig zu lange anstarrten.

Ich stemmte meine Hände in die Hüfte. »Pragmatisch eben. Schließlich kann ich mich in einem Kleid nicht so gut gegen *Wüstlinge* wehren.«

»Also ich finde es klasse«, zwinkerte mir Charles zu und ich war dankbar, dass es dunkel war und er meine errötenden Wangen nicht sehen konnte.

»Danke. Henry, geht es Fernand gut?«, rief ich hinüber.

Fernand stöhnte, als Henry antwortete. »Ja, alles gut. Wir sollten uns jetzt aber beeilen, ansonsten flippt General Wilhelm noch aus.«

Ich nickte, trat zu Claire, die nun ebenfalls neben Fernand kniete, und nahm ihr mein Kleid aus der Hand. Schnell zog ich es über meinen Kopf, setzte die Brille wieder auf und richtete die Perücke. »Ich denke, Henry hat recht. Wir haben ihm versprochen, dass wir pünktlich wieder da sind.«

»Er weiß, dass ihr hier draußen seid?«, rief Phillip halb erschrocken, halb wütend aus.

Ich nickte und bückte mich zu Fernand, um ihn mithilfe von Henry auf die Beine zu ziehen. »Ja, er weiß es.«

Ich versuchte Fernand aufzuhelfen, schwankte dabei jedoch bedrohlich.

»Phillip, kommst du bitte mal? Er ist zu schwer für Tanya«, sagte Henry prompt. Sofort eilte Phillip zu uns und tauschte mit mir den Platz.

Ich stellte mich neben Claire, die leise schluchzte. »Es wird alles gut. Morgen geht es ihm wieder besser«, flüsterte ich ihr zu und nahm sie in den Arm.

Sie nickte weinend und drückte mich kurz, bevor sie Henry und Phillip hinterhereilte, die bereits mit Fernand im Arm losgegangen waren.

Schweigend folgten Charles und ich ihnen.

»So, was macht ihr wirklich hier?«, fragte ich schließlich, als mir das Schweigen zu viel wurde.

Er schob seine Hände in die Hosentaschen. »Phillip wollte unbedingt mal wieder zum Vergnügungsmarkt. Schon witzig, dass wir uns alle hier treffen.«

»Ja. *Witzig* ...«, murmelte ich, »... und so *zufällig* ...« Dabei bohrte ich Phillip ganz viele böse Blicke in den Rücken.

»Braune Haare stehen dir übrigens nicht besonders«, holte mich Charles aus meinen Gedanken zurück.

Überrascht wandte ich mich zu ihm. »Na, dann ist es ja ein Glück, dass ich in Wahrheit blond bin«, entgegnete ich lachend und schüttelte dabei ungläubig meinen Kopf.

»Allerdings. Sag mal, wie habt ihr General Wilhelm eigentlich dazu gebracht, euch rauszulassen?« Er sah mich neugierig an und legte seinen Kopf schief, wobei ihm einige blonde Strähnen ins Gesicht fielen, die aus seinem Zopf gerutscht waren.

Ich legte meine Hand auf die Brust, tat so, als wäre ich schockiert. »Das war überhaupt nicht so leicht, wie ihr vielleicht glaubt. Wir haben ihn gewissermaßen überrumpelt. Aber wie seid ihr denn an ihm vorbeigekommen?«

»Wir sind durch einen Geheimgang gegangen, der nicht direkt an der Mauer liegt. Ihr könnt ja mitkommen, wenn ihr wollt«, bot er an und schwieg dann erwartungsvoll.

Aber ich schüttelte meinen Kopf. »Nein, das geht nicht. Sie müssen sehen, wie wir zurückkommen. Ansonsten gibt es Ärger. Aber ich bitte euch, dass ihr auf keinen Fall etwas sagt. Ansonsten bringt der General mich um. Und ich möchte sein Vertrauen nicht missbrauchen.«

»Das wird er sicher nicht tun. Aber ich verstehe es natürlich. Vielleicht wäre es besser, wenn wir uns gleich wieder trennen?«

Ich nickte und vor uns blieben auch schon die anderen stehen.

»Dann gib mir mal Fernand«, forderte ich Phillip auf, ohne ihm dabei in die Augen zu sehen. Schnell wechselte ich mit ihm den Platz und konzentrierte mich ganz auf Fernand, der leise stöhnte.

»Wie fühlst du dich?«, fragte ich ihn und versuchte im Dunkeln etwas zu erkennen. Seine Lippe schien nicht mehr zu bluten, dafür wirkte sein Auge unnatürlich verquollen.

Er stöhnte. »Besser. Aber lasst uns endlich verschwinden. Ich will ins Bett.«

»Wir sehen uns morgen. Gute Nacht«, murmelte ich und schaute nur Charles an.

»Nacht«, antwortete hingegen Phillip und brachte durch dieses kleine, dumme Wort wieder meine Welt zum Schwanken.

Ich schielte zu ihm hinüber. »Nacht.« Dann drehte ich mich mit Fernand und Henry um, während Claire mir meine Tasche abnahm und uns hinterherlief. Kurz darauf erreichten wir die Stelle, an der ein Fels, zugewachsen mit Efeu, die Tür zum Geheimgang bedeckte. Claire öffnete sie für uns und schloss sie hinter uns wieder fest zu. Dann hob sie die dort deponierte Laterne und entzündete sie mit einem Streichholz, das bereits neben der Kerze lag. Der General hatte an alles gedacht.

Schweigend liefen wir durch den dunklen Gang, wichen Spinnweben aus und meine Angst vor den Konsequenzen wurde immer größer. Viel zu schnell erreichten wir das Ende des Ganges. Kaum stiegen wir die Treppe hinauf, wurden wir schon von einem Wächter entdeckt, der den General rief und mir sofort Fernand abnahm.

»Ihr seid zu spät. In nur fünf Minuten müssen Miss Tatyana und Miss Claire ... Was ist hier los?« General Wilhelm kam um die Ecke und starrte uns an, wobei sein Gesichtsausdruck von wütend zu besorgt wechselte.

Ich ging einen Schritt auf ihn zu. »Alles ist gut gegangen. Fernand hat nur das Karussellfahren nicht vertragen.«

»*Was* ist passiert?«, knurrte er und eine dicke Ader pochte auf seiner Stirn.

»Es ist wirklich alles in Ordnung. Wir sind heile. Nun ja, Fernand hat es ein wenig erwischt, aber es war alles nur ein großes Missverständnis«, sagte ich schnell und biss mir auf die Lippe.

»Wer hat Fernand so zugerichtet? Wo sind die Angreifer?«, bellte der General und ignorierte mein eindringliches Kopfschütteln.

»Es gab tatsächlich keine Angreifer. Ich komme später zurück und erkläre es dir in Ruhe«, ging Henry dazwischen und beruhigte den General damit ein wenig. Ein Wächter brachte Fernand schon einmal weg und Claire folgte den beiden schnell, damit sie Erica noch abfangen konnte. Ich stand noch eine Weile bei Henry und dem General, der uns eindringlich erklärte, wie gefährlich unser kleiner Ausflug hätte enden können. Wahrscheinlich bereute er seine Einwilligung zutiefst.

Irgendwann holte ich die kandierten Nüsse aus meiner Tasche. »Das haben wir Ihnen mitgebracht«, sagte ich leise. »Entschuldigen Sie bitte die ganze Aufregung. Ich glaube, jetzt bin ich Ihnen wirklich etwas schuldig«, erklärte ich reumütig.

»Allerdings. Aber jetzt verschwindet, bevor Erica noch einen Herzinfarkt bekommt.«

Wir verabschiedeten uns schnell und eilten davon, damit wir nicht noch mehr Ärger bekamen. Der General wirkte unzufrieden, aber auch erleichtert.

»Es tut mir leid«, seufzte Henry, nachdem wir eine ganze Weile schweigend Seite an Seite durch den Wald gegangen waren.

Ich schüttelte den Kopf. »Das sollte es nicht. Wir sind gemeinsam dorthin gegangen. Das war unsere *gemeinsame* Entscheidung.«

»Trotzdem«, warf er ein und verzog sein Gesicht, während wir langsam auf unseren Turm zugingen.

Aufmunternd lächelte ich ihn an, als wir schließlich vor der Turmtür stehen blieben. »Alles in allem war es ein wunderschöner Nachmittag. Sollen wir morgen früh vor dem Aufbruch zusammen laufen gehen?«, fragte ich schnell, weil ich das Gefühl hatte, etwas Harmloses sagen zu müssen.

Henry seufzte. »Ja, gerne. Ich hole dich dann ab.« Er beugte sich vor und legte seine Hand auf meine Schulter. Mein Herz setzte einen Schlag aus. Ich erwartete schon, er würde mich küssen, meine Augen schlossen sich. Doch dann spürte ich seine Lippen auf meiner Wange, die sogleich heiß brannte.

Als ich meine Augen öffnete, lächelte er mich schüchtern an und drehte sich dann weg. Im selben Augenblick flog die Tür auf und Erica stand wutentbrannt vor mir.

Ich schnappte nach Luft, doch ihr Gesichtsausdruck ließ mich um mehrere Zentimeter schrumpfen. Egal, wie sehr ich mir wünschte, dass die Erde sich nun unter mir auftun mochte, nichts geschah. Erica zog mich mit Schwung in den Turm und schlug die Tür hinter mir mit solch einer Wucht zu, dass unsere Uhr bedenklich ins Schwanken geriet.

»Was habt ihr euch nur dabei gedacht?! Euch hätte sonst was passieren können!«, begann sie sogleich loszuzetern, während ich mit eingezogenem Kopf neben Claire aufs Bett sank.

Erica lief mit festen Schritten hin und her, die Hände an ihren Kopf gepresst, als würde sie wegen uns jeden Moment eine Migräne bekommen. »Nie wieder! Das war das letzte Mal, dass ich mich von diesen Bengeln zu so etwas habe überreden lassen! Und ihr …«, funkelte sie uns an, während sie plötzlich zum Stehen kam, »… ihr hättet es besser wissen müssen! Zukünftige Prinzessinnen wollt ihr sein und verhaltet euch wie die Raufbolde! Was, wenn euch jemand entdeckt hätte?«

Claires Hand zuckte, als wollte sie etwas sagen, doch ich ergriff sie schnell, brachte sie damit zum Verstummen. Nichts, was wir hätten einwenden können, hätte Erica beruhigt.

Unsere Vertraute begann wieder in unserem Turm auf und ab zu gehen. »Ich hätte das niemals zulassen dürfen! Egal, wie alt sie werden, sie haben nur Unsinn im Kopf! Oh, Henry und Fernand werden schon sehen, was sie davon haben, euch solche Flausen in den Kopf zu setzen!« Sie atmete tief durch und blickte uns eindringlich an. »Wisst ihr eigentlich, welche Sorgen ich mir gemacht habe? Welche Vorwürfe? Fernand hat dieses blaue Auge wahrlich verdient!«, rief sie immer aufgebrachter. Ich wusste, dass sie das nicht wirklich ernst meinte, sondern dass sich in diesem Moment nur all ihre Wut und all ihre Ängste entluden.

Sie ging zum Schrank und zerrte zwei Koffer für uns heraus. »Man sollte euch den Umgang verbieten! Selbst König Alexander hat bei seiner Auswahl nicht so viel Unsinn angestellt!« Sie warf die Koffer schwungvoll auf mein freies Bett und riss sie auf. »Wie konnte ich nur glauben, dass diese Bengel besser sind als er, nur, weil sie zu viert sind? Pah! Viermal schlimmer sind sie! Verdrehen den jungen Damen die Köpfe und bringen sie im wahrsten Sinne des Wortes um den Verstand!«

Sie hielt inne und betrachtete uns abermals. »Ihr könnt *wirklich* von Glück sagen, dass euch nichts passiert ist! Fernand sieht fürchterlich aus! War das etwa euer Ziel?«

Zwei Stunden lang, bis Punkt Mitternacht, zeterte und feuerte Erica auf uns ein. Es war ein beängstigender Anblick, als ihr dann schließlich auch noch Tränen über die Wangen liefen. Angst und Zorn vermischten sich in ihrem Gesicht und machten sie unberechenbar. Mit eingezogenen Köpfen saßen wir auf dem Bettrand und ließen all ihre Vorwürfe über uns ergehen. Sie erwartete nicht einmal eine Entschuldigung oder Erklärung, sondern führte einen lange andauernden Monolog. Währenddessen stopfte sie zwei Taschen mit unseren Sachen voll, die wir für unsere Reise brauchen würden. Wir trauten uns nicht einmal ihr zu helfen, so wütend schien sie.

Als sie verschwand, redeten wir nicht, sondern zogen uns schweigend um und verkrochen uns voller Scham unter unsere Bettdecken.

21. KAPITEL

MANCHE WEGE MUSS MAN BESCHREITEN, AUCH WENN ES UMWEGE SIND

Pünktlich sechs Stunden später klopfte es leise. Ich wachte sofort auf, schlich zur Tür und öffnete sie einen Spalt breit.

»Gib mir fünf Minuten«, raunte ich Henry schlaftrunken entgegen, der gütig lächelte.

»Lass dir Zeit.«

Schnell schloss ich die Tür, flitzte hoch in das Badezimmer und putzte mir meine Zähne. Wieder unten angekommen schlüpfte ich in einen Trainingsanzug und band mir die Haare zu. Dann eilte ich hinaus.

»Guten Morgen«, begrüßte ich Henry noch einmal gähnend und folgte ihm, als er schnurstracks auf den Wald zuging.

»Du siehst echt fertig aus«, entgegnete er lachend und ich sah überrascht zu ihm hoch.

»Du wirkst auch nicht gerade wie das blühende Leben.« Gespielt entrüstet schubste ich ihn zur Seite und beschleunigte meine Schritte.

Gemeinsam absolvierten wir eine halbe Stunde Dauerlauf, bis wir wie im Training mit Herrn Bertus neben dem Haupthaus stoppten und begannen unsere Bewegungsübungen zu vollführen. Die Sorgen des gestrigen Tages verblassten für kurze Zeit, gleichwohl mich mein schlechtes Gewissen beinahe umbrachte. Erica war so wütend gewesen, so verzweifelt. Sie hatte sich solch schreckliche Sorgen gemacht und ich nahm mir vor, sie nicht erneut zu enttäuschen.

Meine Arme vollführten die Bewegungen mittlerweile ganz von alleine, im Gleichklang mit Henry, der an diesem Morgen ebenso schweigsam war wie ich. Doch das machte eben unser Training aus.

Erst gegen Ende lächelte er mich wieder an. »Wir sehen uns dann beim Frühstück, ja?«

Ich nickte und unterdrückte ein Gähnen, das der viel zu kurzen Nacht geschuldet war. »Auf jeden Fall. Bis später.« Dann machte ich mich auf zu unserem Turm, wo Claire noch schlief. Leise holte ich mir Unterwäsche aus dem Schrank und ging hinauf ins Badezimmer.

So richtig wach wurde ich erst unter der Dusche. Nach der wohltuenden Erfrischung fühlte ich mich fast wie neugeboren. Schnell drehte ich mir die Haare zu einem strammen Dutt und ging nach unten. Auf der Treppe schlurfte Claire missmutig an mir vorbei. Ich warf ihr ein liebevolles Lächeln zu, bevor ich mich an den Schminktisch setzte.

Im Spiegel bemaß ich kritisch mein Gesicht. Meine Augen waren noch geschwollen von der zu kurzen Nacht. Daher legte ich ein wenig mehr Schminke auf als sonst. Dann entschied ich mich für ein cremefarbenes Kleid, das zu den wenigen im Schrank gehörte, die Erica nicht hatte im Koffer verschwinden lassen. Gerade als ich versuchte, die Knöpfe in meinem Rücken alleine zu schließen, kam Claire schon wieder herunter. Sie wirkte etwas wacher, doch unglaublich schlecht gelaunt. So kannte ich sie ja gar nicht.

Murrend schloss sie mein Kleid und begab sich dann stumm

an den Schminktisch, um sich ebenfalls fertig zu machen. Ich setzte mich auf mein Bett und schaute die Sachen in meiner Tasche durch, die Erica für mich eingepackt hatte. Es waren einige Kleider, aber auch Trainingshosen und Pullover darunter. Für die Schuhe gab es eine extra Tasche, in der sich auch Claires Exemplare befanden. In einem Kulturbeutel, den ich bisher noch nicht kannte, waren Schminksachen und auch Waschutensilien verstaut. Ich kramte meine eigene Tasche unter dem Bett hervor und verstaute mein Fernrohr darin. Gerade als ich den Verschluss einrasten ließ, reckte Claire mir ihren Rücken entgegen, damit ich ihr gleichfalls behilflich sein konnte. Danach machten wir uns gemeinsam auf den Weg zum Haupthaus.

Wir gehörten zu den ersten Kandidatinnen und setzten uns zu Fernand und Henry, die sich an einem Tisch unterhielten. Fernands Auge war zugeschwollen und unter seiner Haut schimmerte es grünlich.

»Guten Morgen, großer Kämpfer«, flüsterte ich ihm ins Ohr. Als Antwort erhielt ich eine rausgestreckte Zunge, die ich nur zu gern erwiderte.

»Sei bloß ruhig«, zischte er, als wir uns setzten und Claire sofort begann ihn mitleidig zu betrachten. Seine Lippe war dick und an der Stelle, die gestern Nacht noch geblutet hatte, bildete sich bereits eine Kruste.

»Schon gut. Tut mir leid. – Henry, ich bin so müde«, gähnte ich und legte mir meine Hand an den Mund.

»Ja, wir hatten in der Tat keine allzu lange Nacht«, antwortete er und lehnte sich in seinem Stuhl zurück.

»Du glaubst nicht, was für einen Ärger wir von Erica bekommen haben.«

Claire drehte sich zu mir. »Ihr habt euch doch heute früh schon gesehen. Hast du ihm davon noch nichts erzählt?«, fragte sie sichtlich verwirrt.

Bevor ich antworten konnte, begann Henry zu lachen. »Während wir trainieren, schweigen wir meistens. Da kann man keine Ablenkung gebrauchen«, erklärte er ihr ernst, was sie jedoch nur mit einem Schulterzucken bedachte.

»Erica war sehr wütend und ziemlich enttäuscht von uns. Ich denke, so eine Aktion sollten wir erst einmal unterlassen. Sie hat gestern genug mitgemacht. Aber ich bin froh, dass der General zumindest nicht ganz so sauer schien.« Unwillkürlich rieb ich meine Stirn, da ich an den gestrigen Abend zurückdachte.

»Seit wann bist du denn so drauf?«, fragte auf einmal jemand hinter mir.

Ich drehte mich um und begegnete dem hämischen Grinsen von Charles.

»Ja, du hast natürlich recht. *Unser* Kampf war richtig heiß«, zwinkerte ich ihm zu und lachte, als seine Augen sich für einen Moment weiteten.

»Oh wow«, machte er und setzte sich neben mich. Seinen Arm legte er auf meine Lehne und ich schaute ihn lächelnd an.

»Ich hoffe, du hast ein bisschen Mitleid mit mir.« Überrascht schaute ich ihm dabei zu, wie er sein Hemd hochzog. Als ich die zwei riesigen blauen Flecken auf seinem Bauch sah, machte ich einen erschrockenen Laut und verschluckte mich prompt.

»War ich das etwa?«, krächzte ich und hustete vor Atemnot.

Charles schob sein Hemd wieder in die Hose. »Deine blöden Schuhe haben sich richtig in meinen Magen gebohrt. Das tat verdammt weh, als ich mich ins Bett legen wollte.«

Ich legte mitfühlend meine Hand auf seine Schulter und klimperte mit den Wimpern. »Es tut mir wirklich leid. Bei mir hat einfach alles ausgesetzt, da ich annahm, du wolltest Fernand ernsthaft verletzen.«

»Ja, mir wäre das wahrscheinlich nicht anders gegangen. Aber dafür, dass du mir so wehgetan hast, bist du mir was schuldig«, zwinkerte er und sein Grinsen wurde wölfisch.

Sichtlich verwirrt legte ich meine Stirn in Falten. »Ist dem so? Was möchtest du denn?«

»Einen Kuss?« Herausfordernd blitzte es in seinen Augen.

Ich hob trotzig mein Kinn. »Höchstens eine Umarmung.«

»Ich nehme, was ich kriegen kann«, antwortete er grinsend und zog mich an sich heran.

Neben mir hörte ich einen Stuhl rücken. Mir war klar, wer sich da gerade zu uns setzte und dass ich mal wieder einem seiner Freunde ziemlich nahe war, während er gerade erst eintraf.

Ich atmete tief durch. Charles merkte es und griff beruhigend nach meiner Hand. Ich lächelte ihm zu und lehnte mich dann wieder in meinem Stuhl zurück. Im Augenwinkel konnte ich Phillip sehen und drehte mich zu ihm.

»Guten Morgen. Ich hoffe, du hast gut geschlafen«, sagte ich so freundlich wie möglich und lächelte ihn unbedarft an. Ich tat so, als würde nichts zwischen uns stehen.

»Ja, das habe ich. Dürfte ich jetzt bitte um eine Erklärung bitten?« Er sah mich auffordernd und beinahe streng an.

»Was für eine Erklärung? Wir wollten ein wenig Spaß haben. Danke der Nachfrage. Es war witzig«, antwortete ich fröhlich und sah Henry mit schief gelegtem Kopf an. Er grinste breit und verdrehte seine Augen, als wäre ich verrückt.

»Euch hätte sonst was passieren können. General Wilhelm hätte euch niemals gehen lassen dürfen. Das war unverzeihlich«, fuhr er mich an und funkelte darauf Henry wütend an. Dieser schwieg schuldbewusst.

Ich hob meine Augenbrauen und lehnte mich zu Phillip vor, woraufhin unsere Gesichter ganz nah beieinander waren. Einen kurzen Moment lang überfiel mich ein seltsames Gefühl. Ich schluckte es hinunter und legte stattdessen ein überlegenes Lächeln auf. »Dafür, dass wir so schutzlos waren, hätten wir euch beinahe fertiggemacht. Und wenn du es wagst, General Wilhelm dafür verantwortlich zu machen, dann wirst du es bereuen.«

Phillips Augen kniffen sich kurz zusammen. »Was hast du denn genau vor, mir anzutun?«

Ich beugte mich noch näher an ihn heran, legte meine Wange an seine. Ich spürte, wie er fröstelte, und musste lächeln. »Du wirst die geballte Macht der Medien in deinem Nacken spüren, weil du versucht hast, mich unsittlich zu berühren, während du mit deiner wundervollen Charlotte beinahe schon verlobt warst«, flüsterte ich in sein Ohr und legte für einen kurzen Moment meine Hand auf sein Knie. Er keuchte, ich hörte ihn schlucken, nach Argumenten suchen.

Doch da lehnte ich mich schon wieder zurück und streckte Claire meine Hand entgegen. »Komm, Claire. Wir sollten hier nicht sitzen bleiben. Wenn Charlotte das sieht, dann flippt sie noch aus.«

Claire verzog ihren Mund, nur mit Mühe ein Lachen unterdrückend, und legte ihre Hand in meine. Dann stand sie auf, zog mich hoch und ging ohne ein weiteres Wort zu sagen mit mir zum nächsten Tisch, wo sie mich verschwörerisch ansah.

»Du bist wirklich ein Luder, ihm so etwas anzudrohen«, flüsterte sie mir zu und grinste von einem Ohr zum anderen.

Ich verdrehte meine Augen. »Der soll es bloß nicht wagen, dem General irgendetwas anzuhängen. Das wäre herzlos. Schließlich hat er nichts Schlimmes getan.«

Auf einmal legte sich eine Hand auf meine Schulter. Ich zuckte zusammen und fuhr herum. Phillip. Er stand hinter mir und beugte sich zu meinem Ohr herunter.

»Ein gutes Argument. Aber was ist, wenn ich dich gerne mal unsittlich berühren wollen würde?«, hauchte er und versetzte meinen Körper damit in höchste Aufruhr.

Phillip lächelte mich wissend an und wandte sich, als wäre nichts gewesen, wieder zu den anderen um.

Meine Wangen brannten, mein Herz raste und ich schaffte es nicht, mich zu beruhigen.

»Willst du gehen?«, fragte Claire besorgt. In ihren Augen konnte ich sehen, dass sie den Schmerz und das Feuer spürte, die in diesem Moment so heftig in mir aufflammten, dass meine Brust brannte.

Langsam schüttelte ich den Kopf und starrte meine Finger an. »Nein, das wäre doch albern. Schließlich ist es ohnehin bald vorbei.« Ich atmete tief durch, erwiderte dann entschlossen Claires Blick und zwang mich zu einem Lächeln.

Ein berührter Ausdruck huschte über ihre Augen. Gerade wollte sie noch etwas erwidern, als Venya und Babette am Nebentisch die Aufmerksamkeit auf sich zogen. Sie gestikulierten wild und kicherten ausgelassen, wobei sie den Tisch mit den jungen Männern fest im Blick hatten. Anscheinend hatten sie die Hoffnung auf einen der vier Herren doch noch nicht aufgegeben.

Fast beneidete ich sie ein wenig. Sie wirkten so ausgelassen und unbedarft. Ich hingegen kämpfte mit ganz anderen Problemen. Oder kämpfte ich in Wahrheit gegen mich selbst? Wieso konnte ich nicht stark sein? In einem Moment dachte ich noch, ich wäre es, und im nächsten Moment wirbelte Phillip mit einem Satz oder auch nur einer klitzekleinen Geste alles durcheinander. Wem machte ich denn etwas vor? Ich war in ihn verliebt und war nicht stark genug, um meine Gefühle zu kontrollieren.

»Wusstest du eigentlich, dass du wirklich die beste Freundin bist, die man sich nur wünschen kann?«, vertrieb ich mit aller Macht meine trübseligen Gedanken. Liebevoll sah ich Claire an. Ich wünschte, ich könnte eine genauso gute Freundin sein wie sie.

Sie zwinkerte mir zu. »Ja, natürlich. – Oh nein, da kommt unsere Prinzessin.« Claires Augen verengten sich gefährlich.

Ich hingegen konzentrierte mich ganz auf das Büfett, das gerade fertig aufgebaut wurde. So richtig gelang es mir nicht, denn als ich Charlottes Stimme im Hintergrund hörte und wie sie sich mit Phillip unterhielt, stand ich abrupt auf und ging mir etwas zum Frühstücken holen. Hastig befüllte ich meinen Teller mit einem Brötchen, einem Croissant und einigen Weintrauben. Dann nahm ich mir ein Glas Orangensaft und wartete, bis Claire fertig war. Noch bevor Phillip und die anderen uns erreichten, gingen wir zurück zu unserem Tisch und begannen zu essen. Als sich das Büfett langsam wieder lichtete, holte ich mir noch schnell einen Kaffee. Das heiße Getränk würde mir guttun.

Mittlerweile waren alle Kandidatinnen auf der Terrasse eingetroffen und es wurde lauter um uns herum. Im Hintergrund hörte ich Rose kichern, ganz vertieft in ein Gespräch mit Henry. Sie war perfekt für ihn.

Ich zwang mich, alles aufzuessen, und lehnte mich zum Schluss zurück. Meine Finger umschlossen die Kaffeetasse und ich betrachtete den Wald hinter Claire. Sie aß noch und hörte Rose zu, die sich inzwischen mit ihrer Freundin zu uns gesetzt hatte. Irgendwo vernahm ich Venyas Stimme und dachte erneut darüber nach, was sie zu mir gesagt hatte. Vielleicht hatte ich hier tatsächlich einiges falsch gemacht. Vielleicht hätte ich die jungen Männer niemals so nah an mich heranlassen dürfen. Doch egal, ob wir nun Freunde waren oder nicht: Bereits in kurzer Zeit, wenn ich endlich hier wegkonnte, würden wir uns wahrscheinlich nie wiedersehen. Einer von ihnen war der Prinz und meine Familie gehörte eindeutig nicht zum alten Adel, mit dem dieser normalerweise verkehrte. Das bedeutete auch, dass die Möglichkeit bestand, dass ich Fernand und Claire als Freunde verlor. Aber Claire würde eine wundervolle Prinzessin abgeben.

Ich wünschte ihr von Herzen, dass sie mit Fernand glücklich wurde. Natürlich auch, wenn er nicht der Prinz sein sollte.

Und als ich meinen letzten Schluck nahm – vielleicht war der Kaffee ja ein verkapptes Weisheitsmittel –, wurde mir klar, warum ich so gerne mit ihnen allen Zeit verbrachte, warum ich mich so gerne in ihrer Nähe aufhielt und es mir letztlich egal war, was andere darüber dachten: Sie waren die einzigen wirklichen Freunde, die ich jemals gehabt hatte.

»Guten Morgen, meine Damen und Herren.« Madame Ritousi kam aus dem Haupthaus und trug zu unser aller Überraschung einen gelben Hosenanzug. »In bereits einer Stunde werden wir aufbrechen. Bitte packen Sie all Ihre Sachen und seien Sie rechtzeitig fertig.« Nach ihrer Aufforderung verschwand sie wieder. Ich rückte meinen Stuhl zurück und trank schnell meinen Orangensaft aus.

»Ich gehe schon einmal zum Turm und schaue nach, ob ich auch wirklich alles habe«, wandte ich mich augenzwinkernd an Claire.

Sie lächelte dankbar, weil sie so noch ein wenig Zeit mit Fernand verbringen konnte.

Zielstrebig und gleichermaßen möglichst unauffällig machte ich mich auf den Weg zurück. Am Turm angekommen verschloss ich die Tür hinter mir und legte mich aufs Bett. Phillips Worte klangen in meinen Ohren nach und ließen meine Wangen glühen. Es kratzte an meinem Ego, dass er mich so aus der Fassung bringen konnte. Vielleicht hatte ich selbst ein wenig übertrieben, ja, doch seine Worte brachten mein Blut in Wallung.

Eine halbe Stunde später betrat Claire den Turm, gerade in dem Moment, als ich kurz davor war einzuschlafen. Meine Augen sprangen müde auf. Meine Freundin hatte ungleich mehr Energie. Ihr Gesicht strahlte vor Freude, als sie ihr Gepäck durchsah – etwas, was ich natürlich nicht getan hatte. Hastig klaubte ich noch meine Trainingskleidung zusammen und stopfte sie in die Tasche.

Pünktlich auf die Minute klopfte es an der Tür und ein freundlicher, junger Bediensteter stand vor uns. »Ich bin hier, um Ihr Gepäck zu den Kutschen zu bringen. Sind Sie bereit?«

»Ja, vielen Dank.« Claire zeigte ihm, wo die Taschen standen, dann folgten wir ihm hinaus. Die Kutschen waren auf dem breiten Weg vor den Türmen aufgereiht. Überraschenderweise waren auch Wächter anwesend, die das Treiben mit starren Gesichtern verfolgten.

Der Bedienstete geleitete uns zu einem der Gefährte und half dem Kutscher dabei, die Taschen unter den Sitzen zu verstauen. In diesem Moment erreichte uns auch Erica. Ihr Gepäck wurde von Fernand getragen.

Überrascht sahen wir ihn an, doch er winkte nur ab. »Ich konnte einfach nicht mit ansehen, wie meine liebste Erica ihre schwere Tasche alleine tragen muss.«

Claire machte ein entzücktes Geräusch, was Fernand besonders zu freuen schien, da sich seine Wangen rosig färbten.

Ich ließ mir derweil von dem Kutscher in den Wagen helfen und setzte mich in die hinterste Ecke auf eine mit weichem Stoff bezogene Bank. Es war eine großzügig bemessene, hölzerne Kutsche, die ausreichend Platz für sechs Personen bot. Die Bänke waren tief und breit genug, damit ich mich gemütlich zurücklehnen konnte, und mit leuchtend rotem Stoff bezogen, zu dem passende Kissen überall ausgelegt waren. Die Fenster bestanden aus dünnen Gläsern und wurden umrahmt von dicken roten Vorhängen, die mit goldenen Kordeln an den Seiten festgehalten wurden.

Von draußen hörte ich das Stimmengewirr von Bediensteten, Kandidatinnen mit ihren Vertrauten, den jungen Männern und einigen Kutschern. Dazwischen wieherten die Pferde aufgeregt. Die Geräusche machten mich müde, ließen meine Augen immer wieder zufallen. Ich nahm eines der Kissen und klemmte es zwischen Schulter und Kutschenwand. Dann lehnte ich meinen Kopf dagegen und schloss die Augen. Ich bekam gerade noch mit, wie

Erica und Claire die Kutsche bestiegen und wir uns ruckelnd in Bewegung setzten. Dann schlief ich ein.

* * *

Ich wachte erst wieder auf, als wir in einem kleinen Dorf langsam zum Stehen kamen. Ich lächelte Claire an, die gerade ihr Kleid ordnete, und schielte vorsichtig zu Erica hinüber. Sie lächelte ebenfalls. Wenigstens schien sie nicht mehr sauer auf uns zu sein.

Genüsslich streckte ich mich und sah aus dem Fenster. Vor unserer Kutsche stellte sich gerade ein Kamerateam auf, das ich noch nicht kannte, natürlich war auch Gabriela mit ihren Männern nicht weit. Als sie ihre Konkurrenz sah, wirkte sie nicht sonderlich glücklich. Mein Eindruck wurde von ihrer wütenden Stimme und dem hektischen Rumgefuchtel ihrer Arme unterstrichen.

Der Kutscher öffnete die Tür und half zuerst Claire und mir, dann Erica beim Aussteigen, so wie es die Etikette vorschrieb, da wir als potenzielle Prinzessinnen ranghöher waren als sie.

Erstaunt registrierte ich, dass die Wächter uns anscheinend begleitet hatten, denn sie sahen sich um und stellten sich in einiger Entfernung von uns auf. Die anderen schien dies nicht sonderlich zu wundern, zumindest beachteten sie die uniformierten Männer nicht, die uns und die Umgebung genauestens im Auge behielten.

Ich versuchte meine Aufmerksamkeit gleichfalls auf etwas anderes zu lenken und ließ meinen Blick durch den beschaulichen Ort schweifen, in dem wir gelandet waren. Es war ein schönes

Dorf mit hübschen Fassaden und hölzernen Schildern über den Läden, wie ich mit einem Lächeln feststellte.

Die Kameras filmten uns, wie wir alle nacheinander ein kleines Café betraten. Die Besitzerin hyperventilierte beinahe, als sie uns erkannte. Entweder war sie eine gute Schauspielerin oder sie war tatsächlich nicht vorgewarnt worden.

Wir setzten uns an die kleinen Tische und Madame Ritousi bestellte für uns alle das gleiche Gericht, damit die Küche nicht zu viel Aufwand wegen uns hatte.

Es handelte sich dabei um einen Eintopf, der trotz weniger Zutaten sehr schmackhaft war. Doch das empfanden wohl nicht alle so. Charlotte stichelte die ganze Zeit und wurde nicht müde zu erwähnen, dass dieses Essen nicht förderlich für die Gesundheit war. Ich musste mich wirklich zusammenreißen, nichts dazu zu sagen. Aber glücklicherweise wurde es selbst Henry irgendwann zu viel. Er saß zwischen ihr und mir.

»Kannst du bitte mal mit dem Gejammer aufhören? Wenn dir das hier nicht gut genug ist, dann iss es doch einfach nicht«, forderte er unerbittlich und warf ihr einen strengen Blick zu, den wohl nur Prinzen draufhatten.

Ich musste leise kichern und hielt mir schnell die Hand vor den Mund, als ich Claires mahnenden Blick auf mir ruhen spürte. Schließlich sollte ich nicht so gehässig sein – zumindest nicht so unverhohlen. Aber nicht nur ich schien mich über Henrys Reaktion zu freuen, auch andere Kandidatinnen tuschelten vergnügt miteinander.

»Henry, das geht so nicht. Du kannst eine Nachfahrin nicht einfach so ermahnen. Wenn du nicht der Prinz bist, dann könnte sie dich später anspucken oder so etwas«, flüsterte ich ihm zu und erntete von ihm ein schiefes Grinsen. Ihm gegenüber saß Fernand, der sich gleichfalls nur schwer zusammenreißen konnte.

Ohne weitere Zwischenfälle beendeten wir unser Mahl und Madame Ritousi bezahlte für uns alle. Wie ich den strahlenden Augen der Bedienung entnehmen konnte, nicht, ohne ein ordentliches Trinkgeld zu hinterlassen.

Wir gingen hinaus und wieder kam ich nicht umhin, die Wächter zu beobachten, wie sie sich neben die Kutscher nach vorne setzten, nachdem diese uns beim Einsteigen geholfen hatten.

Zurück in unserem Gefährt nahm ich all meinen Mut zusammen und blickte unsere Vertraute an. »Erica, es tut mir furchtbar leid, wie der gestrige Abend verlaufen ist. Wir wollten dich ganz sicher nicht enttäuschen und schon gar nicht ängstigen.«

Claire, die neben mir saß, nickte hastig. »Richtig. Es war einfach so unbeschreiblich schön, draußen zu sein und ein wenig Zeit mit Fernand und Henry alleine zu verbringen. Wir haben doch nicht gewusst, dass Phillip und Charles ebenfalls dort waren.«

»Denn *hätten* wir es gewusst, dann wäre das alles auch niemals passiert. Nicht, dass wir ihnen die Schuld geben wollen, es war einfach alles ein schreckliches Missverständnis«, fügte ich atemlos hinzu und blickte Erica flehentlich an.

Ihre Lippen, die zuvor noch zu einem harten Strich geformt waren, entspannten sich, während sie tief einatmete. »Ihr seid schlimm, nur dass ihr es wisst.«

»Wissen wir«, erwiderten wir gleichzeitig und vollkommen ernst.

»Ganz schreckliche Kandidatinnen«, meinte Erica weiterhin und ihr Mundwinkel zuckte.

»Fürchterlich schrecklich«, stimmte ich ihr zu.

»Absolut unwürdig.« Claire senkte den Kopf.

Erica nickte gewichtig. »Und ihr solltet euch schämen, dass ihr einer alten Frau wie mir solche Sorgen bereitet habt.«

»Wir schämen uns unsäglich«, bekräftigte ich und auch Claire nickte abermals heftig. »Mehr als wir uns jemals zuvor in unserem Leben geschämt haben.«

»Ach, ihr seid doch fürchterliche Mädchen! Wie soll man denn böse auf euch sein, wenn ihr so bereitwillig alle Schuld eingesteht!«, schimpfte sie – und brach darauf in schallendes Gelächter auf.

Ich kicherte voller Erleichterung. »Ganz fürchterliche Mädchen.«

»Schreckliche Kandidatinnen«, lachte Claire und hielt sich ihren Bauch.

»Hört auf damit und schenkt mir eine Umarmung!«, forderte Erica, wobei ihre strenge Stimme in ihrem Lachen unterging.

Sofort setzten wir uns neben sie und ließen uns von ihr an sich drücken. »Ihr seid unverschämt charmant, das wird euch noch eure Köpfe kosten, wenn ihr weiterhin so liebenswert seid!«

»Erica, du machst uns ganz verlegen«, tadelte Claire sie in unser beider Namen, während wir uns wieder von ihr lösten und sie unsere Hände ergriff.

Ich drückte sie und spürte voller Erleichterung, dass sie nun überhaupt nicht mehr böse auf uns zu sein schien. »Du bist die wundervollste Vertraute auf der ganzen Welt.«

»Allerdings«, stimmte Claire mir eifrig zu. »Und du wolltest uns noch die Geschichte von der Auswahl der Königin erzählen.«

»Wann habe ich denn das behauptet?«, fragte Erica nicht minder überrascht als ich, dass Claire nun plötzlich wieder auf dieses Thema kam.

Doch meine Freundin zuckte mit ihren Schultern und setzte ein strahlendes Lächeln auf. »Komm schon, wir haben uns lieb und sollten keine Geheimnisse voreinander haben.«

»Fort mit dir, du neugieriges Kind! Unfassbar, dass du es wagst, mir in der Stunde der Versöhnung solch ein Geheimnis entlocken zu wollen«, zeterte Erica sofort wieder los und schob uns beide entschieden auf die andere Seite der Bank.

»Zu viel des Guten?«, fragte Claire kichernd.

Sofort antworteten Erica und ich: »Ja!«

Wir drei begannen zu lachen und widmeten uns danach einem unverfänglicheren Thema: der Aussicht aus unseren Fenstern sowie dem heutigen Wetter.

* * *

Mit unseren Kutschen fuhren wir noch einige Zeit weiter, bis wir einen großen Platz erreichten, auf dem bereits mehrere Hundert Personen warteten. Diese Masse an Menschen, die sich alle über unsere Ankunft zu freuen schienen, war überwältigend. Nacheinander stiegen wir aus unseren Kutschen aus, während unsere Vertrauten bis zu unserer Rückkehr dort auf uns warten sollten. Ein Umstand, den ich bedauerte.

Eilig liefen wir Madame Ritousi hinterher, die auf eine Bühne zusteuerte. Dabei schottete uns eine Reihe von hiesigen Wächtern vom jubelnden Volk ab, das unermüdlich unsere Namen rief und uns fröhlich zuwinkte. Brav winkten wir zurück und begrüßten die Menschen, die wirklich nur wegen uns hier waren.

Als wir die schmale Treppe zur Bühne hochstiegen und von oben auf die Menschen hinuntersahen, überkam mich ein warmes Kribbeln.

Die gute Laune auf diesem Platz und die ehrliche Freude über unser Kommen waren beinahe greifbar. Hinter uns bauten sich die Wächter auf, die uns begleitet hatten, und betrachteten die ausgelassene Menschenmasse mit immer noch regungslosen Gesichtern.

Ich stand neben Claire und fragte mich nicht nur einmal, ob ich das alles nur träumte. Laute Musik dröhnte aus den Lautsprechern zu unser beider Seiten, große Plakate mit unseren Bildern wurden in die Luft gehalten und eine Mischung aus Rufen, Singen und Klatschen erfüllte den gesamten Platz.

»Mein liebes Volk, wir dürfen hier, zu unser aller Ehre, die jungen Männer und die verbliebenen Kandidatinnen zur Auswahl der Prinzessin begrüßen. Herzlich willkommen im Namen unseres beschaulichen Dorfes«, erklärte der örtliche Bürgermeister und die Menschen vor uns begannen noch lauter zu klatschen.

Wir knicksten, verneigten uns höflich und winkten weiter. Danach trugen wir uns alle in das örtliche Gästebuch ein und posierten für die Kameras der Presse.

Als wir schließlich wieder in unsere Kutschen stiegen, winkte ich noch immer den Menschen – sogar dann noch, als wir schon losfuhren, was Claire grinsend zur Kenntnis nahm.

Danach machten wir in drei weiteren Dörfern halt. Gleiche Prozedur, gleicher Ablauf. Doch mich störte das nicht, ganz im Gegenteil.

Irgendwann am Abend erreichten wir ein kleines Hotel. Die Sonne war bereits untergegangen, doch auch das fremde Kamerateam begleitete uns noch immer. Gabriela regte sich die ganze Zeit darüber auf, weil es wohl so nicht abgesprochen war.

Um ihnen zu entkommen, folgten wir Erica hinein zur Rezeption. Der Kutscher trug unser Gepäck hinter uns her und auch noch die schmale Treppe hinauf bis zu unserem Zimmer. Es war mir unangenehm und ich bedankte mich unzählige Male. Doch der ältere Herr winkte nur lächelnd ab.

Das Hotelzimmer war sehr großzügig bemessen. Ein riesiges Fenster beanspruchte eine ganze Wand, davor thronte ein einladendes Sofa. Claire und ich teilten uns ein hölzernes Doppelbett, während Erica in einem Nebenraum ein kleines Bett zugewiesen bekam. Ich wollte schon protestieren, aber Erica ließ mir keine Chance. Sie sei froh, ihre Ruhe zu haben, beschwichtigte sie mich.

Nachdem wir uns alle ein wenig erfrischt und umgezogen hatten, gingen wir hinunter zum Abendessen. Es war bereits nach zehn Uhr abends, da wir zu lange in den Dörfern verweilt hatten. Doch den Wirt schien das nicht zu stören. Er unterhielt alle mit seinem italienischen Akzent und seinem lauten Gesang, während uns die Kellnerinnen fröhlich lächelnd riesige Pizzen brachten.

Ich staunte mit großen Augen, als ich hineinbiss. Noch nie hatte ich eine so gute Pizza gegessen. Eigentlich wollte ich das nur zu Claire sagen, doch in dem Moment, als ich zu sprechen begann, hörte der Wirt auf zu singen.

»Das ist die beste Pizza meines Lebens«, rief ich ihr zu und sofort sahen mich alle an. Meine Wangen röteten sich vor Scham, da kam der Wirt plötzlich auf mich zu. Seine kleine Band begann wieder zu spielen.

»Bella, meine wunderschöne Principessa liebt meine Pizza.

Jetzt kann ich sterben! Tanzen Sie mit mir! Erweisen Sie einem alten Mann die letzte Ehre und schenken Sie mir einen Tanz«, forderte er und bevor ich auch nur antworten konnte, griff er nach meiner Hand und zog mich von dem Stuhl.

»Wenn Sie wüssten, welch lausige Tanzpartnerin Sie sich da ausgesucht haben«, antwortete ich lachend, als er mich schon durch den Raum wirbelte, zu der schwungvollen Musik seiner Band. Er tanzte wirklich gut, doch da er einen Kopf kleiner war als ich, konnte ich über ihn hinweg zu Claire sehen, die unablässig Grimassen zog.

Mein Gesicht leuchtete rot vor Anstrengung und mir war auch ein wenig warm, als er mich schließlich gehen ließ. Breit lächelnd setzte ich mich wieder neben Claire und aß weiter, während wir zusahen, wie der Wirt gerade versuchte, Madame Ritousi zu einem Tanz zu überreden.

Für einen Moment genoss ich den unglaublichen Geschmack von Tomatensoße, Pilzen, Käse und Gewürzen in meinem Mund. Ich schloss meine Augen, während ich kaute, und hing meinen Gedanken nach. Auf einmal räusperte sich Claire neben mir. Ich öffnete meine Augen und drehte mich zu ihr.

»Du wirst übrigens beobachtet«, flüsterte sie in mein Ohr und mein Kopf fuhr herum.

Tatsächlich starrte Phillip mich an. Er hatte einen verträumten Ausdruck in seinen Augen und schien nicht einmal zu bemerken, dass ich ihn schon längst bemerkt hatte. Ich atmete tief durch und schüttelte den Kopf.

Da stieß Charles ihn von der Seite an und Phillip sah erst ihn und dann mich überrascht an. Belustigt schnaubte ich und wandte mich dann bewusst zu Claire. Sie betrachtete mich sorgenvoll, während sie damenhaft ihre Pizza mit Messer und Gabel aß.

»Worüber denkst du nach?«, fragte ich, biss auch in meine Pizza und legte meinen Kopf schief.

»Ich verstehe das alles einfach nicht. Sein Verhalten macht doch keinen Sinn«, erklärte sie ernst und strich sich mit einer Serviette über ihre Mundwinkel.

Ich zuckte mit meinen Schultern und begann den knusprigen Rand in meinen Mund zu schieben. Bedächtig kaute ich ihn, genoss den rauchigen Geschmack von Holzofen und dachte über ihre Worte nach. Nicht, dass mir selbst nicht klar war, dass das alles keinen Sinn machte. Aber vielleicht würde ich ja mithilfe einer anderen Sichtweise eine Antwort finden?

»Vielleicht ist er einfach ein selbstsüchtiger Mensch mit einem riesigen Ego, der denkt, dass er jede haben kann?«, gab ich schließlich zurück und musste zugeben, dass es überaus albern klang.

»Vielleicht. Oder es steckt mehr dahinter, als wir bisher sehen.«

Ich verzog meinen Mund, nahm einen großen Bissen und schenkte ihr ein trauriges Lächeln, das das Thema für beendet erklärte. Auch sie widmete sich wieder ihrer Pizza und warf Fernand in regelmäßigen Abständen schmachtende Blicke zu. Jedes Mal, wenn ich das funkelnde Leuchten in ihren Augen sah, ging mein Herz auf. Ihre Gefühle für ihn schienen beinahe greifbar zu sein. Und genau das war es, was ich wollte. Dieses überwältigende Gefühl von Glück, wenn man den anderen nur ansah.

Ich setzte mich wieder gerade auf meinem Stuhl hin und schaute ungewollt zu Phillip hinüber, der – wie sollte es anders sein – mit Charlotte redete. Schnell sah ich wieder weg, doch es war schon zu spät: Ein wohlbekannter Stich durchfuhr mein Herz. Dass mein Körper auch so berechenbar war. Um mich zu beruhigen, atmete ich tief durch und kaute so lange auf dem Stück Pizza in meinem Mund herum, dass es am Ende wie Brei schmeckte. Nur mühsam schluckte ich es hinunter und spülte mit Wasser nach. Dabei beobachtete ich, wie der Wirt es endlich schaffte, Madame Ritousi zum Tanzen zu überreden. Die meisten Kandidatinnen begannen zu klatschen, während er sie ungestüm herumwirbelte. Ich konnte nur lächeln bei diesem ungewohnten Anblick.

Plötzlich fühlte ich mich wieder beobachtet. Als ich mich unauffällig umsah, stellte ich erleichtert fest, dass es nicht Phillip war, der mich betrachtete, sondern Henry.

Ich lächelte ihm zu und erntete dafür ein schiefes Grinsen. Neben ihm saß Rose. Fasziniert betrachtete sie unsere Lehrerin, weshalb sie nicht auf uns achtete.

Mir wurde warm in meiner Brust. Henry war ein guter Mensch, ein wirklich guter Mensch. Mit ihm konnte eine Frau alt werden und auf ewig glücklich sein. Innerlich stöhnte ich auf, als ich mich bei diesem Gedanken erwischte. So weit würde es niemals kommen, zumindest nicht zwischen uns. Wir waren nur Freunde. Und schon bald musste ich ihn genauso wie Phillip hinter mir lassen.

Auf einmal trat jemand neben mich. Ich blickte an der Hand hoch, die mir alsbald entgegengestreckt wurde. Charles stand süffisant lächelnd vor mir.

»Möchtest du mit mir tanzen?«, fragte er in einem Gänsehaut erregenden Tonfall.

Ich legte meinen Kopf schief. »Du willst mit mir tanzen?«

Gleichzeitig glitt meine Hand schon in seine und bereitwillig ließ ich mich von ihm hochziehen. Die Musiker waren mittlerweile so warmgespielt, dass ihre Töne den Raum vibrieren ließen. Charles zog mich an sich und begann mich zu drehen. Direkt neben Madame Ritousi und dem Wirt, der ihr zweideutige Komplimente machte und sie damit zum Kichern brachte. Ein ebenso amüsanter wie sonderbarer Anblick.

»Ja, Phillip und Henry sahen so aus, als würden sie dich gerne fragen. Aber da dachte ich mir, dass ich das auch übernehmen könnte«, erklärte mein Tanzpartner zwinkernd.

Ich ließ mich von ihm führen und lachte. »Das ist aber nett von dir. Wie geht es denn deinen blauen Flecken?«

Charles schnaufte belustigt. »Die werden langsam lila. Sieht furchterregend aus. Ich hoffe, du hast nicht vor, das zu wiederholen.«

Ich biss mir auf die Lippen, um ein lautes Lachen zurückzuhalten. »Nein, außer *du* hast vor, uns noch mal hinterherzuspionieren«, feixte ich und gab ihm einen freundschaftlichen Klaps auf seine Schulter.

»Das nicht, nein«, bekräftigte er schnell. »Und wie findest du unsere Reise bisher?«

»Es ist schön, wie die Menschen sich freuen, wenn sie uns sehen. Schön und fast ein wenig unwirklich. Aber geht das jetzt die ganze Woche so weiter?«

Er nickte. »Ja, wir werden zweimal täglich an einem Ort halten, wo wir uns ein wenig zeigen sollen. Es sind jeweils weniger Dörfer als heute, da diese etwas weiter voneinander entfernt liegen und nicht so schnell zu erreichen sind. Samstag kommen wir schon wieder zurück.«

»Dann sehen wir uns doch überhaupt nicht viele Orte an, oder? Wieso fahren wir denn nur in die kleinen Dörfer?« Fragend zog ich meine Augenbrauen zusammen.

»Das ist Absicht, um auch den kleineren Ortschaften in Viterra ein wenig Aufmerksamkeit zu schenken.«

Langsam nickte ich und betrachtete die Kandidatinnen im Hintergrund. Sie amüsierten sich köstlich über Madame Ritousi und den Wirt, die gerade wilde Kreise drehten.

»Das ist eine wirklich nette Idee«, antwortete ich schließlich und lächelte ihn an. »Wie wäre es, wenn du auch einmal Emilia aufforderst? Sie würde sich so darüber freuen. Du weißt, dass sie dich gernhat.«

»Das sollte ich wohl tun, ja.« Charles drehte mich noch ein letztes Mal im Kreis und brachte mich dann zum Stehen. Wir verharrten voreinander und er verneigte sich vor mir, während ich wie eine richtige Dame knickste.

»Vielen Dank für den Tanz, mein Herr.«

Er nickte mir breit lächelnd zu und wandte sich dann zu den Tischen, um Emilia um einen Tanz zu bitten. Sie errötete leicht und schien sich ehrlich darüber zu freuen. Aber ich war mir nicht sicher, ob sie tatsächlich Charles mochte oder eher die Möglichkeit, dass er der Prinz sein konnte.

Gedankenverloren machte ich mich daran, zurück zu meinem Platz zu gehen. Da stieß ich mit Henry zusammen.

»Oh, das tut mir leid«, entschuldigte er sich sofort und schaute sich meinen Kopf an, als wäre ich irgendwo aufgeschlagen.

»Schon gut«, lachte ich verlegen und schob seine Hand weg.

»Da bin ich aber erleichtert. Darf ich dich auch um einen Tanz bitten?« Er hielt mir seine Hand hin und ich nahm sie an.

»Aber nur einen, ansonsten ist meine köstliche Pizza gleich kalt«, neckte ich ihn und legte meine Hand auf seine Schulter.

»Ich glaube, die hat deine Freundin Claire gerade schon aufgegessen.«

Augenblicklich fuhr mein Kopf herum. Tatsächlich war mein Teller leer und Claire wurde gerade von Fernand zum Tanzen aufgefordert. Gleichzeitig bemerkte ich, wie Phillip und Charlotte auf die Tanzfläche zusteuerten. Schlagartig verging mein Hunger und Übelkeit stieg in mir hoch.

»Musst du mich unbedingt fragen, wenn die beiden auch noch hier auftauchen?« Flehend sah ich zu Henry hoch, der mitleidig seinen Mund verzog.

»Ach, wir lassen uns doch von den beiden nicht den Abend verderben. Komm, wir stellen uns hinter Madame Ritousi und den Wirt. Da werden Phillip und Charlotte sicher nicht hinkommen.« Ohne meine Antwort abzuwarten, zog er mich drehend mit sich und schon wurden wir von unserer Lehrerin verdeckt.

»Wie geht es dir? Hast du bisher Spaß bei dieser Reise?« Sanft drückte mich Henry zum Tanz an sich.

»Ja, es ist toll, mehr von dem Königreich zu sehen und mal etwas anderes zu tun, als Törtchen zu massakrieren.« Ich versuchte mich an einem breiten Lächeln, doch in Gedanken war ich bei Phillip und Charlotte, die ich zwar nicht sehen, jedoch hören konnte.

Das schien auch Henry nicht zu entgehen, denn er blickte mich nachdenklich an. Schnell schob ich ein »Und wie gefällt es dir?« hinterher. Mir war jetzt einfach nicht nach Krisengesprächen.

Einer seiner Mundwinkel zog sich nach oben. »Gut. Hier ist es so viel entspannter als im Palast. Außerdem freue ich mich, dass wir bald schon preisgeben dürfen, wer wir wirklich sind.«

Diese ehrliche Antwort verblüffte mich einmal mehr. Ich betrachtete meine Finger auf Henrys Schulter und atmete tief ein. »Ja, wer seid ihr denn eigentlich überhaupt? Also ich weiß, dass einer von euch der Prinz ist, klar. Ein anderer ist der Neffe des Generals. Aber die übrigen zwei?«

Henry schaute an mir vorbei in die Ferne, dachte offensichtlich darüber nach, wie viel er mir offenbaren durfte. Dann sah er mich noch einmal prüfend an. »Wir sind allesamt Söhne von hochrangigen Wächtern, Ministern und Beratern.«

»Werdet ihr dann alle in die Fußstapfen eurer Eltern treten, also später für den König arbeiten? Für euren eigenen Freund?«

Die Vorstellung erschien mir irgendwie seltsam. Wenn ich darüber nachdachte, einmal für Claire arbeiten zu müssen, dann konnte ich das nicht so ganz ernst nehmen. Ich befürchtete, ständig lachen zu müssen, sollte Claire gewichtige Entscheidungen treffen und dabei so untypisch ernst wirken. Vielleicht erging es den jungen Männern jedoch anders, da sie von Anfang an wussten, welcher von ihnen irgendwann der König von Viterra sein würde, und ihr Leben lang darauf vorbereitet wurden.

Henry legte seinen Kopf schief. Meine Frage schien ihn sehr zu beschäftigen. »Ich weiß es nicht. Bisher war klar für mich: Entweder bist du der Freund, der König oder der Untergebene. Und die ersten beiden Optionen waren für mich immer selbstverständlich. Aber in den letzten Wochen hat sich meine Sichtweise etwas verändert. Ich weiß nicht, ob es noch so funktionieren würde. Ich denke, *du* hast mich verändert.«

Die Art, wie er mich dabei ansah, ließ meinen Atem stocken.

Meine Finger verkrampften sich unweigerlich in seiner Hand, was er sofort bemerkte. Sanft strich er mit seinem Daumen über meine Hand, während er unablässig lächelte.

»Ich weiß nicht mehr, was ich von all dem hier halten soll. Vielleicht sehe ich die Dinge anders, ob besser oder schlechter, kann ich noch nicht genau sagen. Aber du hast meinen Horizont erweitert.«

Unwillig verzog ich meinen Mund. Wieso musste er so etwas sagen? »Ich habe doch überhaupt nichts getan.«

Eindringlich betrachtete er mich. »Doch. Du hast etwas an dir, das die Menschen fasziniert. Sie sehen dich und mögen dich. Ich denke, du wärst die beste Wahl für alle.«

Fest presste ich meine Lippen aufeinander. »So etwas möchte ich nicht hören. Ich finde es schön, dass ich gemocht werde, ja, aber ich will wieder von diesem Palast weg. Und außerdem ist die Frage doch eher, für *wen* ich die beste Wahl wäre. Für den Prinzen?«

»Das kann ich dir leider nicht sagen. Aber gibt es für dich gar nichts Schönes im Palast?« Er klang beinahe besorgt. Ich sah zu ihm hoch, während er mich im Kreis herumwirbelte. Seine Stirn war gerunzelt, Falten, die ihn älter wirken ließen. Dafür glänzte sein schwarzes Haar im warmen Licht des Restaurants und machte ihn dadurch noch schöner, als er ohnehin schon war.

»Doch, sicher«, antwortete ich halbherzig und versuchte mich von seinem Gesicht zu lösen, das nun warme Züge annahm.

»Lassen wir das Thema. Genießen wir lieber diesen schönen Abend.« Er drehte mich erneut und dieses Mal so schnell, dass mein Kleid begann, sich aufzubäumen. Für einen kurzen Moment fühlte ich mich in seinen Armen wie eine Prinzessin.

Doch dann war es vorbei. Ich sah automatisch zu Phillip hinüber, der ganz und gar nicht erfreut wirkte und Charlotte ignorierte, was ihr wiederum überhaupt nicht gefiel. Beide funkelten mich böse an. Ich seufzte und drehte mich wieder zu Henry.

»So langsam bekomme ich wirklich wieder Hunger. Meinst du, man kann hier noch irgendwo etwas zu essen auftreiben?«, fragte ich zerknirscht und versuchte das Grummeln in meinem Magen zu übertönen.

Henry begann zu lachen. »Natürlich. Wirt?«, rief er dann über seine Schulter hinweg.

Der Wirt drehte Madame Ritousi so, dass er uns ansehen konnte. Die ganze Zeit über hatten sie miteinander getanzt und er wirkte auch nicht so, als würde er die Madame so schnell wieder gehen lassen wollen. »Ja, bitte?«

»Haben Sie für diese bezaubernde Dame hier eventuell noch etwas zu essen? Ihr Teller wurde während unseres Tanzes einfach leer gefegt und wir können sie doch nicht verhungern lassen, oder was meinen Sie?« Henry lachte, als der Wirt umgehend nickte und Madame Ritousi losließ, die sogleich ins Straucheln geriet. Der Wirt bemerkte es und fing sie auf, genau in dem Moment, als er uns antwortete. »Natürlich, eine Principessa wird nicht verhungern in meinem Casa«, erwiderte er beinahe beleidigt.

Madame Ritousi japste belustigt, als er ihr einen Kuss auf den Handrücken drückte und dann noch jeweils einen auf ihre Wangen. Darauf verabschiedete er sich eilig in die Küche und ließ die arme Frau ganz verwirrt zurück. Fahrig ordnete sie ihre verrutschte Frisur und versuchte dabei die auffällige Röte auf ihren Wangen zu kaschieren, bevor sie sich wieder zu ihrem Platz begab.

Henry wirbelte mich noch ein paar Mal ausgelassen herum und brachte mich damit so sehr zum Lachen, dass ich spüren konnte, wie uns alle ansahen. Aber es war mir egal. Ich wollte diesen Moment genießen. Diesen unbeschwerten Moment, in dem ich einfach mal eine junge Frau war, die mit einem jungen Mann tanzte, der sie behandelte wie eine Prinzessin.

Als wir stoppten, brauchte ich einen Augenblick, um wieder Luft zu bekommen und mich ein wenig abzukühlen. Meine Wangen waren erhitzt und ich strahlte, während Henry mich zu meinem Platz führte und wir uns mit einem Knicksen und einer leichten Verbeugung voneinander verabschiedeten.

In diesem Moment kamen der Wirt und zwei seiner Kellnerinnen aus der Küche. Sie trugen große Platten mit kleinen Brotstücken darauf. Diese waren belegt mit Butter, Tomaten, Lachs oder geräuchertem Schinken. Die Platten wurden quer auf den Tischen verteilt und sofort griffen alle gierig zu.

Nach dem zweiten späten Mahl standen wir alle satt und zufrieden auf und machten uns daran, zu unseren Zimmern zu gehen.

Da griff auf einmal jemand nach meiner Hand und zog mich zurück. Überrascht drehte ich mich um und sah, wie Henry sich mir näherte. Seine Wange streifte meine und es schien ihm egal zu sein, dass die Umstehenden uns beobachteten.

»Morgen früh um fünf Uhr stehe ich vor deiner Tür. Training?«, flüsterte er mir leise ins Ohr und ich konnte einen Schauer nicht unterdrücken.

Langsam nickte ich. »Ich werde da sein.«

Er streichelte noch einmal über meine Hand und ließ mich dann los. Etwas perplex drehte ich mich wieder um und folgte der feixenden Claire und Erica, die etwas verwirrt, aber gleichzeitig auch recht zufrieden aussah. Ich versuchte ihren Gesichtsausdruck zu deuten, doch gab schließlich müde auf.

In unserem Zimmer angekommen ging ich sofort ins Badezimmer, um mich zu waschen und bettfertig zu machen. Das Lachen der beiden Damen drang bis zu mir vor. Als ich wieder rauskam, hörten sie abrupt auf zu reden.

»Was ist denn hier los?« Ich bedachte Claire und Erica mit einem betont strengen Blick, der durch ein halbes Lachen gemildert wurde.

Sie saßen auf meinem Bett und wirkten ertappt.

»Wir haben gerade darüber geredet, dass du und Henry perfekt zusammenpassen würdet«, erklärte Erica wie selbstverständlich und bedeutete mir, mich neben sie zu setzen.

Ich hängte mein Kleid über einen Stuhl, strich über mein Nachthemd und setzte mich dann. Aber nicht neben sie, sondern ihr gegenüber auf einen kleinen Sessel. »Wie kommt ihr darauf? Wir sind nur Freunde«, versuchte ich nachdrücklich, jedoch höflich zu sagen. Aber irgendwie wirkte es wohl doch eher verzweifelt, da beide auf einmal einen mitleidigen Ausdruck in ihren Augen hatten.

»Ist schon gut. Wir sollten jetzt schlafen gehen«, erklärte ich schnell, bevor sie noch etwas erwidern konnten, und verscheuchte sie vom Bett.

Sie grinsten nur verschwörerisch und standen auf, woraufhin ich mich hinlegte und zum Fenster drehte.

22. KAPITEL
ZUWEILEN SIND DIE BESTEN FREUNDE DEINE ÄRGSTEN FEINDE

Um Punkt halb fünf Uhr morgens wurde ich wach. Ich konnte nicht sagen, woran es lag, aber ich war mir sicher, dass mein Unterbewusstsein genau wusste, dass ich mit Henry trainieren gehen wollte. So leise wie möglich stand ich auf und holte meine Trainingskleidung aus dem Koffer. Damit schlich ich in das kleine Badezimmer und machte mich schnell fertig.

Ich löschte das Licht, noch bevor ich die Badezimmertür öffnete, und als ich das Zimmer verließ, war es bereits Viertel vor fünf. Draußen im Flur blieb ich stehen und drehte meine Haare zu einem strammen Dutt in meinem Nacken.

»Guten Morgen«, flüsterte auf einmal Henry hinter mir.

Ich drehte mich zu ihm und ging leise auf ihn zu. »Guten Morgen. Sollen wir anfangen? Ansonsten falle ich noch um vor Müdigkeit«, gähnte ich demonstrativ und hielt mir meine Hand vor den weit geöffneten Mund.

Er lachte leise und begann den Flur entlangzujoggen, wobei er auf seinen Zehenspitzen kaum einen Laut verursachte. Ich versuchte es nachzumachen, doch stolperte dabei beinahe über meine eigenen Füße. Daher rollte ich einfach so leise wie möglich meine Füße ab. Als wir die Treppen hinunterliefen, kam uns der Wirt entgegen. Henry legte beschwörend einen Finger an seine Lippen. Meine Wangen brannten, als der Wirt uns einen scheinbar wissenden Blick zuwarf und mit seinen Augenbrauen wackelte, als wüsste er genau, was wir vorhatten. Doch ich verkniff mir irgendwelche Ausflüchte, nickte ihm nur zu und lief an ihm vorbei durch das Hotel.

Draußen war es noch dunkel und ruhig. Der Mond schien so hell, dass er den Boden in ein schimmerndes Weiß tauchte. Oft hatte ich mir vorgestellt, dass es Schnee war, der dort lag. Kalt und ruhig. Ich hatte viel darüber gelesen und lange gebraucht, um die Hoffnung auf einen Winter mit allem, was dazugehörte, aufzugeben. Dementsprechend mühevoll verdrängte ich die unsinnigen Gedanken und folgte Henry hinaus in den kühlen Morgen, weg vom Hotel in Richtung des Dorfes. Da erblickte ich wieder die Wächter, die rings um das Hotel Wache standen. Henry winkte einem von ihnen zu, der uns sogleich in einigem Abstand folgte.

»Warum sind sie hier?«, fragte ich Henry leise.

»Es war eine Bedingung für diese Reise. Natürlich geht niemand davon aus, dass wir angegriffen werden, aber nichtsdestotrotz muss jemand da sein, der für unsere Sicherheit sorgt«, erklärte er mir, als wäre es selbstverständlich.

Ich nickte, weil es natürlich Sinn ergab, und fragte mich gähnend, warum ich nicht schon früher darauf gekommen war. Immerhin waren wir hier mit dem Prinzen und der zukünftigen Prinzessin von Viterra unterwegs. Alles andere wäre fahrlässig gewesen, selbst in einem solch sicheren Königreich wie unserem. Gerade auch wegen der seltsamen Angriffe auf unsere Kuppel, die sich in letzter Zeit ereignet hatten.

»Und, bist du jetzt wieder wach?«, fragte Henry, nachdem wir schon eine halbe Stunde lang durch das kleine Dorf gejoggt waren.

Ich löste meinen Blick von den Schattenrissen der hübschen Fassaden und schaute zu ihm hinüber. »Auf jeden Fall. Es ist so schön hier und erinnert mich fast ein wenig an mein Zuhause.«

Wehmütig schaute ich zu dem Marktplatz, an dem wir gerade vorbeiliefen. Einige Kaufleute begannen bereits, ihre Stände, die von den Straßenlaternen erhellt wurden, mit allerlei Waren zu befüllen. Als sie uns sahen und erkannten, winkten sie uns zu. Ich hob meine Hand und winkte zurück, bevor wir um die Ecke bogen.

Auch Henry schien die Gegend zu gefallen, lächelnd ließ er seinen Blick über die kleinen Häuser schweifen, die sich hier dicht an dicht reihten. »Die Menschen in diesem Dorf sind wirklich freundlich«, begann er schließlich. »Ich habe um ehrlich zu sein erwartet, dass wir belagert werden. Aber das tun sie überhaupt nicht.«

»Ich denke, es ist aufregend für sie. Aber mehr auch nicht. Sicherlich ändert sich das schlagartig, sobald bekannt gegeben wird, wer das neue Prinzenpaar ist. Bisher sind wir ja *nur* einige junge Menschen, die durch die Show eine gewisse Berühmtheit erlangt haben«, antwortete ich darauf nachdenklich und versuchte meinen Atem zu beruhigen, da ich merkte, dass wir immer schneller wurden.

»Hört sich an, als würdest du das Gleiche über uns denken«, entgegnete Henry schmunzelnd. Und dann, umso ernster: »Hast du denn inzwischen einen Verdacht, wer der Prinz ist?«

Ich spürte, wie er mich von der Seite her intensiv musterte. Mir entfuhr ein verächtliches Schnauben. »Nein, es könnte einfach jeder von euch sein. Ehrlich gesagt ...«, zögerte ich kurz, »... ist es mir nicht wichtig. Natürlich bin ich neugierig und schon gespannt darauf, wer von euch denn nun der Thronfolger ist, aber das wird meine Meinung über euch nicht ändern.«

Henry legte kurz seine Hand auf meinen Oberarm, woraufhin ich unweigerlich erbebte. »Du sagst das immer so nett. Aber stimmt es tatsächlich? Wäre es dir wirklich egal, wer von uns es ist?«

Als er seine Hand wieder zurückzog, zuckte ich nur mit den Schultern. »Ich fände es toll, wenn Fernand es wäre.«

Neben mir hörte ich ein gedämpftes Lachen. »Wieso denn ausgerechnet Fernand?«

Das übermütige Strahlen in meinen Augen konnte ich einfach nicht verbergen. »Weil Claire dann eine Prinzessin werden würde. Stell dir mal vor: meine beste Freundin. Etwas Tolleres kann es doch überhaupt nicht geben.«

Aber da schüttelte Henry lachend seinen Kopf. »Doch: Einer meiner besten Freunde ist der Prinz. Oder ich. Das ist doch wohl viel beeindruckender, oder?«

Ich streckte ihm meine Zunge heraus. So ein Angeber!

Doch noch während ich ihn betrachtete, wurde ich ernster. »Henry, es gibt da etwas, worüber ich mit dir sprechen muss«, sagte ich leise, tunlichst darauf bedacht, dass der Wächter, der uns als dunkler Schatten folgte, es nicht hören konnte.

»Das klingt nach Ärger«, murmelte Henry.

»Was?« Ich lachte angesichts seines ernsten Tonfalles und spürte, wie ich mich ein wenig entspannte.

»Wenn eine Frau so etwas sagt, kann das *nie* etwas Gutes bedeuten«, antwortete er mir mit einem Schulterzucken und nickte mir zu, damit ich fortfuhr.

Ich blickte nach vorne, schaute auf den Weg und atmete tief

durch. »Warum hast du Phillip geholfen, mich zu belügen? Du wusstest, dass ich mich erinnern könnte, wenn ich die Sendung sehen würde ... nach dem Angriff, meine ich, wo ich vom Turm gefallen war«, ergänzte ich langsam, als mir auffiel, dass ich mich vor lauter Nervosität verhaspelte.

Eine Weile liefen wir schweigend nebeneinanderher. Als ich schon glaubte, Henry würde überhaupt nichts mehr dazu sagen, räusperte er sich. »Tanya, es ging nicht um dich, musst du wissen. Ich wollte nie, dass dir etwas passiert, wollte nie, dass du leidest. Es ging immer um unser aller Sicherheit. Du warst zu neugierig, hast zu viel gesehen und dagegen mussten wir einfach etwas unternehmen. Heute verabscheue ich die Mittel und Wege dafür zutiefst.« Er blickte in die Ferne, wo die ersten Sonnenstrahlen den Horizont erhellten. »Versteh mich bitte nicht falsch: Zu der Zeit kannten wir dich noch kaum und wussten nicht, ob wir dir wirklich vertrauen konnten.«

»Das war in der ersten Woche ...«, murmelte ich und nickte verstehend, auch wenn mich diese ungeschönte Ehrlichkeit doch überraschte. »Ihr konntet nicht wissen, ob ich nicht durchdrehen und sofort zu Gabriela rennen würde, ja.«

»Ich bin froh, dass du es verstehst. Jetzt wissen wir viel mehr über dich und ich bin mir mittlerweile hundertprozentig sicher, dass du zu den vertrauenswürdigsten Menschen hier gehörst, aber –«

»Aber ihr könnt es mir nicht sagen, oder?«, schlussfolgerte ich und betrachtete den rötlichen Schimmer am Himmel.

»Richtig. Irgendwann vielleicht ... aber nicht jetzt und auf keinen Fall hier. Am liebsten wäre es mir, wenn du überhaupt nichts erfahren hättest.«

»Warum? Henry, warum wurden wir angegriffen? Und von wem überhaupt?«, fragte ich, seine letzten Worte ignorierend, und spürte, wie mein Herz immer schneller zu schlagen begann.

Er schüttelte seinen Kopf und stoppte abrupt, griff nach meinem Arm und hielt ihn voller Verzweiflung fest. »Ich weiß, dass es zu viel verlangt ist, dich das zu bitten, aber bitte frag dies nicht. Zwing mich nicht, dir diese Last aufzubürden, denn das könnte ich nicht.«

»Ich verstehe kein Wort«, erklärte ich stirnrunzelnd und legte meinen Kopf in den Nacken. Nichtsdestotrotz spürte ich, wie mein Widerstand bröckelte. »Gut. Aber irgendwann, nicht heute oder morgen, irgendwann will ich die Wahrheit wissen. Ich werde nicht von hier weggehen, ehe ich diese erfahren habe.«

Henrys Gesicht zeigte Erleichterung. »Gut. Danke, dass du mir diesen Vertrauensvorschuss gewährst.«

»Aber nur, weil du ganz süß bist«, lachte ich, um unserem Gespräch die Anspannung zu nehmen.

»Du findest mich süß?« Schelmisch grinste er mich an. »Ich bin nicht süß. Ich bin heiß.«

»Wie du meinst, du heißer Feger«, kicherte ich und löste seine Hand von meiner. »Dann lass uns mal zurückkehren, bevor wir noch zu spät kommen und Erica mir wieder eine Standpauke hält.«

»Die hattest du aber auch mehr als verdient«, sagte er grinsend und stieß mich an, bevor er vorauslief.

»Hey! Das war alles deine Idee, ich hoffe, du hast genauso Ärger bekommen!«, rief ich ihm gespielt empört hinterher und folgte ihm sogleich.

Lachend drehte er sich zu mir um und ließ zu, dass ich ihn

einholte. »Du hast ja gar keine Ahnung, *was* Ärger ist, wenn du zuvor noch nie mit dem General gestritten hast.«

Ich zog meine Nase kraus, ebenso wie er es tat, und wir setzten unseren Weg zurück zum Hotel fort. Dabei liefen wir an einem kleinen See vorbei. Ab und an kamen uns ein paar andere Läufer entgegen, die uns zunickten oder sogar die Hand geben wollten. Als wir mit einiger Verzögerung am Hotel ankamen, ließen wir es uns dennoch nicht nehmen, einen kleinen Abstecher in den Park zu machen, um noch ein wenig zu trainieren. Der Wächter hielt nach wie vor Abstand und stellte sich neben einen Baum, von dem aus er abwechselnd uns und die Umgebung beobachtete. Jedoch war es erstaunlich leicht, ihn auszublenden.

Während wir mit unseren Körpern fließende Bewegungen ausführten, kletterte die Sonne immer höher auf ihrer Himmelsleiter. Ich schloss meine Augen und genoss diese innere Ruhe, die mich nach und nach durchflutete. Ein kleines Lächeln umspielte meine Lippen.

Plötzlich bekam ich das Gefühl, beobachtet zu werden, und zwar nicht von dem Wächter. Langsam öffnete ich die Augen und konnte das Kamerateam sehen, das seine Linse auf uns richtete.

»Ignoriere sie einfach. Bestimmt sieht es einfach nur gut aus, wie unsere Schatten von der Morgensonne beleuchtet werden«, flüsterte Henry leise.

»Sehr tiefgründige Aussage, Henry.« Leise kicherte ich und drehte meinen Kopf zu ihm.

»Lust auf eine Show?«, fragte er auf einmal neckend.

Automatisch stoppte ich, brachte mich in Abwehrposition und nickte. Augenblicklich schoss sein Fuß zu meinem Gesicht hoch.

Ich wehrte ihn mit meinem Unterarm ab und duckte mich zu einem Tritt gegen sein Schienbein. Aber er war schnell genug, um mir auszuweichen und gleichzeitig zu einem Schlag auszuholen. Ich sprang zurück und duckte mich erneut vor seiner heranzischenden Faust. Dieses Spiel wiederholten wir einige Male und schnell wurde mir klar, dass das hier tatsächlich nur eine gute Show war. Ernsthaft verletzen würden wir uns damit nicht. Gleichzeitig empfand ich es aber als eine sinnvolle Übung für mich selbst, weil ich so noch besser lernte, gezielten Tritten oder Schlägen auszuweichen.

Lange trainierten wir so, bis ich hörte, wie jemand meinen Namen rief. Ich sprang aus Henrys Angriffsfeld und schaute zum Hotel hoch. Die Kandidatinnen standen an ihren Fenstern und beobachteten uns.

Auch Erica hatte ihren Kopf aus dem Fenster gestreckt und winkte mir mit beiden Armen zu. »In zehn Minuten gibt es Frühstück.« Als ihre Stimme bei mir ankam, rollte ich mich abrupt zur Seite, damit Henry mir nicht einen Hieb gegen meinen Bauch verpassen konnte, und hob ihm meine Hände entgegen.

»Wir sollten jetzt aufhören. Gleich gibt es Essen.«

Sofort entspannte sich Henrys Haltung. »Ja, dann sollten wir uns wohl beeilen.« Dabei blickte er zum Wächter, nickte ihm zu und drehte sich wieder zu mir um, während der Wächter den Rückzug antrat.

Ich lächelte und lief mit Henry zum Hoteleingang hinüber. Wir liefen auf die Kamera zu und winkten, schnitten Grimassen und lachten direkt in das Bild. Gabriela stand daneben und reckte ihren Daumen in die Höhe.

Erica empfing mich bereits an der Tür und schob mich hastig in das Badezimmer, wo ich mich eilig abduschte und fertig machte.

Acht Minuten später stand ich mit einem nassen Dutt und frischen Kleidern neben Claire im Flur und drängte mich mit den anderen Kandidatinnen in das Restaurant.

»Tatyana, vielleicht solltest du aufhören, immer so viel Aufmerksamkeit auf dich zu ziehen. Das ist peinlich«, sagte plötzlich Charlotte laut hinter mir.

Emilia, die neben ihr stand, kicherte leise, doch traute sich nicht, mir in die Augen zu sehen, als ich mich zu den beiden umdrehte.

Ich hob vielsagend meine Augenbrauen, schaute sie so abschätzig, wie ich es nur konnte von oben bis unten an und drehte mich dann wieder kommentarlos um. Meiner Meinung nach war dies eine angemessene Reaktion auf eine Beleidigung.

»War doch klar, dass die so tut, als wäre sie etwas Besseres«, zischte Charlotte darauf hinter mir zu den anderen Kandidatinnen, die neben ihr standen. Irritiert von ihrem Verhalten wandte ich mich erneut zu ihr um – und erschrak. In ihrem Gesicht, das sie sonst immer so gut unter Kontrolle hatte, flackerte unverhohlener Zorn. Wo war nur die allerliebste Möchtegern-Prinzessin geblieben? Irgendetwas musste sich geändert haben. Doch was es auch war: Nach einem offenen Kampf stand mir keineswegs der Sinn.

»Hast du das *so* nötig?«, platzte es auf einmal aus Claire heraus. »Ganz ehrlich, Charlotte, es ist ganz schön peinlich, dass du so eifersüchtig bist und sogar beleidigend werden musst. So benimmt sich keine zukünftige Prinzessin, sondern höchstens ein Stalljunge.«

Ich presste meine Lippen aufeinander, um angesichts des Vergleichs nicht zu lachen. Dann wandte ich mich an Claire: »Schon gut. Wir sollten uns nicht von ihr provozieren lassen.«

Meine Freundin nickte und gemeinsam gingen wir zu dem großen Esstisch und setzten uns ganz in die Ecke auf eine Bank. Charlotte brodelte vor Wut und redete so sehr auf Emilia ein, dass diese ein wenig genervt wirkte. Fast tat Emilia mir leid. Sie hatte es eigentlich nicht nötig, so in Charlottes Schatten zu stehen. Immerhin war auch sie eine Nachfahrin. Nur weil ihre Familie ihren Stammbaum nicht so herausposaunte und wichtig nahm, hieß das noch lange nicht, dass sie nicht ernst genommen wurde. Aber Charlotte schien das ganz anders zu sehen.

Netterweise setzte sie sich auch noch direkt neben mich. Ganz offensichtlich wollten sie ihre auserkorenen Feinde nicht in Ruhe lassen.

»Pass mal gut auf, Salislaw, ich werde diesen Wettbewerb gewinnen und ich werde Phillips Frau. Daran kannst du nichts ändern. Also gewöhne dich an den Gedanken. Du kannst so beliebt sein, wie du willst, aber ich gewinne die Krone«, flüsterte Charlotte mit so einem bösartigen Unterton, dass ich für einen Moment die Luft anhielt.

Dann drehte ich mich zu Emilia. »Ist sie so sicher, dass Phillip der Prinz ist?«

Emilia nickte langsam, offensichtlich überrascht davon, dass ich sie ansprach.

Ich imitierte ihr Nicken. »Aha. Kann es dann auch sein, dass es sie aus irgendeinem Grund interessiert, was mit mir ist? Vielleicht, weil sie innerlich unsicher und traurig ist?«, ergänzte ich provozierend.

Charlotte schnaufte wütend, während Emilia so wirkte, als wüsste sie nicht, ob sie lachen sollte.

Ich atmete tief ein und sah ihr in die Augen. »Emilia, warum tust du dir das an? Sie behandelt dich wie Dreck und dabei bist du genauso eine Nachfahrin wie sie.«

»So ein Blödsinn! Wir sind Freundinnen«, entgegnete Charlotte beinahe hysterisch und ein wenig zu laut. Sofort wurde es still im Raum.

Ich drehte mich langsam zu ihr und betrachtete sie mitleidig. »Du brauchst mich nicht anzuschreien. Ich höre sehr gut.«

»Du blö-«, begann sie, doch wurde durch Erica unterbrochen, die gerade hinter ihr auftauchte.

»Miss Charlotte, ich wage doch zu hoffen, dass ich falsch in der Annahme liege, dass Sie Miss Tatyana jetzt beleidigen wollten. Denn wenn dem so wäre, dann wäre ich überaus enttäuscht.«

Charlottes Gesicht wurde ganz weiß, ihre Augen groß und langsam drehte sie sich zu meiner Vertrauten um. »Sie hat angefangen und ...« Sie verstummte abrupt, als sie Ericas entgeisterten Gesichtsausdruck sah. Aber Erica erwiderte nichts darauf, sondern schüttelte nur enttäuscht ihren Kopf. Dann ging sie zu den anderen Vertrauten hinüber, die an einem separaten Tisch saßen, und unterhielt sich dort aufgeregt mit Charlottes Bediensteter.

Charlotte hatte es einen Moment lang die Sprache verschlagen, dann schaute sie mich mit einem so hasserfüllten Blick an, dass mir beinahe übel wurde.

»Wenn ich einmal Prinzessin bin, dann werde ich dafür sorgen, dass du niemals wieder einen Fuß in den Palast setzt«, funkelte sie mir entgegen und presste ihre Augen zu Schlitzen.

Bei dieser lächerlichen Drohung konnte ich nicht anders, als unschuldig mit meinen Wimpern zu schlagen. »Ach, ist das so?«, fragte ich provokant und strich mir über meinen Dutt.

Ihre Augen folgten meinen Fingern, während sie ihre Arme vor ihrer Brust verschränkte. Erst jetzt fiel mir auf, wie ruhig es um uns herum geworden war und wie gespannt uns alle Kandidatinnen ansahen. Als würden sie erwarten, dass wir uns jeden Moment gegenseitig an die Gurgel gingen.

»Phillip! Da bist du ja endlich. Bitte sag doch unserer Miss Tatyana, dass sie so nicht mit mir umspringen kann«, fauchte Charlotte auf einmal und automatisch verkrampfte ich mich bei der Erwähnung seines Namens.

Langsam drehte ich mich um und sah in Phillips schokoladenbraune Augen, die verwirrt und zugleich grimmig wirkten.

Ich atmete tief ein. »Du brauchst nichts zu sagen. Ich kenne das Spiel. Aber du darfst sie gerne mitnehmen. Niemand hat sie dazu gezwungen, sich zu uns zu setzen.« Mit diesen Worten drehte ich mich wieder von ihm weg und überließ ihm damit die Entscheidung, was er jetzt tun wollte.

Für einen winzig kleinen Augenblick hatte ich tatsächlich diese widerlich-peinliche Hoffnung, er würde sich auf meine Seite stellen. Aber es dauerte nur einen Herzschlag lang, bis diese Hoffnung vorbei war. Danach tat es nur noch weh.

»Komm, Charlotte. Wir setzen uns dort hinten hin«, erklärte er ruhig, doch ich glaubte, ein Zittern in seiner Stimme hören zu können.

Ich sah nicht zu ihnen hinüber, als er sie am Arm hielt und sich mit ihr gemeinsam auf die andere Seite des Tisches setzte. Ich bemerkte nur im Augenwinkel, dass er sie so drapierte, dass sie uns nicht im Blick hatte, er selbst aber dafür alles beobachten konnte.

Emilia verkrampfte sich neben mir.

»Du kannst dich auch gerne zu ihr setzen. Ansonsten kratzt dir der königliche Drachen womöglich noch die Augen aus«, erklärte ich ihr bitter und rieb meine Stirn. Langsam gingen die Gespräche um uns herum wieder los und konzentrierten sich nicht mehr nur auf uns.

Als Emilia nicht antwortete, sah ich zu ihr hoch.

Sie verzog unschlüssig ihren Mund. »Kann ich vielleicht nur für das Frühstück hier sitzen bleiben?«

Ich zog meine Augenbrauen so hoch, dass meine Kopfhaut schmerzte. »Was sollte ich dagegen haben? Aber was ist mit dem königlichen Drachen?«

»Ach, Charlotte ist ein wenig anstrengend, wenn sie wütend ist. Phillip kann sie jetzt viel besser beruhigen als ich. Und ich will endlich ein wenig Ruhe«, antwortete sie ehrlich und lächelte schüchtern.

Claire atmete tief ein und stieß mich mit ihrem Fuß unter dem Tisch an. »Wenn das so ist, dann *darfst* du gerne bei uns sitzen.«

Ich nickte langsam, doch blieb noch ein wenig misstrauisch. Mein Kopf begann zu schmerzen, fahrig strich ich mir über die Stirn.

»Hast du Schmerzen?«, fragte Emilia prompt.

»Hm«, machte ich nur.

Im Augenwinkel konnte ich sehen, wie sie begann in ihrer Handtasche zu wühlen. »Ich habe immer Medizin dabei. Möchtest du eine Tablette haben?«

Skeptisch sah ich nun zu ihr hinüber. »Wenn das Drogen sind, damit ich mich peinlich aufführe, dann möchte ich sie nicht.«

Emilias Gesichtszüge verhärteten sich gekränkt. »Nein, die sind wirklich gegen Schmerzen. Wieso sollte ich dir Drogen geben? Und woher, zum Teufel, sollte ich diese denn haben?«

»Mann, du hast vielleicht Flüche drauf ...«, murmelte ich ein wenig überrascht und schüttelte dann meinen Kopf. »Tut mir leid. Aber die beste Freundin meiner supertollen selbst ernannten Feindin, ist die nicht immer auf der Seite besagter Person?«

Für einen Moment hielt Emilia inne und schien über meine Aussage nachzudenken. Erneut stieß Claire mich unter dem Tisch an. Ich glaubte, sie wollte mir damit sagen, dass sie Emilia für glaubwürdig hielt.

»Nein, das denke ich nicht. Du hast mir nichts getan und ich dir auch nicht. Und nur weil Charlotte eifersüchtig auf dich ist und hier die große Königin spielt, bedeutet das nicht, dass ich das auch so sehe«, antwortete sie so leise, dass nur Claire und ich sie verstehen konnten.

Bevor ich jedoch etwas darauf erwidern konnte, kam der Wirt herein und ihm folgten mehrere Kellnerinnen, die Tabletts mit Brötchen, Aufschnitt, Marmelade, Säften und Kaffeekannen auf unseren Tischen verteilten. Während sie zwischen uns hin und her tänzelten und freundlich auch noch Extrawünsche aufnahmen – für mich einen Cappuccino –, schaute ich Emilia beinahe durchgehend mit offenem Mund an. Ich würde niemals so über Claire reden, wie sie es über Charlotte tat.

»Du scheinst sie aber nicht besonders zu mögen, oder?«, stellte Claire auch schon die Frage, die mir gerade durch den Kopf ging.

Emilia wedelte abwertend mit ihrer Hand. »Ach, *mögen* ist so ein großes Wort. Wir verbringen viel Zeit miteinander, um unsere Beziehung zu stärken. Das ist für uns beide nur von Vorteil. Vielleicht brauchen wir einander später einmal und dann kann man auf diese schöne Zeit hier im Palast zurückblicken.« Damit legte sie mir eine Tablette hin und lächelte mich freundlich an.

Ich verzog meinen Mund. »Hört sich ja richtig harmonisch an.«

»Na ja, wir alle müssen sehen, wo wir bleiben. Und wenn sie tatsächlich mal die Königin werden sollte, dann werde ich wenigstens nicht des Palastes verwiesen, wenn etwas sein sollte.« Sie schenkte mir ein strahlendes Lächeln, das eine gute Portion Schadenfreude enthielt. Ein weiteres Mal an diesem Morgen verschlug es mir die Sprache und ich blickte sie ganz verdattert an.

»Jetzt schau doch nicht so. Was soll ich denn machen? Ich habe keine Chance bei dem Prinzen.«

Tief atmete ich ein. »Aber ich dachte, du interessierst dich für Charles? Was macht dich so sicher, dass er es nicht ist?«

Für einen kurzen Moment schaute Emilia mich ein wenig verständnislos an. Dann änderte sich ihr Gesichtsausdruck von Verblüffung zu Scham.

»Ach, nur so«, antwortete sie ein wenig zu hastig und verrenkte sich den Kopf, um einen prüfenden Blick auf Charlotte werfen zu können.

Wie automatisch folgte ich der Richtung, die Emilias Kopf nahm, und sah Phillip an. Seine Arme waren ineinander verschränkt, seine Augen starr auf den vollen Teller vor sich gerichtet. Sein Kiefer wirkte so angespannt, dass selbst meine Zähne von diesem Anblick zu schmerzen begannen.

Gerade als er aufsah, wollte ich mich wegdrehen, doch dieses

Flehen in seinen Augen erwischte mich eiskalt. Ich war unfähig mich von ihm abzuwenden oder auch nur so zu tun, als hätte ich ihn nicht gesehen.

Auf einmal stieß Emilia mir so fest in die Rippen, dass ich erschrocken aufkeuchte.

»Was soll das?«, fragte ich gepresst und funkelte sie an.

»Das ist fast schon peinlich, wie ihr beide euch immer anstarrt. Sei dankbar dafür, dass ich es noch vor Charlotte gesehen habe. Du glaubst nicht, *wie* ätzend sie sein kann, wenn sie eifersüchtig ist. Und ich bekomme es jedes Mal ab, weil sie vor Phillip nicht wie eine Furie dastehen will«, erklärte sie seufzend und füllte mir, Claire und auch sich selbst Saft in unsere Gläser.

Ich drehte mich zu Claire, die gerade herzhaft in ein Brötchen biss. »War das wirklich so auffällig?«

Sie nickte mit vollem Mund und zuckte dann entschuldigend mit ihren Schultern.

Ich wandte mich wieder an Emilia. »Danke. Aber warum bist du so nett zu mir?« Ich nahm die Tablette, die sie mir hingelegt hatte, und spülte sie mit einem großen Schluck Saft hinunter.

Emilia bestrich sich gerade konzentriert ein Brötchen mit Butter und blickte nicht auf. »Weil du doch auch nett zu mir bist. Jede andere Kandidatin hätte mich wahrscheinlich sofort abschätzig angeschaut, aber du nicht.«

Ich spürte, wie meine Wangen sich röteten. Hastig griff ich auch nach einem Brötchen und begann es ebenfalls mit Butter zu bestreichen. »Du bist genauso eine Kandidatin wie jede andere hier. Außer Charlotte. Sie hat doch quasi schon gewonnen, wenn Phillip der Prinz sein sollte.« Meine letzten Worte klangen bitterer, als ich es beabsichtigt hatte.

Sofort betrachtete mich Emilia prüfend von der Seite. Ich wusste, wie sie mich jetzt ansah. Voller Mitleid dafür, dass ich mich schon genug zum Affen gemacht und mein Herz an Phillip verschenkt hatte, obwohl er ganz offensichtlich nicht mich, sondern Charlotte wollte.

»So darfst du nicht denken. Selbst wenn sie diesen Wettbewerb gewinnen sollte, macht sie das auch nicht netter. Ich freue mich darüber, wenn die Menschen mich ein wenig mögen«, sagte sie lächelnd und biss in ihr nunmehr mit Schinken belegtes Brötchen.

Erneut sprangen meine Augenbrauen hoch, woraufhin ich mir mit der flachen Hand auf meine Stirn drückte, die inzwischen noch schlimmer pochte.

»Seit wann denkst du denn so?«, fragte ich überrascht und erinnerte mich noch ganz genau daran, *wie* sie den Prinzen gewollt hatte.

Emilia hob und senkte langsam ihre Schultern, während sie kaute, doch erwiderte nichts darauf.

»Übrigens: Danke für die Medizin«, schob ich noch leise nach und legte eine Scheibe Käse auf meine Brötchenhälfte.

Mit zusammengepressten Lippen lächelte sie. Unter dem Tisch trat Claire mich erneut. Doch dieses Mal so fest, dass ich keuchte. Wollte sie mein Schienbein grün und blau sehen?

Ich drehte mich zu ihr um und riss fragend meine Augen auf. Claire grinste mich nur mit vollem Mund an. Anscheinend gefiel ihr Emilias netteres Verhalten. Ich nickte ihr ebenfalls schmunzelnd zu und widmete mich dann wieder meinem Essen.

Da Phillip in meinem Blickfeld am Kopf des Esstischs saß, konnte ich ihn einfach nicht ignorieren. Jedes Mal wenn ich aufsah, schaute ich wie automatisch zu ihm hin. Charlotte – rechts von ihm an der Ecke und in einem glücklichen »toten Winkel« für mich – schien sich mittlerweile wieder gefangen zu haben. Zumindest vernahm ich, wie sie flirtend auf ihn einredete. Aber nur sein unregelmäßiges Nicken wies darauf hin, dass er ihr zuhörte. Ansonsten starrte er wie gebannt auf seinen Teller oder ließ seinen Blick in unbestimmte Ferne schweifen, während er aß. Es war ein seltsames Gefühl, ihn so zu sehen. Irgendwie wirkte er verloren.

Schnell schüttelte ich meinen Kopf und seufzte. Er hatte sich das alles selbst ausgesucht. Mitleid würde mir auch nicht helfen.

Wehmütig holte ich tief Luft und bedankte mich bei der Kellnerin, die mir meinen Cappuccino brachte. Ich nahm mir einen Zuckerwürfel, ließ ihn in meine Tasse gleiten und beobachtete langsam, wie er in dem Schaum unterging.

Plötzlich fühlte auch ich mich verloren. Diese ganze Veranstaltung war doch eine Farce! Das hatte ich ja eigentlich von Anfang an gewusst. Was zählte, war nur eine reißerische Show. Doch das hatte ich in meiner Zeit hier ab und an ganz gut verdrängen können.

Langsam schaute ich mir die Gesichter der anderen Kandidatinnen an. Diejenigen, die nicht mit einem der jungen Männer anbandelten – was alle außer Charlotte, Rose, Emilia und Claire waren –, wirkten nicht so unzufrieden, wie ich mich fühlte. Ja, die meisten von ihnen schienen sogar richtig Spaß zu haben. Wir waren nur noch zu acht: Rose, Emma, Venya, Babette, Claire, Emilia, Charlotte und ich.

Ich seufzte und sah zu Henry hinüber, der neben Rose saß. Sie himmelte ihn aus strahlenden Augen an und er schien es in vollen Zügen zu genießen. Unsere Blicke trafen sich und er warf mir erst ein schiefes Grinsen zu und winkte mir dann.

Ich winkte ihm zaghaft zurück und erhielt sofort ein trauriges Lächeln von Rose. Schnell winkte ich auch ihr zu, was sie so zu irritieren schien, dass sie ihre Augenbrauen zusammenzog, aber trotzdem zurückwinkte.

»Claire, ich habe keine Lust mehr. Meinst du, ich kann dieses Spiel hier vorzeitig abblasen?« Ich biss in mein Brötchen und schaute zu, wie sich ihr voller Mund vor Überraschung öffnete. Fast sah es lustig aus.

Leider schüttelte sie wenig später langsam ihren Kopf und schluckte den Bissen hinunter. »Also erstens kannst du das nicht, weil du mich nicht allein lassen darfst. Und zweitens hast du eine Abmachung mit deiner Tante. Oder hast du das schon vergessen?«

»Ach ... Mist, stimmt ja«, fluchte ich und tat so, als würde ich meinen Kopf auf den Tisch fallen lassen. Anscheinend war ich heute wirklich schwer angeschlagen, dass ich das vergessen konnte.

»Was denn für eine Abmachung?«, fragte Emilia auf einmal neugierig von meiner anderen Seite.

Ich verzog den Mund. »Ich wollte hier nie mitmachen. Meine Tante hat mich nur dazu überreden können, weil ich nach meiner Teilnahme zu meiner Schwester ziehen und bei ihr eine Ausbildung machen darf.«

»Wieso? Ist deine Tante so schlimm?«

Ich dachte kurz darüber nach. War sie wirklich *schlimm*? Mit einigen Wochen Abstand zu ihr fand ich das überhaupt nicht mehr. »Nein, aber sie will mich keine Ausbildung machen lassen.

Aber ich will endlich meine Freiheit genießen und nicht nur lernen und putzen. Das ist doch kein Leben.«

Emilia pflichtete mir mit einem lauten Seufzen bei. »Das kenne ich. Ich muss den halben Tag nur lernen und die meiste Zeit davon interessiert es mich einfach nicht. Und außerdem soll ich auch noch ständig irgendwelchen Männern vorgestellt werden. Mittlerweile gibt es fünf Heiratsanträge. Manchmal habe ich wirklich das Gefühl, dass meine Eltern mich loswerden wollen.«

»Fünf Heiratsanträge?«, fragte Claire überrascht und stieß mich dieses Mal unabsichtlich unter dem Tisch an.

Ich rieb mir schmollend mein Schienbein und beobachtete Emilia, wie sie schelmisch und ein wenig stolz nickte. »Allerdings. Aber allesamt von eingebildeten Schnöseln mit reichen Eltern, die denken, sie könnten mit Geld alles kaufen. Aber wenn das hier vorbei ist, dann werde ich einen von ihnen heiraten müssen.« Sie tat es mit einem Schulterzucken ab. »Meine Eltern finden, dass ich als Nachfahrin einen wichtigen Mann der Gesellschaft heiraten muss.«

»Kann man nichts dagegen machen?« Sie schüttelte ihren Kopf. »Nein«, erwiderte sie leise und atmete tief durch. Aber als sie wieder aufsah, strahlte ihr Gesicht von Neuem. Ich konnte jedoch sehen, wie erzwungen dieses Lächeln war. »Doch das ist in Ordnung. Dafür werde ich ein gutes Leben führen und muss nie wieder einen Finger krümmen. Wofür habe ich sonst den Nachnamen *Dupont*?«

Ich biss mir auf meine Unterlippe und versuchte die Woge aus Mitleid in den Griff zu bekommen, die mich gerade erfasste.

»Ehrlich. Es ist in Ordnung«, wiederholte sie und mir wurde klar, dass Claire und ich sie stumm anstarrten.

»Was ist, wenn du dir *hier* den Richtigen aussuchst?«, zwinkerte ihr Claire zu. »Schließlich ist da ja ein gewisser Charles ...«

»Ja«, stimmte ich mit ein. »Ihr verliebt euch und es ist dann wie in einem Märchen.«

Emilias Wangen färbten sich rosig. »Das wäre in der Tat eine sehr schöne Vorstellung. Ich-«

Sie verstummte abrupt, da wir im Augenwinkel eine Bewegung wahrnahmen. Ich wandte meinen Kopf – und blickte direkt Charlotte an, die sich von ihrem Platz erhoben hatte und uns nun gegenüberstand. Nach einer kurzen Weile ging sie erhobenen Hauptes davon. Vielleicht wollte sie sich die Nase pudern? Auf jeden Fall schien sie überhaupt nicht glücklich über Emilia zu sein.

»Ich denke, deiner besten Freundin gefällt es nicht, dass du mit uns redest«, flüsterte ich Emilia zu, doch sie winkte nur ab.

»Ich sage ihr einfach, dass ich es aus Gruppenzwang gemacht habe, und dann ist es auch gut. Sie denkt tatsächlich, ich bin zu dumm, um zu merken, was für ein Spiel sie spielt. Aber soll sie nur. Hauptsache, ich bin später immer auf die schönsten Bälle hier eingeladen. Meine Mutter wird stolz auf mich sein.« Sie ließ ein albernes Kichern vernehmen.

Ich wusste wirklich nicht, was ich von ihrer Einstellung halten sollte. Einerseits wirkte sie verzweifelter als ein gefangenes Tier und andererseits wieder wie eine verwöhnte Nachfahrin. Aber irgendwie wollte beides nicht so richtig zu ihr passen. Verwirrt stimmte ich in ihr Lachen ein und ignorierte die Tatsache, dass Claire mich unentwegt unter dem Tisch trat.

Nachdem alle aufgegessen hatten, hielt Madame Ritousi noch eine Ansprache mit der Mahnung, dass wir jetzt gleich weiterfahren müssten, um unseren Zeitplan einzuhalten. Also beeilten

Erica, Claire und ich uns, in unser Zimmer zu kommen und alles einzupacken.

Schon bald klopfte es an der Tür und unser Kutscher nahm das gesamte Gepäck mit nach unten. Wir folgten ihm und setzten uns schon einmal in unsere Kutsche, gleichwohl wir die Ersten waren. Die gesamte Zeit, während wir warteten, starrte ich aus dem Fenster, betrachtete die Wächter, die so stolz und aufrecht zwischen den Kandidatinnen standen. Ihr Anblick hatte etwas Tröstliches an sich und ich musste zugeben, dass die Vorstellung, vielleicht einmal in ihren Reihen zu sein, seinen Reiz nicht verloren hatte.

Claire und Erica regten sich indes über Charlottes Verhalten auf. Ich dachte stattdessen über Emilia nach, die mir mit jeder Minute mehr leidtat.

Als wir uns endlich ruckelnd in Bewegung setzten, schlief ich langsam ein. Das Letzte, was ich hörte, war Ericas Stimme. Sie sagte, dass sie sich auf das nächste Dorf freute. Doch warum, bekam ich nicht mehr mit.

23. KAPITEL
SIE JUBELN AUSGELASSEN – UND WIR SCHAUEN ZU

»Tatyana, wach auf. Wir sind da.« Jemand rüttelte heftig an meinem Arm. Vor Schreck sprang ich auf und knallte mit voller Wucht gegen Ericas Kopf.

»Was ist denn los?«, fragte ich verwirrt und rieb mir meine pochende Stirn.

»Wir sind endlich da«, antwortete sie und imitierte meine Bewegung.

Langsam und hastige Bewegungen vermeidend drehte ich mich zum Fenster. Wir waren wieder in einem kleinen Dorf, doch hier waren alle Fassaden strahlend weiß und die Fensterläden und Türen in einem hellen Blau gehalten. Dazwischen wuchsen überall Lavendelsträucher und dufteten bis in unsere Kutsche hinein.

»Wo sind wir?«

Erica fasste meinen Arm und zog ihn an sich, das Gleiche tat sie mit Claire, sodass wir schließlich beide neben ihr saßen und an sie gedrückt wurden. »Wir sind zu Hause.«

»In wessen Zuhause?«, fragte ich gähnend und erntete von Claire ein Kichern und von Erica einen strengen Blick.

»Na, in meinem. Wessen denn sonst? Also Tatyana, du bist heute wirklich nicht auf der Höhe, oder?«

Ich schüttelte grinsend meinen Kopf und schaute dann noch

einmal hinaus. »Es ist wirklich schön. Bist du hier aufgewachsen?«

»Ja, und meine Schwester lebt noch immer hier«, seufzte sie voller Freude.

Obwohl bereits die Stimmen der anderen Kandidatinnen zu hören waren, die schon ihren Kutschen entstiegen, bugsierte sie uns nebeneinander auf die Bank und setzte sich uns gegenüber. »Ich wollte euch um einen Gefallen bitten.«

Wir nickten sofort.

Ein warmes Lächeln erschien auf dem Gesicht unserer Vertrauten. »Ich werde heute den gesamten Tag und die Nacht bei meiner Schwester verbringen. Aber nur, wenn euch das nichts ausmacht. Das letzte Treffen ist bereits zwei Jahre her und –«

»Du kannst sehr gerne gehen. Wir werden schon alleine zurechtkommen. Hier sind so viele Menschen zur Stelle und unsere Kleider können wir uns ja wohl alleine aussuchen«, unterbrach Claire sie und fiel ihr um den Hals.

In Ericas Augen schimmerten Tränen der Dankbarkeit, während sie Claire an sich drückte und ihre Hand nach mir ausstreckte. Ich setzte mich sofort neben sie und schon saßen wir wieder zu dritt eng beisammen, fest ineinander verknotet. Als wir uns voneinander lösten, wischte sich unsere Vertraute hastig über die Augen. Wahrscheinlich in der Hoffnung, wir würden nichts bemerken. Und Claire und ich waren höflich genug, nichts zu sagen.

Als hätte der Kutscher auf ein Stichwort gewartet, öffnete er die Tür und schaute ein wenig verdutzt drein, als er uns alle aufgewühlt auf einer Bank sitzen sah. Schnell ließen wir uns von ihm hinaushelfen.

Ich legte meine Hand über die Augen und blinzelte, um mich an dieses ganz besondere Licht zu gewöhnen. Die Sonne strahlte hell über uns, wurde von den weißen Fassaden gespiegelt und ließ das gesamte Dorf strahlen. Als stünde man inmitten von Wolken. Ich reckte mein Gesicht in die Sonne und suchte Wärme. Auf einmal schob mich jemand von hinten an. Überrascht drehte ich mich um und stellte fest, dass es Henry war, der mich an meiner Hüfte packte und in Richtung des Gasthauses dirigierte, in dem bereits die meisten Kandidatinnen waren.

»Bist du heute ein wenig langsam?«, fragte er grinsend.

So entspannt wie möglich warf ich meine Haare in den Nacken und schaute ihn an, als wäre er verrückt geworden. »Das zieht nicht bei mir«, erklärte ich zwinkernd.

Erschrocken blickte er mich an und löste sich von mir. Als er bemerkte, dass ich nur einen Witz gemacht hatte, schaute er mich vorwurfsvoll an.

»Das war wirklich nicht nett von dir«, feixte er und drängte sich so schwungvoll an mir vorbei, dass ich fast umfiel.

»Wer schubst hier denn wen herum?«, rief ich ihm hinterher und versuchte mein Gleichgewicht zu halten, was mich aber erneut ins Straucheln brachte.

Plötzlich griff mich erneut jemand von hinten und half mir mein Gleichgewicht wiederzufinden. Lachend drehte ich mich um und versteinerte bei dem Gesicht, das nur wenige Zentimeter von meinem entfernt war. Phillip.

Er schüttelte seinen Kopf. »Wieso müsst ihr immer nur so kindisch sein?«

Ich lächelte mit schief gelegtem Kopf und stemmte meine

Hände in meine Hüften. »Du bist doch nur eifersüchtig, weil wir mehr Spaß haben als du und Charlotte.«

Dann drehte ich mich um, eilte Henry hinterher und hakte mich mit erhobenem Haupt bei ihm ein. Gerade als wir die Tür erreichten, packte Phillip mich an meinem Arm und zwang mich mich umzudrehen.

»Henry, geh rein«, zischte er durch seine zusammengebissenen Zähne.

Zu meiner Überraschung ließ Henry mich tatsächlich los und ging in das Gasthaus. Aber nicht, ohne mir vorher einen entschuldigenden Blick zuzuwerfen – und meine zusammengekniffenen Augen zu registrieren. Phillip und ich blieben allein zurück, begleitet von den wachsamen Blicken unserer Beschützer, die sich mit einigem Abstand zu uns positioniert hatten.

»Was willst du von mir?« Bissig sah ich Phillip an und verschränkte meine Arme vor meiner Brust.

»Tanya, ich will ...«, begann er, doch wandte sich dann verzweifelt von mir ab. »Ich kann das einfach nicht mehr mit ansehen. Liebst du ihn?«

Ich wich vor dem Ausdruck in seinen Augen zurück. »Wen?«

Er kam auf mich zu, ließ nur wenige Zentimeter zwischen unseren Gesichtern. »Henry. Liebst du ihn?«

Ich presste meine Lippen zusammen, angesichts der Unverschämtheit seiner Frage. »Darf ich dich erst was fragen?«

Unzufrieden atmete er aus.

Ich deutete es als ein Ja. »Liebst du Charlotte?«

Kurz blitzte etwas in seinen Augen auf, verschwand jedoch so schnell wieder, dass ich es nicht zuordnen konnte. »Das geht dich nichts an.«

Zutiefst enttäuscht machte ich einen Schritt zurück. »Dann geht es dich auch nichts an. Guten Tag, Phillip.« So schnell ich konnte, trat ich durch die Tür und flüchtete mich neben Claire, die mich überrascht ansah.

Wieder befanden wir uns in einer gemütlichen Gaststube. Hastig zog ich Claire an einen Tisch in der hinteren Ecke.

In dem Moment, als die Kandidatinnen zum reichlich gedeckten Büfett gingen, kam auch Phillip durch die Tür, verschwand jedoch sogleich im Getümmel. Als ich mir sicher war, dass er neben Charlotte Platz genommen hatte, stand auch ich auf und holte mir etwas zu essen. Claire folgte mir sichtlich verwirrt.

Ich vermied tunlichst jeden Augenkontakt mit den anderen. Ich fühlte mich so seltsam, so ... zerbrechlich. Wenn mich jetzt jemand komisch ansehen würde, würde ich sicher wie ein Häuflein Elend in mich zusammenfallen.

Mit gesenktem Kopf kehrte ich zurück zu meinem Platz und zwang mir stumm mein Essen hinunter.

»Hast du schon wieder mit Phillip geredet?«, fragte Claire beinahe anklagend, als sie mein beharrliches Schweigen nicht mehr aushielt.

Ich nickte kauend und konzentrierte mich noch mehr auf die Kartoffeln auf meinem Teller.

»So schlimm?« Ihre Hand landete auf meiner Schulter und brachte mich für einen kurzen Moment aus meiner Fassung.

Ich schniefte und nickte ganz langsam. Claire war Freundin genug, mich jetzt in Ruhe zu lassen und nicht weiter nachzubohren.

Hastig wischte ich mir über meine Augen und atmete tief durch. Es konnte doch nicht sein, dass sein Erscheinen mich immer so dermaßen aus der Fassung brachte. Wieso tat er das nur immer wieder? Was sollte diese gespielte Eifersucht? Sie ließ immer wieder Hoffnung in mir aufsteigen, Hoffnung auf ... ja, auf was eigentlich?

Schnell spülte ich den schmerzhaften Kloß in meinem Hals mit einem großen Schluck Wasser hinunter und stand dann auf, als es alle anderen auch taten. Claire reichte mir mit einem liebevollen Lächeln ihre Hand. Ich ergriff sie dankbar und ließ mich von ihr mitziehen.

Während wir eine schmale Straße hinter dem Gasthof entlanggingen, umgeben von Wächtern, versuchte ich die Leere in meinem Kopf zu füllen. Aber sie zerrte an mir und packte mein Herz so fest, dass sich immer mehr Tränen in meinen Augen bildeten.

»Hier«, flüsterte auf einmal jemand neben mir.

Ich schaute die Hand an, die mir ein elegantes weißes Stofftaschentuch entgegenhielt. Emilia lächelte mich mitfühlend an. »Du siehst wirklich schrecklich aus, wenn du weinst«, sagte sie freundlich und überreichte mir das Tuch.

Ich versuchte ebenfalls zu lächeln und wischte mir unter meinen Augen entlang, damit meine Wimperntusche nicht verschmierte.

»Geht das so?«, fragte ich flüsternd und sie nickte.

»Versuch nicht daran zu denken. Es wird besser.« Noch immer lächelte sie und schüttelte ihren Kopf, als ich ihr das Tuch wiedergeben wollte. »Sieh es einfach als Geschenk.«

»Danke.« Wieder musste ich bei der netten Geste gegen meine Tränen ankämpfen. Noch einmal tupfte ich meine Augenwinkel ab und ließ das Tuch dann in meine Rocktasche gleiten.

Schweigend folgten wir den anderen und kamen nach wenigen Minuten zu einer Treppe, die uns auf eine steinerne Bühne führte. Der schmale Gang hatte uns vorher vom Stimmengewirr der vielen Menschen, die sich hier versammelt hatten, abgeschirmt. Doch als sie uns nun sahen, brach lautes Getöse los. Es wurde gejubelt, gesungen und gewunken. Wir alle winkten zurück und ließen uns von dem hiesigen Bürgermeister die Hände schütteln und vorstellen. Je länger wir dort oben standen, umso mehr steigerte sich meine Laune. Ich grüßte die Menschen fröhlich zurück und genoss den lauten Klang der Musik, die den gesamten Platz erfüllte.

Als ich ein riesengroßes Poster mit meinem Foto darauf sah, einem Bild davon, wie ich bei meiner ersten Auswahl den Laufsteg hinunterging, riss ich überrascht meine Augen auf. Die junge Dame auf dem Bild fühlte sich so ... fremd an. So hoffnungsvoll, so freudig auf eine nahe Zukunft bei ihrer Schwester.

Die zwei Mädchen, die das Poster in die Höhe hielten, bemerkten, dass ich sie gesehen hatte, und begannen meinen Namen zu schreien. Ich winkte ihnen direkt zu und streckte dann beide Daumen in die Höhe. Sie hüpften aufgeregt auf und ab und jubelten vor Begeisterung. Ich konnte nicht anders, als breit zu grinsen, weil sie sich so freuten.

Als wir die Bühne verließen, fühlte ich mich wieder genauso beschwingt wie heute Morgen. Ich reihte mich neben Emilia und Claire ein, vor uns gingen Venya und Babette, hinter uns Henry und Fernand. Den gesamten Weg über hörte ich Emilia und Claire zu, wie sie aufgeregt über die vielen Menschen redeten. Aber gleichzeitig hatte ich die ganze Zeit wieder dieses unangenehme Gefühl, beobachtet zu werden.

Als ich es nicht mehr aushielt, drehte ich mich zaghaft nach hinten um, schaute an Venya vorbei, direkt in Charlottes hochrotes Gesicht. Sie brodelte so sehr vor Zorn, dass ich mich schnell wieder umwandte.

»Kann es sein, dass Charlotte ein wenig wütend ist?« Ich drehte mich zu Emilia, deren Wangen sich unversehens röteten, während sie versuchte nicht zu lachen.

»Ein wenig. Sie hat angefangen Phillip zu beleidigen, weil er so lange mit dir draußen war, und dann hat sie auch noch mich beleidigt, als ich sie beruhigen wollte. Da dachte ich mir, dass ich keine Lust mehr habe, ihren Fußabtreter zu spielen. Außerdem ärgert es sie so schrecklich, wenn ich mich mit dir unterhalte. Sie denkt tatsächlich, dass du mich ihr wegnehmen willst.«

Bevor ich etwas darauf erwidern konnte, lachte Claire neben mir laut auf. »Emilia, du bist ein richtiges Miststück, wusstest du das schon?«

Meine Augen wurden ganz groß und kurz befürchtete ich eine nahende Schlägerei oder zumindest einen lautstarken Streit, doch da begann auch Emilia zu lachen. Sie wirkte mehr geschmeichelt als beleidigt. »Ich weiß. Aber wenn ihr euch ständig mit solchen Menschen herumschlagen müsstet, dann wärt ihr genauso drauf wie ich. Das bleibt einfach nicht aus. Man übernimmt automatisch diese Wesenszüge.«

Claire nickte zustimmend. »Das kann ich mir vorstellen. Aber ich glaube, vor dir sollten wir uns mehr in Acht nehmen als vor ihr.« Mit ihrem Kopf nickte sie nach hinten und deutete auf Charlotte.

Fast gleichzeitig drehten wir uns alle um. Sie bemerkte es und ihr Gesicht lief noch dunkler an. Erst wirkte sie nur wütend, doch dann flackerten Scham und Unsicherheit über ihre Züge. Sie senkte ihren Blick und sagte etwas zu Phillip, der neben ihr herging und dessen Hand sie hielt. Ich schniefte und drehte mich hastig wieder nach vorne.

Wir gingen zurück zu den Kutschen und fuhren dann weiter zum nächsten Ort. Vom Kutscher erfuhren wir, dass wir später wieder in das hiesige Dorf zurückkehren und dort in einem kleinen Hotel übernachten würden. Schließlich durften wir ja Erica auch nicht vergessen.

Emilia fuhr dieses Mal mit uns mit und schaute gedankenverloren aus dem Fenster, sodass ich Gelegenheit hatte, sie ein wenig zu betrachten. Ihre langen dunkelbraunen Haare waren leicht gewellt und lagen auf ihren Schultern. Ihre kleine Nase passte perfekt in ihr hübsches Gesicht. Tatsächlich war sie sehr schön. Und dumm schien sie auch nicht zu sein. Ihre Augen spiegelten eine so intensive Traurigkeit wider, dass ich sie beinahe spüren konnte. Unwillkürlich musste ich wieder darüber nachdenken, was sie uns gestern erzählt hatte. Mitleid machte sich in mir breit und ich wünschte ihr, dass sie tatsächlich jemanden heiraten durfte, den sie von Herzen liebte, und dass ihre Eltern ein Einsehen mit ihr hatten. Es wäre schön zu sehen, wenn aus ihr und Charles tatsächlich ein Paar werden könnte. Auch wenn es zu Beginn nicht so schien, wirkte Charles ihr gegenüber nun weniger abgeneigt. Immer wieder lächelten sie sich zu, wenn sie glaubten, niemand würde es bemerken. Und nun, da ich wusste, dass sie gar kein so schlechter Mensch war, wie ich zuvor geglaubt hatte, würde ich ihr Charles sogar von Herzen gönnen. Auch er wurde von vielen nicht so wahrgenommen, wie ich ihn sah: warmherzig, treu und seinen Lieben gegenüber loyal. Aber vielleicht sah Emilia ihn ja genauso, wie er wirklich war?

Ich blickte zu ihr hinüber und fragte mich, wie es sich wohl anfühlen mochte, wenn man so privilegiert aufwuchs. Ebenso wie die anderen Kandidatinnen schien sie von ihren Verwandten dazu erzogen worden zu sein, sich einen Prinzen zu angeln und nichts anderes. Nun ja ... bei mir verhielt es sich ja gewissermaßen ähnlich, aber da ich es nicht gewusst hatte, ließ ich das nicht gelten. Zum ersten Mal war ich dankbar dafür, wer meine Tante und mein Onkel waren. Es war zwar anstrengend, bei ihnen zu wohnen, aber sie würden mich niemals zu einer Heirat zwingen, da war ich mir sicher. Klar: Sie wollten zweifellos ein wenig mit mir angeben. Und solange ich hier mitmachte und so tat, als würde ich wirklich weiterkommen wollen, war die Welt meiner Tante schäfchenwolkenverhangen. Zumindest nahm ich das an, denn ich hatte sie ja geraume Zeit nicht mehr gesprochen. Doch ich wollte in diesem Moment nicht mehr weiter darüber nachgrübeln und konzentrierte mich ganz auf die vorbeiziehende Landschaft vor dem Kutschenfenster.

Nach dreistündiger Fahrt gelangten wir schließlich in das nächste Dorf, wo wir wieder gefeiert und bejubelt wurden. Wie zuvor schon stellten wir uns alle nebeneinander auf, ließen Fotos von uns machen und winkten den Leuten freundlich zu. Jedes Mal aufs Neue war ich gerührt von dem herzlichen Empfang und bemühte mich, den Menschen, die extra wegen uns gekommen waren, gerecht zu werden. Als wir irgendwann am späten Nachmittag die Rückreise antraten, übermannte mich, kaum hatte ich mich in die Kutsche gesetzt, eine wohlige Müdigkeit und ich döste ein wenig vor mich hin. Schon früher hatte ich es geliebt, während der Kutschfahrten zu schlafen oder wenigstens zu dösen, und ich merkte einmal mehr, dass mir dies nicht abhandengekommen war. Es gab einfach nichts Schöneres, als sich von dem Geschaukel der Kutsche und den leisen Stimmen um sich herum einlullen zu lassen.

Während ich langsam, aber sicher wegnickte, vertieften sich Claire und Emilia, die abermals mit uns fuhr, in ein angeregtes Gespräch und ließen unsere Bühnenshow am Nachmittag noch einmal Revue passieren.

Erst gegen neun Uhr abends erreichten wir schließlich unser Hotel. Schnell eilten wir auf unsere Zimmer und machten uns frisch. Ein jeder verspürte einen gehörigen Hunger und freute sich auf das späte Abendessen.

Als wir endlich im Hotelrestaurant saßen und uns die warmen Speisen schmecken ließen, platzte es aus Claire heraus: »Das ist wirklich das beste Risotto, das ich jemals gegessen habe!«

Ich nickte mit vollem Mund und schloss genüsslich meine Augen.

»Ich glaube, ich muss Fernand verlassen und den Koch hier heiraten.«

Sie unterstrich ihre Worte mit einer drolligen Schnute und brachte mich damit aus dem Konzept. Vor lauter Lachen verschluckte ich mich. Venya saß auf meiner anderen Seite und schlug mir fest auf den Rücken, damit ich wieder Luft bekam. Hastig griff ich nach meinem Wasserglas und presste ein »Danke« heraus, bevor ich versuchte wieder normal zu atmen.

»Das war doch nur Spaß«, lachte Claire und verschluckte sich ebenfalls an ihrem Essen.

Fest presste ich meine Lippen aufeinander und hielt die Luft an, um nicht wieder husten zu müssen. Die anderen schauten zu uns herüber und schienen sich über uns zu amüsieren. Ich grinste ihnen mit geschlossenem Mund zu und klopfte Claire auf den Rücken. Als sie sich wieder beruhigt hatte, bekamen wir beide einen Lachanfall. Wir lachten so laut und lange, dass schließlich alle Kandidatinnen um uns herum mit einstimmten. Zum ersten Mal, seitdem ich hier war, bekam ich das Gefühl, tatsächlich ein Teil dieser Gemeinschaft zu sein.

24. KAPITEL

WELCHE FRAU IST NICHT EMPFÄNGLICH FÜR SCHÖNE WORTE

In dieser Nacht fand ich keinen Schlaf. Das hatte ich nun davon, ständig in der Kutsche wegzunicken.

Minute um Minute starrte ich aus dem Fenster. Die Sterne waren in dieser Nacht nicht zu sehen und trotzdem fühlte ich mich geblendet. Meine Gedanken kreisten nur um Phillip. Um seine Augen, wie sie mich ansahen, und um seine Stimme, wie sie meinen Namen sagte.

Als die Sonne langsam aufging, schaute ich auf die Uhr und stellte fest, dass es beinahe fünf Uhr war. Wie in der Nacht zuvor schlich ich mich aus meinem Bett und stand bald schon vor meinem Zimmer. Doch Henry kam nicht. Ich wartete lange darauf, dass er endlich auftauchte, aber nichts geschah.

Also stahl ich mich durch den Hotelflur, bis zu dessen Ende. Dort lag Henrys, jedoch auch Phillips Zimmer. Unschlüssig stand ich davor und überlegte, was ich jetzt tun sollte. Ich wollte mit Henry trainieren. Es gab mir das Gefühl von Beständigkeit. Doch jetzt an diese Tür zu klopfen und damit die Chance zu erhöhen, Phillip vor mir zu haben, das konnte ich nicht.

Ich atmete tief durch und schaute aus dem Fenster, als plötzlich die Tür aufging. Im Augenwinkel sah ich Phillip heraustreten. Schnell drehte ich mich von der Tür weg und ging den Flur entlang. Flüchtete.

»Ich habe auf Henry gewartet, aber wenn er noch schläft, dann gehe ich alleine trainieren«, sagte ich hastig und begann so schnell ich konnte zu rennen.

Hinter mir hörte ich noch Phillips Stimme, aber das laute Klopfen meines Herzens in meinen Ohren ließ seine Worte nicht zu mir durchdringen. Ich sprintete die Treppe hinunter und eilte hinaus. Doch selbst als mich draußen die Kühle des noch jungen Tages empfing, hielt ich nicht an, sondern rannte immer schneller. Mit einer kleinen Handbewegung machte ich einen der patrouillierenden Wächter auf mich aufmerksam, so wie es Henry gestern getan hatte, und setzte dann, als ich mir sicher war, dass er mich gesehen hatte, meinen Weg fort. Ich folgte einem kleinen Bach, der neben dem Hotel floss, und überquerte eine kleine Brücke.

Plötzlich griff jemand nach meinem Arm und brachte mich zum Stolpern. Kurz bevor ich auf dem Boden aufschlagen konnte, wurde ich zurückgezogen und fand mich, ehe ich mich versah, in Phillips Armen wieder.

Einen Moment lang starrte ich ihn an. Seine schokoladenbraunen Augen ließen mich lächeln. Bis zu dem Moment, als mir klar wurde, was wir da taten.

»Lass mich los«, zischte ich und schüttelte seine Arme ab.

»Ich habe dir nur geholfen, damit du nicht fällst.« Entspannt schob er seine Hände in seine Hosentaschen und lächelte mich verschlafen an.

»Ja, danke. Aber jetzt kannst du wieder gehen.« Ich drehte mich von ihm weg und begann zu rennen. Es war mir egal, dass ich feige war und lieber die Flucht ergriff, als mich dem zu stellen, was zwischen uns war.

Ohne ein Wort zu sagen, holte er mich ein und lief neben mir her. Eine ganze Weile lang schwiegen wir. Ich hatte immer wieder das Gefühl, dass er etwas sagen wollte. Sein Mund war fest zusammengepresst, als konnte er die Worte auf seiner Zunge nur mühsam zurückhalten.

Die Sonne ging langsam über uns auf, während wir quer durch das weiße Dorf liefen. Ich dirigierte uns zu dem Wald in der Nähe des Hotels. Dort stellte ich mich auf eine Lichtung und begann mit meinen Übungen. Während ich die gewohnten Bewegungen durchführte, spürte ich deutlich Phillips Nähe. Er imitierte mich und atmete tief ein und aus. Langsam begann ich mich zu entspannen und genoss eine ganze Zeit lang diese stille Nähe zu ihm. Kurz vergaß ich sogar, was oder wer zwischen uns stand, und musste tatsächlich lächeln. Ich fühlte die warme Sonne auf meinem Gesicht und öffnete langsam meine Augen.

Ohne etwas zu sagen ging ich in Richtung des Hotels. Phillip folgte mir beinahe lautlos durch den Wald. Kurz bevor wir den Rand erreichten, räusperte er sich leise.

Ich schluckte und blieb stehen. »Geh. Dann sieht uns niemand zusammen. Ich warte, bis du weg bist«, erklärte ich leise und starrte auf meine Füße.

Er machte sich schon daran loszugehen, doch da blieb er stehen und drehte sich zu mir um.

»Ich liebe sie nicht. Ich liebe dich«, sagte er nur und joggte dann aus dem Wald hinaus.

Mit zusammengekniffenem Mund starrte ich ihm hinterher und brauchte noch lange, um mich endlich zu bewegen. Ob es Minuten oder Stunden waren, die es dauerte, konnte ich nicht mehr sagen. Aber als sich meine Füße langsam in Bewegung setzten, ihm wie automatisch folgten, fühlte ich mich seltsam beflügelt. Wie bei einer defekten Schallplatte ertönten seine Worte immer wieder aufs Neue in meinem Kopf. Vor meinen Augen sah ich noch immer sein ehrlich wirkendes Gesicht. Wie automatisch fuhr ich mit den Fingern über meine Lippen. Mir war, als könnte ich Phillips Lippen auf ihnen spüren, trotz des Wissens, dass dies wahrscheinlich nie wieder geschehen würde.

Meine zunächst noch zaghaften Schritte gingen in einen angenehmen Lauf über. Ich spürte jeden meiner Muskeln, gleichzeitig auch jeden meiner Herzschläge.

Als ich schließlich langsam die Stufen zum Hotel hochstieg, umspielte meine Mundwinkel ein leises Lächeln. Ich ließ es zu, ja genoss für einen Moment dieses belebende Gefühl und dachte an nichts anderes als an ihn.

Aber als der Schatten des Gebäudes mich umzingelte und Kälte in mir hochkroch, wurde mir klar, dass ich nicht ein bisschen schlauer geworden war. Noch immer war ich dumm genug, um diese elendige Hoffnung in mir aufflammen zu lassen.

Ich lief an einer Bediensteten des Hotels vorbei. Ihr Blick ließ mich frösteln, so ertappt fühlte ich mich. Doch eigentlich waren ihre Augen neugierig, freundlich und grüßend.

Ich nickte ihr zu und ging hastig hoch in den nächsten Stock, wo sich unser Zimmer befand. Als ich an die Tür klopfte, dauerte es einige Minuten, bis mir geöffnet wurde.

Claire tauchte dahinter auf. Ihre Haare lagen durcheinander, ihre Augen waren noch müde und ihre Mundwinkel unzufrieden verzogen.

»Ich hasse dich«, murmelte sie, als ich an ihr vorbeiging und versuchte, mich nicht mehr so schlecht zu fühlen.

»Ich weiß. Aber ich denke, damit komme ich klar«, antwortete ich betont fröhlich und trat schnell in das Badezimmer, um mich abzuduschen.

Während das heiße Wasser auf meinem Gesicht abperlte und ich ein wenig zu fest das Shampoo in meine Haare einmassierte, fühlte ich mich immer verlorener. Einerseits wollte ich es einfach zulassen, mich nicht mehr dagegen wehren müssen. Ich wollte diese Liebe spüren, wollte sie von ihm empfangen. Andererseits wusste ich es besser. Ich wusste tief in mir drin, dass er mich trotz allem nicht wählen würde.

Als mir klar wurde, worüber ich da wieder nachdachte, stellte ich das Wasser so kalt ein, wie es nur ging, und erzitterte augenblicklich. Hastig spülte ich den letzten Rest Schaum aus meinen Haaren und sprang aus der Dusche. In ein Handtuch gewickelt legte ich mir schnell Schminke auf.

Draußen murrte bereits Claire, weil ich ihrer Meinung nach zu lange gebraucht hatte. Ich zuckte entschuldigend mit meinen Schultern und hielt ihr grinsend die Badezimmertür auf.

In einem frischen Kleid und mit noch nassen Haaren ging ich auf den kleinen Balkon, der zu dem Zimmer gehörte. Einige Balkone weiter saßen Phillip und Henry. Ich hörte sie miteinander reden, doch verstand kein Wort. Rechts und links von mir war jeweils ein schmaler Sichtschutz aufgebaut, der jedoch mit einem bloßen Schritt nach vorne überwunden werden konnte.

Als ich mich zu erkennen gab und zu ihnen drehte, sahen sie mich an. Ich winkte ihnen zu und presste meine Lippen aufeinander. Sie winkten zaghaft zurück, wobei Henry geknickt wirkte und Phillip ungewohnt fröhlich. Langsam atmete ich durch bei ihrem Anblick. Schon lange hatte ich sie nicht mehr zusammen gesehen und irgendwie fühlte es sich nun komisch an. Dabei waren sie doch einstmals gute Freunde.

Schnell drehte ich mich von ihnen weg und legte meinen Kopf in den Nacken, um die warme Morgensonne zu genießen. Ich wusste, dass sie mich beobachteten. Und auf eine verquere Weise gefiel es mir auch. Ich wollte, dass Phillip mich gerne ansah. Und das am liebsten jeden Tag für den Rest meines Lebens. Ich stellte mir vor, wie wir gemeinsam alt werden würden, wie wir auf der Veranda saßen und Tee tranken. Ob ich es wollte oder nicht: In mir keimte dieses sanfte Gefühl von Liebe auf und erfüllte meinen gesamten Körper. Bevor ich wusste, wie mir geschah, saß ich auf dem kleinen Balkon und lächelte in die Sonne hinein.

»Warum grinst du denn so komisch?« Claire tauchte neben mir auf.

Ich fühlte mich erwischt und sprang hoch. »Ähm, nur so«, erklärte ich schnell. *Zu schnell.*

Meine Freundin legte ihren Kopf schief und stemmte ihre Hände in ihre Hüfte. »Miss Tatyana Salislaw, Sie denken doch nicht tatsächlich, dass Sie mich anlügen können?«

Entschuldigend verzog ich meinen Mund und kräuselte meine Nase. »Nein, aber einen Versuch war es doch wert, oder?«

Claire verdrehte ihre Augen und schaute einige Balkone weiter zu Phillip und Henry. »Ist es wegen Phillip?«

»Ja, er war heute Morgen mit mir trainieren ... Ach, ich lerne es einfach nicht. Wieso muss ich immer wieder so dumm sein und auf ihn reinfallen?« Ich legte meine Hand an die Stirn und lehnte mich an die Hauswand, versteckte mich vor den Blicken der beiden Männer.

Claire tat es mir nach und sah mich mit diesem schrecklichen

Ausdruck in ihren Augen an. Mitleid. »Du bist verliebt, da kann man einfach nichts machen.«

»Ich will dem aber nicht so hilflos ausgeliefert sein. So langsam wird es wirklich peinlich, wie empfänglich ich für seine Worte bin. Ich hasse es«, zischte ich und schnaubte entrüstet.

Claire legte ihre Hand auf meine Schulter und richtete sich auf. »So einfach ist das Leben eben nicht. Komm, wir gehen etwas essen.«

Ich nickte, mit einem Mal wieder niedergeschlagen, und folgte ihr in das Hotelzimmer hinein. Gleichzeitig stellte sich mir die Frage, warum um Himmels willen eigentlich Henry heute Morgen nicht herausgekommen war. Er hätte da sein *müssen*. Wenn er nämlich mit mir trainiert hätte, dann hätte Phillip niemals die Chance gehabt, mir zu folgen.

Auf einmal kam Erica uns mit roten Wangen entgegen. Wir umarmten sie zur Begrüßung und lachten gemeinsam, weil sie so außer Atem war.

»Mädchen, ich danke euch. Ihr wisst überhaupt nicht, wie sehr«, strahlte sie, während wir ihr die Taschen abnahmen und sie in unser Zimmer trugen.

»Also war es gut?«, fragte ich überflüssigerweise und betrachtete unsere strahlende Vertraute.

»Besser als gut«, grinste sie und dirigierte uns in den Hotelflur.

* * *

Unten im Hotelrestaurant war an diesem Morgen wieder ein köstliches Büfett aufgebaut, von dem wir uns sofort bei unserer Ankunft etwas nahmen. Mit gut gefüllten Tellern steuerten wir einen kleinen Tisch vor der Fensterfront an, ganz hinten in der Ecke. Venya und Babette gesellten sich zu uns. Als wir gerade genüsslich unseren Kaffee umrührten, tauchten Fernand und Charles auf. Ich nickte ihnen zur Begrüßung zu und schaute dann schnell wieder weg, da ihnen die anderen beiden jungen Männer folgten. Beinahe zwanghaft richtete ich meine Augen zum Fenster, weil der Drang, zu Phillip hinüberzusehen, mit jeder Minute größer wurde. Meine Finger zitterten vor Aufregung und ich konnte einfach nichts dagegen machen.

Ich schlang mein Essen hinunter, verbrannte mich an meinem Kaffee und starrte Claire hinterher, die sich auf den Weg zu Fernand machte. Als sie ihn am Büfett erreichte, blickte sie ihn strahlend an und drehte ununterbrochen eine Haarsträhne um ihren Finger. Ich stöhnte und stand auf. Zielstrebig ging ich auf sie zu und rannte dabei fast in Phillip hinein, der genau in dem Moment aufstand, als ich an ihm vorbeiging.

»Entschuldige«, murmelte ich hastig und sah, wie er lächelte. Schnell wandte ich meinen Blick ab und ging weiter zu meiner Freundin.

»Claire, ich habe ein wenig Kopfschmerzen bekommen und würde einen Moment aufs Zimmer gehen. Ihr könnt euch doch zusammen an unseren Tisch setzen.«

Sie schaute mich mit großen Augen an und ich konnte sehen, dass sie das wegen der anderen Kandidatinnen nicht wollte. »Aber –«

»Ach, alle Kandidatinnen wissen doch, dass ihr quasi zusammen seid. Also tut doch jetzt nicht so scheinheilig«, erwiderte ich kopfschüttelnd und stieß Fernand mit meinem Ellenbogen an.

»Bis gleich.« Ohne eine Antwort abzuwarten, ging ich lachend an ihnen vorbei.

Im Flur beschleunigte ich meine Schritte ein wenig, damit mich niemand aufhalten konnte, bevor ich mein Zimmer erreichte. Als ich die Tür unseres Schlafgemachs näher kommen sah, wollte ich schon erleichtert ausatmen. Da wurde ich plötzlich festgehalten. Wie von der Tarantel gestochen fuhr ich herum.

Phillip stand vor mir. Seine Lippen verzogen sich zu einem so anziehenden Lächeln, dass mein Herz sofort an Fahrt gewann. Er drückte mich an die Wand, legte seine Hände an meine Wangen und sah mich an. Seine Augen glänzten verführerisch und seine Daumen, die mir sanft über meine Wangen strichen, erzeugten eine eiskalte Gänsehaut in meinem Nacken. Ich erzitterte und öffnete meinen Mund, um etwas zu sagen. Oder um mich zu wehren. Aber nicht ein Wort wollte über meine Lippen kommen.

Langsam beugte er sich zu mir herunter. Ich hielt den Atem an, bewegte mich nicht mehr. Als seine Lippen meine berührten, erzitterte ich. Mein gesamter Körper kribbelte wie verrückt, während mein Magen sich schwindelerregend zu drehen begann. Alles fühlte sich plötzlich so leicht, so schön an. Ich schloss meine Augen, ließ mich von diesem wunderschönen Gefühl leiten.

Als seine Lippen und Hände sich von mir lösten, hielt ich meine Augen geschlossen und blieb so lange an die Wand gelehnt, bis ich mir sicher war, dass er nicht mehr da war. Mein Kopf war wie leer gefegt, während ich mit steifen Schritten die Tür öffnete und mich auf mein Bett legte. Eine kleine Ewigkeit lag ich einfach nur da und starrte die Decke an.

Schon wieder hatte er es getan. Er sah einfach über meine Gefühle und meine Wünsche hinweg und tat, was er wollte. Oder tat er genau das Richtige?

So oder so: Ich konnte nicht aufhören zu lächeln, während mir Tränen aus meinen Augenwinkeln rannen, die ich nicht einmal zu stoppen versuchte.

Seufzend drehte ich mich auf die Seite und schluckte den Kloß in meinem Hals hinunter, der mich zu ersticken drohte. Meine Gedanken wirbelten umher und standen doch still.

Ich wusste nicht, wie lange es dauerte, bis Claire und Erica in das Zimmer kamen. Stunden, vielleicht aber auch nur Minuten.

Claire strich mir sanft über die Wange, während Erica mich kurz umarmte. Sie schwiegen, wussten, wie schwer es für mich war, und halfen mir mein Gesicht wieder halbwegs strahlend zu bekommen, ehe wir weiter zum nächsten Auftritt fahren mussten.

* * *

In der Kutsche fühlte ich mich wie in Trance, nahm kaum etwas wahr und starrte nur vor mich hin, während die Gesprächsfetzen von Erica und Claire wie ein Rauschen an mir vorbeizogen.

Beim Auftritt schaffte ich es, meine Augen zu fokussieren, winkte wie ferngesteuert und lächelte so, wie ich es bereits bei meiner ersten Auswahl getan hatte. Ich sah so aus wie immer. Und doch fühlte ich mich wie in einem langen Schlaf gefangen.

Zum Mittagessen fuhren wir in das nächste Dorf. Wir hatten es uns gerade an einem Tisch gemütlich gemacht und bekamen unsere Gerichte serviert, als mir ein kleines Mädchen am Fenster auffiel. Sie hielt die Hand ihrer Mutter fest umklammert und starrte mich mit großen Augen an. Ich winkte ihr zu und sofort sah sie zu ihrer Mutter hoch, die lächelnd nickte. Gemeinsam kamen sie zur Tür.

Das kleine Mädchen, höchstens vier Jahre alt, lief geradewegs auf mich zu. Die eine Hand hatte sie im Mund, mit der anderen umklammerte sie ein Foto. Sie stellte sich in ihrem hellblauen Kleid und süßen blonden Zöpfchen vor mich, schaute kurz zurück zu ihrer Mutter, bevor sie mir ein Bild von mir selbst hinhielt. Ich sah sie überrascht an.

»Hallo, meine kleine Prinzessin. Was kann ich denn für dich tun?«, fragte ich freundlich.

Hilfesuchend blickte sie ihre Mutter an, die mich beinahe schon eingeschüchtert anlächelte. »Meine Tochter hätte gerne ein Autogramm. Sie findet Sie so toll, dass sie immer quiekt, wenn sie Sie sieht.«

Überrascht hob ich meine Augenbrauen. »Natürlich, sehr gerne.«

Ich nahm ihr das Foto aus der Hand, erhielt von Claire einen Stift und schrieb meinen Namen darauf.

»Wir könnten auch hier eine Aufnahme machen«, sagte Fernand auf einmal und hielt eine der seltenen Kameras hoch, die Bilder sofort ausdrucken konnten.

»Woher hast du die?«, fragte ich überrascht und blickte den Apparat in seinen Händen an.

Er grinste verwegen. »Ich wohne im Palast, ich kann haben, was ich will.«

»Du schrecklicher Angeber!«, kicherte Claire und schlug ihm verspielt auf seine Schulter.

»Hey, ich fasse nur die Fakten zusammen«, wehrte er lachend ab und zwinkerte Claire zu, was sie sofort erröten ließ.

»Gut, dann mach mal dein Foto«, befahl ich ihm und strahlte dabei meinen kleinen Fan an.

Die Augen des kleinen Mädchens leuchteten auf. Fernand tauschte mit Emilia den Platz, die mir gegenübersaß. Im Hintergrund tauchte Gabriela mit ihrem Kameramann auf und wies ihn an, uns zu filmen.

»Komm, Prinzessin, wir zwei machen jetzt ein Foto«, sagte ich ihr und hielt ihr meine Hand hin, die sie schüchtern ergriff. Da hob ich sie auf meinen Schoß und legte ihr Kleid ordentlich. »Wie heißt du, meine Kleine?«

Sie lächelte. »Tanya«, sagte sie in einem zuckersüßen Ton.

»Oh, dann sind wir ja quasi Namens-Schwestern«, antwortete ich liebevoll und drückte sie an mich. Sie war so süß und unglaublich zerbrechlich, dass ich beinahe Muttergefühle in mir aufflammen spürte. Ihr weicher Körper schmiegte sich an meinen, während mir ein blumiger Geruch in die Nase stieg, den ich nicht benennen konnte.

Das Mädchen strahlte vor Freude und begann zu kichern. Ich konnte nicht anders, als mit einzustimmen. Dieses Kind hatte etwas an sich, das mein Herz erwärmte.

»Wollen wir jetzt unser hübschestes Lächeln zeigen?«, fragte ich sie vergnügt. Für einen kurzen Moment stellte ich mir vor, auch so eine Tochter zu haben. Ein schöner Gedanke.

Die kleine Tanya nickte strahlend und rückte näher an mich heran, wobei sie versehentlich mein Saftglas anstieß. Es begann bedrohlich zu schwanken und bevor ich reagieren konnte, fiel es schon um und verteilte den Saft über mich und das kleine Mädchen. Es starrte mich aus erschrockenen, großen Augen an, doch ich konnte nicht anders, als zu lachen.

Kurz stutzte die Kleine, dann schenkte sie mir das schönste Lachen, das ich jemals gehört hatte. Genau in diesem Moment drückte Fernand den Auslöser der Kamera.

Darauf kam die Mutter von Tanya zu mir, nahm sie mir ab und tupfte verlegen ihr Kleid trocken. »Es tut mir so leid, Miss. Sie hat es nicht absichtlich gemacht. Wirklich. Oh, es tut mir so leid!«

Ich schüttelte meinen Kopf und stand auf. »Es ist nur ein Kleid. Ich kann mich immer noch umziehen. Aber dich, Prinzessin Tanya, dich werde ich niemals vergessen«, sagte ich liebevoll und strich der Kleinen über die Wange, die nun fröhlich gluckste.

Ihre Mutter lächelte mich dankbar an und strahlte beinahe ebenso wie ihre kleine Tochter.

Auf einmal stand Fernand neben mir auf und hielt mir das Foto hin. Ich musste lächeln, als ich es sah. Die kleine Tanya und ich sahen uns strahlend an, während ein großer Saftfleck sich auf unseren Kleidern ausbreitete.

»Hier, für dich.« Lächelnd hielt ich der Kleinen das Bild hin. Sie nahm es freudestrahlend entgegen. Ihre Mutter bedankte sich noch einmal herzlich, dann winkte ich den beiden zum Abschied und legte nachdenklich meinen Kopf schief.

»Das war ein tolles Kind.« Neben mir musterte mich Fernand aufmerksam, ganz so, als würde er herausfinden wollen, was ich von Kindern im Allgemeinen hielt.

Ich schmunzelte und musste zugeben, dass es mir in diesem Moment gar nicht so abwegig erschien, einmal Kinder zu haben.

Irgendwann. Erst einmal waren Katja und Markus dran. Sicherlich würden sie bald die Zusage erhalten, dass sie Nachwuchs bekommen durften. Da ich selbst immer nur zu Hause unterrichtet wurde und kaum Freunde hatte, war auch der Kontakt speziell zu jüngeren Kindern eher eine Seltenheit gewesen. Daher war meine Bekanntschaft mit der kleinen, zuckersüßen Tanya eine völlig neue Erfahrung für mich gewesen.

Fernand lächelte wissend. »Ich habe mir schon gedacht, dass du Kinder magst. Aber jetzt solltest du dich umziehen. Wir werden immer noch gefilmt.«

Mir entwich ein ausgelassenes Kichern. Ich drehte mich zur Kamera um und vollführte einen überschwänglichen Knicks, bevor ich hinaus zu den Kutschen ging. Mit einem Kleid, das Erica für solche Zwischenfälle eingepackt hatte, ging ich wieder hinein und zog mich auf der kleinen Toilette um. Zwar passte das Kleid nun weder zu meinen Schuhen noch zu meinem Schmuck oder den Bändern in meinen Haaren, aber das machte mir nichts aus.

»Da bist du ja endlich. Wir müssen los, sonst können wir unseren Zeitplan nicht mehr einhalten«, drängte mich Erica von den Toiletten bis zur Kutsche und drückte mir dort ein Brötchen in die Hand, das ich sofort gierig verschlang.

Mit an das Fenster des Wagens angelehntem Kopf betrachtete ich darauf unseren weiteren Weg. Bunte Felder säumten die schmalen Straßen und arbeitende Bauern winkten uns fröhlich zu, als wir sie passierten. Wir winkten zurück und ich blinzelte, als Claire auf einmal zu glucksen begann.

»Was ist denn?«

»Fühlst du dich nicht auch wie eine Prinzessin, wenn uns all die Menschen so fröhlich grüßen?« Sie winkte weiter aus dem Fenster und zwinkerte mir zu.

»Es ist schön, ja«, gab ich widerstrebend zu und ließ mich noch tiefer in den Sitz sinken.

»Dort hinten ist es. Tatyana, setz dich aufrecht hin. Dein Kleid knittert schon und wir haben noch genug Programm für heute«, ermahnte mich Erica und zog mich an meinem Arm hoch, sodass ich gerade sitzen musste.

Ich verzog mein Gesicht und strich mein Kleid glatt. »Dass du auch immer so streng sein musst.«

»So schlimm bin ich nicht«, verteidigte sich Erica halbherzig, wobei sie aus dem Fenster schaute, damit wir ihr Lächeln nicht bemerkten.

»Nein, das wohl nicht«, ärgerte ich sie mit zuckenden Schultern und einem betont gleichmütigen Gesichtsausdruck, woraufhin Claire sie sofort an sich drückte.

»Alles Unsinn! Erica, du bist die Beste von allen!«

In diesem Moment stoppte die Kutsche und als der Kutscher die Tür öffnete, fand er uns schon wieder alle in einer lachenden Umarmung.

Nacheinander kletterten wir aus dem Wagen und richteten unsere Kleider, bevor wir, gefolgt von Kameras und Wächtern, in das Rathaus gingen und von dem Bürgermeister begrüßt wurden. Nacheinander trugen wir uns in das Buch der Stadt ein und vernahmen tapfer seine ziemlich langatmige Rede.

»Folgen Sie mir bitte«, bat er uns schließlich feierlich. »Unsere Bürger und unzählige Besucher haben sich auf dem Rathausplatz versammelt und warten bereits sehnsüchtig auf Ihren Auftritt.« Er wies uns an, eine Treppe hochzugehen. Sie führte zu einem

Flur, hinter dessen Fenstern man einen riesigen Balkon sehen konnte. Er ragte auf eine Anhöhe hinaus und war nur wenige Meter von den Wartenden entfernt.

Als Erstes trat der Bürgermeister mit Madame Ritousi hinaus, dann folgten wir ihnen. Unsere Vertrauten warteten im Flur auf unsere Rückkehr, während sich die Wächter wie gewohnt hinter uns aufbauten.

Wie schon zuvor umgaben uns tosender Applaus und laute Rufe, die wir mit einem strahlenden Lächeln und winkenden Händen beantworteten.

»Das, meine Damen und Herren, sind unsere Kandidatinnen für die Auswahl zur Prinzessin sowie unsere jungen Männer ...«, begann der Bürgermeister, doch ich schaffte es nicht, ihm zuzuhören. Mein umherschweifender Blick blieb an einer Frau hängen, die eine breite Kapuze so tief in ihr Gesicht gezogen hatte, dass man es kaum erkennen konnte. Ich sah mich eingehender um und entdeckte zwei weitere Frauen, die sich ihren Weg durch die Menge bahnten und immer näher zu uns herankamen. Wie automatisch blickte ich zu den Seiten und sah vereinzelte uniformierte Wächter, die am Rand der Menge standen und das Geschehen verfolgten. Normalerweise völlig überflüssig, doch in diesem Moment war ich dankbar dafür.

Wieder schaute ich über die Menge, doch die drei Frauen mit den schwarzen Umhängen waren verschwunden. Ich schluckte und blinzelte einige Male, bevor ich kaum merklich meinen Kopf schüttelte und wieder der jubelnden Menge zuwinkte, als der Bürgermeister seine Rede beendete.

Plötzlich ging alles ganz schnell. Von irgendwoher flogen Tomaten auf die Bühne, ein Geräusch wie ein Schuss ertönte und auf einmal begannen die Menschen vor uns zu schreien. Ich hielt die Luft an und versuchte auszumachen, was passiert war, doch das Gedränge verschluckte jegliche Anzeichen. Die Wächter rannten in die Menge, drängten sich an den verängstigten Bürgern vorbei, die noch nicht weggelaufen waren, und suchten den Ursprung des Lärms.

Auf einmal nahm ich Rufe wahr, doch als ich gerade versuchte mich auf sie zu konzentrieren, wurde ich von einem der Wächter zurück in das Rathaus gedrängt. Man wollte die Vorhänge schließen, doch da sah ich eine der Frauen, die ihren Umhang zur Seite geworfen hatte und in Hosen und einem engen Shirt auf den Balkon kletterte. Sie hielt ein riesiges Plakat hoch, versuchte es zumindest und wurde im letzten Moment von einem Wächter zur Seite gerissen. Ebenso ihre Begleiterinnen, die es ihr nachtaten. Ich kniff meine Augen zusammen und dann sah ich die Waffe in ihrem Hosenbund, deren Knauf hervorlugte.

Mit einem Ruck wurden die Vorhänge zugezogen und ein etwas verwirrter Bürgermeister stellte sich vor uns auf. »Ich ... Ich kann überhaupt nicht sagen, wie leid mir das tut. Das ist das erste Mal, dass ... na ja, dass überhaupt irgendetwas passiert. Bitte entschuldigen Sie mich. Ich muss mich mit den Wächtern beraten.« Er verbeugte sich reichlich ungeschickt vor uns allen und verschwand hastig.

Die Kandidatinnen begannen durcheinanderzureden, oder in Charlottes Fall zu keifen, aber ich nahm von all dem nichts wahr. Ich stand einfach nur vor dem zugezogenen Vorhang und konnte an nichts anderes als die Waffe denken. Eine Waffe. Niemand außer den Wächtern hatte eine Waffe. Kein Bürger. Niemand.

»Tanya, alles in Ordnung?« Henry tauchte neben mir auf und

schaute mich besorgt an, während ich versuchte meine Gedanken zu sortieren.

Wie automatisch nickte ich. »Ja. Alles in Ordnung.«

»Das ist gut. Komm, wir müssen weiter«, drängte er mich von dem Fenster weg und hinterließ bei mir das unbestimmte Gefühl, dass er mich nur ablenken wollte.

Wir gingen schweigend die Treppen hinunter und stellten uns in der Vorhalle des Rathauses auf, wo Madame Ritousi die aufgebrachten Kandidatinnen zur Ruhe rief. »Meine Damen, es gibt keinen Grund, sich so aufzuregen. Wir alle sind schockiert, doch das Ganze wird sich sehr schnell aufklären. Anscheinend haben sich einige geistig verwirrte Frauen einen Spaß erlaubt und uns erschreckt. Sie sollten sich nun beruhigen, damit wir weiterfahren können. Nichts wird Ihnen passieren. Die Wächter sind da, um für Ordnung zu sorgen. Kommen Sie, wir haben noch einen langen Weg vor uns.«

»Das kann doch nicht wahr sein. Die hätten uns umbringen können und wir sollen weiterhin die hübschen Damen spielen?«, regte sich Charlotte auf und wich nicht von Phillips Seite.

Wie eine Außenstehende betrachtete ich die Szene, als Phillip sie leise murmelnd beruhigen wollte.

»Das ist mir egal.« Sie schob ihn wütend von sich, stampfte auf und schüttelte ihren Kopf.

»Verdammt, Charlotte, beruhige dich endlich! Wir alle sind erschrocken, trotzdem musst du dich hier nicht so aufspielen.« Henry schüttelte den Kopf und schob mich zum Ausgang des Rathauses, wo Madame Ritousi und unsere Vertrauten bereits auf uns warteten.

Charlottes Keifen verstummte, aber vielleicht achtete ich auch nicht mehr darauf. Meine Gedanken kreisten einzig und allein um die Waffe im Hosenbund der Frau. Das Bild ließ mich einfach nicht mehr los.

Die Wächter, die uns zuvor begleitet hatten, säumten nun wie eine Allee den Weg vom Rathauseingang bis zu unseren Kutschen – eine streng dreinblickende, uniformierte Mauer.

Während ich mich von Henry zur Kutsche bringen ließ und hinter Erica und Claire wartete, runzelte ich unentwegt meine Stirn. Etwas lief hier falsch und zwar ganz gewaltig. Aber ich kam einfach nicht darauf, was es war. Erst die Angriffe auf das Königreich, dann das hier. Was kam wohl als Nächstes?

Erica und Claire stiegen in die Kutsche und ich verharrte für einen Moment auf dem Trittbrett. Ich drehte mich um und sofort fanden meine Augen die von Phillip. Er schaute mich an, als könnte er meine Gedanken lesen. Sein Kopf bewegte sich erst von der einen, dann zur anderen Seite, wie eine Warnung.

Langsam nickte ich, drehte mich dann um und stieg ein.

Ich brauchte Antworten und irgendwer würde sie mir geben müssen.

25. KAPITEL
DIESER WETTKAMPF IST NICHTS ANDERES ALS EIN KRIEG

Die Sonne kitzelte mich am nächsten Morgen wach. Sofort wusste ich, welchen Tag wir heute hatten. Es war der Tag der vorletzten Entscheidung. Der Prinz würde in Erscheinung treten und die letzten beiden Kandidatinnen zur Wahl der Prinzessin bestimmen. Die übrigen jungen Männer wählten ihre zukünftige Frau.

Ich gähnte lautlos und streckte mich auf dem weißen Bettlaken aus. Das Fenster war geöffnet und ein lauer Wind ließ die Vorhänge meines Himmelbettes wehen. Von oben hörte ich das leise Plätschern der Dusche. Einen Moment lang blieb ich noch liegen und gab mich den Gedanken hin, die mich gestern noch in den Schlaf begleitet hatten.

Nachdem wir einen weiteren Auftritt absolviert hatten, waren wir sofort zurück zum Palast gefahren. Erst tief in der Nacht waren wir angekommen und irgendwie hatte es Henry geschafft, mir aus dem Weg zu gehen, sodass ich mich alleine mit meinen ganzen Fragen beschäftigen musste. Natürlich fand ich keine Antwort. Dabei hatte ich das unbestimmte Gefühl, dass Henry mir weiterhelfen konnte. Wieder einmal.

Als Claire schließlich hinunterkam, ging ich hoch ins Badezimmer und stellte mich selbst unter das warme Wasser. Ich wollte nicht darüber nachdenken, was heute Nachmittag passieren würde. Heute ließ ich es einfach einmal auf mich zukommen. Trotzdem spürte ich dieses aufgeregte Kribbeln der Neugier in meinem Bauch. Schließlich bestand die Chance, dass wir heute überrascht wurden. Vielleicht hatten Emilia und Charlotte recht und Phillip war der Prinz. Oder mein Bauchgefühl bestätigte sich und es war Henry. Für Claire wünschte ich mir, dass es Fernand war und für Charles, dass er es nicht war. Ich hatte das Gefühl, dass er es nicht sein wollte.

Als ich nach unten ging, war Claire ganz in Gedanken versunken. Wahrscheinlich dachte sie ebenfalls über die heutige Entscheidung nach. Für sie könnte sich heute die gesamte Welt auf den Kopf stellen.

Schweigend zogen wir uns an und brachen dann zum Frühstück auf.

Auf dem Weg zum Haupthaus überkam mich einmal mehr ein seltsames Gefühl. Wie sehr hatte ich mich in den frühen Tagen des Wettbewerbs gefreut, endlich von hier wegzukommen. Nun fühlte es sich zeitweilig fast so an, als wäre ich hier zu Hause. Hier, im Palast. Welch absurder Gedanke!

Als wir die Terrasse erreichten, bot sich uns ein wohlbekanntes Bild: Fernand, Charles, Henry und Phillip saßen bereits an einem Tisch und einige der Kandidatinnen schwirrten aufgeregt um sie herum. Claire gesellte sich dazu, doch ich wusste nicht, wie ich ihnen gegenübertreten sollte. Weder Henry noch Phillip. So stand ich einen Moment lang zögernd auf der Schwelle zwischen Rasen und Veranda.

Venyas Stimme, die gerade mit Babette über etwas lachte, holte mich zurück in die Wirklichkeit. Anscheinend hatten sich Emilia und Charlotte den teuersten Schmuck des Königreichs gewünscht, als Belohnung dafür, dass sie die Aufgabe letzte Woche als Beste gelöst hatten. Eigentlich keine Überraschung! Schmunzelnd dachte ich an Claires Brautkleid.

Schnell ging ich zu einem Tisch weit weg von den jungen Männern und setzte mich mit dem Rücken zu ihnen. Ich schloss meine Augen und streckte mein Gesicht der Sonne entgegen. Doch die Stimmen der anderen schwirrten um mich herum und ließen mir keine Ruhe. Aufgewühlt von der aufkommenden Unruhe setzte ich mich wieder gerade hin und atmete tief durch. Genau in diesem Moment tauchten Charlotte und Emilia auf und traten an meine Seite. Emilia schien sich hier im Palast wohl wieder mit Charlotte gut stellen zu wollen. Ich konnte es ihr nicht verübeln, denn sie bewohnten immerhin einen Turm zusammen und ihre Familien waren eng miteinander befreundet.

»Guten Morgen, Tatyana. Wie geht es dir denn heute? Planst du noch einmal irgendwas Aufregendes, das die Aufmerksamkeit aller auf dich lenken könnte?« Charlotte sah mich mit übertriebener Freundlichkeit an.

Ich verzog meinen Mund zu einem falschen Lächeln. »Unbedingt. Ich liebe es, dass mich alle lieben. Ach, entschuldige. Ich habe vergessen, dass es dir nicht so geht«, konterte ich betont höflich und drehte mich dann wieder von ihr weg.

»Jetzt tu doch nicht so eingeschnappt. Wir wissen doch bereits, dass ich diesen Wettbewerb gewinnen werde«, antwortete sie in meinem Rücken.

Ich schnaubte und versuchte mich nicht von ihr anstacheln zu lassen, aber gleichzeitig spürte ich schon tief in mir Wut aufsteigen. Wut darüber, dass sie sich so sicher war, dass Phillip der Prinz war und sie wählen würde. Wut darüber, dass ich langsam nicht mehr zwischen Wahrheit und Lüge unterscheiden konnte.

»Bitte nerv mich nicht«, zischte ich und stand auf.

»Jetzt hab dich doch nicht so. Ich wollte doch nur einen Spaß machen«, rief sie mir noch hinterher, als ich zielstrebig das Büfett ansteuerte.

»Was ist denn los?« Fernand tauchte neben mir auf, als ich gerade wütend ein Brötchen auf meinen Teller schmiss und dabei vor mich hin murmelte.

Ich deutete hinter mich. »Diese falsche Schlange kann mich einfach nicht in Ruhe lassen. Reicht es denn nicht, dass ich alles verliere ... Ach, ist ja auch egal«, antwortete ich härter als gewollt und atmete tief durch. »Entschuldige, aber diese Frau regt mich einfach so auf.«

Fernand verzog verständnisvoll sein Gesicht. »Weißt du was? Ich setze mich mit Claire an den Tisch und du nimmst dafür meinen Platz.«

Als er mein Gesicht sah, begann er zu lachen. »Das ist doch wenigstens besser, als bei ihr zu sitzen, oder?«

Ich nickte langsam, warf einen scheuen Blick zu dem Tisch mit den jungen Männern hinüber und schluckte. »Danke.«

Er lächelte mich an und legte seine Hand auf meine Schulter. »Immer wieder. Das weißt du.«

»Ja, ich weiß«, antwortete ich und atmete noch einmal tief durch. Danach machte ich mich auf den Weg – und konnte es selbst kaum glauben.

Charles, Henry und Phillip sahen mich überrascht an, als ich mich auf Fernands Platz setzte.

»Er hat mir angeboten zu tauschen. Keine Sorge, ich will nur schnell etwas essen und bin dann sofort wieder weg«, erklärte ich übertrieben fröhlich und sah dabei absichtlich Phillip an.

Als er zu lächeln begann, stockte mein Atem. Er, Phillip, der Kerl, der immer versuchte, mich in der Öffentlichkeit zu meiden, lächelte mich tatsächlich an.

Ich schluckte und versuchte das Lächeln zu erwidern. Aber das funktionierte nicht so ganz, weil es etwas in mir auslöste, das mir ganz und gar nicht geheuer war. So schnell ich konnte, aß ich auf und versuchte jedes Gespräch mit den jungen Männern zu vermeiden. Aber da hatte ich nicht mit Charles gerechnet.

»Tanya, ich verstehe es einfach nicht: Wie kann so eine zierliche Dame wie du nur Kampfsport betreiben? Bei dir sieht das so spielend leicht aus.«

Langsam zuckte ich mit meinen Schultern, überrascht davon, dass Charles gerade dieses Thema anschnitt, um das allgemeine Schweigen zu durchbrechen. »Vielleicht bin ich ein Naturtalent. Es gibt doch oft Menschen, die etwas können, obwohl es unmöglich scheint. Vielleicht habe ich einfach nur Glück.«

»Und warum tust du es genau?«, hakte Charles nach und zwinkerte mir zu.

Ich schluckte das Rührei hinunter und schmunzelte unwillkürlich. »Es macht Spaß. Außerdem will ich mich wehren können.« Ohne es zu wollen, schielte ich zu Phillip hinüber, der mich ein wenig zu interessiert musterte.

»Gegen wen denn wehren?« Charles schob sich selbst eine Ladung Rührei in den Mund und zog seine Augenbrauen zusammen.

»Keine Ahnung«, entgegnete ich unbestimmt. »Ich denke,

vor den Meteoriten. Oder vor den Frauen mit den Waffen gestern.«

Plötzlich wurde es an unserem Tisch sehr still. Niemand bewegte sich mehr, alle betrachteten mich, als wäre ich völlig verrückt geworden.

Ich sah auf und schaute sie alle nacheinander an. »Das war ein Scherz. Jetzt guckt doch nicht so. Als ob ich mich gegen eine Schusswaffe wehren könnte.«

»Das ist nicht witzig«, zischte Phillip neben mir und stupste mein Bein mit seinem Knie an.

Ich hob meine Augenbrauen und rückte demonstrativ von ihm ab. »Ich finde hier *so einiges* nicht witzig«, erklärte ich kühl. »Aber ich verstehe nicht, woher diese Frauen die Waffen haben.« Nachdenklich legte ich den Zeigefinger an mein Kinn. »Gibt es die etwa irgendwo zu kaufen?«

»Tanya, du solltest für dich behalten, was du gesehen hast«, ermahnte mich nun Henry mit besorgtem Blick auf die umliegenden Tische.

»Ich weiß nicht einmal, was das alles zu bedeuten hat. Denkt ihr etwa, ich renne sofort zu Gabriela und erzähle ihr das?«

»Natürlich nicht.« Henry lächelte mich an.

»Aber weshalb darf ich eigentlich nichts sagen? Immerhin waren Kamerateams dort und haben die Frauen doch sicher gefilmt, oder?«

Charles' Mund verzog sich. »Du solltest wissen, dass die Medien nicht alles zeigen dürfen. Und du solltest *wirklich* vergessen, was du gesehen hast.«

»Nein. Ich will endlich Antworten. Wenn das so weitergeht, drehe ich noch durch. Wenn also einer von euch auf die glorreiche Idee kommt, mich heute in die nächste Runde zu schicken, werde ich mich nicht mehr so leicht abspeisen lassen.« Dieses Mal lächelte ich und legte mein Besteck diagonal auf den Teller, sodass die Griffe nach unten rechts zeigten, so wie es Madame Ritousi uns beigebracht hatte.

»Vielen Dank für die reizende Gesellschaft.« Ich stand auf und ging zielstrebig über die Terrasse zu dem Weg, der zu unseren Türmen führte. Glücklicherweise erreichte ich den Wohnturm heute ohne irgendwelche Zwischenfälle und ließ mich, dort angekommen, sogleich aufs Bett sinken.

Claire folgte mir schon kurz darauf, zog sich einen Stuhl heran und setzte sich zu mir. »Sag mal, macht dir das alles überhaupt keine Angst?«, begann sie zögerlich.

»Was genau?« Ich schielte zu ihr hin, fragte mich, was sie wusste, denn noch immer kreisten meine Gedanken um die Frau mit der Schusswaffe.

»Na ja, Charlotte scheint sich ziemlich sicher zu sein, dass Phillip der Prinz ist. Und mich beschleicht neuerdings auch immer wieder das Gefühl, dass er es tatsächlich sein könnte.«

Ich lachte erleichtert auf, war aber gleichzeitig auch ein wenig genervt von diesem immer gleichen Thema. Doch bald schon würde das Rätselraten endlich vorbei sein. Immerhin brachte ich ein »Wie meinst du das?« heraus.

Da plumpste Claire rücklings neben mich – gut, dass die Betten so großzügig bemessen waren – und blickte nachdenklich an die Decke. »Na, wie ich schon sagte: Charlotte scheint sich aus irgendeinem Grund ziemlich sicher zu sein, auf den Richtigen gesetzt zu haben. Aber was ist, wenn sie sich irrt und Henry der Prinz ist?«

»Was hat das mit Phillip und Charlotte zu tun?«, fragte ich irritiert.

»Nun, Henry könnte veranlasst haben, dass Phillip sich um Charlotte bemüht, so wie es Charles bei Emilia tut.«

»Und was ist mit Fernand?«

Ihr glockenhelles Lachen erfüllte den Raum. »Ich liebe ihn, egal, was passiert. Aber nehmen wir mal an, dass Phillip und Charles einfach hochrangiger sind als er: Es wäre eine Blamage für die Nachfahrinnen, wenn sie nicht wenigstens bis zum Ende kommen würden und nicht ein hochwohlgeborener Bürger um ihre Hand anhielte, wenn es schon nicht der Prinz ist.«

Ich legte meine Stirn in Falten. »Wieso sollte Henry das tun? Er weiß doch, dass zwischen mir und Phillip etwas ist.«

Claire antwortete zunächst nicht, bis sie ihren Kopf zu mir drehte und mich ernst ansah. »Und was ist, wenn er dich für sich selbst will?«

»Nein ...«, keuchte ich und richtete mich auf. »Das ist nicht möglich! Er würde so etwas niemals tun ... Oder?«

»Als ein Prinz, der meint, seine große Liebe gefunden zu haben? Ich an seiner Stelle würde alles dafür tun«, erklärte Claire gewichtig und richtete sich ebenfalls auf dem Bett auf.

»Aber wir sind Freunde ... Er würde niemals –«

»Ja, aber vielleicht will er mehr als nur das ...«, unterbrach sie mich – und biss sich gleich darauf auf die Zunge. »Vielleicht irre ich mich aber auch ...«, lenkte sie milde lächelnd ein, als ihr klar wurde, wie durcheinander ich war.

Doch nun war es zu spät und ich begann, ihren Gedankengängen zu folgen, und war ganz schockiert, was für Wendungen diese Auswahl noch nehmen konnte. »Und was ist, wenn du recht hast? Ich habe nicht die leiseste Ahnung, wer von den vieren der Prinz sein könnte, und deine Theorie hört sich logischer an als jede unserer anderen Vermutungen.«

»Wenn man es rein logisch betrachtet, ja. Aber was ist, wenn Fernand oder Charles die Prinzen wären? Was wäre Phillips Motiv, sich für Charlotte zu entscheiden?«

»Vielleicht ist er der Rangniedrigste der Herren und will so ein größeres Ansehen erwirken?«, mutmaßte ich nun stirnrunzelnd, kein bisschen überzeugt von meinen Worten.

Auch Claire schüttelte den Kopf. »Vielleicht ist er aber auch einfach der Thronfolger. Und ...« Sie hielt abrupt inne.

»Ja?«, hakte ich nach einem Moment des Schweigens nach und merkte, wie sehr ich mich nach wochenlanger mehr oder minder erfolgreicher Verdrängung in diese Mutmaßungen hineinsteigerte.

»Und ja, vielleicht liegt es daran, dass *sie* Phillip gewählt hat. Nun muss man sie bei Laune halten, um den größtmöglichen Schaden abzuwenden. Sie ist schließlich eine wichtige Nachfahrin.«

»Also ist es egal, wer der Prinz ist ... Fernand will dich. Charles will Emilia. Phillip kümmert sich um Charlotte«, erklärte ich in der plötzlichen Hoffnung, dass er einfach nicht mehr für sie empfinden konnte als nur Pflichtgefühl. »Und Henry kümmert sich um ... mich? Das glaube ich irgendwie nicht. Er scheint so von Rose angetan zu sein.«

»Möglicherweise nur, falls du dich weigern solltest, ihn zu nehmen. Aber wie es auch immer kommt: Du bist auf jeden Fall wichtig für diese Show. Die Menschen lieben dich und sie wären dumm, dich einfach so gehen zu lassen.«

»Danke, Claire«, stöhnte ich. »Vorher war ich überhaupt nicht nervös und nun kann ich nicht mehr aufhören, an diese ganzen Irrungen und Verwirrungen zu denken.« Ich blickte sie flehentlich an. »Was ist, wenn Henry oder Phillip die Prinzen sind und ich noch eine Runde weiterkomme? Wie soll ich mich ihnen gegenüber verhalten?«

Claire lächelte mitfühlend, bevor sie zu grinsen begann. »Mach das, was du immer tust: Den Palast ein wenig aufmischen.«

»Toll ... Du bist ja quasi verheiratet. – Oh, ich hoffe wirklich, dass Fernand der Prinz ist!«

»Sag das nicht«, rief sie sofort und schlug mir spielerisch auf die Hand. »Ich möchte nicht darüber nachdenken, sondern mich überraschen lassen.«

In diesem Moment klopfte es an der Tür. Sofort sprang Claire auf, um sie zu öffnen. Herein traten Erica und zwei Zofen. »Zeit fürs Aufhübschen, ihr Lieben«, flötete unsere Vertraute und strahlte uns beide an, als würden wir heute heiraten.

Ich lächelte zurück und setzte mich an den Schminktisch. Daraufhin stellte sich eine der Zofen hinter mich und begann meine Haare zu frisieren. Das Gleiche geschah mit Claire, die sich auf den anderen Stuhl setzte. Erica hatte es sich neben uns gemütlich gemacht und betrachtete uns eingehend. »Und, seid ihr sehr aufgeregt?«

»Geht so«, murmelte ich betont gleichgültig.

»Ach, ein bisschen«, erwiderte Claire ebenso gelangweilt.

»Ich sage es doch: Fürchterliche Mädchen! Natürlich seid ihr aufgeregt, gebt es wenigstens zu«, forderte Erica unerbittlich und die beiden Zofen hinter uns unterdrückten nur mit viel Mühe ein Kichern.

»Nun gut. Ich bin ein wenig nervös ...«, gestand ich ein. »Aber das ist nur Claires Schuld!«

»Pah! Ich habe nur das Offensichtliche angesprochen. Entweder ist es Fernand und er wählt uns beide –«

»Wieso uns beide?«, unterbrach ich sie verwirrt und beobachtete die Zofe hinter mir, die meine Haare kämmte und immer noch mit dem Lachen rang.

»Na ja, wenn er eine andere als dich neben mir wählen würde, dann wäre ich ziemlich sauer«, erklärte sie, als wäre es das Selbstverständlichste auf der Welt, und schnalzte mit ihrer Zunge. »Also, wo war ich stehen geblieben? Genau: Oder es ist Charles. Aber er ist so unberechenbar, dass ich ihm alles zutraue, also lassen wir ihn mal außen vor.«

»Wie du meinst«, lachte ich und verdrehte die Augen.

»Danke. Dann bleiben nur noch Henry und Phillip. Sicher wählen sie dich beide weiter. Eine andere Möglichkeit gibt es überhaupt nicht.«

»Oh Claire«, lachte Erica nun. »Du hast dir aber ganz schön viele Gedanken dazu gemacht, oder?«

»Sie hat mich schier in den Wahnsinn getrieben damit«, antwortete ich, bevor Claire es tun konnte. »Immer dieses Hin und Her. Ich bin so dankbar, dass diese ständigen Mutmaßungen heute Abend endlich vorbei sind.«

»Würdest du Ja sagen, wenn Henry um deine Hand anhalten würde?«, fragte Erica auf einmal und sofort schossen meine Augen zu ihr hinüber. »Was?«

Sie betrachtete mich nun völlig ernst. »Würdest du?«

»Nein!«, wehrte ich sofort ab. »Natürlich nicht! Wir sind doch nur Freunde!«

»Bist du dir da wirklich sicher?«, hakte Claire nun nach und ließ meinen Protest verstummen.

Ich antwortete ihr nicht mehr und nach einer kleinen Weile schien sie einzusehen, dass von mir diesbezüglich keine Reaktion mehr zu erwarten war.

»Ich freue mich auch auf das Ende des Wettbewerbs«, lenkte meine Freundin ein. »Die letzten Wochen waren natürlich aufregend und schön, aber so langsam reicht es.«

Ich nickte stumm und genoss, wie die Zofe an meinen Haaren herumwerkelte. Ein wenig lenkte es mich davon ab, dass mir keine Antwort auf Claires Frage einfiel und ich plötzlich so verunsichert war, was mich und Henry anging.

Gefühlte Stunden später trug ich ein rosafarbenes Ballkleid mit durchsichtigen Ärmeln und einem Ausschnitt, der von Weitem so wirkte, als wäre ich halb nackt. Auch mein Rücken war von durchscheinendem Stoff bedeckt und das bis zu meinem Steißbein, doch so elegant, dass es nicht unanständig wirkte. Dazu trug ich passende rosa Schuhe und in meinen hochgesteckten Haaren waren kleine Diamanten eingearbeitet, die funkelten, wenn ich mich bewegte.

Als ich mich so im Spiegel betrachtete, fühlte ich mich für einen Moment wie etwas Besonderes. Sofort schüttelte ich meinen Kopf. Ich musste schnellstens hier raus, denn anscheinend stieg mir das ganze Prinzessinnen-Getue langsam, aber sicher zu Kopf.

Claire trat neben mich. Ihr Kleid war meinem nicht unähnlich, doch es bestand aus einem glänzenden smaragdgrünen Seidenstoff, der ihre zarten Kurven wunderschön umspielte. Ihr Ausschnitt bestand ebenfalls aus einem durchsichtigen Stoff, der fließend immer dunkler wurde und über ihren Brüsten einen Wasserfall bildete. Zudem ging die obere Stofflage nur bis zu ihren Knien, die übrigen Lagen wurden darauf immer heller, bis sie an ihren Fußspitzen schließlich weiß wie Schnee leuchteten. Ihre Haare waren so arrangiert wie meine, nur glitzerten in ihren grüne Smaragde.

»Ihr seht so wunderschön aus. Bitte lasst uns ein Foto machen«, hauchte Erica und wischte sich Tränen aus ihren Augenwinkeln, als wir uns gerade zu ihr umdrehten. In ihrer Hand trug sie eine kleine Kamera, die sie einer der Bediensteten überreichte.

Sie stellte sich zwischen uns und legte ihre Arme um unsere Taillen. Wir strahlten in die Linse und blinzelten dann den grellen Blitz aus unseren Augen.

»So, meine Damen. Es ist so weit, wir müssen los.« Aufgeregt nahm sie unsere Hände und zog uns aus dem Turm. Wir winkten den Bediensteten noch zu, die uns belustigt hinterhersahen und damit begannen, ihre Sachen zusammenzuräumen.

Mit jedem Schritt, den wir machten, wurde ich nervöser. Heute Abend gab es viel zu gewinnen – oder zu verlieren, wie man es nahm.

Ich schluckte und strich mir mit zitternden Fingern eine Haarsträhne aus dem Gesicht. Dieses Mal war ich mir wirklich nicht sicher, *was* ich wollte. Ich wusste nicht, ob ich das alles hier noch eine Woche aushalten würde. Aber wenn Phillip nicht der Prinz war, musste ich mir diese Frage ohnehin nicht mehr stellen, da war ich sicher. Falls es hingegen Henry war, konnte immer noch die Chance bestehen, dass er mich weiterwählte. Ich war mir seiner Gefühle nicht sicher und meiner genauso wenig.

Ich ließ mich von Erica auf einen Stuhl in dem großen Warteraum bugsieren, wo wir bereits die letzten beiden Male ausharren mussten. Langsam füllte sich der Raum mit aufgescheuchten Kandidatinnen und ihren Vertrauten, die alle wie wild durcheinanderredeten. Es bildete sich schnell eine für mich unangenehme Geräuschkulisse.

Ich lehnte mich in meinem Stuhl zurück, atmete tief durch und versuchte mich nicht von der allgemeinen Anspannung gefangen nehmen zu lassen. Claire griff nach meiner Hand und begann sie nervös zu kneten. Ich erwiderte den Druck und hielt sie fest in meiner verschlungen. Sogar Ericas Nervosität konnte ich neben mir spüren. Einem Impuls folgend legte ich meine andere Hand in ihre.

»Miss Tatyana und Miss Claire, bitte kommen Sie. Ihr Interview beginnt gleich«, sagte auf einmal eine Helferin des Wettbewerbs.

Überrascht drehte ich mich zu Erica. »Ich dachte, es gibt kein Interview, weil es keine Aufgabe gab.«

Erica begann nachsichtig zu lächeln. »Doch, die gab es. Ihr solltet euch zeigen und den Zuspruch der Menschen erlangen.«

Unzufrieden verzog ich meinen Mund. Innerlich hatte ich doch sehr gehofft, dass dieses Mal alles schneller vorbei sein würde.

Gerade als wir die Tür erreichten, erklang Musik. Die Helferin bugsierte uns noch auf unsere Plätze und zog den Vorhang hinter uns zu, als die Türen vor uns aufsprangen. Es war erschreckend, wie vertraut mir dieser Anblick schien.

Gleichzeitig schritten wir hinaus und blinzelten in das grelle

Licht der Scheinwerfer, während das Publikum lauthals applaudierte.

Ich lächelte den Menschen entgegen, während mein Herz aufgeregt pochte. Daran konnte ich mich wohl niemals gewöhnen. Für einen kurzen Moment blieben wir oben auf der Empore stehen und gingen dann jeweils rechts und links die Treppe hinunter zu dem roten Sofa, das sich dramatisch vor der weißen Kulisse hervorhob.

»Da sind unsere ersten Kandidatinnen auch schon. Sehen sie nicht hinreißend aus? Ich bitte um einen kräftigen Applaus für Miss Tatyana und Miss Claire«, rief Gabriela in ihr Mikrofon und umarmte uns überschwänglich, als wir bei ihr ankamen.

Gleichzeitig brach erneut Applaus aus, dieses Mal noch lauter als vorher. Wir setzten uns nebeneinander auf das Sofa und lächelten dem Publikum zu.

»Ich hoffe, ihr hattet eine schöne Woche. Für mich war es sehr aufregend«, erklärte die Moderatorin, als es wieder ruhig im Raum wurde.

Ich starrte einen Moment lang ihren gefährlich kurzen Rock an, bevor ich antwortete. »Ja, es war sehr aufregend. Aber gleichzeitig sehr schön, auch mal die kleinen Dörfer des Königreichs zu sehen. Ich selbst komme aus so einem Dorf und muss sagen, dass es sich ein wenig so angefühlt hat, als würde ich nach Hause kommen.«

Gabriela nickte verstehend und drehte sich dann zu Claire. »Wie war es denn für dich?«

Meine Freundin räusperte sich leise. »Es war eine wundervolle Reise. Ich bin wirklich dankbar für die Gelegenheit, unser Königreich noch besser kennenzulernen.«

Gabriela lächelte breit und warf ihre langen braunen Haare in den Nacken.

»Es freut mich, das zu hören. Nun haben wir einige aufreibende Wochen hinter uns und heute Abend wird enthüllt, welcher der jungen Männer der Prinz von Viterra ist. Miss Claire, da sich sehr schnell herauskristallisiert hat, dass du für unseren Fernand schwärmst, würde mich nun interessieren, was passiert, wenn sich herausstellen sollte, dass er nicht der Prinz ist?«

Claires Lächeln wurde breiter. »Es ist mir egal, ob er der Prinz ist oder nicht. Ich muss gestehen, dass ich noch nie in meinem Leben so glücklich war wie jetzt.«

Das Publikum jubelte vor Begeisterung, während Claires Wangen sich röteten.

Gabriela drehte sich ebenfalls lächelnd zu mir um. »Miss Tatyana. Ich muss gestehen, dass ich zunächst immer davon ausgegangen bin, dass du für unseren Phillip schwärmst. Doch nun wurde immer deutlicher, wie viel Zeit du mit Henry verbringst. Könnte er der Prinz sein? Und wenn ja, wäre er dann deine Wahl?«

Mein Lächeln wurde plötzlich hart. »Henry wurde zu einem meiner besten Freude, so wie die meisten hier. Ich bin dankbar, dass ich die Zeit hier mit so wundervollen Menschen verbringen durfte. Und ja, natürlich könnte er der Prinz sein. Doch ebenso wie Miss Claire ist es mir egal, welcher von ihnen es ist. Wir haben sie als Menschen kennengelernt, die man schätzen und lieben kann. Daran sollte eine Krone nichts ändern.«

Das Publikum schenkte uns erneut stürmischen Beifall und Gabriela wandte sich strahlend an die Zuschauer. »Ich würde sagen, wir kommen nun zu unseren Punkten. Dieses Mal gab es keine Aufgabe, doch vom Volk wurden trotzdem Punkte vergeben. Wer weiß, vielleicht erleben wir ja heute Abend eine Überraschung?«

Wir drehten uns alle gleichzeitig zu der Leinwand um, auf der zwei riesige Bilder von mir und Claire aufleuchteten. Ich hielt den Atem an, als die Balken sich langsam bewegten.

»Anscheinend gibt es doch keine Überraschungen«, lachte Gabriela. »Miss Claire liegt bei neun Punkten und Miss Tatyana bei ungeschlagenen zehn Punkten. Herzlichen Glückwunsch euch beiden.« Die Moderatorin stand auf und schüttelte uns die Hand. Nacheinander bedankten wir uns für die Punkte und verabschiedeten uns von Gabriela und dem Publikum, um zu den anderen zurückzukehren.

Als wir wieder bei Erica ankamen, nahm sie uns beide in den Arm und lächelte zufrieden. Ich versuchte mir die Anspannung nicht anmerken zu lassen, die langsam von mir Besitz ergriff. Claire hingegen war es deutlich anzusehen, wie nervös sie war. Gerade als sie fast ein Stück ihres Kleides herausriss, griff ich nach ihrer Hand und drückte sie aufmunternd. Sie versuchte tapfer zu lächeln, doch schaffte es nicht wirklich, überzeugt auszusehen.

»Alles wird gut«, flüsterte ich möglichst eindringlich und stand auf, als endlich alle Interviews beendet waren und wir uns zur vorletzten Auswahl aufstellen sollten.

»Ich hoffe es«, flüsterte Claire kaum hörbar und ließ langsam meine Hand los, als sich die Türen zur Bühne öffneten. Wir gingen den anderen hinterher und stellten uns oben an der Treppe auf.

Die Luft war erfüllt von freudiger Erwartung, während wir darauf warteten, dass es endlich begann. Laute Musik dröhnte in meinen Ohren, meine Lippen umspielte ein verkrampftes Lächeln. Wo war nur meine eben zur Schau gestellte Zuversicht geblieben?

Unten betrachtete ich Phillip und die anderen. Sie saßen auf dem Sofa und schauten zu uns hoch. Sie alle lächelten zufrieden, was mich einen Moment lang ärgerte. Wir standen hier voller Nervosität und ihnen merkte man nicht einmal an, ob ihnen diese ganze Show überhaupt etwas ausmachte.

»Da sind unsere letzten und überaus schönen Kandidatinnen, die sich nun der großen Wahrheit stellen müssen. Haben sie sich für den Prinzen entschieden oder machen sie ihre Entscheidung rückgängig, wenn ihr Auserwählter es nicht ist?«, fragte Gabriela in die Kameras und zu dem Publikum.

Es war beängstigend still um uns herum, während ich meine schweißnassen Hände möglichst unauffällig an meinem Kleid rieb.

»Ich bitte nun den ersten jungen Mann vorzutreten.«

Charles stand auf und grinste Gabriela an, während er sich am Fuß der Treppe aufstellte. Er ließ sich von der Moderatorin das Mikrofon geben. Das Lächeln, das er uns Kandidatinnen nun schenkte, war einfach umwerfend. Mit seiner freien Hand strich er sich über sein zusammengebundenes Haar. Er schien völlig entspannt zu sein und ließ sich Zeit, jede von uns noch einmal anzublicken, bevor er seinen Mund öffnete.

»Mein Name ist Charles Edward Rubins und ich bin nicht der Prinz. Ich danke euch allen für die interessante gemeinsame Zeit, doch ich kann mich trotzdem für keine der Kandidatinnen entscheiden. Vielen Dank«, erklärte er mit einem schiefen Grinsen auf den Lippen, das mich zum Lächeln brachte. Neben mir hörte ich Emilias hastiges Einatmen, doch wagte es nicht, mich zu ihr zu drehen. Ihre Enttäuschung war beinahe greifbar.

Charles drehte sich um und gab Gabriela das Mikrofon zurück, bevor er sich wieder auf dem Sofa niederließ. Er sah so entspannt und charmant aus, dass ich mir sicher war, dass er schon bald ganz viele Verehrerinnen haben würde. Das Publikum schien es genauso zu sehen und applaudierte laut.

»Leider wurde unser lieber Charles hier nicht fündig auf der Suche nach einer Braut. Doch wir alle wünschen ihm nur das Beste und ich bin mir sicher, dass er eine Dame finden wird, die perfekt zu ihm passt«, rief Gabriela gegen den Applaus an und lächelte zufrieden, als dieser erneut anschwoll.

Charles lachte darauf laut los, als hätte sie einen Witz gemacht, kommentierte dies jedoch nicht weiter.

Als Nächstes stand Henry auf und begab sich in Position. Er wirkte angespannt, doch lächelte schüchtern. Ich lächelte ihn direkt an, hoffte, ihm so ein wenig Mut machen zu können.

»Mein Name ist Henry Liam Miller und auch ich bin nicht der Prinz. Ich bin dankbar für die letzten Wochen und auch dafür, dass ich so viele tolle Menschen kennenlernen durfte. Und obwohl ich eine Freundin gefunden habe, die mir sehr ans Herz gewachsen ist, muss auch ich sagen, dass ich mich für keine der Kandidatinnen entscheiden kann. Vielen Dank«, erklärte er fest und sah mich die ganze Zeit über an. Roses leises Schniefen bohrte sich wie ein Messer in meine Brust. Sie hatte ihn wirklich gemocht und er hatte ihr das Herz gebrochen. Aber ich konnte ihm einfach nicht böse deswegen sein und beobachtete, wie er sich wieder auf seinen Platz neben Charles setzte, der ihm ein schiefes Lächeln schenkte.

»Und auch unser lieber Henry hat hier leider keine Braut gefunden, obwohl sich dies bestimmt bald ändern wird«, kommentierte Gabriela das Geschehen mit immer gleichen Phrasen.

Ich nickte Henry zu, als er zu mir hochsah, und spürte deutlich mein Herz in meinem Hals schlagen. Es blieben nur noch Fernand und Phillip übrig. Beide standen auf und stellten sich nebeneinander. Voller Stolz blickten sie zu uns auf und auf ihrer beider Lippen lag ein siegreiches Lächeln.

»Liebes Volk, wir haben nur noch zwei junge Männer. Einer von ihnen ist der Prinz. Der andere wird heute seine zukünftige Frau erwählen und wir hoffen, dass sie eine ehrliche Seele hat und das gute Herz dieses jungen Mannes nicht brechen wird.« Gabriela stellte sich zwischen den beiden auf und schaute ebenfalls zu uns hoch. Dann gab sie uns zu verstehen, dass wir nun alle herunterkommen sollten. Nacheinander schritten wir die weiße Treppe hinab und stellten uns in einer Reihe auf. Ich stand ganz am Rand und starrte wie gebannt auf Henry und Charles, die uns vom Sofa aus beobachteten. Sie wirkten so entspannt, so ausgeglichen, als wäre ihnen gerade eine riesige Last von den Schultern genommen worden.

Schnell riss ich mich wieder zusammen und konzentrierte mich auf die zwei verbliebenen jungen Männer.

Fernand ergriff das Mikrofon und räusperte sich. Ich drehte mich zu ihm und konnte ihm deutlich ansehen, wie nervös er war. Ein Lächeln stahl sich auf mein Gesicht. Auch wenn er nicht der Prinz sein würde, er würde Claire glücklich machen. Da war ich mir sicher.

»Mein Name ist Fernand Adan Serrat. Auch ich bin dankbar für die letzten Wochen, doch für eines bin ich ganz besonders dankbar.« Er räusperte sich erneut. Sein Blick wanderte zu Claire, die neben mir schon ganz unruhig wurde. Langsam kam er auf uns zu und stellte sich vor Claire, die nach meiner Hand griff und sie fest drückte. Ich erwiderte ihren Druck und biss mir vor Anspannung auf meine Unterlippe.

»Ich bin dankbar für diese wunderschöne Kandidatin, an die ich mein Herz verloren habe. Claire, ich bin nicht der Prinz.« Er machte eine kurze Pause und kniete sich vor sie hin. Ich hörte, wie er tief einatmete, während er eine kleine Schachtel aus seiner Jackentasche holte.

Claire atmete hastig neben mir ein und griff noch fester zu. Fernand öffnete die Schachtel und zum Vorschein kam ein breiter goldener Ring, auf dem ein riesiger Diamant glitzerte. »Und obwohl ich nur ein ganz normaler Mann bin, bitte ich dich hier und jetzt um deine Hand. Claire de Clairemont, würdest du mir die Ehre erweisen und meine Frau werden?«

Claire drehte sich kurz zu mir und sah mich an. Ich nickte glücklich und ließ ihre Hand los. Wie in Zeitlupe ging sie auf Fernand zu. Gabriela nahm ihm das Mikrofon ab und hielt es Claire an den Mund, deren Augen immer größer wurden, während sie nicht aufhören konnte, Fernand anzustarren.

»Fernand, ich bin in der Absicht hierhergekommen, einen Prinzen zu heiraten. Und nun stehe ich vor dem Prinzen meines Herzens. Ja, ich will dich heiraten«, antwortete sie zitternd. Es war das erste Mal, dass ich sie so erlebte. Gabriela zog das Mikrofon gerade noch rechtzeitig zurück, als Fernand aufsprang und sie in seine Arme zog. Er wirbelte sie herum und das

Publikum klatschte und stampfte so laut, dass sogar der Boden vibrierte.

Tränen rannen über meine Wangen und ließen mich schniefen. Verstohlen strich ich mit meinen Fingern über meine Augenwinkel und versuchte mich wieder zu beruhigen. Fernand gab Claire einen liebevollen Kuss und ließ sie dann wieder los. An ihrem Finger glitzerte bereits der Ring und sie strahlte von innen heraus so hell wie die Sonne. Es wäre egal gewesen, ob sie nur einen Kartoffelsack getragen hätte. Heute würde nichts und niemand ihrer Schönheit etwas anhaben können.

Claire fiel mir um den Hals, drückte mich fest an sich und stellte sich dann wieder neben Fernand. Hand in Hand gingen sie zu dem Sofa und ließen sich von allen beglückwünschen, bevor sie sich setzten.

Ich schloss zu der Kandidatin neben mir auf und atmete tief durch. Dann schaute ich zu Phillip, der lächelnd seinem Freund auf die Schulter klopfte und Claire umarmte. Einige Sekunden lang hielt ich meinen Atem an.

Phillip war der Prinz von Viterra. Ich hatte es geahnt und doch nicht glauben wollen.

Als er sich umdrehte und zurück zu seinem Platz ging, wirkte er auf einmal viel größer und erwachsener. Ab jetzt hatte er eine Verantwortung zu tragen und man sah es ihm sofort an. Er schenkte mir einen kurzen Blick, der jedoch so unergründlich war, dass ich nicht einmal im Entferntesten ahnen konnte, was er wohl dachte.

Ich holte tief Luft, als Gabriela sich neben ihn stellte. »Nun, meine Damen und Herren, mein liebes Volk, neben mir steht er. Unser Prinz von Viterra.« Erneut brach lauter Jubel aus und alle

Menschen im Raum standen auf. Langsam schaute ich über die Zuschauerreihen, konnte aber nur schemenhaft die Umrisse von zwei Thronen erkennen. Der König und die Königin waren auch hier.

»Ich bin Prinz Phillip Alexander Grigori Koslow.« Er schaute uns alle nacheinander an und blieb eine Sekunde zu lang an mir hängen. »Ich möchte mich zuallererst bei allen Kandidatinnen bedanken, die bei der Auswahl mitgemacht haben. Es waren schöne Wochen, doch bald steht die Zeit der Entscheidung an. Deshalb werde ich heute zwei Kandidatinnen erwählen, die ich in der nächsten Woche noch besser kennenlernen möchte. Eine von ihnen wird dann meine Frau, unsere Prinzessin von Viterra. Ich freue mich schon sehr darauf.« Er nickte höflich und wirkte dabei unglaublich ernst, was aber schnell durch ein zartes Lächeln verdeckt wurde.

»Die Kandidatinnen für die nächste Woche sind Miss Charlotte Eddison und Miss Tatyana Salislaw. Ich bitte nun beide, nach vorne zu treten«, erklärte er beinahe feierlich.

Meine Knie wurden weich und ich bekam Angst, dass sie jeden Moment nachgeben würden. Mein Gesicht strahlte unter einem Lächeln, das sich nicht echt anfühlte, aber auch nicht mehr erblassen wollte.

Ein Helfer trat neben Phillip und gab ihm zwei Schatullen. Er öffnete sie und uns glitzerten zwei kleine Kronen entgegen. Sie blendeten mich und wirkten unglaublich kostbar. Mein Herz raste bis zum Hals und ich versuchte verzweifelt mich zu beruhigen. Panisch griffen meine Finger in den dichten Stoff meines Kleides und krallten sich fest.

Phillip lächelte mich an, doch drehte sich dann zu Charlotte und setzte ihr eine der kleinen Kronen auf ihr Haar. Sie lächelte liebevoll und genoss den Kuss, den er ihr auf die Wange schenkte.

Dann stellte er sich vor mich hin und hob die andere Krone auf meinen Kopf. Erst als er mich ansah und meine Hand nahm, traute ich mich wieder Luft zu holen. Ich zitterte leicht, was aber nur ihm auffiel. Er strich verstohlen und beruhigend über meine Hand und beugte sich zu einem Kuss zu mir vor. Als seine Lippen meine Wange berührten, kribbelte die Stelle noch, als er sich schon von mir weglehnte und mich anlächelte.

Den Rest der Show bekam ich nur noch in Trance mit. Phillip war der Prinz von Viterra. Er war derjenige, wegen dem wir alle hier waren. Ich konnte es einfach nicht fassen. In meinem Zustand bekam ich nur noch am Rande mit, wie wir Fotos machten und dann von Erica abgeholt wurden. Ich ließ mich von ihr in den Turm bringen und atmete tief ein und aus, während sie mir aus meinem Kleid half und mir dann gemütliche Schlafsachen reichte. Mit halbem Ohr hörte ich ihr zu und konnte nur halb verstehen, wie sie sagte, dass Claire heute nicht mehr kommen würde, ich sie aber morgen schon wiedersehen durfte.

Erst als sie das Licht löschte und mich alleine in dem Turm zurückließ, verstand ich, was heute Abend geschehen war. Ich war tatsächlich bei der letzten Entscheidung dabei. Ein Keuchen entfuhr mir, während Tränen meine Augen brennen ließen. Ich wusste nicht mehr, was ich machen sollte, und ließ mich rücklings in mein Bett fallen.

Wieso tat er mir das an? Wieso wählte er sie und mich gleichermaßen? Wieso musste er mich nur so quälen?

26. KAPITEL

ICH BIN IN GEDANKEN
IN EINER ANDEREN WELT

Als der nächste Morgen heranbrach, versuchte ich mich vor der aufgehenden Sonne zu verstecken. Müde zog ich die Decke bis über meinen Kopf und brummte vor mich hin.

Gerade als ich wieder kurz vorm Einschlafen war, zog jemand die Decke mit einem Ruck von mir. Wütend richtete ich mich auf.

»Was soll das?«

Vor mir saß Claire, noch immer strahlend und voller Energie. »Gleich gibt es Frühstück und ich dachte mir, dass meine allerliebste Lieblings-Freundin mit mir gemeinsam frühstücken will und ...« Sie biss sich grinsend auf ihre Unterlippe, während ich mich mühsam hochrappelte.

»Und was?« Ich erhob mich und gähnte, während ich meine Arme von mir streckte, um mich zu dehnen.

Lächelnd holte sie ein Kleid für mich aus dem Schrank, während ich mich auf den Weg zur Treppe machte.

»Und mit mir gemeinsam die Hochzeitsvorbereitungen besprechen möchte. Ich habe nämlich gehofft, dass du meine Trauzeugin werden möchtest.«

Überrascht fuhr ich herum und sah sie einen Moment lang nur an. Dann rannte ich zu ihr hinüber und drückte sie fest an mich. »Natürlich. Ich will nichts lieber als das.«

Ihre Augen glänzten, als wir uns voneinander lösten. »Ich

habe so gehofft, dass du das sagst. Und jetzt los, sonst wird das Frühstück noch ohne uns stattfinden.«

Ich lief schnell hoch ins Badezimmer und duschte hastig. Noch auf dem Weg nach unten drehte ich meine nassen Haare zu einem Dutt und stieg sofort in das Kleid, das Claire für mich ausgewählt hatte. Da erst bemerkte ich Erica, die aus den Untiefen des Schranks unzählige Kleider hervorholte.

»Was machst du denn da?«, begrüßte ich sie.

»Wir packen«, antwortete Claire an ihrer Stelle. »Ab heute wohne ich nicht mehr hier, sondern im Palast. Zumindest bis wir verheiratet sind und in unser eigenes kleines Haus ziehen.« Claire stand voller Stolz neben ihrer Tasche, während ihr verträumter Blick langsam in die Ferne glitt.

»Das ist toll«, rief ich aufgeregt und spürte einen leichten Stich in meinem Magen, als mir klar wurde, dass ich sie nicht mehr jeden Tag um mich haben würde.

Als schien Erica dies zu sehen, kam sie zu mir herüber. »Sie wird aber immer noch bei jeder Mahlzeit dabei sein und es sich in ihrer Freizeit sicher nicht nehmen lassen, dich mit ihrem Geplapper zu unterhalten«, flüsterte sie mir zu und drückte mich kurz an sich.

Ich antwortete ihr mit einem zaghaften Lächeln.

Als ich fertig war, gingen Claire und ich zusammen zum Haupthaus, während Erica weiterpackte. Als ich mich noch einmal nach ihr umdrehte, war mir, als würde sie mir einen mitleidigen Blick hinterherwerfen, doch kaum sah sie mich, wechselte der Ausdruck in ihren Augen und wurde warm. Ich wandte mich wieder um und kam zu dem Schluss, dass ich mir das nur eingebildet hatte. Es gab nichts, wofür sie mich bemitleiden musste.

Außer vielleicht dafür, dass ich immer noch dabei war und mich so langsam richtig veralbert fühlte. Phillip hatte mich gemeinsam mit Charlotte ins Finale gewählt. Es hätte wohl nichts Schlimmeres eintreffen können.

Als wir an der Terrasse ankamen, war es beängstigend leer. Ein großer Tisch stand in der Mitte. Darauf war das gesamte Frühstück angerichtet. Alle vier jungen Männer waren bereits da, genauso wie Charlotte, die aufgeregt auf Phillip einredete. Ein schmerzhaftes Stechen brannte in meiner Brust, als ich mich ihr gegenüber setzte und krampfhaft versuchte, mich auf Henry zu konzentrieren, der neben mir Platz nahm. Claire setzte sich zu Fernand auf meine andere Seite und schenkte ihm einen liebevollen Kuss.

Unweigerlich schielte ich zu Phillip herüber, der die beiden auch beobachtete und genauso lächelte wie ich. Für einen kurzen Moment trafen sich unsere Blicke und eine angenehme Wärme breitete sich in mir aus. Doch da sagte Charlotte etwas und er drehte sich zu ihr um. Als würde man einen Schalter umlegen, wurde mir sofort kalt. Was tat ich hier überhaupt?

»Warum hast du mich heute Morgen nicht zum Training abgeholt?«, fragte ich Henry flüsternd und griff mir ein Brötchen aus dem Korb vor mir.

Er zuckte mit seinen Schultern. »Ich dachte, du hast es mal verdient auszuschlafen. Aber wenn du so unbedingt willst, dann fangen wir morgen wieder mit dem Programm an.«

Ich verzog meinen Mund und schmierte Butter auf beide Brötchenhälften. »Haben wir heute Unterricht?«

»Äh, nein«, antwortete er etwas irritiert.

Ich sah lächelnd zu ihm auf. »Also falls du nichts Besseres zu tun hast, dann würde ich sehr gerne auch heute schon weitermachen.«

»Na gut. Dann fahren wir später fort. Vielleicht wäre es ganz gut, einmal den frontalen Kampf zu üben.«

Fernand beugte sich vor und Claire bewahrte ihn gerade noch davor, dass sein Pullover in seinem Müsli landete. »Training? Darf ich mitmachen?«

»Klar. Ich weiß zwar nicht, wie ich jemals einen frontalen Angriff abwehren könnte, aber es wird bestimmt lustig.« Ich biss in mein Brötchen und lehnte mich dann neben Claire zurück, die aussah, als wäre sie die glücklichste Frau im gesamten Königreich.

Sie lächelte mich an und strich dann Fernand liebevoll über seine Schulter. »Wieso willst du denn trainieren?«

Er grinste breit. »Weil ich vielleicht mal wieder etwas für meine Figur tun sollte. Seitdem ich dich kenne, habe ich das irgendwie schleifen lassen«, flirtete er und erreichte damit, dass Claire errötete.

Ich konnte nicht anders, als zu lachen, und auch Charles und Henry stiegen mit ein. Nur Phillip und Charlotte wirkten nicht ganz so belustigt, doch das ignorierten wir alle.

Nach dem Frühstück begleitete ich Claire in ihr neues Zimmer.

»Das ist wirklich unglaublich«, war das Erste, was ich sagte, als ich in dem Turmzimmer ankam. Es hatte nur zwei gerade Wände und der Rest davon war rund und bestand aus buntem Glas. Vor den Fenstern war eine genauso runde Bank aufgebaut, auf die ich mich sofort setzen musste. An der Decke hing ein kleiner Kronleuchter und glitzerte im einfallenden Sonnenlicht.

An der einen geraden Wand befand sich ein großes Himmelbett und die andere gerade Wand hatte eine Tür. Claire lächelte verschmitzt und verschwand darin. Ich folgte ihr und musste schlucken, als ich den Schuhschrank sah, in dem wir uns befanden. Rechts und links befanden sich weitere Türen, von denen eine in ein riesiges Ankleidezimmer und eine weitere in ein großes Badezimmer führten.

»Obwohl du den Prinzen nicht heiratest, wohnst du wie eine Prinzessin.« Ich schaffte es nicht mehr, meinen Mund zuzukriegen, als ich noch sah, was für eine atemberaubende Aussicht sie von hier oben genoss.

»Ja, es ist ein Traum. Und stell dir mal vor, du würdest jetzt Phillip heiraten. Wir vier zusammen – wäre das nicht wundervoll? Wir könnten uns ständig sehen und gemeinsame Abende veranstalten, bei Bällen über die anderen Gäste lästern. Natürlich würden wir selbst zu den modischsten Damen des Königreichs gehören. Hach, wie toll! Ich möchte, dass du das gleiche Glück verspürst wie ich. Immerhin muss es einen Grund haben, weshalb er dich noch länger hierbehalten wollte«, schwärmte sie glücklich und bemerkte meinen Blick nicht einmal.

Ich schluckte und obwohl mich diese Vorstellung durchaus reizte, fühlte ich mich plötzlich, als würde mir jemand einen Strick um den Hals legen.

»Ja, das wäre es. Ich glaube, ich muss mich jetzt fertig machen. Gleich beginnt das Training. Sehen wir uns dann dort?«, fragte ich schnell und kaum, dass sie zustimmte, drückte ich sie kurz an mich und verschwand dann eilig aus ihrem Zimmer. Draußen im Flur versuchte ich keuchend mich wieder zu beruhigen und bohrte mir fest meine Fingernägel in die Handflächen. Sie hatte die Hoffnung anscheinend noch nicht aufgegeben, doch ich wusste, dass ich mich diesbezüglich zurückhalten musste. Aber wie so oft meldete sich da flehend mein Herz. Es schrie mich an, dass es tatsächlich einen Grund geben musste, weshalb er mich neben Charlotte ausgewählt hatte. Dass es noch eine Chance für uns zwei geben musste. Sogar wenn es zwischenzeitlich aussichtslos schien. Immerhin hatte er mir seine Liebe gestanden, mir beteuert, dass er mich wollte und nicht sie. Doch weshalb hielt er dann ihre Hand, weshalb setzte er sich dann neben sie und mied mich, wenn sie in unserer Nähe war? Hatte ich nicht die gleichen Chancen verdient wie Charlotte, wo wir doch zusammen für die letzte Runde ausgewählt worden waren?

Ich seufzte, als ich die Treppe erreichte, und nickte einem Bediensteten zu, der mir erstaunt hinterhersah, wie ich so durch den Palast eilte.

Ich nahm kaum wahr, dass ich irgendwann im Turm ankam. Erst als ich mir die Kleider vom Leib riss und feuchte Tränen auf meinen Wangen spürte, bemerkte ich, dass ich wieder zu weinen begonnen hatte. Schluchzend ließ ich mich auf meine Knie sinken und versuchte einen klaren Kopf zu bekommen. Doch meine Gedanken kreisten immer wieder um Claires Worte, um ihren Wunsch, ihren Traum, der genauso meiner war, obwohl ich es mir selbst nicht eingestehen wollte. Ich *durfte* es nicht. Dieser Wettbewerb war für mich schon verloren, bevor er überhaupt begonnen hatte. Es würde für mich niemals ein gutes Ende haben, vor allem nicht, wenn ich mich in eine verdammte Wunschvorstellung verliebte.

Plötzlich flammte heiße Wut in mir auf. Ich konnte und sollte mich nicht so benehmen. Ich war doch nicht so schwach und würde schon wieder wegen ihm weinen. Wegen einem elenden Prinzen!

Noch ein wenig zitternd richtete ich mich auf und wischte mir mit meinem Handrücken die Tränen aus den Augen. Dann lief ich hinauf und spritzte mir so lange kaltes Wasser in mein aufgequollenes Gesicht, bis ich wieder einigermaßen klar denken konnte.

Abwägend schaute ich mich im Spiegel an: Meine Augen waren gerötet und meine Wangen brannten noch. Doch dagegen konnte man etwas tun. Ich ging hinunter und puderte mein Gesicht, bis es wieder vollkommen normal aussah.

Als ich wenige Minuten später mit schwarzer Trainingskleidung und einem strammen Zopf hinausmarschierte, fühlte ich mich genauso, wie ich mich eigentlich fühlen sollte: stark und stolz. Ohne zu Charlotte hinüberzusehen, die sich einen Turm weiter mit Phillip unterhielt, stapfte ich hinaus in Richtung des Haupthauses.

Meine Finger zitterten, doch nicht, weil ich traurig war, dass er so viel Zeit mit ihr verbrachte, sondern weil ich wütend war.

Ich wollte nicht mehr die zweite Geige spielen und schon gar nicht mehr die heimliche Freundin sein. Wenn, dann ganz oder gar nicht. Keine gestohlenen Küsse mehr, keine geflüsterten Liebesbekundungen, die niemand sonst jemals hören würde. Und vor allem: kein Geheule mehr! Also atmete ich tief durch, während ich ihre Blicke zwischen meinen Schulterblättern spüren konnte, und schaute meinen wahren Freunden entgegen, die bereits bei der Terrasse auf mich warteten.

»Bereit?«, fragte Henry und musterte mich mit unverhohlener Neugier von oben bis unten. Ich ignorierte seinen eingehenden

Blick geflissentlich, der sich in mich bohrte und jeden meiner Gedanken zu erraten schien.

»Auf jeden Fall«, antwortete ich stattdessen grimmig. Natürlich entging mir nicht der besorgte Blick, den sich Claire und Fernand zuwarfen.

Wir liefen geradewegs zum Wald, auch, da wir von Weitem Gabriela mit ihrem Kamerateam sehen konnten und ich auf keinen Fall wollte, dass sie uns wieder filmte. Gabriela würde noch früh genug ihre Bilder bekommen, doch heute konnte ich nicht garantieren, mich wie eine richtige Dame zu benehmen. Natürlich tat ich dies sonst auch nicht unbedingt, aber heute würde ich mir nicht einmal mehr die Mühe machen.

»So, ich würde sagen, dass du mit Fernand trainierst. Am besten machen wir es so, dass Fernand so tut, als würde er dich angreifen, und du weichst so gut aus, wie du kannst«, erklärte Henry und seine Augen blitzten vor lauter Vorfreude. Wir hatten gerade die Lichtung erreicht, auf der auch die kleine Hütte stand.

Ich verdrängte die Erinnerungen, die beim Anblick dieses Ortes in mir emporstiegen, und drehte mich von der Hütte weg. Zu viele Bilder flammten in meinem Kopf auf, die ich am liebsten für immer vergessen wollte.

Fernand positionierte sich vor mir, während Claire sich neben Henry stellte.

»Hast du Angst?«, neckte Fernand mich und grinste ein verschmitztes Lächeln, das in seinem Gesicht irgendwie fehl am Platz wirkte.

Ich verzog meinen Mund und hob eine Augenbraue. »Wenn ich an deiner Stelle wäre, dann schon.«

Fernand lachte kurz und leise, beinahe bösartig, und stürzte dann auf mich los. Seine Faust verfehlte mein Gesicht nur um wenige Zentimeter, ich konnte gerade noch rechtzeitig ausweichen. Als ich meinen Kopf wieder hob, schnellte sein Fuß auf mich zu. Ich rollte mich weg und hockte auf allen vieren, während er eine Drehung machte und mit seinem Fuß erneut auf mein Gesicht zielte. Ich sprang hoch, höher, als ich erwartet hätte, stemmte mich mit beiden Händen auf seinen Kopf und sprang über ihn drüber, als wäre er ein Springbock. Wacklig, doch wenigstens auf beiden Beinen landete ich und schnellte herum. Ich erwartete einen weiteren Angriff, doch Fernand starrte mich verblüfft an.

»Wie hast du denn das gemacht?«, fragte er sichtlich überrascht und konnte seinen Mund nicht mehr schließen.

Ich zuckte mit den Schultern und spie Luft aus meinem Mund. »Vielleicht solltest du doch Angst vor mir haben. Henry, darf ich jetzt auch mal?«

Im Augenwinkel konnte ich sehen, wie Henry nickte, und bevor Fernand wusste, wie ihm geschah, raste ich auf ihn zu, packte seinen Kragen und warf ihn mit aller Kraft, die ich aufbringen konnte, über meine Schultern hinweg zu Boden. Er japste und hustete, sichtlich überrumpelt.

Claire rannte zu ihm hinüber und kniete sich neben ihn. »Fernand, geht es dir gut?«

Er nickte langsam, konnte seine Augen jedoch nicht von mir abwenden. »*Was* trainiert ihr hier eigentlich?«

Ich zuckte mit meinen Schultern und wollte gerade etwas entgegnen, als plötzlich hinter uns lautes Klatschen durch den Wald hallte. Abrupt drehten wir alle unsere Köpfe. Ich stöhnte. Gabriela und ihr Kamerateam näherten sich uns.

»Das war wirklich ganz wundervoll! Können wir das noch mal drehen? Vielleicht mit einer Nahaufnahme?« Gabrielas Stimme war schriller als sonst, wahrscheinlich vor Aufregung.

»Ich glaube, das ist keine so gute Idee ...«, begann Claire, doch wurde mit Gabrielas durchdringendem Blick zum Schweigen gebracht.

»Wieso sollte das denn keine gute Idee sein?«

Ich räusperte mich und machte einen Schritt auf sie zu. Sie wich erst zurück, als hätte sie Angst vor mir, doch baute sich dann in voller Größe auf.

Krampfhaft zwang ich mir ein Lächeln ab. »Weil das Volk dann womöglich denkt, dass das alles hier nur gespielt ist, und weder Ihre noch meine Glaubwürdigkeit sollten darunter leiden müssen. Sonst mutmaßen die Zuschauer letzten Endes doch, wir würden das einzig und allein wegen der Show planen. Und das wäre doch sehr schade, finden Sie nicht?« Ich hörte meine eigene Stimme und war überrascht davon, wie nett ich klingen konnte, vor allem, da ich nur versuchte, sie loszuwerden.

Gabriela schien einen Moment darüber nachzudenken. Ihr Blick ging kurz ins Leere, dann nickte sie und schaute uns alle nacheinander an. »Eine sehr gute Show. Ich werde die Bilder auf jeden Fall für den großen Rückblick der Woche verwenden. Das haben Sie alle wirklich ganz toll gemacht. Und ich denke, von Weitem sieht es sogar noch beeindruckender aus.« Selbstzufrieden grinste sie und stakste dann mit ihrem Team davon.

»Die hat doch einen Knall«, zischte ich durch meine zusammengepressten Zähne, als sie außer Hörweite waren, und half Fernand aufzustehen, der noch immer auf dem Boden saß.

Er klopfte sich den Staub von seiner schwarzen Hose und

gab Claire einen sanften Kuss, bei dem ich einfach nicht anders konnte, als mich wegzudrehen. Ich freute mich für die beiden, freute mich wirklich, aber diese geballte Liebe zu sehen machte es mir schwer, nicht wieder in Selbstmitleid zu verfallen.

Henry schien zu spüren, dass mich etwas belastete, griff nach meiner Hand und drückte sie liebevoll. Ich sah zu ihm auf und schenkte ihm ein zaghaftes Lächeln, das er strahlend erwiderte.

Auf einmal verfinsterte sich sein Blick und wanderte über die Baumwipfel. »Ich denke, wir sollten reingehen. Der Himmel dort oben sieht nicht gut aus«, murmelte er und zog mich von der Lichtung weg. Bevor ich auch nur einen Blick nach oben werfen konnte, liefen wir schon unter den Baumkronen über den abgetretenen Waldweg.

Noch immer hielt Henry meine Hand und strich sanft mit seinem Daumen über meinen Handrücken, als würde er mich beruhigen wollen. Ich schaute ihn mit zusammengekniffenen Augen an und versuchte den Grund für seinen mahlenden Kiefer zu finden, dessen Knirschen selbst durch das Rascheln der Blätter unter unseren Füßen deutlich hörbar war.

Plötzlich ertönte ein lauter Knall. Wir fuhren herum und starrten hoch zu den Baumkronen, als erneut ein lautes Donnern die Welt erzittern ließ.

»Verflucht«, rief Fernand und begann mit Claire an seiner Hand zu rennen.

Auch Henry fluchte und zog mich hinter sich her, während ich wie gebannt auf den Himmel starrte, der durch die leuchtend grünen Blätter verdeckt wurde.

»Schon wieder?«, fragte ich ihn keuchend.

Henry nickte ohne mich anzusehen und wirkte noch angespannter als zuvor. Ich löste meine Hand aus seiner und hetzte mit meinen Freunden davon. Als wir den Waldrand erreichten, stoppte ich abrupt. Überall liefen aufgebrachte Menschen umher und schrien vor Aufregung.

»Tanya, sei nicht dumm«, herrschte mich Henry an und zerrte an meiner Hand, doch ich konnte meinen Blick nicht von dem Schauspiel am Himmel lösen. Es war schlimmer als jemals zuvor. Nicht ein Meter der gläsernen Kuppel wurde von den Angriffen verschont, die unablässig den Feuerhagel auf sie niederprasseln ließen. Plötzlich wurde mir angesichts dieser furchtbaren Bilder bewusst, dass sie dieses Mal nicht bis zur Nacht gewartet hatten. Sie griffen ganz offensiv an und was zuvor noch einer Drohung ähnelte, kam nun einer Kriegserklärung gleich. Doch *wer* waren *sie*?

Ich schluckte die aufsteigende Galle hinunter und versuchte mein Herz zu beruhigen, das beängstigend langsam in meiner Brust schlug. Als Henry mich mit einem kräftigen Ruck wegziehen wollte, war ich so unvorbereitet, dass ich ihm unkontrolliert entgegenfiel. Er fing mich gerade noch rechtzeitig auf und musterte mich.

»Es wird alles gut«, versprach er und zog mich wieder hinter sich her.

»Wird es das jemals?«, wisperte ich leise und folgte ihm ohne mich zu wehren. Wir rannten auf das Haupthaus zu und wurden begleitet von Wächtern, die anscheinend auf uns gewartet hatten.

Einer von ihnen nahm meinen Arm und zog mich mit sich fort. Bedingungslos ließ ich mich in das Innere des Palastes, hinunter in den Schutzkeller bringen, wo wir vor einer gefühlten Ewigkeit schon einmal gewesen waren.

Der Angriff dröhnte über unseren Köpfen, doch als wir die stählerne Tür durchquerten, hörte man kaum noch ein Summen. Es war nahezu still.

Ich setzte mich neben Claire auf eine schmale Pritsche und starrte zu den Wächtern hinüber, die sich bemüht leise Anweisungen zuriefen. Doch nicht leise genug, damit wir sie nicht vernahmen. Ihre Stimmen gingen unter, als ich Phillip und Charlotte hereinkommen sah. Sie wurden von zwei Wächtern begleitet. Charlotte wirkte verängstigt, beinahe panisch, während Phillip sie keines Blickes würdigte. Er blieb stehen und schaute sich um, als würde er etwas suchen. Als sich unsere Blicke begegneten, meinte ich zu sehen, dass ein Lächeln über sein Gesicht huschte, doch bevor ich es richtig einordnen konnte, wandte er sich ab. Er sagte Charlotte etwas, die darauf mit großen Augen nickte, und ging dann selbst in die entgegengesetzte Richtung, um sich mit einem Wächter zu unterhalten. Ich konnte seinen angespannten Kiefer erkennen, der sich hart aufeinanderpresste.

Unwillkürlich schluckte ich und schaute mich hektisch um. Mit einem Mal wurde mir klar, *wer* noch fehlte: der König und die Königin.

Ich sprang auf und obwohl ich es eigentlich nicht sollte, steuerte ich direkt auf ihn zu.

»Phillip, was ist mit dem König und der Königin?«, fragte ich leise neben ihm, während der Wächter mich mit einer Mischung aus Überraschung und Belustigung von oben bis unten musterte. Ich schenkte ihm ein gepresstes Lächeln, als ich seinen Blick sah, und schaute dann schnell zurück zu Phillip.

»Sie sind nicht hier. Vielleicht fällt es niemandem auf, wenn du nichts sagst«, brachte er hervor.

»Wie, sie sind nicht hier?! Aber das wird doch über kurz oder lang auffallen«, entgegnete ich und machte eine ausladende Geste, die den ganzen Schutzbunker mit einbezog.

»Sie sind heute Morgen abgereist, weil sie einige wichtige Termine haben«, erklärte Phillip und auch er begann mich jetzt zu mustern.

Ich schaute an mir hinunter. »Was ist denn? Warum starrt ihr mich so an?«

»Wart ihr trainieren?«, fragte Phillip und deutete auf meine Knie. Ich runzelte meine Stirn und starrte auf meine wund gescheuerten Knie, die aus der zerrissenen Hose herausschauten und auf denen sich bereits eine blutige Kruste bildete.

»Oh«, machte ich nur und legte meinen Kopf schief. »*Daran* kann ich mich nicht erinnern.«

»Ich sehe, dass ihr Spaß hattet bei eurem Training. Wenn sich alles wieder beruhigt hat, dann würde ich gerne auch mal mitmachen.«

»Wieso?«

Ein neckisches Grinsen erschien in seinem Mundwinkel und ließ für einen Moment meine Knie weich werden. »Weil ich eben gerne auch mal sehen würde, was du so draufhast.« Seine Stimme war so leise, dass nur ich und der Wächter sie hören konnten. Das Lächeln in dem Gesicht des Wachmanns sprach Bände.

»Na dann«, meinte ich und spürte, wie sich trotz meiner Anspannung ein ehrliches Lächeln auf meinen Lippen bildete. »Ich dachte, du würdest das Training nicht gutheißen, aber es freut mich, dass du deine Meinung geändert hast.« Mir wurde klar, dass es unser erstes richtiges Gespräch seit der Entscheidung war, und ich spürte, wie Befangenheit sich in mir breitmachte.

»Ähm ... ich werde mal wieder zu den anderen gehen.«

Er nickte nur gütig, wie ein Prinz es eben tun würde, und schien nichts weiter dazu sagen zu wollen. Sein dezenter Seitenblick auf den Wächter neben ihm erklärte mir auch, weshalb.

Ich nickte beiden noch einmal zu und kehrte dann wieder zurück zu meinen Freunden, wo ich neben Claire sank und meine Arme um mich legte. Henry, der sich zu uns gesetzt hatte, stand auf und ging zu Phillip. Dieser unterhielt sich noch immer mit einigen Wachen.

Ich schielte zu ihnen hinüber. Fast kam es mir so vor, als würden sie sich streiten. Doch nicht so, dass es jeder sehen konnte, nur mit finsteren Blicken, gleichzeitig um einen sachlichen Tonfall bemüht. Für einen Moment suchte Phillip meinen Blick. Ich war so überrascht davon, dass ich es nicht einmal schaffte, mich von ihm abzuwenden. Ich schaute in seine wunderschönen braunen Augen, die sogar jetzt noch in diesem fahlen Licht zu funkeln schienen. Mir war, als würden sie mir zulächeln. Und gerade, als sich auch ein zaghaftes Lächeln auf meinen Lippen bilden wollte, wurde ich angestoßen.

»Sag mal, hörst du mir überhaupt nicht zu?«

Leicht benommen drehte ich mich zu Claire, die mich mit zusammengezogenen Augenbrauen musterte. »Träumst du, oder wie?«

»Ein wenig«, gab ich leise zu. Unwillkürlich fiel mein Blick auf Charlotte, die alleine in einer Ecke des Raumes saß und vor sich hin starrte.

»Hast du Charlotte gesehen? Die sieht so aus, als würde sie

gleich anfangen zu weinen«, flüsterte Claire und nicht ein Funken Mitleid wollte in ihrer Stimme aufkeimen.

Ich hingegen schluckte. »Ja. Ich glaube, ich hole sie mal hierher. Wir sollten sie nicht so ausschließen. Sie scheint wirklich Angst zu haben.« Die Worte kamen aus meinem Mund und selbst ich wunderte mich darüber.

Claire starrte mich an. »Meinst du das ernst?«

Ich nickte. »Ja, ich hole sie schnell.«

Langsam stand ich auf und schon auf der Hälfte des Weges fragte ich mich, was ich da überhaupt tat. Charlotte war noch *nie* nett zu mir gewesen. Doch da entdeckte sie mich schon und schaute mich mit großen und überaus echt wirkenden traurigen Augen an. Ich setzte mich neben sie und schwieg. Das war eine blöde Idee.

»Was willst du hier?«, fragte sie mit einem Zittern in ihrer Stimme, das erneut Mitleid in mir aufkommen ließ.

Ich schaute sie nicht an, während ich antwortete, und konzentrierte mich auf einen Wächter, der gerade den Bediensteten entgegenging. Von Weitem winkte mir Erica zu und ich winkte ihr zurück. »Ich dachte, du willst dich vielleicht zu uns setzen.«

»Wieso sollte ich?« Ich merkte deutlich, dass sie sich gemein und abwertend anhören wollte, doch in ihrer Angst gelang ihr das nicht so recht.

»Weil ich es nicht so toll fände, hier unten alleine zu sitzen. Phillip wird bei den Wachen bleiben. Er sieht nicht so aus, als würde er einfach nur warten wollen. Daher kannst du auch genauso gut bei uns sitzen.«

Sie warf mir einen fragenden Blick zu und ich konnte sehen, dass sie abwog, was wohl das geringere Übel wäre.

Ich seufzte. Manchmal war ich auch einfach nur dumm. »Du musst auch nicht mit uns reden. Aber vielleicht fühlst du dich dann nicht so mies. War auch nur ein Vorschlag.« Meine Worte kamen genauso hart heraus, wie ich es wollte. Keine Spur des Mitleids. Sie sollte sehen, dass ihre Art mich nervte und ich es nicht nötig hatte, mich um sie zu kümmern.

Ich wollte schon aufstehen, da legte sie mir ihre Hand auf den Unterarm. »Warte ... Es wäre nett, wenn ich bei euch sitzen könnte ...«, wisperte sie so leise und zaghaft, dass ich mir ein halbwegs nettes Lächeln abringen konnte, was ich mit meiner ausgestreckten Hand unterstrich.

Sie nahm sie und ließ sich von mir hochziehen, doch entzog sie mir sofort, als sie stand.

Gemeinsam gingen wir zu Claire und Fernand hinüber, die auf der Pritsche ein Stück zur Seite rückten, damit wir beide Platz hatten.

Langsam ließ ich meinen Blick wieder durch den Raum wandern. Da fiel mir auf einmal auf, dass Charles fehlte. Eine Woge aus blanker Panik erfasste mich und meine Augen hasteten hin und her. Als ich seinen Haarschopf schließlich aus der Gruppe der Vertrauten herausragen sah, die gerade lauthals über einen seiner Witze lachten, atmete ich erleichtert auf. Sofort entspannte ich mich und lehnte mich gegen die kühle Steinwand hinter mir.

»Glaubst du, die Welt geht da draußen gerade unter?«, fragte Claire Fernand leise, doch immer noch laut genug, dass auch wir sie hören konnten.

Charlotte schnaufte verächtlich. »Hast du tatsächlich Angst? Wir sitzen hier in einem modernen Schutzbunker. Uns kann überhaupt nichts passieren.«

»Komisch, dass du vorhin auch etwas *ängstlich* gewirkt hast«, zischte ich und funkelte sie an.

Sofort verschwand der giftige Ausdruck aus ihren Augen. »So war das doch überhaupt nicht gemeint.«

»Dann reiß dich gefälligst zusammen«, erwiderte nun Claire, die ihren Kopf an Fernands Schulter legte und so friedlich aussah, dass ihr Tonfall überhaupt nicht dazu passen wollte.

Noch einmal wurde mir aufs Schärfste bewusst, was dort draußen gerade passierte. Jemand griff uns an. Vielleicht zerstörten die Angreifer in diesem Moment unsere Kuppel und nahmen uns jegliche Chance auf ein Leben? Fragen wallten in mir auf: Woher kamen sie? Gab es am Ende weitere Königreiche, womöglich weitere Kuppeln, in denen noch andere Überlebende lebten? Und die viel wichtigere Frage war: Was wollten sie von uns? Warum griffen sie uns an? Ich schluckte und sprang auf.

»Meine Beine tun weh. Ich glaube, ich werde mal die Gegend erkunden«, erklärte ich den anderen, die mich überrascht ansahen.

Noch bevor jemand etwas einwenden konnte, drehte ich mich abrupt um und marschierte in die entgegengesetzte Richtung, natürlich auch weg von Phillip und Henry. Denn in dem Augenblick, als ich aufstand, konnte ich sehen, dass die beiden mich musterten und nach dem seltsamen Gefühl in meinem Bauch zu urteilen auch über mich redeten.

Meine Wangen glühten, als ich auf die Vertrauten zusteuerte. Mir fiel nämlich nicht ein, wo ich sonst hätte hingehen können.

Als Charles mich sah, hellten sich seine ohnehin schon heiteren Gesichtszüge noch weiter auf. »Tanya. Komm her. Hier ist es kuschelig«, rief er mir zu und kam mir entgegen. Dann ergriff er meinen Arm und zog mich mit zu den anderen.

»Also jetzt noch einmal ganz offiziell: Das hier ist meine Freundin Tanya. Schaut sie euch an, eine echte Kampfprinzessin, die jeden hier umhauen könnte«, prahlte er so laut, dass wirklich alle in dem Bunker ihn hören konnten.

Kurze Zeit war alles still und jeder schien mich anzustarren, während ich mich möglichst klein machte. Falls so etwas möglich war, sollte sich jetzt bitte wirklich der Boden unter mir auftun. Doch so sehr ich auch hoffte, nichts geschah und ich musste mich den Blicken stellen.

Mit so viel Kraft, wie ich nur aufbringen konnte, stieß ich Charles meinen Ellenbogen in die Seite, was ihn aufkeuchen ließ.

»Du bist unmöglich«, murmelte ich durch meine zusammengebissenen Zähne.

Charles jedoch presste seine Hände an die Stelle, die ich erwischt hatte, und grinste mich breit an. »Mir egal. Ich kann doch ein wenig angeben, oder?«

»Mit mir? Willst du mich auf den Arm nehmen?« Mit jedem Wort schlug ich ihm gegen sein Bein.

Mittlerweile waren wieder einzelne Gespräche aufgeflammt, doch einige der Wächter schienen sich trotzdem für uns zu interessieren. Nur mühsam widerstand ich dem Drang, ihnen meine Zunge hinauszustrecken.

»Au! Jetzt hör doch mal auf. Freu dich doch. Ich will doch nur, dass alle wissen, wie gut du bist«, wehrte Charles ab und versuchte meine Hand festzuhalten, die noch immer unerbittlich sein Bein traktierte.

»Wozu?«, brachte ich hervor und meine Stimme war lauter als beabsichtigt.

Doch anscheinend verlor nun auch Charles die Geduld. Er packte meine Hand und hielt sie richtig fest, während er mir tief in die Augen sah. »Weil ich gehört habe, dass du vielleicht zu den Wächtern wechseln willst. Also falls du nicht unsere Prinzessin wirst.«

Die Art, wie er das sagte, jagte mir einen Schauer über den Rücken. »Wer sagt denn, dass ich mich nicht sofort aus dem Staub mache, sobald diese Woche vorbei ist?«

Etwas flammte in seinen Augen auf, das mich für einen Moment stutzig machte. Eine Art von Trauer, gemischt mit einer geballten Ladung Wut. Doch kaum erkannte ich es, verschwand es auch schon wieder und ich war mir nicht mehr sicher, ob ich es mir nicht vielleicht eingebildet hatte. Denn nun erschien ein Lächeln auf seinen Lippen.

»Sei einfach stark und dann wird alles gut«, flüsterte er leise und drehte sich zu den Vertrauten um, die sich wieder angeregt miteinander unterhielten. Zumindest taten sie so, als hätten sie uns nicht belauscht.

Ich versuchte mir nicht anmerken zu lassen, wie sehr mich seine Worte beschäftigten. Immer wieder versuchte ich zu entschlüsseln, was er wohl gemeint haben könnte. Jedoch wirkte er nun wieder so unbekümmert, dass es mir fast so war, als hätten meine Nerven einfach nur verrücktgespielt.

* * *

Vier Stunden später, genauer: nach unzähligen wirklich schlechten Witzen von Charles, einem ausgewachsenen Streit zwischen Claire und Charlotte und natürlich unzähligen finsteren Blicken vonseiten Phillips konnten wir endlich wieder dem dunklen Loch entsteigen, das doch eigentlich unser aller Rettung war.

Als wir ins Freie traten, ging gerade die Sonne unter. Letzte Reste des Angriffs waren noch auf der Kuppel zu sehen, doch das Glas schien unbeschädigt. Zumindest hoffte ich das aus tiefstem Herzen, denn ohne mein Fernrohr konnte ich nicht wirklich etwas erkennen.

Meine Arme und Beine waren steif von der unbequemen Sitzposition und meine Finger kribbelten, weil ich sie mir ständig unter die Oberschenkel geschoben hatte, damit sie sich aufwärmten. Meine Trainingskleidung war endgültig hinüber. Nicht nur die großen Löcher an den Knien, sondern auch der Schmutz und Staub aus dem Schutzbunker hatten sie vollends ruiniert. Doch das fand ich nicht so schlimm wie die Tatsache, dass Phillip sofort nach unserer »Freilassung« zu Charlotte geeilt war, weil diese einen Weinkrampf vorgetäuscht hatte und immer noch herzzerreißend schluchzte.

Ich drehte mich von den beiden weg und winkte Fernand, Charles und Claire zum nächtlichen Abschied.

»Hast du keinen Hunger? Es gibt jetzt gleich noch Abendessen«, fragte Claire besorgt und wollte schon zu mir kommen. Wieder war mir, als würden alle verdrängen, was heute geschehen war.

Ich schüttelte den Kopf und gähnte. »Nein, mir ist der Appetit vergangen. Wir sehen uns morgen früh.« Mit meinem Kopf verwies ich auf Phillip und Charlotte, was Claires Mund sofort zu einer harten Linie werden ließ. Sie nickte traurig und als ich ihnen den Rücken zuwandte, war ich mir sicher, dass sie mir alle hinterhersahen. Tief in mir drin konnte ich sogar ihr Mitleid spüren. Doch vielleicht bemitleidete ich mich auch nur selbst.

Ich ging hinüber zu meinem Turm, der zwischen den anderen leeren Türmen ganz verlassen wirkte. Langsam hob ich meinen Kopf und versuchte noch weitere Anzeichen des Kampfes auf der Kuppel zu erkennen, doch nur dunkle Flecken erinnerten daran. Müde seufzte ich und kramte in meiner Hosentasche nach meinem Schlüssel.

Plötzlich packte mich jemand von hinten. Zwei Hände umklammerten mich mit solch einer Kraft, dass ich Angst hatte, sie würden mich zerquetschen. Ich schnappte nach Luft, doch meine Brust war wie zugeschnürt. Panisch drehte ich den Schlüssel zwischen meinen Fingern. Mit voller Wucht ließ ich die Spitze nach hinten sausen. Ein leidvolles Stöhnen ertönte von meinem Angreifer und sofort ließ er mich los.

Ich schaffte es gerade noch auf meinen Beinen zu landen und durchzuatmen, als plötzlich von der Seite ein weiterer Mann auftauchte. Ich fuhr herum. Es waren Wächter. Doch sie trugen schwarze Masken. Und einer von ihnen kam mir verdächtig bekannt vor.

»Was wollt ihr von mir?«, schrie ich so laut, in der Hoffnung, dass mich jemand hörte, und spreizte meine Beine, während meine Hände sich zu Fäusten ballten.

»Wir wollen nur reden. Kein Grund sich aufzuregen«, antwortete die dunkle Stimme des zweiten Wächters.

Der erste Wächter rieb sich seinen Bauch. Ich konnte zwischen seinen Fingern das weiße Futter seiner Weste aufblitzen sehen. Es war also ein Volltreffer gewesen.

Wut machte sich in mir breit. »Ernsthaft? Dann ist das aber sicher kein Grund, mir die Luft aus den Lungen zu pressen.«

»Komm, mein Kind, wir werden dir nichts tun. Wir wollen wirklich nur reden.« Der erste Wächter machte einen Satz auf mich zu und wollte mich packen. Doch ich rollte mich über den Boden und trat ihm mit voller Wucht gegen sein Schienbein, was ihn abermals schmerzvoll aufstöhnen ließ.

»Aber *ich* will nicht reden«, rief ich erneut so laut ich konnte. Mein Herz pochte schmerzhaft in meinem Hals, während ich die beiden fixierte. Hinter mir befand sich bereits mein Turm, rechts und links davon ragten steile Wände in die Höhe. Ich saß eindeutig in der Falle. Und dem überlegenen Grinsen der Wächter nach zu urteilen, wussten sie das. Mit aller Macht bekämpfte ich die Verzweiflung, die mich zu ersticken drohte.

»Lasst mich in Ruhe«, versuchte ich schnaufend, als plötzlich der zweite auf mich zusprang. Im selben Moment tat es ihm der andere gleich. Meine Gliedmaßen erstarrten zu Eis. Ich atmete heftig aus und schmiss mich auf den Boden. Gerade als sie über mir waren, rollte ich mich zwischen ihren Beinen hindurch. Ich konnte die Überraschung in ihren Augen sehen, als sie mit voller Wucht mit ihren Köpfen zusammenprallten.

Ich lachte hysterisch, rappelte mich auf und wollte losrennen, doch einer von ihnen packte mein Bein. Er riss mich mit sich zu Boden. Bevor ich etwas tun konnte, prallte mein Kopf auf einen Stein. Rasend schnell verbreitete sich Schmerz in meinem Kopf, während sich eine Taubheit über meine Glieder legte, die sie erschlaffen ließ. Es war warm und feucht an meinem Ohr, ein salzig-metallischer Geschmack breitete sich in meinem Mund aus, während ich es kaum schaffte, nach Luft zu schnappen. Als ein lautes Rauschen in meinen Ohren erklang, tauchten kleine Sterne vor meinen Augen auf. Ich versuchte sie offen zu halten, mich aufzurichten, doch mein Körper wollte mir nicht mehr gehorchen. Stattdessen umklammerte mich ein schwarzes Loch. Ich fiel. Und niemand hielt mich fest.

27. KAPITEL
ES IST EINE SCHWÄCHE, IMMER NUR AN DAS GUTE IM MENSCHEN ZU GLAUBEN

Mein Kopf dröhnte und ein stechender Schmerz brannte in meiner Stirn, als ich erwachte. Langsam versuchte ich meine Augen zu öffnen, doch presste sie sogleich wieder schmerzvoll aufeinander, als mich das blendende Licht über meinem Kopf erreichte. Ich atmete tief ein. In meinen Ohren rauschte es leise, während ich noch einmal ganz langsam den Versuch wagte, meine Augen wieder zu öffnen. Doch dieses Mal nur zaghaft, um mich an das Licht zu gewöhnen.

Als es aufhörte zu brennen und ich feststellte, dass das Licht eigentlich fahl und grau war und nur direkt in mein Gesicht leuchtete, sah ich mich um. Ich befand mich eindeutig in einer Zelle und saß auf einem harten Stuhl. Gerade als ich aufstehen wollte, stellte ich fest, dass meine Beine an die Stuhlbeine gefesselt waren, genauso wie meine Hände an die Lehnen.

Panik wallte in mir auf, ließ mich keuchen und beförderte brennende Spucke in meinen Hals. Ich schluckte sie hinunter und sah mich um. Neben mir stand eine durchweichte Pritsche, die eine beträchtliche Anzahl an Flecken aufwies. Und dieser widerliche Gestank nach Urin schien eindeutig aus ihrer Richtung zu kommen.

Angewidert drehte ich meinen Kopf, schaute an den grauen

Steinwänden entlang zu einem winzigen Fenster, das mir gegenüberlag, aber so hoch, dass ich niemals herankommen könnte.

Dicke Gitter waren davor angebracht und ein leises Surren, das ich zunächst für das Rauschen in meinen Ohren hielt, wehte von ihnen zu mir herüber. Wurden die etwa unter Strom gesetzt?

Ich verzog mein Gesicht, mit dem Willen, bloß nicht die aufsteigenden Tränen zuzulassen. Ich war wirklich in einem Kerker.

Vorsichtig versuchte ich meinen Kopf zu drehen. Die Fesseln an meinen Händen waren so eng, dass sie bereits tiefrote Schürfwunden hinterlassen hatten und so schrecklich brannten, dass ich meine Zähne aufeinanderbeißen musste. In meinem Mund schmeckte es nach ranzigem Blut, ganz so, als läge ein altes Geldstück auf meiner Zunge.

Meinen Kopf drehte ich so weit, bis ich im Augenwinkel eine riesige Stahltür erkennen konnte. Ich glaubte, ein kleines Loch schimmern sehen zu können, durch das Licht in meine Zelle gelangte. Bei dem Gedanken daran, dass mich jemand genau in diesem Moment beobachtete, fröstelte ich unweigerlich. Als würde sich eine eisige Hand um meine Lungenflügel legen, begann ich zu zittern und rang lautlos nach Luft.

Vorsichtig drehte ich mich wieder nach vorne und starrte hinauf zu dem kleinen Fenster. Von hier aus konnte ich sogar die Sterne glitzern sehen, aber heute erschienen sie mir ungewohnt düster und trüb.

Plötzlich ertönte hinter mir ein Klacken, ein Geräusch, als wenn ein Wolf seine Klauen an einer steinernen Wand wetzte. Ich erstarrte, versuchte weiterzuatmen, doch meine Luftröhre war wie gelähmt. Lautlos räusperte ich mich mehrere Male und konnte schließlich wieder Luft holen. Ich vernahm schwere Schritte, hörte, wie sie näher kamen. Wenige Sekunden später tauchten rechts und links von mir zwei schwarze Erscheinungen auf.

»Was wollt ihr?«, fragte ich leise, flehend. Ich wollte nicht sterben, weder hier drinnen noch sonst wo.

Als der eine sich auf die Pritsche setzte und der andere sich an die Wand lehnte, stellte ich fest, dass es wieder Wächter waren. Genau die beiden Wächter, die mich zuvor angegriffen hatten. Unweigerlich ballten sich meine Hände zu Fäusten, wodurch ich die Fesseln an meinen Armen nur noch deutlicher zu spüren bekam. Hypnotisiert von dem Anblick starrte ich auf das dünne Rinnsal aus Blut, das sich gerade seinen Weg zu den Lehnen bahnte und auf dem Weg hinunter versiegte.

»Wir wollen nur reden«, erwiderte der Wächter auf der Pritsche, die sich unter seinem Gewicht bedrohlich durchdrückte. Bei dem Geruch und diesem Anblick schluckte ich angewidert.

»Dann redet.« Das Zittern in meiner Stimme hörte auf und so langsam wandelte es sich in eine unkluge Mischung aus Trotz und Wut.

Der Wächter räusperte sich und lehnte sich vor, wobei er die Ellenbogen auf seinen Knien abstützte und seine Hände so faltete, als würde er gleich zu beten beginnen. In der fahlen Dunkelheit wirkten seine Augen aschgrau und blitzten beängstigend, während der Rest seines Gesichts unter der dunklen Maske verborgen blieb.

»Wir wollten dich nur um einen Gefallen bitten.« Er atmete tief ein, als würden ihm diese Worte schwerfallen. »Es geht um den Prinzen. Du weißt, dass du keine Chance bei ihm hast, oder?«

Mein Atem setzte zwei Herzschläge lang aus, während ich ihn mit zusammengekniffenen Augenbrauen beobachtete.

»Ich weiß«, antwortete ich schließlich und hoffte, dass er das Bedauern in meiner Stimme nicht bemerkte.

Der Wächter nickte, während der andere Wächter zu meiner Linken nur abwertend schnaufte. »Das ist gut. Dann ist dir wohl auch klar, wieso du ihn nicht mehr treffen solltest.«

»Ich *treffe* ihn nicht«, erklärte ich so fest wie möglich, während sich meine Gedärme miteinander zu verschlingen drohten. Unauffällig betrachtete ich den einen Wächter noch einmal genauer und runzelte verwirrt meine Stirn. Woher kannte ich ihn? Seine Körpergröße und -form kamen mir unheimlich bekannt vor.

Der Wächter auf der Pritsche schnalzte mit der Zunge und schüttelte dabei missbilligend seinen Kopf. »Oh doch. Wir beobachten euch schon eine Weile. Glaubt ihr etwa, eure Begegnungen im Wald würden unentdeckt bleiben?«

Erschrocken schaute ich seinen Kollegen an und da wurde es mir klar. Es war der Wächter, der mich in der Nacht beobachtet hatte. Und ich hatte geglaubt, er wäre mein Beschützer gewesen.

»Wir sind aber nur Freunde, mehr nicht.« Ich war selbst überrascht von der Härte in meiner Stimme.

Der Wächter links von mir schnaufte erneut, doch ich konzentrierte mich ganz auf den anderen. Dieser schien mich entweder nicht gehört zu haben oder ignorierte mich, so wie er aus dem Fenster starrte und sich auch nicht von dem anderen Wächter ablenken ließ, der sich nun langsam von der Wand abstieß.

Ich schielte zu ihm hinüber, verfolgte mit zunehmender Beunruhigung jeden seiner Schritte.

Plötzlich passierte alles auf einmal: Er wurde schneller und holte noch im Gehen mit seiner Hand aus. Ich konnte mich nicht einmal mehr wegdrehen, sodass er mir mit voller Wucht auf meine Wange schlug. Während mein Kopf zurückprallte und ich ihn benommen anstarrte, rieb er sich selbstzufrieden seine Handflächen.

»Hör auf zu lügen und ich höre auf dich zu schlagen.« Bei seiner ruhigen und unnatürlich freundlichen Stimme erzitterte ich vor Angst.

»Ich lüge nicht. Wir haben uns schon lange nicht mehr gesehen und er hat sich bereits für Charlotte entschieden.« Wieder schmeckte ich Blut in meinem Mund. Es glitt langsam meine Kehle hinab. Ich würgte und spuckte eine Mischung aus Blut und Spucke auf den Boden neben mir, wobei ich mich so weit zur Seite lehnen musste, dass die Wunden an meinen gefesselten Händen noch weiter aufrissen. Ich keuchte leise.

»Sie ist auch die richtige Wahl für ihn. Das solltest du niemals vergessen. Also schwöre uns, dass du dich von ihm fernhältst«, schrie der Wächter und holte zu einem weiteren Schlag aus.

Ich versteifte mich, damit mein Kopf nicht weggeschleudert wurde, doch sein erneuter Schlag war noch härter. Mit einem lauten Klatschen landete seine flache Hand auf meinem Kiefer und verzog ihn so sehr, dass ich glaubte ein Knacken zu hören.

Benommen starrte ich ihn an. Seine kalten Augen funkelten grau, wütend und voller Hass auf mich herunter. In seinem Augenwinkel war eine kleine weiße Narbe, die sich bis zu seiner Wange zog und sich in mein Gehirn brannte, bevor ich mich vornüberbeugte.

Erneut spuckte ich eine Mischung aus Blut und Galle auf den Boden und hob dann langsam meinen pochenden Kopf.

Migräneartige Kopfschmerzen breiteten sich darin aus, während mir immer schlechter wurde von dem Geschmack meines eigenen Blutes. Bevor ich überhaupt wieder richtig bei mir war, schlug er erneut zu. Immer wieder schlug er auf mich ein, direkt in mein Gesicht. Ich keuchte und leise Tränen rannen über meine brennenden Wangen, während ich versuchte möglichst still zu sein, um ihn nicht noch mehr anzustacheln.

Plötzlich begann er mich zu treten. Erst waren es meine Beine, dann meine Arme und dann traf er meinen Magen. Ich keuchte, würgte und übergab mich auf meine Hose.

»Schwöre es«, schrie der Wächter und holte aus, als der andere Wächter plötzlich aufsprang und seine Hand festhielt.

Einige Sekunden lang starrten sie einander nur an, bis mein »Retter« gewaltsam die Hand des anderen festhielt. »Ich denke, sie hat verstanden.«

Nur widerwillig zog sich der Wächter zurück und ging zu der Tür hinter mir. Ich konnte seinen zornigen Gesichtsausdruck sehen und versuchte ihm standhaft entgegenzublicken, doch meine Kräfte schwanden und ich konnte kaum noch meine Augen offen halten.

»Vergiss nicht: Prinz Phillip und du, ihr seid nicht das Paar, welches sich Viterra wünscht und das es braucht«, erklärte der Wächter vor mir und mir war, als würde eine Spur von Bedauern darin mitschwingen. Doch vielleicht war ich auch einfach nur zu müde, um das von etwas anderem zu unterscheiden.

Ich antwortete nicht, sondern sah ihn nur benommen an. Er erwiderte meinen Blick, doch nur kurz und ging dann mit dem anderen Wächter hinaus.

Ich wollte gerade durchatmen, als ich hörte, wie sie sich mit jemandem unterhielten. Meine Ohren taten so weh, dass ich kaum etwas hören konnte, doch ich meinte, die Stimme zu kennen. Es wurde geschrien und geflucht. Eine vage Ahnung, dass es um mich ging, erfasste mich. Ich meinte zu hören, wie die unbekannte Person sagte, dass die Wächter zu weit gegangen waren.

Plötzlich legte mir jemand ein Tuch über die Augen. Ich schloss sie und wartete darauf, was als Nächstes geschehen würde. Meine Hände waren noch immer zu Fäusten geballt und ich konnte spüren, wie das Blut aus meinen Wunden heiß über meinen Körper lief.

Auf einmal berührte jemand die Wunden an meinen Armen. Es war eine fast schon zärtliche Berührung, sanft und mitfühlend. Ich erschauerte bei so viel Kaltblütigkeit und wagte es kaum noch zu atmen. Es wurde ein Knoten in das Tuch um meine Augen gebunden. Jedes Haar, das sie mir damit herausrissen, brannte wie Feuer.

Ich spürte, wie sich jemand hinter mich stellte und mich fest an den Schultern packte. Wie gelähmt ließ ich es zu. Noch bevor ich meinen Mund aufmachen konnte, rammte mir jemand eine Nadel in meine Armbeuge. Ich konnte spüren, wie sich die Flüssigkeit von meinem Arm weiter in meinem gesamten Körper ausbreitete. Obwohl es höllisch schmerzte, konnte ich nicht schreien. Ich fühlte mich wie taub. Mein ganzer Körper zitterte, verkrampfte sich und wehrte sich mit heftigen Zuckungen, die ich nicht kontrollieren konnte. Die Wächter verstärkten ihre Griffe an meinen Schultern, bohrten ihre Finger in meine Haut.

Es tat so weh. Aber mehr als ein Stöhnen kam mir nicht über die Lippen.

Dann wurde alles schwarz.

28. KAPITEL
WENN ANGST DICH BEHERRSCHT UND DIR KEINE LUFT MEHR ZUM ATMEN LÄSST

Klopf. Klopf.

Meine Augen zuckten, während Krämpfe meinen Hals durchzogen.

Klopf. Klopf. Klopf.

Ich versuchte mich zu bewegen, doch mir tat alles weh. Verkrampft biss ich meine Zähne zusammen und griff in mein Bettlaken.

Klopf. Klopf. »Tanya? Bist du wach?«

Zitternd drehte ich meinen Kopf auf die Seite, starrte mit verklebten Augen hinüber zur Tür, während ich versuchte meine wirren Gedanken zu ordnen, die unkontrolliert durcheinanderwirbelten.

Die Stimme vor der Tür veränderte sich plötzlich, als würde ein ganz anderer Mensch davorstehen. Aber ich war zu schwach, um zu antworten, und starrte den Türknauf an. »Tanya? Wir machen uns gerade wirklich Sorgen! Bitte antworte!«

Auf einmal wurde es still. Gemurmel erklang, gefolgt von schnellen Schritten, die von meiner Tür wegführten. Ich drehte meinen Kopf wieder nach oben und versuchte mich zu erinnern, warum ich so müde war. Doch in meinem Kopf war nichts als schwarzer Rauch, umgeben von pochenden Schmerzen.

Gerade als ich wieder wegdämmerte, prallte plötzlich etwas

gegen die Tür. Ich erschrak, doch blieb bewegungslos liegen. Die Tür ächzte und dröhnte unter einem unsichtbaren Gewicht. Auf einmal zersplitterte sie, brach aus ihren Angeln und fiel mit einem ohrenbetäubenden Lärm zu Boden.

Drei Personen kamen hereingestürmt. Ich erzitterte, wehrte mich und versuchte meinen schlaffen Körper von ihnen wegzudrehen. Ich konnte sie nicht sehen, doch ihre Schatten machten mir Angst. Solche Angst.

Ich wollte mich wegdrehen, doch mein Körper wollte sich nicht bewegen. So schloss ich meine Augen und wartete.

»Tanya ... was ist mit dir passiert?«, fragte ganz behutsam eine solch sorgenvolle Stimme, dass ich langsam meine Augen öffnete und die Angst von mir schob. Claire.

Sie setzte sich neben mich aufs Bett und hielt mit wässrigen Augen ihre Hand vor ihren halb geöffneten Mund.

Meine Augen wanderten weiter zu Henry und Fernand, die ebenso versteinert dastanden und mich anstarrten.

Mit letzter Kraft hob ich meine Hand, wollte sie beruhigend auf Claires Knie legen. Doch da sah ich etwas Weißes. Ich kniff meine Augen vor Kopfschmerzen zu und öffnete sie erneut, betrachtete meine bandagierte Hand, deren Binde bereits durchtränkt war mit Blut.

Zitternd öffnete ich meinen Mund. »Ich weiß es nicht ...« Es waren die einzigen Worte, die ich herausbekam, als mich plötzlich wieder eine eisige Kälte erfasste und mich in die Dunkelheit zog.

* * *

Als ich das nächste Mal aufwachte, waren die Vorhänge zugezogen und ein strenger Geruch von Medizin lag in der Luft. Ich musste nicht einmal meine Augen öffnen, um zu wissen, dass ich im Krankenzimmer lag.

Langsam öffnete ich meine Augen und mir war, als würde ich vage Gestalten wahrnehmen, doch mein Blick war zu verklärt. Dafür funktionierte mein Gehör. Zweifellos hielten sich am anderen Ende des Raums mehrere Personen auf. Sie murmelten, stritten, diskutierten, als würde es mich gar nicht geben.

Meine Hand zuckte, doch ich brachte kein Wort heraus, nur ein leises Krächzen.

Sofort verstummten die Stimmen, Gestalten kamen näher, umzingelten mich.

Angst. Ich hatte solche Angst.

»Keine Sorge, hier bist du in Sicherheit«, beruhigte mich eine helle Stimme. *Die Königin?* Ich blinzelte, versuchte benommen meine Augen zu fokussieren, doch schaffte es kaum.

»Sie ist noch zu schwach dafür. Bitte lassen Sie ihr ein paar Tage Zeit, um sich zu erholen«, bat jemand. Ein Mann. Vielleicht der Heiler?

»Wir müssen das hier aufklären!« Die dröhnende Stimme des Königs erkannte ich sofort. Ich wollte meinen Kopf zu ihm drehen, doch meine Augen schlossen sich gleichzeitig. Sofort umhüllte mich Dunkelheit.

* * *

Wieder wurde ich wach. Ich konnte kaum sagen, ob Tag oder Nacht war, da meine Augenlider zu schwer waren, um sie gänzlich zu öffnen.

Hatte ich lange geschlafen?

Der Geruch nach Medizin drang mir wieder in die Nase, ebenso wie eine süßere Note. Erst dann fiel mir auf, dass ich wiederum nicht alleine war.

Ich hörte Claire leise weinen und Fernand, wie er flüsternd auf sie einredete. Seine Worte konnte ich nicht verstehen, doch ich konnte wahrnehmen, dass sie nicht direkt neben mir saßen.

Eine Hand lag auf meinem Arm und strich mir behutsam über meine Haut. Eine angenehme Ruhe hatte sich in mir ausgebreitet, doch ich ließ meine Augen geschlossen.

Noch nicht. Ich wollte noch nicht wissen, was mir passiert war. Ich wollte nicht hören, warum eine blutige Bandage um meine Hand gebunden war.

»Wer tut denn nur so etwas?«, wimmerte Claire qualvoll. Mein Herz machte einen schmerzhaften Satz. Ich wollte sie trösten. Doch ich hatte nicht genug Kraft dazu.

»Ich weiß es nicht, aber wir werden es herausfinden«, antwortete Fernand entschlossen.

»Ja, das werden wir«, knurrte auf einmal Phillips Stimme. Sie war so voller Wut und Zorn, dass seine Hand sich über meinem Arm verkrampfte.

Mit voller Wucht erfasste mich eine Woge aus Angst. Sie saß so tief, dass ich erbebte und nach Luft schnappte. Ich riss meine Augen auf und starrte in sein überraschtes Gesicht. Und dann begann ich zu schreien. Ich schrie so laut, dass mein Hals brannte und unkontrolliert Tränen über mein Gesicht liefen.

Fernand rannte zu mir, schob Phillip zur Seite und zog mich an sich. Wimmernd ließ ich mich von ihm umarmen und schluchzte laut in seine Brust, während er mich vor und zurück wiegte. Obwohl ich meine Augenlider fest aufeinanderpresste, wollte das bleiche Gesicht von Phillip einfach nicht aus meinem Kopf verschwinden.

Lange hielt Fernand mich in seinen Armen, sagte Worte, die ich nicht hörte, und strich mir über meinen Rücken. Claire stand neben mir und drückte meine Hand, so fest, als müsste sie sich wie eine Ertrinkende festhalten. Aber vielleicht drückte ich genauso fest zu. Ich wusste es nicht mehr. Sie lösten sich erst von mir, als Heiler Larsson hereinkam, um nach mir zu sehen.

Langsam blickte ich auf, betrachtete den Heiler, der sichtlich bemüht war, nicht mitleidig dreinzublicken.

»Es freut mich, dass du wach bist«, begrüßte er mich.

Ich nickte langsam, wusste nicht, was ich dazu sagen sollte, und meine Augen zuckten suchend durch den Raum. Doch Phillip war verschwunden. Eine ungewohnte Erleichterung, die ich mir selbst nicht erklären konnte, durchfuhr mich.

Heiler Larsson beugte sich leicht zu mir hin. »Darf ich dich untersuchen?«

Meine Freunde bewegten sich nicht, weshalb ich müde versuchte sie anzulächeln. »Geht ruhig. Ihr müsst euch ausruhen und etwas essen«, flüsterte ich beinahe tonlos. Meine Stimme kratzte und erst jetzt bemerkte ich den metallischen Geschmack in meinem Mund.

»Nein. Wir bleiben.« Fernands Antwort ließ keine Widerworte zu. Kraft, mich zu wehren, hatte ich ohnehin nicht. Noch immer hatte er seinen Arm um mich gelegt, stützte mich, weil wir beide nicht wussten, ob es mir bereits gelang eigenständig zu sitzen. Also nickte ich und ließ mir von ihm helfen, mich wieder hinzulegen, um mich untersuchen zu lassen. Daraufhin baute sich Fernand mit Claire wie ein Beschützer am Fenster auf und überwachte jeden Handgriff, den der Heiler vollzog.

Sorgsam überprüfte dieser meinen Blutdruck, indem er ein Gerät um meinen Arm schnallte und es mit einem kleinen Ball aufpumpte. Ich schaute ihn an und hatte plötzlich ein ganz seltsames Gefühl. Mein Magen verkrampfte sich und mein Puls schnellte in die Höhe. Einen Moment lang streiften seine Augen mein Gesicht. In ihnen lag eine Mischung aus Bedauern und Wut. Etwas daran ließ mich nach Luft schnappen und erneut rannen Tränen aus meinen Augen, während ich krampfhaft mein Gesicht von ihm wegdrehte.

Sofort eilte Fernand an mein Bett und schickte Heiler Larsson aus dem Raum, während ich beinahe panisch das Ding von meinem Arm riss. Der Mediziner sah mich die ganze Zeit über an und mir war, als würde er etwas sagen wollen. Doch als er die Tür erreichte, blieb sein Mund geschlossen und die panische Angst in meiner Brust legte sich langsam.

Claire führte ihre Hand zu meinem Arm und strich sanft daran hoch und runter, während sie sich an den Rand meines Bettes setzte. Doch ich wollte sie nicht ansehen. Ich wollte *niemanden* ansehen. Also presste ich meine Augenlider fest aufeinander, beruhigte meine Atmung und tat so, als würde ich einschlafen.

Sie blieben an meinem Bett stehen, ich konnte sie hören. Aber ich war ihnen dankbar, dass sie nicht versuchten mich zu fragen, was mit mir los war. Denn ich wusste es selbst nicht.

Langsam überkam mich Müdigkeit. Sie wollte mich mit sich

ziehen und ich spürte, dass sie mir nicht wehtun würde. Ich ließ mich fallen.

* * *

Irgendwann schlug ich wieder die Augen auf und alles war schwarz. Es musste bereits wieder Nacht sein.

Abermals spürte ich, wie mich jemand berührte, doch ich wollte nicht sehen, wer es war. Genug Tränen waren für einen Tag vergossen.

»Bist du wach?« Die Stimme von Phillip erschreckte mich so sehr, dass ich zusammenzuckte. Ich wand mich unter seiner Hand, die mich so zärtlich berührte und mir gleichzeitig eine solche Angst einjagte. Eine Woge aus Panik erfasste mich, doch ich unterdrückte sie und entgegen meinem Gefühl nickte ich ihm zur Antwort.

»Tanya, du musst mir sagen, was mit dir passiert ist«, forderte er mit sehnsüchtigem Flüstern und sein Griff verstärkte sich.

Langsam, mit letzter Kraft, die ich für das verzweifelte Zurückdrängen meiner Angst benötigte, schüttelte ich den Kopf. »Ich weiß es nicht. Ich glaube, mit mir wurde das Gleiche gemacht wie letztes Mal«, hauchte ich so leise, dass selbst ich kaum eines meiner Worte verstehen konnte.

Sofort sog Phillip scharf die Luft ein und ich spürte, wie sich seine Hand verkrampfte.

Innerlich sträubte ich mich gegen seine Berührung, gegen seine Anwesenheit, gegen ihn als Menschen. Gleichzeitig schrie mein Herz voller Liebe nach ihm. Mein Kopf war voll von Bildern, die wild durcheinanderwirbelten. Trotzdem fühlte ich mich leer. Ich fühlte mich genauso verloren wie letztes Mal. Es musste einfach so sein. Jemand musste mir wieder etwas injiziert haben, damit ich mich nicht mehr erinnerte. Aber *woran*?

»Hast du seitdem Angst vor mir?«

Unweigerlich kniff ich meine Augen zusammen. Was, wenn er es wieder gewesen war? Was, wenn er mir das angetan hatte? Mein Körper verkrampfte sich und jeder meiner Muskeln schien sich zusammenzuziehen. Trotzdem nickte ich langsam.

Das schien ihm genug Antwort zu sein. Ich hörte, wie er aufsprang und ein Stuhl neben mir krachend zu Boden fiel. An der Stelle, wo zuvor seine Hand gelegen hatte, wurde es unangenehm kalt und ich begann zu frösteln. Mein Kiefer schmerzte, während ich meine Zähne aufeinanderpresste und unzählige Gedankenfetzen auf mich einströmten.

»Ich bin gleich wieder da«, hauchte er und bevor ich etwas dagegen machen konnte, drückte er mir einen Kuss auf meine Stirn, so sanft wie ein Flügelschlag. Obwohl ein Lächeln auf meinen Lippen lag, als er die Tür beim Hinausrennen hinter sich zuschlug, brannte mein ganzer Körper, durchzogen von schmerzhaften Krämpfen. Meine Arme schmerzten an den Stellen, wo die Verbände lagen, und wenn ich mich nicht irrte, dann hatte ich ebenso einen Verband um meinen Kopf.

Erschöpft rang ich nach Luft, versuchte mich zu beruhigen und alle Zweifel zur Seite zu schieben. Langsam öffnete ich meine Augen und nahm die Dunkelheit des Raumes in mir auf. Etwas daran beruhigte mich und ließ meinen Herzschlag wieder in dem gewohnten Takt erklingen. Ich atmete mit geöffnetem Mund tief durch.

War es tatsächlich möglich, dass Phillip mir das wieder angetan hatte? Letztes Mal war es auch seine Anordnung gewesen. Er hatte gewollt, dass ich vergaß. Ja, er musste es einfach gewesen sein. Wer sonst hätte einen Grund dafür? Aber würde er tatsächlich so weit gehen, mir *das* anzutun? Aber was genau? Was verbarg sich unter den Verbänden?

Zitternd setzte ich mich auf und schob meine nackten Beine über den Bettrand. Als ich auf dem kalten Boden stand und mein Nachtkleid herunterzog, das mir irgendwer angezogen hatte, schlugen meine Zähne so laut aufeinander, dass mir nur noch kälter wurde.

Einen Schritt nach dem anderen hangelte ich mich am Bett entlang und stützte mich schwer auf die Matratze. Als diese endete, lehnte ich mich an die Wand, hielt mich an ihr aufrecht. Obwohl ich mir sicher war, dass meine Beine vorher nachgeben würden, erreichte ich die Tür und rang schwer atmend nach Luft. Schwankend schaute ich mich noch einmal nach möglichen Kleidungsstücken um, auch wenn ich nicht wusste, wie ich sie in meinem Zustand hätte anziehen sollen. Doch hier war nichts, womit ich mich hätte bedecken können. Also legte ich meine Hand an den Türgriff und drückte ihn hinunter. Mein Herz schlug so laut in meinen Ohren, dass es wehtat. Mir war, als würde gleich etwas Schreckliches passieren.

Als ich die Tür ganz vorsichtig öffnete und hinausspähte, war dort nichts als der leere Flur zu sehen. Die Luft war rein. Also mobilisierte ich meine letzten Kräfte und tastete mich wieder an der Wand entlang in Richtung des Badezimmers. Obwohl es nur wenige Meter waren, die ich überwinden musste, klebten meine Haare in meinem Nacken, während sich auf meiner Stirn

Schweißperlen bildeten. Mit letzter Kraft drückte ich die Klinke hinunter, öffnete die Tür und stieß mich hinein.

Am ganzen Leib zitternd und nach Atem ringend glitt ich mit dem Rücken zur Tür auf den Boden hinunter. Ich fühlte mich, als hätte ich gerade einen Marathon zurückgelegt. Meine Ellenbogen gruben sich in meine angewinkelten Knie, meine Hände stützten meinen schweren Kopf.

Es hätten Stunden sein können, doch wahrscheinlich waren es nur Minuten, in denen ich dasaß und mich auf meinen eigenen Atem konzentrierte. Langsam wurden meine Zehen blau. Überhaupt zog sich meine Haut schmerzhaft vor Kälte zusammen und zwang mich damit aufzustehen.

Am Waschbecken zog ich mich hoch und schluckte schwer, als ich mein Spiegelbild sehen konnte. Um meinen Kopf war ein Verband gewickelt, der die Hälfte meiner Stirn verdeckte. Mein linkes Auge leuchtete grün und blau, schimmerte an einigen Stellen sogar lila. Ich befühlte es, drückte so fest zu, dass Tränen aufstiegen, doch trotzdem konnte ich mich an nichts erinnern. Meine Hände waren bandagiert mit einem weißen Verband, der offensichtlich gewechselt worden war. Meine Finger waren blau und zitterten unkontrolliert, während ich einen Verband langsam löste.

Als ich den weißen Stoff auf den Boden fallen ließ, konnte ich nicht glauben, was ich da sah. Obwohl es schmerzte, riss ich auch den anderen Verband gewaltsam von meiner Hand und stolperte zurück. Als ich die kalten Fliesen der Wand in meinem Rücken spürte, ließ ich mich wie in Trance daran hinuntergleiten. An meinen Händen waren rundherum gerade Striemen, die so tief in meine Haut gerissen worden waren, dass sich eine Kruste gebildet hatte. Die Wunden pochten, als hätten sie ein Eigenleben. Ich schaute hinunter auf meine Beine und entdeckte an jedem Fuß einen Verband. Jemand hatte mich an Händen und Füßen gefesselt.

Plötzlich ging die Tür mit einem heftigen Ruck auf und prallte mit voller Wucht gegen meinen Fuß. Der reißende Schmerz ließ mich schreien, doch als ich Phillip erkannte, sofort wieder verstummen. Sein Gesicht war bleich vor Schreck und Sorge. Obwohl ich mich einerseits freute, ihn zu sehen, machte mich sein Anblick beinahe wahnsinnig. Panisch drückte ich mich weg und begann zu wimmern, doch er hob mich mit einem Satz hoch.

Er drückte mich an sich und trug mich mit großen Schritten durch den Flur, zurück in mein Zimmer. Behutsam und unglaublich vorsichtig legte er mich auf mein Bett, zog die Decke über mich und streifte seine Schuhe ab. Bevor ich überhaupt verstand, was er dort tat, legte er sich neben mich und legte seine Arme um mich. Ich wusste nicht, wohin mit mir, wollte einerseits näher an ihn heranrücken und andererseits vor ihm fliehen. Aber selbst wenn ich gekonnt hätte, wäre ich bei dem Druck seiner Arme seiner Umarmung sowieso nicht entkommen.

»Tanya, ich weiß nicht, wer das zu verantworten hat, aber ich schwöre dir, dass ich es herausfinden werde. Bei allem, was mir heilig ist: Ich werde dieses Monster büßen lassen«, murmelte er eher zu sich selbst als zu mir. Und obwohl ich noch immer diese unbezähmbare Furcht spürte, drängte mein Herz mich dazu, ihm zu glauben.

Langsam nickte ich, drehte mich wider besseres Wissen an seine Brust und drückte mich an ihn. Seine Arme umklammerten mich und wärmten meine durchgefrorenen Knochen. Ich spürte seine Lippen auf meinem Kopf und versuchte meine innere Stimme zu ignorieren, die mich anschrie, dass er etwas damit zu tun haben musste. Angst ließ meine Muskeln verkrampfen, die bereit waren, ihn von mir wegzustoßen. Aber mein Herz wollte davon nichts hören. Es sehnte sich nach der Wärme, die er mir schenkte, egal, was das über mich aussagen mochte.

29. KAPITEL
AUCH HINTER DEM STEINIGSTEN PFAD VERBIRGT SICH EIN ZIEL

»Miss Tatyana, darf ich dich kurz befragen?« General Wilhelm erschien in der Tür, von der ich nicht einmal mitbekommen hatte, dass sie geöffnet wurde.

Ich blickte ihn mit leeren Augen an und versuchte ein kläglichtes Lächeln aufzusetzen. »Sicher. Kommen Sie rein.« Mit ein wenig Freude stellte ich fest, dass er mich seit unserer letzten Begegnung duzte.

Noch immer lag ich im Krankenbett und war eben erst erwacht, Claire saß an meiner Seite.

»Du kannst ruhig gehen. Ich bin hier sicher«, sagte ich ihr. Sie blickte mich skeptisch an, als würde sie befinden, dass ich noch nicht dazu bereit war. »Wie wäre es, wenn du etwas zu essen holst? Ich habe ein wenig Hunger.«

Meine Freundin runzelte kurz die Stirn, drückte meine Hand und stand dann auf. »Passen Sie bitte auf sie auf.«

General Wilhelm lächelte nickend und blickte ihr hinterher, als sie den Raum verließ. Erst dann sah er mich wieder an. Seine Augen waren gerötet und er war ein wenig blass. »Miss Tatyana, es tut mir –«

»Bitte sagen Sie das nicht«, unterbrach ich ihn leise. »Alle entschuldigen sich ständig bei mir, als würde das etwas ändern. Bitte benehmen Sie sich nicht anders mir gegenüber. Es ist nicht schön, sich so schwach zu fühlen«, erklärte ich atemlos und setzte mich ein wenig auf, sorgsam darauf bedacht, dass die Decke mich komplett verhüllte.

Das Lächeln des Generals wirkte freudlos. »Es sind nur ein paar Fragen.«

»Sicher«, erwiderte ich und sah zu, wie er im Raum auf und ab ging, als wäre er rastlos angesichts dieser Aufgabe.

»Erzähl mir bitte zunächst alles, was du noch weißt.«

»Ich war im Schutzbunker und bin danach alleine zu meinem Turm gegangen. Dann bin ich aufgewacht, als Claire, Henry und Fernand mich fanden«, fasste ich zusammen und sah zu, wie er abrupt stoppte.

»Du erinnerst dich an nichts mehr?«

Langsam schüttelte ich meinen Kopf. »Nein. An überhaupt nichts mehr.«

»Das ist ...«, begann der General und verstummte. Seine Augen betrachteten mich mit so viel Mitleid – am liebsten hätte ich mich von ihm weggedreht. Als würde er dies selbst bemerken, räusperte er sich und blickte zum Fenster. »Wir werden alles tun, um das hier aufzuklären. Du musst keine Angst haben. Dazu wird der König dir ebenfalls einige Fragen stellen.«

»Ja?« Überrascht hob ich meine Augenbrauen und spürte, wie ich bereits wieder müde wurde.

Der General nickte langsam, noch immer aus dem Fenster blickend. »Aber erst in einigen Tagen, wenn er sich wieder beruhigt hat. Er war sehr wütend, als er von dem Angriff auf dich erfuhr, und hat sich große Sorgen gemacht.«

»Das ehrt mich«, sagte ich, weil ich nicht wusste, was man sonst darauf erwidern sollte.

Ich sah zu, wie der General sich wieder zu mir drehte und seine Lippen zusammenpresste.

»Bitte sehen Sie mich nicht so voller Mitleid an. Es fällt mir schon schwer genug, wenn meine Freunde dies tun«, bat ich leise, atmete tief durch und schloss dann meine Augen.

»Ich gehe nun besser und lasse dich schlafen. Du brauchst noch viel Ruhe.«

Ich war zu erschöpft, um meine Augen nochmals zu öffnen, vernahm aber, dass er einen Moment stehen blieb, als würde er mich betrachten. Dann verschwand er mit schnellen Schritten aus dem Raum.

* * *

»Kannst du dich an wirklich überhaupt nichts mehr erinnern?«, fragte Claire kopfschüttelnd und biss in ihr Brötchen.

Es war bereits Mittag, als ich wieder erwachte. Claire war mit einem riesigen Frühstückstablett aufgetaucht und saß nun im Schneidersitz in meinem Bett. Ich lehnte an der Wand und trank langsam meinen mit Honig gesüßten Tee. Meine Hände taten weh, wenn ich sie zu stark beanspruchte, und auch sonst war jede meiner Bewegungen zittrig.

Ich seufzte müde. »Nein, ich weiß nichts mehr von dem Abend. Ich kann mich nur noch daran erinnern, dass ich zum Turm gegangen bin, und danach ist alles irgendwie weg.«

»Vielleicht ist das ein so traumatisches Erlebnis gewesen, dass dein Unterbewusstsein es verdrängt hat.« Meine Freundin streckte ihre Hand aus und strich mir mitfühlend über meine nackten Füße, die unter der Bettdecke hervorlugten. Ich versuchte mir ein Lächeln abzuringen, obwohl das meine Stirn schmerzvoll pochen ließ.

»Möglich.« Ich atmete tief durch, darauf bedacht, mir nicht anmerken zu lassen, dass ich wusste, wieso alle Erinnerungen weg waren.

»Wie sieht es eigentlich mit den Hochzeitsvorbereitungen aus?«, fragte ich ausweichend, als mir ihr prüfender Blick auffiel.

»Wir sind schon ziemlich weit. Schon in ein paar Wochen ist es so weit. Unsere Hochzeit ist so etwas wie ein Vorgeschmack auf die Hochzeit des Prinzen.«

»Also geht die Show sogar nach der Show noch weiter?« Ich versuchte nicht einmal mein Missfallen zu verbergen.

Claires Nicken kam nur zögerlich. »Ja, aber das ist nicht schlimm. Die gesamte Hochzeit wird von dem König und der Königin bezahlt. Das ist toll! Glaub mir, das wird *der* Höhepunkt. Und wir zwei müssen uns noch einmal ganz dringend über dein Kleid unterhalten. Ich kann mich einfach noch nicht entscheiden, welche Farbe es haben soll.« Sie schien mich ablenken zu wollen und ich versuchte darauf einzugehen.

Vorsichtig nahm ich einen Schluck von meinem Tee und lehnte meinen Kopf zurück, wobei ich so tat, als würde ich über ihre Worte nachdenken. Gleichzeitig versuchte ich zu ignorieren, wie mies ich mich diesbezüglich fühlte. Schließlich schaffte ich es als beste Freundin nicht, bei den Vorbereitungen dabei zu sein.

»Vielleicht entscheidest du das einfach nach der Farbe der Dekoration?«, schlug ich ihr betont vergnügt vor. »Dann kann ich mich hinter den Blumen verstecken, wenn es mir zu viel wird.«

Ich schenkte ihr ein müdes Lächeln und erntete sofort einen Kniff in meinen großen Zeh.

»Sehr witzig. Du wirst eine der wichtigsten Personen dort sein. Nach mir natürlich. Also musst du einfach umwerfend aussehen«, protestierte sie ernst und mit kleinen Falten auf ihrer Stirn.

Langsam verzog ich meinen Mund, trank noch einen Schluck Tee und schaute sie dabei eingehend an. »Wehe, du steckst mich in so ein Kleid, bei dem Mädchenträume wahr werden. Ich will nicht aussehen wie eine wandelnde Zuckerstange.«

Erst weiteten sich ihre Augen nur, dann versuchte sie verkrampft ein Grinsen zu unterdrücken und begann dann lauthals zu lachen, wobei ein Brötchen von dem Tablett rollte und auf dem Boden quer durch den Raum kugelte. In dem Moment, als die Tür aufging, kam es mitten im Zimmer zum Stillstand.

Überrascht betrachtete Fernand erst uns und dann das Brötchen. Seufzend hob er es schließlich auf. »Also ehrlich, das nächste Mal würde ich es doch schon gerne von einem Teller essen. Aber danke, dass ihr wenigstens an mich gedacht habt.«

Er kam zu uns herüber, gab erst Claire und dann sogar mir einen Kuss auf den Kopf. Als er den Ausdruck auf meinem Gesicht sah, musste er lächeln. »Zwar seid ihr beide nicht verwandt, aber da ihr fast schon so etwas wie Schwestern seid, wirst du wohl meine Schwägerin.«

Claire griff nach seiner Hand. »Das hast du aber süß gesagt.«

»Ja, das war echt süß. Aber bitte tu mir einen Gefallen.« Ich sah ihn verschwörerisch an, woraufhin ein abenteuerliches Grinsen seine Lippen umspielte.

»Jeden.«

»Super, dann sag Claire, dass ich auf eurer Hochzeit nicht aussehen will wie ein Bonbon.«

Sein Grinsen erschlaffte schlagartig und seine Hände schnellten in die Höhe. »Oh nein. Da mische ich mich nicht ein. Ich kenne euch Frauen doch. Am Ende bin ich der Böse und ihr werdet euch gegen mich verbünden. Diesen Kampf, meine liebe Tanya, musst du wohl oder übel mit meiner bezaubernden Braut austragen.«

»Ich wusste doch, dass du parteiisch bist«, nörgelte ich mit verzogenen Lippen. »Dabei habe ich dich zuerst gesehen.«

Claire brach in schallendes Gelächter aus und ließ das ganze Bett beben.

»Was gibt es denn hier zu lachen?« Charles tauchte auf einmal in der Tür auf. Seine Haare lagen durcheinander, der Zopf war verschwunden. Seine Kleidung war schmutzig und sein Hemd falsch zugeknöpft.

»Was hast du denn gemacht? Jetzt sag nicht, dass du auch angegriffen wurdest.« Fernand sprang auf und Claire schlug sich ihre Hand vor den Mund.

Doch Charles schüttelte den Kopf. »Nein, wir haben jemanden verfolgt, der sich auf dem Gelände befunden hat. Aber er ist entkommen.«

»Wie konnten Eindringlinge unbemerkt auf das Gelände gelangen? Das ist doch unmöglich!« Claire drückte sich näher an mich heran, während Fernand sich bedrohlich vor Charles aufbaute.

»Ich weiß es nicht, aber vielleicht schaffen es die Wächter an der Grenze. Seit gestern herrscht Alarmstufe eins und zweifellos wird sie irgendwer früher oder später fangen.« Charles' Augen wanderten zu mir und er nickte mir voller Zuversicht zu. Ich wollte weinen, so schrecklich fühlte ich mich. Aber ich erwiderte sein Nicken und versuchte stark zu bleiben.

»Das bedeutet also, dass die Menschen, die mir das angetan haben, immer noch auf freiem Fuß sind?« Meine Stimme und meine Hände zitterten so sehr, dass alle mich mitleidig ansahen, während ich den Tee auf meiner Decke verschüttete. Doch ich ignorierte den feuchten Fleck, der sich immer weiter ausbreitete, und wartete auf die Antwort, von der ich nicht wusste, ob ich sie wirklich hören wollte.

»Es werden Wächter vor deiner Tür positioniert, die Tag und Nacht für deine Sicherheit garantieren. Ebenso bei Charlotte und Claire. Du brauchst dir keine Sorgen zu machen.« Charles kam langsam auf mich zu, als wäre ich ein verschrecktes Tier.

»Ich glaube, ich habe noch nie so oft in so kurzer Zeit eins ins Gesicht bekommen. So langsam kann dieser Wettbewerb echt aufhören«, antwortete ich zu seiner Überraschung und lächelte ihn an. »Schon gut. Ich fange schon nicht an zu weinen. Aber wehe, mir passiert so etwas noch einmal. Dann werde ich wohl oder übel ein ernstes Wörtchen mit dem Chef von diesem Laden hier reden müssen.«

Charles biss sich auf seine Unterlippe, um ein Lachen zu unterdrücken, und zum ersten Mal, seitdem ich ihn kannte, wirkte er fast ein wenig schüchtern auf mich.

»Kommt. Esst mit uns. Ich habe in meinem neuen Zimmer immer so viel Langeweile. Aber so langsam beginne ich mich wohlzufühlen«, scherzte ich und sah mich in dem kahlen Raum um. »Obwohl hier ein wenig Farbe fehlt.«

Meine Freunde begannen zu lachen und ich lachte mit. Doch

tief in mir drinnen fühlte ich mich traurig und leer. Sie sollten sich nicht immer so viele Sorgen um mich machen müssen.

Charles setzte sich neben mich und Fernand neben Claire. Obwohl es nur ein kleines Bett war, bot es erstaunlich viel Platz, wie wir feststellten. Wir lachten, aßen und redeten viel. Doch obwohl ich lächelte, wollte der Knoten aus Angst in meinem Magen sich einfach nicht lösen. Dieses unbändige Gefühl, nicht hier sein zu dürfen und am besten so schnell wie möglich weit wegzurennen. Es juckte mich in meinen müden Beinen, einfach aufzuspringen und den Weg bis in mein Heimatdorf zu Fuß zurückzulegen, um möglichst viel Abstand zwischen mich und diesen Ort zu bringen. Gleichzeitig wollte ich auch bleiben. Ich wollte es nicht mehr nur, damit ich bei meiner Tante ausziehen konnte. Nein, ich wollte es für mich und mein hoffnungslos verlorenes Herz. Und ich wollte bleiben, um die Wahrheit herauszufinden. Schließlich musste ich immer noch erfahren, ob Phillip etwas mit all dem hier zu tun hatte. Ob er dafür zuständig war, dass ich mich fühlte wie eine Psychopathin mit Halluzinationen und Angstzuständen.

Ich seufzte lautlos und lachte über einen Witz von Charles, den ich zwar überhaupt nicht gehört hatte, über den sich die anderen jedoch köstlich amüsierten.

Ob Heiler Larsson und Phillip wohl gemeinsame Sache gemacht hatten? Zumindest hatte der Heiler so beschämt gewirkt, als er mich untersucht hatte, ganz so, als wüsste er etwas. Und waren noch andere Menschen in den Angriff auf mich involviert?

»Ist alles in Ordnung? Du starrst bereits seit zehn Minuten vor dich hin.« Charles' Stimme riss mich aus meinen Gedanken und ließ mich herumfahren. Über meinen Beinen lag noch immer die fleckige Decke.

»Ja, alles gut«, versuchte ich herauszubringen, doch es kam nichts als ein Keuchen aus meinem Mund. Phillip stand in der Tür. Er musterte mich mit einem schmerzvollen Ausdruck der Verzweiflung und ich konnte das Zittern meiner Hände nicht mehr kontrollieren. Claire nahm mir meine Tasse ab, die ich so fest umklammert hielt, dass meine Finger weiß anliefen.

»Komm, wir bringen dich ins Bad. Dort kannst du dich frisch machen.« Meine Freundin stand vom Bett auf und zog mich vorsichtig hoch. Und obwohl ich Phillip ansehen wollte, ihm ein Lächeln schenken wollte, blieben meine Augen wie hypnotisiert an den kalten Fließen haften, während Claire mich aus dem Zimmer hinausführte. Ich fror und es kam mir so vor, als wäre die Temperatur schlagartig um mehrere Grad gesunken. Niemand sprach ein Wort.

Erst als die Tür hinter uns zuging, traute ich mich wieder zu atmen.

»Ich verstehe das nicht. Was kann nur passiert sein?«, fragte Claire flüsternd und erwartete glücklicherweise keine Antwort von mir. Wir liefen durch den Flur, passierten die Tür zum Badezimmer und gingen weiter.

»Wo gehen wir hin?«, fragte ich leise und klammerte mich an Claires Hand, die noch immer meinen Arm festhielt.

»Du kommst mit in mein Zimmer. Du hast ein richtiges Bad verdient, um dich zu entspannen.«

Ich schenkte ihr ein schüchternes Lächeln und sie nickte, verstand meine Dankbarkeit, während wir weiter schweigend durch den Flur liefen.

Schon zehn Minuten später lag ich in einer heißen Wanne, in der sich weißer Schaum zu hohen Bergen türmte und mich vollkommen vor unerwünschten Blicken verbarg. Claire war vor einigen Minuten wieder hinausgegangen, um den anderen mitzuteilen, dass ich mich hier fertig machte und wir uns später alle wiedertreffen würden.

Da wir keinen Unterricht mehr hatten, standen uns die letzten Tage frei zur Verfügung. Glücklicherweise schien noch niemand außer den Wächtern und meinen Freunden zu wissen, was mit mir passiert war, und deshalb hatte Gabriela mich bisher verschont. Natürlich wusste ich nicht, wie lange diese Schonfrist noch für mich galt, bis alle sich fragen würden, wo ich steckte. Heftig atmete ich ein, wollte nicht, dass mich jemand so sah. So *schwach*.

Ich schloss meine Augen und ließ mich so tief in das heiße Wasser sinken, dass nur noch meine Nase und Augen herausschauten und der Rest sich dem wohligen Kribbeln der Wärme ergeben konnte.

Erst als meine Hände und Füße schrumpelig wurden und meine Wunden brannten wie Feuer, stand ich wacklig auf und rieb mich mit einem weichen Handtuch ab. Langsam löste ich die Verbände, die wie durch Zauberei über Nacht erneuert worden waren, und schaute mir mein Gesicht genauer an. An meiner Stirn klaffte eine Wunde, als wäre ich irgendwo dagegengefallen, und mein Auge wurde langsam zu einem braungrünen Gebilde, vor dem ich mich selbst ekelte. Wenigstens halfen die Schmerzmittel, die mir der Heiler in den Tee kippte. Die Krusten an meinen Händen und Füßen hatten sich durch das warme Wasser gelöst und zeigten mir einen grauenvollen Anblick aus tiefrotem, geschwollenem Fleisch, das auf meiner blassen Haut leuchtete.

Schnell nahm ich die Binde, die Claire mir auf den Waschtisch gelegt hatte, schmierte mir eine heilende Salbe darüber und legte alle Verbände neu an. Als ich in Claires Schlafbereich kam, lag bereits Kleidung auf dem Bett. Eine schwarze Hose und ein grauer Pullover. Obenauf befand sich eine Nachricht.

»Diese Sachen sind für dich. Ich komme gleich wieder und hole dich ab. Kuss, Claire«, stand dort in schönster Schnörkelschrift geschrieben. Sofort zog ich mir die Sachen an und betrachtete mich in dem großen Spiegel ihres Kleiderschranks. Ich hoffte wirklich, dass mein Auge bald verheilte. Katja würde ausflippen, wenn sie davon erfuhr. Und meine Tante würde sofort hier vorfahren und solch eine Szene machen, dass wir aus dem Königreich verbannt werden würden.

»Tanya? Bist du schon fertig?«

Ich trat aus dem Zimmer hinaus und zog die Kapuze des Pullovers über meinen Kopf. Claire blickte mir mit einem breiten Lächeln entgegen.

»Also, ich habe mir überlegt, dass dir bestimmt langweilig wird, wenn du mal nicht trainieren kannst. Deshalb haben wir heute volles Programm. Aber jetzt gehen wir erst einmal zum Mittagessen. Danach folgt die Überraschung.« Meine Freundin nahm meine Hand und schaute mich kurz an, bevor sie ihren Mund verzog. »Du siehst echt schlimm aus.«

»Du kannst ja mal versuchen, ob du mich verschönern kannst«, scherzte ich zerknirscht, doch als ich sie anblickte, schien sie meinen Scherz ernst zu nehmen. »Komm noch einmal mit in mein Zimmer, vielleicht kann ich die Flecken mit ein wenig Puder verdecken.«

Ich seufzte, aber folgte ihr bereitwillig.

Etwa drei Minuten lang versuchte sie mein dunkles Auge zu verschönern, damit mich nicht immer alle so mitleidig ansahen. Doch das Ergebnis war eine Menge Puder und nur wenig verdeckte Haut.

Schließlich kapitulierte sie und warf den Pinsel auf den Tisch. »Es hat keinen Zweck. Komm, du musst doch sicher Hunger haben.« Dabei warf sie mir genau diesen mitleidigen Blick zu, den ich mittlerweile einfach nicht mehr ertragen konnte.

»Hör bitte auf, mich so anzugucken. Das macht es auch nicht besser.«

Claire rang sich ein Lächeln ab und legte ihre Arme um mich. »Es tut mir so leid, aber ich kann nichts dafür: Immer wenn ich dich sehe, dann werde ich so wütend, dass ich am liebsten auf irgendwen einschlagen möchte. Das ist alles so ungerecht. Ich verstehe einfach nicht, warum gerade dir das passiert ist.« Tränen schimmerten in ihren Augen, als sie von mir abließ. Erst jetzt fiel mir auf, dass sie auch eine Hose trug. Und ich hatte Claire wirklich noch *nie* mit Hose gesehen.

Als sie meine Irritation bemerkte, musste sie lächeln. »Glaubst du wirklich, ich gebe dir so legere Kleidung und laufe dann selbst in einem Kleid herum? Nein, wir sprengen heute einfach mal alle Regeln«, erklärte sie zwinkernd und hakte sich bei mir unter. »Außerdem muss ich keinen Prinzen mehr beeindrucken.«

Ich zog meine Kapuze wieder über meinen Kopf, schob sie tief bis in mein Gesicht hinein und ließ mich von Claire hinausführen.

Wir gingen zu der Terrasse am Haupthaus. Als ich die eisernen Stühle sah, hatte ich das Gefühl, schon ewig nicht mehr hier gewesen zu sein. Das Büfett war bereits angerichtet und Charles und Fernand waren da. Sie schauten zwar überrascht, als sie unsere Kleidung sahen, doch sagten nichts dazu.

Ich setzte mich neben Charles, der mich ein wenig zu amüsiert musterte.

»Was gibt es denn da zu gucken?«

»Sogar zusammengeschlagen siehst du noch heiß aus.«

Meine Wangen brannten, als mir sämtliches Blut in meinen Kopf schoss.

»Hör auf so zu schleimen«, zischte auf einmal Phillip hinter mir.

Ich drehte mich nicht um, weil eine Woge aus tiefer Angst mich erfasste. Sofort griff Charles nach meiner zitternden Hand und hielt sie unter dem Tisch fest. Ich lächelte ihn dankbar an.

»Die steht doch auf so etwas. Lass ihn doch.« Charlottes Stimme ließ mich herumfahren. Gerade als sich unsere Blicke trafen, nahm sie demonstrativ Phillips Hand. Aber als sie mein Gesicht sah, entglitt ihr jegliches Lächeln und beinahe schon schlapp ließ sie ihre Hand aus seiner gleiten. Sie öffnete ihren Mund, um etwas zu sagen, doch schloss ihn sofort wieder.

»Ach, halt bloß die Klappe!« Claire sprang aufgebracht auf. »Hör endlich auf, so eine elendige Zicke zu sein, und lass sie einfach mal in Ruhe. Sie hat dir nichts getan.« Zornig ging sie auf Charlotte zu und blieb einen Meter vor ihr stehen. »Verhalte dich einfach mal wie ein Mensch und nicht wie eine fremdgesteuerte Kandidatin. Vielleicht würdest du dann auch einmal lernen, was Mitgefühl bedeutet.«

Fernand sprang auf und zog Claire von Charlotte weg, der jegliche Farbe aus dem Gesicht gewichen war.

»Bitte. Es ist egal«, flüsterte ich, ehe Fernand sie beruhigen konnte. Erst sah es so aus, als würde Claire nun mich anschreien wollen, doch dann verzog sie ihren Mund zu einem Lächeln. Sie löste sich von ihrem Verlobten, der ihr verwirrt hinterhersah, und kam zu mir herüber. Dann schenkte sie mir einen Kuss auf den Kopf, oder besser auf meine graue Kapuze.

»Tanya?« Claire hatte sich gerade von mir zurückgezogen und auf ihren Platz gesetzt, als ich Henry hörte.

Sofort schlug mein Herz einen Takt schneller und ich fuhr herum. Er sah völlig fertig und müde aus. Ohne die anderen auch nur zu beachten, kam er auf mich zugerannt und kniete sich vor mir hin. Seine Hände umfassten mein Gesicht, während er die Kapuze von meinem Kopf zog. Er wurde immer blasser und seine Kiefer pressten sich beängstigend laut aufeinander.

»Es tut mir so leid. Ich hätte dich nicht allein lassen dürfen. Bitte verzeih mir. Ich war die ganze Nacht unterwegs, doch ich konnte sie nicht finden. Sie waren nirgends zu sehen. Aber ich verspreche dir, dass das nie wieder passieren wird. Ich werde dich beschützen und nie wieder von deiner Seite weichen.« Seine Stimme erzitterte, während er seine Stirn an meine legte.

»Das brauchst du nicht«, beteuerte ich lächelnd.

Er lachte, zog mich nun fest an sich und umarmte mich so lange, bis Charles sich irgendwann räusperte. Seine Hand lag noch immer auf meiner, die zwischen mir und Henry eingequetscht war. Henry zog sich zurück und setzte sich auf den freien Stuhl neben mich.

»Ich passe auf dich auf, das verspreche ich dir.« Er beugte sich zu mir vor und gab mir einen zarten Kuss auf meine Wange, dann sprang er auf und ging zum Büfett.

Einen Moment lang war es beängstigend still um mich herum

und alle beobachteten mich. Schnell zog ich meine Kapuze wieder über meinen Kopf und sah zu Claire hinüber, die anzüglich zwinkerte und dann ebenfalls aufstand, um sich etwas zu essen zu holen. Die anderen taten es ihr nach, bis nur noch Phillip und Charlotte mit mir am Tisch saßen.

Phillips Augen schienen sich durch meine Kapuze bohren zu wollen. Langsam hob ich meinen Kopf und sah ihn an, obwohl es mich all meine Überwindung kostete. Aber als ich sein Gesicht sah, konnte ich die Angst kaum noch unterdrücken und umklammerte heftig atmend die Tischkante, wandte mich von ihm ab.

»Tanya ...«, begann er, doch wurde sofort von Charlotte unterbrochen.

»Phillip, möchtest du mir nicht auch etwas zu essen bringen?«, forderte sie liebevoll und holte mich damit aus dem Loch der Angst, das mich beinahe verschluckt hätte. Seltsamerweise war ich ihr dafür dankbar, obwohl ich sie noch immer verabscheute. Neben ihr stand Phillip widerwillig auf und antwortete ihr nicht, während er zu den anderen am Büfett ging.

»Weißt du, ich finde es echt schlimm, was mit dir geschehen ist. Wie ist das noch mal passiert?«, fragte Charlotte und versuchte dabei möglichst beiläufig zu klingen.

Ich sah sie nicht an, als ich antwortete. »Das geht dich nichts an. Und dein Mitleid kannst du dir auch sparen. Du hast doch jetzt das, was du immer wolltest. Also lass mich in Frieden.«

Ich hörte sie nach Luft schnappen, doch Henry kam gerade wieder, weshalb sie ihren Mund hielt.

»Ich habe hier ein bisschen von allem. Du solltest dich stärken, damit du bald wieder auf den Beinen bist und wir mit dem Training weitermachen können.«

Ich nickte und schenkte ihm ein zaghaftes Lächeln, das er liebevoll erwiderte. Er saß so dicht neben mir, dass unsere Arme sich berührten. Seine Nähe beruhigte mich. Es war schön, ihn bei mir zu wissen.

* * *

Den Rest des Tages verbrachten wir alle zusammen, weshalb ich mich nicht wirklich entspannen konnte. Phillips Nähe war nach wie vor kaum erträglich für mich. Henry wich jedoch nicht einen Zentimeter von meiner Seite, sogar noch, als wir alle gemeinsam zur Schneiderin gingen und jeder den Stoff bestimmte, den er gerne für seinen Festaufzug haben wollte.

Ich entschied mich für ein strahlendes Korallenrot. Der Stoff floss weich zwischen meinen Fingern hindurch und ich hielt das Stoffmuster die ganze Zeit über in meiner Hand.

»Sie können aus diesem Stoff auch gerne noch eine Krawatte machen. Tanya, darf ich deine Begleitung für die Hochzeit sein?«, fragte Henry mich vor allen und in so einem festlichen Ton, dass es beinahe so wirkte, als würde er mir einen Antrag machen.

»Ja, sehr gerne«, flüsterte ich und genoss die Freude, die mich dabei durchströmte.

Als Phillip hinter mir etwas fallen ließ, zuckte ich heftig zusammen. Ein unkontrolliertes Zittern erfasste meinen Körper und ließ mich hektisch atmen, während ich versuchte die aufsteigende Panik in meinem Kopf zu unterdrücken. Henry spürte es sofort und zog mich an sich, umarmte mich fest und strich mir über meinen Rücken. Ich fühlte, wie angespannt er war, fühlte die Wut in ihm, die seinen Adamsapfel beben ließ.

»Es wird alles wieder gut«, flüsterte er immer wieder, als wäre es ein Mantra, das man nur oft genug sagen musste, bis man selbst daran glaubte. Ich nickte an seiner Brust und ignorierte die Blicke aller Anwesenden im Raum.

Langsam beruhigte ich mich wieder und als mein Puls ein normales Tempo angenommen hatte, löste ich mich von Henry und sah alle anderen zerknirscht an. »Entschuldigt, ich weiß einfach nicht, wie ich das stoppen kann.«

Einen Moment länger, als ich eigentlich aushalten konnte, blieb mein Blick an Phillip hängen, der so traurig aussah, dass ich für einen Moment vergaß, wie weh er mir tat.

»Es tut mir leid«, flüsterte ich ihm tonlos zu und biss mir dabei so fest auf die Unterlippe, dass ich den metallischen Geschmack meines eigenen Blutes im Mund schmecken konnte. Phillip schien den Kampf zu sehen, den ich austragen musste, und presste seine Lippen aufeinander, während er sich langsam zu Charlotte umdrehte, die ihm unbedingt ein Stoffmuster zeigen wollte.

»Miss Tatyana, wissen Sie schon, welche Form Ihr Kleid haben soll?« Die Stimme der kleinen, rundlichen Schneiderin, die einen besonders üppigen Busen hatte, riss mich aus meinen Gedanken. Ich drehte mich zu ihr und betrachtete die Skizzen, die sie vor mir ausbreitete.

»Ich denke, wir machen mal etwas Ausgefallenes. Schön viel Rücken, ein wenig die Brust puschen und am besten eng bis zu den Hüften. Ab da fließt es dann weit auseinander, mit einem ausladenden Rock, der die Knie umspielen soll«, erklärte Claire aufgeregt und klatschte in die Hände.

»Aber das ist viel zu kurz. So kann ich doch nicht herumlaufen. Schon gar nicht auf deiner Hochzeit. Das wird ein Skandal«, protestierte ich sofort, doch sie schüttelte ihren Kopf.

»Nun ja, vielleicht bist du ja bis dahin schon verlobt«, zwinkerte sie mir zu.

Sofort verschränkte ich meine Arme. Im Augenwinkel sah ich, wie Phillip sich versteifte.

»Ganz sicher nicht«, murmelte ich leise, doch da zog Henry mich an sich heran.

»Vielleicht ja doch.« Auch er zwinkerte, während er seinen Arm um meine Schulter legte. Einen Moment lang starrte ich ihn an und versuchte herauszufinden, ob er gerade einen Witz machte. Doch er wirkte absolut ernst.

»Wie?«, fragte ich schließlich verblüfft, nicht imstande etwas anderes herauszubringen.

Henry zuckte mit seinen Schultern und seine Augen blitzten verschlagen. »Vielleicht. Aber nur, wenn du willst.«

Ich hörte ein Keuchen, vielleicht von Phillip oder vielleicht sogar von mir selbst, während das korallenrote Stück Stoff aus meinen Händen rutschte und wie in Zeitlupe zu Boden segelte.

Es war vollkommen still in der Schneiderei. Claire, Fernand, Charles, Phillip, Charlotte und Henry starrten mich an. Sie warteten darauf, dass ich antwortete. Mein Herz pochte laut in meinen Ohren, während mir langsam schwindelig wurde. Mit wenig damenhaft geöffnetem Mund sah ich in Henrys strahlendes Gesicht. Er sah so gut aus, dass ich für einen Moment die Luft anhielt. Noch immer lag sein Arm um meine Schultern und unsere Gesichter waren nur wenige Zentimeter voneinander entfernt.

»Machst du ihr etwa gerade einen Heiratsantrag?« Phillip machte einen Schritt auf uns zu.

Meine Augen huschten zu ihm hinüber. Er war rot vor Zorn, sein Kiefer mahlte ununterbrochen, so sehr schien er sich beherrschen zu müssen. Ich zitterte und schluckte die aufkeimende Angst hinunter.

Auf einmal begann Henry zu lachen. »Das war ein Spaß. Oh Mann, Tanya, du hättest dein Gesicht sehen sollen. Und Phillip, du erst.«

Mein Mund klappte noch weiter auf, während ich mich langsam aus seiner Umarmung löste. »Das war ein ... *Spaß*?« Ich wusste, dass ich ziemlich bestürzt klang und ebenso schockiert. Doch ich konnte selbst nicht einmal sagen, ob das seltsame Gefühl in meinem Magen Erleichterung oder Wehmut war.

»Ja, das war ein Spaß. Tut mir leid. Aber ich finde es bemerkenswert, dass du tatsächlich darüber nachgedacht hast«, antwortete Henry sanft und zog mich wieder an sich.

Ich war zu verwirrt, um mich zu wehren, als mir klar wurde, dass er recht hatte. Ich hatte wirklich darüber nachgedacht, ob ich Ja oder Nein sagen sollte.

»Das war wirklich *witzig*. Super, Henry«, spie Phillip zornig aus. Seine Augen suchten meine und schrien mir seine Verzweiflung entgegen. Ich erbebte. Doch dieses Mal nicht aus Furcht.

»Du solltest vielleicht alles ein wenig entspannter sehen. Schließlich hast du doch damit nichts mehr zu tun, oder?«, donnerte Henry ihm entgegen.

Die Zornesröte wich aus Phillips Wangen, ließ sie erbleichen und war Antwort genug.

»Ich hätte gerne genau so ein Kleid, wie Claire es vorgeschlagen hat. Aber bitte ein wenig länger«, wandte ich mich an die

Schneiderin, die nur gedankenverloren nickte, sichtlich interessiert an dem Geschehen.

»Ich bin fertig. Wenn ihr mich entschuldigt, dann würde ich gerne kurz an die frische Luft gehen. Alleine«, fügte ich hinzu, als Henry mich schon hinausführen wollte. Er lächelte noch immer, doch wirkte nun ernster.

Schnell drehte ich mich um und ging so würdevoll wie möglich aus dem Raum. Ich lief den schmalen Gang hinunter, hielt mich rechts, doch verlief mich schon nach wenigen Minuten. Es war nicht zum Aushalten, wie verwirrend dieser Palast war.

Irgendwann ging ich eine Treppe hinunter. Mit meinen Gedanken war ich noch immer bei Henry und Phillip, als mir plötzlich klar wurde, wie lange ich schon auf dieser Treppe war. Ich wollte mich schon umdrehen und zurückgehen, als ich eine Stimme hörte.

Normalerweise war ich nicht so neugierig, aber irgendetwas hatte diese Stimme an sich, das mich stutzig werden ließ.

Also nahm ich all meinen Mut zusammen – von dem gab es in den letzten Tagen ohnehin nicht mehr so viel – und lief weiter. Gedämmtes Licht schien auf die Stufen und ließ sie schimmern, während ich mich am Geländer festhielt. Obwohl ich erwartete, in einen weiteren Flur zu kommen, stand ich plötzlich vor einer angelehnten Tür.

Was machte ich hier eigentlich? Ich war schon drauf und dran wieder umzudrehen, als plötzlich eine dunkle Stimme ertönte.

»Wer auch immer dort draußen steht, darf gerne eintreten.«

Ich schluckte und machte einen Schritt vorwärts. Jetzt einfach wegzurennen wäre wohl mehr als peinlich.

»Entschuldigen Sie, ich habe mich verlaufen und die falsche

Treppe genommen«, erklärte ich hastig, während ich die Tür aufschob. Überrascht blieb ich im Türrahmen stehen. Der Raum war dunkelbraun, von oben bis unten. Dicke Bücher drängten sich in den Regalen an den Wänden aneinander und ein riesiger, von säulenförmigen Beinen gehaltener Schreibtisch erstreckte sich von einer Seite des Raumes zur anderen. Dahinter saß in einem roten Lederstuhl ein kleiner Mann mit einem langen grauen Bart. Er hatte eine Pfeife im Mund und blies große Ringe in die Luft, die an der Decke bereits wolkenförmige Formationen annahmen. Unwillkürlich musste ich husten.

»Treten Sie doch ruhig ein, Miss Tatyana. Ich bekomme hier so selten Besuch und noch seltener von so jungen und überaus hübschen Damen. Kommen Sie, setzen Sie sich doch.« Er blies seelenruhig einen weiteren Ring in die Luft und deutete dann mit seiner Pfeife auf den Sessel, der auf der anderen Seite des Tisches stand.

Ich wusste nicht, was ich machen sollte, wollte jedoch auch nicht unhöflich sein. Deshalb tat ich einfach, was er sagte, und setzte mich ihm gegenüber.

»Sie wissen, wer ich bin, doch ich kenne Sie nicht. Darf ich Sie daher fragen, wie Sie heißen?«, fragte ich schließlich schüchtern, als sich eine unangenehme Stille ausbreitete.

Mein Gegenüber betrachtete mich interessiert. »Ich bin Nelius, der Buchhalter des Palastes«, antwortete er schlicht und ließ seinen Blick weiterhin auf mir ruhen. Seine Augen huschten über meine Verletzungen, zeigten jedoch keine erkennbare Regung.

»Heute war ein schlechter Tag, was?«, fragte er auf einmal und ich wusste nicht, ob er mit mir oder mit sich selbst redete.

Ich sah zu ihm auf und hob meine Augenbrauen, darauf nickte

er. Obwohl ich es nicht wollte, stimmte ich mit ihm überein. »Allerdings. War nicht so toll.«

»Die letzten wohl auch nicht.« Er deutete mit seiner Pfeife auf mein Auge und lächelte dabei mitfühlend.

Wie automatisch fasste ich an die Verbände an meinen Händen und nickte erneut. »Ja, die Woche war nicht die meine.«

»Das sieht man Ihnen an. Wollen Sie vielleicht auch eine Pfeife? Ich habe noch eine kleinere und Fruchttabak.« Ohne meine Antwort abzuwarten, begann er in einer Schublade zu wühlen und holte eine Pfeife heraus. In aller Seelenruhe füllte er Tabak hinein, den er aus einer kleinen Dose holte. Ich war noch dabei, ihn überrascht anzusehen, als er mir das Ding schon entgegenstreckte.

»Hier, davon fällt die ganze Anspannung ab. Sie müssen einfach nur das Streichholz an den Tabak halten und dann ziehen.« Damit warf er mir eine kleine Streichholzschachtel zu und zog an seiner eigenen Pfeife.

Ungelenk fing ich sie auf und schaute mir die kleine Pfeife an. Sie war verziert mit winzigen Schnitzereien und verströmte einen süßen Geruch, den ich nicht zuordnen konnte.

»Das ist nicht giftig. Vielleicht ein wenig ungesund, aber ansonsten wird Ihnen eine Pfeife nicht schaden«, erklärte er belustigt.

Obwohl ich mir nicht sicher war, ob ich das wirklich tun sollte, nahm ich die Pfeife in den Mund und zündete mit dem Streichholz den Tabak an. Ich paffte ein paar Züge, bis sich eine Glut bildete, und blies den Rauch aus meinem Mund. Schnell war meine Zunge mit einem filzigen Geschmack belegt und fühlte sich kratzig und rau an. Ich hustete leise, um den Rauch aus meinen Lungen zu bekommen, und klopfte mir auf die Brust. Dann lehnte ich mich wieder zurück und versuchte es erneut.

»Die erste Pfeife?«, fragte Nelius grinsend.

»Ja, und wahrscheinlich auch die letzte. Aber eigentlich ist das gar nicht so schlecht«, gab ich zu und lehnte mich langsam paffend in dem Sessel zurück. Ein berauschendes Gefühl von Schwerelosigkeit und Verwirrung erfasste mich und ließ mich lächeln. Meine Glieder entspannten sich nach nur wenigen Zügen und mein Kopf wurde wundervoll leer. Alles rückte auf einmal in den Hintergrund. Ich spürte nur noch das Jetzt.

»So, Nelius, sagen Sie mir doch einmal, was Sie hier genau machen. Ist der Beruf des Buchhalters nicht furchtbar trocken?«

30. KAPITEL
NICHT IMMER KÖNNEN WIR
UNGESEHEN DURCHS LEBEN WANDELN

Nelius und ich unterhielten uns noch eine ganze Weile über alle möglichen Themen. Ich hatte mich lang nicht mehr so frei, so unbeschwert gefühlt.

Plötzlich flog die Tür auf und ein stämmiger Wächter trat herein. »Miss Tatyana? Wir suchen Sie schon überall. Der Prinz hat uns auf die Suche nach Ihnen geschickt.«

Lächelnd drehte ich mich zu ihm um. »Oh. Hallo. Ich habe hier eine ganz tolle Pfeife. Möchten Sie auch einmal probieren?«

Erst sah er mich völlig verdattert an, doch dann schüttelte er lachend seinen Kopf und ging wieder hinaus. Ich schaute ihm eine Weile hinterher und fragte mich, was er überhaupt von mir gewollt hatte.

»Haben Sie mitbekommen, was er gesagt hat?«

Doch Nelius schüttelte seinen Kopf. »Nein, aber ich denke, er wollte keine Pfeife. Egal, mehr für uns. So, wo waren wir stehen geblieben? Ach ja. Also, wenn man rein theoretisch einen Elefanten in das Weltall schicken würde, dann –«

Erneut flog die Tür auf. So langsam fand ich den Wächter wirklich unhöflich. Ohne mich umzudrehen, hob ich meine Hand und brachte die Person hinter mir zum Schweigen. »Einen Moment, ich muss wissen, ob meine Theorie stimmt!« Ich starrte Nelius mit großen Augen an. »So, platzt er dann oder nicht?«

Nelius öffnete seinen Mund schon zur Antwort, doch da packte jemand meine erhobene Hand und zog mich ziemlich grob aus dem Sessel.

»Was soll das?« Mit wackligen Beinen versuchte ich die Pfeife nicht zu verlieren und gleichzeitig nicht umzufallen.

»Ich denke, er platzt nicht. Aber sicher können wir uns da nicht sein«, rief Nelius schnell dazwischen und presste errötend seine Lippen aufeinander.

»Tanya, was in Viterras Namen soll das werden?«

Jetzt erst schaute ich hoch und stöhnte. Direkt vor mir stand ein ziemlich wütender Phillip.

»Ich habe einen neuen Freund gefunden, der sich auch mal mit mir unterhält, anstatt sich wie ein Idiot aufzuführen«, erklärte ich standhaft, doch irgendwie hörte sich meine Stimme seltsam an.

Phillips Augen verengten sich. »Haben Sie ihr etwa Ihren privaten Tabak gegeben?«, fragte er den Buchhalter, jedoch ohne seine Augen von mir abzuwenden.

Ich wollte nicht, dass er böse auf mich oder Buchhalter Nelius war, und lächelte ihn breit an.

»Ja, aber nur ein wenig. Sie sah so niedergeschlagen aus. Schauen Sie sich das Mädchen doch einmal an: Es kann ein wenig Aufmunterung wirklich vertragen.«

»Ja, das kann ich«, platzte ich dazwischen. »Ich wurde verprügelt. Mir wurde das Herz gebrochen und dann wurde ich auch noch veräppelt. So langsam finde ich diesen Palast wirklich nicht mehr witzig«, protestierte ich mit schmollenden Lippen und großen Augen.

Phillip hielt meinen Arm noch fest umklammert und in weiter

Ferne spürte ich ein leichtes Pochen darin. Langsam schaute ich hinunter. »Sag mal, drückst du mir gerade auf meinen Verband? Tut ein bisschen weh.«

Sofort ließ er meine Hand los und betrachtete mich sichtlich verwirrt. »Sie haben ihr wirklich etwas davon gegeben, oder?«

Als Nelius nicht antwortete, begann Phillip zu lächeln, jedoch nur zaghaft. »Du hast keine Angst vor mir, oder?«

Erst schaute ich ihn nur irritiert an, doch dann begann auch ich zu lächeln. »Nein. Eigentlich nicht. Ich finde dich sogar gerade ein wenig süß. Vor allem, wenn du so wütend auf mich bist. Ist schon ein bisschen heiß«, zwinkerte ich und biss mir auf meine Unterlippe.

Ich wollte noch einen Zug aus meiner Pfeife nehmen, doch Phillip nahm sie mir so schnell aus der Hand, dass ich nur noch irritiert in meine leere Hand schauen konnte. »Ey ...«

»Das reicht für heute. Komm, ich bringe dich zu deinem Turm. Ziemlich viele Menschen haben sich ziemlich große Sorgen um dich gemacht.« Er legte seine Hand um mich und zog mich zur Tür.

Ich drehte mich halb um. »Danke, Nelius. Wir sollten das öfters machen. Ich komme dich besuchen.«

Als wir in den dunklen Flur traten, hörte ich noch sein Lachen und konnte nicht anders, als auch zu kichern. Doch als das Lachen langsam versiegte, fühlte ich mich komisch und mir war, als säße etwas in meinem Hinterkopf, an das ich mich erinnern müsste. Aber ich konnte es einfach nicht greifen.

»Ich will nicht alleine sein. Die, die mir das angetan haben, werden es wieder tun.«

Abrupt blieb Phillip stehen. Er umklammerte meine Schultern. »Wieso sagst du das? Erinnerst du dich etwa?«

Ich legte meinen Kopf schief. »Nein, aber da ist so ein Gefühl. Ich glaube, es liegt an dir. Es muss etwas mit dir zu tun haben. Und mit Heiler Larsson.« Meine Stimme war nun kaum mehr als ein Flüstern. »Bitte sag mir, dass du mir das nicht angetan hast ...«

Seine Finger verkrampften sich an meinen Schultern, doch lösten sich wieder von mir, um zu meinem Gesicht zu fahren. Seine Hände umklammerten es und seine Augen fixierten mich weich und warm. »Der Heiler war es nicht. Aber jemand ist in sein Labor eingebrochen. Ich würde so etwas niemals tun. Wirklich. Du bist mir so unendlich wichtig ...«

»Du hast mir schon mal meine Erinnerungen genommen«, erwiderte ich leise und löste mich von ihm. Das war falsch. Diese Situation war nicht richtig. Ich spürte es tief in meinem Inneren.

Sein Mund klappte auf, schloss sich wieder und verzog sich entschuldigend. »Tanya ...«

»Nein, es ist egal. Bald bin ich hier weg und wir können endlich ein normales Leben führen. Getrennt.«

Er wollte wieder einen Schritt auf mich zumachen, doch ich wich vor ihm zurück.

»Hab keine Angst vor mir.« Sein Flüstern ließ mich aufblicken.

»Ich habe keine Angst vor dir.« Ich presste meine Lippen aufeinander, als ich sein angedeutetes Lächeln sah. »Zumindest nicht jetzt. Aber es ist doch seltsam, oder findest du nicht?«

Er schüttelte seinen Kopf. »Ja, das ist es. Ich schwöre dir, ich bringe den Schuldigen zur Strecke.«

Die Wut in seiner Stimme passte nicht zu ihm, ließ mich frösteln. »Das solltest du nicht sagen. Vielleicht habe ich ja etwas getan ... etwas, weshalb ich das hier verdient habe.«

Dieses Mal konnte ich ihn nicht davon abhalten, entschlossen auf mich zuzugehen und mich so fest in seine Arme zu schließen, dass ich kaum noch atmen konnte. Unwillkürlich verspannte ich mich unter seiner Umarmung. Ich konnte nichts dagegen machen. Aber er ignorierte es und hielt mich fest, strich mir sanft über meinen Kopf, während ich glaubte zu spüren, wie er zitterte.

Sichtlich widerwillig löste er sich von mir, doch nur so weit, dass wir uns ansehen konnten, während unsere Körper miteinander verschmolzen schienen. »Sag das nie wieder. Du kannst nichts, aber auch rein gar nichts tun, das das, was dir angetan wurde, jemals rechtfertigen würde.«

Ich nickte stumm und schluckte. Mein Puls stieg. Die Angst kehrte zurück. Hätte er mir doch nie diese Pfeife weggenommen.

Er wollte gerade weiterreden, doch ich hob meine Hand und legte ihm meine Fingerspitzen auf seine Lippen. »Sag nichts. Bitte. Ich kann die Angst spüren, aber ich habe noch mehr Angst davor, dass ich dich gleich nicht mehr ansehen kann. Bitte lass uns die Zeit nicht mit reden verschwenden ...«

Ich wollte noch mehr sagen, doch da begann er meine Fingerspitzen zu küssen. Langsam und zaghaft. Ich schloss meine Augen, fuhr mit meiner Hand über seine Wange, in seine Haare hinein. Jede seiner Bewegungen konnte ich spüren und verfolgte sie mit geschlossenen Augen. Sein Mund wanderte hinab zu meinen Schultern. Langsam, zart wie eine Feder, streiften seine Lippen über meinen Hals, hinauf zu meinen Ohren. Als seine Zähne zärtlich mein Ohrläppchen entlangfuhren, konnte ich ein Stöhnen nicht mehr unterdrücken. Ich keuchte und drückte mich näher an ihn. Er erwiderte den Druck seiner Hände um meinen Hals und meine Taille. Mein gesamter Körper kribbelte und bebte von diesem unbekannten Verlagen, das seine zarten Berührungen in mir auslösten. Phillip begann meinen Kiefer zu küssen, bahnte sich den Weg über meine Wange und küsste noch viel weicher mein verletztes Auge. Seine Finger strichen mir zärtlich über meinen Hals, hinunter zu meinem Schlüsselbein und ließen mich erbeben. Erneut stöhnte ich. Er schob mich sanft an die Wand, drückte seine Lippen auf meine. Fest und unerbittlich. Eine tiefe Leidenschaft strömte durch seine Berührungen. Da fühlte ich es: Dieses Verlangen, das auch mich so fest umklammerte, spürte auch er. Er wollte mich genauso sehr, wie ich ihn wollte.

Phillip küsste mich immer weiter, wurde weicher und plötzlich wieder härter. Doch er löste sich nicht einen Augenblick von mir.

Ich sog den Moment in mir auf. Ich wollte nicht, dass er aufhörte. Niemals. Nicht schon wieder.

Plötzlich räusperte sich jemand neben uns. Phillip löste sich von mir. Ich atmete tief durch, starrte beschämt auf den Boden und schob meinen Pullover hinunter, der aus Versehen heraufgerutscht war.

»Eine Wache kommt. Ich habe sie gehört«, erklärte Nelius leise lachend und ich konnte hören, wie er auf dem Absatz kehrtmachte und wieder die Treppen hinunterstieg.

Sein belustigtes Kichern hallte sogar noch nach, als er die Tür hinter sich geschlossen hatte. Wir waren nicht weit gekommen, fiel mir jetzt erst auf. Er musste alles mit angehört haben. Meine Wangen brannten vor Scham.

»Wir sollten gehen«, krächzte ich und räusperte mich. Schnell fuhr ich mir durch meine Haare und versuchte konzentriert nicht zu Phillip hochzusehen, der noch vor mir stand.

»Ich weiß«, antwortete er nur und machte Anstalten, mich erneut zu berühren, doch ich wich dieses Mal zurück. Er zögerte und ich nutzte die Zeit, um mich an ihm vorbeizustehlen und Abstand zwischen uns zu bringen. Da hörte ich auf einmal Stimmen von oben. Phillip folgte mir, doch ließ mir meinen Freiraum, den mein klarer Kopf jetzt so dringend verlangte.

»Da sind Sie ja endlich. Wir haben Sie schon überall gesucht.«

Ich hob meinen Kopf, setzte ein Lächeln auf und atmete tief durch. »Ich wusste nicht, dass alle nach mir suchen würden. Ich habe mich verlaufen und da –« Mein Lächeln erstarb, das Blut in meinen Adern gefror zu Eis.

»Und da?«, fragte der Wächter mit grauen Augen und einer kleinen weißen Narbe von seinem Augenwinkel bis zur Wange, während er einen Schritt auf mich zumachte.

Panische Angst überfiel mich. Ich keuchte, drückte mich an die Wand und begann unkontrolliert zu zittern. Tränen rannen unbezähmbar über meine Wangen und durchnässten meinen Pullover. Meine Beine gaben nach und ließen mich im Stich.

In weiter Ferne hörte ich Stimmen und drückte mir vor lauter Verzweiflung meine Hände auf die Ohren.

Schreie ertönten. Markerschütternd und so schmerzhaft, dass ich noch schlimmer weinen musste.

Plötzlich wurde mir klar, dass ich schrie. Sofort presste ich meine Lippen aufeinander, ließ meine Hände auf den Ohren und wippte vor und zurück. Immer wieder. Immer wieder.

Phillips Arme umschlangen mich und zogen mich langsam

hoch. Er schrie den Wächtern etwas zu, die sofort verschwanden. Dann rannte er mit mir in seinen Armen die Treppen hinauf. Ich bekam alles nur verschwommen mit und weinte, während ich nach Luft schnappte und versuchte, den schmerzhaften Knoten in meinem Hals hinunterzuschlucken.

Gefühlte Stunden später kamen wir in einem Zimmer an. Phillip machte kein Licht an, sondern trug mich mit sicheren Schritten zu einem Bett und legte mich hinein. Ich rollte mich zusammen und weinte noch heftiger als zuvor. Mein Auge brannte und mein Magen zog sich in heftigen Krämpfen zusammen.

Phillip flüsterte mir etwas zu, verschwand plötzlich, woraufhin es um mich herum schlagartig noch dunkler wurde. Ich drückte mich fest an die Wand, an die das Bett gestellt war. Sofort breitete sich Kälte in meinem Körper aus und ließ mich immer mehr zittern. Ich wiegte mich vor und zurück. In meinem Kopf war nur noch Rauch. Und diese eiskalten Augen. Sofort zitterte ich noch stärker und zog die Decke unter mir über meinen Körper.

Auf einmal ging die Tür auf. Jemand kam herein. Ich wusste sofort, dass es nicht Phillip war, und begann zu schreien.

»Schatz, ich bin es, Erica«, flüsterte meine Vertraute und setzte sich völlig außer Atem neben mich. Sofort robbte ich zu ihr hinüber und ließ mich von ihr in den Arm nehmen, während ich nach Luft rang und zu ersticken drohte.

Erica legte sich neben mich und drückte mich fest an sich. Ihre Berührung hatte etwas Tröstliches. Sie sagte nichts, sondern strich mir über meinen Kopf, bis ich völlig erschöpft einschlief.

STILLE DEINE SEHNSUCHT.

AUF WWW.BITTERSWEET.DE

*Hier treffen sich alle, deren Herz für Romantik,
Helden und echte Leidenschaft schlägt.
Aber sei gewarnt, die Sehnsucht kann
auch dir gefährlich werden ...*

Herzbeben in Versailles

Sandra Regnier
**Die Lilien-Reihe:
Das Herz der Lilie**
672 Seiten
Taschenbuch
ISBN 978-3-551-31634-9

Ein ungewollter Zeitsprung an den Versailler Hof des 17. Jahrhunderts wirft die 16-jährige Julia komplett aus der Bahn. Plötzlich muss sie sich nicht nur mit einer völlig überholten Etikette auseinandersetzen, sondern sich auch in einer Welt undurchschaubarer höfischer Intrigen zurechtfinden. Gut, dass ihr zumindest der junge Graf von Montsauvan zur Seite steht. Nur dass seine Gegenwart ihr Leben schließlich noch um einiges komplizierter macht ...

www.carlsen.de

CARLSEN

Macht ist ein gefährliches Spiel

Victoria Aveyard
Die Farben des Blutes
Band 1: Die rote Königin
512 Seiten
Klappenbroschur
ISBN 978-3-551-31572-4

Rot oder Silber – Mares Welt wird von der Farbe des Blutes bestimmt. Sie selbst gehört zu den niederen Roten, deren Aufgabe es ist, der Silber-Elite zu dienen. Denn die – und nur die – besitzt übernatürliche Kräfte. Doch als Mare bei ihrer Arbeit am Hof des Königs in Gefahr gerät, geschieht das Unfassbare: Sie, eine Rote, rettet sich mit Hilfe besonderer Fähigkeiten! Um Aufruhr zu vermeiden, wird sie als Silber-Adlige ausgegeben und mit dem jüngsten Prinzen verlobt. Aber es ist der Thronfolger, der Mares Herz höherschlagen lässt.

www.carlsen.de

Buchstäblich verliebt!

Stefanie Hasse
BookElements
Band 1: Die Magie zwischen den Zeilen
288 Seiten
Taschenbuch
ISBN 978-3-551-31633-2

Wenn die Leute nur wüssten, wie gefährlich Lesen ist, wäre Lins Job um einiges leichter. Aber leider verlieben sich täglich Mädchen in Romanfiguren und hauchen ihnen mit jedem schwärmerischen Seufzer etwas mehr Leben ein – bis die Figuren aus den Büchern heraustreten und Lin sie wieder einfangen muss. Vampire, Außerirdische, Bad Boys ... Als Wächterin der Bibliotheca Elementara kennt Lin sie alle – außer Zacharias, den Helden ihres Lieblingsbuchs »Otherside«. Dabei würde sie ihm nur zu gerne einmal begegnen ...

www.carlsen.de